HEYNE BÜCHER

W0400605

SUSAN KING

HERZEN IM MONDLICHT

Roman

Deutsche Erstausgabe

WILHELM HEYNE VERLAG
MÜNCHEN

HEYNE ROMANE FÜR »SIE«
Nr. 04/279

Titel der Originalausgabe
THE RAVEN'S MOON

Aus dem Amerikanischen
Von Beate Darius

3. Auflage

Printed in France 1999
Umschlagillustration: Pino Daeni/Agentur Schlück
Umschlaggestaltung: Atelier Ingrid Schütz, München
Satz: Pinkuin Satz und Datentechnik, Berlin
Druck und Bindung: Brodard & Taupin

ISBN: 3-453-15686-2

http:/ / www.heyne.de

Für meine geliebten Söhne Joshua, Jeremy und Sean, jeder ein Held und ein göttliches Geschenk.

DANKSAGUNG

Mein besonderer Dank gilt Mary und Ed Furgol für ein fantastisches Abendessen und ihre vielen Anregungen hinsichtlich Schottlands; Ted Wells-Green, M.D., für die fundierte Diskussion im Rahmen medizinischer Aufklärung; sowie Jo-Ann Power und Eileen Charbonneau, die großes Verständnis für meine Arbeit zeigten und – ungeachtet der geografischen Entfernungen – immer für mich da waren.

Kapitel 1

»O nein, O nein, Geliebte mein,
So darf es niemals sein …«
– ›Die Schlacht von Harlaw‹

Im Grenzgebiet Schottlands
Oktober 1588

Kalt und rauh wie der Atemhauch des Teufels umfing sie der tosende Wind. Plötzlich einsetzender Regen durchnäßte ihren schwarzen Umhang. Ihr Pferd fest am Zaumzeug pakkend, blieb sie stehen und konzentrierte ihren Blick auf den finsteren Weg, der vor ihr lag.

Eine weitere Windböe ließ sie erschauern, und ihre Knie zitterten vor Furcht. Doch Mhairi Macrae blieb tapfer stehen, packte die Zügel fester und mahnte sich zur Besonnenheit. Sie widerstand dem plötzlich starken Impuls zu fliehen.

Sie hatte erneut ausreiten müssen. Von ihrem Mut und ihrer Willenskraft hing hier und jetzt einfach zuviel ab. Ihr Bruder Iain, festgenommen und inhaftiert, hatte nur sie allein zur Fürsprecherin.

Aufgrund des Regens blickte sie mit blinzelnden Lidern über die Hügelkette und das Moor. Von fern wirkte die morastige Straße wie ein ausgefranstes dunkelbraunes Band. Dreimal hatte sie im Verlauf der letzten Wochen nun schon auf dieser Anhöhe gestanden und auf die Kuriere des Kronrats gewartet, die diesen Weg nahmen.

Diese Nächte waren mondhell oder neblig trüb gewesen, aber kein Regensturm hatte sie jemals durchnäßt. Trotzdem bot der Regen ihr und ihrem bislang noch nicht eingetroffenen Begleiter den Vorteil des Überraschungsmanövers. Wer auch immer diesen Weg nahm, rechnete nicht damit, daß bei einem solchen Unwetter weitere Reiter im Moor unterwegs waren. Mit jeder Sekunde, die verstrich, wurde sie zuversichtlicher, daß der Kurier des Kronrats von König James kommen würde, um die Dokumente an den Aufseher des schottischen Grenzgebiets weiterzuleiten, dessen Festung nicht weit von dieser Stelle entfernt lag. Eine innere Stimme sagte ihr, daß der Reiter bald eintreffen mußte.

Auch wenn sie nicht über das Zweite Gesicht verfügte, wie es ihr Zwillingsbruder Iain von ihrer Mutter geerbt hatte, hatte Mhairi oft erlebt, daß auch sie die Vorboten der Freude oder des Unglücks spürte. Als ein Kind der Highlands hatte sie es gelernt, auf diese inneren Empfindungen zu achten.

Während sie wartend auf dem Hügel stand, spürte sie die befremdliche Atmosphäre, eine beängstigende Ruhelosigkeit. Zunächst hatte sie es auf das wechselhafte, stürmische Wetter geschoben. Doch nun durchzuckte sie die Gewißheit wie ein lodernder Blitz.

Innerhalb der nächsten ein bis zwei Stunden würde hier ein Mann entlangreiten. Mit der Hilfe ihres Begleiters würde sie auch diesen überwältigen. Denn ohne einen solchen Schritt war das Leben Iains, der fälschlich beschuldigt büßen sollte, verwirkt. Und das konnte Mhairi nicht zulassen.

Als sie sich umdrehte, fiel ihr Blick auf die Burgruine, die unweit von ihr auf einem der vielen Hügel thronte. Der hohe Eckturm ragte grau und gezackt in den regenverhangenen Himmel, und die zerstörten Außenmauern wirkten abweisend und verlassen. Im Innern, das wußte sie, gab es nur eingestürzte Gesteinsmassen und hohle Gänge.

Aber es ging das Gerücht, daß es auf Lincraig Castle spukte. Jahrzehntelang hatten die einheimischen schottischen Grenzbewohner einen Riesenbogen um dieses Anwesen gemacht. Ganz zu schweigen davon, daß sich jemand ins Innere vorgewagt hätte. Und seit kurzem munkelte die Bevölkerung, daß die Geister von Lincraig erneut aktiv geworden seien.

Mit der ungestümen Kraft der Elemente umtoste sie der Sturm, zerrte an ihrem Umhang und an ihren dunklen Flechten, die ihr über die Schultern fielen. Der heftige Sommerregen klatschte auf ihre Kapuze. Doch im Vergleich zu der bleischwer auf ihr lastenden Furcht war das alles erträglich.

Die ledernen Zügel umklammernd, murmelte Mhairi beruhigend auf ihre nervös tänzelnde Stute ein, zwang sich zu gleichmäßigem Atmen und zur Geduld. Zum Warten, einerlei, wie lange es dauerte.

Sie kauerte sich zum Schutz gegen den Regen zusammen und blickte erneut nach Lincraig hinüber. Devil's Christie Armstrong traf sicherlich bald ein, und dann würden sie gemeinsam, wie bereits zuvor, den Kurier in der Dunkelheit überraschen. Falls erforderlich, würden sie ihn sogar niederschlagen, seine Tasche rauben und die darin enthaltenen Dokumente entnehmen, Geld und Wertsachen fortwerfen. Dann würden sie in der Finsternis verschwinden und ihn seinem Schicksal überlassen; sicherlich würde er in aller Eile davongaloppieren, voller Entsetzen, daß die Geister der alten Burg es auf seine Seele abgesehen hatten.

Die Gerüchte über die alte Ruine waren Mhairi und Devil's Christie sehr entgegen gekommen. Trotzdem hatten sie immer noch nicht gefunden, was sie suchten. Vielleicht würden sie in dieser Nacht auf den Exekutionsbefehl stoßen, den der Grenzaufseher vom Kronrat des Königs erwartete. Allein dieses Schreiben war es, was Mhairi wollte. Sie hatte keinerlei Interesse an Geld oder Wertsachen.

Während sie den morastigen, einsamen Pfad beobachtete, zuckte Mhairi fröstelnd die Schultern. Ein merkwürdiges Prickeln durchfuhr ihren Körper. Gefahr hing in der Luft, durchsetzte den unablässig strömenden Regen. Eine seltsame Kraft lag über allem. Sie wußte, daß ihre Entscheidung ihr Leben für immer verändern würde. Dennoch spürte sie, daß ihr keine andere Wahl blieb.

»Hab Mut, Mhairi-Mädchen, und sei tapfer«, flüsterte sie sich insgeheim zu und schob ihr Kinn vor. »Das bist du Iain schuldig.« Und seiner Frau und dem Neugeborenen, die nicht weit von ihr in einem kleinen Ziegelhaus auf seine Rückkehr warteten.

Sie schloß die Augen, spürte den Regen auf den Wangen,

der soviel kälter war als die Tränen, die sie nicht vergießen durfte, und dachte an Iain und an all das, was sie verloren hatte. Dann fiel ihr wieder ein, wie Iain sie an jenem Abend vor seinem Ausritt gewarnt hatte.

Jetzt war es allerdings zu spät, um der von ihm vorhergesehenen Gefahr zu trotzen. Atem schöpfend erinnerte sie sich an eine weitere Vorahnung vor nur wenigen Wochen.

Mhairi, hatte Iain gesagt, *Mhairi, ich hatte eine Vision.*

Wie ein strahlendes, zur Erde gefallenes Stück Himmel schimmerte die winzige Pfütze im Sonnenuntergang. Mhairi raffte ihre Röcke und sprang hinüber. Barfuß wandte sie sich auf dem satten Rasen zu ihrem Bruder um und blickte ihn an.

»Erzähl mir, was du gesehen hast«, bat sie.

Iain öffnete den Mund, schloß ihn erneut und schüttelte den Kopf. »In Ordnung«, meinte er. »Aber erst später. Ich muß über ihre Bedeutung nachdenken.«

Stirnrunzelnd beobachtete sie ihn. »Ich habe zwar keine Visionen, aber eine ausgeprägte Wahrnehmungsgabe«, sagte sie. »Alec Scott ist ein ausgekochter Halunke, der dich irgendwann in ernsthafte Schwierigkeiten bringen wird, Iain Macrae. Versprich mir, daß du heute nacht nicht mit ihm ausreitest.«

»Ich muß, *leth*«, antwortete er ihr in gälisch. »Ich will ihm doch nur helfen, sein Vieh zurückzutreiben, das ihm diese Ganoven gestohlen haben. Alec hat das gleiche für mich getan, als meine Tiere von ihnen fortgeholt wurden.«

»Aber, Iain« – sie blickte in den sich verdüsternden Himmel, während sie sprach –, »spürst du denn nicht diese unbehagliche Atmosphäre?«

»*Ach,* Mhairi. Das Unbehagen hat mit dem aufgehenden Mond im Grenzgebiet zu tun. Was ist schon dabei, in einem Unwetter durch das mondbeschienene Grenzgebiet zu reiten und gute Freunde an seiner Seite zu wissen?«

»Und einen Beutesack am Sattel, fremdes Vieh vor deinem Pferd und die Grenzpatrouille im Nacken«, ergänzte sie. »Hattest du nicht bereits einen Vorgeschmack, als wir die Highlands verließen, um hier bei unseren Kerr-Vettern zu leben?«

Iain grinste, als müsse er ihr recht geben, und seine grauen Augen zwinkerten. Der Wind zerzauste sein goldblondes Haar, das er achtlos zurückstrich, und er wirkte so liebenswert, anziehend und vertraut auf sie, daß Mhairi trotz ihrer Sorge um ihn zurücklächelte. Sie war immer die ruhigere, melancholischere und ernstere der *leth-aoin* – der Zwillinge – gewesen.

Leth, so hatten sie sich immer genannt: Hälften. Der blonde Iain hatte das fröhliche Naturell ihrer Mutter, Elspeth Fraser, geerbt, war anziehend und selbstbewußt. Mhairi ähnelte ihrem Vater mehr, Duncan Macrae, mit dunklem Haar, schöner Haut und der Neigung zur Schwermut. Vorsichtiger und pragmatischer als Iain, hatte sich Mhairi stets auf sein Selbstvertrauen und seine Leichtherzigkeit verlassen.

Umgeben von sorglosen Tagdieben waren sie im Haus der Kerrs im Grenzgebiet aufgewachsen, hatten von ihnen die englische Sprache und die Sitten des Südens übernommen. Und gelernt, lautlos Beute zu machen, so wie der Wind die Wolken vor dem Mond wegstahl.

»Reite, mit wem du willst, aber nicht mit Alec Scott«, sagte sie. »Eines Tages wird er sich großen Ärger einhandeln.«

»Machst du dir Sorgen, weil ihn der Grenzaufseher seines Offizierspostens enthoben hat? Ich vertraue Alec mehr als Simon Kerr.« Er lächelte. »Ich zahle seinem Großvater, dem Auld Laird, die Miete für mein Haus, und für dieses Privileg bin ich ihm etwas schuldig. Die Blackdrummond-Scotts sind jetzt, nachdem ich verheiratet bin und mich hier niedergelassen habe, meine Freunde, obgleich ich ein Highlander in ihrer Mitte bin.«

Sie runzelte die Stirn. »Keiner von diesen Scotts kann zu deinen Freunden zählen«, warnte sie. »Sie sind Mörder und Geächtete.«

Iain seufzte. »Werden deine Wunden denn nie vernarben?«

»Wie sollten sie?« Trotzig schob sie ihr Kinn vor. »Diese Scotts haben meinen Verlobten getötet. Das werde ich nie vergessen.« Erschauernd verschränkte Mhairi ihre Arme vor der Brust. »Spürst du denn nicht die drohende Gefahr?« Sie blickte zu den rasch vorüberziehenden Wolken auf.

»Lediglich einer dieser sommerlichen Stürme, wie wir in diesem Jahr schon viele hatten«, meinte Iain. Sein Tonfall klang etwas zu selbstsicher. »Beruhige dich, Mhairi. Noch vor Sonnenaufgang bin ich wieder zurück. Paß auf meine Jennet auf. Jetzt, da sie bald niederkommt, ist sie nachts immer so unruhig. Du bist doch hierhergekommen, um Jennet bei der Geburt beizustehen.«

»Und um dich zu bedrängen, wieder in die Highlands zurückzukehren, wohin du gehörst«, sagte Mhairi aufsässig.

Iain beobachtete den bedrohlich wirkenden Himmel. »Ich weiß, daß es dir hier im Grenzgebiet nicht gefällt, Mhairi.«

»Und dir gefällt es hier. Aber du hast ja auch Jennet«, sagte sie sanft. »Und noch vor zwei Jahren wollte auch ich hier sein, weil Johnny Kerr hier lebte. Aber er weilt nicht mehr unter uns.« Ein nur allzu vertrauter Schmerz krampfte ihr Inneres zusammen. »Nach seinem Tod wollte ich niemals mehr hierher zurückkehren.«

»Du wolltest die Geburt meines Kindes miterleben, und dafür bin ich dir sehr dankbar.«

»Der Dank gebührt unseren Eltern. Sie drängten mich zu der Reise.«

»Ach, du wolltest doch nur nicht mit ihnen über das eiskalte Meer nach Dänemark segeln«, zog Iain sie scherzhaft auf. »Oder hast du gedacht, du müßtest auf mich aufpassen?«

»Jennet kann auf dich aufpassen«, konterte sie. »Aber ich möchte es nicht erleben, daß man dich in einer hellen Mondnacht aufgreift. Bleib heute nacht hier, Iain«, flehte sie bedrückt.

»Alles wird gut«, sagte er. Doch Mhairi bemerkte den Zweifel in seiner Stimme. Er blickte an ihr vorbei, und sie vernahm plötzlich entferntes Hufgetrappel auf dem weichen Boden, drehte sich jedoch nicht um. Ihr war klar, daß der herannahende Reiter Alec Scott war.

»Erzähl mir deine Vision, Iain«, bat sie rasch. »Bitte, erzähl sie mir.«

Seine Zehen spielten mit den langen Grashalmen und schüttelten einzelne Grassamen in die kleine, schimmernde Pfütze zu ihren Füßen. Dann nickte er. »Ich sah in eine Pfütze, die nicht größer als diese war und dann hatte ich die Vision.«

»Wann war das?«

»Vor ein paar Tagen, als ich die Schafe in den Bergen hütete und mich niederkniete, um Wasser zu trinken. Ich sah, wie sich ein Unwetter auf dem Tümpel abzeichnete. Ein wütender Sturm mit düsteren Wolken, Blitz und Donner. An jenem Tag war der Himmel blau und sonnig gewesen, doch die gesamte Oberfläche des Tümpels war nachtschwarz geworden. Ich beobachtete das Wasser und sah, wie sich grelle Blitze vor den dunklen Hügeln abzeichneten. Und mitten in diesem Sturm sah ich einen Reiter.«

»Wer war dieser Reiter?«

»Ich weiß es nicht. Trotz des starken Regens galoppierte er durch die finstere Nacht. Als ein erneuter Blitz aufzuckte, sah ich seine schimmernden Waffen. Er wirkte wie ein Soldat oder ein Grenzposten. Ein großer, dunkler Mann. Er schien entschlossen, sogar irgendwie verzweifelt. Eine dunkle Aura der Gefahr umhüllte ihn. Und ich wußte, daß er dieses Unwetter bezwang, um jemanden zu finden. Ihm blieb nicht mehr sehr viel Zeit.

Ich sah, wie er auf einen Hügel ritt und immer wieder denselben Namen rief. Voller Verzweiflung in alle Himmelsrichtungen schrie.« Er hielt inne.

Eine eiskalte Gänsehaut kroch über ihren Rücken. »Welchen Namen hat er denn gerufen?«

»Deinen, Mhairi«, erwiderte er.

Für Sekundenbruchteile raubte ihr die Furcht den Atem. »Wohin ist dieser Mann geritten? Und was hat er mit uns zu tun?«

»Er war hier im Grenzland unterwegs, denke ich. Und er ritt durch den Sturm, um dich zu suchen.«

»Aber warum? Wer ist er?«

Iain schüttelte den Kopf. »Ich weiß es nicht. Aber ich hatte das Gefühl, daß er dich finden mußte, bevor ich …« Er brach ab. »Bevor ich starb«, endete er leise.

Erschrocken legte sie ihre Finger an die Lippen.

»Dann verschwand das Bild«, sagte Iain. »Wer dieser Mann ist und warum er ausgerechnet durch ein Unwetter reitet, weiß ich nicht. Aber irgendwie ist er von Gefahr umgeben. Und ich spürte noch etwas, Mhairi. Sein dringendes Bedürfnis, dich zu finden.«

»Ich verstehe das alles nicht«, flüsterte sie. Sie wollte, daß er nicht mehr von dieser verwirrenden Vision sprach. Sie vermittelte ihr eine Gänsehaut auf ihren Armen, gleichzeitig durchströmte sie ein Gefühl der Furcht und der Stärke – und der Erkenntnis.

»Er hatte Angst um dich, Mhairi. Ich spürte seine Furcht, seinen Drang, dich zu finden. Seine grenzenlose Liebe zu dir.«

»Liebe!«

Er nickte. »Er verhielt sich wie ein Mann, der jedes Risiko eingeht und für die von ihm geliebte Frau sogar sein Leben aufs Spiel setzt. Für dich.«

»Darin sehe ich keine Liebe, sondern lediglich Gefahr«, sagte sie. »Iain, was ist mit dir? Inwiefern wurde mit dieser Vision dein Leben bedroht?«

»Ich weiß es nicht«, antwortete er nachdenklich.

Stirnrunzelnd verschränkte sie ihre Arme vor der Brust und versuchte ihre Angst zu unterdrücken. »Deine Vision paßt zu meinen unangenehmen Empfindungen. Iain, bitte reite nicht aus.«

»Mhairi, was ich gesehen habe – den Reiter, den Sturm – muß sich ja nicht bewahrheiten.«

Sie warf ihm einen ungläubigen Blick zu. »Ob wahr oder nicht, die Vision ist jedenfalls eine Warnung. Vermutlich ist dieser Mann ein Vorbote der Hölle, der nur Unheil und Tod bringt. Wie könnte mich ein solcher Mann lieben?« Sie lachte verbittert auf. »Diese Vermutung entspricht sicherlich nicht der Wahrheit. Aber alles andere – Iain, bitte bleib hier.«

»Ich kann mich doch nicht nur aufgrund einer Vision in meinem Haus verbarrikadieren.«

»Und was wäre, wenn es sich bei der stürmischen Nacht um die heutige handelt?«

Er überlegte. »Dann läßt sich daran nichts ändern.«

Ihre Augen fixierten ihn, Grau spiegelte sich in Grau. Dann wich Iain ihrem Blick aus, und sie drehte sich um.

Am Rande des Hofes hob sich Alec Scott auf seinem Pferd wie ein dunkler Schatten gegen den Abendhimmel ab. Sein Stahlhelm reflektierte das purpurrote Licht der untergehenden Sonne. Schweigend erhob er seine Hand.

Rasch und innig umarmte Iain Mhairi. »Paß auf meine Jennet auf«, murmelte er mit rauher Stimme.

»Natürlich, das weißt du doch«, flüsterte sie. Iain schlenderte über den dunklen Hof, band sein wartendes Pferd los und saß dann auf, um sich Alec Scott anzuschließen.

Abrupt wandte sich Mhairi ab, sie konnte nicht mitansehen, wie er fortritt. Sie hatte Angst, daß er niemals zurückkehrte, auch wenn sie keine Unglücksvisionen wahrnahm. Sie spürte nur eins: eine unerträglich bedrückende Last.

Das Hufgetrappel verhallte im Wind. Mhairi blickte in den Himmel hoch über ihr, wo sich schwarze Wolken drohend vor dem aufgehenden Mond zusammenballten.

Plötzlich erschauernd verschränkte sie die Arme fester vor ihrem Körper. Sie machte sich Gedanken über den Mann, der durch ein Unwetter ritt und für Iain und sie eine Bedrohung darstellte. Sie glaubte nicht, was Iain über die ihr gegenüber gehegten Gefühle dieses Mannes gesagt hatte.

Aber daß ihnen Unheil drohte, das war so sicher wie der sich über ihr zusammenbrauende Sturm.

Kalte, nasse Tropfen rannen über ihre Brauen und ihre Wangen. Mhairi versteckte ihr Gesicht unter ihrer riesigen Kapuze, blinzelte, atmete tief ein und riß sich von ihren Gedanken los.

Erneut blickte sie auf den schlammigen, menschenleeren Pfad, der sich entlang der Hügel wand. Obwohl sie nichts erkennen konnte, spürte sie die Ankunft des Kuriers doch mit jeder Faser ihres Körpers – so real und unabänderlich wie den auf sie niederprasselnden Regen.

Eine Vorahnung bemächtigte sich ihrer, eine schmerzhafte Erkenntnis, die wie ein plötzlich auflodernder Blitz durch ihre Venen pulsierte. Das Gefühl war gleichermaßen alarmierend wie erregend.

Sie blinzelte durch den Regen zu dem verhangenen Himmel und fragte sich wie schon so viele Male zuvor bei einem Unwetter, ob der Mann in diesem Sturm erscheinen würde, den Iain in seiner Vision gesehen hatte.

Wenn er in dieser Nacht kam, war sie auf ihn vorbereitet.

Kapitel 2

›Traut keinem Scott.‹
– Andrew Boorde, in einem Brief an Thomas Cromwell, 1536

Aufgrund des tosenden Sturms peitschten schwarze Wolken wie die Galeonen des Teufels am Himmel vorüber. Rowan Scott lehnte sich gegen den Türrahmen des Gasthauses und blickte nach oben. *Noch vor Einbruch der Dunkelheit wird es regnen,* dachte er. Er überhörte den aus dem Inneren der Schänke gebrüllten Vorwurf, die Tür zu schließen. Während er sein Bier aus einem Zinnkrug schlürfte, beobachtete er den furchteinflößenden Himmel.

Man munkelte, daß der Atem Jehovas für die vielen heftigen Stürme gesorgt hatte, die Schottland in diesem Jahr heimgesucht hatten. In England war das Wetter ähnlich gewesen, und dort hieß es, daß der Allmächtige den Kanal mit schrecklichen Unwettern gesegnet habe, um die spanische Armada abzuwehren, die zwei Monate zuvor eingetroffen war.

Der Atem Gottes hatte die fliehenden Schiffe verfolgt, als sie in Richtung Norden aufgebrochen waren, um Schottland zu umsegeln und nach Hause zurückzukehren. Doch die tückischen nördlichen Gewässer und die ständigen Stürme hatten mehrere Galeeren zum Kentern gebracht, und viele von ihnen waren zum Bersten gefüllt mit Schätzen und Waffen gewesen.

Vor einigen Wochen hatte Rowan das zerstörte Wrack einer solchen Galeere gesichtet, das vor der schottischen Küste angetrieben war. Wie das Skelett eines gräßlichen Meeresungeheuers hatten Schiffsrumpf und Mastbaum am Strand gelegen. Er hatte sich die Überreste angesehen und in seiner Funktion als Grenzoffizier des schottischen Kronrats darüber gewacht, daß das geborgene Gold weggeschafft wurde.

Seufzend erinnerte er sich daran. Dieses spanische Schiffswrack trug die Schuld an seinem Dilemma. Wäre er niemals an diesem Strand entlanggelaufen, stünde er jetzt nicht hier und müßte auch nicht wieder nach Blackdrummond Tower, seinem Zuhause, reiten. Und er hätte auch nicht den Befehl des Kronrats erteilt bekommen, diesen Schurken von einem Bruder zu finden – lange bevor Rowan sich zu einer Konfrontation mit ihm imstande sah.

Er spähte in das Unwetter und in die Dunkelheit hinaus, doch niemand ritt in Richtung des Gasthauses. Seit mehr als zwei Stunden wartete er nun schon auf Geordie Bell. Leise fluchend schlenderte Rowan zurück zu seinem Platz in der Ecke neben dem Kamin. Irgend jemand stand auf und schlug die Tür zu.

Rowan saß mit dem Rücken zur Wand gelehnt, so daß er den bedrohlich düsteren Himmel durch ein kleines Fenster beobachten konnte. Er spürte, wie das Kaminfeuer seine linke Körperhälfte von Kopf bis Fuß mit seiner Wärme umfing, und er entspannte. Als der Gastwirt mit einem riesigen Tonkrug an ihm vorüberging, bedeutete er ihm, seinen Bierbecher erneut zu füllen.

»Eine fürchterliche Nacht«, brummte der Mann und schüttelte seinen kahlen Schädel. Rowan nickte und warf ein paar Münzen auf den Tisch. »Der Sturm zieht von Westen auf. Wollen Sie hier übernachten?«

Rowan nahm rasch einen Schluck des dünnen Gebräus, schluckte und schüttelte den Kopf. »Ich werde früh genug aufbrechen. Hoffe, daß mein Pferd ebenso ausgeruht ist wie ich.«

»Oh, Sie reiten den edlen braunen Hengst? Er ist gut versorgt worden – mein Sohn kümmert sich selbst um die Pferde. Bleiben Sie hier und reisen Sie morgen weiter, guter Mann. Selbst der leibhaftige Teufel würde sich bei einem solchen Wetter nicht vor die Tür wagen.«

»Mag sein«, sagte Rowan. »Aber ich breche in Kürze auf.«

Der Gastwirt kniff seine Augen zusammen. »Ihr Gesicht kommt mir bekannt vor. Einer von den Scotts, richtig?«

Leicht erstaunt nickte er. »Rowan Scott of Blackdrummond.«

Der Mann grinste. »Na also, der leibhaftige Blackdrummond! Willkommen, Mann. Ich denke, Sie waren eine ganze Weile fort.«

»Drei Jahre«, meinte Rowan leise.

Der Gastwirt beugte sich über ihn, und er roch nach Fleisch und einem hochprozentigeren als dem Rowan servierten Bier. »Ich war wirklich überrascht, als der englische Grenzaufseher den Black Laird of Blackdrummond vor einigen Jahren einen Räuber und einen Mörder schimpfte«, sagte er. »Wir alle kannten Sie als berüchtigten schottischen Gelegenheitsdieb, aber doch nicht als skrupellosen Räuber.«

»Berüchtigt war ich mit Sicherheit, aber die Zeiten haben sich geändert«, sagte Rowan in beiläufigem Tonfall.

»Oh, der Aufenthalt in einem englischen Gefängnis kann doch einem Blackdrummond Scott nichts anhaben. Diese Sippe ist doch zum Stehlen und Reiten geboren«, meinte der Gastwirt. »Ihr Bruder Alec gehört doch auch dazu, oder?«

Rowan trank sein Bier und blieb ihm eine Antwort schuldig.

»Es gibt kaum eine Reiterfamilie auf beiden Seiten der Grenze, die mehr Geächtete zu verzeichnen hat als die Blackdrummond Scotts.« Erneut grinste der Mann. »Meine eigene Familie ist doch jahrelang mit der Ihren ausgeritten. Wir sind die Armstrongs.«

»Aha. Gute Reitgefährten, Ihre Sippe«, sagte Rowan.

»He, und Sie werden wieder mit uns zusammen reiten, jetzt da Sie zurückgekommen sind.«

»Ich glaube nicht, daß das sinnvoll wäre«, sagte Rowan. »Ich bin hier im mittleren Grenzgebiet als Beamter eingesetzt worden.«

»Ach ja?« Der Mann schmunzelte. »Nun, es gibt nichts Normaleres im Grenzgebiet als einen Räuber, der zum Beamten aufgestiegen ist.« Er kratzte sich über seine Glatze und grinste erheitert. »Ein Blackdrummond Scott ist jetzt Offizier von Simon Kerr, alle Achtung. Das gefällt mir, wirklich. Der Kronrat hat Humor. Hier, Mann, nehmen Sie Ihr

Geld. Trinken Sie soviel Sie wollen, ist mir ein Vergnügen.« Er schob die Geldstücke zurück zu Rowan und verschwand dann, immer noch kichernd, mit seinem Bierkrug.

Mit einem verhaltenen, leicht ironischen Lächeln lehnte sich Rowan erneut gegen die Wand und streckte seine langen, mit hohen schwarzen Stiefeln bekleideten Beine unter dem Tisch aus. Die Gerüchte von Raubzügen, Verhaftungen und neuernannten Beamten machten an der Grenze ihre Runde. Er war sich sicher, daß der Gastwirt Rowan Scotts neue Position wie ein Lauffeuer verbreitete. Auch gut, denn das ersparte ihm die Mühe, seine Autorität im Grenzgebiet unter Beweis zu stellen.

Zweifellos war ihm sein Ruf bereits vorausgeeilt, und auch sein gleichermaßen berüchtigter Bruder, Alec Scott, hatte von ihm erfahren. Ein weiterer Halunke von Blackdrummond Tower, dachte Rowan zynisch. Er fragte sich, was der Gastwirt gesagt hätte, wenn er den wahren Grund erfahren hätte, warum das schottische Parlament den Black Laird hierher zurückgeschickt hatte.

Seufzend sammelte er die Silbermünzen ein und ließ sie in den an seinem Gürtel baumelnden Lederbeutel fallen. Dann entnahm er ihm ein kleines goldenes Medaillon, das er zwischen seinen Fingern ins Licht des Feuers hielt.

Inmitten des kostbaren Schmuckstücks prangte das kunstvoll eingravierte Relief einer Heiligenfigur. Auf der Rückseite stand in winzigen Buchstaben ein spanisches Gebet.

Rowan umschloß es mit seiner Hand und blickte suchend durch den lauten, überfüllten Raum. Die anderen Männer schienen keine Notiz von ihm zu nehmen, da sie mit Biertrinken, Würfelspiel und dem Flirten mit dem lachenden, rothaarigen Serviermädchen vollauf beschäftigt waren. Während er sie beobachtete, fragte er sich, ob einer von ihnen die von ihm benötigte Information kannte oder irgend etwas von dem fehlenden spanischen Gold wußte.

Gedankenverloren drehte er das Medaillon zwischen zwei Fingern und ließ es dann erneut in seinem Beutel verschwinden. Das Schmuckstück war ebenso wie einige Münzen und ein polierter Marmorspiegel mit dem Wrack der spanischen Galeere an Land gespült worden. Diese Fundstücke hatte Rowan behalten, da er es entgegen seiner Anordnungen nicht für erforderlich gehalten hatte, Dinge von so geringem Wert an die englischen Behörden auszuhändigen.

Prachtvolle, auf See verschollene Gold- und Silberwaren waren in den Taschen schottischer Fischer verschwunden. Obgleich es hieß, daß er sämtliche Stücke für die englischen Behörden zu beschlagnahmen hatte, hatte Rowan sie deswegen nicht belangt.

Die Berater von Königin Elizabeth betrachteten die Bergung des Schiffswracks als Siegesbeute im Anschluß an die Niederlage der Armada. Jetzt waren sie außer sich, daß zwei Riesensäcke der an diesem schottischen Küstenstreifen geborgenen Goldschätze gestohlen worden waren. Dieser Diebstahl, sinnierte Rowan, war zum Teil dafür verantwortlich, daß es ihn in einer solchen Höllennacht an diesen Ort verschlagen hatte.

Erneut blickte er aus dem Fenster. Bäume bogen sich im Sturm. Stirnrunzelnd überlegte er, warum Geordie Bell noch nicht eingetroffen war. Der englische Grenzbeauftragte, sein Freund und Diebesgefährte früherer Jahre, hatte ihn vor Sonnenuntergang in der Hoffnung hier treffen wollen, daß er bereits Informationen zu dem fehlenden Gold gesammelt hatte.

Rowan hatte nicht vorgehabt, so lange hierzubleiben. Er brannte darauf, nach Blackdrummond Tower zu reiten, da er seine Großeltern bereits benachrichtigt hatte, daß er noch in dieser Nacht einträfe. Sein Zuhause lag nur eine Stunde von dem Gasthaus entfernt, doch wenn sich der Sturm weiterhin mit einer solchen Heftigkeit entwickelte, würde sein Pferd erhebliche Schwierigkeiten haben, und er wollte Anna und Jock Scott nicht beunruhigen.

Trotzdem entschied er sich dafür, noch einige Minuten zu warten. Sich zurücklehnend ließ er seine Hand in sein ärmelloses Lederwams gleiten, das er über einem dicken Wollhemd trug, und zog einen runden, flachen Gegenstand von der Größe seiner Handfläche daraus hervor, der in ein Stück Leinenstoff eingewickelt war.

Als er ihn enthüllte, glänzte der polierte, mattschwarze Stein wie ein dunkler Stern, wie an jenem Tag, als er ihn als Treibgut am Ufer gefunden hatte. Langsam glitten seine Finger über die gewölbte Oberfläche und den Holzrahmen. Natürlich war der Gegenstand von geringem Wert, da er nicht aus kostbarem Material bestand, doch er fand den Spiegel hübsch und nützlich. Er hatte vor, ihn zusammen mit dem Medaillon seiner Großmutter zu schenken, auch wenn sein Großvater das sicherlich für überflüssigen Firlefanz hielt.

Der geschnitzte, vergoldete Holzrahmen besaß kleine Löcher, in die früher vermutlich Halbedelsteine eingefaßt gewesen waren. Der Rahmen umgab einen glatten Stein, der wie Onyx wirkte, allerdings heller und leicht durchschimmernd war.

Als er ihn hin und her drehte, reflektierte seine Oberfläche einmal das Kaminfeuer und dann den bewölkten Himmel vor dem Fenster. Rowan fragte sich, ob der Stein ursprünglich als Handspiegel dienen sollte, denn für ein Schmuckstück war er viel zu groß. Als er ihn erneut drehte, spiegelte er sein eigenes Gesicht.

Es kam nicht oft vor, daß er sich im Spiegel betrachtete: ein schlanker, dunkelhaariger Mann, der jünger aussah, als er sich eigentlich fühlte. Nach einer viel zu kurzen Nacht wirkte er müde und erschöpft. Außerdem bemerkte er, daß der lange Gefängnisaufenthalt nicht spurlos an ihm vorübergegangen war.

Seine ausgeprägten Gesichtszüge ließen auf Eigensinn und Selbstbeherrschung schließen und ähnelten denen seines Vaters. Genau wie bei seinem Vater waren sein Haar und seine Bartstoppeln so dunkel wie der Stein in seinen Händen. Doch die Form seines Mundes und seine tiefgrünen, von schwarzen Wimpern umrahmten Augen erinnerten an seine verstorbene Mutter.

Plötzlich verschwand sein Ebenbild und wurde von dem tosenden Himmel ersetzt. Als er den Spiegel drehte, sah er das Gesicht einer jungen Frau.

Verwirrt blickte Rowan auf, doch das Serviermädchen war nirgends zu sehen. Er blickte zurück in den Spiegel. Wie eine Traumgestalt war das Mädchen immer noch dort. Er sah große graue Augen, zarte Haut, eine bezaubernde dunkle Haarpracht. In seiner Vollkommenheit und Einzigartigkeit schien ihr ernstes Gesicht irgendwie auf diesem Spiegel zu schweben.

Rowan drehte den Spiegel, und das Bild verschwand. Er drehte ihn um, weil er sich sicher war, daß ein geschickt auf der Rückseite des Spiegels aufgemaltes Porträt die Illusion eines Gesichts durch den Stein reflektierte. Doch die massive Holzeinfassung der Unterseite enthüllte nichts. Er untersuchte ihn von der Seite und sah lediglich den dunkel schimmernden Stein, jedoch keinerlei Hinweis auf irgendwelche Farbaufträge oder ein gezeichnetes Gesicht. Wie ein Traum hatte es sich in Luft aufgelöst, und er konnte es nicht erneut heraufbeschwören.

Sein eigenes Gesicht blickte ihm entgegen – wache Augen, gerunzelte Stirn, viel zu langes Haar. Er rieb mit seinem Wollärmel über die glatte Oberfläche und schaute noch einmal: nur sein Ebenbild im flackernden Feuerschein. Bei der Frau mußte es sich um einen merkwürdigen Wachtraum gehandelt haben. Vielleicht brauchte er wirklich mehr Schlaf; vielleicht war das Bier doch stärker gewesen als vermutet.

Er wickelte den Spiegel wieder ein und ließ ihn in sein Wams gleiten. Dann nahm er seinen Helm von der Bank, setzte ihn auf und erhob sich. Nachdem er sich in seinen dunkelbraunen Umhang gehüllt hatte, verließ er mit einem kurzen Kopfnicken in Richtung des Gastwirts die Taverne.

Es enttäuschte ihn, daß er Geordie Bell nicht angetroffen hatte, doch wenn ihn sein früherer Kamerad finden wollte, brauchte der Engländer lediglich eine Nachricht nach Blackdrummond Tower zu senden. Jetzt wollte Rowan endlich losreiten, bevor der Sturm noch stärker wütete und er seinen Entschluß, in einer solchen Höllennacht zu reiten, doch noch änderte.

Er öffnete die Tür des Gasthauses, trat ins Freie und

schloß sie dann geräuschvoll. Zum Schutz vor dem stürmischen Wind zog er seinen Kopf ein, überquerte den Hof, um zu den Stallungen zu gelangen und dort sein Pferd und seine Waffen in Empfang zu nehmen.

Das Heulen des heranrückenden Sturms übertönte das Geräusch der Schritte hinter ihm, so daß er zu spät reagierte, als er seine Hand an den Knauf seines Dolches legte und herumwirbelte. Mit einem Ruck packte von hinten jemand seine Arme, und er verlor vorübergehend das Gleichgewicht.

Ein kräftiger, muskulöser Arm umschlang seinen Brustkorb, und als Rowan die scharfe Klinge des Dolchs an seiner Kehle spürte, gab er jede Gegenwehr auf. Er legte den Kopf seitwärts, doch der abgeschrägte Rand seines Helms versperrte ihm die Sicht auf seinen Angreifer.

Er verharrte reglos und ballte seine Hand zur Faust. Wenn er seinen Arm hätte bewegen können, hätte er sie diesem Mann nur zu gern ins Gesicht geschleudert oder ihm seinen Ellbogen in die Eingeweide gerammt.

»Geben Sie heraus, was Sie gefunden haben«, befahl eine rauhe, leise Stimme. Der Mann war von gleicher Größe wie Rowan, allerdings um einiges kräftiger, wenn man den bleischweren Arm berücksichtigte, der ihm die Luft abschnürte.

»Was soll ich Ihnen geben?« keuchte er. Der Mann drückte erneut auf Rowans Brustkorb, was eine ungewohnte Kurzatmigkeit bewirkte. Die scharfe Dolchspitze bohrte sich in seine Haut. Er spürte den stechenden Schmerz und den ersten Tropfen Blut.

Wenn er einen Schritt nach vorn unternahm, schlitzte er sich selbst die Kehle auf. Ging er rückwärts oder versuchte, sein Schwert zu umklammern, lud er sein Gegenüber zum Angriff ein. Die Reaktion der Klinge war allemal schneller als jede seiner Bewegungen.

»Der Mond«, knurrte der Mann. »Haben Sie ihn?«

Rowan warf einen Blick zur Seite, sah aufgrund seines Helms jedoch nur einen feisten Nacken und ein bärtiges Kinn. Ein weiterer großer, ungeschlachter Mann stand in einem ärmellosen, zerschlissenen Lederwams vor ihm. Sein breites Gesicht war von einem braunen Vollbart bedeckt, und ein konisch geformter Helm bedeckte seine Augen.

»Den Mond? Was zum Teufel meinen Sie damit?« krächzte Rowan. Vielleicht waren die beiden ja gar keine Diebe, wie er zunächst angenommen hatte, sondern verrückte, marodierende Soldaten. Irrsinnig, ihn nach dem Mond zu fragen.

»Den Rabenmond«, sagte der Bärtige. »Wir wissen, daß Sie an der Küste waren, wo das spanische Schiffswrack angetrieben wurde. Und wir glauben, daß Sie etwas besitzen, was wir haben wollen. Den Rabenmond.«

»Ich besitze nichts, was für Sie von Wert sein könnte«, sagte Rowan.

»Durchsuch seinen Beutel«, brüllte der Mann mit dem Dolch.

Der Bärtige öffnete Rowans Lederbeutel und griff hinein. »Münzen und irgendein Heiligenbild«, knurrte er und betrachtete das Medaillon. »Keine Spur von dem Stein.«

»Sieh genauer nach«, sagte der erste. Der andere wühlte erneut in Rowans Beutel.

Rowan fragte sich, ob sie den schwarzen Marmorspiegel suchten, verwarf diesen Gedanken jedoch. Diese Halunken wollten mit Sicherheit kein so nichtssagendes, wertloses Stück, das weder Gold noch Edelsteine zierten. Mit Sicherheit waren die beiden Männer davon ausgegangen, daß er gestohlenes Gold besaß, spanisches Gold in diesem Falle.

Er spürte, daß der Druck der Klinge an seiner Kehle etwas nachließ. Augenblicklich warf Rowan den Kopf zurück und schlug dem hinter ihm Stehenden seinen Helm vor die Nase. Dann rammte er seinen Ellbogen in dessen durchtrainierte Bauchmuskulatur und trat ihm mit dem Fuß vor das Schienbein. Sein Häscher stöhnte auf und verlor das Gleichgewicht. Der Dolch glitt aus seinen Händen, und der Druck des Arms löste sich.

Nachdem Rowan sich losgerissen hatte, trat er nach dem zweiten Mann und erwischte ihn ebenfalls am Schienbein. Dann setzte er einen gezielten Handkantenschlag auf den

Nacken des Mannes an. Als der Räuber strauchelte und neben seinem Kumpan zu Boden ging, zog Rowan seinen Dolch.

Ein lautes Krachen übertönte das Heulen des Windes. Wie das Summen einer geschäftigen Biene surrte etwas hinter seinem Helm vorbei. Als Rowan sich umblickte, um den Gewehrschützen auszumachen, sprangen seine Angreifer auf, stürzten sich auf ihn, und er verlor erneut das Gleichgewicht. Der Größere der beiden packte ihn an den Beinen und warf ihn auf den feuchten Erdboden.

Ein weiterer Schuß löste sich. Hastig stolperten die beiden Angreifer über Rowan und stießen zusammen, was weniger den Eindruck zweier Ganoven als den von Gegnern in einem Fußballspiel vermittelte, die gerade den Ball verfolgten.

Völlig außer Atem erhob sich Rowan und setzte sich in Bewegung, um die beiden Männer über den Hof zu verfolgen. Selbst wenn sie ihm entkamen, würde er sie finden. Er hatte ihre Gesichter zwar nicht genau gesehen, und sie trugen auch keine verräterische Uniform. Beide trugen Lederjacken, abgeschrägte Helme und hohe Stiefel, die übliche Bekleidung vieler Grenzbewohner. Aber er würde sie an ihrem ungeschlachten, hünenhaften Körperbau und ihrer Gangart erkennen – der Größere hatte sich wie ein Tanzbär bewegt –, wenn er sie jemals wiedersah.

Er hörte ein Rufen und blickte sich um. Ein breitschultriger, rothaariger Mann rannte grinsend auf ihn zu und schwenkte zwei schmauchende Pistolen. Winkend lief Rowan Geordie Bell entgegen.

Innerhalb von Sekunden hatte Rowan den Hof überquert, war in den Stall gestürmt und dann ins Moor hinausgeritten, wo die beiden Männer hinter einem Hügel verschwunden waren. Schwer atmend schloß Geordie zu ihm auf, und gemeinsam durchkämmten sie die karste Landschaft.

Rowan galoppierte eine Anhöhe hinauf und beobachtete, wie zwei auf ihren Pferden zusammengekauerte Reiter durch das Moorgebiet preschten. Laut fluchend drehte er sich um.

»Wenigstens bist du unverletzt«, versuchte ihn Geordie zu beruhigen und schob die Pistolen in seinen Gürtel. »Ich ritt gerade auf die Taverne zu, als ich sah, daß sie dich überwältigten. Aber ich war noch zu weit entfernt, um dir zu helfen.«

»Gott bewahre, Mann. Vermutlich hättest du meinem Hirn eine Bleikugel verpaßt, wenn du näher gewesen wärst«, knurrte Rowan. Er setzte seinen Helm ab, fuhr sich mit den Fingern durch das Haar und atmete tief ein.

»Was wollten diese Banditen von dir?« fragte Geordie.

Rowan zuckte die Schultern. »Sie haben ein paar Goldmünzen aus meinem Beutel genommen. Und sie verlangten etwas, das sie Rabenmond nannten. Zunächst habe ich sie für verrückt gehalten.«

»Rabenmond? Klingt nach einem Hexensabbat.«

»Sie erwähnten irgendeinen Stein. Ich weiß zwar nicht, wer diese beiden Ganoven sind, aber ich möchte wetten, daß sie mit der fehlenden spanischen Beute zu tun haben. Sie wußten, daß ich am Strand war und sie wollten diesen Gegenstand von mir haben – und schienen sogar imstande, mir dafür die Kehle aufzuschlitzen.«

»Möglich, daß sie schon seit zwei Wochen hinter dir her sind, seit du die Küste verlassen hast und nach Edinburgh aufgebrochen bist. Rowan ... hast du irgend etwas aus diesem spanischen Schiffswrack mitgenommen? Irgend etwas Wertvolles?«

Langsam zog Rowan eine seiner Brauen hoch. »Würde ich so etwas tun?«

Geordies Kichern war so ansteckend, daß Rowan in sein Lachen einfiel und beide schließlich vor Freude wieherten. »Nun, als ich an diesem Ufer entlangging, fand ich einen hübschen Granatschmuck und eine Goldbrosche«, sagte Geordie, »beides habe ich meiner Frau geschenkt. Ich dachte, daß es Königin Elizabeth schließlich auf eine Brosche mehr oder weniger nicht mehr ankommt.«

»Ah, du bist mir ein rechter Gelegenheitsdieb – für einen Engländer.«

Geordie schmunzelte. »Schließlich bin ich seinerzeit mit

den Besten ausgeritten, den Blackdrummond Scotts. Sag mir, was du am Strand gefunden hast«, fügte er in ernsterem Ton hinzu.

»Nur ein kleines goldenes Medaillon und einige Münzen, die sie mir abgenommen haben. Und das hier«, sagte Rowan. Er zog den dunklen Spiegel aus seinem Wams und wickelte ihn aus dem Leinentuch. »Er wurde ans Ufer geschwemmt, nachdem die englischen Beamten ihre Sachen zusammengepackt hatten und nach Hause gegangen waren. Deshalb habe ich ihn behalten.«

»Das da? Sieht kaum danach aus, als hätte es irgendeinen Wert.« Geordie musterte den schwarzen Stein. »He! Und häßlich ist er obendrein.«

»Das ist nur dein Ebenbild«, antwortete Rowan ironisch und ließ den Spiegel in seinen Lederbeutel gleiten.

»Könnte das der Rabenmond sein?«

»Welches Interesse sollten sie an diesem Gegenstand haben? Offensichtlich dachten sie doch, ich hätte irgend etwas Wertvolles aus diesem Schiffswrack.«

»Stimmt. Rabenmond. Hmhm. Vielleicht verbirgt sich dahinter eine schwarze Perle«, sinnierte Geordie. »Königin Elizabeth würde ein solches Juwel sehr zu schätzen wissen. Wie ich gehört habe, hat sie ihren Beratern die Hölle heiß gemacht, daß sie ihr nur ja jede angetriebene Münze und jeden Firlefanz aushändigen.« Er kratzte über sein spitzes Kinn. »Spione würden alles dafür geben, ein für die englische Königin wertvolles Pfand zu erwerben.«

»Wenn es sich bei diesen Ganoven um die Männer gehandelt hat, die der schottische Kronrat mir gegenüber erwähnte, dann will eure Königin auf alle Fälle, daß sie gefaßt werden.«

»Ja, schottische Agenten, die für Spanien tätig sind, wären eine gefährliche Bedrohung für sie. Wie mir zu Ohren gekommen ist, entlohnen die Spanier die Spione sehr gut, die gewillt sind, sie bei der Invasion Englands zu unterstützen. Und Elizabeth befürchtet, daß sie im Zuge dieser Bemühungen ermordet werden könnte. Selbstverständlich sähe sie es gern, wenn sie so schnell wie möglich gefaßt würden. Hat man dir das auch erklärt?«

»Ja, sicher.« Rowan sah ihn fest an. »Euer englisches Parlament vertraut mir nicht, doch die Schotten glauben immer noch an mich.«

»Du bist ein Schurke und ein Dieb, Rowan Scott«, sagte Geordie, »aber ich würde mit dir durch die Hölle reiten.«

Rowan lächelte gequält. »Herzlichen Dank, mein Junge. Hoffen wir, daß es dazu nicht kommt. Der Kronrat hat mich zum Beamten für das mittlere Grenzgebiet erklärt. Ich soll diese Männer verfolgen und soviel wie möglich über das verschwundene Gold in Erfahrung bringen. Aber ich hatte nicht damit gerechnet, daß mir diese Halunken bereits auf den Fersen waren, als ich das Gasthaus verließ.«

Geordie nickte. »Ich habe gerade von deinem neuen Posten gehört. Deshalb wollte ich dich hier treffen. Und mir ist auch etwas über die Begleitumstände zu Ohren gekommen«, fügte er grimmig hinzu.

Rowan betrachtete die schnell vorüberziehenden, dunklen Wolken am Himmel. »Es heißt, daß Alec mit den spanischen Agenten gemeinsame Sache macht. Er und ein anderer Grenzräuber wurden erwischt, als sie spanisches Gold bei sich hatten. Sein Kumpan wurde verhaftet, aber Alec konnte entkommen.«

»Und du sollst ihn finden.«

»He, ich bin doch der beste Mann für diese Aufgabe«, sagte Rowan übertrieben betont. »Aber der Kronrat weiß nicht, daß ich meinen Bruder weder für einen König noch für sonstwen verfolge.«

»Ich verstehe deine Loyalität ...«

»Das hat nichts mit Loyalität zu tun«, sagte Rowan kraftlos. Seine weitere Überlegung behielt er für sich: *Falls ich Alec finde, töte ich ihn vermutlich.*

Für Sekundenbruchteile sah ihn Geordie prüfend an. »Hat es mit Maggie zu tun?« fragte er leise. »Oder mit deinen Haftbedingungen?«

»Maggie ist tot«, wies ihn Rowan schroff zurecht. »Und was meine Zeit in englischer Haft anbelangt, so ist diese auch vorbei. Aber ich werde nicht ausreiten, weder um ihn zu retten, noch um ihn an den Strang zu liefern.«

»Ob Bruder oder nicht, besser, du findest diese Spione, bevor man dich hängen läßt.«

Von Geordies seltsamem Tonfall aufgerüttelt, wandte Rowan sich zu ihm um. »Was meinst du damit?«

»Das ist der Grund, warum ich dich hier treffen wollte«, sagte Geordie. »Die englischen Beamten haben Königin Elizabeths Beratern Mitteilung gemacht, daß der berüchtigte Rowan Scott weiß, wohin das Gold gelangt ist. Wenn das Gold nicht bald gefunden wird, werden sie dich öffentlich beschuldigen.«

»Auf welcher Grundlage?«

»Sie wissen, daß du dich an jenem Strandabschnitt aufgehalten hast und daß du ein Halunke und ein Behördenschreck bist.«

»Ein bekannter Grenzräuber und ein Rebell und damit der naheliegendste Verdächtige«, sagte Rowan. Er wiederholte den Satz aus seinem Gedächtnis. Vor drei Jahren hatten die Engländer genau diese Logik im Rahmen seiner Verurteilung angewandt. Stirnrunzelnd blickte er auf die vorüberjagenden Sturmwolken. »Also werde ich einen weiteren Liebesbrief von den Engländern erhalten.«

»Einen Haftbefehl? Ist anzunehmen, falls das Gold nicht auftaucht.«

»Es gibt nichts Einfacheres, als an der Grenze Spione zu entlarven«, meinte Rowan sarkastisch. »Zwei Schotten mit Lederwesten und Stahlhelmen. Davon gibt es hier sicherlich mehr als fünftausend.«

»Was also hast du vor?«

»Welche Alternative bleibt mir denn? Ich werde diese Spione finden müssen. Wenn ich abhaue, werde ich wie mein Bruder zum Geächteten erklärt.«

Geordie reichte ihm seine Hand, und Rowan drückte sie fest. »Dann sei vorsichtig und paß auf dich auf«, sagte Geordie. »Bring dich nicht um Kopf und Kragen, mein Freund. Denn darauf ist eine Belohnung in spanischem Gold ausgesetzt.«

Kapitel 3

Der Wind, er kam von Norden her,
Ein Wind, so kalt und scharf,
Und tiefer Schlaf hüllte mich ein,
Daß er vom Pferd mich warf.
– ›Tam Lin‹

Aufgrund des anhaltenden Regens tänzelte das Pferd unruhig mit seinen Hufen über den schlammigen Boden. Mhairi beugte sich vor und tätschelte den breiten, von der Nässe glitschigen schwarzen Pferdehals. »Ruhig, Peg, mein Freund«, murmelte sie in gälischer Sprache. »Ruhig, mein Mädchen. Bald schon werden wir in Windeseile losgaloppieren und diesen Kurier überwältigen. Und dann werden wir ein warmes, trockenes Plätzchen und etwas Eßbares für dich auftreiben.«

Als sie das leise Wiehern eines Pferdes hinter sich vernahm, drehte sie sich um. Ein Mann in Umhang und Kapuze ritt durch den strömenden Regen auf sie zu. Christopher Armstrong hob grüßend eine Hand und brachte sein Pferd dann neben ihr zum Stehen.

»Das Unwetter wird heftiger, Mhairi«, warnte er. Seine jugendliche Stimme klang hell und paßte zu seinem jungenhaft schlaksigen Körperbau. »Du hast schon so lange gewartet. Bei diesem Wetter wird niemand den Weg über Lincraig nehmen. Kehr um, reite zurück zu Jennets Haus. Sie hat schon ein warmes Essen für dich bereitgestellt.«

»Der Kurier nimmt diesen Weg«, beharrte Mhairi eigensinnig.

»Ja, vielleicht morgen. Aber im Augenblick zieht er sicherlich ein Gasthaus oder eine Hütte im Moor vor.«

»Er ist in der Nähe«, sagte sie. »Wir könnten ihn bereits sehen, wenn der Regen nicht so heftig wäre.«

»Mhairi ...«

»Ich bleibe hier.«

Christie strich eine Strähne seines feuchten blonden Haars zurück und seufzte resigniert. »Also gut, dann bleib hier und laß dich naßregnen. Aber wir dürfen diesen Mann nicht verfolgen. Meine Familie hat mir erklärt, daß der Kurier diesen Weg nimmt, doch sie haben mich auch gewarnt, die Finger von ihm zu lassen.«

Sie schüttelte den Kopf. »Das kann ich nicht.«

»Er ist nicht wie die anderen, Mhairi. Dieser hier fürchtet sich nicht vor irgendeinem Spuk auf Lincraig. Das Risiko ist einfach zu groß. Laß ihn in Ruhe.«

»Ich kann nicht.«

»Dieser Mann ist gefährlich, haben sie mir erklärt«, sagte Christie. »Ihnen ist in Edinburgh zu Ohren gekommen, daß ihn der Kronrat schicken würde.«

Aufgrund seiner unheilvollen Äußerung packte sie die Zügel fester. »Was wissen sie noch über ihn?« fragte sie.

»Er ist ein berüchtigter Grenzräuber. Das war alles.«

Mhairi lächelte kurz, denn sie wußte, daß das Grenzgebirge von berüchtigten Gelegenheitsräubern wimmelte. Sie hatte erfahren, daß viele von ihnen aufgeweckte Männer waren, die sich auf ihren nächtlichen Beutezügen gegenüber ihren Feinden viel herausnahmen.

»So berüchtigt wie du eines Tages sein wirst, Devil's Christie?« zog sie ihn scherzhaft mit dem Reiternamen auf, den ihm sein diebischer Clan gegeben hatte.

Er grinste. »Fast«, erwiderte er und runzelte dann die Stirn. »Ich meine es ernst, Mhairi. Wenn du an deinem Leben hängst, dann laß diesen Kurier in Frieden ziehen.«

»Ich hänge an meinem Bruder«, sagte sie mit fester Stimme. »Genau wie du, denn Iain ist dein Schwager. Sonst wäre ich nicht hier. Ich wäre überhaupt nicht im Grenzgebiet, sondern zu Hause in den Highlands.«

Christie schwieg und beobachtete die vom Unwetter durchweichte Straße und das Hochmoor. »Sieh mal«, meinte er Sekundenbruchteile später in scharfem Ton. Mhairi spähte suchend durch die Regenwand.

In einiger Entfernung ritt ein Mann auf einem braunen

Pferd in gemäßigtem Trab. Groß und breitschultrig saß der Reiter in seinem durchnäßten Umhang mit Kapuze kerzengerade im Sattel und hielt lediglich seinen Kopf leicht gesenkt.

Aufgrund seines Verhaltens in einer solchen Regennacht schloß Mhairi, daß der Kurier gleichermaßen erschöpft wie entschlossen sein mußte. Trotz des Unwetters und der Finsternis hatte er keine nächtliche Rast eingelegt. Schlagartig wurde ihr bewußt, daß dieser Kurier niemals aufgeben würde.

Ebenso wenig wie sie.

»Ja, da kommt er«, sagte sie. »Allein und naß bis auf die Haut. Er reitet so langsam und behäbig wie eine alte Frau.« Sie ergriff die Zügel. »Die Geister von Lincraig Castle werden ihm seine Papiere im Handumdrehn entwenden und dann rufen sie – *Buh!* Und er wird ebenso verängstigt wie die anderen das Weite suchen. Auf mich wirkt er überhaupt nicht gefährlich.«

»Gefährlicher, als dir lieb ist«, brummte Christie.

»Wenn du es nicht tun willst, dann schnapp ich ihn mir«, sagte sie beherzter, als ihr eigentlich zumute war. Sie brachte Peg dazu, sich ein Stück vorwärts zu bewegen, und beobachtete durch die graue Regenwand, wie der Kurier sich langsam über das schmale Band der Straße näherte.

Plötzliche Angst durchzuckte sie. Das unangenehme Gefühl, das sie schon seit längerem hatte, steigerte sich ins Unermeßliche. Schicksal, dachte sie schlagartig. Bestimmung und Entschlossenheit ritten mit diesem Mann. Sie zitterte, doch nicht wegen der Kälte.

Vielleicht ist es dieser Mann. Doch bei dem Gedanken schüttelte sie rasch den Kopf. Er konnte nicht der Mann sein, den Iain in seiner Vision gesehen hatte, und der durch Sturm und Gefahr ritt, nur um sie zu finden. Dieser Kurier ritt in Richtung der Wachtposten im Grenzgebiet, wie man es ihm befohlen hatte. Er hatte keine Ahnung, daß sie und Christie ihm auf der Spitze des Hügels auflauerten.

Erneut erschauerte sie; wegen der Kälte und ihrer Müdigkeit, beruhigte sie sich, weil sie sich bereits zu lange im

Freien aufhielt. Nachdem sie jede weitere Überlegung als dumm und unsinnig abgetan hatte, atmete sie tief ein und ließ den herannahenden Reiter nicht aus den Augen.

Es kümmerte sie nicht, ob der Mann so gefährlich war, wie Christie ihn geschildert hatte, oder ebenso einfältig wie die anderen Kuriere. Mhairi wollte lediglich wissen, ob er ein Urteil bei sich trug, das Iain schaden konnte. Unter gar keinen Umständen durfte es ihm gelingen, dieses dem Grenzaufseher auszuhändigen.

Mit rasendem Herzklopfen umklammerte sie die Zügel. Eine Gänsehaut kroch über ihren Rücken, und sie war plötzlich entsetzlich aufgeregt. Der Regen durchnäßte sie, und der Sturm zerrte an ihrem Umhang, doch Mhairi ließ den unablässig näher kommenden Mann nicht aus den Augen.

Rowan nieste. Sich durch Wind, Regen und zunehmende Dunkelheit vorwärtsbewegend, fluchte er, packte die Zügel fester und verbarg seinen Kopf unter seiner Kapuze. Während er auf Blackdrummond Tower zuritt, trommelte der Regen unablässig auf seine Schultern.

Sein Umhang und sein Haar waren völlig durchnäßt, und kleine Rinnsale liefen über die Wangen in seine Bartstoppeln. Sein Lederwams sowie seine übrigen Kleidungsstücke waren ebenfalls feucht, und seine Füße klebten unangenehm in den hohen Stiefeln fest.

Seinen Helm hatte er bereits abgenommen, als ihn das ständige Plätschern des Regens auf dem Stahl an den Rand der Verzweiflung gebracht hatte. Er streifte die Kapuze seines durchnäßten Wollumhangs zurück und spähte durch die verregnete Dunkelheit.

Die unbefestigte Straße hatte sich in Morast verwandelt und die Felder in einen Sumpf. Die zunehmende Finsternis tat ein übriges, daß der gewundene Pfad noch gefahrvoller war. Als die Straße stetig anstieg, verlangsamte Rowan sein Tempo, da er nicht wollte, daß sich sein Brauner ein Bein brach oder über den Rand des steilen Abhangs stürzte.

Er kannte die Biegungen und Kurven dieses gebirgigen Hochlands, war sie schon viele Male bei ähnlich heftigen

Unwettern geritten. Aber er war jahrelang fortgewesen. Bei diesem langsamen Tempo bezweifelte er, daß er zu Hause eintraf, noch ehe ihn vollständige Dunkelheit einhüllte und ihm jegliche Sicht auf seine Umgebung nahm.

Er fluchte, und weil ihm das guttat, fluchte er erneut, laut und herzhaft. Das milderte zwar seine Verärgerung über die Verspätung, konnte aber nichts gegen die Nässe, die Kälte oder seine Müdigkeit ausrichten.

Wenigstens bot ihm dieses Wetter die entsprechende Gewißheit, daß keine Räuber unterwegs waren, dachte er. In hellen Mondnächten war der geheime Grenzverkehr häufig überwältigend – geübte Reiter, sowohl Schotten als auch Engländer, trieben ihre gestohlenen Rinder oder Schafe über das Hochland. Er hatte selbst viele solcher Raubzüge begleitet, wie Generationen von Blackdrummond Scotts bereits vor ihm. Aber er hatte keinesfalls das Bedürfnis, einer solchen Diebesbande allein und auf einer matschigen Straße zu begegnen.

In trockenen Nächten und in Begleitung seiner Männer hätte ihn eine solche Begegnung gereizt. Das zum Schutz vor Straßenräubern in seinem Stiefel steckende Schreiben – er hoffte, daß die Tinte nicht verlaufen war – dokumentierte, daß er in seiner Funktion als Grenzposten hier sowohl tagsüber als auch nachts patrouillieren würde.

Er kannte das riesige Gebiet wie seine Westentasche, ebenso wie die meisten Gutsherrn, Bauern und Hirten, die hier lebten. Viele von ihnen waren auch Grenzräuber: Vieh- und Schafdiebe, waren ehrliche Männer, aber auch Gauner und Ganoven. In ihrer Mitte war er aufgewachsen.

Während er über den morastigen Pfad ritt, dachte Rowan an die unbekannten Schotten, die für die spanische Krone spionierten. Die Grenzbewohner waren gegenüber ihrem Clan und ihren Kumpanen meist weitaus loyaler eingestellt als gegenüber ihrem Regenten. Die skrupelloseren Halunken aus einer solchen Bande wurden vielleicht von dem Glanz des spanischen Goldes angezogen. Wenn sie sich in diesem Gebiet aufhielten, dann war er fest entschlossen, sie zu finden.

Mit einer persönlichen Einschränkung hatte er die Entscheidung des Kronrats angenommen. Bis zu dem Zeitpunkt seines Gesprächs mit Geordie Bell war er nicht bereit gewesen, seinen eigenen Bruder zu verfolgen, was nichts mit Loyalität zu tun gehabt hatte, sondern lediglich mit dem Wunsch, Alec niemals mehr gegenübertreten zu müssen. Als er jedoch die Anschuldigungen des Engländers gehört hatte, war ihm klargeworden, daß er Alec finden mußte, um seine eigene Haut zu retten.

Simon Kerr, der Grenzaufseher, stand gegenüber dem Kronrat im Wort, daß er Alec Scott, der nach der Verhaftung seines Kameraden ins Gebirge geflohen war, mit absoluter Sicherheit finden würde. Kerr behauptete, daß Alec und sein Freund spanisches Gold von England nach Schottland geschmuggelt hätten. Der Grenzaufseher hatte darum ersucht, daß der Gefangene zur Bestrafung und Verurteilung in englischen Gewahrsam genommen werden sollte.

Als man Rowan mit der Aufgabe, die Spione zu finden, betraut hatte, war der schottische Kronrat sich darüber im klaren gewesen, daß Rowans jüngerer Bruder in diese Sache verwickelt war. Die meisten schottischen Grenzoffiziere waren mit Räubern verwandt oder verdingten sich sogar selbst als solche. König James und seine Berater glaubten, daß solche Männer die wilden Grenzgänger am ehesten zur Vernunft brächten. Doch trotz der Gaunereien, Streitereien und der häufigen Begünstigungen innerhalb des Beamtenstandes war der Plan nur mäßig erfolgreich.

Während er durch den strömenden Regen ritt, kam Rowan zornig grinsend zu dem Entschluß, daß ihm dieser Posten letztlich doch hervorragend zu Gesicht stand. Der berüchtigte Black Laird of Blackdrummond war jetzt Beamter eines Kerrs. Ihm gefiel diese Ironie, besonders, da sie einen Kerr betraf; dieser Clan war seit Generationen mit den Scotts verfeindet.

Rowan brachte sein Pferd zum Stehen und ließ seinen Blick über die Hügellandschaft und die tiefhängenden, düsteren Wolken schweifen. In der Ferne erkannte er die alte Ruine von Lincraig Castle, ein Trümmerhaufen mit spinnwebüberzogenen Gängen, das einst ein Vorfahre von ihm hatte erbauen lassen.

Blackdrummond Tower lag kaum zwei Meilen nördlich davon entfernt und erstreckte sich hinter dem Hügel dieser Burgruine. Auch wenn ihn die Dunkelheit einholte, so würde er doch bald zu Hause eintreffen.

Der Braune wieherte leise und richtete nervös seine schwarzbehaarten Ohren auf.

»Was ist los, Valentine?« fragte Rowan. »Sind es die Geister in der alten Burg? Beruhige dich, mein Junge. Sie werden uns schon nichts tun.« Unschlüssig tänzelte das Pferd zur Seite. Rowan straffte die Zügel und nieste erneut, ein lautstarkes Schnauben, das sein Pferd verunsicherte. Beruhigend tätschelte er den Pferdehals, gab ihm die Sporen, doch sein Hengst wieherte und brach seitlich aus.

»Ho, Valentine«, sprach Rowan leise. »Gespenster, was? Ich bezweifle, daß du bei diesem Wetter irgendwelche Räuber erkennen kannst.« Aber in seinem Nacken spürte er ein verräterisches Prickeln, als beobachtete ihn jemand. Mit zusammengekniffenen Augen wandte er sich um.

Unweit von Lincraig nahm er die Silhouette eines Reiters wahr. Rowan konnte einen wehenden schwarzen Umhang mit Kapuze und einen Rappen erkennen, doch aufgrund des Regens und der Entfernung keine weiteren Einzelheiten. Er sah weder einen Helm noch einen Harnisch oder eine Lanze. Weitere Sekunden später fiel sein Blick auf einen zweiten Reiter.

Durch den strömenden Regen bahnten sich die Reiter ihren Weg über den verschlungenen Pfad in Richtung des Hochmoors. Rowan packte die Zügel und beugte sich vor. Valentine gehorchte und setzte zum Galopp an.

Der Wind zerrte Rowan die Kapuze vom Kopf, als er sich umblickte und schon damit rechnete, daß Reiter aus weiteren Richtungen auf ihn zuströmten – ein alter Ganoventrick. Aber es war niemand zu sehen.

Die Grenzräuber würden sich nicht mit einem einsamen Reiter auf der Straße abgeben, es sei denn, daß sie aufgrund ihrer Familienfehden gezielt jemanden verfolgten. Und die meisten ihm bekannten Gelegenheitsdiebe blieben an einem solch verregneten Abend zu Hause. Selbst diejenigen, die es auf Mitglieder des Scott-Clans abgesehen hatten.

Trotz des zunehmenden Regens und der mit Wasser bedeckten Straße drängte er Valentine zu schnellem Galopp. Das laute Geräusch der Pferdehufe vermischte sich mit dem klatschenden Regen. Rowan wagte einen weiteren Blick hinter sich.

Der riesige Rappe mit seinem geheimnisvollen Reiter hatte die Straße erreicht und nahm jetzt vor seinem Begleiter in rasendem Galopp die Verfolgung von Rowan auf. Rowan erhaschte einen Blick auf ein weißes, gespenstisches Gesicht, das von einer schwarzen Kapuze verhüllt wurde; dann gab er Valentine erneut die Sporen.

Bruchstücke aus Kindheitserzählungen schwirrten ihm durch den Kopf – gespenstische Reiter in finsterer Nacht, zwei Meter große Schattenwesen, Kobolde, die Reisenden auflauerten. Ein Mann, so lautete eine dieser Geschichten, hatte sich vor langer Zeit zu Tode erschreckt, als der Geist eines Urahns der Scotts auf Lincraig Castle sein Unwesen trieb.

Rowan überlegte kurz, ob ihm der Spuk von Lincraig auf den Fersen war. Da seine Vorfahren bislang jedoch keinen Grund für seine Verfolgung gesehen hatten, bezweifelte er, daß sie jetzt damit anfingen.

Dieser Reiter war lediglich ein Dieb aus Fleisch und Blut, der dumm genug war, in einem solch gewaltigen Sturm auszureiten, nur um jemanden zu bestehlen. Kein Grenzräuber würde sich auf eine derartig unerquickliche Tätigkeit einlassen. Nicht einmal Gespenster würden sich dieser Mühe unterziehen.

Erneut blickte er sich um. Unbeirrt kam der Reiter in gestrecktem Galopp näher, und sein schwarzer Umhang flatterte gespenstisch im Wind. Rowan bemerkte, daß der zweite Reiter ihm wie ein dunkler Schatten folgte.

Sich der hinter ihm und vor ihm lauernden Gefahren voll bewußt, schmiegte sich Rowan dicht an sein Pferd und feuerte den Hengst zu atemberaubender Geschwindigkeit an.

Die Straße fiel ab und machte eine Linkskurve. Valentine preschte voran und galoppierte mit aller Kraft in die Biegung ein.

Im nächsten Augenblick erkannte Rowan, daß die Straße stellenweise vollkommen durchweicht war. Er zerrte an den Zügeln, konnte jedoch nicht verhindern, daß das Pferd knietief im Morast versank. Als Valentine strauchelte und seinen Kopf senkte, wurde Rowan aus dem Sattel geworfen und landete seitwärts im Matsch. Fluchend richtete er sich wieder auf.

Er warf seinen schlammbespritzten Umhang zurück und packte ins Zaumzeug, um das scheuende, verstörte Pferd zur Ruhe zu bringen. Als Rowan endlich wieder festen Boden unter den Füßen gefunden hatte, vernahm er dicht hinter sich das Schnauben eines weiteren Pferdes.

Er ließ die Zügel fallen, umklammerte seinen Schwertknauf und zog es langsam wie in einem Alptraum aus der Scheide. Der Reiter im schwarzen Umhang befand sich genau hinter ihm und sein Begleiter, ein blonder Bursche, war ihm dicht auf den Fersen. Rowan hob sein Schwert.

Das Pferd des blonden Mannes kam näher. Plötzlich nahm Rowan eine schimmernde Klinge in dessen Hand wahr, eine Streitaxt, die der Mann auf ihn gerichtet hatte. Rowan schwang sein eigenes Schwert, und es gelang ihm trotz seiner ungünstigen Position mit Leichtigkeit, seinem Gegenüber die Waffe aus der Hand zu schlagen.

Als er ein weiteres Mal ausholte, verlagerte er sein Gewicht. Daraufhin gab der Boden unter seinen Füßen nach. Er stolperte und es kostete ihn wertvolle Sekunden, bis er sich wieder gefangen hatte.

Aus seinem Augenwinkel sah er erneut die Streitaxt. Er hob seine Schwertklinge und schwang sie nach oben. Auf einmal holte der erste Reiter, der Rowan und den blonden Reiter umkreist hatte, eine Pistole aus seiner Satteltasche hervor.

In den glitschigen Morast ausweichend, wand Rowan sich so geschickt, daß die gefährliche Klinge des Blonden ihn nicht berührte. Als er sich umdrehte, näherte sich der andere Reiter, beugte sich im Sattel vor und schwenkte seinen Arm.

Der Pistolenknauf traf Rowans Braue, und sein Kopf prallte zurück. Zuckende Blitze wichen aufloderndem Schmerz. Die Straße schien sich vor seinen Augen zu drehen, jegliche Kraft entwich seinem Schwertarm, und seine Beine versagten ihren Dienst.

Als er zu Boden ging, beugte sich der Reiter im Sattel vor. Streckte einen seiner behandschuhten Arme vor. Die weite Kapuze verrutschte.

Das Gesicht des Reiters fixierend, sah sich Rowan mit einem merkwürdigen Überraschungsmoment konfrontiert. Zeit und Raum verloren ihre Bedeutung, und er gab sich ganz seiner Verwunderung und Bestürzung hin.

Ihre Schönheit war so rein, so unschuldig.

Und während ihn die Dunkelheit umfing, versuchte er sich zu erinnern, wo er sie schon einmal gesehen hatte.

Kapitel 4

»Du bist der schläfrigste junge Mann«, sagte sie,
»der mir je unter die Augen trat;
Du lagst die Nacht in meinen Armen,
Und doch, dein Leben ist Verrat!«
– ›Clerk Saunders‹

»Uffz«, seufzte Mhairi. »*Puh.* Er ist schwerer, als er aussieht. Hier, Christie, nimm seine Beine. Wir haben ihn bis hierhin geschleppt, wir werden ihn auch noch die Stufen hinunter schaffen.« Sie griff unter die Achselhöhlen des bewußtlosen Mannes und hob ihn an. Sein dunkelhaariger, nasser Kopf fiel vor ihre Schulter. Während sie auf dem Absatz der langen Treppe stand, zerrte der Wind an ihrem Umhang.

Die Mauern von Lincraig Castle waren unwiderruflich zerstört, doch die in den Kerker führende Treppe war immer noch funktionsfähig. Während Christie die Beine des Mannes umschlungen hielt, lauschte sie dem auf die Ruinen im Burghof niederprasselnden Regen. Ein seltsam unheimliches Geräusch. Aber vor diesem Ort hatte sie sich noch niemals gefürchtet.

Während Christie auf der obersten Treppenstufe balancierte, betrachtete Mhairi erneut das Gesicht des Mannes. Seine Augen waren geschlossen, schwarze Wimpern warfen Schatten auf entsetzlich blasse Wangen. Doch das unmerkliche Heben und Senken seines Brustkorbs gab ihr die Gewißheit, daß er noch atmete.

Nachdem sie ihn mit der Pistole ihres Bruders getroffen hatte, hatte ihr der plötzliche Zusammenbruch des Kuriers schreckliche Angst eingejagt. Sie war von ihrem Pferd in den Morast hinuntergesprungen, hatte seinen Kopf aus dem Matsch gezogen und ihm voller Angst auf seine kalten, schmutzverschmierten Wangen geschlagen. Doch der Kurier hatte keinen Laut von sich gegeben.

Christie ging rückwärts die Treppe hinunter, und Mhairi folgte ihm mit der schweren Last von Kopf und Körper des Fremden. Langsam manövrierten sie ihn die bröcklige Stiege hinunter, bis sie am Fuß der Treppe zu einem Gang vorstießen. Zwei gewaltige Türen befanden sich am Ende des schmalen, finsteren Raums.

Gemeinsam schleppten sie ihn durch den engen Gang und betraten eine der dunklen Zellen.

Seufzend ließ Mhairi den Kopf des Mannes auf den nackten Steinboden sinken. »Schwer wie eine Rinderhälfte«, murmelte sie.

Christie schmunzelte. »Etwas Fleisch und Brot wird er schon brauchen«, sagte er, »und warme Decken. Ich reite zu Jennets Haus zurück, um die Sachen zu besorgen.«

»In Ordnung. Und Verbandszeug und Heilsalbe. Aber bevor du aufbrichst, hilf mir doch bitte mit ihm. Wir brauchen Licht«, sagte Mhairi. Seine Zustimmung murmelnd, wühlte Christie in den Falten seines Umhangs, bis er eine dicke Kerze und einen Feuerstein zum Vorschein brachte. Als die Kerze brannte, befestigte er sie mit einigen Wachstropfen auf dem Boden.

»Habe mir vor ein paar Wochen ein Dutzend aus einem englischen Haushalt geliehen«, meinte er mit einem durchtriebenen Grinsen. »Bestes Bienenwachs und handgerollt in England.«

»Geliehen?« Lachend schüttelte sie den Kopf. »Du und dein Armstrong-Clan haben sie in dunkelster Nacht geklaut.«

»Nun, meine Schwester Jennet war überaus froh, als sie sie bekam. Ich bringe noch eine mit, wenn ich mit dem Essen und den anderen Sachen zurückkomme.«

Zustimmend nickend streckte Mhairi ihre Hand aus, um die feuchten schwarzen Haarmassen zurückzustreichen, die dem bewußtlosen Kurier in seine hohe, kühle Stirn gefallen waren. »Er ist unterkühlt, und die Verletzung an seiner Braue sieht übel aus.« Blut sickerte aus der Platzwunde auf ihre Hand. »Gib mir bitte deinen Dolch.«

Christie reichte ihr die schmale Waffe. Sie schnitt einen

langen Leinenstreifen aus dem Saum ihres Hemdes, das eigentlich Iain gehörte. Dazu trug sie Iains schwarze Weste, seine beste Reithose, seinen Umhang und ein Paar hohe Stiefel, die ihre Eltern Iain aus Dänemark geschickt hatten. Auch wenn ihr die Kleidungsstücke zu groß waren, die ihr Bruder zum Kirchgang und auf Beerdigungen getragen hatte, erwiesen sie sich doch für ihre nächtlichen Ausritte als überaus praktisch.

Sie tupfte den zusammengefalteten Leinenstoff auf die verletzte Braue des Mannes und versuchte die Blutung zu stillen. Dann hob sie eines seiner Augenlider, bemerkte allerdings keine Reaktion in der trüben graugrünen Iris. Seine Wange in ihrer Hand fühlte sich schlaff und kalt an, seine schwarzen Bartstoppeln rauh. Doch seinen Atem spürte sie gleichmäßig warm an ihren Fingern.

»Ich frage mich, ob wir ihn überhaupt hier unten einschließen können«, sagte Christie und blickte sich um. »Ich bezweifle, daß die Tür standhält. Hier ist doch alles vom Verfall bedroht.«

»Sie wird halten«, erwiderte sie. Zur Befestigung wickelte sie einen weiteren Leinenstreifen um das Stück Stoff auf seiner Stirn und knotete ihn vorsichtig zusammen. »Noch vor kurzem habe ich den Riegel selbst untersucht. Und die Türscharniere sind ebenfalls massiv.«

»Aha. Du willst diesen Mann also einsperren, um ein Lösegeld für ihn zu fordern«, meinte Christie.

Erstaunt blickte sie ihn an. »Lösegeld? Das habe ich nicht vor.«

»Aber Lösegeldforderungen sind doch das Übliche im Grenzgebiet, Mhairi. Was meinst du, was sein Clan für ihn bezahlen wird?« Christie musterte den Kurier abschätzig.

»Ich bin eine Macrae aus den Highlands. Keinen Pfennig würde ich für das Leben dieses Mannes verlangen. Wenn er sich wieder erholt hat, lassen wir ihn laufen.«

»Ihn laufenlassen? Das brauchst du nicht. So wie der aussieht, werden wir den nicht hier festhalten können. Das ist ein starker Hüne. Sobald er wieder bei Kräften ist, wird er die Tür aus den Angeln heben und sich auf die Suche nach uns beiden machen. Wenn du ihn wirklich hier unten festsetzen willst, dann sollten wir ihn wenigstens in Ketten legen und ein Lösegeld für unsere Unannehmlichkeiten fordern.«

Sie warf ihm einen vernichtenden Blick zu. »Wir wissen nicht einmal, wer er ist. Bist du wirklich so einfältig, daß du vom Kronrat des Königs ein Lösegeld für ihren Kurier fordern würdest? Wir behalten ihn erst einmal hier, und dann entscheiden wir, wann wir ihn wieder freilassen. Lincraig ist zwar vom Verfall bedroht, aber dieses Verlies ist für einen Gefangenen immer noch sicher genug. Und absolut verschwiegen. Es heißt, daß seit vierzig oder fünfzig Jahren niemand mehr hiergewesen ist.«

»Außer den Geistern.« Furchtsam blickte sich Christie um.

»Genau diese Angst hält die Leute ja fern. Ich habe hier noch nie etwas gesehen. Und irgendwelcher Spuk würde mir auch nicht mehr Furcht einflößen als Räuber oder Grenzaufseher.«

»Ich sollte dich nicht allein zurücklassen. Dieser Mann ist schon Bedrohung genug. Dein Bruder würde sicherlich wollen, daß ich dich beschütze.«

Mhairi lächelte. »Das hast du doch auch hervorragend getan. Aber jetzt reitest du zurück zu Jennets Haus. Ich bin hier in Sicherheit. Der wird noch lange weiterschlafen.« Sanft strich sie über die Stirn des Mannes, vermied jedoch die blutunterlaufene Platzwunde über seiner linken Augenbraue. »Und schicke ein Stoßgebet zum Himmel, daß er wieder wach wird, denn sonst beschuldigt man uns des Mordes. Aber bevor du aufbrichst, Christie, hilf mir doch, ihn nach seinen Dokumenten zu durchsuchen.« Zustimmend nickend beugte er sich vor und machte sich an dem nassen Umhang des Mannes zu schaffen.

Mhairi öffnete die Schnüre, mit denen der Lederbeutel an seinem Gürtel befestigt war. Als sie diesen öffnete und ihre Hand hineinsteckte, wühlte sie so lange, bis sie einen kleinen, ovalen schwarzen Stein mit einem Holzrahmen herauszog. Stirnrunzelnd betrachtete sie ihn von allen Seiten und warf nur einen kurzen Blick auf die polierte Oberfläche, bevor sie ihn zurück in den Beutel schob. Einen Augenblick später warf sie den Beutel beiseite, und er fiel klingend zu Boden.

»Nur ein paar Münzen und ein kleiner Spiegel«, murmelte sie gelangweilt und fing an, das Futter seines Umhangs zu untersuchen. »Hier ist auch nichts eingenäht.«

»Vielleicht hat er seine Papiere draußen im Morast verloren«, meinte Christie. »Oder er hat sie irgendwo in seinen Satteltaschen. Wenn ich nach oben gehe, sehe ich mir sein Pferd an.«

»Nimm sein Pferd mit und stelle es in Jennets Scheune unter. Dort wird es niemand finden – solange die Räuber nicht wieder auftauchen. Doch das neue Schloß an dem Stall sollte sie für eine Weile abhalten.« Stirnrunzelnd dachte sie erneut an den Kurier, der immer noch vollkommen reglos neben ihr lag. »Er muß irgendwelche Papiere bei sich tragen. Dein Clan behauptete doch, daß er einen Befehl des Kronrats zu überbringen habe. Den würde er mit Sicherheit nicht in irgendeiner Pfütze verlieren oder in seiner Satteltasche lassen, wo er verlorengehen oder gestohlen werden kann.«

»Meine Familie hat mich ebenfalls davor gewarnt, daß dieser Mann gefährlich ist.«

»Hat sie dir gesagt, wer er ist oder warum der Kronrat ausgerechnet ihn gesandt hat?«

Er schüttelte den Kopf. »Als ich meine Vettern vor zwei Tagen im Wirtshaus von Kelso traf, haben wir nur kurz miteinander gesprochen. Sie sagten lediglich, daß man auf das Leben von Jennets Mann achtgeben und den Kurier in Frieden ziehen lassen solle.«

»Bist du dir sicher, daß sie nicht wußten, daß wir schon die anderen Kuriere überwältigt haben?«

»Ich glaube nicht, daß sie das wissen. Und selbst wenn, wäre ihnen das egal. Jennets Ehemann ist für sie jetzt ein Clanmitglied. Sie wollten mich warnen, daß Iain in Gefahr schwebt, sobald der Kurier den Grenzaufseher erreicht hat.«

»Und du hast sie nicht nach dem Namen des Kuriers gefragt?«

»Sie wollten es mir nicht sagen, sondern lachten nur. Ein berüchtigter Mann, sagten sie, einer, dem man am besten nicht in die Quere kommt. Dann tätschelten sie mir den Kopf, als sei ich ein kleiner Junge, und meinten, ich würde ihn noch früh genug kennenlernen. Und dann durfte ich auch noch ihr Bier bezahlen. Glücklicherweise trug ich Geld bei mir«, brummte er kaum hörbar.

Christie kniete sich, rollte den Bewußtlosen auf die Seite, und Mhairi zog ihm seinen Umhang aus. Der dicke, dunkle Wollstoff war schwer von der Nässe. Rasch durchsuchte sie ihn auf irgendwelche Papiere, fand jedoch nichts und legte den Umhang beiseite.

»Nun, deine Vettern hatten unrecht«, sagte sie. »Dieser hier war noch leichter zu überwältigen als die anderen. Er ist geradewegs in den Morast hineingeritten. Und er wirkt auch nicht gefährlich – schlafend sieht er sogar recht friedfertig aus.« Vorsichtig rieb sie ihm den eingetrockneten Lehm vom Kinn. Sein Bart kratzte unter ihren Fingernägeln. Sie hob den Kopf. »Unter dem ganzen Dreck verbirgt sich ein nettes, sympathisches Gesicht.«

»Laß dich von seinem anziehenden Gesicht nicht in die Irre führen.« Stirnrunzelnd betrachtete Christie den Fremden. »Ich könnte schwören, daß ich ihn schon einmal gesehen habe. Nun, egal, wer er ist, er ist ein großer, kräftiger Mann. Jedenfalls sollten wir seine Hände und Füße fesseln, bevor er aufwacht.«

»So wie er aussieht, besteht kaum Anlaß zur Eile. Hilf mir doch endlich, diese Botschaft zu finden.« Christie nickte und zerrte an einem der hohen Stiefel des Mannes, während Mhairis Hände über dessen ärmelloses Wams glitten.

Das dunkle, gesteppte Leder war mit mehreren Lagen Leinenstoff abgefüttert und mit dünnen Eisenplättchen verstärkt, was der Weste ihre Festigkeit und Schutzfunktion verlieh. Sie reichte von seinem breiten Brustkorb bis zu seinen schlanken Hüften, wo sie seine wollene Reithose umschmeichelte.

Mhairi öffnete die unzähligen Metallhaken, die das Kleidungsstück von seinem Hals bis zur Taille fest verschlossen und spürte dabei die harten Eisenplättchen unter ihren Händen. Sie zog die schwere Weste auseinander und enthüllte den braunen Futterstoff und ein dickes Leinenhemd.

Als sie sich mit einer Hand an seiner Hüfte abstützte, entdeckte Mhairi, daß der ausgefüllte Schritt seiner Hose nicht auf die beliebte Roßhaarunterfütterung zurückzuführen war, sondern auf etwas anderes, was sich unter dem dicken Wollstoff verbarg. Das war ihr aufgrund seiner muskulösen, angespannten Hüftmuskulatur unter ihrer Handfläche klar.

Errötend zog sie rasch ihre Hand weg und legte sie auf seinen Brustkorb. Durch sein Wams spürte sie den gleichmäßigen Herzschlag unter ihren Fingern, was sie letztlich beruhigte. Sie machte sich zwar des Straßenraubes und der Entführung schuldig. Nicht aber des Mordes.

»Hier ist auch nichts«, sagte sie, während sie ihn unter seiner Weste abtastete.

»Hier drin auch nicht«, meinte Christie und stülpte einen der Stiefel um. Wasser tropfte auf den felsigen Boden.

»*Ach*«, flüsterte Mhairi. »Wo haben Sie Ihren Befehl versteckt, Kurier?« Daraufhin zerrte sie an seinem feuchten Hemd und ließ ihre Hand dann in den Bund seiner Reithose gleiten.

Sie spürte warme, durchtrainierte Haut, die mit weichem Flaum bedeckt war. Sein Brustkorb hob und senkte sich unter ihrer Hand. Ein merkwürdig erregendes Gefühl durchströmte ihren Körper. Als hätte sie sich verbrannt, zog Mhairi fluchtartig ihre Finger weg.

»Er ist zweifellos ein starker Mann«, sagte sie. »Vergiß nicht, ein dickes Seil aus Jennets Haus mitzubringen.«

»Jaja«, knurrte Christie und zerrte an dem zweiten Stiefel. Bei dieser Bewegung rollte der dunkelhaarige Kopf des Kuriers merkwürdig hin und her.

»Sei vorsichtig, Devil's Christie«, sagte sie. »Er ist verletzt.« Sie setzte sich in den Schneidersitz und bettete den Kopf des Kuriers in ihren Schoß. Sein schwarzes Haar war auf ihren Schenkeln ausgebreitet. Er lag ganz ruhig. Seine mit Bartstoppeln bedeckten Wangen waren leichenblaß. Erneut übermannte sie die Sorge um ihn. »Und er ist bis auf die Knochen durchfroren. Wir müssen ihm seine nassen Sachen ausziehen und dafür sorgen, daß er etwas Warmes zum Anziehen bekommt. Beeil dich, wenn du zu Jennet zurückreitest.«

»Ja, mach' ich.« Trotz seiner gerunzelten Stirn wirkte er im flackernden Kerzenlicht sehr jung. »Was ist, wenn er stirbt, Mhairi?«

»Wenn wir ihm helfen, wird er sich wieder erholen. Hätten wir ihn im Morast liegengelassen, würden wir uns des Mordes schuldig machen.«

»Sollen wir ihn denn lange hierbehalten? Vielleicht sollten wir meinen Clan informieren ...«

»*Ach*, besser nicht. Die Armstrongs würden ihn sicherlich nur gegen ein Lösegeld freigeben. Wenn wir vernünftig darüber nachdenken, werden wir selbst eine Lösung finden.«

Erneut zog Christie an dem Stiefel und hielt plötzlich inne. »Mhairi, mir ist zu Ohren gekommen, daß der Grenzaufseher dem Kronrat bereits mitgeteilt hat, daß Iain ein Dieb und ein Spion ist. Er will, daß die Engländer Iain den Prozeß machen.«

»Ich verstehe nicht, warum Simon Kerr seinem eigenen Vetter so etwas anhängt«, sagte sie. Langsam strich sie über die feuchte Weste des Kuriers. »Simon behauptet, daß Iain schuldig ist. Vermutlich sagt er das nur, weil Iain mit Alec Scott zusammen ausgeritten ist und die Kerrs schon seit langem mit den Scotts im Streit liegen.«

»Simon Kerr hat am selben Tag wie ich das Gasthaus besucht«, sagte Christie. »Ich hörte, wie er sagte, daß König James sicherlich das Todesurteil über Iain verhängen wird. Aber er wurde kleinlauter, als es darum ging, daß er Alec Scott bislang noch nicht gefunden hat.«

»Mit Sicherheit weiß dieser Alec Scott alles über das spanische Gold, das Iain angeblich bei sich getragen haben soll.« Mhairi seufzte. »Der Herr steh mir bei, ich hoffe nur, daß der König einer Hinrichtung Iains nicht zustimmt.«

»Hast du schon Nachricht von eurem Vater erhalten?«

Sie schüttelte den Kopf. »Aufgrund der vielen Stürme

und Unwetter kann es Monate dauern, bis mein Brief in Dänemark bei meinem Vater eintrifft. Ich habe einen hohen Preis für die Fracht entrichtet, doch wie ich erfuhr, ist das Schiff aufgrund der Wetterverhältnisse noch gar nicht in See gestochen. Selbst wenn mein Vater das Schreiben erhält, wird er weder in der Lage sein, hierher zurückzusegeln noch rechtzeitig zu antworten. Im Augenblick muß er für den König seine Pflicht erfüllen.«

»König James' Heiratsangelegenheiten werden deinen Vater und deine Mutter für den Rest des Jahres in Dänemark festhalten«, prophezeite Christie.

»Wenn nicht sogar länger. Und meine anderen Brüder sind in alle Himmelsrichtungen verstreut und können uns auch nicht helfen. Wir sind völlig auf uns allein gestellt, Christie.«

»Dann müssen wir die richtige Entscheidung für Iain treffen«, antwortete er entschlossen.

Zustimmend nickend legte Mhairi ihren Umhang ab und breitete ihn über dem reglosen Mann aus, dessen Kopf und Schultern auf ihrem Schoß ruhten. Sie vermißte ihre Eltern und Brüder sehr, schließlich hätten diese sie umgehend unterstützt, wenn sie von Iains Verhaftung und ihren Befreiungsversuchen gewußt hätten. Aber eine Fügung des Schicksals hatte vorherbestimmt, daß sie diese Aufgabe allein bewältigen mußte, und sie würde ihren Zwillingsbruder nicht im Stich lassen.

Sie wickelte den Umhang fester um den Kurier. Obwohl er von außen durchnäßt war, würde die pelzgefütterte Innenseite ihn bald wärmen. »Wir müssen dafür sorgen, daß er trocken wird, sonst erkältet er sich«, sagte sie. »Und wir müssen dieses Dokument finden.«

»Vielleicht ist es unter seinem Hemd«, mutmaßte Christie.

Mhairis Hand glitt unter den feuchten, dicken Leinenstoff. Ihre tastenden Finger streiften warme Haut und dichten Flaum auf seinem muskulösen Brustkorb. Unter ihrer Handfläche spürte sie seinen regelmäßigen Herzschlag.

Ihre Finger ertasteten ein Stück Metall, das er an einem

Band um seinen Hals trug, und sie zog daran. Es war ein kleiner Metallzylinder, den sie vorsichtig von seinem Hals löste und Christie reichte. »Was ist das denn?«

»Das ist ein Gewinde für Pistolen«, klärte er sie auf und steckte es in den Lederbeutel. »An seinem Sattel steckten ein paar hervorragende Pistolen. Wir hatten Glück, daß er sie nicht zum Einsatz bringen konnte.«

Mhairi warf Christie einen vernichtenden Blick zu. Dann wurde ihr plötzlich bewußt, daß eine ihrer Hände immer noch auf der nackten, warmen Brust des Kuriers ruhte, und sie zog sie errötend fort.

Als der Stiefel des Kuriers plötzlich nachgab, taumelte Christie aufgrund der Anstrengung zurück und stülpte ihn dann ebenfalls um. Nur ein kleines Rinnsal Wasser tropfte daraus hervor. »Keinerlei Papiere, Mhairi«, sagte er.

»Das sehe ich auch. Also, dann zieh ihm die Strümpfe aus. Wir müssen ohnehin sehen, daß seine Füße wieder trokken werden.«

Christie rollte die Wollstrümpfe hinunter und stöhnte scherzhaft, als sei der Gestank unerträglich. Mhairi schüttelte angewidert grinsend den Kopf, wurde jedoch stocksteif, als ein zusammengefaltetes Stück Papier zu Boden fiel. Sie griff danach.

»Das Siegel des Kronrats!« sagte sie, das Papier durch die Luft schwenkend.

»Lies es vor!« bat Christie in aufgeregtem Tonfall.

Das Dokument trug ein glänzendes rotes Wachssiegel. Vorsichtig entfernte sie seinen Rand. »Brauchte nicht einmal das Wachs zu brechen«, sagte sie. »Das Pergament ist so naß. Aha, hervorragend, es ist in schottischer Sprache abgefaßt. Ich kann es lesen – obwohl die Tinte verwischt ist«, fügte sie stirnrunzelnd hinzu, während sie das feuchte Pergament überflog.

»Ich wünschte, ich könnte lesen«, seufzte Christie.

»Irgendwann bringe ich es dir bei«, murmelte sie, während sie den Brief entzifferte. »Christie! Hier steht, daß sein Name Rowan Scott of Blackdrummond lautet!« Überrascht blickte sie auf.

»Blackdrummond!« Christie starrte sie an und musterte dann den Kurier. »Er kam mir gleich bekannt vor. Aber ich habe ihn seit meiner Kindheit nicht mehr gesehen. Der Black Laird, so haben sie Rowan Scott immer genannt.«

»Ich habe den Namen noch nie gehört. Ist er ein Verwandter von Alec Scott und dem Auld Laird von Blackdrummond Tower?«

»Er ist Alec Scotts älterer Bruder. Und er ist der Laird, der Gutsherr.«

Verwirrt runzelte sie die Stirn. »Aber der Auld Laird wohnt doch auf Blackdrummond Tower. Iain zahlt seine Miete an ihn.«

Christie schüttelte den Kopf. »Auld Jock Scott lebt dort, aber das Anwesen gehört Rowan. Dieser Mann ist der leibhaftige Blackdrummond. Der Black Laird ist zurückgekehrt.«

»Du kennst ihn?«

»Mein Vater ist mit den Blackdrummond Scotts auf Beutezug gegangen. Der Black Laird war gerissen und mutig wie sein Bruder Alec und ihr verstorbener Vater, ebenso wie der Auld Laird – Jock Scott ist fast schon Legende im mittleren Grenzgebiet. Die Blackdrummond Scotts sind eine ausgekochte Halunkenbande.« Ein verhaltenes Grinsen glitt über Christies Gesicht. »Und es gibt sicherlich viele, die froh sind, daß Rowan Scott zurückgekehrt ist. Allerdings zählt Simon Kerr nicht dazu.« Das durchtriebene Grinsen verstärkte sich.

»Ich habe noch nie von dem Black Laird gehört. Aber ich weiß genug über die Scotts«, fügte sie verbittert hinzu.

»Ach, Mhairi, nicht alle Scotts sind Mörder«, antwortete Christie leise. »Jennet und ich sind mit den Geschichten über die Blackdrummond Scotts aufgewachsen. Hier bei uns sind sie Helden.«

»Aber warum ist er dann fortgegangen?«

Christie zuckte seine Schultern. »Ich denke, er war im Gefängnis.«

»Dann ist er mit Sicherheit ein Scott«, sagte Mhairi. »Und hat auch noch Glück gehabt, denn jetzt arbeitet er als Kurier für den Kronrat.« Mhairi deutete auf das Schreiben in ihrer

Hand und hielt es dann erneut in das schwache Kerzenlicht, um die verwischte Schrift zu entziffern. »Hör zu – hier steht, daß Rowan Scott vom Kronrat zum Wachtposten für das mittlere Grenzgebiet ernannt worden ist.«

»Er ist der Stellvertreter des Grenzaufsehers?« Christie rollte seine blauen Augen. »Ha, daran wird mein Clan seinen Spaß haben. Ist Iain in dem Schreiben erwähnt?«

Sie schüttelte den Kopf. »Seinen Namen finde ich hier nirgends. Aber ich kann auch nicht alles lesen, weil das Pergament so durchweicht ist. Oh – dieses Wort könnte ›Kurier‹ lauten.« Entsetzt starrte sie Christie an. »Meinst du, daß man ihn geschickt hat, damit er die Straßendiebe von Lincraig dingfest macht? Mit Sicherheit weiß der Kronrat inzwischen, daß alle Kuriere Probleme bei der Durchreise durch Lincraig hatten.«

»Wie auch immer, wenn Blackdrummond aufwacht und herausfindet, wer ihn gefangenhält, werden wir eine Zelle neben Iain bekommen – und das schneller, als uns lieb ist.« Kritisch betrachtete er den Bewußtlosen. »Solange er verletzt ist, mag ein dickes Seil ja gute Dienste tun, aber wenn er wieder zu Kräften kommt ...«

»Diesen Strick wird er uns um den Hals legen, wenn er erfährt, wer wir sind«, fiel ihm Mhairi ins Wort. Mit weit aufgerissenen Augen nickte Christie, und sie wurde sich schlagartig bewußt, wie jung er doch noch war. »Es wird alles gut, Christie«, fügte sie beschwichtigend hinzu. Sie faltete das feuchte Schreiben und ließ es in ihrer Jacke verschwinden. »Warum sollte der Kronrat einen Verwandten von Alec Scott zum Beamten für unsere Gegend ernennen? Darauf kann ich mir keinen Reim machen.«

»Mein Armstrong-Clan behauptet, daß der schottische Kronrat verzweifelt nach Grenzoffizieren sucht. Es gibt unzählige Stammesfehden und Vetternwirtschaft und so viele Grenzräuber, daß die Verwaltung kaum ehrliche Männer findet, und deshalb ernennen sie jeden, der sich freiwillig meldet, zum Grenzaufseher oder Wachtposten. Ich würde einen solchen Handel niemals eingehen, denn die Bezahlung soll verheerend sein.«

»Genau wie die Risiken. Wir müssen diesen Rowan Scott jedenfalls für eine Weile hierbehalten, bis er sich wieder erholt hat.« Sie blickte in sein anziehendes, regloses Gesicht, das in ihrem Schoß ruhte. »Hilf mir bitte, sein Wams auszuziehen. Langsam, Junge – behandle ihn wie ein rohes Ei.« Sie und Christie entfernten seine schwere Weste sowie das feuchte, dicke Hemd.

»Und jetzt gib mir dein Hemd, Devil's Christie«, bat sie sanft.

»Aber Mhairi«, seufzte Christie.

»Willst du, daß er an Lungenentzündung stirbt, während du es warm und gemütlich hast? Ich habe keine Lust, des Mordes beschuldigt zu werden, selbst wenn es sich um einen Scott handelt«, sagte sie. Murrend zog Christie Hemd und Jacke aus. Er warf ihr das Hemd zu, schlüpfte erneut in die Jacke, wandte ihr dabei seinen mageren Rücken zu und strich dann sein blondes Haar zurück, das ihm lang und glatt über die Schultern fiel.

Mhairi streifte den wärmenden Leinenstoff über Rowan Scotts Kopf und schob seine schweren, schlaffen Arme in die Ärmel. Dann zog sie den über ihn ausgebreiteten Umhang bis zu seinem Kinn hoch.

»Meine Hose bekommt er aber nicht«, lehnte Christie sich auf.

»Nein«, beschwichtigte sie ihn. »Aber gib mir deine Strümpfe.«

Mit einem leisen Fluch setzte sich Christie, zog seine Stiefel aus und reichte ihr dann seine Strickstrümpfe.

»Vielen Dank«, sagte sie, während Christie vor Rowan Scott kniete und ihm seine noch warmen Strümpfe überzog. »Und jetzt reite zu Jennets Haus und bring alles mit, was sie entbehren kann.«

Christie erhob sich. »Vielleicht sollte ich hierbleiben und du reitest zu ihr. Ich kann mich wenigstens zur Wehr setzen, wenn er aufwacht.«

»So schnell wird der sich mit niemandem mehr anlegen«, sagte sie. »Soll ich mich etwa mit deiner Schwester auseinandersetzen, wenn sie erfährt, warum wir die Sachen brauchen? Bitte überzeuge du sie. Sag ihr, wie prachtvoll ihr kleiner Sohn ist, und sie gibt dir alles, was du willst.«

»Nichts einfacher als das«, grinste Christie. »Er ist ein niedlicher Bursche. Jennet meint, daß er mir gleicht.«

Sie winkte ab. »Dann beeil dich. Ich bin hier in Sicherheit. Der da wird noch eine ganze Weile schlafen. Und bevor er aufwacht, werden wir ihm sicherheitshalber seine Hände und Füße fesseln.«

Zustimmend nickend verließ Christie den Raum und schloß die Tür hinter sich. Sie hörte, wie sich seine Fußtritte auf der Treppe entfernten. Augenblicke später vernahm sie nur noch das eintönige Plätschern des Regens vor die Außenmauern.

Seufzend blickte Mhairi auf den am Boden ausgestreckt liegenden Mann, dessen Kopf und Schultern auf ihrem Schenkel ruhten. Während sie sich zurücklehnte und eine bequemere Sitzhaltung einnahm, betrachtete sie ihn im flakkernden Kerzenlicht.

Seine ausgeglichenen Gesichtszüge ließen eine Mischung aus Durchsetzungsvermögen und Nachsichtigkeit mutmaßen. Kinn und Wangenknochen waren ausgeprägt, die Nase lang, die Stirn hoch und glatt. Doch die sanftgeschwungene Oberlippe verlieh seinen strengen, maskulinen Zügen etwas Verletzliches. Als sie ihn ansah, konnte sich Mhairi mit Leichtigkeit vorstellen, daß Eigensinn, Stolz und scharfe Intelligenz seinen Charakter prägten. Aber sie spürte auch seine Verletzlichkeit und Menschenfreundlichkeit.

Als sie seine große, kräftige Statur musterte, dachte sie erneut an seine athletische Haltung und die Kraft, mit der er im Morast sein Schwert gezückt hatte. Wenn es aufgrund der Regenfälle nicht so schlammig gewesen wäre und ihr Pistolenknauf ihn nicht getroffen hätte, wären sie und Christie jetzt vermutlich tot.

Statt dessen lag der berüchtigte Räuber jetzt wie ein Baby in ihren Armen. Sie berührte seine kühle, weiche Wangenhaut und spürte seine rauhen Bartstoppeln, wenn sie in Gegenrichtung darüber strich. Er stöhnte leise auf.

Sofort hielt sie inne und entspannte sich, als er nicht aufwachte. Sanft legte sie ihm eine Hand auf seinen Kopf. Sein feuchtes Haar kringelte sich weich zwischen ihren Fingern und fühlte sich an wie feinste schwarze Seide.

Er war ein Scott, aber trotz der Feindschaft, die sie gegenüber seinem Clan, ihm selbst und seinem hinterhältigen Bruder empfand, durchströmte sie hier in diesem stillen, vom Kerzenschein erhellten Raum nur Mitgefühl. Sie trug die Schuld, daß er verletzt war, und deshalb mußte sie sich um ihn kümmern.

Auf sie machte er nicht den Eindruck eines berüchtigten Räubers. Sie sah die Ähnlichkeit mit seinem Bruder Alec, der ebenfalls dunkelhaarig, schlank, jung und attraktiv war. Doch Rowan Scott war trotz seines schmutzverkrusteten Gesichts und seiner Verletzung wesentlich anziehender. Seine ausgeglichenen Gesichtszüge und sein athletischer Körperbau verliehen ihm die überwältigende Schönheit eines gefallenen Engels.

Sicherlich konnte dieser berüchtigte Mann auch hart und herzlos, gerissen und skrupellos sein. Aber im Augenblick sah sie nur seine Verletzbarkeit. Und wußte, daß sie ihm helfen mußte.

Sie streichelte seinen Kopf, als ruhte ein Kind in ihrem Schoß, und wünschte sich, sie könnte seine Schmerzen und die von ihr verursachte Verletzung ungeschehen machen. Sie und Christie hatten alles Erdenkliche für ihn getan, doch er brauchte Wärme und Annehmlichkeit, um den Schock seiner Verletzung zu überstehen. Die felsige Kammer war eiskalt wie ein Wintermorgen.

Auch wenn sie es bereute, den verletzten Mann hierhergebracht zu haben, fiel ihr doch keine Alternative für ein anderes Versteck ein. Jennets Haus stand völlig außer Frage. Mhairi und Christie hatten versucht, Jennet nicht in ihre Pläne einzuweihen, obgleich ihre Schwägerin ahnte, was die beiden im Schilde führten.

Gegen die nackte Wand gelehnt, erschauerte sie, denn das kalte Gestein ließ sie frösteln. Mit ihren Fingern streichelte sie immer noch langsam und bedächtig über sein Haar. Nach einer Weile summte sie leise eine gälische Melodie. Dieses sanfte, eingängige Lied hatte ihre Mutter früher manchmal gesungen, um Mhairi und ihre Brüder in den Schlaf zu wiegen.

Von dem Rhythmus schläfrig geworden, schreckte Mhairi plötzlich hoch, als sich der Mann in ihrem Schoß bewegte und mit seiner Hand ihren Arm packte.

Kapitel 5

Oh, trunken, trunken, der ich war!
Der Schlaf umfing mich weich;
Die Königin der Fantasie,
Sie nahm mich in ihr Reich.
– ›Tam Lin‹

»Wer sind Sie?« fragte Rowan. Obgleich die Frau nicht antwortete, spürte er doch ihre plötzlich verkrampften Finger auf seinem Kopf. Er versuchte sich umzudrehen und seinen Kopf zu heben, doch ein heftiger Schmerz durchzuckte seinen Schädel. Erneut schloß er die Augen, hielt ihr schlankes Handgelenk jedoch fest umschlossen.

Nach einer Weile – er hatte keine Ahnung, wieviel Zeit inzwischen verstrichen war – öffnete er seine Augenlider. Er zwang sich, wach zu bleiben und aufzublicken. Ihr schattenhaftes Gesicht war über ihn gebeugt. Das Licht einer einzigen Kerze durchtrennte die Dunkelheit wie ein loderndes Flammenschwert. Die Helligkeit schmerzte seine Augen.

Die kleine Flamme flackerte und erzeugte Doppelbilder vor seinen Augen. Er ließ seinen Blick umherschweifen und war zunächst nicht in der Lage, sich auf einen Punkt zu konzentrieren. Er spürte nur einen stechenden Schmerz in seinem Schädel und eine weiche, bequeme Unterlage unter seinem Kopf.

Die Frau beobachtete ihn. Aufgrund seiner verzerrten Wahrnehmung sah er sie nur verschwommen wie ein Spiegelbild auf dem Wasser. Vor Schmerz und Erschöpfung seufzend, schloß er erneut seine Lider und ließ ihren Arm los.

»Rowan. Rowan Scott.« Das leise Flüstern holte ihn zurück aus dem watteweichen Nebel, der ihn zu umfangen versuchte. Er zwang sich wach zu bleiben und blickte auf das undeutliche Bild vor seinen Augen. Jetzt sah er sie nur einmal. Ihr Gesicht war blaß, und ihr Haar fiel ihr wie dunkle, gewirkte Seide über die Schultern.

Er wandte den Kopf ab. Überwältigender Schmerz lähmte seinen Verstand. Er bemerkte, daß die warme, feste Unterlage ihr Schenkel war. Die Wärme ihres Körpers wirkte beruhigend. Während er den angenehm erdig-feuchten Duft ihres weiblichen Körpers und den schneidenden Geruch alten, klammen Gemäuers in sich aufnahm, glitt er zurück in seinen betäubenden Halbschlaf.

»Rowan Scott«, flüsterte sie erneut. »Wie fühlen Sie sich?«

Er zwang sich, seine Augen zu öffnen, und preßte seine Hand an seine Wunde. Er fragte sich, wieviel Zeit wohl verstrichen war, seit sie ihn das erste Mal angesprochen hatte. Mit ihrer kühlen Hand schob sie seine Finger sanft aus seiner Stirn.

»Wer sind Sie?« fragte er.

»Mhairi.« Sie legte die Betonung ihres Namens auf das lange, nasale ›ah‹: *Mah-re.* Das klang samtweich und gälisch. Verwirrt kniff er die Augen zusammen und fixierte sie.

Eine zarte, madonnengleiche Erscheinung blickte zu ihm hinunter. Ihr ovales Gesicht und die anziehenden Züge verliehen ihr die vollkommene Anmut einer Marmorstatue. Ihre Wangen hatten die Farbe einer blassen Sommerrose. Mit ihrem dunklen, im Kerzenlicht schimmernden Haar und den riesigen, silberhellen Augen bot sich ihm ein bezaubernder Anblick.

Trotzdem war dieses Mädchen mit Sicherheit diejenige, die ihm einen Pistolenknauf mit der Wucht einer Kanonenkugel an die Stirn geknallt hatte.

Rowan runzelte die Stirn. Er hatte dieses ebenmäßige Gesicht schon irgendwo gesehen, als es nicht mit einer Schußwaffe hantierte. Aber sein Verstand war so umnachtet, daß er sich kaum erinnern konnte.

Er zog eine Grimasse und versuchte erneut, sich zu seiner Verletzung vorzutasten. »Berühren Sie die Wunde nicht. Sonst blutet sie wieder«, schalt sie ihn.

Er gab auf und blickte sich vorsichtig im Raum um. Dunkle Nischen, Felswände, keine Möbel, ein schmaler Fensterspalt. Eine Laterne an der Wand. Der Ort hatte eine verdächtige Ähnlichkeit mit einem Gefängnis. Und die kannte er zur Genüge.

»Wo bin ich?« fragte er.

»In Sicherheit. Man wird sich so lange um Sie kümmern, bis Sie wieder bei Kräften sind«, versprach sie. Stirnrunzelnd versuchte er, den Sinnzusammenhang ihrer beruhigenden Worte zu verstehen, aber er konnte ihr einfach nicht folgen.

Er versuchte sich aufzusetzen, aber sein Körper schien bei jeder Bewegung zu rebellieren. Er lehnte sich zurück an ihre schmale Schulter und spürte unbewußt ihre weichen, wohlgeformten Brüste in seinem Rücken.

Sein Mund war wie ausgetrocknet, und er schluckte. »Wie lange ...«

»Erst seit kurzem«, sagte sie. »Ich machte mir Sorgen wegen Ihrer Kopfverletzung und wollte Sie deshalb nicht allein lassen.«

»Wo bin ich?« fragte er erneut und musterte sie. Sie errötete, wich seinem Blick aus und schwieg.

Mit Mühe gelang es Rowan, sich aufzusetzen und sich neben sie an die kalte Felsmauer zu lehnen. Doch seine Anstrengung wurde mit Schmerz und Schwindelgefühl belohnt.

Das Blut schien in seinem Kopf zu rauschen und zu pulsieren, und sein Magen rebellierte. Er atmete tief ein, um einer Übelkeit entgegenzuwirken. Er kniff die Augen fest zusammen und öffnete sie dann erneut. Das auf dem Boden sitzende Mädchen teilte sich in zwei verschwommene Gestalten, die pausenlos miteinander verschmolzen, um sich dann wieder zu trennen.

»Bewegen Sie sich nicht. Denken Sie an Ihre Verletzung«, sagte sie.

»Bewegen Sie sich nicht«, murmelte er. Er tastete sich mit seiner Hand zu seiner schmerzenden Stirn vor und spürte den um seinen Kopf gewickelten Leinenstreifen. Mittlerweile bereute er zutiefst, daß er seinen Helm nur wegen des unangenehm darauf klatschenden Regens abgenommen hatte.

»Lassen Sie das, Rowan Scott«, sagte sie. »Es wird heilen. Ich habe die Wunde versorgt.« Ihre ruhige Stimme, die er wesentlich deutlicher wahrnahm als ihr Gesicht, verbreitete eine geheimnisvolle Aura in diesem kalten, gräßlichen Zimmer.

Er fixierte ihr Doppelbild, bis er ihre Silhouette deutlich wahrnahm. »Woher kennen Sie meinen Namen?«

»Da war ein Dokument«, sagte sie, »in Ihrem ...«

»Sie haben es mir weggenommen?« Er blickte an sich hinunter und bemerkte, daß sein Lederwams und sein Hemd verschwunden waren. Statt dessen trug er ein ihm unbekanntes Hemd, das ihm viel zu klein war; die Ärmel reichten ihm nicht einmal bis zu den Handgelenken. Er trug immer noch seine nasse Reithose, doch die Wollstrümpfe waren ihm zu eng und stanken. Und seine Stiefel fehlten ebenfalls.

»Wo haben Sie das Schreiben gefunden?« fragte er.

Sie warf ihm einen seltsamen Blick zu. »Können Sie sich nicht mehr erinnern? Es befand sich in Ihrem Stiefel.«

»Ah«, sagte er; *gut,* dachte er im stillen. Die diebische kleine Hexe hatte das zweite, ihm vom Kronrat ausgehändigte Dokument nicht entdeckt. »Wo ist meine Kleidung?«

»Sobald sie trocken sind, bekommen Sie Ihre Sachen zurück.«

»Wo ist mein Pferd?« wollte er wissen. Valentine war ein wertvolles Tier, ein kostbarer Besitz für jeden Grenzräuber. Er bezweifelte, daß er sein Pferd jemals wiedersah, und dieser Gedanke erfüllte ihn mit unbändigem Zorn.

»Warm und satt im Stall«, antwortete sie. »Sie bekommen es zurück.«

Abfällig seufzend überlegte er, ob er ihren Worten trauen konnte. »Und meine Waffen?« fragte er aufgebracht.

Sie lächelte unsicher, als scherzte er mit ihr. »Meinen Sie, daß ich sie hier zu Ihrer Verteidigung herumliegen ließe? Ihr Dolch und Ihr Schwert, Ihre Pistole und Ihre Lanze befinden sich in einem sicheren Versteck.«

»Mein Lederbeutel? Und mein Geld?«

»Ebenso sicher untergebracht.«

In deinen Taschen, dachte er. Insgeheim fluchend, versuchte er das alles zu überdenken. Offensichtlich hielten ihn das Mädchen und ihr Kumpan – oder hatte er nur geträumt, daß ihn zwei Reiter im Regen verfolgt hatten? – gegen ein Lösegeld fest, eine gewinnbringende, unter den Grenzräubern gebräuchliche Taktik. In seiner Jugend war er häufig gefangen genommen, festgehalten und gegen eine Auslösung freigelassen worden. Und er und sein Scott-Clan hatten ebenfalls Gefangene genommen, die sie gegen Bares oder Vieh als kleine Vergütung für ihre Blackdrummond-Gastfreundschaft wieder freigaben.

Er fragte sich, welche Reiterfamilie ihn gefangenhielt. Die Sprechweise des Mädchens war sanft und betont und entsprach keinesfalls dem breiten Akzent der Grenzbewohner. Stirnrunzelnd versuchte er sich einen Reim auf seine Situation zu machen, doch sein Kopf schmerzte so höllisch, daß er keinen Gedanken zu Ende führen konnte. »Wie lautet Ihr Familienname, Mhairi?« fragte er.

Sie zögerte. »Meine Vettern sind die Kerrs.« Plötzlich klang ihr Tonfall eisig.

»Gott behüte«, sagte er leise seufzend. Die Kerrs in diesem Gebiet waren mit den Blackdrummond Scotts schon seit Jahren verfeindet. »Dann bin ich also eine Geisel«, sagte er. Und körperlich augenblicklich nicht in der Lage, auch nur irgend etwas zu tun, dachte er. »Vermutlich soll ich gegen ein Lösegeld freikommen.«

»Lösegeld?« Sie zog die Brauen hoch. »Machen Sie sich darüber einmal keine Gedanken. Sie werden nicht lange hierbleiben.«

Trotz seiner unsäglichen Kopfschmerzen und seines Magendrückens dachte Rowan fieberhaft nach. Er ließ seinen Blick über die nackten Wände und den schmutziggrauen Erdboden gleiten. »Wo befindet sich dieses Verlies?«

»In einem alten Turm«, gab sie ihm zur Antwort.

»Ah«, sagte er und erkannte blitzartig das Muster der Steinquader. Hier handelte es sich um eines der Kellergewölbe auf Lincraig Castle, unweit von Blackdrummond. Die Burg gehörte seinem Großvater. Schon seit Jahren war Rowan nicht mehr in den Mauern von Lincraig gewesen, aber er kannte jeden Gesteinsbrocken, jeden Winkel des Anwesens.

Rowan war mehr als verwirrt. Hatte er sie richtig verstanden? Warum sollten ihn die Kerrs auf einem Anwesen der Scotts festhalten? Wenn das Mädchen den in seinem Stiefel versteckten Brief besaß – und falls sie lesen konnte –, dann wußte sie sicherlich, daß er der Gutsherr von Blackdrummond war.

Er überlegte kurz, wieviel Kraft es ihn kostete, um diese Mhairi zu überwältigen und dann zu verschwinden. Doch allein der Gedanke brachte ihn an den Rand der Erschöpfung. Er ließ seinen Kopf gegen die Felswand sinken.

»Rühren Sie sich nicht«, sagte sie. »Wenn Sie sich nicht ruhig verhalten, muß ich Ihre Hände und Füße fesseln. Ihr Kopf ist gefährlich verletzt.«

Er sah sie an, zog eine Braue hoch, und die Wunde schmerzte entsetzlich. »Mein Kopf ist verletzt, weil ein nettes, kleines Mädchen mit einer riesigen Pistole darauf losgegangen ist. Warum haben Sie das getan?«

»Sie haben meinen Freund angegriffen«, erwiderte sie.

»Ah.« Daran konnte er sich nicht genau erinnern. Als er leicht auf den Verband drückte, stöhnte er auf.

»Sie werden die Wunde erneut öffnen. Lassen Sie die Finger davon.«

Er warf ihr einen irritierten Blick zu und zog seine Hand fort.

Daraufhin erhob sie sich. Sie war nicht groß, hatte allerdings lange, schlanke Beine, die in riesiger Männerkleidung steckten. Ihre dicken, zerzausten Flechten fielen ihr im Schein der Kerze schwarzglänzend über die Schulter.

Ihr Gesicht war bezaubernd, ihre Augen groß und ernst. Sie verwirrte ihn. Dieses engelgleiche Gesicht ließ sich einfach nicht mit dem hinterhältigen Angriff auf ihn sowie mit dem Diebstahl seiner Sachen in Einklang bringen.

»Welche Reiterfamilie schickt denn ein Mädchen vor, das ihre Arbeit tut?«

»Die Kerrs. Das habe ich Ihnen bereits gesagt. Aber ihre Kopfwunde scheint Ihr Erinnerungsvermögen beeinträchtigt zu haben. Ich bin hier, weil ich mich um Ihre Wunde kümmern wollte.«

»Sie selbst haben mir doch diese Verletzung zugefügt«, entgegnete er in scharfem Tonfall. »Sie haben mich wie einen Straßendieb verfolgt. Und haben mir mit Ausnahme meiner Hose alles weggenommen.«

Überheblich reckte sie ihr Kinn in die Luft, wollte etwas erwidern, besann sich dann jedoch eines besseren. »Ich besorge etwas zu Essen und zu Trinken und dann komme ich wieder«, sagte sie und trat auf die Tür zu.

Trotz großer Schmerzen, die ihn bei jeder seiner Bewegungen durchzuckten, streckte Rowan eine Hand aus. Er packte ihren Knöchel und zog an ihrem Bein. Auf Händen und Knien traf sie stöhnend auf dem Steinboden auf. Er schien zwei sich wehrende Mädchen festzuhalten, die sich beide aus seinem Griff zu befreien versuchten. Und sie kreischten zornig auf, als er sie fester umklammerte.

»Lassen Sie mich los«, stöhnte sie, während sie nach seinem Arm schlug.

»Erklären Sie mir, warum Sie mich wie einen ganz gewöhnlichen Straßendieb niedergeschlagen haben«, knurrte er. Übelkeit und Schmerz übermannten ihn, trotzdem hielt er ihren mit einem Lederstiefel bekleideten Knöchel fest. Er wollte ihr Furcht einflößen und sie in die Irre führen. Schließlich brauchte sie nicht zu wissen, welche ungeahnten Kräfte es ihn kostete, ihr schlankes Bein umklammert zu halten.

Sie antwortete nicht, sondern traktierte lediglich seine Schultern.

»Wer sind Sie? Sagen Sie mir endlich die Wahrheit.« Er zwinkerte heftig und war aufgrund seiner beeinträchtigten Wahrnehmung erleichtert, als er schließlich wieder ein fluchendes Mädchen mit geröteten Wangen vor sich sah.

»Mein Grenz-Clan wird Sie hängen, wenn Sie mir weh tun!«

»Grenz-Clan? Sie sind ebenso wenig ein Mädchen aus

dem Grenzgebiet, wie ich es bin«, konterte er. Sein verlangsamter Denkprozeß war schließlich doch noch darauf gekommen: ihr weicher Akzent hatte sie verraten. »Erklären Sie mir, warum eine gälisch sprechende junge Frau aus dem Hochland nachts hier in der Ebene herumreitet und Reisende überwältigt, um ihre Geldbörsen zu stehlen!«

Sie hörte auf, nach ihm zu schlagen, und starrte ihn statt dessen an. Eine Haarsträhne kringelte sich über ihrem Auge. Verwirrt blies sie sie fort.

»Hochland?« fragte sie, als hätte sie diesen Begriff noch nie gehört.

»Sie, meine Kleine, sind ein Highlanderin«, sagte er. »Und eine Straßendiebin. Sie haben mich angegriffen und meinen Beutel, mein Geld, meine Waffen und mein Pferd gestohlen. Warum?«

Sie versuchte, sich ihm zu entziehen, doch er verstärkte seinen Griff. Als sie ihn mit ihrem anderen Fuß treten wollte, wehrte er sie ab; vier Füße schienen dem ersten zu folgen, doch es gelang ihm, sich auch dagegen zu schützen.

»Antworten Sie mir!« brüllte er. Er hatte das Gefühl, daß sein Schädel aufgrund seiner Lautstärke zerbarst.

Schwer atmend blickte sie ihn an. »Ich bin keine Diebin.«

»Sie sind eine Diebin aus den Highlands«, sagte er. Sie holte mit ihrem Fuß aus und trat erneut zu, aber er hielt sie umklammert. »Sie haben mir fast den Schädel gespalten, und ich werde Ihren Knöchel wie einen dürren Ast zerbrechen, wenn Sie nicht mit der Wahrheit herausrücken. Wer sind Sie?«

»Meine Vettern sind die Kerrs«, hauchte sie. »Und meine Freunde sind die Armstrongs. Und was das anbelangt, sind Sie bald ein toter Mann.«

»Vermutlich bin ich aufgrund der mir von Ihnen verpaßten Kopfverletzung eher ein toter Mann.« Heftig zerrte er an ihrem Bein. »Ob nun Kerrs oder Armstrongs, ich nehme an, daß Sie von einem Highland-Clan abstammen. Ihre Muttersprache ist sicherlich Gälisch.«

Ihr Brustkorb hob und senkte sich. »Wie kommen Sie darauf?«

»Ihr Schottisch klingt wie das der Highlander, weich und melodiös. Sie haben gesagt, daß Sie Mhairi heißen« – er betonte den Namen, wie sie es getan hatte, *Mah-re*, ein weichklingendes, gehauchtes Wort – »das ist Gälisch und entspricht dem englischen Mary.«

Wutschnaubend versuchte sie sich ihm zu entziehen, doch Rowan hielt sie fest. Während Mhairi nach ihm trat, zerrte er sie zu sich zurück und zog mit einer solchen Kraft an ihrem Bein, daß sie sich, um sich keine Knieverrenkung zuzuziehen, auf ihren Bauch fallen ließ.

»Lassen Sie mich los«, flehte sie. »Sie tun mir weh.«

»Verraten Sie mir Ihre Pläne«, forderte er. Verzweifelt nickte sie.

Er gab sie frei. Sie kroch von ihm weg und setzte sich an die gegenüberliegende Wand, massierte ihren Knöchel und ihr Knie und warf ihm bitterböse Blicke zu.

»Ich wollte Ihre Hände und Füße fesseln, dachte aber nicht, daß Sie so schnell wieder aufwachten«, murmelte sie.

»Ich bin härter im Nehmen, als Sie vielleicht meinen.« Er lehnte sich gegen das Gemäuer und schloß seine Augen. Er hatte keine Lust, zwei oder sogar vier Frauen vor sich zu sehen, die ihn mit ihren schönen, verwirrenden Augen betörten.

Sein Kopf dröhnte. Und einen schrecklichen Augenblick lang glaubte er, daß sich seine Übelkeit verschlimmerte oder er in Ohnmacht fiele. Immer wieder atmete er tief ein, um seinem Schwindelgefühl entgegenzuwirken.

Gott sei Dank blieb sie ruhig und ließ ihm genügend Zeit, das Chaos in seinem Kopf zu entwirren. Er fixierte sie mit einem Blick, von dem er hoffte, daß er fest und furchteinflößend war.

»Nun?« fragte er erneut. »Warum haben Sie mich bis tief in den Morast hinein verfolgt?«

»Ich wollte etwas von Ihnen«, sagte sie.

»Ich habe – oder hatte – zwanzig Pfund in schottischem Silber bei mir, ein Schwert mit einer irischen Klinge, zwei Pistolen, eine Lanze, einen Bogen und einen guten Stahlhelm. Und ein solch prachtvolles Galloway-Pferd, wie ich es in meinem ganzen Leben nicht mehr finden werde. Und jetzt besitzen Sie das alles, Mhairi aus den Highlands.«

»Sie bekommen alles zurück«, versicherte sie ihm.

»Ich wollte, ich hätte es schon«, schnaubte er.

»Ich will weder Ihr Silber noch Ihre Waffen.«

»Was dann?« Er hoffte, daß sie ihm antworten würde. Er besaß nicht mehr die Kraft, sie zu irgend etwas zu zwingen. Er hoffte ebenfalls, daß sie bald aufbrach, denn er wollte allein sein, wenn ihn seine Übelkeit übermannte.

»Ich wollte ... wissen, wer Sie sind«, sagte sie.

»Warum?«

Sie senkte den Blick. Ihr Zopf fiel über ihre Schulter und schimmerte rötlich im Kerzenlicht. Ihr hübsches Kinn war eigensinnig nach vorn geschoben. »Ich wollte es einfach wissen.«

»Sie haben das Schriftstück. Jetzt wissen Sie es, wenn Sie lesen können. Also sagen Sie mir, wer das Lösegeld für mich fordern wird.«

»Wie ich Ihnen bereits erklärt habe, geht es mir nicht um ein Lösegeld.«

Wenn Sie eine der Kerrs war, dann hatte er keinen Zweifel daran, daß man eine Auslösung für ihn fordern würde. Vor allem dann, wenn der Grenzaufseher dieses Gebiets zu ihrem Clan zählte. »In welcher Beziehung steht Simon Kerr zu Ihnen?« fragte er. »Sind Sie seine Tochter?« Das bezweifelte er. »Seine Geliebte, vielleicht?«

Mit stolz erhobenem Gesicht musterte sie ihn eisig. Erneut spielte ihm seine Wahrnehmungsfähigkeit einen Streich, und er sah sie doppelt. Er blinzelte. Sie war hübsch, hellhäutig und hochmütig, als er sie schließlich genau fixierte.

»Wie lautet Ihr Familienname, Mhairi aus dem Hochland?«

Erneut warf sie ihm einen unterkühlten Blick zu. »Warum hat Sie der Kronrat hierhergeschickt?« fragte sie. »Tragen Sie noch weitere Papiere bei sich?«

»Haben Sie welche gefunden?« fragte er in scharfem Ton. »Weshalb interessiert Sie mein Auftrag?«

»Welchen Auftrag hat Ihnen der Kronrat erteilt?«

»Sie scheinen irgendwelche Probleme mit mir zu haben, obgleich ich das von mir nicht behaupten kann«, sagte er. »Oder behaupten konnte, bis Sie mich überwältigten.«

»Sie und ich haben mehr Probleme, als Ihnen lieb ist«, stieß sie zwischen ihren zusammengebissenen Zähnen hervor.

»Was soll das heißen?« fragte er eindringlich.

Eigensinnig verschränkte sie ihre Arme und senkte den Blick.

Sein Kopf schmerzte entsetzlich. Er fragte sich, wie lange er dieses höfliche Geplänkel noch weiterführen konnte, ohne sich übergeben zu müssen.

»Nun gut«, meinte er. »Beantworten Sie mir wenigstens eine Frage.« Sie warf ihm einen vernichtenden Blick zu. »Sind Sie aus dem Hochland?«

Zögernd nickte sie. »Ja, das bin ich.«

»Warum reitet ein junges Mädchen aus dem Hochland wie ein gemeiner Dieb über eine Straße im Grenzland?«

Sie erhob sich. »Ich werde auf keine weiteren Fragen eingehen, solange Sie nicht bereit sind, mir zu antworten.« Sie marschierte zur Tür, riß sie auf und ging hinaus. Die Tür fiel ins Schloß. Bei diesem Geräusch stöhnte Rowan auf, dann hörte er, wie der Riegel vorgeschoben wurde.

Er seufzte. Er hatte keinerlei Anstalten unternommen, sie aufzuhalten. Jede weitere Bewegung hätte seine Übelkeit lediglich verstärkt.

Einige Augenblicke später hörte er eine flüsternde, männliche Stimme. Überrascht lauschte er, konnte den Sinnzusammenhang der leise geführten Unterhaltung jedoch nicht verstehen. Aber er war sich sicher, daß er Mhairis unverwechselbare Stimme gehört hatte.

In der Annahme, daß der Mann einer ihrer Kerr-Verwandten war, rechnete er damit, daß die Tür bald aufgerissen würde, hoffte jedoch, daß er sich irrte. In seinem derzeitigen Zustand besaß er einfach nicht die Kraft, einem wutschnaubenden Grenzbewohner gegenüberzutreten.

Teilweise lag er mit seiner Einschätzung richtig. Die Tür

wurde erneut aufgerissen, aber es trat kein erzürnter Grenzräuber ein, sondern Mhairis schlanker, in Schwarz gehüllter Arm warf zwei Wolldecken sowie ein verschlossenes Bündel hinein, das aufplatzte, als es zu Boden fiel. Einige Pfannkuchen aus Hafermehl und ein Stück Bratenfleisch kullerten über den steinigen Untergrund. Ein lederner Trinkbeutel, den Rowan geschickt mit seinem Fuß auffing, wäre ansonsten ebenfalls zu Boden gefallen.

»Hier ist etwas zu essen und zu trinken«, sagte sie.

»Herzlichen Dank«, schnaubte er in die Stille, die dem Knallen der Tür folgte. Er hörte, wie der Riegel erneut vorgelegt wurde. Eilige Schritte stapften die Stufen hinauf.

Auch wenn sein Kopf wie wahnsinnig dröhnte und sein Magen vor Unwohlsein rebellierte, mußte Rowan lächeln. Während er die kleine, dunkle Kammer betrachtete, wich sein Lächeln einem zufriedenen Grinsen.

Lincraig Castle war kaum ein ernstzunehmendes Verlies für einen Blackdrummond Scott. Es gab Spalten und Durchgänge innerhalb der alten Ruine, die er und sein Bruder als Kinder entdeckt hatten. Wenn seine Kopfschmerzen nachließen, würde er den winzigen Kerker untersuchen und schon bald irgendeinen Fluchtweg finden.

Seufzend lehnte er sich zurück, faltete den pelzgefütterten Umhang Mhairis zu einem gemütlichen Kissen zusammen und hüllte sich in die wärmenden Wolldecken ein. Sein Schädel hämmerte und der Raum schien bei jeder seiner Bewegungen wie ein Schiff hin und her zu schwanken.

Als er den Trinkbeutel aufhob, war er schwer und warm. Nachdem er den Holzverschluß geöffnet hatte, stellte er fest, daß er mit Fleischbrühe gefüllt war. Mit einem mißfälligen Blick nahm er einen vorsichtigen Schluck, da ihm ein gehaltvolleres Getränk in seiner Situation lieber gewesen wäre. Die heiße, salzige Brühe rann durch seine Kehle. Er nahm einen weiteren Schluck.

Eine heftige Müdigkeit befiel ihn, und er schloß die Augen. Ein langes, ungestörtes Nickerchen würde seine Heilungsaussichten sicherlich beschleunigen. Schließlich mußte er zu Kräften kommen, wenn er diesen Kerker verlassen wollte.

Während er entspannte, kam ihm die törichte Idee, ob diese Mhairi aus dem Hochland die Geister der auf Lincraig hausenden Scotts zu Gesicht bekommen hatte. Und dann schoß ihm noch ein letzter Gedanke durch den Kopf.

Vielleicht sollte er das Hochland-Mädchen fragen, ob sie irgend etwas von dem spanischen Gold wußte.

Kapitel 6

»Kannst du mich nicht bezahlen,
So schwör ich hier den Eid,
Wirst du den Tag verwünschen,
Der dich nach Hause leit'.«
– ›Lamkin‹

Der grollende Donner in ihrem Traum entpuppte sich als lautes Hufgetrappel. Mhairi erwachte und setzte sich rasch auf. Das Mondlicht schimmerte zwischen den Dachbalken über ihr hindurch und erhellte ihr schmales Feldbett und die Holzwände des Dachbodens von Iains Haus. Sie hörte ihren Namen, drehte sich um und sah Jennets kupferfarbene Locken und ihr blasses Gesicht, das über den Rand der Speichertreppe spähte.

»Die Grenzräuber sind wieder da!« flüsterte Jennet aufgeregt. »Komm hinunter!« Auf der Stiege verharrend, blickte sie nervös zu der Eingangstür des kleinen Hauses. Mhairi hörte die klappernden Pferdehufe, leise Männerstimmen und das aufgeregte Bellen von Iains jungem Wolfshund auf dem Hof.

Mhairi glitt aus dem Bett, griff nach einem Leinenhemd und zog es sich über den Kopf, dann tastete sie in der Dunkelheit nach ihrem Wolltuch. Sie bewegte sich vorsichtig und leise, empfand jedoch keinerlei Furcht.

Sie fühlte sich wie betäubt. In den Wochen nach Iains Verhaftung waren sie nicht nur der ständigen Bedrohung durch räuberische Banden ausgesetzt gewesen, sie hatte auch mit den Gefahren ihrer eigenen, heimlichen Aktivitäten leben müssen. Schließlich hatte ihre empfindsame Seele vor der harten Realität kapituliert.

Manchmal hatte sie das Gefühl, daß sie ihre tiefsten Gefühle und Ängste hinter einer Tapferkeit versteckte, die zu ihrem Schutzschild und Verbündeten geworden war. Die

Grenzräuber kannten nur diesen Teil ihrer Persönlichkeit. Ebenso wie Rowan Scott. Sie war sich ganz sicher, daß er bewußtlos gewesen war, als sie sich voller Mitgefühl um ihn gekümmert hatte. Er kannte die wahre Mhairi Macrae nicht – und würde sie auch niemals kennenlernen.

»Christie ist nicht da«, sagte Jennet. »Wir werden allein mit ihnen verhandeln müssen.«

Zustimmend nickend schlang Mhairi das Wolltuch um ihre Schultern. »Ich komme. Was ist mit Robin?«

»Er schläft tief und fest«, sagte Jennet. »Aber er wird bald aufwachen, weil er gestillt werden muß. Und der Hund ist völlig nutzlos, da er sich freut, wenn er Besuch wittert.«

»Zu welcher Reiterfamilie gehören diese Männer?«

»Heckie Elliot und seine Brüder reiten zusammen mit englischen Geächteten.«

»Sie waren doch schon einmal hier«, sagte Mhairi seufzend. »Wir gehen besser nach draußen, sonst treten sie noch die Tür ein.« Jennet nickte und kletterte rasch die Speichertreppe hinunter.

Mhairi wickelte sich fester in das Wolltuch über ihrem Leinenhemd. Ihr blieb nicht die Zeit, sich vollständig anzukleiden und ihr Wollkleid mit dem anliegenden Oberteil und den Spitzeneinsätzen überzuziehen, das an einem Wandpfosten hing. Sie strich ihr zerzaustes Haar zurück und kletterte barfuß die Speichertreppe hinunter.

Als sie den Dielenboden betreten wollte, leckte jemand stürmisch an ihren Füßen. Sie stupste danach und sprang hinunter. »Hör auf, Bluebell«, murmelte sie, während sie den tolpatschigen silbergrauen Wolfshundwelpen beiseite schob. »*Ach,* wann wirst du endlich begreifen, was echte Gefahr ist? Bleib jetzt ruhig. Sitz!« Vorsichtig drückte sie den Hund in Richtung der Wiege. »Paß auf Robin auf. Das kannst du doch schon. Wenn ein Räuber das Kind berührt, würdest du ihn beißen. Aber wenn sie nachts in deinen eigenen Hof einfallen ...« Sie warf dem Hund einen mißbilligenden Blick zu, auf den dieser mit einem fröhlichen Bellen reagierte.

Bluebell sprang zum Kamin und legte sich hin. Während

Mhairi die Wohnstube des Hauses durchquerte, erinnerte sie sich daran, daß sie solche Banden schon vor Jahren eingeschüchtert hatten, als sie und Iain von Hob Kerr und dessen Familie, der Verwandtschaft ihres Vaters Duncan Macrae, großgezogen worden waren.

In solchen Nächten hatte sie Iain manchmal aufgeweckt, weil sie Angst hatte, daß die Grenzräuber das Haus anzünden oder sie alle töten würden, nur um Vieh und Hausrat stehlen zu können oder einfach ihren Spaß zu haben. Mittlerweile war sie reifer geworden, hatte sich an die Überfälle von Grenzräubern gewöhnt und fürchtete sich längst nicht mehr so sehr.

Die Jahre im Grenzgebiet hatten sie wirklich verändert. Sie fragte sich, was geschehen wäre, wenn Johnny Kerr noch lebte und sie ihn geheiratet hätte. Wäre sie ebenso hart und verbittert wie viele der älteren Grenzbewohnerinnen geworden, die die ständige Bedrohung und das kummervolle Leid abgehärtet hatten? In tiefster Nacht wachte sie manchmal auf, lag dann zitternd vor Furcht auf ihrem Feldbett und weinte in ihr Kissen. Das Leben im Grenzgebiet hatte ihre Seele noch nicht gänzlich abgestumpft. Doch so sehr sie sich auch nach einer Rückkehr in die Highlands sehnte, sie mußte hierbleiben und Jennet und Iain helfen.

Einen raschen Blick zur Tür werfend, bemerkte sie einen Lichtschimmer und die flinken Schatten mehrerer Reiter. Sie lief an den prasselnden Holzscheiten im Kamin vorbei, dem blankgescheuerten Eichentisch, dem Klappbett von Iain und Jennet, der winzigen Wiege mit dem friedlich schlummernden Baby und dem daneben liegenden Hund. An der offenen Eingangstür hielt sie inne und blickte in den vom Mondlicht erhellten Hof.

Der Wind umwehte die stummen Reiter und ihre wartenden Pferde. Schwache Lichtreflexe tanzten auf den Stahlhelmen der Männer. Ihre Lanzen hielten sie wie grausame Dornen gegen den Nachthimmel gezückt.

Mhairi hielt sich am Türrahmen fest und zwang sich zur Ruhe. Sie hoffte, daß der Auftrag der Elliots in dieser Nacht nichts mit Devil's Christie zu tun hatte, der schon vor Stunden zur alten Burgruine geritten war, um sich um den verletzten Gutsherrn von Blackdrummond zu kümmern.

Egal, weshalb die Grenzräuber gekommen waren, sie mußte ihnen tapfer und entschlossen entgegentreten. Sie trat aus dem Haus und schloß die Tür.

Jennet stand barfuß in einem einfachen Kleid im Freien und hatte sich fest in ein Wolltuch eingehüllt. Als Mhairi näher kam, strich sie ihre dicken roten Locken zurück und starrte die Männer mit ihrem hübschen, jedoch vor Furcht bleichem Gesicht an.

»Was wollen Sie von uns, Heckie Elliot?« fragte Jennet.

»Wir dachten, daß Sie vermutlich jemanden suchen, der Ihr Hochlandvieh hütet, Mistress Macrae«, antwortete Heckie grinsend. »Schließlich ist Ihr Mann schon seit Wochen in Simon Kerrs Kerker eingesperrt. Oder brauchen Sie vielleicht jemanden, der Ihr Feld beackert?« Rauhes Gelächter ertönte aus den Reihen der Umstehenden. Aufgrund dieser ungehörigen Bemerkung hielt Mhairi den Atem an. Jennet hob ihr Kinn und schwieg.

Um mit Iain zu verhandeln, war Heckie Elliot nachts schon einige Male bei ihnen gewesen. Seine Bande, die sich aus geächteten Grenzbewohnern, Mitgliedern seines eigenen Clans und einigen englischen Geächteten zusammensetzte, war für ihre schnellen, grausamen und unvorhersehbaren nächtlichen Raubzüge bekannt. Und dafür, daß sie illegale Schutzgelder erpreßten, um solche Plünderungen zu verhindern.

In dieser Nacht erfreuten sie sich einer teuflischen Stimmung. Mhairi spürte die von ihnen ausgehende Gefahr und Bedrohung, die ihr einen frostigen Schauer über den Rükken jagte.

Sie hoffte, daß sie rasch alles, was sie an Milchkühen, Schafen oder Hausrat gebrauchen konnten, plünderten und dann wieder fortritten, ohne ihnen oder dem Haus übel zuzusetzen. Zwei Frauen konnten gegen diese Männer wenig ausrichten.

»Wo ist denn Devil's Christie heute abend?« fragte ein ungeschlachter, hünenhafter Kerl und grinste durch seinen dunklen Bart. »Wenn wir auftauchen, hängt er sich an unsere Fersen wie ein Hofhund. Habt ihr ihn zusammen mit dem dummen Welpen im Haus angekettet?« Einer der Umstehenden lachte.

»Mein Bruder wird bald zurückkehren, Clem Elliot«, antwortete Jennet. »Und er wird euch mit meinem Armstrong-Clan verfolgen, also macht, daß ihr fortkommt.« Während Jennet diese Lüge äußerte, beobachtete Mhairi Heckie unverhohlen. Beide Frauen wußten, daß Christie nach Lincraig geritten war. Heckie und sein Bruder Clem zeigten keine Reaktion. Mhairi war sich sicher, daß sie weder Christie noch seinen Gefangenen gesehen hatten. Ihr Geheimnis blieb immer noch gewahrt. »Ja, ja, Heckie Elliot«, sagte sie. »Die Armstrongs werden bald hier sein. Sie werden sich in einem blutigen Gemetzel wiederfinden, wenn Jennets Familie Sie hier beim Plündern erwischt.«

»Ach, Mädel«, sagte Heckie und schmollte wie ein großes, häßliches Kind. »Wir sind doch bloß gekommen, um Mistress Jennet zu helfen, das prachtvolle Hochlandvieh und die Schafe ihres Mannes zu hüten.«

»Natürlich auf unserem eigenen Land«, fügte Clem hinzu.

Zorn keimte in Mhairi auf. »Es gibt keinen ersichtlichen Grund für euer Hiersein. Also verschwindet«, rief sie.

»Den Grund lassen Sie mal unsere Sorge sein, Mhairi Macrae«, erwiderte Heckie grob.

»Mit Ihrem Eindringen brechen Sie den Frieden des Königs. Die Grenzbeamten werden gegen jeden von Ihnen Haftbefehle ausstellen«, sagte Jennet.

»Ach ja, Liebesbriefe. Die kennen wir schon«, sagte Clem und wandte sich grinsend zu seinen Gefährten um.

»Wir wollen Ihnen heute nacht nichts anhaben«, sagte Heckie ungeduldig. »Wenn Iain Macrae wüßte, daß wir während seiner Abwesenheit auf sein Haus aufpassen, würde er uns ein paar Säcke Getreide und einige Tiere nicht abschlagen wollen.« Ein verschlagenes Grinsen glitt über sein bärtiges Gesicht. »Für einen gelegentlichen Spottpreis an Korn und Vieh werden wir auf Ihre Sicherheit achtgeben,

Mistress. Das Grenzgebiet ist nachts gelegentlich ein unangenehmer Aufenthaltsort.«

»Wir werden Ihnen keinen Schutzzoll entrichten«, sagte Jennet entschieden. »Was Sie da verlangen, ist kriminell. Wir zahlen bereits unsere rechtmäßigen Abgaben an den Auld Laird von Blackdrummond Tower.«

Heckie seufzte nachsichtig. »Mistress Jennet, Ihr Ehemann hat bereits mit mir verhandelt, bevor ihn der Grenzaufseher schnappte.«

»Mir gegenüber hat er nicht erwähnt, daß ...« sagte Jennet.

»Vielleicht hat er das vergessen, nachdem man ihn als Spion und Verräter eingebuchtet hatte«, fuhr ihr Clem ins Wort.

»Das sind falsche Beschuldigungen!« konterte Mhairi erzürnt. »Bei Nacht die Grenze zu passieren ist ebenfalls Verrat. Ihr macht euch selbst dieses Verbrechens schuldig.«

»Wenn die Engländer davon erfahren, werden wir mutig zu unserem Landesverrat stehen«, bedeutete Heckie. »Die meisten Grenzräuber läßt das ohnehin kalt. Aber dieses Delikt ist etwas ganz anderes. Wie ich hörte, will der Kronrat die Engländer über die Schuld Ihres Bruders richten lassen.« Heckie blickte zu Jennet. »Mistress, Iain Macrae ist nicht da und Sie brauchen Schutz. Ein Stück Vieh oder auch zwei, etwas Hafer, mehr verlangen wir nicht für den Einsatz unserer Lanzen. Zahlbar jede Woche. Oder wir bedienen uns selbst.«

Jennet blickte zu Mhairi. »Gott bewahre«, flüsterte sie. »Für ihr Verschwinden ist mir kein Preis zu hoch. Aber Iain hat sich immer geweigert, ihre Schutzzölle zu bezahlen. Ich weiß nicht, was ich tun soll. Iain hat mit ihnen Gespräche unter Männern geführt, er hat sogar mit Heckie herumgealbert. Aber ...«

»Du brauchst nicht darauf einzugehen«, sagte Mhairi leise.

»Aber was sollen wir Heckie sagen?«

»Ganz einfach«, meinte Mhairi und drehte sich zu ihm um. »Verschwinden Sie, Heckie Elliot. Wenn Sie das nicht tun, werde ich dem Grenzaufseher umgehend von Ihrem Besuch berichten.«

»Simon Kerr mag dieses Mädel«, klärte Clem seinen Bruder auf. »Ich habe dich gewarnt, daß er unseren Besuch hier nicht schätzen würde.«

»Simon Kerr kann uns nichts anhaben«, knurrte Heckie.

»Von braven Bürgern Schutzgelder zu erpressen ist sündhaft«, sagte Jennet mit zitternder Stimme.

Mit gespieltem Entsetzen starrte Heckie sie an. »Was, sind Sie unter die Geistlichen gegangen? Nun, auch auf diese würde ich nicht hören. Schlagen Sie mir nichts ab, Mistress. Ihr Mann wird gehenkt werden, und dann sind Sie froh, wenn Sie auf die von mir angebotene Hilfe zurückgreifen können.«

»Iain wird bald freikommen«, sagte Mhairi. »Und dann wird er mit den Kerrs und den Armstrongs Ihre Verfolgung aufnehmen.«

»Jaja, und vermutlich auch mit den Scotts«, brummte Heckie. »Ihr werdet mich bezahlen, Mädels, oder ihr verliert euer Vieh und euren Hausrat. Wir wollen euch nichts zuleide tun, aber wir können es auch nicht ausschließen. Was ist euch lieber?«

»Verschwindet von unserem Hof«, sagte Mhairi mit fester Stimme.

Heckie drehte sich um und rief nach einem seiner Männer. Jemand ritt vor. »Das ist Thomas Storey«, erklärte Heckie. »Wir nennen ihn den Kaufmann, da er unsere Buchführung übernimmt. Er wird euch bei der Entscheidung unterstützen, wieviel Vieh ihr uns jetzt überlassen könnt.«

Thomas Storey, von dem Mhairi wußte, daß er Engländer war und gemeinsam mit Heckie auf Beutezug ging, preschte skrupellos auf Jennet zu, bis diese gezwungen war, rückwärts zu gehen und sich schließlich gegen die Mauer des Hauses stemmte. Der Pferdeatem blies ihr ins Haar. Boshaft grinsend zog Thomas sein Schwert.

Mhairi glühte vor Zorn. Sie rannte auf Jennet zu, befreite sie und funkelte Thomas an. »Nur ein Idiot würde einer Frau etwas antun, die einen Säugling zu versorgen hat!« kreischte sie. Schnaubend wich sein Pferd zurück. Heftig atmend wandte sich Mhairi an Heckie. »Heckie Elliot, wie mir zu Ohren gekommen ist, hat auch Ihre Ehefrau ein Kind bekommen. Und Sie wissen sehr gut, daß die Krone Ihren Kopf fordern könnte, wenn Sie dieser Frau hier auch nur ein Haar krümmen!«

Unflätig fluchend winkte Heckie Thomas zurück und gab dann den übrigen Männern ein Zeichen. Sie sprangen von ihren Pferden, stoben an Mhairi und Jennet vorüber und betraten das Haus. Mhairi hörte das Krachen und den Lärm, mit dem sie die Möbel zertrümmerten und die Schränke aufrissen. Bluebell bellte aufgeregt, dann knurrte er bedrohlich, denn seine Gutmütigkeit wurde auf eine harte Probe gestellt.

Zwei Grenzräuber gingen in Richtung der Scheune, einer wackligen Konstruktion, die an das Haus angebaut worden war, und brachen mit ihrem Pistolenknauf den neuen Eisenriegel der Tür auf. Dann verschwanden sie im Innern und kehrten mit zwei Pferden zurück.

Heckie, immer noch hoch zu Roß, wandte sich um und blickte auf die beiden Frauen hinunter. »Bleibt, wo ihr seid. Keine Bewegung, dann passiert euch nichts.«

»Aber mein Kind ist im Haus!« schrie Jennet.

»Dann hol es und komm wieder hierher«, zischte Heckie. Jennet rannte ins Haus.

»Sie haben uns Ihr Wort gegeben, daß uns kein Leid geschieht«, entgegnete Mhairi. »Und das Wort eines Grenzbewohners ist Gesetz.«

Heckie feixte. »Mhairi Macrae, Sie haben meine Rücksicht zum letzten Mal genossen. Wenn ich das nächstemal komme, erbitte ich einen netten Schutzzoll von Ihnen. Wenn Sie mich erneut zurückweisen, werde ich das Haus Ihres Bruders in Brand setzen. Und kein Säugling, keine Mutter und auch kein hübsches, dunkelhaariges Mädel wird mich davon abhalten.« Er gab seinem Pferd die Sporen und setzte sich in Bewegung.

Nach einer Weile, die ihnen wie eine Ewigkeit vorkam, verließen die Männer bepackt mit Getreidesäcken, Kochgeschirr, Stoffen, Kleidung und Hausrat das Haus. Während sie ihre Beute auf ihren Pferden verstauten, unterhielten sie sich lachend und tätschelten den Hund, der schwanzwedelnd über den Hof lief und sich sogar mit einem der von ihnen gestohlenen Haferplätzchen füttern ließ. Bald darauf saßen sie auf und verließen den Hof mit zwei Pferden, vier Kühen und neun blökenden, verwirrten Schafen.

Jennet, die neben Mhairi stand und alles beobachtet hatte, mußte ihr Schluchzen unterdrücken. Schützend hielt sie ihren kleinen Jungen im Arm. Geräuschvoll zogen sich die Grenzräuber zurück. Jennet wandte sich ab, wiegte das weinende Baby an ihrer Brust und machte sich auf den Weg zurück in ihr verwüstetes Haus. Bluebell folgte ihr.

Mhairi rannte zur Scheunentür und verschloß sie, damit die zurückgebliebenen Tiere nicht ausrissen. In der Dunkelheit hatte sie sie nicht genau gezählt, meinte jedoch, daß noch sechs Rinder und ungefähr ein Dutzend Schafe im Stall standen. Sie war so froh gewesen, daß die Räuber ihr eigenes Pferd zurückgelassen hatten, doch Jennets kräftiges Arbeitspferd war ebenso wie Christies Hengst gestohlen worden.

Das würde ihn fürchterlich erzürnen. Noch am selben Tag war es ihm gelungen, sich mit Rowan Scotts edlem braunem Hengst anzufreunden, und er war so stolz gewesen, daß er auf diesem Reitpferd nach Lincraig Castle geritten war.

Mhairi kletterte auf eine kleine Anhöhe, wickelte sich aufgrund des empfindlich kalten Windes fester in ihr Wolltuch und beobachtete die in den dunklen Weiten verschwindenden Grenzräuber.

Nach einer Weile vernahm sie das vibrierende Donnern von Pferdehufen hinter sich. Als sie sich umdrehte, sah sie eine schattenhafte Gruppe von Reitern, die die Räuber über das Hochmoor hinweg verfolgten.

Ihr Anführer entfernte sich von den anderen und bedeutete ihnen, weiterzureiten. Er preschte auf Mhairi zu, brachte sein Pferd zum Stehen und blickte im bleichen Mondlicht auf sie herab.

»Sind Sie verletzt, Mhairi?« fragte er.

Sie schüttelte den Kopf. »Nein, alles in Ordnung, Simon Kerr«, antwortete sie.

Auf seinem hohen englischen Roß wirkte der Aufseher des mittleren Grenzgebiets ebenso furchteinflößend wie die Grenzräuber, deren Pferde in wildem Galopp über die Hügel preschten. Ein Harnisch aus gehämmertem spanischen Stahl bedeckte seinen Bauchansatz, und seine groben Gesichtszüge wurden von dem breiten Rand seiner Spitzhaube verdeckt.

»Schon die ganze Nacht bin ich dieser Halunkenbande auf den Fersen«, erklärte er. »Heckies Spitzbuben, ja so nennen sie sich. Die Elliots und andere Schotten, die gemeinsam mit einigen englischen Ganoven ausreiten und Beute machen. Sind Sie Ihnen oder Mistress Jennet zu nahe getreten?«

»Nein. Aber sie haben Jennets wertvollstes Hab und Gut mitgehen lassen, darüber hinaus Kühe und Schafe und zwei Pferde.«

»Am Abend plünderten sie Willie Nicksouns Haus und stahlen zehn Stück Vieh. Steckten sein Anwesen in Brand, weil er sich weigerte, Schutzgeld zu zahlen.« Grimmig blickte er zu ihr hinunter. »Haben Sie von Mistress Jennet ebenfalls Schutzzoll verlangt?« Sie nickte. Seufzend fuhr sich Simon über sein bärtiges Kinn. »Ich schwöre Ihnen, Mhairi, daß ich diesen Heckie Elliot einbuchten werde. Er verdient den Strang.«

Stirnrunzelnd sah Mhairi zu ihm auf. »Aber nicht alle Ihre Gefangenen haben ihn verdient«, konterte sie.

Von ihrem durchdringenden Blick irritiert, senkte Simon die Lider. »Die Verantwortung für einen Grenzbezirk zu tragen ist nicht einfach, mein Mädel«, seufzte er. »Heute nacht habe ich bereits englische Räuber zurück über die Grenze getrieben. Und bin immer noch auf der Suche nach diesem verrückten Banditen Alec Scott, von dem wir nicht die geringste Spur haben. Dann erhielt ich die Nachricht vom Überfall auf Willie Nicksouns Haus, und seitdem verfolgten wir Heckie und seine Bande. Bis wir sie hier aufspürten.«

»Weil so viele Räuber gefaßt werden müssen«, meinte sie sarkastisch.

Simon betrachtete sie. »Werden Sie mich denn niemals verstehen können, Mhairi? Ich setze mich nach Kräften für Recht und Ordnung ein. Und ich habe ein Auge auf Ihre Sicherheit, da mein Neffe Johnny Sie zur Frau nehmen wollte. Was muß ich tun, um Ihnen zu gefallen?«

»Da besteht wenig Aussicht auf Erfolg.«

»Es tut mir leid, daß Sie und Mistress Jennet Unannehmlichkeiten gehabt haben. Dafür kann ich nichts.«

»Aber Sie konnten auch nichts dagegen tun«, sagte sie in eisigem Ton. »Wenn Ihnen unsere Unannehmlichkeiten so am Herzen liegen, dann lassen Sie meinen Bruder frei, und ich mag Sie vielleicht mehr.«

Er grinste. »Sie sind ein mutiges Mädel, haben richtig Pfeffer. Das gefällt mir. Wir beide wären ein prachtvolles Paar, hm?«

»In der Hölle«, knirschte sie zwischen zusammengebissenen Zähnen hervor.

Vor Lachen prustend, hob er seine Hand. »Friede! Ich habe nicht vergessen, daß Sie und Ihr Bruder Verwandte und Pflegekinder meiner Kerr-Vettern sind. Und Sie waren meinem Neffen versprochen. Trotzdem kann ich Iain Macrae nicht freilassen, und das habe ich Ihnen auch bereits erklärt.«

»Sie können«, beharrte sie. »Ich verstehe das nicht. Die Grenzbewohner schützen immer ihre Angehörigen. Und wir sind Vetter und Cousine der Kerrs.«

»Sicher, aber mir blieb keine Wahl. Der Kronrat und die englischen Grenzaufseher beobachten mich in dieser Sache. Wir haben Iain in jener Nacht auf frischer Tat ertappt. Er und Alec Scott hatten die englische Grenze überquert und trieben mit Beutesäcken beladen eine Viehherde zurück. Schon allein das ist Hochverrat, wie jeder Grenzbewohner sehr wohl weiß.«

»Iain ist kein Grenzbewohner«, widersprach sie.

»Wenn ein Highlander ein Mädchen aus dem Grenzland

heiratet und sich bei uns niederläßt, um Kühe und Schafe zu züchten, dann sollte er auch die Grenzgesetze achten. Und Iain sollte soviel Verstand besitzen, daß er nicht mit Alec Scott zusammen ausreitet. Was hat ihm das eingebracht? Alec hat sich aus dem Staub gemacht, und Ihr Bruder wurde geschnappt. Und dieses spanische Gold, das wir bei ihm fanden, beweist doch seine Verbindung zu diesem von beiden Regierungen gesuchten Spionagering.«

»Ich kann es einfach nicht glauben«, sagte sie.

»Dann tun Sie mir leid.« Betrübt blickte er sie an.

Stolz reckte sie ihr Kinn vor. »Alec Scott ist der von Ihnen gesuchte Spion und Halunke. Er verschwand und überließ Iain seinem Schicksal. Ihn sollten Sie fangen, bevor Sie meinen Bruder verurteilen.«

»Ich schätze, daß sie beide an dieser Sache beteiligt sind. Es ist eine Schande, daß Ihr Bruder an diesen Burschen geraten ist. Diese Blackdrummond Scotts sind alle Verbrecher. Sie können sagen, was Sie wollen, aber die sind vom leibhaftigen Teufel besessen!«

Ein lebhaftes Bild des Gutsherrn von Blackdrummond entstand vor ihrem geistigen Auge – ein dunkelhaariger, schlanker, anziehender Mann, der vermutlich im Kerker von Lincraig schlummerte. An diesem Morgen hatte sie ihn zuletzt gesehen, als sie seine Stirnwunde untersucht hatte, die sich zwar auf dem Wege der Besserung befand, aber immer noch geschwollen war. Sie hatte ihn geweckt und ihm Gesellschaft geleistet, während er Jennets Graupensuppe vertilgte. Dann war er wieder eingeschlafen, immer noch zu geschwächt, um wach zu bleiben.

Was Simon nicht wußte, war, daß der einzige Teufel, der sich in der Nähe dieses gewissen Blackdrummond Scott befand, Devil's Christie hieß und ihn bewachte.

»Bald werden wir aus dieser Ecke sicherlich noch mehr Probleme bekommen«, prophezeite Simon gerade.

Entsetzt blickte sie ihn an. »Probleme, inwiefern?«

»Eine meiner Wachpatrouillen hat mir den Beschluß des Kronrats überbracht, daß ich einen neuen Stellvertreter bekomme. Rowan Scott – den Bruder von Alec!« Mhairi zuckte zusammen und griff nach den Enden ihres Wolltuchs, als er fortfuhr. »Ich warte schon seit Tagen auf seine Ankunft. Wo er bleibt, weiß ich auch nicht – hurt wahrscheinlich sturzbetrunken in irgendeiner Kneipe rum, denk' ich. Aber wenn er eintrifft, dann werden die Nächte vermutlich höllischer, als Sie oder ich es jemals erlebt haben. Der schwarze Gutsherr, Black Laird, so wird er hier genannt. Wie man munkelt, war er immer der erste, wenn es darum ging, bei Vollmond Raubzüge zu unternehmen.«

Obgleich sie rasendes Herzklopfen hatte, blickte ihn Mhairi mit dem Ausdruck reinster Unschuld an. »Aber als Beamter wird er doch nicht mehr auf Beutezug reiten ...«

»Haha«, lachte er nur.

»Wird dieser Rowan Scott Ihnen denn behilflich sein, seinen eigenen Bruder zu inhaftieren?«

»Wie mir zu Ohren gekommen ist, sind sich die beiden nicht grün. Schätze, er wird mir helfen. Diese Familie besteht aus Aufschneidern und Halunken, das sag' ich Ihnen, angefangen mit dem Auld Laird bis hin zu seinen beiden Enkeln. Sollten Sie diesem Rowan Scott begegnen, Mädel, dann seien Sie auf der Hut. Kommen Sie zu mir, wenn Sie Hilfe brauchen.«

Sie verhielt sich weiterhin ruhig, auch wenn sie innerlich vor Neugier und Erregung brannte. »Warum ernennt der Kronrat einen solchen Mann zu Ihrem Stellvertreter?«

Simon beugte sich im Sattel vor. »Um die Straßendiebe in der Umgebung von Lincraig zu stellen«, flüsterte er mit rauher Stimme.

Schlagartig war ihre Kehle wie zugeschnürt. »D... Diebe?«

»Ja. Die Reiter von Lincraig, die in den letzten Wochen sämtliche Kuriere des Kronrats überwältigten. Sie haben sicherlich davon gehört. Ich machte dem Kronrat davon Mitteilung, welche Probleme sie hier heraufbeschworen haben. Und wie reagiert die Krone? Sie schickt mir einen weiteren Beamten.« Mißfällig spuckte er zu Boden. »Als ob das Sinn hätte! Ich habe schon einen Stellvertreter, drei Wachtposten und einen berittenen Troß in meinen Reihen. Gütiger Himmel! Was ich gebrauchen könnte, wären ein paar gute Pistolen und Munition oder eine kleine Kanone. Doch man schickt mir einen dieser großspurigen Scotts auf den Hals.« Er fluchte leise.

»Der Kronrat hat sicherlich seine Gründe«, sagte sie.

»Der Kronrat besteht aus lauter Dummköpfen. Meine Vettern, die Ferniehurst Kerrs, liegen seit fast dreißig Jahren mit besagten Scotts im Streit. Aber wie ich hörte, kennt er sich mit Grenzräubern und Gesetzen aus – haha, daß ich nicht lache – und natürlich auch mit Geächteten, und wenn er sich wirklich nützlich machen will, dann bin ich ihm dabei behilflich.« Murrend schüttelte er den Kopf.

»Dann soll Rowan Scott also diese Straßenbande stellen?«

»Ich werde ihn auf diese Fährte setzen. Ich kann ihn doch nicht auf Alec Scott ansetzen, auch wenn sie sich verhaßt sind. Alec wird sich einen neuen Plan ausdenken und seinen Bruder für seine Ziele gewinnen. Diese Blackdrummond-Halunken besitzen teuflische Überzeugungskraft.«

Froh über die Dunkelheit, die ihr Gesicht fast gänzlich verhüllte, schwieg Mhairi. Wolken hatten sich vor den Mond geschoben, und ein kühler Nebel war während ihrer Unterhaltung heraufgezogen. Der einsetzende Regen erinnerte sie plötzlich an das Unwetter in jener Nacht, als sie und Christie Rowan Scott überwältigt hatten.

Eine riskante und gefahrvolle Idee entwickelte sie in ihrem Kopf. Wenn dieser Rowan Scott, der Black Laird, die Straßendiebe stellen sollte, dann würde er sie und Christie bald erwischen. Sie sah sich bereits mit dem Gefängnis konfrontiert. Als Straßendiebin hatte sie einen Überfall auf den neuen Stellvertreter des Grenzaufsehers gewagt – und für dieses Verbrechen würde sie dieser Stellvertreter büßen lassen.

Aber Christie war erst siebzehn Jahre alt, viel zu jung, um sein Dasein im Gefängnis zu fristen. Mhairis Bemühungen, Iain zu helfen, scheiterten kläglich. Da sie ohne die fürsorgliche Hilfe ihrer Familie und ohne Iains gesunden Menschenverstand einen Weg durch dieses Dilemma finden mußte, verließ sie sich allein auf ihr Gespür und tat das, was sie für richtig hielt. Und sie konnte nur hoffen, daß ihre Tat sie und Christie nicht ans Messer lieferte.

Christie war ohnehin davon überzeugt, daß Rowan Scott sie in eine Zelle einsperren ließ, sobald er wieder zu Kräften gekommen war. Dann saßen sie in der Tinte, wie es so schön hieß, und für ihren Bruder bestand weder Hoffnung auf eine Flucht noch auf eine Haftentlassung.

Überhaupt keine Hoffnung mehr, sofern sie nicht ihre letzte Trumpfkarte einsetzte. Sie wußte, daß sie im Austausch für das Leben ihres Bruders ihre Person ins Spiel bringen konnte.

Während sie in der regnerischen Dunkelheit Simons Gemurmel lauschte, beschloß sie, sich im Austausch für Iain anzubieten. Simon Kerr kannte sich mit der rechtlichen Seite dieser Gesuche aus und hatte möglicherweise nichts dagegen. Wenn nicht, dann konnte Iain zu seiner Familie zurückkehren und zu seiner Sicherheit in die Highlands fliehen, wo man ihn niemals finden würde.

Diese Bürgschaften für das Wohlverhalten eines anderen Menschen waren in Schottland gang und gäbe. Als Kind hatte sie von der Geschichte gehört, daß selbst ihr eigener Vater ein Gesuch eingereicht hatte, für das Wohlverhalten des Fraser-Clans während ihrer Streitigkeiten mit den MacDonalds als Bürge aufzutreten. Diese Sache hätte Duncan Macrae beinahe mit seinem Leben bezahlt. Aber als Frau ging Mhairi ein wesentlich geringeres Risiko ein. Sie rechnete damit, daß Simon Kerr sie nicht in einem Kerker gefangenhalten und möglicherweise sogar nach einigen Wochen freilassen würde.

Sie blickte zu Simon auf und verschränkte ihre Arme vor der Brust, als wollte sie ihre kostbare, wenn auch abwegige Idee schützen.

Der Grenzaufseher spähte in den nächtlichen Himmel. »Ein erneutes Unwetter zieht herauf«, sagte er. »Ein verflucht übles Jahr für Stürme, Fluten und Unwetter. Jehovas Atem, so heißt es. Wir alle sollten den Zorn Gottes hinter solchen Omen erkennen. Eine gefährliche Zeit, Mhairi.« Er betrachtete sie, und seine Augen funkelten wie glühende

Lava. »Halten Sie sich nachts zu Ihrer eigenen Sicherheit immer im Haus auf.«

»Das werde ich tun«, erwiderte sie eine Spur zu leichtherzig.

»Wo ist dieser Armstrong-Bursche, dieser Devil's Christie?«

Ertappt schluckte sie. »Oh ... er ist hier. Hier irgendwo.«

»Erklären Sie ihm, daß ich gesagt habe, er soll in Ihrer Nähe bleiben und auf Sie und seine Schwester achtgeben. In diesem Hochmoor gibt es nachts noch ganz andere Dinge als Stürme.« Er ergriff seine Zügel. »Ich muß meine Männer finden, um Heckie Elliot und seine Bande zu verfolgen.«

»Simon, warten Sie! Wird ... wird Ihnen dieser Rowan Scott irgendwelche Entscheidungen des Kronrats hinsichtlich Iain übermitteln?« Sie hatte versucht, das nasse, Rowan Scott entwendete Pergament zu entziffern, aber die Tinte war viel zu verwischt gewesen, als daß sie die gewünschten Hinweise bekommen hätte. Iains Name hatte sie auch nicht entdeckt, aber da war sie sich unsicher. Das Schriftstück schien nicht der von ihr gesuchte Vollstreckungsbefehl zu sein.

»Ich erwarte einen Vollstreckungsbefehl aus Edinburgh«, gab Simon Kerr zu.

»Sie haben bislang noch keine Anordnungen vom Kronrat erhalten?« Erwartungsvoll schlang sie ihr Wolltuch fester um ihren Hals.

»Einige Mitteilungen schon, aber einiges ist vermutlich aufgrund dieser verfluchten Lincraig-Banditen nicht an mich weitergeleitet worden«, sagte Simon. »Vor der nächsten Zusammenkunft des Parlaments benötige ich das Urteil vom Kronrat. Der englische Grenzaufseher plädiert für eine Auslieferung Iains, wenn sich die schottischen und die englischen Grenzaufseher an diesem Tag zusammensetzen.«

»Sie wollen Iain also in englischen Gewahrsam überführen?«

»Wenn ich einen solchen Befehl erhalte.«

»Darf Jennet ihn vorher noch besuchen? Darf ich ihn vorher noch sehen?« Es gelang ihr nicht, das ängstliche Zittern in ihrer Stimme zu überspielen. »Sie haben bislang nicht zugelassen, daß wir mit ihm sprechen durften.«

»Kommen Sie zu diesem Parlamentstermin. Ich werde dafür sorgen, daß Sie ihn sehen, bevor die Engländer ihn mitnehmen.«

Aufgrund seiner unterkühlten Reaktion sank ihr Herz ins Bodenlose. Simon hatte ihr und Jennets Gesuch hinsichtlich eines Besuchstermins bei Iain schon wiederholt abgeschlagen. Impulsiv berührte sie seinen Jackenärmel und spürte feuchtes, kaltes Leder, als existierte darunter keine warme, menschliche Haut. »Simon, bitte hören Sie mir zu. Ich möchte mich als Bürge für ihn anbieten.«

Simon starrte sie an. »Sind Sie von Sinnen? Iain wird für sein Vergehen bezahlen, und nicht Sie.«

»Bitte, Simon«, sagte sie. »Sie müssen es mir gestatten.«

Er beugte sich vor und legte ihr seine Hand auf ihre Wange. Seine dicken Wurstfinger fühlten sich eisig kalt auf ihrem Gesicht an. Auch wenn seine Berührung nicht grob gewesen war, so fehlte ihr doch jegliche Wärme und Zuneigung. »Wie weit würden Sie für seine Rettung gehen, meine Kleine?« fragte er mit leiser Stimme.

Gänsehaut kroch über ihren Rücken. Plötzliche Furcht krampfte ihre Magengegend zusammen. Seine Hand glitt tiefer und streichelte über ihre Schulter. Seine Handfläche in ihrem Nacken wurde warm und feucht. Mhairi mußte ihren Abscheu unterdrücken.

»Iain ist unschuldig«, beteuerte sie. »Er sollte nicht für Alec Scotts Verbrechen den Tod finden. Ich werde für ihn bürgen. Das ist problemlos und legal.«

»Sie wären eine hübsche Bürgschaft«, sagte er. »Und ich bin recht angetan, da ich, wie ich Ihnen schon sagte, Ihr Temperament mag. Aber es ist bei weitem nicht so problemlos, wie Sie denken, Mhairi.« Seine Finger streiften ihre Wange. »He, wieviel ist Ihnen das Leben Ihres Bruders wert?« murmelte er.

»Es ist unbezahlbar.« Sie trat einen Schritt beiseite und

musterte ihn argwöhnisch. »Lassen Sie mich in allen Ehren als Bürge auftreten, Simon.«

»Ich werde darüber nachdenken, Kleine«, sagte Simon viel zu sanft, während er sie intensiv musterte. Dann hob er die Zügel. »Ich habe mich viel zu lange hier aufgehalten. Schließlich muß ich zu meiner Truppe aufschließen.« Er gab seinem Pferd die Sporen und preschte davon.

Als das Hufgetrappel von der nebligen Finsternis verschluckt wurde, streckte Mhairi ihr Gesicht dem Regen entgegen. Doch die kalten Tropfen auf ihren Wangen konnten weder die in ihr schwelende Furcht noch die Erbitterung und Enttäuschung fortschwemmen.

Das Gefühl von Simons Berührung haftete wie eine ätzende Säure an ihrem Gesicht.

Kapitel 7

Habt Dank für Eure Gunst, Madame,
Doch bleiben kann ich leider nicht.
– ›Lord Maxwells Abschiedsgruß‹

Rowan strich sich mit den Fingern durch das Haar und erhob sich stöhnend. Als sich der Raum vor seinen Augen drehte, stützte er sich mit einer Hand an der kalten Mauer ab. Mittlerweile hatten die entsetzlichen Kopfschmerzen nachgelassen, und zum ersten Mal seit Tagen fühlte er sich erholt und körperlich gestählt, auch wenn er gelegentlich von Schwindelanfällen geplagt wurde.

Er lehnte sich mit der Schulter an die Wand neben dem winzigen Fensterspalt und blickte sich um. Seit mindestens drei Tagen war er in dieser kleinen Zelle auf Lincraig eingesperrt. Er wußte, daß das Gemäuer über ihm schon seit langem verfallen war. Aber das verrostete Eisenschloß der Kertür war immer noch funktionstüchtig, und der Riegel auf der Außenseite befand sich sicherlich an Ort und Stelle.

Bis zum gestrigen Abend war er kaum in der Lage gewesen, in seinem Verlies auf und ab zu gehen. Aber jetzt, da er wieder zu Kräften gekommen war, war er entschlossen, einen Fluchtweg zu finden.

Silbrig schimmerndes Tageslicht fiel durch das schmale, tief in das Gemäuer eingelassene Fenster ein. Er steckte seinen Arm durch die Öffnung, bis der Lichtschein über seine Fingerspitzen tanzte. Als er den Kopf vorstreckte, sah er eine Wolkenbank. Vereinzelte Sonnenstrahlen stahlen sich durch den verhangenen Himmel und erwärmten den Boden.

Blackdrummond Tower lag in dieser Richtung, unweit von Lincraig. Sicherlich machten sich seine Großeltern mittlerweile Sorgen um ihn. Er hätte schon seit Tagen dort eintreffen müssen. Als er seinen Kopf zurückzog, fiel sein Blick auf die mit Spinnweben überzogene Decke, und er fluchte.

Er setzte sich auf den Boden, knabberte lustlos an einem der in das Leinentuch eingehüllten Haferplätzchen und nahm dann einen großen Schluck Wasser aus dem Beutel. Der große blonde Bursche namens Christie war in den letzten Tagen häufiger bei ihm gewesen und hatte ihm Essen, heiße Brühe und frisches Wasser gebracht.

Das Essen war überaus delikat – Fleischbrühen und Hafergrütze, Bratenfleisch, knusprige Haferplätzchen und mit Honig und Gewürzen eingekochte Äpfel, doch Rowan hatte das alles kaum angerührt. Vorsichtig betastete er seinen Kopf. Die Beule an seiner Stirn war immer noch vorhanden, auch wenn die Schwellung bereits zurückgegangen war. Mhairis naßkalte Umschläge mußten Wirkung gezeigt haben. Ebenso wie der ausdauernde Schlaf, den er sich hier gegönnt hatte.

Diesen Teil der Behandlung hatte er eher unfreiwillig in Kauf genommen. Der Schlag auf seinen Kopf war so heftig gewesen, daß er neben den unerträglichen Kopfschmerzen und dem Schwindelgefühl eine Antriebsschwäche in ihm ausgelöst hatte, die ihn völlig gelähmt hatte. Selbst wenn Mhairi und ihr junger Kumpan ihm einladend die Tür aufgehalten hätten, wäre er unfähig zur Flucht gewesen.

Da er am ersten Tag bis auf wenige Ausnahmen bewußtlos gewesen war, erinnerte er sich nur noch an Mhairis sanfte Berührung seines Kopfes und ihre beruhigende, melodische Stimme. Sie war so freundlich und liebenswürdig mit ihm umgegangen, hatte ihn sogar mit Brühe gefüttert, und er war in ihren Armen wie ein Baby eingeschlummert.

Er kam sich im nachhinein deshalb wie ein Idiot vor. Er hätte sämtliche Kräfte aufbieten müssen, ihr das Genick umzudrehen, weil sie ihn in seinem Zustand hierhergebracht hatte.

Mit einem entschiedenen Seufzer erhob er sich erneut und fühlte sich voller rastloser Energie. In fieberhafter Hast durchquerte er das Zimmer, betastete mit den Händen die Steinquader und die zwischen Wänden und Boden befindlichen Ritzen. Ein Fluchtweg zeichnete sich nicht ab, aber das beunruhigte ihn nicht allzu sehr, da er sich sicher war, das

Problem irgendwie lösen zu können. Ein weiteres Mal schlenderte er durch den Raum und versuchte sich an der naheliegendsten Fluchtmöglichkeit.

Er nahm den Eisenring der Tür in seine Hand und drehte und zerrte daran. Roststaub fiel auf seine Hand, und er nahm den penetranten Geruch alten Metalls wahr, trotzdem gab das Schloß nicht nach. Erneut zerrte er gewaltsam daran.

»Möchten Sie irgend etwas?« Die jugendlich hohe Stimme des Burschen schallte durch die dicken Eichenpaneele der alten Tür.

»Ah, Christie, Sie halten erneut Wache«, zischte Rowan durch einen Spalt in den Holzbohlen. Er hörte, wie der Türriegel zurückgeschoben wurde, der Schlüssel im Schloß knarrte, und trat zurück. Als die Tür aufsprang, steckte Christie seinen Kopf um die Ecke.

»Alles in Ordnung, Sir Scott?« fragte er. »Mhairi würde mir nie verzeihen, wenn es Ihnen nicht gutginge und ich sie nicht holte.«

»Mir geht es hervorragend«, sagte Rowan. »Kommen Sie herein.«

Mit einem schweren, silberbeschlagenen Gewehr im Anschlag betrat Christie den Raum. Beim Anblick der Waffe zog Rowan irritiert eine Braue hoch.

»Verzeihen Sie, Sir.« Christies Stimme klang verlegen. »Wegen Ihres Brummschädels wollte Mhairi nicht, daß ich Sie an Armen und Beinen fesselte. Deshalb habe ich mich hierfür entschieden. Schon als Kind hörte ich von Ihnen und kenne Ihren Ruf nur zu gut.«

»Vorsicht kann nie schaden«, meinte Rowan beiläufig und lehnte sich an die Wand. »Wenn Sie die Blackdrummond Scotts kennen, dann müssen Sie hier in der Nähe aufgewachsen sein.« Als Christie nickte, bohrte Rowan weiter. »Vielleicht kenne ich Ihre Familie sogar.«

Christie nickte wieder. »Man nennt mich Devil's Christie.«

Rowan grinste. »Dann sind Sie also der Sohn von Devil Davy Armstrong?«

Stolz reckte sich Christie, und Rowan erkannte die Ähnlichkeit zu seinem Vater sofort – das gleiche schmale Gesicht sowie das glatte aschblonde Haar. Lediglich die anziehenden, fast schon feminin wirkenden dunkelblauen Augen des Jungen waren ein Erbe seiner Mutter. Rowan erinnerte sich an sie als eine attraktive, willensstarke Frau mit rotem Haar.

Devil's Christie Armstrong würde eines Tages ein ebenso kraftstrotzender Hüne wie sein Vater werden, dachte Rowan. Und genau wie Devil Davy aufgrund seiner Ausstrahlung jedes Frauenherz höher schlagen lassen.

»Ihr Vater war ein mutiger, rechtschaffener Mann. Hat mich sehr betroffen gemacht, daß er im letzten Jahr verstorben ist. Ich habe es erst vor kurzem im Wirtshaus erfahren.«

Christie nickte. »Die Kerrs haben ihn eines Nachts überwältigt. Mein Vater war sehr stolz darauf, daß er mit Ihnen und dem Blackdrummond-Clan ausgeritten ist. Das hat er meiner Mutter oft gestanden, wirklich.«

»Und er wäre stolz auf einen so stattlichen Burschen«, sagte Rowan. »Sie und das Mädchen sind in der Tat sehr mutig, wie Sie da bei Nacht und Nebel ausgeritten sind.« Seine Augen verengten sich zu Schlitzen. »Reitet Ihr Armstrong-Clan eigentlich mit Ihnen und Mhairi zusammen?«

»Nein, nur wir beide.«

»Ah. Dann ist diese Mhairi aus dem Hochland also Ihre Cousine?«

»Meine Schwester Jennet ist mit Mhairis Bruder verheiratet.« Betreten hielt Christie inne, als bemerkte er, daß er zuviel preisgegeben hatte.

Rowan nickte bedächtig. Er hätte den Burschen mit Leichtigkeit überwältigen können, doch Christie hielt die Waffe, ein älteres Modell, auf ihn gerichtet und beobachtete Rowan mit einem ehrfürchtigen Gesichtsausdruck. Rowan respektierte die Waffe und auch die Bewunderung durch den Jungen. Vielleicht war ihm diese Loyalität eines Tages noch von Vorteil.

»Sie können das Gewehr senken, mein Junge«, sagte er. »Ich werde Sie nicht angreifen. Ich schätze das hier als annehmbaren Arrest für eine Lösegeldforderung und vertraue auf das Ehrenwort zweier Grenzbewohner.«

Nach einem mißtrauischen Blick schob Christie die Waffe in seinen Gürtel. Rowan entspannte sichtlich. »Sie sind ein Grenzbewohner, aber Ihre Freundin Mhairi stammt aus dem Hochland«, fuhr er scherzhaft fort. »Wieso reiten Sie nachts gemeinsam über die Durchgangsstraße?«

»Christie, du brauchst ihm nicht zu antworten«, ertönte eine klangvolle Stimme, während die Tür aufgerissen wurde. Mhairi betrat den Raum, und Christie wirbelte zu ihr herum.

Rowan ließ sich nichts anmerken, verschränkte lediglich die Arme vor der Brust und beobachtete Mhairi neugierig. Ihr einfaches Gewand aus blaugrauem Wollstoff, um das sie einen farbenfrohen Schal geschlungen hatte, empfand er als Wohltat gegenüber ihrem Aufzug anläßlich ihrer ersten Begegnung – in ihrer dunklen, tristen, viel zu groß geratenen Garderobe hatte sie auf ihn damals den Eindruck eines abgemagerten, streitsüchtigen schwarzen Kätzchens gemacht.

Ihre wachen grauen Augen musterten ihn verstohlen und überrascht, daß er erholt und kraftstrotzend vor ihnen stand. Lebhafte Röte überzog ihre Wangen. Obgleich er nicht wußte, warum ihm das überhaupt auffiel, bemerkte er, daß ihr lose geflochtenes, dunkles Haar seidig schimmerte. Schweigend beobachtete er sie.

»Ich kam, um dir zu sagen, daß ich den Gefangenen jetzt bewache«, erklärte sie Christie. »Geh nach Hause zu deiner Schwester. Letzte Nacht haben uns Grenzräuber besucht.«

»Heckies Spitzbuben? Haben Sie Jennet oder dir ...«

Mhairi stupste ihn in Richtung Tür. »Ihr geht es ebenso gut wie mir. Aber sie haben Hausrat und Vieh gestohlen. Und dein Pferd.«

»Verflucht! Verkommenes Gesindel!« brüllte er, während er aus dem Raum und die Treppe hinauf stapfte. »Dafür werden mir diese Ganoven büßen! Schließlich war es Devil Davy Armstrongs Pferd!«

»Er klingt wie sein Vater«, bemerkte Rowan, nachdem der Zornesausbruch und das Getrampel verklungen waren.

Mhairi schloß die Tür. »Sie kannten Davy?«

»Recht gut sogar. Ich erinnere mich auch an seine Kinder,

einen kleinen blonden Jungen und ein rothaariges Mädchen. Jennet, nicht wahr?« Als sie nickte, lächelte er. »Ist Jennet Armstrong die hervorragende Köchin, bei der ich mich bedanken sollte – oder sind Sie das?«

»Jennet. Damals müssen Sie sehr jung gewesen sein, wenn Sie sich noch an Davys Kinder entsinnen können.«

»Ich schätze, daß ich im Alter von Christie das erste Mal mit meinem Clan ausgeritten bin. Ich war sechzehn, als Jean, Davys Frau, einen Sohn bekam.« Stirnrunzelnd blickte er sie an. »Sie sagten, daß gestern Nacht Grenzräuber seine Schwester aufgesucht haben? Heckies Spitzbuben, so nannte sie Christie doch?«

»Während der letzten Monate kamen sie schon mehrmals. Das Vieh meines Bruders ist mittlerweile fast vollkommen verschwunden. Wir haben nur noch ein einziges Pferd und damit nicht einmal genügend Tiere für den Martinstag.« In ihrer Stimme schwang unterdrückte Verärgerung mit. Trotzdem hörte er das weiche, musikalische Gälisch aus ihrem Schottisch heraus.

»Um wen handelt es sich bei diesen Grenzräubern?« fragte er.

»Die meisten sind Elliots und einige Engländer. Ihr Anführer hat mir erklärt, daß sie beim nächsten Mal alles niederbrennen werden ...«

»Wenn Sie nicht ihre Schutzzölle bezahlen.«

»Genau. Aber das werden wir nicht tun.«

»Ein Highlander würde niemals bezahlen«, meinte er zustimmend nickend.

»Haben Sie schon viele Hochlandbewohner erpreßt?« fragte sie spitz.

Er warf ihr einen schiefen Seitenblick zu. »Ich wollte damit zum Ausdruck bringen, daß die Highlander bockig wie Maultiere sind.« Er schlenderte die wenigen Schritte auf sie zu und deutete auf ihre leeren Hände. »Wo haben Sie Ihre Waffe gelassen? Ich weiß, daß Sie hervorragend mit einem Pistolenknauf umgehen können, bin mir allerdings nicht sicher, wie es mit Ihren Schießkünsten aussieht. Wie werden Sie Ihren Gefangenen denn heute bewachen?«

Ihre rosig überhauchten Wangen nahmen eine tiefere Schattierung an, als er sich ihr näherte, trotzdem wich sie keinen Schritt von der Tür. »Ich hörte, wie Sie Christie erklärten, daß es sich hier um ein annehmbares Gefängnis handelt. Also werden Sie auch mir nichts tun.«

»Als Grenzbewohner und als Clanmitglied der Scotts gebe ich Ihnen mein Wort darauf. Ich werde Ihnen nichts tun.« Erneut übermannte ihn ein leichtes Schwindelgefühl, und, um sich abzustützen, lehnte er seine Schulter wieder gegen die Wand. Diese Haltung bot ihm einen gewissen Vorteil, denn Mhairi befand sich lediglich eine Armeslänge von ihm entfernt. Wenn sie sich bewegte, war der Durchgang frei.

Aus unmittelbarer Nähe betrachtete er ihre zarte Haut, das schimmernde, dunkle Haar und ihre anziehenden grauen Augen. Ihre anmutige Schönheit raubte ihm in dieser finsteren, abstoßenden Kammer fast den Atem.

Sie war so erfrischend farbenfroh mit ihrer blütengleichen Haut und dem fröhlich bunten Schal, den sie wie alle Hochlandfrauen um ihre Schultern geschlungen trug, so daß er ihren Kopf unbedeckt ließ. Er lehnte seinen Kopf gegen die Wand und musterte sie. Eine zarte Röte überzog ihre Wangen und ihr Dekolleté, und sie wandte ihren Blick ab.

Insgeheim fragte er sich, wie zart und weich ihre Wangenhaut sich wohl an seiner Hand anfühlte und ob der dicke Schal, der ihren Busen bedeckte, wohl die Wärme ihres Körpers aufgenommen hatte. Das Wolltuch ließ ihre Körperformen etwas üppiger erscheinen. Unter dem kurzen Oberteil ihres Kleides trug sie eine feingewirkte, ausgeschnittene Wollbluse, die ihr makelloses Dekolleté betonte.

Plötzlich erregt räusperte er sich. »Sie tragen ja gar nicht Ihr schwarzes Wams und die schwarze Reithose, obwohl sie Ihnen so gut stehen«, sagte er in scherzhaftem Tonfall. Sie warf ihm einen flammenden Blick zu.

»Die trage ich nur, wenn ich nachts ausreite«, erklärte sie.

»Ach so. Dann haben Sie heute also nicht vor, irgendwelche Kuriere zu überwältigen?« Trotz seines ernsten Gesichtsausdrucks blieb sein Tonfall weiterhin fröhlich.

»Sie wissen von den anderen Kurieren?«

»Natürlich. Der Kronrat wurde von Simon Kerr informiert, daß sämtliche Kuriere von Ganoven und Dieben überwältigt worden sind.« Unverhohlen beobachtete er sie. »Weshalb haben Sie sie angegriffen? Und warum haben Sie mich verfolgt, Mädchen?«

Sie bedachte ihn mit einem forschen Blick. »Wegen Ihrer Schriftstücke.«

»Warum interessieren Sie sich für die Befehle des Kronrats?«

»Was ich suchte, war ein Vollstreckungsbefehl«, sagte sie. Ihre Ehrlichkeit überraschte ihn, da er mit weiteren Ausflüchten gerechnet hatte.

»Oh? Haben Sie denn Verwendung für einen solchen Befehl?«

Schweigend musterte sie ihn. Das Dämmerlicht hüllte ihr Gesicht und ihre Schultern ein, doch ihre Augen glänzten gefühlvoll und aufgeweckt. Plötzlich überkam ihn der seltsame Wunsch, ihre langen schwarzen Wimpern mit seiner Fingerspitze zu berühren.

»Blackdrummond«, sagte sie, »Sie sind ein Scott und ein berüchtigter Halunke.« Er nickte stolz, als hätte sie ihm soeben ein großes Kompliment gemacht. Mit einem schiefen Seitenblick auf ihn fuhr sie fort: »Aber ich habe entschieden, daß ich ehrlich zu Ihnen sein will. Da Sie Offizier im mittleren Grenzgebiet sind, kann ich Sie hier nicht sehr viel länger festhalten …«

»Wenn überhaupt«, unterbrach er sie mit gedehnter Stimme, »jetzt, da ich wieder bei Kräften bin.«

»… und ich weiß auch, daß Simon Kerr von Ihnen erwartet, daß Sie die Straßendiebe dingfest machen.«

»Woher wissen Sie das?«

»Simon erzählte mir, daß er mit Ihrem Eintreffen rechnet. Gestern nacht, nach dem Überfall auf unser Haus, kam er mit seinen Männern vorbei. Er erzählte, daß Sie sein neuer Stellvertreter seien und daß Sie schon in Kürze auf die Fährte der Lincraig-Reiter gesetzt würden.« Anmutig streckte sie ihre Hände vor. »Nun, ich bin der gesuchte Reiter.«

Skeptisch zog er eine Braue hoch; was hatte das Mädchen mit ihm vor? »So einfach ist das also?« fragte er.

»Ich möchte Ihnen einen Handel vorschlagen, Blackdrummond.«

»Warum sollte ich mit einem Straßendieb verhandeln?«

»Wie ich hörte, gehörten Sie ebenfalls zu einer Diebesbande.«

»Ich war ein Grenzräuber, Mädel«, sagte er schroff. »Diebe stehlen Geldbörsen. Grenzräuber handeln mit Vieh. Das ist etwas ganz anderes.«

»Darin sehe ich kaum einen Unterschied«, fuhr sie ihm ins Wort. »Aber ich werde mich Ihnen ausliefern – wenn Sie auf mein Angebot eingehen.«

»Sie werden sich mir ausliefern?« fragte er leise und trat einen Schritt näher an sie heran. Sein Blick glitt über ihre anmutige Gestalt und blieb an den wohlgeformten Rundungen haften, die sich unter ihrem Oberteil abzeichneten.

Ihre rosig angehauchten Wangen nahmen eine tiefrote Färbung an. Rowan gefiel ihre Sensibilität und auch, wie leicht sie doch aus der Fassung zu bringen war.

»Ich will damit sagen, daß ich mich in Ihren Gewahrsam begebe«, fügte sie hinzu. »Und ich werde Sie aus diesem Verlies freilassen.«

»Was könnte mich davon abhalten, Sie hier und jetzt zu nehmen, wenn mir das Spaß macht?« fragte er mit leiser sonorer Stimme.

Ihre Wangen waren so glühend heiß, daß sie Eis zum Schmelzen gebracht hätten. »Sie haben mir Ihr Wort gegeben, daß Sie mir nichts zuleide tun. Ein Versprechen unter Grenzbewohnern ist ebenso bindend wie im Hochland.«

»Ist es. Aber warum sollte ich Sie in Gewahrsam nehmen? Hat Sie irgendein Anflug von Selbstgerechtigkeit übermannt?«

Sie kniff die Lippen zusammen, als hätte er sie soeben ertappt. »Sie werden mich als Pfand für meinen Bruder nehmen.«

»Aha. Und wer ist dieser so überaus bedeutende Bruder?«

»Der Grenzaufseher hält ihn im Abermuir Tower gefangen.«

Er runzelte die Stirn. »Simon Kerr hat Ihren Bruder wegen Grenzraubs inhaftiert?« Zögernd nickte sie. Rowan begriff, daß es sich um mehr als bloßen Viehdiebstahl und Plünderung handeln mußte. »Hat es etwa mit Mord zu tun?« fragte er rasch.

»Nein! Iain wird eines Verbrechens bezichtigt, das er nicht begangen hat. Simon will ihn am Tag der nächsten Parlamentszusammenkunft an die Engländer ausliefern. Aber wenn ich als Pfand für meinen Bruder eintrete, könnte er freikommen.«

»Und was ist dann mit Ihnen?«

Unmerklich zuckte sie die Schultern und wandte ihren Blick ab.

Er starrte sie an und versuchte das alles zu verarbeiten. »Gnade mir Gott«, sagte er in gedehntem Tonfall, »Sie wollen also, daß ich den Straßendieb in Gewahrsam nehme und mit Ihnen zu Kerrs Gefängnis reite? Dann soll ich mich ihm als neuen Stellvertreter vorstellen und die Freilassung seines Gefangenen im Austausch für Sie und Ihre geringfügige Missetat fordern?«

»So könnten Sie es machen«, sagte sie. »Simon will, daß der Lincraig-Dieb geschnappt wird, und der bin ich.«

»Sind Sie von Sinnen?« Aufgrund ihres aberwitzigen Vorschlags mußte er sich um Ernsthaftigkeit bemühen. Sie wirkte so entschlossen. »Simon Kerr würde niemals glauben, daß mich der Angriff eines Mädchens im Moor zu Fall gebracht haben könnte, geschweige denn irgendeinen der anderen Kuriere. Er würde Sie freisprechen, noch ehe Sie vom Pferd absäßen. Außerdem besitze ich nicht die Autorität, die Gefangenen des Grenzaufsehers freizulassen.«

»Iain muß freikommen«, flehte sie. »Er hat noch nicht einmal seinen kleinen Sohn gesehen. Sie können uns helfen. Darüber denke ich schon seit Stunden nach.«

»Das ist mir klar«, bemerkte er. »Kein ungeschickter Plan.«

»Iain ist einer Ihrer Pächter. Und ein Gutsherr ist gegenüber seinen Untergebenen zum Schutz verpflichtet.«

»Während meiner Abwesenheit hat sich mein Großvater um die Pachtverträge gekümmert. Sprechen Sie mit ihm, daß er für Sie und Iain verhandelt. Er war schon immer ein kluger Mann und ein geschickter Taktierer.«

»Sie sind der neue Stellvertreter. Sie können das übernehmen.«

Er warf ihr einen skeptischen Blick zu. »Wenn Sie den unbedingten Wunsch haben, als Bürge aufzutreten, dann sollten Sie mit Simon Kerr sprechen. Fragen Sie ihn doch.«

»Das habe ich versucht. Er hat abgelehnt. Aber ich habe ihm nicht gestanden, daß ich auf der Straße von Lincraig ...«

»Aha«, sagte Rowan. »Dann ist die Überraschung also auf seiner Seite.«

Sie blickte ihn finster an. »Wenn Simon das wüßte, dann ... dann würde er sicherlich nach Gutdünken mit mir verfahren. Aber das würde Iain auch nicht retten. Deshalb hoffte ich, daß Sie mir helfen könnten.«

Stirnrunzelnd seufzte er. Das Mädchen meinte es absolut ernst. Vielleicht brauchte sie lediglich etwas Trost. Für die weiblichen Clanmitglieder der Grenzräuber war die Nachricht von der Gefangennahme ihrer Männer manchmal überaus schockierend. Aber dieses Mädchen reagierte extrem, sie war sogar bereit, ihre Freiheit zu opfern, statt die Parlamentszusammenkunft abzuwarten, in deren Verlauf ihr Bruder vermutlich freigesprochen wurde.

»Grämen Sie sich nicht, Mädchen, Ihr Bruder bleibt sicherlich nicht lange im Gefängnis«, beruhigte er sie. »Viehdiebstahl wird nur selten mit dem Tode bestraft, wenn Sie das meinen. Entweder wird er anläßlich der Parlamentstagung für unschuldig erklärt oder er muß eine Geldstrafe entrichten. Solange es sich nicht um Mord handelt, sind die englischen Grenzaufseher schon zufrieden, wenn sie eine anständige Auslöse erzielen können. Und die Mitglieder des Parlaments sind größtenteils selbst Grenzräuber, die ihresgleichen in Schutz nehmen. Er wird sicherlich freikommen.«

Sein Versuch, sie zu trösten, schlug fehl. Sie fixierte ihn angstvoll. »Simon will meinen Bruder hängen sehen. Er sagt, daß er ein Spion ist.«

Daraufhin verengten sich seine Augen zu Schlitzen. Also war der auf Abwege geratene Bruder Kerrs Spion. »Und Sie behaupten, daß er unschuldig ist«, sagte er leise.

»Er hat Alec Scott lediglich geholfen, irgendwelches Vieh zusammenzutreiben.«

»Sie wissen vermutlich, daß Alec Scott mein Bruder ist«, warf er ein.

»Ja. Und es war Ihr Bruder, der ins Gebirge flüchtete und meinen der Gefängnisstrafe für einen Verrat auslieferte, den er nicht begangen hat.« Er beobachtete ihre zornesfunkelnden Augen und die zu Fäusten geballten schlanken Hände. »Alec und Iain sind in dieser Nacht zusammen ausgeritten, aber nur mein Bruder wurde geschnappt. Simon erzählte mir, daß Iain spanisches Gold bei sich trug. Aber wenn irgend jemand diese schmachvolle Tat begangen hat, dann weiß Ihr Bruder sicherlich die ganze Wahrheit in dieser Sache. Vielleicht schulden Sie uns diesen einen Gefallen, Blackdrummond – letztlich anstelle Ihres Bruders.« Als sie geendet hatte, verschränkte sie ihre Arme vor der Brust.

»Mein Bruder begleicht seine Rechnungen selbst.« Er blickte sie durchdringend an. »Und deshalb reiten Sie nachts über die Landstraße und jagen hinter einem Vollstreckungsbefehl her, um den unvermeidlichen Tod Ihres Bruders hinauszuzögern.«

In einer abweisenden Geste hob sie ihr Kinn. Doch für Sekundenbruchteile bemerkte er einen Anflug von Furcht in ihrem betrübten Blick und ein leichtes Zittern ihrer Unterlippe.

»Sie verteidigen Ihren Bruder mit Leib und Seele, Mädchen. Nur wenige Männer wären bereit, ein solches Risiko einzugehen.« Er beugte sich zu ihr vor.

Falls Ehrgefühl eine besondere Aura besaß, so zeichnete sich diese in ihren funkelnden Augen ab, und er betrachtete sie voller Faszination. Sollten ihre Worte tatsächlich der Wahrheit entsprechen, dann verfügte sie über eine seltene und bewundernswerte Loyalität. Etwas, das es in seinem eigenen Leben niemals gegeben hatte.

»Man hat ihn zu Unrecht beschuldigt, und außer mir kann das niemand geraderücken.«

»Ist er wirklich so unschuldig, wie Sie denken?« fragte er leise murmelnd und drehte sich leicht, um in ihr Gesicht zu blicken. Sie wich zur Tür zurück. »Ihr Bruder hat gemeinsame Sache mit irgendwelchen Grenzräubern gemacht, Mädel. Und mit meinem Bruder Alec Scott.«

»Wäre Alec mein Bruder, würde ich ihn so lange verteidigen, bis ich die Wahrheit erführe«, sagte sie. »Das wäre das mindeste.«

»Das bezweifle ich nicht. Und wenn Alec neuerdings am Spionieren Gefallen findet, dann wird er dafür früher oder später büßen müssen. Er wird gefaßt werden.« *Aber nicht durch mich,* dachte er insgeheim. Eine unangenehme Anspannung bemächtigte sich seines Körpers. Die Bereitschaft seines Bruders zu Niedertracht und Verrat kannte er nur allzu gut. Und jetzt wußte dieses Mädchen auch davon.

»Werden Sie Alec verfolgen, falls Simon das anordnet?«

Er zuckte die Schultern und stützte seinen Kopf an der Wand auf einem Arm auf. »Ich weiß es nicht.«

Unschlüssig an ihrer Unterlippe nagend, blickte sie zu ihm auf. »Würden Sie mich als Pfand für Iain akzeptieren?« fragte sie nach einer Weile. »Ich bin der Dieb von Lincraig, den Simon Kerr verfolgt. Er wird Ihnen sehr dankbar sein.«

Neben ihr holte er tief Luft und ließ dann langsam den Atem durch seine dunklen, schmalen Nasenlöcher entweichen. »Wenn ich mich entschließe, den Lincraig-Reiter zu stellen, Mädchen«, sagte er leise, »dann tue ich das, wann es mir paßt. Auf der Straße oder im Moor. Oder in Ihrem eigenen Haus. Aber über den Zeitpunkt entscheide ich ganz allein.«

Entsetzt und hilflos wie eine Maus den Falken starrte sie ihn an, während ihre Naivität plötzlich einer Erkenntnis wich. »Und dann?« Ihre Stimme war nur noch ein schwaches Flüstern.

Er senkte den Kopf, bis sich seine Stirn praktisch auf gleicher Höhe mit der ihren befand. »Und dann werden wir sehen, was mit dem Reiter von Lincraig geschieht«, flüsterte er.

Ihre grauen Augen verdunkelten sich, als sie ihn für Sekundenbruchteile fixierte. »Dann könnten Sie mich immer noch als Pfand nehmen«, bot sie mit leicht zitternder Stimme an.

Lächelnd zog er seinen Kopf zurück. »Ein seltener Fall von Hartnäckigkeit«, sagte er. »Und von Loyalität. Aber ein dummer Vorschlag.«

Mit trotzig vorgeschobenem Kinn rührte sie sich nicht von der Tür weg. »Wenn Sie mich nicht sofort in Ihren Gewahrsam nehmen, werde ich erneut ausreiten und den nächsten Kurier überwältigen. Ich habe den Vollstreckungsbefehl bislang noch nicht gefunden.«

»Wie ich schon sagte, bockig wie ein Maultier«, murmelte er. »Dabei könnten Sie getötet werden. Ich bin nicht der einzige, der nach Ihnen suchen wird, wenn Sie die Reisenden auf dieser Straße weiterhin überfallen.«

»Dann retten Sie mich. Und akzeptieren Sie mich als Bürgen«, befahl sie.

»Ich mache keine Geschäfte mit verrückten Hochlandmädchen.«

In klangvollstem Gälisch giftig fluchend, drehte sie sich auf dem Absatz um, trat ihm vor das Schienbein und zerrte am Türknauf.

Gebieterisch legte Rowan seine Hand auf die ihre. »Wenn Sie diesen Raum verlassen, komme ich mit Ihnen«, sagte er. »Ich denke, ich habe mich lange genug ausgeruht.« Er riß die Tür auf, packte ihren Arm und zog sie mit sich in den schmalen, dunklen Gang hinaus.

»Lassen Sie mich los!« Sie versuchte sich ihm zu entziehen, doch er hielt sie gewaltsam fest. Mhairi wand sich unter seinem Griff und trat nach ihm. »Was ist mit den ehrenhaften Versprechungen? Sie haben mir Ihr Wort gegeben!«

»Ich sagte, ich würde Ihnen nichts tun. Aber ich habe Ihnen keineswegs versprochen hierzubleiben. Halten Sie mich für ebenso verrückt, wie Sie es sind?« fragte er, während er sie die Steintreppe hinaufschleifte. »Schließlich scheinen Sie ja kein Lösegeld haben zu wollen, dann kann ich auch gehen.«

»Für Sie würde ich keinen Pfifferling geben!« kreischte sie.

»Aha, jetzt nicht mehr, wie? Aber auf der Straße nach Lincraig sah die Sache noch ganz anders aus«, bemerkte er und zerrte sie eine weitere Stufe hoch.

»Ich wollte Ihre Schriftstücke! Au! Wohin bringen Sie mich?«

»Zu Ihrem Pferd«, erwiderte er. »Meiner Meinung nach sollten Sie nach Hause zurückreiten.«

»Und wohin gehen Sie?«

»Nach Hause«, antwortete er sanft.

»Lassen Sie mich los!« Herumwirbelnd entzog sie sich seiner Umklammerung. Daraufhin verlor sie auf dem Treppenabsatz ihr Gleichgewicht und ruderte verzweifelt mit den Armen. Mit festem Griff umschloß Rowan ihre Taille.

»Hören Sie zu, aufsässiges Mädchen«, brummte er. »Ich werde Ihnen nichts tun. Vertrauen Sie mir. Aber ich werde von hier verschwinden, und Sie werden das auch tun. Es gibt Dinge, um die ich mich jetzt kümmern muß.«

Er vergewisserte sich, daß sie wieder festen Boden unter den Füßen hatte, und ließ sie los. Dann stieg er in Windeseile die Treppe hinauf und trat in die kalte Luft hinaus.

Er hörte, wie sie hinter ihm herstapfte. Mit langen Schritten überquerte Rowan das von hohem Gras und Farnkraut überwucherte Geröll im Burghof. Als er die verfallene Außenmauer erreicht hatte, fiel sein Blick auf den an einem Stein festgemachten Rappen.

»Mein Pferd nehmen Sie nicht!« rief Mhairi hinter ihm her.

»Ich stehle keine Pferde«, knurrte Rowan. Er lief an dem Tier vorüber und verließ die Burg.

Schnellen Schrittes erreichte er das Hochmoor. Der Tag war zwar sonnig, doch der Wind pfiff empfindlich kalt durch sein dünnes Hemd, und der feuchte Boden durchnäßte seine Strickstrümpfe. Solche Unannehmlichkeiten ignorierte er jedoch mit Leichtigkeit, solange die Luft rein und klar war und er vor allen Dingen seine Freiheit genoß. Gegen den starken Wind ankämpfend, zog er den Kopf ein und ging weiter.

Bald schon erklang hinter ihm leises Hufgetrappel. Er drehte sich nicht um.

»Wohin wollen Sie?« rief Mhairi.

»Reiten Sie nach Hause, Mhairi«, sagte er und marschierte weiter.

»Sie haben nicht einmal Ihre Stiefel an!«

»Dann geben Sie sie mir zurück«, antwortete er über seine Schulter hinweg.

Sie lenkte ihr Pferd neben ihn. »Ich möchte ganz klar zum Ausdruck bringen, daß ich Ihre Sachen nicht gestohlen habe«, sagte sie mit fester Stimme. »Ich habe sie lediglich mit nach Hause genommen, um sie am Kamin trocknen zu lassen. Ihre Stiefel und Ihr Umhang waren so naß, als wären Sie auf See ertrunken.«

»Dann hoffe ich nur, daß sie jetzt trocken sind, denn ich werde bald vorbeikommen, um sie abzuholen«, entgegnete er, während er weiterging und bei jedem Schritt tief im Morast einsank.

Sie ritt erneut neben ihn, und etwas flauschig Weiches segelte an seinem Kopf vorbei. Er griff danach. Sie hatte ihm ihren mollig angewärmten Schal zugeworfen. Er überlegte, ob er ihn zurückwerfen sollte.

»Behalten Sie ihn«, rief sie ihm zu. »Der Wind ist durchdringend und kalt.« Er schlang ihn um seine Schultern und marschierte weiter.

»Nehmen Sie mich als Pfand«, sagte sie. Er seufzte tief und hielt inne, um zu ihr aufzublicken. Sie brachte ihr Pferd zum Stehen und erwiderte seinen Blick. »Bitte«, flehte sie.

»Wenn ich Sie als Straßendiebin stelle, Mädchen – und Sie können sicher sein, daß ich das tun werde«, fügte er in entschlossenem, barschem Tonfall hinzu, »dann gelten meine Bedingungen. Und jetzt reiten Sie nach Hause.« Er wandte sich von ihr ab und ging weiter.

Sie ließ nicht locker. Aufgrund ihres stolzen, eigensinnigen Naturells hätte er ihr das nicht zugetraut. Ihr Pferd hielt mit ihm Schritt. »Werden Sie Simon Kerr sagen, wo Sie gewesen sind?«

Seine Schritte verlangsamend, blickte er sie an. Die Sonnenstrahlen verliehen ihrem zerzausten Haar einen rötlichen Schimmer und tauchten ihre Schultern in ein sanftes Licht. Sie hielt den Kopf stolz erhoben, doch ihr leicht bebendes Kinn enthüllte eine Unsicherheit, die Rowan stutzig machte.

Sie war keinesfalls die Amazone, für die sie sich ausgab. Und aus irgendeinem Grund wollte sie sich nicht Simon Kerr anvertrauen. Erneut dachte er an ihre Worte. Sie glaubte diesem Mann weder, daß er Gerechtigkeit gegenüber ihrem Bruder walten ließ, noch daß er ihre eigenen Geschicke objektiv vertrat.

»Nein«, erwiderte er leise. »Ich werde ihm nichts sagen.« Außerdem wollte er sie selbst schnappen. Schließlich war er ihr für den Brummschädel und die Gastfreundschaft noch etwas schuldig.

Und er war auch keineswegs so irrsinnig, Kerr auf die Nase zu binden, daß ihn irgendein Mädchen bewußtlos geschlagen und dann drei Tage lang in einer verlassenen Ruine festgehalten hatte. Erneut marschierte er vor ihr her.

»Rowan Scott«, rief sie ihm hinterher. »Ich brauche Ihre Hilfe.« Die vom Wind zu ihm getragenen Worte wurden von einem drängenden Unterton begleitet.

»Ihr Bruder kann sich glücklich schätzen, daß er mit einer solchen Loyalität gesegnet ist«, sagte er. »Und jetzt reiten Sie nach Hause.«

»Rowan Scott ...«

»Passen Sie gut auf meine Waffen und mein Pferd auf, bis ich sie bei Ihnen abhole«, rief er hinter ihr her.

»Ich könnte alles den Grenzräubern überlassen«, konterte sie.

»Wenn Sie das tun, werden Sie teuer dafür bezahlen.«

Der Wind pfiff an seinem Kopf vorbei, und der schlammige Morast durchtränkte beim Laufen seine Strümpfe. Obgleich er sich nicht umdrehte, war ihm klar, daß ihn Mhairi lange Zeit beobachtete.

Ihre Blicke hinter seinem Rücken spürte er beinahe ebenso wie die Berührungen durch ihre Hände. Nur diesmal waren sie keineswegs sanft.

Kapitel 8

»Und als die Schiffe sanken,
Stürzt' er sich in die Fluten;
Und als das satte Gras dann sproß,
Da mußte er sich sputen.«
– ›Rob Roy‹

Auf halbem Wege zum Blackdrummond Tower hielt Rowan inne, entledigte sich seiner triefendnassen Strümpfe und warf ihre traurigen Überreste in eine kleine Pfütze. Während er das herrliche Hochland um sich herum betrachtete, nahm er rasch die letzte Anhöhe. Er kletterte über den unwegsamen, mit Felsbrocken und hohem Gras bedeckten Hügel, watete mit seinen nackten Füßen durch einen eiskalten, sprudelnden Bach und machte schließlich am Fuß eines steinigen Pfades halt.

Er betrachtete sein Zuhause, das er seit über drei Jahren nicht mehr gesehen hatte. Als wäre es dem nackten Felsen entsprungen, türmte sich Blackdrummond Tower hoch und massiv über ihm auf – eine uneinnehmbare Grenzfestung auf einem Bergrücken. Das siebzig Jahre alte Bollwerk war in der Kindheit seines Großvaters errichtet worden und wegen seiner unangreifbaren Lage außerordentlich geschützt. Lediglich einzeln gelang es Reitern, den schmalen, steilen Pfad zu überwinden, und der hohe Dachfirst bot den Wachtposten einen kilometerweiten Blick über die Ebene.

Er ging weiter. Innerhalb der dicken Festungsmauer erhob sich der quaderförmige Bau des riesigen Hauptturms. Schmale Fenster klafften wie mißtrauisch beobachtende Augen in der schmucklosen Fassade.

Das abweisende Erscheinungsbild dieses Bauwerks hatte Rowan noch nie abgeschreckt, und er lächelte. Der dunkle, aus dem Kamin aufsteigende Rauch erinnerte ihn an Wärme, Geborgenheit, an ein Zuhause. Er beschleunigte seine Schritte.

Zu beiden Seiten des geschlängelten Pfades grasten Schafe auf dem karsten Boden. Der Schafhirte saß mit tief in die Stirn gezogenem Hut laut und gleichmäßig schnarchend an einen Pfosten gelehnt. Wie ein hungriger Wolf heulend, bewegte Rowan sich auf ihn zu.

Schlagartig erwachend sprang der Schafhirte auf und zog seinen Dolch. Lachend winkte ihm Rowan zu. Der Mann starrte ihn mit offenem Mund an. Er steckte die Klinge zurück in seinen Gürtel, den er über einem weiten, schmutziggrünen Wams trug.

»Sir Scott! Bist du es, der wie ein Hochlandbandit daherkommt?«

Rowan nickte und trat näher. »Sandie Scott! Ich grüße dich!«

»Ah, der Black Laird ist endlich heimgekehrt!« Hocherfreut packte der Mann Rowan bei der Schulter und grinste ihn zahnlos an. Rowan umarmte seinen entfernten Vetter, der früher einmal der treuste Reitkumpan seines Vaters gewesen war und trat zurück. Sandie war gealtert, sein Bart fast weiß, und das schüttere rote Haar stand ihm wirr vom Kopf ab. Doch seine braunen Augen funkelten vor Durchtriebenheit.

»Du siehst ja völlig erschlagen aus. Und Waffen trägst du auch keine«, sagte Sandie, während er kopfschüttelnd Rowans Erscheinungsbild betrachtete.

»Es war eine lange Reise, Sandie.«

»Ja, war es das? Wir haben schon vor einigen Tagen mit dir gerechnet«, sagte Sandie. »Der Auld Laird hat auf dich gewartet. Und Lady Anna wollte sogar schon selbst ausreiten, um dich zu suchen.«

»Ich bin aufgehalten worden«, sagte Rowan. »Und konnte euch nicht benachrichtigen. Wie geht es meinen Großeltern?«

Sandie rieb sich über sein Kinn und zog eine Grimasse. »Nun, es ist ihnen schon besser gegangen. Diese Geschichte mit Alec ist für Lady Anna und den Auld Laird ein ziemliches Ärgernis. Aber dieses Paar ist so zäh wie ein alter Ochse. Der alte Jock klagt zwar häufig über Gelenkschmerzen in seinen Beinen und reitet nur noch selten aus. Aber Lady Anna ist beweglicher als ich.«

»Du warst die ganze Zeit hier, während ich fort war, Sandie«, sagte Rowan. »Ich danke dir dafür.«

»Och, ich habe die ganzen Jahre mit dem Auld Laird verbracht, warum sollte ich ihn jetzt, da mein Bart fast so weiß ist wie seiner, verlassen? Und wohin sollte ich gehen, wenn ich nicht wieder auf Beutezug reiten oder im umstrittenen Land, diesem schrecklichen Rattennest, leben will? Schneller als mir lieb wäre, säße ich erneut in einem Kerker. Der alte Jock behandelt mich wenigstens ehrenhaft, ja, das tut er.«

»Lady Anna behandelt dich ehrenhaft«, korrigierte Rowan.

Sandie kicherte. »Jaja, das ist richtig. Sie hat mich und den alten Jock bekehrt, auch wenn sie das Jahre ihres Lebens gekostet hat. Und wie steht's mit dir …? Was haben dir die Jahre in englischer Gefangenschaft gebracht?«

Rowan zuckte die Schultern. »Ich war bestens aufgehoben und habe einige hervorragende Bücher gelesen.«

Sandie warf den Kopf in den Nacken und brach in schallendes Gelächter aus. »Bücher! Dein jüngerer Bruder sollte es einmal mit dieser Medizin versuchen, hm, um seine Halunkenschmach zu kurieren. Bücher! In meinem ganzen Leben habe ich noch kein einziges gelesen. Kann überhaupt nicht lesen, weißt du. Aber als ich im Carlisle einsaß, weil ich die englischen Herden geplündert hatte, brachte mir einer der Mithäftlinge bei, meinen Namen zu buchstabieren. Hm … A-L-X … äh … A …«, fluchend hielt er inne und hielt seine Finger hoch.

»Sicherlich kann dir Anna irgendwann das Lesen beibringen. Und jetzt erzähl mir von der Sache mit meinem Bruder.«

Sandie zog eine seiner buschigen Brauen hoch. »Du hast von der traurigen Geschichte gehört? Und du weißt von Maggies Tod im Wochenbett«, fügte er hinzu. Rowan nickte kurz. »Wenn du einen Groll gegen Alec hegst, hast du allen Grund dazu, wirklich. Das habe ich ihm auch selbst gesagt. ›Sobald er freikommt, wird dich der Black Laird zur Rechenschaft ziehen, Sir Alec‹, drohte ich ihm, aber du kamst nicht zurück …«

»Sandie, was hat es mit dieser Spionagegeschichte auf sich?«

»… und Alec hatte trotz allem überhaupt keine Angst«, fuhr Sandie ungerührt fort. Rowan hatte fast vergessen, daß sein Vetter zur Langatmigkeit neigte. Jetzt fiel es ihm wieder ein. »Spione. Hmhm. Dieses Problem hat deine Großeltern ja so bestürzt. Nun, Alec ritt aus, um Iain Macrae, der südlich vom Lincraig-Hügel lebt, abzuholen …«

»Iain Macrae?« fragte Rowan in scharfem Tonfall. »Einen Highlander?«

»Jaja, einen jungen Mann aus dem Hochland, der Devil Davy Armstrongs Tochter geheiratet hat. Sie bewirtschaften Ländereien, die ihrer Mutter gehört haben. Iain zahlt dir Miete, mein Junge, die dein Großvater für dich einnimmt. Der Mann ist ein guter Freund von Alec und auch vom alten Laird, um das einmal zu erwähnen, und jetzt hat ihn Simon Kerr für die Geschehnisse in jener Nacht in seinem Kerker eingesperrt.« Er fluchte laut. »Nun, vor ein paar Wochen ritten Iain Macrae und unser Alec hinter einer Bande her, die hier in der Nähe ihr Unwesen trieb. Weißt du, diese Spitzbuben hatten dein eigenes Vieh von den satten Wiesen in den Süden getrieben. Alec verfolgte Heckie Elliot …«

»Heckies Spitzbuben«, murmelte Rowan, mehr zu sich selbst.

Erstaunt blickte ihn Sandie an. »Du bist verflucht gut informiert für einen Neuankömmling. Mit wem hast du denn gesprochen?«

»Ich traf Mhairi. Iain Macraes Schwester«, erwiderte Rowan. »Und einen Burschen namens Christie Armstrong.«

»Devil's Christie«, sagte Sandie zustimmend nickend. »Tritt in die Fußstapfen seines Vaters, der Junge. Du hast Iain Macraes Schwester getroffen? Eine Augenweide, das hübsche Kind.« Sandie grinste. »Wenn ich zwanzig Jahre jünger wäre, würde ich ihr den Hof machen. Wie Honigtau kann sie dir deine Tage und Nächte versüßen, he.«

»Oh, aber sicher«, meinte Rowan ironisch, während seine Finger seine Stirnwunde betasteten. »Erzähl mir von Alec.«

»Nun, also sie ritten an einem diesigen Abend aus, um das Vieh zurückzuholen, das diese Burschen von unserem Land getrieben hatten.«

»Eine offizielle Verfolgungsjagd?«

Sandie kratzte sich den Kopf. »Nun, nicht unbedingt offiziell im rechtlichen Sinne, mit brennender Lanze und einem Trupp Grenzbeamter. Nur die beiden Männer, die hinter den Grenzräubern herjagten.«

»Ich hätte gedacht, daß ein Blackdrummond Scott heutzutage mehr Verstand besitzt. Fahre fort.«

»Am Tag darauf kam Simon Kerr hierher und erklärte uns, daß man Iain geschnappt habe und daß Alec – quasi ein gebrochener Mann – geflohen sei. Ein Geächteter. Spione, sagte Kerr, alle beide.« Er spie auf den Boden. »Das halte ich davon, und Simon Kerr ist für mich ein rücksichtslos brutaler …«

»Sandie«, sagte Rowan geduldig. »Was ist mit Alec?«

»Och ja. Kerr meinte, daß Iain spanisches Gold bei sich trug. Die Engländer wollen ihn jetzt hängen sehen. Und Alec ist irgendwo im Gebirge verschwunden. Und das ist alles, was ich über diese Sache weiß«, endete Sandie und verschränkte seine kräftigen Arme vor der Brust.

»Was ist deiner Meinung nach passiert?«

»Meiner Meinung nach raubten sie irgendwelchen niederträchtigen englischen Kirchenspionen ihre Waffen. Dabei haben sie versehentlich etwas Verfängliches mitgehen lassen. Warum sollte Iain sonst spanische Beute auf seinem Pferderücken gehabt haben? Was hätte ihm das genutzt? Kühe und Schafe, in Ordnung, ein Harnisch oder auch mal eine Pistole, alles hervorragende Beutestücke. Aber spanisches Gold ist Gift in Schottland.«

»Nun, aber ein Gift, das sich eingeschmolzen bezahlt macht. Und der schottische Kronrat ist ebenso wie das englische Parlament auf der Suche nach schottischen Agenten, die mit Spanien gemeinsame Sache machen.« Er nickte Sandie zu. »Danke für die Information. Ich gehe jetzt ins Haus.«

»Klopfe ganz laut an die Pforte. Deine Großeltern können zwar hören wie die Luchse, aber ihre Dienstmagd ist eine faule Schlampe.«

Efeu rankte sich entlang des unteren Teils der Mauern von Blackdrummond und verbarg Stein und Mauerwerk. Als Rowan in Richtung Eingang schritt, blickte er auf. Das massive Außentor aus Eisengeflecht sowie die Innentür aus dikken, eisenbeschlagenen Eichenpaneelen standen beide weit offen.

Sein Großvater stand in dem dämmrigen Eingang. Er trat vor, als Rowan näher kam. Das Sonnenlicht fiel auf sein kräftiges, silbergraues Haar und sein blasses, schmales Gesicht. Sogleich erkannte Rowan, daß sich sein Großvater kaum verändert hatte. Vielleicht war er dünner und blasser geworden, aber er wirkte immer noch zäh und biegsam wie ein Rohrstock.

Jock Scott runzelte die Stirn, während sein Blick langsam über das bärtige, mitgenommene Gesicht seines Enkels glitt, den bunten Schal aus dem Hochland und das zu enge Hemd musterte und schließlich bei seinen nackten Füßen halt machte. Ohne jegliche Äußerung wandte er seinen Blick der Hügellandschaft zu und blinzelte mit seinen wachen blauen Augen in das Sonnenlicht.

»Mein Vater hat dieses Anwesen erbaut«, sagte er mit ruhiger, leiser Stimme, die Rowan nur zu gut kannte, weil sie Respekt einflößte, obgleich sein Großvater sie nur selten hob. »Hoch auf diesem Berg, damit er die Täler und das Hochmoor überblicken konnte. Blackdrummond Tower war immer die Zuflucht der Scotts.«

»Und wird es auch weiterhin sein«, bestätigte Rowan, während er über die bewaldeten Hügel unterhalb von Blackdrummond spähte. »Ich danke dir, daß du es für mich verwaltet hast, Sir.«

Jock Scott nickte kurz. »Mein älterer Bruder erbte Blackdrummond von meinem Vater. Ich erbte Lincraig. Dieses

Anwesen fiel dir zu, als mein Bruder und dessen Sohn starben. Das war in jener Nacht, als mein eigener Sohn Will – dein Vater – ebenfalls von uns ging. Sie sind alle den Kerrs zum Opfer gefallen. Das war ein schwerer Schlag für Blackdrummond.«

Rowan nickte, denn er kannte die Geschichte von der fünfundzwanzig Jahre zurückliegenden Nacht nur zu gut, als der Tod seines Onkels, seines Vetters und seines Vaters ihn zum Erben von Blackdrummond gemacht hatten. »Du warst erst acht Jahre alt und Alec zwei. Eure Mutter bekam eine Woche später ein Baby, verlor dieses Kind und starb dann selbst entkräftet im Wochenbett«, fuhr Jock leise fort.

Rowan atmete hörbar aus. Er wußte, wie tief sein Großvater die Trauer empfand, eine Trauer, die Jock Scott – damals von allen der Feuersturm genannt – zu einem heimtükkischen Vergeltungsschlag gegen die Kerrs veranlaßt hatte. Und das Gemetzel und die Brandschatzungen waren vielen noch in lebhafter Erinnerung und hatten die Fehde zwischen den Kerrs und den Scotts jahrzehntelang niemals versiegen lassen.

»Das ist schon lange her, Sir«, antwortete Rowan. »Du und Anna, ihr wurdet für Alec und mich zu Eltern. Ihr wart gut zu uns beiden Kindern.«

Jock zuckte die Schultern. »Ihr habt uns nie Schwierigkeiten bereitet.«

»Du warst immer der wahre Gutsherr auf Blackdrummond«, sagte Rowan, »auch wenn das Anwesen meinen Namen trägt.«

Jock schüttelte den Kopf. »Ich bin der Gutsherr von Burg Lincraig, die seit Jahrzehnten unbewohnt ist. Und von Newhouse, das ebenfalls den Flammen zum Opfer fiel. Es fehlte immer an Geld, die beiden Anwesen wieder aufzubauen.«

»Das spielt doch keine Rolle. Blackdrummond ist deine wirkliche Heimat.«

»Und jetzt auch wieder deine.« Jock sah ihn an. »Nun bist du also endlich da. Deine Großmutter wird wissen wollen, ob dich ihre Briefe in England erreicht haben. Bis zu deiner Freilassung vor einigen Monaten haben wir keinerlei Nachricht von dir erhalten, und dann hörten wir erst vor einigen Wochen von dir.«

»Kurz nach meiner Festnahme erhielt ich einen Brief von ihr, in dem sie mir schrieb, daß Alec geheiratet hatte.« Rowan hielt inne und fuhr dann mit leiser, kaum verständlicher Stimme fort. »Und einige weitere. Aber ich bekam kaum Post. Die Postzustellung hing von den Wachen und den Aufsehern ab.«

»Dann weißt du also von Maggie?«

»Ja, diesen Brief habe ich bekommen.« Rowan betrachtete die Landschaft und fühlte sich so schwer und leblos wie das Geröll zu seinen Füßen.

Jock beobachtete den Berghang, auf dem Sandie die Schafe zusammentrieb. Nach einer Weile sprach er erneut. »Sandie hat dir sicherlich das Neueste über Alec mitgeteilt.«

»Ja. Ich erfuhr bereits in Edinburgh davon.«

»Ich will gern glauben, daß Alec bei Nacht und Nebel ausreitet und Vieh über die englische Grenze treibt. Aber er betreibt keinen Hochverrat. Er ist kein Spion. Sag das dem Kronrat.«

Rowan schwieg. Er beabsichtigte weder, seinen Bruder zu unterstützen, noch über dessen Schuld zu diskutieren. Stirnrunzelnd blickte er nach Süden in Richtung des gewundenen Pfades zur Burg Lincraig.

Eine Braue hebend, musterte Jock seinen Enkel erneut und blickte bezeichnend auf den Hochlandschal, die bloßen Füße und die Kopfverletzung. »Das ist aber eine ordentliche Beule.«

Rowan zuckte die Schultern. »Halunken, die sich im Moor und im Gebirge herumtreiben, Sir. Ich traf auf die Straßendiebe von Lincraig.«

Jock kicherte leise. »Geldbeuteljäger. Du bist ihnen entkommen?«

»Stellten mir eine gerissene Falle bei diesem Unwetter. Mein Pferd versank im Morast«, entgegnete Rowan. »Ich ging zu Boden.«

»Manch einer behauptet, daß es die Geister von Lincraig sind, die über das Moor reiten, und keine wirklichen Diebe.« Jock warf ihm einen erheiterten Blick zu. »Wie ich sehe, hast du deine gesamte Ausrüstung und dein Pferd an deine Vorfahren verloren.«

»Innerhalb eines Tages bekomme ich alles zurück«, sagte Rowan.

»Ein Blackdrummond am Boden«, sagte Jock in zufriedenem Ton. »Deine Großmutter wird dich mit einem guten Tropfen und einem warmen Essen wieder auf die Beine bringen.« Er legte seine Hand kurz auf Rowans Schulter, eine seltene Geste der Zuneigung, die diesen mehr aufbaute, als es ein prasselndes Kaminfeuer oder Alkohol vermochte. »Tritt ein und bleibe bei uns.«

Von Herzen gemeinte Worte als Willkommensgruß. Rowan schmunzelte.

»Das ist kein Getränk für einen Jungen«, beharrte Anna.

»Ist es wohl«, widersprach Jock und lehnte sich in seinem riesigen Ohrensessel zurück. »Ist es wohl.«

Seine Frau reichte Rowan den Zinnkrug und warf ihrem Mann einen ernsten Blick zu. »Dieses englische Rezept stammt noch von meiner Mutter. Sahne, Honig und Heilkräuter. Guter Mann, sieh dir doch seine Beule an, er ist ernsthaft verletzt und braucht ein Stärkungsmittel, und nicht diesen spanischen Sherry, der ihm einen weiteren Schlag auf den Kopf versetzt.«

»Ein Stärkungsmittel und zartfühlende Zuwendung«, entgegnete Jock. »Nur eine Engländerin würde einem gestandenen schottischen Mannsbild einen Kindertrank aus heißer Milch und Honig einflößen.« Zwinkernd führte er seinen Krug an die Lippen und trank.

Rowan, der die beiden beobachtete, fiel ein, wie gern Jock Anna neckte. Aber er wußte auch, daß sie es ihrem Mann oft genug mit gleicher Münze heimzahlte.

»So ist das also«, sagte Anna und stemmte ihre Hände in die Hüften. »Du hast mich vor fünfzig Jahren bei Nacht und Nebel aus meinem englischen Elternhaus entführt. Hast du erwartet, daß ich meine englische Lebensweise so schnell umstelle?«

Jocks Mundwinkel umspielte ein Lächeln, als er zu seinem Enkel blickte. »Nein«, verkündete er, »du bist immer noch die feurige junge Braut, die ich am Abend von Arthur Musgraves Hochzeit gestohlen habe. Er wird in Frieden sterben, der alte Herr.«

Anna tätschelte Jock zärtlich den Kopf. »Du wirst derjenige sein, der friedlich stirbt, alter Herr«, sagte sie holdlächelnd.

»Das werde ich.« Jock versuchte ernst zu bleiben, doch Rowan bemerkte sein herzerfrischendes Lächeln.

Rowan verkniff sich ein Schmunzeln, führte den Zinnkrug zum Mund und schlürfte langsam die warme, cremige Flüssigkeit.

»Da siehst du es, Anna, er folgt dir immer noch aufs Wort«, sagte Jock.

»Haha, das hat er nie getan, schließlich kommt er auf dich«, erwiderte sie. »Rowan, wenn du noch Bratenfleisch oder Hafergrütze willst, lasse ich Grace noch etwas davon aus der Küche holen.«

Kopfschüttelnd schob er die leere Schüssel von sich. »Vielen Dank, Großmutter, aber ich platze gleich.« Er tätschelte seinen Bauch und blickte auf. Es schien ihr zu gefallen, daß er sie bei diesem Kosenamen aus seiner Kindheit nannte. Eine leichte Röte überzog ihre Wangen bis hin zu ihrem schlohweißen Haar, das sie in dicken Zöpfen um ihren Kopf geflochten trug, und der Blick ihrer grünen Augen wurde sanfter. Einen Augenblick später stemmte sie erneut ihre Hände in die Hüften und schalt ihn wie einen Achtjährigen.

»Du hast das Essen kaum angerührt«, schimpfte sie. »Kommst hier an, dünn wie eine Bohnenstange mit einem riesigen Ei an der Stirn und bist so dürftig und seltsam bekleidet wie ein Bettler aus dem Hochland. Woher hast du dieses Tuch? Mit Sicherheit stammt diese Wolle nicht von hier.«

Rowan seufzte, wußte er doch, daß er ihnen eine ganze Menge zu erklären hatte. Statt dessen hielt er Jock seine ausgestreckte Hand hin. Wortlos reichte ihm sein Großvater den

Sherrykrug. Rowan nahm einen tiefen Schluck und dann noch einen. Stirnrunzelnd beobachtete ihn seine Großmutter. Erneut füllte Jock den Krug.

»Das Tuch bekam ich von einem Mädchen aus dem Hochland«, erklärte Rowan. »Von Mhairi Macrae.« Jock zog die Brauen hoch. Anna schmunzelte.

»Ein hübsches Mädchen, und überaus nett«, sagte sie. »Simon Kerr hat ihren Bruder festgenommen, Gott weiß warum. Aber es überrascht mich nicht, daß sie dir geholfen hat, nachdem sie gesehen hatte, daß dich Diebe und Plünderer ausgeraubt hatten.«

»Mmmh«, meinte Rowan wenig überzeugt und nahm einen weiteren Schluck.

»Langsam, Rowan«, mahnte Anna. »Er ist aus dem Wein von Jerez gemacht. Vermutlich wirst du die Wirkung später noch zu spüren bekommen.«

Bevor er den Krug absetzte, nahm Rowan noch einen Schluck und lehnte sich dann auf der Ofenbank dem Kaminfeuer zu. Mit leiser Stimme erklärte er seinen Großeltern den ihm vom Kronrat erteilten Auftrag. Beiläufig erwähnte er das spanische Schiffswrack und berichtete ihnen das wenige, was der Kronrat von Alec Scotts Beteiligung wußte. Mhairi Macrae und die Reiter von Lincraig ließ er jedoch unerwähnt.

Während er sprach, betrat Sandie Scott den Saal und setzte sich schweigend zu ihm ans Feuer, um ihm zu lauschen. Als Rowan geendet hatte, schmunzelte sein Vetter.

»Ein Blackdrummond Scott, der zum Stellvertreter von Simon Kerr ernannt wird?« Sandie grinste. »Das gefällt mir, wirklich. Der Kronrat hat Humor.«

»Oder das lächerliche Bedürfnis zu beobachten, wie sich zwei Beamte aufgrund einer alten Fehde an die Gurgel gehen«, kommentierte Anna.

»Für den Kronrat ist es gar nicht so einfach, einen unbescholtenen Mann zu finden, der die Stelle eines Grenzoffiziers übernimmt und an der Grenze für Recht und Ordnung sorgt«, erklärte Jock Rowan. »Jeder schottische Grenzaufseher, jeder Stellvertreter oder Wachtposten ist selbst auf

Raubzüge gegangen oder hat Streitigkeiten mit irgendeinem Clan.«

»Es heißt, daß Simon Kerr bei manchen ein Auge zudrückt, wenn sie nachts im Grenzgebiet auf Beutezug gehen«, warf Sandie ein, »solange ihm die Grenzräuber einen Teil ihrer Beute überlassen.«

»Er ist der Sohn eines Räubers und Mörders«, entrüstete sich Jock.

»Auch wenn der Vater es war, heißt das noch lange nicht, daß der Sohn korrupt sein muß«, sagte Anna.

Jock starrte sie an. »Er hat Iain überwältigt, und er ist hinter Alec her. Und er ist ein Kerr«, meinte er betont.

»Heißt das, daß du als Stellvertreter jetzt die Straßendiebe dingfest machen wirst?« fragte Sandie Rowan, der zustimmend nickte.

»Dann viel Glück, denn niemand hat sie bislang zu Gesicht bekommen oder weiß, wann sie das nächste Mal zuschlagen.«

»Ich werde sie finden«, versicherte Rowan.

»Es heißt, daß es sich um die Geister von Lincraig ...«, fing Sandie an.

»Unsinn«, knurrte Jock.

Sich vorbeugend flüsterte Anna ihrem Mann etwas ins Ohr. »Jaja, Rowan kennt die Geschichte«, sagte Jock.

»Und alles Weitere?« fragte sie. Jock schüttelte den Kopf.

Verwirrt blickte Rowan von einem zum anderen. »Worum geht es?«

»In der vorigen Woche erhielten wir eine Nachricht von Alec«, berichtete Anna.

»Ihr wißt, wo er sich aufhält?« fragte Rowan scharf.

»Nein. Aber er hat uns einen Brief überbringen lassen«, antwortete Anna. »Er braucht unsere Hilfe.«

»Darauf hat er kein Recht«, knurrte Rowan.

»O doch, das hat er«, meinte Anna. »Wegen Jamie.«

»Weshalb?«

»Es geht um seinen Sohn. Alec möchte, daß wir ihn zu uns nehmen.«

»Seinen Sohn?« Rowan hatte das Gefühl, daß eine Eisenkugel seinen Magen durchbohrte. »Ich dachte, das Kind wäre ebenso verstorben wie Maggie«, sagte er gedehnt.

»Nein«, sagte seine Großmutter. »Jamie, so heißt er. Er ist jetzt gut zwei Jahre alt. Stark und kräftig, dunkelhaarig wie sein Vater und hübsch wie seine Mutter ...« Anna hielt inne. »Verzeih mir, Rowan«, murmelte sie schließlich leise.

Rowan warf einen trotzigen Blick in das Feuer.

»Nicht weit von hier hat Alec ein kleines Haus«, erklärte Jock. »Vor einigen Monaten hat er sich mit einer jungen Frau zusammengetan, um das Kind großzuziehen. Er hatte schon bemerkt, daß der kleine Kerl deiner Großmutter zu anstrengend wurde.«

»Nicht zu anstrengend, der süße Bursche. Aber Alec hat diesmal eine schlechte Wahl getroffen«, korrigierte Anna. »Das Mädchen besitzt zwar ein gutes Herz, aber weder Verstand noch Durchsetzungsvermögen.«

»Wo ist das Kind denn jetzt?« fragte Rowan.

»Bei Alec«, sagte Anna. »Am Morgen nach Alecs Flucht ging ich zu seinem Haus und stellte fest, daß das Mädchen und der Junge ebenfalls verschwunden waren. Sie ist Alec ins Gebirge gefolgt, obgleich er ihr erklärt hatte, daß sie bei uns bleiben sollte.«

»Während des Unwetters in der letzten Woche stand plötzlich ein Grenzräuber vor unserer Tür«, sagte Jock. »Lang Will Croser, falls der Name dir etwas sagt. Er überbrachte uns Nachricht von Alec. Lang Will sagte, daß Alecs Mädchen wieder geflohen sei und den kleinen Jamie bei ihm gelassen habe. Und Alec hält ihn versteckt und will, daß wir ihn holen.«

»Sandie wollte das übernehmen«, sagte Anna. »Aber jetzt, da du hier bist, kannst du es tun.« Sie lächelte Rowan an.

Er seufzte. »Ich kann mich nicht um einen kleinen Jungen kümmern, Großmutter. Ich muß hier meine Aufgabe als Stellvertreter erfüllen. Alec hat sein Leben in ein verfluchtes Chaos verwandelt und er soll selbst sehen, wie er damit fertig wird.«

»Alec hat dich auf niederträchtigste Art und Weise hintergangen«, gestand Jock. »Aber er ist immer noch dein leiblicher Bruder. Und der Kleine ist dein Neffe. Und mein Urenkel. Ich möchte, daß der Junge hierhergeholt wird.«

»Ich habe kein Interesse daran, meinem Bruder zu helfen«, sagte Rowan kühl. »Soll Alec doch ein Kindermädchen für ihn finden, wo auch immer er sich aufhält.«

»Alec sucht kein Kindermädchen«, knurrte Jock. »Seine Mitteilung lautete, daß dem Jungen Gefahr droht.«

Rowan bedachte ihn mit einem forschenden Blick. »Wieso?«

»Alec ist jetzt ein gebrochener Mann, ein Geächteter mit Grenzaufsehern auf den Fersen«, antwortete Jock. »Die Engländer wollen ihn ebenso wie Iain Macrae nach der nächsten Parlamentssitzung hängen sehen. Lang Will meinte, daß der englische Grenzaufseher das Kind suchen läßt, in der Hoffnung, damit den Vater aus seinem Versteck herauszulocken.«

»Sie sollten sich besser auf die Jagd nach dem Vater konzentrieren«, riet Rowan.

»Jaja, aber er ist ein Blackdrummond Scott und nicht leicht zu fassen. Sie wollen den Kleinen finden und ihn als Geisel nehmen.«

»Als Bürgen für Alecs ungebührliches Verhalten?« fragte Rowan. »Ich dachte, diese Methode kommt ausschließlich in der schottischen Gesetzgebung vor.«

»So ist es«, erwiderte Jock. »Die Engländer werden den Jungen nicht als Pfand behalten, dafür haben wir entsprechende Dokumente unterzeichnet. Sie wollen ihn als Geisel nehmen, bis Alec aufgibt. So lange werden sie ihn zumindest festhalten.«

»Soso«, sagte Anna. »Aber selbst wenn Alec sich für das Wohlergehen seines Sohnes dem Gesetz überstellt, wissen wir nicht, wann wir unseren Jamie jemals wiedersehen. Die Engländer haben ihre Geiseln oft jahrelang festgehalten.«

»Dann müßten wir den kleinen Kerl aus ihrer Gewalt befreien«, fügte Sandie hinzu.

»Kein Blackdrummond Scott wird jemals in England großgezogen«, knurrte Jock. Anna bedachte ihren Gatten mit einem stahlharten Blick. »Du kennst meine Auffassung,

Mädel«, sagte er. »Du hast unseren Burschen Englisch beigebracht, als sie urwüchsiges Schottisch hätten lernen können, und du hast sie solche überflüssigen Dinge wie Lesen und Schreiben gelehrt. Aber sie sind durch und durch Scotts und Schotten. Alecs Sohn wird niemals begreifen, daß er Schotte ist, wenn er von einer englischen Familie erzogen wird.«

Anna blickte zu Rowan. »Du wirst unseren Jamie holen«, bat sie. »Der englische Grenzaufseher darf ihn nicht vor dir finden. Er muß bei seinem Clan aufwachsen, der ihn kennt und liebt.«

»Ich reite mit dir«, bot Sandie an. »Wir werden ihnen einen Vorgeschmack der Blackdrummond-Gesetzgebung liefern, was hältst du davon?«

Rowan spürte, wie flammende Röte sein Gesicht überzog. Sein Großvater warf ihm einen schiefen Seitenblick zu.

Maggies Kind. Bei diesem Gedanken hielt er den Atem an. Jede Hoffnung auf eine Familie war zunichte gemacht worden, als Maggie Alec kurz nach Rowans Einlieferung in ein englisches Gefängnis geheiratet hatte. Der Schock über diesen Verrat steckte ihm immer noch in den Gliedern. Und jetzt saßen sie hier und sprachen über Maggies Kind.

Alecs Kind. Rowan biß die Zähne zusammen und ballte seine Hände zu Fäusten.

Anna kaute ängstlich an ihrer Unterlippe und beobachtete ihn. Jocks Gesichtsausdruck war seltsam reserviert, doch seine lebhaft glänzenden, azurblauen Augen enthüllten, wie sehr er an Alecs Sohn hing.

Rowan seufzte. »Wo ist dieser Bursche?«

»Im umstrittenen Land«, sagte Jock.

Rowan starrte ihn an. »Gütiger Himmel«, murmelte er. »Ihr erwartet von mir, daß ich mit einem Baby im Arm durch dieses Rattennest reite?«

»Er ist kein Baby mehr. Er kann laufen und mittlerweile ein paar Worte sprechen«, meinte Anna stolz. »Und auch schon einen Nachttopf benutzen.«

»Welch ein hervorragender Reitkumpan«, brummte Rowan. »Ich habe keine Ahnung von Kindern, Großmutter.«

»Sandie wird dich begleiten«, schlug Jock vor.

»Er hat noch weniger Ahnung als ich.«

»Aber er kennt Jamie«, entgegnete Anna.

Rowan seufzte. Dann nickte er. »Zunächst brauche ich etwas Ruhe. Dann werde ich mein Pferd und meine Ausrüstung holen. Und ich muß Simon Kerr treffen.«

»Dann mußt du dich aber beeilen«, warf Anna erschrokken ein.

»Er ist der Black Laird«, sagte Sandie grinsend. »Wenn er sich im Besitz seiner Sachen befindet, wird er die Reiter von Lincraig in weniger als zwei Stunden dingfest machen. Dann wird er Simon Kerr das Blaue vom Himmel erzählen und morgen früh bei Sonnenaufgang in den umstrittenen Grenzstreifen hinausreiten.«

»Jaja«, stimmte Jock, zufrieden nickend, ein. »Das wird er.«

Rowan leerte den Rest seines Sherrys und seufzte.

Kapitel 9

»Ihr Hengst, er wird nicht fragen
Nach Heu und Korn im Übermaß;
Doch Ihre Wünsche, werter Herr,
Was soll ich dazu sagen?‹
– ›Der Gutsherr von Knotington«

Auf einem gescheckten Roß aus den Stallungen von Blackdrummond preschte Rowan in seinem alten Wams und mit den Reitstiefeln seines Großvaters bekleidet über die Anhöhe von Lincraig. Die Burg wirkte einsam und verlassen, eine verfallene, von Moos und Efeu überwucherte Ruine. In der Ferne bemerkte er die dunklen und hellen Flecken grasender Rinder und Schafe, die behäbig auf den Hügeln verweilten.

Das Tal war bei vielen Bauern beliebt, die dort in den für das Grenzgebiet typischen, aus Stein und Lehm errichteten Häusern lebten und Viehzucht betrieben. Die meisten Bauernhöfe bestanden bereits seit Generationen, gehörten den Gutsherren des Scott-Clans von Blackdrummond und Lincraig und wurden von den jeweiligen Erben der Bauern immer wieder gepachtet. Viele Familien lebten von Rinder- und Schafzucht, da sich der karste, unfruchtbare Boden kaum für den Ackerbau eignete.

Doch ein Großteil der Einkommen, das war Rowan klar, stammte von ihren nächtlichen Raubzügen. Die häufigen und oftmals grausamen Viehdiebstähle und Plünderungen waren schon seit langem stillschweigend geduldete Sitte im Grenzgebiet. Die meisten Pächter der Blackdrummond-Ländereien waren in irgendeiner Form an solchen Beutezügen beteiligt und mußten sich und ihr Hab und Gut in manchen Nächten sowohl gegen die schottischen als auch gegen die englischen Reiter verteidigen.

Als Grenzoffizier war es seine Aufgabe, solche Raubzüge zu unterbinden. Doch als Clan-Mitglied der Blackdrummond Scotts verstand er ihren Sinn und Zweck nur allzu gut, war er doch selbst auf unzähligen nächtlichen Beuteritten unterwegs gewesen.

Rowan blinzelte ins Sonnenlicht und betrachtete die vereinzelten Rauchschwaden, die von den wenigen, über die Hügel verstreuten Lehmziegelhäusern aufstiegen. Er war nicht hier, um Grenzräuber zu jagen und zu stellen, sondern um das Haus seines Pächters Iain Macrae und dessen hübsche Schwester zu finden. Der Gutsherr wollte sein Hab und Gut zurückholen.

Er gab seinem Pferd die Sporen und ritt über das Hochmoor, das heute trockener war als am Abend seiner Ankunft. Sein Erinnerungsvermögen hinsichtlich jener Nacht und der darauffolgenden Tage war nur schwach ausgeprägt – obgleich er Mhairi in lebhafter Erinnerung hatte.

Er erinnerte sich an ihr engelgleiches Gesicht, das so leicht zu durchschauen gewesen war, und an die sanfte Wärme ihrer Hände, als sie sich um seine Wunde gekümmert hatte. Während ihn in seinem Sattel eine Erregung übermannte, dachte er an die betörende Anziehungskraft ihres Körpers. Er hatte oft über sie nachgedacht, über ihre Loyalität ihrem Bruder gegenüber und über ihre an ihn gerichtete Bitte. Und wie sie ihn, ob beabsichtigt oder unbeabsichtigt, in ihren Bann gezogen hatte.

Sie war der Inbegriff an Widersprüchlichkeiten, Friedfertigkeit und Aufgewühltsein kennzeichneten sie wie die stürmische, unberechenbare See, dachte er. Ob erzürnt oder friedlich, sie war von bezaubernder Schönheit und konnte gleichermaßen hilfsbereit wie verletzend sein.

Rowan beschlich das unangenehme Gefühl, daß er seit seiner Begegnung mit Mhairi Macrae nicht mehr derselbe war. Und er fragte sich, ob sie erneut die Geschicke seines Lebens beeinflussen würde.

Was ihn anbelangte, so stand das völlig außer Zweifel. Er hatte die Absicht, Mhairi zur Rechenschaft zu ziehen, und wartete nur noch auf eine günstige Gelegenheit. Wenn es nicht anders ging, dachte er grimmig, würde er sie einige Nächte in einer kalten Zelle zubringen lassen – allerdings würde er den Schlag auf seinen Kopf großzügig unter den Tisch fallen lassen. Aber er hatte entschieden, Devil's Christie Armstrong nicht zu stellen, da der Vater des Jungen ein guter Reitkumpan gewesen war und Rowan seinem Sohn noch etwas schuldete.

Es konnte kaum in seinem Interesse liegen, Mhairi zuzugestehen, für ihren Bruder als Bürgen aufzutreten. Sie der Autorität eines Kerrs auszuliefern, hatte keinen Sinn, und der Kronrat hatte ihn nicht damit beauftragt, sich um die Probleme der ortsansässigen Bürger, sondern um die Verhaftung der schottischen Spione zu kümmern. Darüber hinaus war es töricht, den einzig verdächtigen Inhaftierten freizulassen.

Rowan fragte sich, ob sich Mhairi eigentlich der Gefahren bewußt war, die sie aufgrund ihrer Straßenüberfälle jedesmal einging. Sie hatte eine gehörige Lektion verdient und würde sicherlich irgendwann auf frischer Tat ertappt. Wenn Rowan ihr die seltsamen Gesetzmäßigkeiten im Grenzgebiet nicht vor Augen führte, würden Grenzräuber oder Simon Kerr selbst diese Aufgabe übernehmen, und sie bekäme die Konsequenzen ihrer Ausflüge nach Lincraig schmerzhaft zu spüren.

Er dachte wieder an Mhairis gerötete Wangen und an ihre riesengroßen Augen, als sie ihn um Hilfe angefleht hatte. Rowan wollte nicht, daß sie irgendeinem Grenzräuber in die Hände fiel. Wenn sie die Sorge um ihren Bruder nachts auf die Straße trieb, um dort die königlichen Kuriere zu überfallen, dann war ihr Tun irgendwie ehrenhaft. Und eine solche Loyalität durfte nicht bestraft werden.

Und wenn es keine Loyalität war, sondern sie ebenfalls in dieses Spionagenetz verstrickt war, dann würde er das schon bald herausfinden. Sie zu stellen und auf Blackdrummond Tower festzuhalten, gab ihm die Gelegenheit, ihr Wissen in dieser Sache ans Licht zu bringen.

Als er die Anhöhe von Lincraig hinter sich gelassen hatte, verlangsamte er sein Tempo und blickte in Richtung Süden. Einige schwarzgescheckte Kühe grasten auf einem karsten Hügel, auf dessen Kamm ein kleines Ziegelhaus im Schatten einer Baumgruppe stand.

Im Hof graste ein schöner Brauner mit rötlich schimmernder Mähne. Wiehernd hob Valentine seinen Kopf und ließ ihn dann erneut sinken.

Rowan gab seiner Schecke die Sporen und ritt auf ihn zu.

»Das könnte uns viel Ärger einbringen«, sagte Jennet, während sie die verschmutzten Holzschalen vom Frühstücksgeschirr einsammelte. »Ich flehe dich an, Mhairi, reite nicht wieder aus.«

»Ärger, jaja, jetzt, da du den Black Laird freigelassen hast«, meinte Christie mit unheilvoller Stimme. »Hier, Jennet«, sagte er, nahm sich rasch noch einen Haferkeks von einem Holzteller und schob ihr diesen dann zu.

»Wie sollte ich Rowan Scott denn aufhalten, als er hinausmarschierte, ist er nicht doppelt so kräftig wie ich?« fragte Mhairi verwirrt. Sie wiegte ihren kleinen Neffen in den Armen und setzte sich neben Christie auf die Bank. »Ich trug keine Waffe. Und er hatte mir sein Wort gegeben.«

»Und es gehalten. Er hat versprochen, dir nichts zu tun«, wiederholte Christie. »Aber mit keinem Wort erwähnt, daß er weiterhin in seinem Kerker bleiben wollte. Das nächste Mal hörst du genauer hin, wenn dir ein Grenzbewohner Versprechungen macht.« Er streckte seine Hand aus, um dem unter dem Tisch liegenden Wolfshund ein Stück von seinem Keks zu geben. »Weg ist er und mit ihm jede Chance auf ein Lösegeld vom alten Gutsherrn.«

»Hör auf, mit Mhairi zu schimpfen«, mahnte Jennet. »Ihr hättet den Black Laird ohnehin nicht lange festhalten können. Und ich bin euch beiden dankbar. Ihr habt euer Leben für Iain aufs Spiel gesetzt und ihn bislang vor dem Strang bewahrt. Während der letzten Wochen hat Simon noch keine Nachricht vom Kronrat erhalten.«

»Keine, die wir kennen«, korrigierte Christie mit vollem Mund. »Gibt es noch Hammelbraten?«

»Du hast den letzten Rest gegessen.« Sie blickte zu Mhairi. »Nach allem, was über den Black Laird berichtet wird, erstaunt es mich, daß du ihn überwältigt hast.«

»Das war gar nicht so schwierig«, meinte Christie, während er seine Finger ableckte. »Der ist so schwächlich wie der kleine Robin.«

»Ach, hör nicht auf deinen Onkel Christie«, wandte sich Mhairi an das Kind auf ihrem Arm. »Du bist ganz schön stark und wirst einmal ein netter, tapferer Mann«, säuselte sie und tätschelte den silberblonden Haarflaum des Babys. Robin blinzelte sie aus dunkelblauen Augen an, und sein Gesichtsausdruck war so ernst, daß Mhairi lachen mußte.

»Soweit ich mich erinnern kann, ist Rowan Scott mit Sicherheit ein netter, tapferer Mann, auch wenn er in eurem Kerker war«, sagte Jennet.

Christie gab einen abfälligen Laut von sich. »Och, was heißt hier nett? Der Mann ist jetzt frei, und er kennt die Reiter von Lincraig. Er wird uns in Kürze stellen und uns in Simons Kerker werfen. Als Gutsherr und Grenzbeamter besitzt er die entsprechende Autorität. Wenn er uns nicht auf der Straße überwältigt, dann rechnet er damit, daß wir zur nächsten Parlamentssitzung auftauchen. Dann werden wir des Raubes angeklagt und vermutlich gehenkt oder ins Gefängnis gesteckt.«

»Ich hatte gehofft, er würde uns bei Iains Freilassung behilflich sein, da sein Bruder ebenfalls in die Geschichte verwickelt ist«, stöhnte Mhairi. »Doch als ich ihn darum bat, lehnte er ab.«

»Frag ihn noch einmal«, ermutigte Christie sie. »Mittlerweile hat er es sich vielleicht anders überlegt.«

»Wie ich gehört habe, ist die Zuneigung zwischen Alec und Rowan nicht besonders ausgeprägt«, meinte Jennet. »Vielleicht hat er die Hilfe deshalb abgelehnt.«

»Was ist denn zwischen den beiden vorgefallen?« fragte Mhairi. Aufgeregt strampelte Robin in ihren Armen, und sie wiegte ihn sanft.

Stirnrunzelnd wischte Jennet die Krümel vom Tisch. »Ehrlich gesagt, bin ich mir nicht ganz sicher«, sagte sie. »Es soll sich um einen Verrat gehandelt haben, der dafür verantwortlich war, daß Rowan in einem englischen Gefängnis einsitzen mußte«

»Was hatte Rowan angestellt?« fragte Mhairi.

Jennet zuckte die Schultern. »Darüber weiß ich zu wenig. Ein Grenzvergehen – Grenzverrat, erinnere ich mich. Ich entsinne mich auch, daß der Begriff Mord gefallen ist.«

Nachdenklich streichelte Mhairi Robins warmen Rücken, während er an ihrer Schulter lag, und fragte sich, was zwischen den beiden Brüdern vorgefallen war. Sie hatte Alec Scott nur ein oder zweimal gesehen und wußte lediglich, daß er ein attraktiver Mann war, den viele für einen mutigen Grenzräuber hielten, und daß er ihren Bruder in ernsthafte Schwierigkeiten gebracht hatte. Aber sie kannte seine Großeltern auf Blackdrummond und hielt sie für liebenswürdige Menschen.

Während sie über Rowan Scott nachdachte, überzog eine leichte Röte ihre Wangen. Er war ein ebenso schwieriger Mann wie Alec und hatte sie mehr verwirrt, als sie zuzugeben bereit war.

»Wenn der Blackdrummond Alec Scott nicht helfen will, kann ich ihm das nicht verübeln«, sagte Christie. Unter dem Tisch legte ihm der Wolfshund seinen Kopf aufs Knie und sah ihn aus dunklen, bettelnden Augen an. »Och, Bluebell, du verfressenes Ungeheuer«, murmelte Christie und ließ ein Stück Keks in seiner Schnauze verschwinden.

»Mhairi, als du neulich mit Simon gesprochen hast, hat er dir gesagt, daß wir Iain besuchen dürfen?« fragte Jennet.

»Er hat mir versprochen, daß wir ihn in Kürze sehen würden«, antwortete Mhairi ausweichend, während sie das schläfrige Baby seiner Mutter aushändigte. Sie hatte keine Lust, Jennet Simons genauen Wortlaut wiederzugeben.

»Hoffentlich dürfen wir ihn bald besuchen«, murmelte Jennet wehmütig. »Er hat Robin noch nie gesehen.« Sie ging zum Kamin und legte das Kind in seine Wiege. Dann nahm sie ein Wolltuch von der Bank und schlang es um ihren Kopf und ihre Schultern. »Mhairi, paßt du für mich auf den Jungen auf? Ich denke, er wird eine Weile schlafen. Ich möchte die Schafe zum Grasen auf eine andere Weide bringen.«

»Ich komme mit«, beharrte Christie. »Los, Bluebell!«

»Ach, laß doch den Hund hier. Neulich hat er die Schafe in alle Himmelsrichtungen auseinandergetrieben«, klagte

Jennet, während sie mit ihrem Bruder vor das Haus trat. »Bei Mhairi ist er weitaus besser aufgehoben.«

Mhairi stand im Türrahmen und beobachtete, wie sie über den Hof gingen. Christie blieb einen Augenblick stehen, um Rowan Scotts Pferd zu streicheln, das das weiche Gras rund um das Haus abrupfte. Dann schlenderte er zu den Schafen, die das rauhe Gras auf der Westseite des Hügels fraßen.

Das Sonnenlicht fiel angenehm warm auf Mhairis Gesicht, und ein leichter Herbstwind fuhr ihr sanft durchs Haar. In der Ferne erhoben sich die auf der Anhöhe stehenden Bäume goldbraun gegen den strahlenden Himmel. Mhairi beobachtete Jennet und Christie, bis sie hinter einem der Bergrücken verschwanden. Dann wandte sie sich um, um ins Haus zurückzugehen.

Bluebell, der neben ihr stand, bellte plötzlich. Mhairi ließ ihren Blick über den verlassenen Hof schweifen, blickte dann nach Osten und hielt den Atem an.

Ein Reiter auf einem gescheckten Pferd preschte in Richtung des Hauses. Sein schwarzes Haar wehte im Wind. Mhairi kannte diesen rabenschwarzen Schopf. Mit ihren eigenen Händen hatte sie ihn gestreichelt.

Der Hund bellte erneut. »Ruhig, Bluebell«, murmelte Mhairi und tätschelte seinen Nacken. »Er wird uns schon nichts tun.« Doch dessen war sie sich auf einmal nicht mehr so sicher.

Von Erregung und Furcht übermannt, beobachtete sie, wie Rowan Scott näher kam. Ihr scharfer Verstand schien plötzlich auszusetzen. Sie war sich nicht im klaren, warum er so entschlossen auf ihr Haus zuritt. Sie hoffte nur, daß er lediglich seine Sachen und sein Pferd holen kam. Aber vielleicht beabsichtigte er, sie festzunehmen? Vielleicht, dachte sie voller Hoffnung, hatte er sich schließlich doch dafür entschieden, ihrem Bruder zu helfen.

Bluebell bellte erneut. Im Haus erwachte Robin und schrie so herzerweichend, daß Mhairi nicht darüber hinweggehen konnte. Mit einem ängstlichen Blick auf den herannahenden Reiter verschwand sie im Innern. Sie nahm das Kind aus seiner Wiege, ging wieder zur Tür und trat hinaus ins Sonnenlicht.

Rowan Scott brachte sein Pferd am Rand des Hofes zum Stehen. Der Blick seiner grünen Augen wirkte trotz der Entfernung irgendwie stechend. Tief einatmend schlenderte sie auf ihn zu.

Er hätte sie stundenlang betrachten können. Sie bewegte sich mit spielerischer Anmut und einem leichten Hüftschwung, während sie barfuß über den harten, unwegsamen Boden schritt. Ihr Rocksaum wirbelte wie eine schwingende Glocke um ihre Knöchel. Auf ihrem dunklen, dicken Zopf, der ihr über eine Schulter fiel, schimmerte das Sonnenlicht.

Erneut überkam Rowan die merkwürdige Empfindung, daß er Mhairi noch vor ihrem Anschlag auf seinen Kopf draußen bei Burg Lincraig irgendwo gesehen hatte. Aber wie bereits zuvor verlor er jegliches Gefühl für Zeit und Raum, und alles lag in dichtem Nebel.

Mhairi blieb mitten im Hof stehen, bettete ihr Bündel an ihre andere Schulter und blickte geradewegs in seine Richtung. Ihre grauen Augen schimmerten wie reines Silber. Der Windhauch spielte mit ihren Haarsträhnen und bauschte ihren Rock. Rowan beobachtete sie schweigend.

Er fragte sich, ob das kleine Windelpaket in ihren Armen ihr Kind war, und erkannte, wie wenig er doch von ihr wußte. Bei dem Gedanken an den ihm unbekannten Kindsvater durchzuckte ihn plötzlich eine schmerzhafte Eifersucht, und es überraschte ihn, wie sehr ihm das mißfiel. Er straffte die Zügel und räusperte sich.

»Gnädige Frau«, grüßte er förmlich.

»Sir Scott.« Als sie mit geschmeidigen Bewegungen näher kam, strahlte jeder ihrer Schritte Kraft und gleichzeitig grazile Eleganz aus.

Das Wandern im Hochland führte sicherlich zu einer solchen Anmut, dachte Rowan, wie eine sanfte Brise, die die Heide streifte. Dann runzelte er die Stirn. Er mußte sich nicht vom Offizier zum Dichter herablassen, nur weil ein Mädel einen göttlichen Hüftschwung hatte und seinen Körper jedesmal, wenn er sie sah, in Erregung versetzte.

»Woher wußten Sie, wo Sie mich finden würden?« fragte sie.

»Meine Familie scheint Sie gut zu kennen«, antwortete er, dankbar, daß sie ihre Unterhaltung mit einer praktischen Frage eingeleitet hatte. »Sandie Scott, mein Vetter, hat mir Ihren Namen und Ihre Adresse genannt. Und Lady Anna, meine Großmutter, nahm an, daß Sie sich mir gegenüber ausgesprochen gastfreundlich gezeigt haben, nachdem ich von Dieben überwältigt worden war.«

Sie errötete so, wie es ihm in seiner Erinnerung haften geblieben war, ein rosafarbener Hauch glitt über ihre durchschimmernde Haut. Das Balg wimmerte und strampelte in seiner Decke, und sie tätschelte ihm über den Kopf und den schmalen Rücken. Während er diese schlanke, zärtliche Hand beobachtete, erinnerte sich Rowan, wie sanft sie seinen Kopf berührt hatte. Und dann fiel ihm erneut ein, wie diese anmutige Hand einen Gewehrkolben auf seinen Kopf geschmettert hatte. Vor diesem Mädchen mußte man sich in acht nehmen, wie anziehend sie auch immer wirkte.

Er deutete auf das Kind. »Ist das Ihr Baby?«

»Er ist der Sohn meines Bruders«, erklärte sie. »Meine Schwägerin kümmert sich um die Schafe.« Sie schob ihr Kinn vor. »Haben Sie über meine Bitte nachgedacht? Sind Sie gekommen, um mich als Bürgen für Iain mitzunehmen?«

Er lehnte sich aus dem Sattel und blickte zu ihr hinunter. »Wenn ich Sie stellen will«, sagte er sanft, »werden Sie es erfahren. Das habe ich Ihnen bereits zu verstehen gegeben.«

Mhairi beobachtete ihn aus stählernen grauen Augen. Er erwiderte ihren durchdringenden Blick und wandte sich dann um, um das gefaltete Wolltuch unter seinem Sattel hervorzuziehen. »Ich bin gekommen, um mein Pferd und meine Sachen abzuholen. Und um Ihnen dies hier zurückzugeben.« Er reichte ihr den Schal.

Während sie das Baby in ihren Armen wiegte, nahm sie ihn in Empfang. »Ich werde Ihre Sachen holen«, sagte sie kurz angebunden und wandte sich ab.

Rowan saß ab und schlenderte zu Valentine, klopfte ihm auf den Rücken und flüsterte ihm beruhigend zu, während er das Pferd untersuchte. Das Tier war gepflegt und interessierte sich augenblicklich mehr für das satte Gras zu seinen Hufen. Als er zum Haus ging, hörte er Hundegebell und näherte sich vorsichtig der Tür.

Ein riesiger grauer Wolfshund, der nur aus Extremitäten und einem häßlichen Kopf mit gebleckten Zähnen zu bestehen schien, beäugte ihn an der Türschwelle. Rowan blieb ruhig stehen, während der Hund, der sich bei näherem Hinsehen als Welpe entpuppte, einen Satz in seine Richtung machte.

»Ruhig, Bluebell.« Mhairis Stimme drang aus der Dunkelheit des Hauses. »Sei still, Kleine.«

Der Hund beruhigte sich und schnupperte an Rowans Hosenbeinen, dann stupste er ihn in seine Magengegend und drückte ihm seine Schnauze in die Hand. Zögernd streichelte Rowan seinen struppigen Kopf. Als der Hund immer anhänglicher wurde, kraulte er ihm beruhigend flüsternd den Nacken. Sekundenbruchteile später richtete sich der Hund jaulend auf, stemmte seine beiden Vorderpfoten auf Rowans Schultern und leckte ihm die Wange.

»Bluebell!« rief Mhairi. »Runter, Kleine!«

Schmunzelnd versuchte Rowan, den Hund abzuwehren. Doch Bluebell stemmte sich noch höher auf ihre Hinterläufe, daß sie beinahe Rowans Körpergröße erreichte, und bellte fröhlich, während sie weiterhin sein Gesicht ableckte.

»Sie ist kein guter Wachhund«, meinte er, als er sie erneut, und diesmal energischer, abwehrte und dabei sein feuchtes Gesicht abwandte.

Mhairi trat zu ihm, um den Hund mit einer Hand wegzuschieben, während sie das Baby mit ihrem anderen Arm festhielt. »Sie ist auch kein guter Hütehund. Sie ist jung und kräftig, aber alles andere als bösartig«, sagte sie, als Bluebell zurücksprang und Rowan verzückt anstarrte.

»Selbst wenn Grenzräuber kommen?«

»Jaja. Sie knurrt lediglich und bellt, würde jeden Eindringling jedoch am liebsten willkommen heißen. Blödes

Vieh«, sagte Mhairi und kraulte Bluebells aufgerichtete Ohren.

Das Baby wimmerte plötzlich, und Mhairi wiegte das Bündel abwesend in ihren Armen. Rowan betrat das Haus, woraufhin Bluebell stürmisch seine Hand leckte.

»Wo sind meine Sachen?« fragte er mit einem suchenden Blick.

Das Baby weinte laut. Mhairi sah Rowan an. »Sobald ich ihn hinlegen kann, werde ich sie holen«, erwiderte sie und trat an die Wiege neben dem Kamin.

Rowan musterte den kleinen, einfach möblierten Wohnraum. Die ehemals weißen, mittlerweile jedoch rußgeschwärzten Wände verliehen dem Haus eine dämmrige, gemütliche Atmosphäre, was durch den leichten Duft von Knoblauch und Kräutern unterstrichen wurde, die unter den Dachbalken zum Trocknen aufgehängt waren. In einer dunklen Ecke des Zimmers bemerkte er einen riesigen Vorhang, der sicherlich eine Schlafkammer abtrennte. In einer anderen Ecke führte eine Leiter zum Dachboden hinauf.

Das Weinen des Säuglings war lautem Schreien gewichen. Mhairi schaukelte den Jungen, murmelte beruhigend auf ihn ein und warf Rowan einen abwesenden Blick zu.

Er deutete auf eine Truhe unter dem einzigen Fenster. »Sind meine Sachen dort drin? Ich kann sie mir selbst nehmen.«

»Da sind sie nicht.« Mhairi gab besänftigende Koseworte von sich und streichelte den Rücken des Kindes.

»Was hat er denn?« wollte Rowan wissen.

»Hunger, vielleicht, aber seine Mutter wird eine Weile unterwegs sein. Vermutlich ist er auch naß.« Mit einem Finger betastete sie die Windel und rümpfte dann die Nase. »So ist es.«

Sich abwendend nahm sie einige Kleidungsstücke aus einem Korb und warf sie sich über die Schulter. Dann breitete sie ihren Wollschal auf der Ofenbank aus und kniete sich, um das Kind daraufzulegen. Während sie ihm seine feuchten Sachen auszog, murmelte sie sachte auf das Kind ein.

Rowan trat einen Schritt vor und beobachtete schweigend, wie sie sich über das Baby beugte. Die üppigen, unter ihrem Wollkleid und ihrem Schal verborgenen Rundungen von Oberweite und Hüften deuteten auf einen wohlgeformten Körper hin. Sie warf ihren Zopf zurück, und er wußte, daß sich diese dunkelschimmernde Flechte wie kühlende Seide anfühlte.

Rowan streckte seine Hände aus, weil er den unbändigen Wunsch verspürte, ihr Haar zu berühren und seine glänzende Fülle durch seine Finger gleiten zu lassen. Gleichzeitig stellte er sich vor, die anmutigen Rundungen ihrer Hüften und Brüste zu streicheln. Er atmete tief ein, um seiner plötzlichen Gedanken Herr zu werden, doch es erschien ihm beinahe unmöglich, seinen Blick von ihr zu wenden.

Sanft redete sie auf den Säugling ein, und Rowan hörte seine wimmernde Reaktion. Lachend blickte Mhairi über ihre Schulter hinweg zu Rowan; ihre Augen strahlten, ihr Gesichtsausdruck war unglaublich sanft, als wollte sie ihn an ihrer Freude teilhaben lassen, was auch immer der Kleine getan hatte.

Augenblicklich erwachte etwas erneut in ihm und ließ ihn erstarren. Er ballte seine Hände zu Fäusten, um diesem Gefühl Einhalt zu gebieten, aber er war machtlos. Ein längst vergessener Traum drängte sich in sein Bewußtsein. Er war zerstört worden, als er von Maggies Eheschließung mit Alec erfahren hatte. Und seine Wunden waren aufgrund der Information, daß sie Alec einen Sohn geschenkt hatte, erneut aufgeklafft.

Mhairi lachte glockenhell, und während sie mit dem Kleinen spielte, blickte sie wieder zu Rowan. Irgendwann einmal hatte er gehofft, daß er Maggie scherzend und lachend mit einem Kind beobachten und sie sich ebenso stolz und fröhlich zu ihm umdrehen würde.

In diesem Augenblick wäre er beinahe aus dem kleinen Haus geflohen.

Aber er war nicht in der Lage, seinen Blick von dem so natürlichen und doch wunderschönen Anblick am Kamin abzuwenden. Soviel Zärtlichkeit und Zuwendung waren ein seltenes Geschenk in seiner Welt. Weil er die Wärme spürte und keinen Augenblick versäumen wollte, blieb er. Und plötzlich wurde ihm bewußt, daß er eine solche Liebe niemals erfahren hatte.

Verrat und Einsamkeit hatten sein Leben viel stärker bestimmt, als sie sich das jemals würde vorstellen können. Auf einmal fühlte er sich isoliert, als stünde er an einem kalten Abend vor einem warmen, fröhlichen Haus und sehnte sich nach einer Einladung ins Innere.

Für einen Moment vergaß er die aufsässige Straßendiebin, sah nur noch die Frau in ihr und wünschte sich, sie gehörte zu ihm. Er trat näher an sie heran. Dann blieb er stehen, weil ihn ein seltsames Gefühl der Verletzlichkeit übermannte.

»Dann nehme ich mir meine Sachen aus der Truhe«, wiederholte er.

Kopfschüttelnd entkleidete sie das Baby. »Ich sagte bereits, daß sie dort nicht sind. Wenn ich sie dort gelagert hätte, wären sie Grenzräubern in die Hände gefallen.«

Er runzelte die Stirn. »Waren sie erneut hier?«

»Nein, Gott sei Dank nicht.« Unter ihren dichten, dunklen Wimpern hinweg betrachtete sie ihn mit verhangenem Blick. »Nur Sie, der Meister der Grenzräuber.«

»Sprechen Sie nicht von mir, als wollte ich irgendwelche Sachen stehlen, Mädchen«, warnte er sanft. »Ich wäre nicht hier, um meine Stiefel und mein Wams zu holen, wenn nicht auch Sie ein hervorragendes Talent zu Diebereien besäßen.«

Diesmal warf sie ihm einen verwirrten Blick zu. Erleichtert stellte Rowan fest, daß er sich wieder unter Kontrolle hatte. Er blickte sie stirnrunzelnd an, und sie wandte ihm abrupt den Rücken zu.

Bluebell kroch zu Mhairi und schnüffelte an ihr. Mhairi schob ihn fort. Neugierig wandte sich der Hund dem Kind zu, das erschreckt seine winzigen Arme ausstreckte und heftig zu schreien anfing. Das Weinen überraschte den Hund, und er bellte laut.

Rowan packte Bluebell im Genick und schaffte sie aus dem Weg. Dankbar sah Mhairi zu ihm auf.

»Danke. Könnten Sie das für mich auswaschen?« Sie warf

ihm ein weißes Tuch zu. Er fing es auf, tauchte es in einen neben dem Kamin stehenden Kübel mit warmem Wasser und reichte es ihr zurück. Während sie beruhigende Worte zu dem Kleinen murmelte, wischte sie sorgfältig sein Hinterteil ab.

Rowan hatte sich noch nie in der unmittelbaren Nähe eines Babys befunden. Er beugte sich vor und spähte über Mhairis Rücken auf das rosige, vollkommene kleine Geschöpf, das sein jämmerliches Weinen eingestellt hatte. Mit einer Hand hob Mhairi die kurzen Beinchen an und legte dann ein weiches Stück Stoff unter seinen kleinen Körper.

Erstaunt blinzelte Rowan, als er die auffälligen männlichen Attribute des Kleinen bemerkte. »Ein strammer Junge«, entfuhr es ihm.

Mhairi warf ihm einen schiefen Seitenblick zu. »In diesem Alter wirken alle Jungen etwas zu großzügig bestückt«, meinte sie. »Wenn er größer wird, verändern sich die Proportionen.«

»Ah«, sagte er nickend. »Und wie alt ist dieser Kleine? Er ist so winzig, daß er fast noch in meiner Hand Platz findet.«

»Fünf Wochen«, antwortete sie.

Ein erschreckender Gedanke durchfuhr ihn. »Wird er denn viel größer sein, wenn er – äh – sagen wir mal, zwei oder drei Jahre älter ist?«

»Ein ordentliches Stück größer und auch sehr viel kräftiger.«

»Gut zu wissen«, sagte er erleichtert.

Mhairi lachte und sah ihn fragend an. »Warum?«

Schulterzuckend trat Rowan zurück. »Nur so.« Seine Wangen liefen vor Verlegenheit rot an. Zwar wollte er vor ihr nicht als Idiot wirken, trotzdem hatte er mit kleinen Kindern keinerlei Erfahrung. Und schon bald würde man ihm eines anvertrauen, wenn er gemäß dem Wunsch seiner Großeltern Alecs Sohn in seine Obhut nahm.

Während er beobachtete, wie Mhairi das saubere Tuch auf geheimnisvolle Weise um das Baby schlang, fielen ihm erleichtert die Worte seiner Großmutter ein, daß Alecs Junge bereits sauber war. Er hatte keinesfalls das Bedürfnis, in dem umstrittenen Grenzstreifen, wo die wildesten Banditen hausten, die nassen Windeln eines schreienden Kindes zu wechseln. Sollte Alec doch diese Aufgabe übernehmen, dachte er verbittert.

Mhairi hatte das Baby fertig gewickelt und erhob sich. »Hier, halten Sie ihn, damit ich Ihre Sachen holen kann«, sagte sie und drückte ihm das Kind in den Arm. »Er heißt Robert Macrae. Kurz Robin.«

Überrascht hob Rowan seine Arme und griff instinktiv nach dem Bündel. Für Sekundenbruchteile legte Mhairi ihre Hand auf die seine, um sich zu vergewissern, ob er den Kopf des Kindes auch richtig hielt. Wie ein Blitz durchzuckte ihn ihre intensive Berührung seiner Haut.

»Stützen Sie seinen Kopf und bleiben Sie ruhig stehen«, riet sie ihm. »Meister aller Grenzräuber, ich glaube nicht, daß Sie mit einem Kind auf dem Arm eine Bedrohung darstellen.« Mit einem Zwinkern in den Augen lächelte sie ihm zu, als hätte sie ihren Spaß daran, ihn auf diese Weise überrumpelt zu haben. Dann schlenderte sie zur Dachbodenleiter und kletterte hinauf.

Rowan betrachtete das ihn anblinzelte Kind. Der winzige Säugling verzog sein Kinn, und es erweckte den Eindruck, als wolle er jeden Augenblick in lautes Gebrüll ausbrechen. Rowan war sich nicht sicher, ob er ihn auch richtig festhielt, da er leicht wie eine Feder in seinen Armen schwebte. Sein Kopf, kaum größer als ein Apfel, ruhte auf seiner Handfläche.

Robin krähte, und ein spitzbübisches Grinsen erhellte sein kleines Gesicht. Rowan mußte lachen. Aufblickend bemerkte er Mhairis Füße und den Saum ihres Kleides auf der obersten Leitersprosse. Als er einen Blick auf ihren wohlgeformten Unterschenkel erhaschte, trat er vorsichtig, aber mittlerweile selbstsicherer geworden, mit dem Kind näher.

Mhairi verschwand auf dem Speicher. Wartend schlenderte Rowan durch den Raum und wiegte das Kind in seinen Armen. Bluebell wich nicht von seiner Seite.

Wenige Minuten später tauchte Mhairi wieder auf. Von seinem Standort sah Rowan ihre schlanken Fesseln. Dann bemerkte er, daß sie seine hohen schwarzen Stiefel im Arm trug. Sie warf sie zu Boden.

»Es dauert noch einen Augenblick, bis ich alles geholt habe«, erklärte sie ihm. »Aber wenn Sie in Eile sind, kann ich rasch alles auf den Boden werfen.« Sie verschwand erneut.

»Nein!« rief Rowan und dachte dabei an seinen neuen spanischen Helm. Er blickte das Kind an. »Kleiner, jetzt mußt du auf dich selbst aufpassen«, murmelte er.

Er durchquerte den Raum, beugte sich über die Wiege und legte das Baby vorsichtig auf die weichen Leinenlaken. Während Robin ihn musterte, bedeckte Rowan seine Beinchen mit einer Wolldecke. Dann setzte er mit seinem Fuß die Wiege in Bewegung und blickte zu dem Hund, der genüßlich an einem der von Mhairi hinabgeworfenen Stiefel kaute.

»He!« brüllte er. Bluebell sah verschreckt auf. »Hier, paß auf den Jungen auf«, befahl Rowan und deutete auf die Wiege. Der Hund kroch zur Wiege und legte sich davor. Erstaunt über diesen Anflug von Gehorsam hob Rowan seine Brauen und kletterte dann rasch die Leiter hinauf.

Kapitel 10

»Obgleich ich fand, was ich gesucht,
Kann ich bei dir nicht bleiben.«
– ›Lord Maxwells Abschiedsgruß‹

Vereinzelte Sonnenstrahlen stahlen sich durch das Dach und erhellten den Speicher. Mhairi kniete in einer dunklen Ecke, schob eine lose Bodendiele beiseite und griff in den engen Spalt, der sich zwischen Zimmerdecke und Speicher befand. Sie packte Rowans schweres Lederwams, zog es heraus und legte es neben sich. Als Rowan Scotts Kopf auf der Leiter auftauchte, schrak sie unmerklich zusammen.

Er richtete sich auf, stieß mit seinem Kopf gegen einen der niedrigen Dachbalken und fluchte leise. Reuevoll fiel Mhairi seine Verletzung ein. Rowan warf einen Blick auf das schmale Bett und spähte dann durch das Dämmerlicht zu ihr hinüber.

»Wo ist Robin?« fragte sie.

»Er paßt auf Ihren Hund auf«, sagte er. Vorsichtig trat er näher und zog dabei den Kopf ein. Nachdem er sich neben sie gekniet hatte, spähte er in das Loch am Boden, in dem sich seine Ausrüstung befand.

»Ein gutes Versteck für Wertsachen«, bemerkte er.

»Erzählen Sie es nicht Ihren Räuberkumpanen«, sagte sie, während sie ihre Arme erneut hineinsteckte.

»Halten Sie mich für einen solchen Halunken? Ich habe mich heute überaus zuvorkommend verhalten. Habe mich sogar um Ihr Kind gekümmert.«

»Meinen Neffen. Aber Sie waren wirklich zuvorkommend«, stimmte sie ihm zu, während sie ihn beobachtete. Die von einem Lichtstrahl erhellten Augen Rowans waren von einem weichen, klaren Grün, als er ihren Blick erwiderte.

Zuvorkommend, in der Tat, dachte sie und hatte den unbändigen Wunsch, daß er verschwand, gleichzeitig aber wollte sie, daß er blieb. Dieser berüchtigte Grenzräuber mit seinen meergrünen Augen und seinem glänzenden schwarzen Haar übte eine seltsame Faszination auf sie aus. Wenn sie in seiner Nähe war, schien ihr Herzschlag auszusetzen.

Sie hatte keine Ahnung, ob er ihr gefährlich werden konnte. Als er in den Hof geritten war, hatte sie zunächst Panik ergriffen, obwohl er anscheinend nur seine Sachen abholen wollte. Bluebells Herz hatte er im Sturm erobert – aber das war auch nicht sehr schwierig, sagte sie sich insgeheim –, und er hatte sich so zärtlich und linkisch um Robin gekümmert, daß sie beinahe dahingeschmolzen wäre.

Nun, da sie seine Ausrüstung hervorkramte, hatte sie sich wieder in der Gewalt. Er war nicht nur ein Scott, sondern auch ein Grenzoffizier, der für Iain und Christie wie für sie eine große Bedrohung darstellte. Und er hatte sich geweigert, an Iains Befreiung mitzuwirken. Das konnte sie ihm so leicht nicht vergessen.

»Hier«, sagte sie schroff und warf ihm seine Wollstrümpfe zu. Darauf folgten sein Leinenhemd und sein Gürtel. Seine braune Weste landete ausgebreitet auf seinem Knie. Er sammelte seine Sachen ein und legte sie neben sein Wams.

Rowan kniete so nah bei ihr und beugte seinen Kopf aufgrund der niedrigen Dachbalken so weit vor, daß sie die Wärme seines Körpers spürte. Ihre nackten Zehenspitzen berührten seinen Stiefel.

Nachdem sie seinen schweren Stahlhelm aus dem Versteck gezerrt hatte, lehnte sich Mhairi zurück und betrachtete ihn. Die glänzende Metalloberfläche spiegelte Rowans Hände, als er ihn schweigend in Empfang nahm.

Der leichte Hautkontakt raubte ihr für Sekunden den Atem. Hastig senkte Mhairi ihren Kopf, um nach seinem Dolch Ausschau zu halten. Als sie bemerkte, daß er sich irgendwie verklemmt hatte, gab sie einen unwilligen Laut von sich.

»Ich kann ihn nicht hinausziehen«, stöhnte sie und schwankte, als sie gewaltsam daran zerrte. Rowan umschlang ihre Taille, und seine Berührung ließ sie erneut erschauern. Sie beschlich das Gefühl, mit dem Feuer zu spielen. Als er sie sanft beiseite schob, blickte sie ihn an und war sich sicher, daß er ihre Empfindungen von ihrem Gesicht ablesen konnte.

»Lassen Sie mich das machen«, bat er, stützte sich mit einem Arm ab und legte sich flach auf den Boden. Als er in den dunklen Spalt griff, stieß sein Oberarm gegen ihr Knie.

Sie beobachtete das Muskelspiel seiner breiten Schultern und den durchtrainierten Rücken unter seinem Lederwams. Sein dunkles Haar fiel ihm ins Gesicht, und sie erinnerte sich daran, wie weich es gewesen war, als er verletzt und bewußtlos in ihrem Schoß geruht hatte. Welch ein schönes Gefühl es gewesen war, ihn so stark und männlich in ihren Armen zu wissen.

Der Drang, ihn erneut zu berühren, überkam sie. Nicht in der Lage, diesem überwältigenden Gefühl zu widerstehen, streckte sie klopfenden Herzens ihre Hand aus und legte sie ihm sanft auf die Schulter. Obgleich er sie nicht ansah, spürte sie doch, wie er plötzlich entspannte, als hätte er nur auf ihre Berührung gewartet. Eine intensive Wärme durchströmte ihre Hand, doch sie blickte schweigend in das Versteck, als könne sie kein Wässerchen trüben.

Rowan griff nach der Scheide seines Schwertes, löste sie und zog seine Waffe heraus. Mhairi packte den Knauf und ihre Hand berührte die seine, bis er schließlich losließ. Dann legte sie mit zitternden Fingern die Waffe auf den Boden.

Er zog den Dolch in seiner Lederscheide sowie seinen schmalen Bogen hervor und kniete sich dann erneut neben sie. »Wo ist der Rest?«

»Auf der anderen Seite«, sagte Mhairi und steckte ihren Arm in den Spalt, diesmal jedoch in die andere Richtung. Als sie nach seinen übrigen Sachen tastete, mußte sie sich über sein Bein beugen, dabei berührte sie ihn mit ihrem Knie, und ihr Oberkörper streifte seinen Schenkel.

Sie bemerkte, wie er den Atem anhielt. Als seine Hand zärtlich über ihren Rücken glitt, hätte Mhairi beinahe vergessen, wonach sie eigentlich suchte.

Verwirrt strich sie sich eine Haarsträhne aus ihrem Gesicht und griff in die Dunkelheit. Ihre Hand ertastete kaltes Metall und das Holz seines Gewehrs. Als sie die schwere Pistole hochhob und sich wieder aufrichtete, schwang deren Lauf in seine Richtung.

»Hoho!« Rasch nahm er ihr die Waffe weg. »Wo ist die andere Pistole sowie die Munition?«

»Hier unten.« Erneut beugte sie ihren Oberkörper über seine Beine. Diesmal überraschte es sie nicht, als seine helfende Hand ihre Taille umfaßte. Seine Berührung war angenehm kraftvoll und keineswegs bedrohlich wie die eines Mannes, der sie zerstören wollte. Beinahe vergaß sie, daß sie vertraulich nah neben dem Grenzbeamten kniete, der die Reiter von Lincraig dingfest machen sollte.

Als Rowans Hand zu ihrer Schulter glitt, durchströmte sie ein ungeahntes Glücksempfinden. Sie spürte, wie ihr das Blut in die Wangen schoß, und sie sich nach diesem neuen, unbeschreiblichen Gefühl sehnte, das seine Berührung in ihr auslöste.

Statt dessen jedoch umschlossen ihre Finger unter den Bodendielen seine andere Pistole. Rasch nahm er sie ihr aus der Hand. Sie zog einen kleinen Lederbeutel hervor und setzte sich dann aufrecht hin. »Das gehört Ihnen ebenfalls. Als Sie verletzt waren, fand ich an einem Band um ihren Hals ein Pistolengewinde. Das ist hier drin«, erklärte sie, während sie ihm den Beutel überreichte.

»Das ist der Beutel, worin ich das Pulver und die Bleikugeln für die Gewehre aufbewahre«, sagte er. »Wo ist der andere Beutel? Was haben Sie noch in Ihrem Versteck?«

Sie griff erneut hinein, stützte sich auf seinem Knie ab und fühlte sich zunehmend wohler bei dem Gedanken, daß sie seinen Körper berührte und sie in der Dunkelheit leise und vertraut miteinander sprachen.

»Ihren Köcher«, sagte sie und zerrte eine schmale Lederröhre hervor. Im Inneren klapperten ein Dutzend mit Eisenspitzen versehene Pfeile für seinen Bogen. Er nahm ihn ihr ab.

»Meine Streitaxt ist aber nicht dort unten«, meinte er scherzhaft.

»Ist sie wohl.« Sie griff in den Spalt und zog. Rowan half ihr, die sperrige Waffe mit der heimtückisch geschärften Rundung herauszumanövrieren, und legte sie dann neben sich.

»Ein wirklich kluges Versteck.«

»Iain hat es eingerichtet, als er neue Bodendielen legen mußte. Hier können wir Wertsachen vor den Grenzräubern verbergen.« Sie ließ sich auf ihre Fersen zurücksinken und fuhr sich gedankenverloren durchs Haar. »Das ist jetzt alles. Ihr Sattel ist im Stall, und Ihr Pferd haben Sie bereits gesehen. Ich helfe Ihnen, Ihre Waffen nach unten zu tragen.« Sie wollte sich erheben.

»Warten Sie.« Rowan packte sie am Handgelenk. »Mein Lederbeutel war nicht dabei – der größere mit meinem Geld. Wo ist er? Und wo ist das Schriftstück des Kronrats?«

Eine dunkle Haarsträhne fiel über ihr linkes Auge. Sie warf den Kopf zurück. »Ich dachte, Ihr Beutel wäre hier bei den anderen Sachen gewesen.«

»Ach wirklich?« Seine schwarzen Brauen zogen sich bedrohlich zusammen.

Auch wenn er es nicht laut äußerte, wußte sie doch genau, was er dachte. Sie versuchte, ihm ihren Arm zu entwinden, doch er hielt sie fest. »Ich habe Ihr Geld nicht gestohlen«, beteuerte sie.

»Und meinen Auftrag auch nicht?« fragte er leise. Sie hatte die Hände erhoben. Mit eisernem Griff umklammerte er ihr Handgelenk.

Sie senkte ihren Blick. »Ich wollte den Brief lediglich lesen«, entschuldigte sie sich.

»Sie haben ihn noch«, sagte er. »Geben Sie ihn mir.«

Schweigend blickte sie zu Boden. Rowan streckte seine Hand aus und strich ihr Haar zurück. Ein prickelnder Schauer jagte über ihre Kopfhaut. Mit einem Finger hob er ihr Kinn an.

»Geben Sie ihn mir, Mhairi«, bat er. Seine Berührung war wie samtummantelter Stahl, seine Stimme ruhig und entschlossen. Doch als er ihren Namen nannte, bekam sie Herzflattern.

Seufzend griff sie mit den Fingern in den Ausschnitt ihres Kleides und enthüllte eine Ecke des Dokuments, das sie zur Sicherheit in ihrem Mieder aufbewahrt hatte.

Ihrem Blick standhaltend, nahm Rowan ihr das Papier aus der Hand. Die Ecke kitzelte ihren Busen, und ein angenehm erregendes Gefühl durchströmte ihren Unterleib. Eine plötzliche Hitzewelle ließ ihre Wangen erröten, als sie zu ihm aufblickte.

Rowan faltete das gewellte Dokument auseinander und überflog dessen Inhalt. Sie wußte, was er las. Die ersten Zeilen, die Rowan Scott zum neuen Grenzoffizier ernannten, waren noch gut lesbar, doch der Rest war aufgrund der Nässe mehr oder weniger verwischt.

»Der Regen hat das Pergament durchweicht, und deshalb ist der Text unleserlich geworden«, sagte sie.

Er stopfte es in sein Wams. »Wo ist mein Geldbeutel?«

»Ich dachte, er wäre auch in dem Versteck. Vielleicht habe ich ihn aber auch auf Burg Lincraig verloren.«

»Beten Sie, daß er noch dort ist«, meinte er grimmig. Er ließ ihr Handgelenk los und erhob sich, duckte sich jedoch, bis er die Schräge verlassen hatte. Mhairi krabbelte ebenfalls daraus hervor und stellte sich neben ihn unter den Dachfirst.

Als er sie betrachtete, spürte sie wieder diese Hitzewallungen, gegen die sie einfach machtlos zu sein schien, wenn er in ihrer Nähe war und sie anblickte, als könne er tief in ihre Seele schauen.

Sein Blick war unnachgiebig, aber auch interessiert und teilnahmsvoll, als würde er scharf nachdenken. Sie hatte nicht den Eindruck, daß seine durchbohrenden Blicke von Hinterhältigkeit geprägt waren oder er sie kritisieren wollte.

Trotzdem mußte er ihr noch eine Frage beantworten, was auch immer er von ihr dachte. Mut und Schnelligkeit zählten zu den Tugenden im Grenzgebiet, und deshalb wagte sie sich erneut vor.

»Wie lautet Ihr Befehl?« fragte sie ihn rundheraus.

Er hob eine seiner dunklen Augenbrauen. »Ich dachte, Sie

hätten den Brief gelesen«, knurrte er schroff. »Sie können doch lesen, oder?«

»Natürlich kann ich das«, fuhr sie ihn an. »Die Tinte war vom Regen verwischt, sonst würde ich nicht fragen. Halten Sie die Highlander für unzivilisierte Bestien? Meine Brüder und ich haben Lesen und Schreiben sowohl in englischer als auch in lateinischer Sprache gelernt.«

»Sie haben noch weitere Brüder?«

»Insgesamt vier«, antwortete sie. »Und wenn sie hier wären und sich mein Vater nicht in Dänemark aufhielte, hätte ich Ihre Hilfe nicht nötig.«

Mit zusammengekniffenen Augen starrte er sie an. »Warum ist Ihr Vater in Dänemark?«

»Er ist einer der Anwälte des Königs«, gab sie ihm zur Antwort. »Meine Mutter ist bei ihm.«

»Aha«, murmelte er. »Aha.«

»Was soll das heißen?«

»Aus diesem Grund benötigt Simon Kerr einen Vollstreckungsbefehl des Kronrats, damit er die Abschiebung Ihres Bruders durchführen kann. Der Sohn eines königlichen Anwalts kann weder gehenkt noch ohne besondere Genehmigung ausgeliefert werden. Haben Sie Ihren Vater denn um Unterstützung ersucht?«

»Natürlich habe ich das. Er hat meinen Brief noch nicht bekommen, anderenfalls wäre er längst hier. Aufgrund der zahlreichen Stürme im Nordseeraum segeln die Schiffe nicht«, sagte sie verärgert. »Würden Sie mir jetzt bitte mitteilen, was der Kronrat entschieden hat?«

»Sie sind ganz schön dreist, Mädchen«, sagte er nicht unfreundlich. Jeglicher Glanz schien aus seinen grünen Augen gewichen zu sein, als er schließlich seine Lider senkte.

In diesem Augenblick wußte Mhairi auch ohne Worte, daß Rowan die Befehle des Kronrats hinsichtlich ihres Bruders genau kannte. Sie war in tiefster Nacht und bei stürmischen Unwettern hinausgeritten, hatte sich und Christie in Gefahr gebracht – und Rowan Scott kannte die von ihr gesuchte Information.

Aber er würde ihr nichts verraten. Plötzlich schien Iains

Leben in der Schwebe zwischen Rowans und ihrer Entscheidung zu hängen.

Gleichmäßig atmend beobachtete sie ihn. Rowan wandte sich ab, um sein Wams aufzuheben und hineinzuschlüpfen. Dann legte er seinen Gürtel ab, befestigte die Halfter von Schwert und Dolch daran und schlang das Ganze erneut um seine Hüften. Er klemmte sich seinen Helm unter den Arm, hob die Pistolen hoch und schob sie in seinen Gürtel und nahm seinen Bogen in die Hand.

Als er in voller Größe und mit Waffen bestückt vor ihr stand, schien er den niedrigen Dachboden mit einer alles beherrschenden, furchterregenden Aura auszufüllen, die ihr beinahe den Atem raubte.

Beherzter, als ihr eigentlich zumute war, blickte sie zu ihm auf. »Sie wissen genau, was der Kronrat für Iain fordert«, sagte sie sanft.

»Wirklich?« fragte er, während er seinen Gürtel zurechtrückte.

Sie hatte Angst vor der nächsten Frage und vor deren Antwort. »Haben Sie das Todesurteil für Iain? Tragen Sie es jetzt bei sich?«

»Und wenn es so wäre? Meinen Sie, ich würde es Ihnen sagen?« murmelte er.

»Ich muß es wissen«, flehte sie und bemühte sich um einen ruhigen Tonfall.

»Sie reiten nachts aus wie ein Grenzräuber«, sagte er, während er sie fixierte. »Sie greifen einen Grenzoffizier an und bitten ihn dann, Sie als Bürgen für die Freilassung Ihres Bruders zu akzeptieren. Und jetzt erwarten Sie auch noch von mir, daß ich Ihnen streng vertrauliche Befehle preisgebe.« Er zog eine Braue hoch. »Bemühen Sie sich um eine Anstellung als Grenzbeamtin, gnädige Frau. Als Kindermädchen verschenken Sie nur Ihre Talente.« Er griff seine Lanze vom Boden auf, wirbelte herum und stürmte zur Leiter.

Mhairi sammelte sein Hemd, seine Jacke und seine Strümpfe ein und kletterte hinter ihm die Sprossen hinunter. Rowan sprang zu Boden, stülpte sich den Helm auf den

Kopf, hob seine Stiefel auf und schritt zur Tür. Als sie das Ende der Leiter erreicht hatte, warf Mhairi einen Blick auf die Wiege, sah, daß Robin friedlich schlummerte, und stürmte ihm nach.

Tapfer knurrend verteidigte Bluebell schwanzwedelnd die Türschwelle. »Verschwinde, du dummer Hund«, brummte Rowan. Er tätschelte den Kopf der Hündin und glitt an ihr vorüber ins Freie, ohne auch nur ein Wort an Mhairi zu verlieren. In Begleitung von Bluebell, der dieses Spiel zu gefallen schien, folgte sie ihm schweigend.

Im Hof band Rowan sein Pferd los, hielt inne, um den anhänglichen Wolfshund wegzuscheuchen, und führte seinen Braunen dann zu der kleinen Scheune neben dem Haus. Als er seinen Hengst gesattelt wieder herausführte, stand Mhairi wartend neben Bluebell. Sie reichte ihm seine Kleidungsstücke.

Rowan nahm sie und schritt an Mhairi vorüber, wobei er sie kaum eines Blickes würdigte. »Ich danke Ihnen, daß Sie Valentine so gut gepflegt haben.«

»Valentine – Liebesbrief?« fragte sie verdutzt. »So bezeichnen die Grenzräuber doch auch die königlichen Vollstreckungsbefehle.«

»Genau«, stimmte er zu.

»Der Meister der Grenzräuber, in der Tat«, murmelte sie.

Er warf ihr einen schiefen Seitenblick zu. »Ich überlasse meine erschöpfte Schecke Ihrer Obhut.«

»Christie wird Sie Ihnen zurückbringen«, sagte sie steif.

»Die Grenzräuber haben Ihren Stall fast völlig geplündert. Sie können das Pferd vorübergehend behalten.«

»Werden Sie eine Entschädigung verlangen, falls er in der Nacht gestohlen wird?«

Er schüttelte den Kopf. »Nein. Darauf gebe ich Ihnen mein Wort.«

»Der Laird of Blackdrummond hat mir bereits einmal sein Wort gegeben. Und die Scotts ebenso«, fügte sie leise hinzu, unfähig, ihre Verbitterung zu unterdrücken.

Blitzartig blickte er sie an, während er seine Lanze an seinem Sattel befestigte. »Ich habe keine Ahnung, welche Erfahrungen Sie mit anderen Mitgliedern des Scott-Clans gemacht haben, aber das Versprechen eines Blackdrummonds ist Gesetz.«

»Alec Scott ist zusammen mit meinem Bruder ausgeritten, und jetzt sitzt Iain im Kerker«, erinnerte sie ihn unumwunden. »Und meine Vettern sind die Kerrs, die mit Ihrem Clan in Stammesfehde liegen.« Den Rest ersparte sie sich; sie hatte keine Lust, ihm zu erklären, daß die Scotts ihren Bräutigam getötet hatten.

»Nichts davon sollte die Tragweite eines von mir gegebenen Versprechens berühren.«

»Dann wünschte ich mir, daß Sie mir Unterstützung hinsichtlich meines Bruders zusicherten.«

»Eigensinniges Hochlandmädel«, sagte er sanft, während er Bogen und Köcher an seinem Sattel befestigte.

Mhairi seufzte. Trotz seines Rufs als Verbrecher hielt sie ihn für gerecht und hatte gehofft, daß er ihr bei der Befreiung Iains behilflich war. Aber er hatte abgelehnt und zeigte keinerlei Anzeichen für einen Sinneswandel.

Das war der Lohn für ihren nächtlichen Angriff bei Burg Lincraig auf ihn. Er hielt sie für eine Diebin und Intrigantin und vertraute ihr nicht. Er verdächtigte sie nach wie vor, seinen Geldbeutel gestohlen zu haben, obgleich sie wirklich nicht wußte, wo er war. Nach allem, was sie ihm angetan hatte, gab es kaum noch etwas, das sie zu ihrer Entlastung hätte anbringen können.

Seufzend beobachtete sie, wie er seine Pistolen in seine Satteltaschen steckte. In wenigen Augenblicken würde er aufbrechen und mit ihm jegliche Aussicht auf irgendeine Unterstützung. Ihr siebter Sinn sagte ihr, daß er genau wußte, was mit Iain geschehen sollte.

Wenn sie mit ihren Instinkten richtig lag, war Rowan Scott der einzige, der dagegen einschreiten konnte.

Als er die Sattelgurte strammzog, trat sie einen Schritt vor. Er blickte nicht auf, seine langen Finger zogen vorsichtig an den Stellen, wo das Leder sein Pferd berührte.

Sofort erinnerte sich Mhairi, wie warm und stark sich diese Hände auf ihrem Körper angefühlt hatten. Er hatte ihr

Sicherheit vermittelt. Und sie wollte, daß dieser Mann ihr zuhörte, ihr half.

»Rowan Scott …« Sie hielt inne und überlegte, wie sie ihre Worte geschickt für ihn verpacken konnte. Aber sie hatte kein Gespür für falsche Töne. Ehrlichkeit und Offenheit lagen ihr im Blut.

Sie atmete tief ein. »Wenn Sie Simon irgendeine Nachricht in Bezug auf das Schicksal meines Bruders mitteilen sollen, halten Sie sie zurück. Warten Sie, bis man Ihren Bruder findet, bevor Sie den meinen verurteilen.«

Sein Blick verriet nichts als Mißtrauen. Mit grimmigem Gesichtsausdruck setzte er schweigend seinen Helm auf. Dessen Rand bildete einen kalten, würdevollen Rahmen um sein anziehendes Gesicht. Ausstaffiert wie die Leibgarde des Königs würde er sich schon in kurzer Zeit dem Grenzaufseher anschließen. Was auch immer sie an Verständnis und Mitgefühl bei ihm vermutet hatte, es verschwand hinter Stahl und Leder und seinem harten Gesichtsausdruck. In wenigen Augenblicken würde er aus ihrem Blickfeld reiten.

Sie ergriff seinen Arm. »Simon Kerr wird Sie von Iains Schuld überzeugen. Hören Sie nicht auf ihn.«

»Das entscheide ich selbst«, sagte er. »Außerdem ist es Sache der Rechtsprechung.«

Angst, gepaart mit Zorn, loderte in ihr auf. Heftig mit dem Fuß aufstampfend, fluchte sie in Gälisch. Der verschreckte Hund bellte, woraufhin der Hengst scheuend zurückwich.

»Es ist meine Sache!« kreischte sie. »Iain ist mein Bruder! Alec Scott hat ihm das eingebrockt! Besitzen Sie nicht einmal soviel Loyalität gegenüber Ihrem eigenen Bruder, daß Sie seinem Freund helfen?« Zu spät fiel ihr ein, was ihr Jennet über Rowan und Alec Scott erzählt hatte. In der Tat war keine Loyalität zu erwarten. Sie biß sich auf die Lippe.

Seine Hände umklammerten ihre Handgelenke. »Selbst meinem eigenen Bruder würde ich nicht helfen«, sagte er kühl. »Haben Sie schon einmal darüber nachgedacht, daß unsere Brüder vielleicht beide schuldig sind? Verteidigen

Sie den Ihren aufgrund Ihrer Blutsverwandtschaft, unabhängig davon, was er getan hat?«

»Er ist unschuldig!« stieß sie zwischen ihren zusammengebissenen Zähnen hitzig hervor.

Ironisch schmunzelnd ließ er ihre Hände los. »Er war mit Alec Scott zusammen«, erinnerte er sie, als diene das zur Klärung des Problems.

Erneut ergriff Mhairi seine Arme. Rowan blickte auf ihre zitternden Hände, dann fixierte er sie schweigend aus durchdringenden meergrünen Augen.

»Ich kann einfach nicht glauben, daß mein Bruder etwas Unrechtes getan haben soll«, beharrte sie.

»Verstehe«, entgegnete er. »Glauben Sie ebenfalls, daß der Mond aus grüner Seife besteht? Es soll Menschen geben, die selbst das glauben.«

Sie überging seinen sarkastischen Einwurf. »Denken Sie nicht, daß ich gerade Sie bitte, weil ich die Scotts so überaus schätze«, sagte sie spitz. »Aber als Gutsherr von Blackdrummond sind Sie verpflichtet, Gerechtigkeit gegenüber Ihrem Pächter walten zu lassen. Iain ist ein Freund Ihrer Familie. Wie können Sie zulassen, daß Simon Kerr ihn verurteilt, ohne sich selbst ein Bild von der Geschichte gemacht zu haben?«

»Simon Kerr vertritt im Grenzgebiet die Gesetzgebung von König James. Ebenso wie ich«, erwiderte er. »Ich habe weder einen Beweis für die Unschuld Ihres Bruders noch für die Alecs. Oder Ihre«, fügte er betont hinzu.

»Nehmen Sie mich als Beweis«, bat sie. »Ich würde mein Leben dafür hergeben.« Als sie seinen Ärmel umklammerte, zitterten ihre Hände immer noch. Sie konnte nichts dagegen ausrichten. Hinter ihr schnüffelte der Hund winselnd an ihrer Taille.

Rowan strich mit seinen Händen über ihre Ellbogen. Schutzsuchend lehnte sie sich an ihn. »Sie klingen wahrhaft überzeugt, das muß ich zugeben«, gestand er.

»Rowan.« Sein Name kam ihr ungewollt über die Lippen. »Behalten Sie für sich, was Sie wissen. Teilen Sie Simon die Entscheidung des Kronrats erst mit, wenn Sie selbst der Überzeugung sind, daß Iain schuldig ist.«

Sie forschend beobachtend, hielt er sie weiterhin fest. »Was verleitet Sie zu der Annahme, daß ich den Beschluß des Kronrats bezüglich dieser Sache kenne?«

»Sie kennen ihn«, erwiderte sie. »Ich weiß es. Tief in meinem Herzen weiß ich das. Und wenn Sie mir jetzt nicht zuhören, weiß ich nicht, zu welcher Tat ich noch fähig bin.« Voller Verzweiflung war ihr diese letzte Bemerkung mit bebender Stimme herausgerutscht. Seine stützenden Hände unter ihren zitternden Ellbogen schienen das einzige zu sein, was sie jetzt noch aufrecht hielt.

»Ich wäre ein Idiot, wenn ich Ihnen nach Ihrem meisterhaften Schlag auf meinem Schädel noch glaubte. Nehmen Sie Vernunft an, Mädchen. Wenn Sie weiterhin meinen, ausreiten zu müssen, um Gerechtigkeit für Iain zu erzwingen, tun Sie ihm und sich selbst damit nichts Gutes.«

»Für Iain würde ich mein Leben riskieren.«

»Seien Sie keine Närrin«, antwortete er barsch.

»Er ist mein Zwillingsbruder.«

Nachdenklich betrachtete er sie. »Ach so. Vermutlich erklärt das Ihre ausgesprochene Loyalität.« Er ließ ihre Arme los. »Aber ich habe Sie gewarnt.«

»Gewarnt?« Sie schaute ihm zu, wie er auf seinem Hengst aufsaß.

Ihre Blicke trafen sich. »Wenn Sie erneut ausreiten, Mhairi Macrae«, drohte er, »dann rechnen Sie damit, daß ich Sie stellen werde.«

»Ich werde tun, was getan werden muß«, entgegnete sie.

»Dann gnade Ihnen Gott, Verehrteste.« Er packte die Zügel und sein Pferd setzte sich in Bewegung.

Bellend rannte ihm Bluebell noch ein kurzes Stück hinterher. Doch Mhairi stand wie angewurzelt im Hof und beobachtete Rowan Scott. Das Sonnenlicht fiel auf seinen Stahlhelm und seine Waffen, und sein Rücken und seine Schultern waren stolz gestrafft. Da erkannte sie, daß der Black Laird sich niemals ihrem Willen beugen würde.

Aber sie sich auch nicht dem seinen.

Kapitel 11

Er war die Plage seiner Freunde,
Und seiner Feinde Qual, Madame …
– ›Rob Roy‹

Im Innenhof von Lincraig saß Rowan ab und band Valentine an. Als er auf den Eckturm zuging und die Treppe hinunterschritt, knirschten seine Stiefel über loses Geröll.

Ein rascher Blick auf die leere, vertraute Zelle, in der er drei Tage zugebracht hatte, bewies ihm, womit er bereits gerechnet hatte. Sein Lederbeutel war nicht da. Und er befand sich auch nicht im Gang oder in dem anderen Kerker, der dem ersten so erschreckend ähnlich sah. Falls Mhairi ihn tatsächlich verloren hatte, dann lag er irgendwo anders.

Frustriert seufzend stieg er die Treppe wieder hinauf und suchte erneut den Hof ab. Wenn er den versehentlich hinuntergefallenen Beutel hier fand, dann wollte er Mhairis Behauptung Glauben schenken, daß sie ihn nicht gestohlen hatte. Ihm wurde plötzlich klar, daß er ihr nur zu gern geglaubt hätte.

Er sah ihren Gesichtsausdruck vor Augen, als sie ihn vor dem Hause ihres Bruders so flehentlich angesehen und ihn mit zitternder Hand berührt hatte. Rowan hatte ihre tiefe Betroffenheit gespürt und war versucht gewesen, ihr zu helfen. Aber er traute ihr nicht und hielt Vorsicht für angeraten.

Während er über den Hof schlenderte, suchte er unter dem Geröll, im hochgewachsenen Gras und im Farnkraut, das das Anwesen überwucherte. Vor langer Zeit war die Burg ein schmucker, vornehmer Bau gewesen, doch es schien, als hätten die Geister von Lincraig diesen Ort ihren Bedürfnissen entsprechend in seinen ursprünglich wilden Zustand versetzt. Während er seine Umgebung taxierte, schritt er auf die verfallene Kirche zu.

Die Kapelle von Lincraig war, ebenso wie die Burg, vor

über vierzig Jahren von englischen Soldaten zerstört worden, die auf Geheiß von König Heinrich marodierend in das Grenzgebiet eingefallen waren. Doch der Versuch der Engländer, die Schotten davon zu überzeugen, daß ihre Infantin, Königin Maria Stuart, Heinrichs Sohn Edward ehelichen sollte, schlug fehl. Die Schotten hatten sich widersetzt, und die Ehe war niemals zustandegekommen.

Lincraig war – wie viele andere schottische Burgen – später nie wieder aufgebaut worden. Das Gerücht von Gespenstern machte die Runde, so daß die Handwerker die Arbeit ablehnten, und die fehlenden Mittel hatten Jock Scott schließlich überzeugt, dieses kostspielige Unterfangen fallenzulassen. Statt dessen hatte er auf den Ländereien von Lincraig eine neue Festung errichten lassen, die den Namen Newhouse trug, und dort gemeinsam mit seiner Frau Anna und ihren Söhnen gelebt.

Noch in derselben Nacht, als Rowans Vater und sein Onkel getötet worden waren, hatten Clanmitglieder der Kerrs Newhouse in Brand gesetzt. Jock und Anna waren mit dem Leben davongekommen und hatten sich auf Blackdrummond Tower niedergelassen.

Seufzend ließ Rowan seinen Blick über die Ruine der ehemals schönen Kapelle schweifen. Wieder einmal wünschte er sich, das erforderliche Geld zu besitzen, um Lincraig und Newhouse wieder aufzubauen. Jock Scott hatte es verdient, Herr über mehr als einen Steinhaufen und einen verkohlten Festungsturm zu sein.

Sich abwendend erblickte Rowan einen dunklen Schatten neben einem Felsbrocken. Sein Lederbeutel lag in dichtem Farnkraut verborgen. Er hob ihn auf und öffnete ihn. Eine rasche Überprüfung des Inhalts klärte ihn darüber auf, das nichts fehlte. Zwanzig harte schottische Münzen, ein Teil seines Solds als Grenzoffizier, glänzten im Innern. Der dunkle, in ein weißes Leinentaschentuch eingewickelte Steinspiegel mit seinem zerbrochenen Goldrahmen befand sich ebenfalls darin.

Er öffnete das Leinentuch und drehte den dunklen Stein mit seinem zerbrochenen Goldrahmen in seiner Handfläche.

Stirnrunzelnd fiel ihm erneut ein, was er an jenem Tag darin erblickt hatte, als er im Wirtshaus auf seinen Freund Geordie Bell gewartet hatte. Das Gesicht einer Frau, engelgleich und filigran, mit dunklem Haar und samtweichen grauen Augen …

Gütiger Himmel. Besitzergreifend umklammerten seine Finger den Rahmen. An jenem Tag hatte er Mhairis Gesicht wahrgenommen. Dessen war er sich sicher. Und deshalb war sie ihm auch so seltsam vertraut wie ein fast vergessenes Traumbild vorgekommen, als sie ihn damals mit ihrem Pistolenknauf niedergeschlagen hatte.

Erneut blickte er in den Spiegel, doch auf der schwarzglänzenden Oberfläche sah er nur sein eigenes Gesicht: dunkelgrüne Augen, Bartstoppeln. Kein fremdes Gesicht wie das der unbekannten Frau. Trotzdem war er sich sicher, daß er ihr bereits begegnet war.

Während er gedankenverloren den Stein in seiner Hand drehte, erinnerte er sich an den Überfall durch die schottischen Männer vor dem Gasthaus.

Sie hatten die Herausgabe des Rabenmondes von ihm gefordert, und er hatte sie für verrückt gehalten. Doch während er jetzt den Stein betrachtete, fragte er sich erneut, ob sie diesen Spiegel gesucht hatten. Er drehte ihn nach allen Seiten. Rund und spiegelglatt und dunkel wie eine Rabenseele. Stirnrunzelnd hielt er ihn ins Licht.

Nichts Ungewöhnliches geschah. Er sah sein Ebenbild und im Hintergrund die Ruine von Lincraig. Auch wenn ihn diese Erklärung wenig zufriedenstellte, entschied er, daß es sich an jenem Tag im Wirtshaus um eine übernatürliche Wahrnehmung gehandelt haben mußte. Er wußte, daß manche Menschen übersinnliche Kräfte besaßen; man nannte es das Zweite Gesicht. Doch er persönlich kannte niemanden und weigerte sich, etwas Derartiges von sich selbst anzunehmen. Vielleicht bewahrte der Stein irgendein uraltes Geheimnis. Als Junge hatte er Legenden von solchen Wundersteinen gehört.

Aber warum sollte ihn ein spanisches Schiff befördern – und warum sollten gerade ihn Spione überfallen, um den

Stein in ihren Besitz zu bringen? Und warum war ihm Mhairi Macraes Gesicht in diesem Spiegel erschienen?

Da er keine Antwort auf seine Fragen wußte, wickelte er den Stein gedankenverloren in das Leinentuch und ließ ihn wieder in seinem Beutel verschwinden.

Dann nahm er seinen Dolch aus der Scheide und trennte das dunkle Seidenfutter des Lederbeutels auf, um an das Geheimfach zu gelangen. Dahinter verbarg sich ein Pergament, dessen rotes, königliches Wachssiegel immer noch unbeschädigt war.

Als er bemerkte, daß das Dokument an seinem angestammten Platz war, nickte Rowan zufrieden. Er verschloß den Beutel und befestigte ihn an seinem Gürtel. Also hatte Mhairi die Wahrheit gesagt. Sie hatte sein Geld, seine Wertsachen und auch den Spiegel nicht angerührt.

Und sie hatte den Vollstreckungsbefehl für Iain nicht gefunden.

Das in seinem Beutel verborgene Dokument ermächtigte Simon Kerr, seinen Gefangenen dem englischen Grenzaufseher zu überstellen, der dann über dessen weiteres Schicksal bestimmte. Doch die Engländer ließen gegenüber einem der Spionage verdächtigten Schotten keine Milde walten. Genaugenommen war das Schriftstück Iain Macraes Todesurteil.

Mhairis hartnäckige Verteidigung ihres Bruders hatte ihn insgeheim an Iains Schuld zweifeln lassen. Er beschloß, den Fall so sorgfältig zu überprüfen, wie es ihm eben möglich war.

Irgendwie hatte sie geahnt, daß Rowan den von ihr gesuchten Vollstreckungsbefehl haben mußte. Doch er konnte ihrer Bitte, Simon Kerr das Dokument vorzuenthalten, nicht entsprechen. Das Schriftstück mußte ausgehändigt werden, da der Kronrat eine von Kerr und Rowan unterzeichnete und besiegelte Empfangsbestätigung erwartete. Wenn das nicht innerhalb von zwei Wochen geschah, konnte Rowan aufgrund von Befehlsverweigerung selbst inhaftiert werden. Wenn die Engländer ihn dann für das fehlende spanische Gold verantworteten – wovor ihn Geordie Bell bereits gewarnt hatte –, konnte ihm nur noch der Beistand der Krone helfen.

Er schlenderte zu Valentine, der das vertrocknete Gras in der Nähe der Kapelle abrupfte. Rowan wandte sich um und bemerkte einen kleinen, deutlichen Stiefelabdruck auf der ersten verfallenen Stufe. Stirnrunzelnd stieg er die Treppe hinauf und betrat das Kirchenschiff, ein Meer aus Licht und Schatten.

Schroff und unüberdacht erhoben sich die zerstörten, moosüberwucherten Wände gegen den blauen Himmel. Rowan schlenderte entlang des Mittelgangs, wo zwischen den zerbrochenen Bodenfliesen das Unkraut wucherte, und folgte den kleinen Fußspuren.

Ein Zeichen auf dem eingestürzten Altar ließ ihn innehalten. Er trat näher und bemerkte den Abdruck einer schmalen Hand in dem jahrzehntealten Staub.

Nachdenklich schritt Rowan zu dem niedrigen Durchgang im hinteren Teil der Apsis. Die Tür selbst war zerstört, und der schmale Durchgang war in völlige Dunkelheit getaucht. Auf dem Torbogen bemerkte er erneut den Abdruck der zierlichen Hand. Schlagartig war ihm klar, wem diese Hand gehörte.

Das leise Kratzen seiner Stiefel durchbrach die Stille, als er den finsteren Durchgang betrat. Die Kapelle war ihm vertraut. Auch wenn er sie schon lange nicht mehr besucht hatte, war er als Kind häufig dort gewesen. Vor vielen Jahren hatten er und Alec während eines Unwetters sogar Schutz in der Kapelle gesucht.

Eine Wendeltreppe führte hinunter in schwärzeste Tiefen. Vorsichtig stieg Rowan hinab. An ihrem Fuße, das wußte er, befand sich die Krypta von Lincraig. Während jenes längst vergessenen Unwetters hatten er und Alec allen Mut zusammennehmen müssen, um sich diese Treppe hinunterzuwagen. Bei der Erinnerung an die zitternden, mageren Knie seines jüngeren Bruders und dessen Furcht beim Anblick der von zuckenden Blitzen erhellten Grabstätten mußte Rowan lächeln. Selbst sein eindringliches Zureden hatte Alec nicht davon überzeugen können, in diesem Raum zu bleiben.

Auch Rowan war mit seinen damals elf Jahren schrecklich aufgeregt gewesen, trotzdem hatte er sich ein Herz gefaßt und war entlang der beeindruckenden Steinsarkophage und Grabplatten in der finsteren Krypta geschlendert. Alec, damals erst fünf, hatte einen Schrei getan und war die Treppe hinauf geflüchtet.

Als ein weiterer Blitz die Steinfresken der Särge in taghelles Licht tauchte, hatte Rowan entschieden, daß er genug Mut gezeigt hatte. Auch er rannte los, packte Alecs Hand und ließ sich von ihm in den strömenden Regen hinauszerren. Dann hatten sie sich in einem der Verliese versteckt, bis das Unwetter nachgelassen hatte. Alec beruhigte sich erst, nachdem ihm Rowan wiederholt versichert hatte, daß kein Anlaß zur Furcht bestand.

Doch am nächsten und am übernächsten Tag war Rowan auf eigene Faust zurückgekehrt, weil er sich zunächst selbst beweisen wollte. Später kam er, weil es ihm gefiel. Von Tag zu Tag schwand seine Furcht, und schließlich wurde die Krypta von Lincraig seine heimliche Zuflucht.

Da er wußte, daß niemand, nicht einmal sein Großvater, bereit war, die Krypta zu betreten, beschlich ihn das überragende Gefühl des Triumphs. Darüber hinaus schätzte Rowan die seltsam friedvolle Ruhe der stummen Gräber als Balsam für seine manchmal jugendlich aufgewühlte Seele. Später hatte er Maggie die Krypta zeigen wollen, doch sie hatte diesen Ort verabscheut und sich geweigert, ihn zu betreten. Sie hatte lediglich Furcht und nicht die Würde empfunden, die seiner Meinung nach von diesen Grabkammern ausstrahlte.

Während er nun die Stufen hinunterschritt, spürte er erneut die ihm vertraute, friedvolle Stille. Er klemmte seinen Helm unter den Arm und betrat die Krypta, wobei sein Kopf fast die niedrige, unebene Steindecke berührte.

Dämmerlicht fiel in dieses Gemäuer. In der Mitte des Raums standen drei riesige Steinsärge mit kunstvoll eingemeißelten Figuren als Deckelreliefs. Weitere, mit flachen Grabplatten versehene Särge waren entlang der dunklen Wände aufgereiht. Rowan beachtete sie kaum.

Sein Blick fiel auf das in Stein gehauene Relief eines Ritters in voller Rüstung, der die Hände zum Gebet gefaltet hatte: James Scott, vor über dreihundert Jahren Gutsherr auf Lincraig.

Neben diesem Ritter lag in einer kleineren Gruft die demütige Gestalt seiner Gemahlin aufgebahrt. Die Skulptur von Lady Isobel stellte eine Frau mit vor der Brust gekreuzten Händen dar, deren lange, kunstfertig drapierte Röcke anmutig ihre Füße umschmeichelten. Neben ihr ruhte ein kleiner Hund, das Symbol für Fröhlichkeit und Ergebenheit gegenüber ihrem Gatten.

Rowan verbeugte sich vor Isobel Scott, wie er es schon viele Male zuvor getan hatte, und wischte ihr den Staub von ihrem wohlgeformten Gesicht. Der Schleier, der ihren Kopf umhüllte, war zwar aus Marmor, wirkte jedoch wie fließende Seide. Er berührte ihre kühlen, steinernen Finger und ging weiter.

Das dritte Grab wurde von einer kleinen, liebevoll eingemeißelten Statue gekrönt. Beatrice, die Tochter von Isobel und James Scott, trug einen weiten Rock und einen kurzen Schleier und las die in ihre Grabplatte eingemeißelten Steinlettern. In Gedanken übersetzte Rowan die lateinische Inschrift: Freudenschimmer unseres Lebens, verschieden im Alter von drei Jahren.

In seiner Jugend hatten ihm dieser verschiedene Urahn und seine Familie oft stummen Beistand geleistet. Während der stürmischen Jahre seines Erwachsenwerdens war ihm diese Krypta als ein willkommener Ort der Ruhe und Verschwiegenheit erschienen.

Wehmütig lächelnd tätschelte er die winzigen, gefalteten Hände von Beatrice in der Dunkelheit. Als sich seine Augen an das Dämmerlicht gewöhnt hatten, sah er plötzlich den deutlichen Handabdruck auf dem kleinen Fuß des Sargreliefs.

Mhairi Macrae war in dieser Krypta gewesen, die außer Rowan seit Jahrzehnten niemand mehr betreten hatte. Er stürmte durch den Raum und blickte sich um. Fußabdrücke, die wesentlich kleiner waren als die seinen, säumten den

Staub am Boden. Bis in den letzten Winkel durchsuchte er die Kammer, fand aber nichts Ungewöhnliches.

Er wandte sich zum Gehen, stieß versehentlich gegen Isobels Gruft und verspürte ein unmerkliches Zupfen, als hätte sie seinen Ärmel berührt. Stirnrunzelnd drehte er sich um und blickte in ihr friedvolles Gesicht.

Sein Knie war gegen etwas Weiches gestoßen, wo eigentlich nur Stein hätte sein können. Als er sich vorbeugte, fiel sein Blick auf ein zusammengeknotetes Stoffbündel, das im Dunkel der schmückenden Seitenornamente der Kindergruft versteckt lag. Er zerrte das Päckchen hervor und legte es im Dämmerlicht auf Isobels Knie.

In dem Tuch fand er einige zusammengefaltete Dokumente. Das zuoberst liegende Blatt war mit dem Siegel des Kronrats versehen. Nachdenklich überflog er dessen Inhalt. Das vor beinahe sechs Wochen datierte Schriftstück befahl Simon Kerr, den verdächtigen Spion zu verhören und sein Protokoll dem Kronrat zu übersenden. Doch der Brief hatte Kerr niemals erreicht. Ein Straßendieb hatte ihn einem Kurier gestohlen.

Als er das nächste Blatt zur Hand nahm, fiel ein zerbrochenes rotes Stück Holz zu Boden. Er hob es auf und erkannte in ihm einen Teil des Amtsstabes, den die bewaffneten, vom Kronherold des Königs ernannten Kuriere bei sich trugen. Er wußte, daß die Kuriere diese Stäbe selbst zerbrachen, wenn ihre Botschaften in die falschen Hände gelangten.

Zutiefst erzürnt überflog Rowan rasch die anderen Dokumente. Er fand noch ein weiteres Schreiben ähnlichen Inhalts vom Kronrat, das vor ungefähr vier Wochen abgesandt worden sein mußte.

Die letzten beiden Blätter waren mit unsicherer Hand geschrieben worden, und er dachte zunächst, daß sie in lateinischer oder französischer Sprache abgefaßt seien. Bei näherem Hinsehen erkannte er, daß es Spanisch war. Die Blätter schienen irgendein längeres Schriftstück zu beinhalten.

Laut fluchend wickelte er die Dokumente und den zerbrochenen Amtsstab wieder in das Tuch und schob das

Päckchen in sein Wams. Dann wandte er sich um und nahm in fliegender Hast die Treppe. Während er in die vom Sonnenlicht durchflutete Kapelle stürmte, hallte das wütende Echo seiner Fußstapfen von den Wänden.

Er hatte sich geirrt. Mhairi Macrae war eine Diebin und eine Spionin – daran bestand kaum Zweifel. Sie war in der Krypta gewesen und hatte diese Dokumente hier versteckt. Und sie war ihm einige Erklärungen schuldig.

Ungefähr hundert Meter von der alten Burgruine entfernt gabelte sich die Straße, und beide Pfade schlängelten sich durch die urwüchsige Landschaft des Hochmoors. Rowan lenkte Valentine nach rechts in Richtung Abermuir Tower. Die linke Abbiegung führte zurück zum Blackdrummond Tower.

Mhairi und Devil's Christie hatten es schlau eingefädelt, dachte er unterwegs, als sie die herannahenden Kuriere des Kronrats vom Burghügel aus beobachtet hatten. Auf der abgelegenen Straße herrschte kaum Verkehr, es sei denn, man hatte auf Blackdrummond oder Abermuir zu tun – oder man war, so dachte er grimmig, ein Dieb und ein Spion.

Er war sich sicher, daß Mhairi die Briefe in der Krypta versteckt hatte. Und sie hatte den zerbrochenen Amtsstab mitgehen lassen, damit das verräterische Beweisstück nicht auf der Straße gefunden wurde.

Von solchen Gedanken gepeinigt, verschlechterte sich seine Laune zusehends, und er verwarf seine frühere Bereitschaft, ihr gegenüber gefällig zu sein. Die Dokumente des Kronrats waren offensichtlich königlichen Kurieren entwendet worden, die jedoch niemals den spanischen Brief bei sich getragen haben konnten. In dessen Besitz mußte Mhairi Macrae auf andere Weise gelangt sein.

Angewidert schüttelte er den Kopf. Noch vor wenigen Stunden war er bereit gewesen, sie für ein reizendes, hartnäckiges junges Mädchen zu halten, das ihren Bruder loyal verteidigte, obgleich ihre Methoden und ihre Logik zweifelhaft waren. Er war sich sogar sicher gewesen, den Beweis für ihre naiven Motive gefunden zu haben. Doch dann hatte er die in der Krypta verborgenen Schriftstücke aufgespürt.

Während er sich von Lincraig und seinen Geheimnissen entfernte, führte er sich vor Augen, daß Mhairi ein wesentlicher Bestandteil des Agentennetzwerks sein mußte, zu dem Iain und vermutlich auch Alec gehörten. Er fragte sich, ob das restliche spanische Gold – das fehlende Bergungsgut – auch irgendwo in der alten Burgruine versteckt war.

Mhairi hatte sich die Gespenstergeschichten, die sich um Lincraig rankten, zunutze gemacht. Nur wenige Menschen würden es wagen, sich der Burg zu nähern. Mit erneuter Bestürzung fragte er sich, ob Devil's Christie Armstrong ebenfalls in die Sache verstrickt war.

Allmählich versank die Nachmittagssonne hinter den dunklen Hügeln, und herbstliche Kälte umhüllte ihn. Der herannahende Winter mit seinen langen, kalten Nächten war die ideale Jahreszeit für die Raubzüge im Grenzgebiet. Rowan blickte sich nach allen Seiten hin um. Und heute nacht schien der Mond hell, eine hervorragende Voraussetzung für jeden Halunken.

Nach einer Weile vernahm er heranpreschendes Hufgetrappel. Er drehte sich um. Fünf Männer ritten über das Hochmoor in Richtung Burg Abermuir. Ihre Brustharnische, Helme und Lanzen schimmerten im Licht der untergehenden Sonne.

Er erkannte die Männer des Grenzaufsehers und verlangsamte sein Tempo. Einer von ihnen bemerkte ihn und trieb sein Pferd in Rowans Richtung. Rowan brachte seinen Hengst zum Stehen. Der große und bärtige Mann ritt langsam auf ihn zu und griff mit den Fingern seines Panzerhandschuhs nach dem in seinem Sattel steckenden Gewehr.

»Gott schütze Sie, Sir«, rief Rowan freundlich, während der Grenzbeamte zum Stehen kam.

»Wer sind Sie?«

»Rowan Scott, Gutsherr von Blackdrummond. Und Sie?«

»John Hepburn, Offizier unter Simon Kerr, dem schottischen Aufseher für das mittlere Grenzgebiet. Können Sie sich ausweisen?«

»Kann ich. Ich werde das mit Simon Kerr klarstellen.«

»Dann beeilen Sie sich, der Grenzaufseher nimmt diesen Weg.« Hepburn deutete hinter ihn. Der Mann, der die Gruppe angeführt hatte, überquerte gerade das Moor. Selbst auf diese Entfernung erkannte Rowan die ungeschlachten, groben Gesichtszüge der dunkelhäutigen Kerrs aus Cessford. Abwartend legte er die Hände auf seinen Sattelknauf.

»Er behauptet, der Blackdrummond zu sein, Sir«, rief Hepburn.

Simon Kerr brachte sein Pferd zum Stehen und musterte Rowan. Seine Nase war vom Wind gerötet, und seine eng zusammenstehenden Augen unter den dichten dunklen Brauen funkelten vor Zorn. »Sie sind mehr als eine Woche überfällig, Sir Scott!«

»Dessen bin ich mir bewußt, Herr Grenzaufseher«, erwiderte Rowan leichthin. »Ich habe ein Schreiben des Kronrats, das ich Ihnen persönlich aushändigen muß. Und ich benötige Ihre Unterschrift auf einer Empfangsbestätigung.«

Kerr lenkte sein Pferd näher an ihn heran und streckte erwartungsvoll seine Hand aus. »Dann geben Sie es mir. Schon seit Wochen warte ich auf eine offizielle Erklärung des Kronrats. Wie ist es Ihnen gelungen, diese verfluchten Reiter zu überlisten, die die Reisenden auf der Straße von Lincraig überfallen?«

»Irgendwie bin ich ihnen entwischt«, antwortete Rowan schulterzuckend. Er ließ die Hand in sein Wams gleiten, zog das vom Regen verwischte Pergament daraus hervor, das ihm Mhairi zurückgegeben hatte, und überreichte es Kerr. »Der Kronrat ist informiert, daß seine Kuriere auf diesem Straßenstück überfallen wurden.«

»Verfluchte Ganoven, sind nie da, wenn ich eine Patrouille hinschicke, sondern immer nur dann, wenn wir uns woanders aufhalten. Es heißt, daß die Geister von Lincraig ihr Unwesen auf dieser Straße treiben. Das würde ich gern glauben, wenn ich nicht davon überzeugt wäre, daß es Diebe auf das Gold der Krone abgesehen haben«, brummte er, während er den Brief auseinanderfaltete. »Aber augenblicklich haben meine Leute Wichtigeres zu tun, als Straßendieben aufzulauern. Gütiger Himmel, dieses Pergament ist ja kaum lesbar. Haben Sie es als Regenhaube verwendet, guter Mann?« Er murmelte eifrig vor sich hin und überflog die Zeilen. Dann warf er Rowan einen raschen, säuerlichen Blick zu. »Warum in Gottes Namen schickt mir der Kronrat einen Blackdrummond Scott als Stellvertreter?«

»Der Kronrat hatte seine Gründe dafür, warum er mich ernannte«, sagte Rowan freundlich, obgleich die plumpe, unverschämte Art des Grenzaufsehers seiner Geduld arg zusetzte.

»Ich hoffe, Sie wissen diese Gründe zu schätzen«, konterte Simon und stopfte das Schriftstück in seine Satteltasche. »Daran läßt sich jetzt nichts mehr ändern. Was schickt der Kronrat noch? Rücken Sie es heraus, Bursche. Schon seit Wochen wartete ich auf diesen verfluchten Vollstreckungsbefehl.« Simon streckte ihm seine Hand entgegen.

Rowan zögerte, da ihm Mhairis erregte Worte erneut in den Sinn kamen. Aber er verschloß sich ihrer wiederholten Bitte. Das Mädchen hatte irgendein spanisches Dokument versteckt und gehörte vermutlich ebenso zu den Spionen wie ihr Bruder. Und was den Kronrat anbelangte, so brauchte Rowan keine weiteren bösen Überraschungen.

»Schätze, Sie sollten diesen Vollstreckungsbefehl überbringen oder dafür bluten«, herrschte ihn Kerr an und schnippte unwirsch mit den Fingern. Rowan warf ihm einen unterkühlten Blick zu und zog das Dokument aus dem Geheimfach seines Beutels.

Simon schnappte sich das Schriftstück, brach das Siegel und überflog den Inhalt. »Gut. Die Engländer werden diesen Banditen übernehmen, und er wird nach der nächsten Parlamentszusammenkunft hängen.« Er ließ das Pergament in seiner Satteltasche verschwinden.

»Wann ist der Termin einberaumt«, fragte Rowan.

»Mir liegt noch keine Mitteilung vor, wann die nächsten Verhandlungen stattfinden. Ich hoffe, Sie können schon heute abend mit uns zusammen ausreiten, Sir Scott. Wir wollen ein paar üble Burschen zur Strecke bringen.«

»Oh? Die Reiter von Lincraig?«

»Ich will Heckie Elliot und seine Bande stellen, die im Tal von Liddesdale plündern, brandschatzen und Schutzgelder von den Bewohnern erpressen.«

»Ich habe davon gehört. Wissen Sie, wo sie sich heute nacht aufhalten?«

»Nein. Aber überall im Tal sind Wachen aufgestellt, die Signalfeuer anzünden, sobald sie sie bemerken. Heckie und die Seinen werden in diesem Gebiet keine weiteren Schutzzölle mehr einnehmen. Einigen dieser Familien, die auf den Ländereien von Blackdrummond leben, haben sie die Existenzgrundlage zerstört. Sie kommen mit uns. Nehmen ein paar Männer mit und reiten in Richtung Lincraig. Ich reite in die andere Richtung. Wir werden sie finden.«

Rowan nickte. »Ich kenne das Gebiet wie meine Westentasche. Sechs Männer sollten ausreichen.«

»Hmhm. Ich weiß, wie gut Sie das Gebiet kennen, Blackdrummond, ebenso wie Ihr Bruder und der Rest Ihrer Sippe. Vergessen Sie nicht, daß meine Beamten und ich Sie beobachten werden«, äußerte Simon argwöhnisch. »Ich habe einen brauchbaren Stellvertreter in Abermuir, aber der Mann fällt wegen einer Fußverletzung aus. Sie sind ein Scott und ein Halunke, aber immer noch besser als gar kein Stellvertreter.«

Rowan warf ihm einen durchdringenden Blick zu. »Ich werde heute nacht ausreiten, aber ich bin nicht hier, um irgendwelche Grenzräuber für Sie dingfest zu machen. Auf Befehl des Kronrats werde ich den Spion verhören, der sich in Ihrem Gewahrsam befindet, denn ich muß der Krone umgehend Bericht erstatten.«

»Der Kurier nach Edinburgh geht zu Ihren Lasten, denn der Brief kommt vermutlich nie dort an.« Kerr musterte Rowan. »Sie mögen zwar der Blackdrummond sein, aber was Ihre neue Funktion hier anbelangt, müssen Sie noch viel lernen, Mann. Der erste Grundsatz lautet, daß ich hier der Grenzaufseher bin und Sie der Stellvertreter. Es interessiert mich auch nicht, ob Sie irgendein Gutsherr sind, denn ich erteile hier die Befehle. Und jetzt werden wir nach Abermuir zurückreiten und die Pläne für unsere nächtliche Patrouille besprechen. In den meisten Nächten sind wir auf der Jagd nach Grenzräubern. Sie reiten mit uns und gewöhnen sich an, über Tag zu schlafen.«

»Ich ritt bereits nachts und schlief am Tag, als ich noch ein Grünschnabel war«, knurrte Rowan.

»Nun, dann tun Sie es jetzt, um die Grenzgesetzgebung zu *wahren* und nicht, um sie zu verletzen«, konterte Simon. Er gab seinem Rappen die Sporen und ritt davon.

»Einen Scott auf einen Scott ansetzen? Hält mich der Kronrat für einen Idioten?« Während er sprach, nahm Simon seinen Helm ab und warf ihn auf einen Stuhl, dann löste er seinen Gürtel. »Archie! Wo zum Teufel steckst du, alter Mistkerl?« Seine tiefe, dröhnende Stimme schallte durch den riesigen Saal auf dem Anwesen von Abermuir.

»Der Kronrat hat mich angewiesen, die Gerüchte zu untersuchen, die sich auf die Spione hier im mittleren Grenzgebiet beziehen«, sagte Rowan. »Und in dessen Schreiben an Sie wird ausdrücklich betont, daß ich Alec Scott selbst nachstelle.«

»Ich konnte nicht den ganzen Brief lesen – die Worte waren verwischt. Ihrem eigenen Bruder nachstellen? Ist das ein von den Scotts ausgeheckter Plan?« Simon wandte sich ab. »Archie!« brüllte er. »Schick die Magd mit dem Bier!«

Rowan setzte seinen Helm ab und legte ihn auf den Tisch. »Ich habe weder Interesse daran, meinem Bruder zu helfen noch ihm nachzustellen«, sagte er mit tonloser Stimme. »Der Kronrat verlangt es von mir.«

»Der Bursche ist schwer zu finden. Aber wenn Sie meine Truppe und mich zu ihm hinführen, schwöre ich, daß er noch vor Sonnenuntergang desselben Tages gehenkt wird. Na, wie schmeckt das einem Blackdrummond?«

Angewidert wandte Rowan seinen Blick von Simons selbstgefälligem Gesichtsausdruck. »Darüber hinaus erwartet der Kronrat meinen Bericht hinsichtlich Iain Macraes.«

»Nur mit meiner Erlaubnis dürfen Sie ihn verhören.«

Rowan musterte ihn kühl. »Es ist keinesfalls klug, sich den Befehlen des Kronrats zu widersetzen. Ich werde Iain

Macrae sehen. Ob früher oder später, ich werde mit ihm reden.« Er blickte Simon fest an.

»Ich bin hier der Grenzaufseher«, knurrte Simon. Er griff nach dem Schild auf seinem Rücken. »Archie!« gellte er. »Mein Gott, ich habe Durst!«

»Zeigen Sie mir die Gegenstände, die Iain Macrae in der Nacht seiner Festnahme bei sich führte«, bat Rowan.

»Darüber habe ich dem Kronrat eine Aufstellung zukommen lassen. Wenn Sie tatsächlich die Gunst dieser Leute genießen, haben Sie meine Liste bereits gesehen.«

»Habe ich. Fünfzig Goldstücke, fünfunddreißig Silbermünzen, mehrere Goldketten und weiterer Schnickschnack. Aber ich befand mich mit den Beamten an der Küste von Berwick, nachdem das spanische Schiff dort gestrandet war. Falls irgend etwas von diesem Gold dem vermißten Bergungsgut entspricht, erkenne ich es vielleicht wieder.«

»Hmhm.« Simon entledigte sich eines zweiten Schildes und machte sich dann an seinem Brustharnisch sowie dem Rückenschutz zu schaffen. »Klingt logisch. Ist ja auch nichts dabei, wenn ich es Ihnen zeige. Archie, zur Hölle mit dir! Wo hast du gesteckt?«

Als Rowan sich umdrehte, bemerkte er einen jungen blondhaarigen Mann, der auf Holzkrücken durch die Tür hereinhumpelte. Groß und breitschultrig hinkte er auf sie zu, wobei sein linker Fuß in dicke, schmuddelige Verbände gehüllt war. Ein Mädchen mit Haube und einfachem braunen Kleid folgte ihm mit einem Krug und Trinkgefäßen.

»Lucy, schenk dem Grenzaufseher und seinem Gast Bier ein«, befahl der Mann. Er lächelte Rowan kurz zu, dem auffiel, daß seine Hakennase wohl von einem kürzlichen Nasenbeinbruch stammen mußte. »Sir, ich bin Archibald Pringle und Stellvertreter des Grenzaufsehers.« Er streckte ihm seine Hand entgegen.

Rowan bemerkte den kraftvollen, festen Händedruck. »Rowan Scott of Blackdrummond.« Archie nickte, als habe er bereits mit ihm gerechnet.«

»Archie, hilf mir bei diesem verfluchten Brustpanzer«, sagte Simon. Pringle streckte einen seiner muskulösen Arme aus, um den schweren Harnisch auf die Bank zu hieven. Der Grenzaufseher legte den Rückenschutz ab und winkte dem Mädchen. »Du sollst das Bier einschenken und nicht verschütten.« Er nahm den von ihr gereichten Becher, trank in langen Zügen und schickte dann die Dienstmagd fort, die mit demütig gesenktem Kopf hastig das Zimmer verließ.

Simon durchquerte die Längsseite des Raumes und schloß schließlich in einer Ecke einen Wandschrank auf. Er kehrte mit einer riesigen Metallkiste zurück, knallte diese auf den Tisch und drehte dann den winzigen Schlüssel in dem silbernen Schloß herum, bis der Deckel aufsprang.

Rowan blickte auf eine Vielzahl kostbarer goldener Geschmeide. Er hob eine schwere Goldkette hoch und wog das massive Schmuckstück in seiner Hand. »Spanische Goldschmiedearbeit«, sagte er. »Ich habe solche Ketten bereits gesehen. Spanische Seeleute tragen sie am Körper, versteckt unter ihrer Kleidung. Schleppen ihr Vermögen sozusagen mit sich herum. Letzten August haben wir ein paar davon an der Küste gefunden.«

»Ein paar? Trotz der Vielzahl der gefaßten Seeleute?« fragte Archie.

Rowan nickte. »Vermutlich sind viele Seeleute aufgrund solcher Ketten untergegangen, da sie das Gewicht des Goldes hinunterzog.«

»Gottlose Narren«, knurrte Simon und nahm einen weiteren Schluck von seinem Bier.

Rowan musterte den Inhalt der Kiste. Kaltglänzende Gold- und Silberstücke rannen durch seine Finger. Er bemerkte, daß viele dieser Münzen die gleiche Prägung trugen, die ihm bereits an der schottischen Küste aufgefallen war.

Auf dem Boden der Truhe entdeckte er ein rot eingeschlagenes Kästchen, öffnete es und blickte auf ein goldenes Oval, in das ein winziges Bildnis eingraviert war. Er hielt es ins Licht und mußte mit Entsetzen feststellen, daß es sich um das Heiligenbild handelte, das er im Sand gefunden hatte.

Das Schmuckstück hatten ihm die Männer vor dem Wirtshaus gestohlen, die sein Freund Geordie Bell als schottische

Spione bezeichnet hatte. Und jetzt plötzlich lag dieses Medaillon inmitten von Sachen, die in irgendeiner Verbindung zu Alec Scott und Iain Macrae standen. Hatte Mhairi dieses kleine Schmuckstück vielleicht auch gesehen? Nachdenklich drehte er das goldene Oval in seiner Hand, dann legte er es verwirrt in die Kiste zurück.

»Sind Sie nun zufrieden?« fragte Simon.

Rowan nickte und schloß den Deckel der Truhe. »Die Sachen sind tatsächlich spanischer Herkunft und stammen teilweise von dem von mir begutachteten Schiffswrack«, sagte er vorsichtig. Er war beunruhigt und entschlossen, zunächst einmal stillschweigend über seine Entdeckung hinwegzugehen.

»Und ich habe einen der Spione gefaßt und ihn hier ins Gefängnis verfrachtet.«

»Schon möglich«, antwortete Rowan stirnrunzelnd. »Aber ich werde erst einmal mit dem Mann reden, um mir Gewißheit zu verschaffen.

»Worum geht es hier eigentlich?« fragte Archie, der die beiden Männer mit zusammengezogenen Brauen beobachtete.

Simon blickte zu Archie. »Rowan Scott ist vom Kronrat beauftragt worden, sich mit dieser Spionagesache zu befassen. Und Sie als Stellvertreter zu ersetzen«, fügte er beiläufig hinzu.

»Davon war nie die Rede, daß ich hier irgend jemanden ersetzen soll«, meinte Rowan.

»Nun gut, aber Sie sind der einzige Stellvertreter in diesem Grenzgebiet, solange Pringle nicht wieder auf die Beine kommt«, erwiderte Simon. »Letztlich ist er nicht mehr als ein Sekretär. Und ein schlechter noch dazu, da seine Handschrift genauso unleserlich ist wie die meine. Stimmt's, Archie?« Simon hob seinen Becher und nahm einen tiefen Schluck.

»Ich muß einen Brief an den Kronrat abfassen, der bestätigt, daß ich Ihnen den Vollstreckungsbefehl ausgehändigt habe«, erklärte Rowan Simon.

»Archie wird sich darum kümmern«, antwortete Simon.

»Wir werden es unterzeichnen, und zur Übergabe werde ich einige Reiter nach Edinburgh schicken.« Er wischte sich mit seinem Handrücken über den Mund. »Archie, bist du einverstanden, daß dieser Scott heute nacht deine Aufgabe erledigt, oder willst du selbst aufsitzen und mit uns zusammen ausreiten?«

Archie baute sich auf seinen Krücken auf. »Mein Fuß ist noch nicht wieder in Ordnung. Habe mir auf der letzten Parlamentstagung den Knöchel beim Fußballspielen gebrochen«, fügte er an Rowan gerichtet hinzu. »Und auch das Nasenbein.«

»Trotzdem war es ein gutes Spiel«, meinte Simon. »Meine Truppen brachten die Scotts und die Armstrongs dazu, um Gnade zu flehen. An diesem Tag gab es eine ganze Reihe von Knochenbrüchen.« Er grinste zufrieden.

»Hat Ihre Seite gewonnen?« fragte Rowan.

»Sicher haben wir das, aber auch teuer dafür bezahlt«, entgegnete Simon. »Am Tag nach den Verhandlungen wurde mir mein eigenes Vieh gestohlen. Die Räuber ließen einen platten Fußball zurück, so daß wir wußten, um wen es sich bei den Viehdieben handelte. Verfluchte Scotts«, fügte er grob hinzu.

»Mein Clan verabscheut es, beim Fußballspiel zu verlieren«, sagte Rowan leutselig.

Abfällig brummend deutete Simon auf seinen auf der Bank liegenden Brustharnisch. »Archie, kümmere dich darum, daß mein Panzer mit Sand geschrubbt wird. Er hat Roststellen. Und schmiere ihn gut mit Ruß und Schafsfett ein. Das letzte Mal war er dermaßen auf Hochglanz poliert, daß ich im Mondlicht wie eine Waldfee strahlte.«

»In Ordnung, Sir.« Rowan glaubte, ein erheitertes Zwinkern in den braunen Augen des anderen Stellvertreters zu bemerken. »Ein Grenzaufseher sollte für die verfolgten Räuber nicht zum Leitstern werden.«

»Räuber, jaja«, sagte Simon und prostete Archie mit seinem Becher zu. »Sobald es dunkel wird, reiten wir los. Hast du Männer auf dem Dach postiert, die nach Feuerzeichen Ausschau halten?« Archie nickte. »Und hast du den Burschen Nachricht übermittelt, die mir letzte Woche ihr Bittgesuch einreichten?«

»Ich habe Gesandte zu ihren Anwesen und Häusern abkommandiert, die ihnen Ihre Zusage, die Reiter von Lincraig noch in dieser Woche zu stellen, überbracht haben«, berichtete Archie.

Rowan schaute Simon an. »Worum handelt es sich?«

»Einige Grenzbewohner haben mir eine Petition eingereicht. Sie beschweren sich, daß die Reiter auf der Straße nach Lincraig lediglich Gelegenheitsdiebe sind, was den Grenzräubern hier in diesem Gebiet einen schlechten Ruf verpaßt. Haha! Sollen diese ganzen Halunken doch in der Hölle schmoren!«

»Sie haben ihnen zugesagt, die Straßendiebe noch in dieser Woche zu schnappen?«

»Klar doch. Die Grenzräuber bestehen auf Lynchjustiz. Sie haben angedroht, diese Straßendiebe auf eigene Faust zu stellen und sie dann am nächsten Baum aufzuknüpfen. Von wegen Grenzgesetzgebung!« Er zuckte seine massigen Schultern. »Nur ein gestandener Mann wird mit den Grenzräubern in diesem Gebiet fertig«, brummte er.

»Aber Sie müssen sich um dringlichere Angelegenheiten kümmern, Sir«, sagte Archie. »Vielleicht sollten Sie Scott auf diese Straßendiebe ansetzen. Wenn ich könnte, würde ich das selbst übernehmen.«

Rülpsend nickte Simon. »In Ordnung. Vermutlich wird ein Scott dazu in der Lage sein.« Er blickte zu Rowan. »Handeln Sie in dieser Angelegenheit als mein Stellvertreter und geben Sie diesen Halunken eine Kostprobe meiner Grenzgesetzgebung.«

»Oh sicher, das werde ich tun«, murmelte Rowan.

Kapitel 12

»O sattelt mir den Schwarzen, den Rappen,
O sattelt mir den Braunen,
O sattelt mir das schnellste Roß,
das mich fortträgt wie Pegasos.«
– ›Bonnie Babie Livingston‹

Mit zitternden Fingern versuchte Mhairi, eine winzige Menge Schwarzpulver in Christies Pistole zu füllen. Sie verschloß die kleine Öffnung, die mit einem lauten Klicken zusprang und legte die Waffe auf den Tisch. Dann blickte sie durch die Dunkelheit zum Kamin.

Seelenruhig schlief Christie vor dem flackernden Feuerschein auf einem schmalen Feldbett, das seit Iains Verhaftung seine nächtliche Bleibe geworden war. Da Jennet sich geweigert hatte, ihr Haus zu verlassen, hatten seine Mutter und die Familie Armstrong darauf bestanden, daß Christie bei ihnen blieb.

Leise drehte sich Mhairi auf der Bank um und blickte zu der verschlossenen und verriegelten Außentür. Es war beinahe Mitternacht und in dem Raum waren nur die gleichmäßigen Atemzüge von Christie und dem neben ihm schlafenden Hund, von Jennet auf ihrer Bettstatt und von Robin, der in seiner Wiege schlummerte, zu hören.

Doch Mhairi konnte nicht schlafen. Vor einer Stunde war sie mit der schrecklichen Vorahnung auf dem Dachboden aufgewacht, daß eine Bedrohung nahte. Bekleidet mit Iains schwarzen Sachen war sie die Dachbodentreppe hinuntergeschlüpft und hatte sich an den Tisch neben dem Kamin gesetzt. Jetzt wartete sie.

Worauf? Bei diesem Gedanken verkrampfte sie sich. Sie wußte es nicht, doch sie spürte, daß irgend etwas in der Luft lag – unabwendbar und gefährlich wie eine Giftwolke. Diese dunkle Ahnung hatte sie veranlaßt, Christies Pistole zu laden, obgleich sie kaum Erfahrung im Umgang mit Waffen hatte.

Sie seufzte tief und bettete ihren Kopf auf ihre Arme. Sekundenbruchteile später hörte sie das Rascheln von Christies Strohmatratze, blickte auf und sah, daß er sich in der Dunkelheit aufgerichtet hatte.

»Mhairi«, flüsterte er. »Ist irgend etwas?«

Sie schüttelte den Kopf. »Ich konnte nicht schlafen.«

In eine Decke eingehüllt setzte sich der zerzauste Blondschopf neben sie auf die Bank. »Du hast deine Reitsachen angezogen«, flüsterte er. »Warum? Im Wirtshaus von Kelso habe ich nichts erfahren, was auf einen weiteren Kurier hindeutet.«

»Ich weiß«, murmelte sie. »Aber ich frage mich, ob man nicht doch nach Lincraig reiten sollte. Irgend etwas stimmt da nicht, Christie. Das spüre ich. Vielleicht ist doch noch ein Kurier unterwegs.«

»So spät in der Nacht sind die Kuriere noch nie dort aufgekreuzt. Aber wenn du willst, reite ich nach Lincraig, um die Straße zu beobachten.«

Das hatte sie bereits überlegt und verworfen. »Du bleibst hier und paßt auf. Ich mache mich auf den Weg.«

»Nein. Draußen sind vermutlich Grenzräuber«, beharrte er leise.

»Ein weiterer Grund, daß du hier bei Jennet und dem Kind bleibst. Ich werde mich lediglich bei der alten Ruine aufhalten. Niemand wird mich dort entdecken oder mir übel mitspielen.« Sie erhob sich.

»Mhairi …«, er griff nach ihr, aber sie machte einen Schritt zurück.

»Ich habe die Waffe für dich geladen«, sagte sie.

Sie beobachtend nickte Christie. »Sei vorsichtig. Wenn du nicht bald zurückkehrst, werde ich dich suchen.«

Sie lächelte schwach. »Ich passe schon auf. Sei hier auf der Hut und bleib wach. Du kannst im Morgengrauen schlafen.«

»Och, die Armstrongs sind alte Nachteulen«, murmelte er, trat zum Kamin und streifte sein Hemd über.

Leise huschte Mhairi durch die Tür ins Freie.

Der Wind streifte die im Mondlicht silbrig schimmernden Bäume. Mhairi beruhigte ihre aufgeregte Stute und blickte über die Anhöhe auf die gewundene, menschenleere Straße. Ihre Hände umklammerten die Zügel.

Seit mehr als einer Stunde war sie nun dort, und nichts hatte sich gerührt. Doch die beunruhigende Vorahnung plagte sie trotz ihrer nächtlichen Beobachtungen immer noch ungebrochen. Irgend etwas, irgend jemand war mit Sicherheit in der nächtlichen Kälte unterwegs, aber sie hatte keine genaue Erklärung dafür. Seufzend wünschte sie sich zum wiederholten Male, wie ihr Bruder und ihre Mutter die Gabe des Zweiten Gesichts zu besitzen und nicht nur von diesen ausgeprägten, aber dennoch unerklärlichen Empfindungen heimgesucht zu werden. Ihr war klar, daß sie auf der Hut sein mußte, wußte aber nicht, warum ihr Gefahr drohte.

Stirnrunzelnd ließ sie ihren Blick über das Moorgebiet und die Anhöhen schweifen, die den Hügel von Lincraig wie eine dunkle, gewellte Decke umgaben. Plötzlich erstarrte sie in ihrem Sattel.

Von fern blinkte ein Licht, ein winziger goldener Stern in der Finsternis. Während sie ihn beobachtete, leuchtete ein weiterer Stern in der Ferne auf. Sie hielt den Atem an, kniff die Augen zusammen und wartete. Gänsehaut kroch über ihren Rücken, und ihr Magen rebellierte.

Leuchtfeuer, die einen herannahenden Räubertrupp signalisierten. Mhairi beugte sich auf ihrem Pferd vor. Sicherlich hatte das ihre unangenehme Empfindung ausgelöst. Eine Bande von Banditen, die marodierend durch die Nacht zog. Der Mond stand hoch und spendete ausreichend Licht für sie.

Sie hätte es wissen müssen. Sie hätte auf Christie hören und zu Hause bleiben sollen. Aber in ihrer Verzweiflung, daß der Kronrat Kerr irgendeine Mitteilung schicken könnte, hatte sie überstürzt und bar jeder Vernunft reagiert.

Da sie Angst hatte, zu Iains Haus zurückzureiten, zwang sie sich, noch eine Weile auszuharren. Ein drittes golden schimmerndes Licht flackerte auf, diesmal in ihrer näheren Umgebung.

Plötzlich übermannte sie das dringende Bedürfnis, zu Hause zu sein, und sie gab Peg die Sporen. Sie preschte den Hügel hinunter und über das Moor, dann brachte sie die Stute zum Stehen, um erneut ihren Blick schweifen zu lassen. Das dritte Feuer war wesentlich größer als die anderen und loderte glühend in den Nachthimmel.

Sie schrie auf. Das war kein Signalfeuer, sondern ein Feuer in irgendeinem Dachstuhl, unweit von ihr entfernt und sicherlich in der Nähe von Iains Haus. Zu nahe. Schlagartig durchzuckte sie panische Furcht. Sie gab ihrem Pferd die Sporen.

Nur langsam schien die Entfernung geringer zu werden, auch wenn Mhairi Peg zu stürmischem Galopp antrieb und sich so tief über deren Nacken beugte, daß der Wind die schwarze Mähne in ihr Gesicht wehte. Schließlich erreichte sie die Anhöhe in der Nähe des steinigen Pfades zu Iains Haus und brachte das Pferd zum Stehen, dessen Brustkorb sich ängstlich gegen Mhairis Beine hob und senkte.

Der Dachstuhl von Iains Haus leuchtete so hell wie eine Fackel. Mhairi ritt näher heran und hielt an, als sie im Lichtschein des Feuers mehrere Reiter bemerkte. Sie ritten durch den Hof und versuchten, einige Kühe und Schafe zusammenzutreiben. Sie hörte das Brüllen des Viehs, Hundegebell und das grauenvolle Knacken des lichterloh brennenden Dachstuhls.

Sie vernahm auch ihre eigenen Entsetzensschreie, während sie im fliegenden Galopp voranpreschte.

Als sie den Hof erreicht hatte, waren die Grenzräuber bereits fortgeritten und trieben Iains letztes Vieh vor sich her. Mhairi glitt vom Pferderücken und schwankte auf das Haus zu. Während sie den flüchtenden Räubern nachsah, die nur noch als winzige schwarze Flecken im Mondlicht erkennbar waren, rannte Bluebell, furchterregend bellend, in riesigen Sätzen hinter ihr her.

Wenige Meter von ihrem Haus entfernt kniete Jennet am Boden. »Großer Gott, Mhairi«, krächzte sie. »Großer Gott.« Sie umklammerte das winzige Bündel mit ihrem Sohn und streckte ihre Hand aus.

»Waren es Heckie und seine Bande?« Mhairi fiel neben Jennet auf die Knie. »Was … o Gott! Christie!«

Unbeweglich lag er am Boden, auf seinem blassen Gesicht und dem blonden Haar spiegelte sich das rotglühende Feuer. Funken sprühten um sie herum zu Boden, als Mhairi vorsichtig seine Schulter berührte. Eine Blutlache bildete sich auf dem Hemd.

»*Ach,* mein Junge«, murmelte Mhairi. Ihre Hand glitt über seine Kehle, und sie spürte den schwachen, unregelmäßigen Pulsschlag unter seinem jugendlichen Bartflaum. »Er lebt«, hauchte sie. »Jennet, hilf mir, ihn vom Feuer fortzutragen. Leg das Baby solange ab.«

Jennet bettete Robin auf die Erde neben einen Felsen und half Mhairi dann, Christie über den Hof den Hügel hinunterzuschleifen, um ihn weit genug von dem brennenden Haus zu entfernen. Dann holte sie ihren Sohn, ging zu einem kleinen Bach am Fuße der Anhöhe und kehrte mit einem nassen Stück Stoff zurück, das sie von ihrem Gewand abgerissen hatte.

Mhairi öffnete Christies blutüberströmtes Leinenhemd und biß sich beim Anblick der Wunde auf die Lippe. Aus einem dunklen, gräßlich aufklaffenden Spalt sickerte Blut, und sie überkam erneut entsetzliche Angst. Mit zitternden Händen und weit aufgerissenen, umschatteten Augen preßte Jennet das feuchte Tuch auf die Verletzung.

»Heckie und seine Bande sind in den Hof eingefallen und haben das Tor zum Kuhstall aufgebrochen, noch ehe wir überhaupt ins Freie gelangen konnten. Christie hielt die geladene Waffe in der Hand. Er feuerte ab und verfehlte sein Ziel. Clem Elliot hat auf ihn geschossen. O Gott, Mhairi – als er zusammenbrach, glaubte ich, er sei tot!«

Mhairi strich über Christies Schläfen. Sein Atem ging so ungleichmäßig, daß sie befürchtete, er müsse sterben. Mit tränenverhangenen Augen betrachtete sie sein stummes, blasses Gesicht und das Blut, das unaufhörlich von der Hand seiner Schwester tropfte.

»Sie haben das Dach in Brand gesetzt und das Vieh gestohlen«, fuhr Jennet fort. »Dann nahmen sie das gescheckte

Pferd des Blackdrummond. Und Heckie« – sie brach ab und lachte hysterisch – »erklärte mir, er würde mir eine Kuh und einen Sack Getreide für das Kind zurücklassen.«

Mhairi biß sich auf die Unterlippe und blickte auf die lodernde Feuersbrunst im Dachstuhl. »Es wird schon bald Hilfe kommen«, beschwichtigte sie. »Unsere Nachbarn werden das Feuer mit Sicherheit sehen. Ich werde nach Lincraig reiten und die dort lebenden Armstrongs holen. Deine Familie soll dich und Christie zu eurer Mutter bringen. Hier könnt ihr nicht bleiben.« Als sie aufstehen wollte, zitterten ihre Beine so stark, daß sie für einen Augenblick in die Knie sank.

Über ihren Bruder gebeugt, wiegte Jennet das Kind in ihren Armen. Mhairi eilte zu ihrem Pferd, das dort stehengeblieben war, wo sie es verlassen hatte, ein Räuberpferd, das von Iain darauf gedrillt worden war, selbst im größten Chaos nicht zu fliehen. Während sie über den Hof schritt, fiel ihr Christies Pistole ins Auge, und sie hob sie auf. Sie saß auf und schob die unhandliche Waffe rasch in ihre Satteltasche.

Der schwelende Rauch des Dachstuhls lag in der Luft und brannte in Mhairis Augen. Sie wischte sich die Tränen fort und ritt in Richtung der Straße nach Lincraig.

Rowan folgte den nächtlichen Leuchtfeuern und galoppierte gemeinsam mit Kerr und einer furchterregend aussehenden Truppe von zwanzig bis an die Zähne bewaffneten Männern über das Hochmoor und die Hügel. Noch vor kurzem waren die Feuerzeichen, die auf marodierende Räuber hindeuteten, auf dem Turm von Abermuir klar erkennbar gewesen. Dort hatte Rowan gemeinsam mit Archie Pringle auf Beobachtungsposten gestanden. Sobald sie das erste Licht bemerkt hatten, hatte Rowan Kerr davon Mitteilung gemacht. Die Pferde standen bereits gesattelt im Hof, und der Trupp ritt los.

Als Rowan das dritte Signalfeuer erblickte, das höher und glühender aufleuchtete als die beiden anderen, war ihm dessen Ursache schlagartig klar. Mit einer kurzen Erklärung an

Kerr, daß er sich um dieses Feuer kümmern würde, nahm er drei Männer und entfernte sich von der Truppe des Grenzaufsehers.

Ein heftiger Schmerz durchbohrte seine Magengegend, als er davonpreschte. Mit erschreckender Gewißheit erkannte er, daß das brennende Haus Iain Macrae gehörte. Er trieb Valentine zu schnellerem Galopp an und ließ seinen Blick über die Gegend schweifen, während die donnernden Hufe dreier weiterer Pferde hinter ihm durch den schneidenden Wind hallten.

Rowan durchzuckte die plötzliche Eingebung, daß es sich nicht um den Atem Gottes handelte, der in dieser Nacht den Sturm anfachte, sondern um den kalten, gefährlichen Hauch des Teufels.

Als er von einem nahegelegenen Hügel Iains Anwesen überblicken konnte, sah er die gelbzüngelnden Flammen, die den Dachstuhl verzehrten und die Nacht in ein gespenstisches Licht tauchten. Im Hof sprang er vom Pferd und rannte auf die rothaarige Frau zu, die sich über einen liegenden Mann gebeugt hatte. Als er näher kam, wandte sie ihm ihr leichenblasses Gesicht zu.

»Jennet?« fragte er und sank in die Knie. »Ich bin der Blackdrummond.«

»Ich weiß«, sagte sie leise. »Heckie und seine Kumpane waren hier. Sie haben unser Vieh gestohlen. Ihre Schecke auch. Und Clem Elliot hat meinem Bruder das angetan.«

Rowan legte eine Hand auf ihre Schulter und betrachtete Christie, der sehr viel Blut verloren hatte und nur noch schwach und ungleichmäßig atmete. Dann blickte er entsetzt auf. »Wo ist Mhairi?«

»Sie ist nach Lincraig geritten ...«

»Gütiger Himmel!« Rowan sprang auf. »Ich reite ihr nach. Aber Sie und Christie müssen in Sicherheit gebracht werden. Der Bursche braucht Hilfe.«

»Das Haus meiner Mutter ist nur wenige Meilen von hier entfernt.«

Er nickte. »Walter!« befahl er einem seiner Männer, »fertigt eine Trage für den Jungen und bringt ihn zusammen mit

Mistress Macrae, wo immer sie hinwill.« Bluebell umkreiste Rowan verängstigt, und er tätschelte ihren Kopf. »Nehmt auch den Hund mit«, fügte er hinzu. »Gott schütze Sie, Jennet.« Er packte ins Zaumzeug seines Pferdes.

In wildem Galopp blickte Mhairi über ihre Schulter, sah jedoch nur die schwarzen Hügel im bleichen Mondlicht. Trotzdem spürte sie die herannahende Gefahr so deutlich, als durchbohrte ein glühender Dolch ihre Seele. Über das Pferd gebeugt, hielt sie die Zügel umklammert und zwang sich zum Weiterreiten.

Die Räuber hatten diesen Weg genommen, doch Mhairi hoffte, daß sie mittlerweile über alle Berge waren. Nach einem Überfall lagen jedoch häufig Banditen im Hinterhalt, und dieses Wissen machte sie noch argwöhnischer. Aber sie war eine einsame Reiterin und keine Truppe mit glühenden Lanzenspitzen bewaffneter, furchteinflößender Verfolger auf heißer Fährte. Sicherlich würden sie einen einzigen Reiter nicht behelligen.

Sie wollte lediglich das Haus von Jennet und Christie Armstrongs Familie erreichen, die ihnen Hilfe schicken würde. Ob gesetzmäßig oder nicht, die Armstrongs würden die Verfolgung der Elliots und ihrer englischen Kumpane aufnehmen und vermutlich einen Kampf riskieren.

Nachdem sie ungefähr eine Meile hinter sich gebracht hatte, passierte sie die dunkle Silhouette der alten Burg auf dem Hügel. Als sie sich vorsichtig umblickte, erkannte sie die schwärzlichen Schatten einer Reitertruppe, die sich hinter ihr im Moor in die entgegengesetzte Richtung nach Abermuir und Blackdrummond durchschlug. Eng an den Pferderücken geschmiegt ritt sie weiter und fragte sich, ob Heckie Elliot und seine Kumpane für diese Nacht immer noch nicht genug hatten. Vielleicht beabsichtigten sie, das Vieh des Grenzaufsehers oder das der Scotts zu stehlen. Es war ihr egal, solange man sie nicht bemerkte und sie in der Lage war, Hilfe für Christie zu holen.

Als sie an sein blasses Gesicht und seine blutüberströmte Brust dachte, mußte sie ein verzweifeltes Schluchzen unterdrücken. Sie beugte sich über ihr Pferd und drängte es zu rascherem Galopp. Der Wind heulte in den Baumkronen, stemmte sich ihr entgegen und fegte ihren Zopf um die Ohren.

Wegen des Sturms hatte sie den sich ihr von links nähernden Reiter nicht wahrgenommen. Als sein Pferd zu ihr aufschloß, warf sie dem Reiter einen wilden Blick zu und wechselte die Richtung. Da sie Clem Elliot aufgrund seiner hünenhaften Statur und seines Vollbarts erkannt hatte, war ihr klar, daß sie flüchten mußte.

Im Mondlicht zog Clem eine schauderhafte Grimasse und griff nach ihr. Mit ihrer linken Hand ertastete Mhairi den Knauf ihrer im Sattel steckenden Waffe. Ihr blieb weder die Zeit zum Abdrücken, noch hatte sie Erfahrung im Umgang mit der Pistole, aber sie wußte, wie sie mit dem Knauf zuschlagen mußte.

Mit heftigem Schwung holte sie aus und traf Clem an seiner Wange, ließ dabei jedoch die Pistole fallen. Überrascht beugte sich Clem vor und packte sie dann mit einem gewaltsamen Griff.

Als er Mhairis linken Arm oberhalb des Ellbogens umklammert hatte, zerrte er sie zwischen ihre beiden Pferde. Sie hing noch im Sattel, doch seine enorme Kraft zog sie mit jedem wilden Hufschlag näher zu sich heran. Vor Schmerz und Furcht schreiend, trat sie wie von Sinnen um sich und erwischte sein Pferd am Kopf.

Wiehernd stolperte das Pferd zur Seite. Clem verlor das Gleichgewicht, glitt aus dem Sattel und zerrte im Fallen immer noch an Mhairis Arm. Als er auf dem Boden auftraf, stöhnte er auf und ließ sie los.

Mhairi richtete sich im Sattel auf, obgleich ein unsäglicher Schmerz ihre Schulter lähmte, der so durchdringend war, daß sie glaubte, in Ohnmacht fallen oder sich übergeben zu müssen. Jede Bewegung ihres linken Arms wurde zur Qual. Sie nahm die Zügel in die rechte Hand, ritt wie in Trance weiter und kauerte sich in den Sattel, während ihr Pferd die Straße entlangpreschte.

Sie sah den nächsten Reiter erst, als es bereits zu spät war und er zu ihr aufgeschlossen hatte. Als er seinen Arm ausstreckte und ihre Taille umschlang, hatte sie nicht mehr die Kraft, sich zur Wehr zu setzen.

Rowan hob die seltsam widerstandslose Mhairi wie einen Sack Getreide auf seinen Sattel. Rasch und geschickt setzte er sie vor sich, legte einen Arm um ihre Taille und griff dann erneut nach den Zügeln.

Mit einem tiefen, kehligen Schrei versuchte sie sich ihm zu entwinden, doch dann lehnte sie sich an ihn. Während er sie neugierig musterte und eigentlich mit weiterem Widerstand rechnete, manövrierte er sein Pferd herum, nahm die herunterhängenden Zügel ihrer Stute und führte sie hinter ihnen her.

Als er auf Blackdrummond Tower zuritt, betrachtete er Mhairi erneut. Merkwürdig still und ergeben ruhte sie in seinen Armen. Als sie zu ihm aufblickte, war er entsetzt, wie blaß sie selbst im Mondlicht war.

»Ich muß zu den Armstrongs reiten – in die entgegengesetzte Richtung«, murmelte sie. Ihre Stimme klang so leise und abgehackt, daß er sich zu ihr vorbeugen mußte, um sie durch den heulenden Wind zu verstehen. »Bringen Sie mich dorthin.«

»Wir reiten nach Blackdrummond«, sagte er mit fester Stimme.

»Aber ich muß Christie helfen ...« Sie sank in seine Arme und schluchzte laut.

»Christie und Jennet sind bereits auf dem Weg zum Hause ihrer Mutter«, antwortete Rowan. »Ich war mit meiner Truppe unterwegs, als ich sah, was mit Iains Haus geschehen ist. Die Grenzoffiziere werden sie in Sicherheit bringen. Machen Sie sich um sie keine Gedanken. Denken Sie statt dessen besser an sich«, fügte er grimmig hinzu. »Als ich über den Hügel kam, sah ich, daß Sie einen Reisenden auf der Straße angegriffen hatten und fortritten. Ein weiterer Kurier des Königs?« fuhr er sie an.

»Clem Elliot«, stieß sie zwischen zusammengebissenen Zähnen hervor. »Er hat mich angegriffen.«

»Hat er das?« fragte er in skeptischem Ton. »Auf der Straße ritt ich an einem Mann vorüber, der sein Pferd einzufangen versuchte und lautstark den Tag verfluchte, an dem Sie geboren wurden, Mhairi Macrae.«

Sie wollte etwas erwidern, doch Valentine sprang über ein Hindernis und landete auf der anderen Seite. Mit einem Aufschrei griff Mhairi nach ihrem Arm und vergrub ihren Kopf an Rowans Schulter.

Stirnrunzelnd blickte er zu ihr hinunter. »Was ist denn los?«

»Ich habe mir den Arm verstaucht«, stöhnte sie.

»Immer noch besser als ein zertrümmerter Schädel«, entgegnete er grob. Sie funkelte ihn wütend an und senkte dann ihren Blick. »Es hätte sehr viel schlimmer kommen können. Einige der Grenzräuber haben den Grenzaufseher darum ersucht, die Reiter von Lincraig dingfest zu machen, da sie die Sache ansonsten selbst in die Hand nehmen wollen.«

»Dann ist es also jetzt soweit.«

»Ich habe Ihnen bereits erklärt, daß ich Sie stellen würde«, sagte er leise.

Sie wandte sich ab. Im bleichen Mondlicht ritten sie die letzten Meilen nach Blackdrummond schweigend durch die Kälte.

Kapitel 13

Er betrachtete sie von allen Seiten,
Doch, ach, wie war sie bleich!
– ›Edom o' Gordon‹

Als Rowan sie nach ihrer Ankunft im Innenhof von Blackdrummond Tower vom Pferd hob, durchzuckte Mhairi ein stechender Schmerz. Sie stolperte, als ihre Füße den Boden berührten, doch Rowan fing sie auf und stieß dabei an ihre Schulter. Sie schrie auf und legte schützend ihre Hand auf ihren Arm.

»Schmerzt Ihr Arm so sehr?« fragte Rowan.

»Er ist nur verstaucht«, antwortete sie mit schmerzverzerrter Stimme.

»Sind Sie sicher?«

Rasch nickend trat sie beiseite, obgleich sie ihm am liebsten gestanden hätte, daß ihre Verletzung weitaus schlimmer war, als sie zuzugeben bereit war; sie befürchtete, daß ihre Schulter ausgerenkt war.

Allerdings war sie zornig auf ihn und sich ihrer Lage keineswegs sicher, so daß sie ihm ihre Verletzlichkeit nicht offenbaren wollte.

Rowan glaubte, daß sie auf der Straße nach Lincraig erneut einen Reiter angegriffen hatte. Aufgrund dieser Annahme hatte er sie verfolgt und sie ebenso unsanft vom Pferd gezerrt, wie es Clem Elliot versucht hatte. Rowan Scott hatte sie gestellt, genau, wie er es angedroht hatte. Jetzt würde er sie festnehmen und inhaftieren.

Aber sie besaß nicht mehr die Kraft, ihm diesen nächtlichen Ritt zu erläutern. Der entsetzliche Schmerz in ihrer Schulter lähmte ihren Verstand. Sie wollte sich hinlegen und ausruhen, wollte schlafen, bis der Schmerz nachließ und sie wieder klar denken konnte. Vielleicht irrte sie sich, was ihre ausgerenkte Schulter anbelangte – Ruhe war jedenfalls das beste, um ihr die Schmerzen zu erleichtern. Später würde sie Rowan Scott die Wahrheit schildern.

»Hier entlang«, sagte Rowan, nahm ihren rechten Arm und zog sie in Richtung des gewaltigen Herrenhauses.

Sie stolperte neben ihm her. »Stehe ich unter Arrest?«

»Ich habe Sie auf frischer Tat ertappt. Ich hatte Ihnen ja gesagt, daß ich Sie stellen würde – he, können Sie überhaupt gehen? Was ist los?« Stützend umschlang er ihre Taille.

»Ich ... bin müde«, meinte sie erschöpft.

»Nun, hier können Sie sich ausruhen«, sagte er und klopfte an das riesige Eingangstor.

Rowan klopfte erneut und rief, bis schließlich der Türriegel betätigt wurde und das Tor aufsprang. Sandie spähte verschlafen nach draußen und hielt eine schimmernde Pistole auf sie gerichtet.

»Och, Rowan«, brummte er, senkte die Waffe und trat beiseite. »Ich dachte, es wären Räuber, die auch noch die Frechheit besäßen anzuklopfen.« Er betrachtete Mhairi, die während seiner Worte den Kopf gesenkt hielt. »Was ...«

»Wir haben unsere Pferde im Hof zurückgelassen«, sagte Rowan und führte Mhairi an ihm vorbei in einen dunklen, kurzen Gang.

»Aber wer ist denn das Mädchen?«

»Die Pferde, Sandie«, sagte Rowan, während er eine weitere Tür öffnete und Mhairi vor sich hergehen ließ. Sandie schlenderte unter lautem Gezeter in den Hof.

»Was haben Sie mit mir vor?« fragte Mhairi.

»Sie werden hierbleiben, bis ich eine Entscheidung getroffen habe.«

Sie nickte zaghaft. Eine weitere Schmerzattacke durchzuckte ihre Schulter, und sie schwankte neben Rowan.

»Mhairi?« Seine Stimme, die so dicht an ihrem Ohr war, klang samtweich und beruhigend. Für einen seligen Augenblick lehnte sie sich an ihn. Als sie den anheimelnden Geruch von Leder und Rauch einsog und seine tröstende Nähe spürte, schloß sie die Augen. »Mhairi, Mädchen«, murmelte er.

Dann faßte sie sich mit einem leisen Aufschrei des Entsetzens und des Schmerzes. Rowan Scott war der Black Laird, ein berüchtigter Räuber, Grenzoffizier – und er hatte bewiesen, daß er ihr gefährlich werden konnte. Das durfte sie niemals vergessen.

»Alles in Ordnung«, sagte sie, ihr Gesicht abwendend. »Mein Arm schmerzt nur ein wenig.«

Er zögerte. »Also gut. Kommen Sie mit.« Er berührte ihre Schulter, und sie trat vor ihm in die kleine Empfangshalle.

Das über ihnen knisternde Kerzenlicht beleuchtete das Treppenhaus. Sie wußte, daß eine Wendeltreppe nach oben in die Wohngemächer führte, in denen es hell und warm war. Wenn Lady Anna um diese späte Stunde noch wach war, konnte Mhairi sie bitten, sich ihren Arm einmal genauer anzuschauen.

Doch Rowan führte sie die dämmrige Wendeltreppe ins Untergeschoß hinunter. Sie glitt aus, und er umschloß ihre Taille, um sie sicher nach unten zu geleiten. Am Fuß der Treppe streckte er seinen Arm aus und schob eine knirschende Tür auf.

Von Schmerzen überwältigt schlurfte Mhairi willenlos in das kleine, dunkle Loch von einer Kammer, die nach altem Stroh roch. Rowan stand hinter ihr.

»Dann lasse ich Sie also hier unten«, sagte er. Seine Stimme klang seltsam widerwillig. »Hier bringen wir unsere Gefangenen unter.«

Sie wollte etwas erwidern, doch dann gaben ihre Knie unter ihr nach. Eine gräßliche, alles überlagernde Dunkelheit schien sie zu überwältigen. Sie rang nach Atem und widerstand dem grauenvollen Gefühl, in dieser finsteren Zelle in Ohnmacht zu fallen.

Rowan kniete sich neben sie auf den Steinboden. »Gütiger Himmel«, hauchte er. »Ich kann Sie doch in diesem Zustand nicht hier unten lassen. Was ist mit Ihnen, Mädchen?«

»Ich brauche ein Bett«, stieß sie mit belegter Stimme hervor. »Und etwas zu trinken.« Das half sicher, die Schmerzen zu betäuben, dachte sie verschwommen. Sie streckte ihre Hand aus und tastete nach ihm. Er umfaßte ihre Finger mit warmem, festem Griff.

»Und ich brauche …«, sagte sie, als sie die Dunkelheit in sich aufnahm.

Als sie vornüber fiel, fing Rowan sie geschickt auf und zog sie an seine Brust. Mit klopfendem Herzen und zitternden Händen tätschelte er ihre kühle Wange und murmelte ihren Namen. Er ließ seine Hand über ihre linke Schulter gleiten und spürte trotz der gefütterten Jacke ihren merkwürdig verrenkten Arm.

Er öffnete das Kleidungsstück, tastete sich mit seiner Hand zu ihrem Leinenhemd vor und bemerkte die warme, weiche Rundung ihres Busens. Als er die schmale, verletzte Schulter untersuchte, stellte er fest, daß ihr Arm ausgekugelt war.

Wütend über sich selbst, sie aufgrund von Rachegefühlen hierhergebracht zu haben, statt sich zunächst um ihre Verletzung zu kümmern, zog er seine Hand weg und schloß vorsichtig ihre Jacke. Dann nahm er sie in seine Arme und stand auf.

Stöhnend öffnete sie ihre Augen und hob ihren Kopf. »Rowan?« Ihre Stimme klang verwirrt und schmerzverzerrt. »Rowan?«

»Ich bin hier, Mädchen«, sagte er. »Beruhigen Sie sich wieder. Sie kommen mit mir.« Ohne die geringste Anstrengung trug er sie die Stufen hoch. Seine Stiefel knarrten, als er gemessenen Schrittes zu den Schlafkammern hinaufstieg.

Kerzenlicht erhellte das Obergeschoß. Er blickte auf. Jock und Anna standen auf der obersten Treppenstufe und beobachteten ihn. Anna, die nur ein Nachtgewand und ein Wolltuch trug, hielt eine dicke Kerze umklammert. Ihr Mund war leicht geöffnet. Jock, in Hemd und Gamaschen, runzelte kurz die Stirn, als er Rowan bemerkte.

»Das ist ja Mhairi Macrae«, rief Anna erstaunt und blickte zu Jock. Schritte ertönten hinter Rowan, und er drehte sich um.

»Was zum Teufel geht hier vor?« fragte Sandie, die Treppe hochstapfend. »Rowan! Du hast Valentine und einen schaumbedeckten Rappen unangebunden im Hof stehenlassen. Das ist sonst gar nicht deine Art – Donnerwetter, das ist ja Mhairi Macrae!«

»Kann vielleicht mal jemand die Tür zu meiner Schlafkammer öffnen«, sagte Rowan, während er die oberste Treppenstufe erklomm. »Und bringt mir etwas Wein. Ich will, daß sie sturzbetrunken wird.«

»Rowan!« entfuhr es seiner Großmutter.

»So wie es aussieht, Anna, ist das Mädel verletzt oder erkrankt.« Rasch öffnete Jock eine der Zimmertüren.

Gefolgt von seinen Verwandten, die ihm neugierig über die Schulter blickten, betrat Rowan sein Schlafzimmer und legte Mhairi vorsichtig auf sein Bett. »Ihre Schulter ist ausgekugelt. Ich werde sie einrenken müssen.«

»Och, dann braucht sie wirklich Wein«, sagte Sandie und verschwand aus dem Zimmer.

»Bring eine Flasche von dem dänischen Aquavit«, rief ihm Anna hinterher. »Und klopf an Graces Tür. Aber laut.« Anna wandte sich erneut dem Bett zu. »Ist sie bei Bewußtsein?« fragte sie Rowan.

»Wohl kaum«, antwortete Rowan, der Mhairis flatternde Augenlider beobachtete. Er legte seinen Helm und seine Jakke ab und warf sie auf einen Stuhl neben dem Kamin. Nachdem er sich seines Wamses entledigt hatte, krempelte er die Ärmel seines Hemdes hoch und setzte sich auf die Bettkante.

Anna stellte ihre Kerze auf die Truhe neben dem Bett und beugte sich über Mhairi. »Wir müssen ihr die Jacke ausziehen. Warum trägt sie eigentlich Männerkleidung? Und wieso ist sie verletzt?« Während Mhairi sie aus halbgeschlossenen Lidern beobachtete, öffnete sie die Knöpfe.

»Das Mädchen kann dir später alles erklären, Anna«, sagte Jock. Er reichte Rowan einen Dolch. »Nimm diesen zu Hilfe.«

Zustimmend nickend griff Rowan an Annas Hand vorbei, setzte die Klinge an der Schulternaht von Mhairis Jacke an und trennte den Ärmel ab. Anna half ihm, ihr das zerschnittene Kleidungsstück auszuziehen, so daß Mhairi schließlich in einem weiten Leinenhemd mit fehlendem Ärmel, Hose und hohen Stiefeln vor ihnen lag.

Schützend umklammerte Mhairi ihre Schulter und beobachtete Rowan. Im Kerzenlicht wirkte ihr Blick gehetzt und verängstigt, ihre Wangen waren leichenblaß.

»Ihre Schulter muß tatsächlich eingerenkt werden«, erklärte Anna Rowan. »Ich habe eine schmerzlindernde Salbe. Ich werde sie holen und nachschauen, ob Grace wach ist. Wir müssen ein Zimmer für das Mädchen vorbereiten.« Sie wandte sich ab und eilte zur Tür.

»Vor einer Weile stand ich auf dem Dach und habe alles beobachtet«, sagte Jock. »Ich sah die Leuchtsignale und das Feuer. Iain Macraes Haus, nicht wahr?«

Rowan nickte, wenig erstaunt, daß sein Großvater bereits von den abendlichen Vorkommnissen erfahren hatte. Aufgrund seiner Grenzräuberjahre hatte Jock Scott die Angewohnheit, nachts häufiger aufzuwachen. »Heckie Elliot und seine Bande ritten durch das Tal, um ihre Schutzgelder zu kassieren«, antwortete er. »Der Grenzaufseher ist ihnen auf den Fersen. Bei dem Überfall wurde Devil's Christie Armstrong verwundet.«

»Und das Mädchen? Wurde sie ebenfalls von den Räubern verletzt?«

Zögernd blickte Rowan zu Mhairi. Sie beobachtete ihn mit weit aufgerissenen Augen. In diesem Augenblick betrat Sandie mit einem ledernen Trinkbeutel in der Hand den Raum. Dankbar über diese Ablenkung drehte Rowan sich um. Er war sich nicht sicher, wie er die Frage seines Großvaters am geschicktesten beantwortete.

»Dieser dänische Schnaps betäubt jeden Schmerz«, sagte Sandie und reichte Rowan den Beutel.

Nachdem Rowan den Wachsverschluß geöffnet hatte, führte er das Gefäß an Mhairis Lippen. Kopfschüttelnd verzog sie beim Trinken ihr Gesicht.

»Das brauchen Sie, um die Schmerzen zu betäuben«, beharrte Rowan und hielt den Beutel, bis sie einen erneuten Schluck nahm.

»He, braves Mädchen«, lobte Sandie. »Wenn sie genug von diesem Zeug trinkt, wird sie wie ein Murmeltier schlafen, und das ist auch das Allerbeste für sie.«

»Sie ist schon einmal in Ohnmacht gefallen, und ich möchte das kein zweites Mal erleben.« Rowan wandte sich seinem Vetter zu. »Vielleicht solltest du deinen Beobachtungsposten auf dem Dach wieder aufnehmen«, riet er und hob vielsagend die Augenbrauen. Im Augenblick hatte er nicht das Bedürfnis, sich weitere Kommentare Sandies anzuhören, und Mhairi brauchte seine Weisheiten schon gar nicht zu erfahren.

»Ich will wissen, ob noch weitere Signalfeuer angezündet worden sind«, sagte Jock. »Komm mit, Sandie. Hier ist kein Platz für uns. Anna wird sich nach ihrer Rückkehr um das Mädchen kümmern.« Mit einer kurzen Handbewegung winkte er Sandie zu sich.

Als die Tür hinter den beiden ins Schloß fiel, bot Rowan Mhairi erneut die Flasche an. Sie warf ihm einen skeptischen Seitenblick zu und trank.

»Nun, Sie bekommen, was Sie von mir verlangten«, erklärte er. »Ein Bett und etwas zu trinken, so drückten Sie sich aus. Hier, nehmen Sie noch einen Schluck.«

Sie beobachtete ihn und trank. »Was werden Sie tun?« Ihre sanfte Stimme klang leicht beschwipst.

»Ich werde den Arm wieder einrenken. Ich habe Erfahrung, da ich einen Kumpan hatte, dem das manchmal passierte.«

»Ich meine, was Sie mit mir machen werden. Schließlich bin ich Ihre Gefangene.«

Er zuckte die Schultern. »Als erstes kümmere ich mich um Ihre Verletzung.« Er setzte ihr die Flasche erneut an die Lippen, und sie trank. Etwas von der Flüssigkeit tropfte von ihrer Unterlippe, und Rowan glitt mit seinem Finger über ihre schön geschwungenen Lippen und wischte sie weg.

Sie schloß die Augen und wandte ihr Gesicht auf dem Kopfkissen ab. Rowans tiefe, ruhige Atemzüge erfüllten das Zimmer, während er im anheimelnden Kerzenschein ihr Gesicht musterte und ihre langen Wimpern über den zart geröteten Wangen betrachtete.

»Spüren Sie die Wirkung des Alkohols bereits?« fragte er leise.

»Mmmh«, flüsterte sie nickend. Sie hob ihren Kopf, um einen weiteren Schluck aus der ihr gereichten Flasche zu nehmen. »Ziemlich stark«, sagte sie und hob ihre schön geschwungenen dunklen Augenbrauen.

»Sie gehören zu den wenigen, die ein Privileg genießen dürfen«, sagte Rowan. »Meine Großmutter hütet den dänischen Aquavit wie ihren Augapfel.« Er lächelte.

Mhairis Mundwinkel umspielte ein Schmunzeln, das in Verbindung mit den geröteten Wangen und den glänzenden Augen ungeheuer liebreizend wirkte. »Aquavit – das bedeutet Lebenswasser. Es schmeckt fast so wie unser *uisge beatha* im Hochland, was ebenfalls Lebenswasser heißen soll.«

»Ich habe dieses Getränk aus dem Hochland noch nie probiert, obwohl ich schon davon gehört habe. Was machen Ihre Schmerzen?« Mhairi zog eine Grimasse und schüttelte den Kopf. Er flößte ihr einen weiteren Schluck ein.

Mit einem tiefen Seufzer ließ sie sich entspannt auf das Bett sinken. »Ach, ist das warm hier im Zimmer.«

»Deshalb nennen wir solche Getränke auch Feuerwasser«, erklärte er.

»Vielleicht auch, weil es in der Kehle brennt?« fragte sie und nahm einen weiteren Schluck. Er bemerkte die hochroten Flecken auf ihren Wangen.

»Ich ziehe Ihnen die Stiefel aus, dann wird es Ihnen etwas kühler.«

Als sie nickte, zog Rowan ihr die hohen Stiefel aus und warf sie auf den Boden. Als er sich zu ihr umdrehte, hatte Mhairi einen Knöchel auf ihr angezogenes Knie gelegt. Ihr bestrumpfter Fuß schaukelte vor seinem Gesicht.

»Helfen Sie mir, meine Strümpfe auszuziehen«, bat sie.

Er rollte den Strickstrumpf von ihrem schlanken Bein. Sie hob ihr anderes Bein, und er zog ihr auch diesen Strumpf aus. Sein Blick streifte ihre schlanken Fesseln und ihren anmutigen Fuß.

Seufzend drehte sie sich auf dem Bett um und stöhnte dann leise. Dieses Geräusch erregte Rowan unwillkürlich.

Er räusperte sich. »Wie geht es Ihrer Schulter denn jetzt?«

Vorsichtig betastete sie sie. »Der Schmerz hat nachgelassen. Sie sind ein guter Arzt, Blackdrummond.« Sie lächelte, und eine Strähne ihres glänzenden Haars fiel ihr über das Gesicht. Mit einem Finger strich Rowan die seidige Lockenpracht zurück und setzte die Flasche an ihren Mund.

»Noch einen winzigen Schluck«, sagte er. *»Slàinte.«*

Sie schmunzelte. »Sie sprechen gälisch?«

»Nur dieses eine Wort. Gesundheit, nicht wahr?«

»Stimmt. Slàinte«, murmelte sie und umschloß den Flaschenhals mit ihren Lippen. Dann lehnte sie sich zurück und fuhr sich mit der Zunge über ihre Unterlippe, eine unbewußte, laszive Geste, die Rowan beinahe den Atem raubte.

Sie hob den Kopf, um ihn anzuschauen. Ihre Augen unter den halbgeschlossenen Lidern schimmerten rauchgrau unter dichten, dunklen Wimpern. Die verlockenden Rundungen ihrer Brüste zeichneten sich unter dem Leinenhemd ab, wenn sie Atem schöpfte. Rowan konnte seinen Blick nicht von ihr abwenden.

Sie umschlang sein Handgelenk und hob seine Hand mit der Flasche. »Wenn meine Brüder *uisge beatha* trinken, sagen sie *suas e, sios e.*« Sie legte ihre Hand auf die seine, führte die Flasche zum Mund und trank. »Was soviel bedeutet wie hinein und hinunter. Jetzt sind Sie an der Reihe.« Sie drückte ihm die Flasche an die Lippen. »Trinken Sie. *Suas e, sios e.*«

Er wiederholte den Satz, so gut er konnte. Mhairi lachte glockenhell. Ihre Finger, die die seinen am Flaschenhals berührten, waren zart und weich, und er wurde von einem nie gekannten Gefühl übermannt. Er nahm einen Schluck, spürte die entspannende Wirkung des Alkohols, und senkte die Flasche.

Mhairi lächelte ihn unter schweren Lidern an, und er runzelte die Stirn. Er erkannte, daß sie Alkohol nicht gewohnt war. Die Auswirkungen des Aquavits machten sich bei ihr viel schneller bemerkbar, als er gedacht hatte, denn sie war schon so gut wie betrunken.

»Vermutlich haben Sie jetzt genug«, sagte er und setzte den Wachskorken wieder auf die Flasche.

»Ein guter Arzt«, wiederholte sie. »Aber ein schlechter

Grenzoffizier. Warum haben Sie mich auf der Straße gestellt?« Ihre feuchte, bebende Unterlippe ließ seine Erregung heftiger werden.

Rowan seufzte und legte seine Hände auf ihre Hüften. Das Federbett gab zwischen ihnen nach. »Ich habe nur getan, was ich Ihnen für den Fall angedroht hatte, wenn Sie erneut ausritten«, murmelte er.

Ihre Augen verengten sich zu Schlitzen. »Der Blackdrummond steht wohl immer zu seinem Wort.« Als er sich über sie beugte, schlug ihm ihr heißer Atem betörend ins Gesicht. Sein Herz klopfte zum Zerspringen. Er war fasziniert von ihren weichen Lippen und den riesigen Augen, von ihrem angenehm warmen Körper auf seinem Bett.

»Natürlich«, flüsterte er.

»Was werden Sie jetzt mit mir machen?« Ihr Blick glitt über sein Gesicht, verharrte an seinem Mund und fixierte schließlich seine Augen.

»Was sollte ich denn mit Ihnen machen?« Er betrachtete ihren Mund.

Langsam schloß sie ihre Augen und hob ihr Gesicht.

Rowan senkte den Kopf und hielt über ihren Lippen inne. Für Sekundenbruchteile verharrte er dort, begehrte sie so sehr, daß sein Körper beinahe rebellierte. Doch er gebot sich mit rasendem Herzen Einhalt.

Mhairi blickte zu ihm auf, ihre Augen waren groß und durchschimmernd im Kerzenschein. Rowan überkam die irrwitzige Vorstellung, daß ihre silbergrauen Augen wie die Tiefen des Meeres wirkten, in dem sich ihre zarte, empfindsame Seele spiegelte.

Sie legte ihre rechte Hand auf seinen entblößten Unterarm. Die durchdringende Wärme ihrer Haut riß die letzten Schranken seiner Zurückhaltung ein und zog ihn mit der Kraft eines reißenden Stromes in ihre Arme.

»Mhairi«, flüsterte er mit angehaltenem Atem. Er senkte seinen Kopf und suchte ihre Lippen. Ihr Mund war warm und weich; er schmeckte eine angenehme Süße, die sich mit dem Geschmack des Aquavit vermischte.

Sie lechzte nach seinem Mund und griff nach seinem

Hemd, um ihn näher an sich zu ziehen. Mit klopfendem Herzen küßte er sie erneut, leidenschaftlich umschlossen seine Lippen ihren Mund, und seine Hand glitt durch ihre seidige Lockenpracht. Sie schlang ihren rechten Arm um seinen Hals, öffnete ihre Lippen und stieß einen leisen Seufzer des Lustempfindens aus.

Rowan streichelte ihr wohlgeformtes Kinn und spürte ihre samtweiche, glühende Haut. Seine Finger glitten über ihre Kehle, und sie warf ihren Kopf zurück. Heftig erwiderte sie seinen Kuß. Der Alkoholgeschmack an ihren Lippen erhitzte sein Gemüt.

Als der geöffnete Kragen ihres Hemdes tiefer rutschte, strich Rowan mit seinen Fingern über ihr Schlüsselbein und über ihr Dekolleté, er spürte die glatte, zarte Haut und ihre filigranen Knochen. Ihr gleichmäßiger Herzschlag pulsierte unter seinen Fingerspitzen. Ihre betörend geschmeidige Haut fesselte ihn und erregte ihn. Ihr Körper und ihr Mund waren so anziehend, so warm und wunderbar.

Zu wunderbar, zu anziehend. Mit einem tiefen Atemzug setzte er sich abrupt auf. Er konnte nicht – wollte nicht – annehmen, was sie ihm anbot, nicht in diesem Zustand, gleichgültig, wie sehr er sie begehrte. Ihr Verhalten war die Reaktion auf den Alkohol, den er ihr selbst eingeflößt hatte.

Schweigend und voller Verwunderung blickte ihn Mhairi an. Rowan rieb sich die Augen und fuhr sich mit seinen Fingern langsam durchs Haar, schöpfte Atem und entspannte schließlich wieder.

»Rowan?« murmelte sie. »Ich …«

»Pst.« Mit einem Finger berührte er ihre Lippen. »Ich denke, ich sollte mich um Ihre Schulter kümmern, bevor ich vergesse, weshalb Sie in meinem Bett liegen.«

Zögernd nickte sie, lockerte ihren Hemdkragen und entblößte ihre linke Schulter. Rowan atmete tief ein, zwang sich zur Konzentration und glitt mit seiner Hand zu ihrem Schulterknochen.

Stirnrunzelnd untersuchte er ihr Schulterblatt mit seinem Daumen, um ihr Kugelgelenk zu ertasten. Als er ihren Oberarm berührte, hielt Mhairi vor Schmerzen den Atem an und biß sich auf ihre Unterlippe.

Rasch zog er seine Hand fort. »Ich wollte Ihnen nicht weh tun.«

Sie schüttelte den Kopf. »Sie waren sehr vorsichtig. Aber ich kann meinen Arm nicht bewegen. Ich vermute, er ist ausgekugelt.«

»Stimmt. Aber wenn es Ihnen nichts ausmacht, kann ich ihn einrenken.« Schlagartig verhielt er sich ihr gegenüber wieder reserviert. Trotzdem hatte sich etwas Grundlegendes zwischen ihnen geändert; der plötzliche leidenschaftliche Kuß schien ihm zu einer neuen, unbekannten Empfindung verholfen zu haben, die er gemeinsam mit ihr vertiefen wollte.

Zögernd nickend beobachtete sie ihn mit weit aufgerissenen Augen. Dann wandte sie ihr Gesicht ab, und ihr Hemd gab ein Stück ihrer Schulter frei, so daß die blasse Rundung ihrer linken Brust sichtbar wurde. Rowan wandte seinen Blick ab und biß die Zähne zusammen, um dem Verlangen, ihre Brüste zu streicheln und ihr Zerstreuung und Vergnügen zu bereiten, zu widerstehen. Er versuchte, sich auf ihre Schulter und ihre unangenehme Verletzung zu konzentrieren.

»Mhairi, wann ist das passiert?« fragte er, während er ihre Schulter betrachtete. »Etwa, als ich Sie vom Pferd gezerrt habe?«

Sie schüttelte den Kopf. »Sie können nichts dafür. Clem Elliot verfolgte mich und versuchte mich vom Pferd zu ziehen. Er riß an meinem Arm.«

Er kniff die Augen zusammen. »Als ich ihn sah, tobte er, daß Sie ihn angegriffen hätten.«

»Nun, ich schlug mit meiner Pistole zu«, sagte sie mit tonloser Stimme.

Er versuchte ernst zu bleiben. »Aha. Ihre bevorzugte Waffentechnik.«

Sie sah ihn empört an. »Ich habe ihn nicht angegriffen. Er verfolgte mich auf meinem Ritt zu den Armstrongs, und deshalb habe ich zugeschlagen.«

Nachdenklich schweigend musterte er sie, dann nickte er. Er hörte keine Falschheit, sondern nur Ehrlichkeit aus ihren Worten heraus. Ihm war klar, daß zumindest diese Aussage der Wahrheit entsprach. Trotzdem tat er gut daran, sich stets vor Augen zu führen, daß sie nicht immer die Wahrheit sagte, wie der versteckte spanische Brief ja bewies.

»Sie haben mich gestellt, obgleich ich gar kein Verbrechen beging«, rügte sie ihn leise.

Er seufzte. »Früher oder später hätte ich Sie ohnehin überwältigt«, sagte er. »Das habe ich Ihnen bereits angekündigt. Besser ich als Clem Elliot.«

»Er wollte mich nicht einsperren, sondern lediglich ein Lösegeld.«

»Lösegeld oder etwas anderes«, entgegnete er. Der Gedanke, was Clem vermutlich beabsichtigt hatte, trieb ihm die Zornesröte ins Gesicht. Er war versucht, sie zu rügen, weil sie in der Nacht ausgeritten war, doch dann hörte er, wie die Zimmertür geöffnet wurde, und er drehte sich um.

Mit Grace im Schlepptau betrat seine Großmutter den Raum. Das junge Dienstmädchen stellte einen Kübel Wasser sowie einen Stapel Tücher auf die Holzkiste, nickte Rowan und Mhairi unter ihrer Haube zu und verschwand dann auf Annas Geheiß erneut aus dem Zimmer.

Anna stellte einen Topf mit Tonerde auf die Truhe und krempelte dann die Ärmel ihres Nachthemds hoch. »Wie kann ich mich nützlich machen?«

»Setz dich hinter sie«, sagte Rowan. Anna setzte sich zu Mhairi auf das Bett und stemmte sich in deren Rücken. »Halt sie fest und stütze ihre Schulter mit einer Hand ab«, dirigierte Rowan, der eines seiner Knie auf dem Bett abstützte.

Anna legte einen Arm um Mhairis Brustkorb und stemmte ihr die andere in den Rücken. »Liebes Kind, komm, lehn dich an mich. So. Huch, heb den Kopf. Gütiger Himmel.« Stirnrunzelnd blickte Anna zu Rowan. »Jedenfalls hat sie genug dänisches Feuerwasser getrunken, denke ich«, meinte sie bedeutungsvoll.

Rowan verzog die Lippen und hob Mhairis linken Arm

so vorsichtig an wie Glas. Sie stöhnte, doch ihre entspannte Muskulatur sagte ihm, daß der Aquavit Wirkung gezeigt hatte. Er untersuchte den seltsam entstellten Arm, überlegte, welche Position für ihn am günstigsten war und in welche Richtung er ihn ziehen und drehen sollte. Nach einem Augenblick nickte er.

Auf dem Bett knieend legte Rowan eine Hand um Mhairis Schultergelenk und stemmte seine andere Hand gegen ihren Brustkorb. Unter seinen Fingern spürte er den zierlichen Knochenbau, die entspannte Muskulatur und ihren gleichmäßigen Herzschlag.

»Entspann dich, mein Kind«, redete Anna Mhairi gut zu. »Unser Rowan ist ein lieber Junge.«

Mit einem liebreizenden Lächeln wandte Mhairi ihren Kopf ab.

Rowan holte tief Luft. Dann nickte er Anna zu. »Halt sie jetzt gut fest.«

Mit einem plötzlichen Ruck zog der den Arm nach unten und drehte ihn dann leicht nach oben, um ihn wieder in seine ursprüngliche Lage zu versetzen.

Sobald er den Arm anhob, hielt Mhairi den Atem an und verkniff sich einen lauten Aufschrei. Rowan vernahm das charakteristische Geräusch, als der Knochen wieder im Kugelgelenk einrastete. Er ließ ihren Arm los, und Mhairi, der sämtliche Farbe aus dem Gesicht gewichen war, entfuhr ein tiefes, kehliges Stöhnen. Sie zuckte zusammen, rollte mit den Augen und ließ sich gegen Anna sinken.

»Mhairi?« Rowan beugte sich über sie und fuhr ihr, entsetzt über ihre Leichenblässe, mit zitternden Fingern über die feuchte Stirn.

»Sie ist erneut in Ohnmacht gefallen, das arme Kind«, sagte Anna. Sie löste sich von ihr und bettete sie auf die dikken Federkissen. »Morgen hat sie einen schweren Kopf und einen Bluterguß, der noch einige Tage schmerzen wird. Hier, mein Junge, hilf mir, die Decke über sie zu breiten.«

Rowan setzte sich zu ihr auf die Bettkante, während Anna den Topf mit der mitgebrachten Tonerde nahm. Nachdem sie eine Handvoll der schmierigen braunen Masse auf Mhairis Schulter und Oberarm verteilt hatte, bedeckte sie sie mit einem weichen Verband.

Mit einem Stoßseufzer wischte sich Rowan über seine Stirn und stöhnte auf, als seine Hand die alte Kopfverletzung streifte, die immer noch nicht gänzlich verheilt war. Als er seinen Arm senkte, bemerkte er die beobachtenden Blicke seiner Großmutter.

»Du siehst müde aus«, sagte sie.

Er nickte. »Ich schlage mein Nachtlager im Saal auf.«

»Das ist nicht notwendig. Grace und ich haben die Schlafkammer nebenan für Mhairi vorbereitet.

»Dann schlafe ich dort. Heute nacht werden wir sie nicht mehr umquartieren. Lassen wir sie schlafen.«

»Natürlich. Ich habe Grace nach draußen geschickt, um einen kalten Stein aus dem Bach zu fischen, mit dem wir ihre Schulter vorübergehend kühlen können. Morgen wird ihre angewärmte Kleidung den Schmerz und die Zerrung lindern.« Anna strich eine verschwitzte Locke aus Mhairis Stirn und blickte zu Rowan. »Morgen früh wirst du mir erklären, wie sie sich mitten in der Nacht eine solche Verletzung zuziehen konnte. Aber im Augenblick bin ich einfach zu müde, und deshalb gehe ich jetzt zu Bett.« Sie erhob sich.

»Danke, Großmutter«, murmelte er.

»Rowan.« Sie klopfte ihm auf die Schulter. »Was auch immer heute nacht zwischen dir und Mhairi Macrae vorgefallen ist, du hast ihr wenigstens geholfen.« Mit einem erschöpften Nicken verschwand sie.

Er streckte seine Hand aus, ergriff Mhairis Finger und führte sie an seine Lippen.

Dann stand er auf und machte sich auf die Suche nach seinem Nachtquartier.

Kapitel 14

Wenn Muscheln wie silberne Glöckchen klingen
Und Fische fliegen von Ast zu Ast
Wenn Frost und Schnee glühende Funken sprühen,
Dann trink ich den Wein mit dir ohne Hast.
– ›Jamie Douglas‹

Der starke Wind der vorangegangenen Nacht brachte Regen mit sich. Nachdem Rowan länger als eigentlich beabsichtigt geschlafen hatte, schritt er am nächsten Morgen die Treppe hinunter und fand den Saal bis auf das Plätschern des Regens still und verlassen vor. Zwei schmale Fenster und das schwelende Kaminfeuer hüllten den Raum in ein diffuses Dämmerlicht.

Mit einem Kissen unter ihrem linken Arm und eingehüllt in eine Decke thronte Mhairi in Jock Scotts Ohrensessel und befand sich mutterseelenallein im Zimmer. Sie wirkte einsam und verloren mit ihren geschlossenen Lidern, dem nach hinten gelehnten, blassen Gesicht und der Schlinge um ihren verletzten Arm. Rowan fiel auf, daß sie einen pelzverbrämten Hausmantel aus grüner Damastseide trug, der seinem Großvater gehörte, und darunter ein Leinengewand, vermutlich eine Leihgabe seiner Großmutter. Ihre Füße, die unter dem Kleidersaum hervorlugten, waren mit einem Paar seiner eigenen Strümpfe aus feinster brauner Seide bekleidet, die er selbst in den letzten drei Jahren nicht zu Gesicht bekommen hatte.

Als er sich umsah, fiel sein Blick auf die Flaschen und Tiegel auf dem Tisch, die zweifellos Annas Salben- und Kräuterarsenal enthielten. Seufzend fuhr er sich mit einer Hand durch das Haar. Seine Gefangene wurde unter seinem Dach von seiner eigenen Großmutter verhätschelt.

Für die vergangene Nacht mußte er sich eingestehen, daß er sich ihr gegenüber mindestens ebenso zuvorkommend verhalten hatte. Aber heute morgen waren ihm erneut die in der Krypta verborgenen Dokumente eingefallen. Mit Ausnahme des spanischen Schriftstücks, das er im Geheimfach seines Beutels hatte verschwinden lassen, bewahrte er sie in einer verschlossenen Truhe auf. Jetzt fragte er sich, ob er am Abend zuvor einen Spion in seinem Bett verarztet hatte.

In der Annahme, daß Mhairi schlief, goß sich Rowan schweigend einen Becher Bier ein, der in einem gekühlten Krug auf dem Tisch stand. Mit der Hüfte an die Tischplatte gelehnt, betrachtete er die klare Linie ihres Gesichts und trank einen Schluck. Regentropfen trommelten an die Fensterscheiben, und das Feuer knackte im Kamin.

Kurze Zeit später atmete Mhairi tief ein, schlug ihre Lider auf und wandte ihren Kopf in seine Richtung. Ihre dunklen Augenringe und das zerzauste schwarze Haar vermittelten ihr ein benommenes, unschuldiges Aussehen. Seine ihr gegenüber gehegten Verdachtsmomente gerieten vorübergehend ins Wanken. Sicherlich hatte sie immer noch Schmerzen.

»Einen guten Tag wünsche ich Ihnen«, murmelte er und hob seinen Becher. »Wie wär's mit einem morgendlichen Schluck Gerstensaft?«

Angeekelt schüttelte sie den Kopf und legte eine Hand an ihre Schläfe.

»Wie geht es Ihrer Schulter?« fragte er.

»Besser als meinem Schädel«, seufzte sie.

»Ach so.« Es gelang ihm nicht, ein leichtes Grinsen zu unterdrücken. Er überspielte es mit einem weiteren Schluck. »Von dem dänischen Aquavit bekommt man einen ordentlichen Kater.«

Sie warf ihm einen zornigen Blick zu und bedeckte die Augen erneut mit ihrer Hand. »Mußten Sie mir denn soviel davon einflößen?«

»Mein Mädchen, Sie haben ihn getrunken, wie ein Baby seine Milch vertilgt«, scherzte er.

Ein bitterböser Blick funkelte in seine Richtung, und sie errötete, was sicherlich nicht vom Kaminfeuer herrührte.

Rowan grinste in seinen Bierbecher. Mißtrauen hin oder

her, ihr augenblicklicher Groll zog ihn unwiderstehlich an. Ihre mißliche Lage hatte ihre allgegenwärtige Kühnheit verdrängt. Er sah wieder dasselbe sanfte, unbekümmerte Mädchen vor sich, das im Kerker von Lincraig seine Wunde verarztet und das Neugeborene so liebevoll wie eine Madonna in den Armen gehalten hatte.

Ihre morgendliche Stimmung entsprach dem aufkommenden Unwetter, und am Abend zuvor hatte sie sich ebenso unerschrocken und unbeugsam wie der heftige Wind über dem Hochmoor verhalten. Er fand dieses wechselhafte Temperament nicht unangenehm, sondern eher faszinierend.

Und, genau wie bei Jock und Anna, hatte auch er das Gefühl, sie ständig necken zu müssen. Es machte ihm Spaß, sie zum Erröten zu bringen, andererseits wollte er ihr aber nicht weh tun.

»Ehrlich gesagt, Mhairi, soviel war es gar nicht«, sagte er beruhigend. »Sie vertragen nur keine harten Sachen, das ist alles.«

»Ich weiß«, stöhnte sie. »Ich werde nie wieder Alkohol trinken.«

»Und Ihrer Schulter geht es wieder besser?« wollte er wissen.

Sie nickte. »Sie ist lediglich etwas steif. Rowan ... ich danke Ihnen, daß sie sich nicht nur meiner Verletzung angenommen, sondern auch Christie geholfen haben.«

Ihre Blicke trafen sich, und er fixierte sie. »Devil's Christie ist der Sohn eines guten Freundes. Davys Familie würde ich immer helfen. Und ich war Ihnen die Pflege schuldig. Hierfür.« Er berührte die blaßgelbe Beule an seiner Stirn und zog seine Brauen hoch. »Daran wäre ich vielleicht gestorben, wenn Sie mich nicht verarztet und gepflegt hätten.« Er sagte es zwar leichthin, trotzdem war es ihm ernst. Sie hatte ihm zwar den Schlag versetzt, doch ihn voller Sorge betreut. Er hatte es nicht vergessen.

Nachdenklich blickte Mhairi ins Feuer. »Scherzen Sie nicht mit mir. Ich weiß, daß Sie mir allenfalls Vergeltung schulden, für die ich nun büßen muß, seit Sie mich gestern nacht auf der Straße überwältigten.« Ihr Blick wanderte zu ihm. »Also, was haben Sie mit mir vor? Werden Sie mich in Ihrem Kerker anketten?«

Er stellte seinen Becher ab. »Gestern nacht hatte ich wirklich vor, sie dort unten schmoren zu lassen und Ihnen das ABC der Grenzgesetzgebung beizubringen. Aber mir war nicht klar, daß sie sich verletzt hatten.« Er seufzte, dann fuhr er fort: »Ich habe Sie auf frischer Tat ertappt und bin verpflichtet, Sie zu inhaftieren.«

»Dann haben Sie also allen Ernstes vor, mich in dieses dunkle Loch zu stecken?«

»Als Gefangener in England verbrachte ich aufgrund der Tatsache, daß ich Gutsherr bin, die meiste Zeit in einem schönen Zimmer auf dem Anwesen des Gefängnisdirektors. Mit verdienstvollen Gefangenen verfährt man häufig so. Deshalb werde ich Ihnen das Verdienst erweisen, Ihre Strafe in meinem Zimmer abzusitzen.« Auf ihr tonloses Seufzen hin hob er beruhigend seine Hand. »Ich selbst werde nicht dort sein. Aber Sie werden Blackdrummond erst wieder verlassen, wenn ich es Ihnen gestatte.«

Sie beobachtete ihn im Feuerschein, und ihre Augen sprühten Blitze. »Und Sie werden nicht zulassen, daß ich für Iain bürge?«

»Nein, das werde ich nicht tun.«

»Werden Sie Simon Kerr informieren, daß Sie mich gefaßt haben?«

Er dachte an die von ihm aufgespürten Schriftstücke, die Mhairi und ihrem Bruder zum Verhängnis werden konnten. »Später vielleicht. Zunächst brauche ich noch einige Erklärungen.«

»Waren Sie in Abermuir?« fragte sie. Er nickte bejahend. »Dann haben Sie Iain also gesehen.«

»Das würde Simon niemals gestatten«, erwiderte er und hielt inne. Ihm war bewußt, daß ihr das Folgende sehr zusetzen würden, aber er mußte es einfach sagen. »Mhairi … Sie sollten wissen, daß Ihr Bruder nach der nächsten Parlamentszusammenkunft an die Engländer ausgeliefert wird.«

Sie starrte ihn an und umklammerte mit ihrer Hand die Sessellehne, bis ihre Fingerknöchel weiß hervortraten. »Sie haben Simon diese Anordnung überbracht?«

»Ja«, gestand er ruhig. Er trat auf sie zu. »Mit einem vom Kronrat versiegelten Vollstreckungsbefehl.«

Jegliche Farbe war aus Mhairis Gesicht gewichen, als sie nun zu ihm aufblickte. »Sie hatten das Schriftstück«, flüsterte sie. »Sie hatten es und haben mir nichts gesagt.«

»Sie hätten nichts dagegen unternehmen können.«

»Ich hätte es Ihnen weggenommen.« Sie senkte ihren Kopf. Eine Träne fiel auf ihre Hand. »Und dann hätte ich es verbrannt.«

Um sie anzuschauen, ging er in die Hocke, doch sie schüttelte abwehrend den Kopf. Eine weitere Träne fiel auf die grüne Damastseide.

»Ich habe mit allen Mitteln versucht, dieser Sache ein Ende zu bereiten«, sagte sie mit unterdrückter Stimme. »Und jetzt haben Sie Iain zum Tode verurteilt.« Sie unterdrückte ein Schluchzen. Als er ihre unaufhaltsamen Tränen bemerkte, dachte Rowan, daß ihr die Erschöpfung und der Schmerz jeglichen Mut geraubt hatten. Und er erkannte auch, daß es ihr voller Ernst war, ihrem Bruder zu helfen und ihn zu beschützen, gleichgültig, was sonst noch auf dem Spiel stand.

»Mhairi, der Kronrat hätte weitere Kuriere mit Vollstreckungsbefehlen gesandt«, sagte er sanft. Ihre Tränen setzten ihm mehr zu, als er sich eingestehen wollte. Er wollte sie berühren, ihre Tränen trocknen, aber er rührte sich nicht. »Simon hätte die Information auf jeden Fall erhalten«, fuhr er fort. »Sie hätten es nicht verhindern können. Simon oder aber die Grenzräuber, die sich durch Ihre nächtlichen Ausritte gestört fühlten, hätten Sie überwältigt. Irgendwann hätte alles ein Ende gefunden.«

»Aber mein Bruder wird sterben, wenn die Engländer ihn in ihren Gewahrsam nehmen.«

»Wenn er es verdient hat. Er wird seine Gerichtsverhandlung bekommen.«

Verbittert lachte sie auf, und er erriet ihre Einstellung

gegenüber englischen Gerichtsverfahren. »Wären Sie auch so brutal, wenn es um Ihren eigenen Bruder ginge?«

Er biß die Zähne zusammen. »Ja, das wäre ich.«

Ihr Blick war zornig, doch ihre feuchten Augen bezauberten ihn. »Es interessiert mich nicht, wie finster Ihr Kerker oder wie stark Ihre Ketten sind, Blackdrummond. Ich weiß nur, daß ich nicht hierbleiben werde.« Unmerklich schwankend erhob sie sich. Die Decke glitt zu Boden.

Er richtete sich zu voller Größe auf. »Sie tun das, was ich für richtig halte.«

»Nein, tue ich nicht.« Sie schlug seine ausgestreckte Hand fort und drehte sich auf dem Absatz um. Stolz erhobenen Hauptes schritt sie zur Tür, den Saum des grünen Damastgewandes wie die Schleppe einer Königin hinter sich her schleifend.

Einen Fluch ausstoßend stürmte ihr Rowan hinterher.

An der Tür holte er sie ein, packte ihren gesunden Arm und zog sie zurück. Ihr schmerzverzerrter Gesichtsausdruck ließ ihn seine impulsive Handlung sofort bereuen. Er ließ sie los, baute sich jedoch mit funkelndem Blick vor ihr auf und stemmte seine Schulter gegen die Tür, so daß sie diese nicht öffnen konnte. Mit ihrer rechten Hand zerrte sie vergeblich daran, denn ihr linker Arm steckte hilflos in seiner Schlinge.

»Sie werden hierbleiben«, befahl er. »Und wenn ich Sie in meinem Schlafzimmer anketten muß, Sie bleiben hier.«

Sie stemmte sich gegen seine Brust, vergebens, da er keinen Millimeter nachgab. »Selbst wenn Sie König Jamie Stewart persönlich wären, interessierte mich das nicht. Sie können mich hier nicht festhalten!« Sie wandte sich erneut der Tür zu und zerrte an dem Eisenring.

Verärgert seufzte er. »Wohin würden Sie gehen? Einen Ihrer Kerr-Vettern holen, damit er mit glühender Lanze auf mich losgeht?«

»Nein, obgleich Sie ein Halunke und ein Kriecher sind«, herrschte sie ihn an, während sie die Tür traktierte. »Ich will zu Simon und ihm erklären, daß ich diejenige war, die auf der Straße von Lincraig ihr Unwesen getrieben hat. Ich werde ihn bitten, mich als Pfand für meinen Bruder zu nehmen, was auch immer dann geschieht. Eine andere Möglichkeit sehe ich nicht.«

»Sie sind das verbohrteste Mädchen, das ich jemals kennengelernt habe«, knurrte Rowan und kratzte sich das Kinn. »Jetzt hören Sie mir einmal gut zu. Sie stecken genauso in Schwierigkeiten wie Ihr Bruder. Wenn ich zulasse, daß Sie von hier verschwinden, dann stellen Sie wieder irgend etwas Dummes an. Das Schicksal Ihres Bruders ist besiegelt, und Sie können es nicht mehr ändern. Wenn Sie Simon gestehen, daß Sie nachts in Lincraig gewesen sind, riskieren Sie eine Anklage wegen Hochverrats.«

Sie ließ den Türknauf los und blickte zu ihm auf. »Was soll das heißen? Welchen Verrats habe ich mich schuldig gemacht?«

»Die königlichen Kuriere anzugreifen ist Verrat, Mädchen. Und für die Unterschlagung spanischer Dokumente können Sie ebenso gehenkt werden wie Ihr Bruder.«

Sie funkelte ihn an. »Spanische Dokumente?«

»Ja, und das wissen Sie ganz genau. Auf Burg Lincraig habe ich spanische Schriftstücke sowie den zerbrochenen Amtsstab eines Kuriers und weitere Schreiben des Kronrats gefunden. Niemand außer Ihnen hätte diese Dinge dort versteckt. Woher hatten Sie sie?«

Sie blickte zu Boden. »Ich ... ich habe sie einem königlichen Kurier gestohlen.«

Ihr Zögern war ihm nicht entgangen. »Ich bezweifle, daß ein königlicher Herold ausländische Korrespondenz bei sich trägt.« Er trat von der Tür weg und ergriff den Ellbogen ihres gesunden Arms. »Kommen Sie mit mir, und ich bringe Sie in Sicherheit, bis ich die Wahrheit von Ihnen erfahren habe.« Er öffnete die Tür.

»Lassen Sie mich los«, stieß sie zwischen zusammengebissenen Zähnen hervor. Er reagierte nicht darauf.

Als sie in den Flur traten, kam Anna gerade aus der Küche. »Rowan! Siehst du, wie gut es Mhairi heute morgen bereits wieder geht.« Lächelnd trat sie zu ihnen und umarmte das Mädchen sanft. »Hat dir die Wärme des Feuers gutgetan?«

Mhairi warf Rowan einen schiefen Seitenblick zu. »Nicht besonders.«

»Nun, es wird dir schon bald wieder bessergehen. Du brauchst heiße Umschläge für deine Schulter.« Anna blickte zu Rowan. »Sie war schon vor Sonnenaufgang wach, das arme Kind, hatte einen riesigen Bluterguß und einen mordsmäßigen Brummschädel. Wie geht es überhaupt deinem Kopf? Besser? Grace und ich haben ihre Schulter mit feuchten Umschlägen umwickelt, und ich habe ihr einen Weidenaufguß gegen die Schmerzen verabreicht. Sie braucht noch einige Tage Ruhe. Kannst du hier bei uns bleiben, Mhairi? Das wäre am besten.«

»Sie wird bleiben.« Rowan bugsierte Mhairi zum Treppenaufgang.

»Gut! Dann bekommt sie dein Zimmer«, sagte Anna und schloß sich ihnen an.

»In Ordnung«, brummte Rowan, »so machen wir das.« Mhairi warf ihm einen grollenden Blick zu und schritt dann vor ihm die Treppe hinauf.

Rowan drückte die Tür seiner Schlafkammer auf und schob Mhairi sanft zum Bett. Ihn anfunkelnd ging sie zu dem Ohrensessel und setzte sich schmollend hinein. Anna trat zu ihr, legte ihr ein Kissen unter den Arm und hob die Füße auf einen Schemel.

Mhairi dankte ihr und warf Rowan einen weiteren grollenden Blick zu, der den Gewitterwolken draußen am Himmel in nichts nachstand. Verärgert seufzte er.

Anna beugte sich über einen auf dem Kaminsims stehenden Kübel Wasser und prüfte die Temperatur. »Immer noch warm genug für feuchte Umschläge. Ich werde einen Stein für deine Schulter erhitzen, aber feuchte Wärme ist am allerbesten.« Sie richtete sich auf und blickte von Rowan zu Mhairi. »Ihr beiden seht müde aus. Soll ich Grace bitten, das Mittagessen für euch hier im Zimmer zu servieren?«

Mhairi wirkte entsetzt. Rowan verzog abfällig sein Gesicht.

»Ich muß weg«, sagte er. »Ich muß zu einer Besprechung

nach Abermuir. Halte Mhairi hier in diesem Zimmer fest, Großmutter. Sie darf den Raum nicht verlassen.«

»Was?« Anna sah ihn verwirrt an.

»Er will mich als Gefangene hierbehalten«, sagte Mhairi. Rowan seufzte frustriert. Zwar hatte er vorgehabt, seiner Großmutter alles zu erklären, aber nicht jetzt und hier.

Anna blinzelte ihn erstaunt an. »Gefangene? Rowan, was soll das heißen?«

»Ich habe sie letzte Nacht überwältigt ...«, setzte er an.

Anna lächelte. »Ich wußte doch, daß es irgendein Geheimnis zwischen euch beiden gibt! Du hast Mhairi entführt, damit sie deine Braut wird!«

»Braut!« platzte Mhairi heraus.

»Ja, so wie es Jock vor fünfzig Jahren mit mir gemacht hat. Solche Ehen sind zu Beginn oft voller Feuer und später von Wärme geprägt ...«

»Sie ist nicht meine Braut«, knurrte Rowan. »Sie steht unter Arrest.«

Wie vom Blitz getroffen erstarrte Anna. »Gütiger Himmel! Was willst du damit sagen?«

Seufzend beugte sich Mhairi vor. »Lady Anna«, begann sie freundlich, »Sie haben sich mir gegenüber sehr liebenswürdig verhalten. Aber Sie müssen wissen, daß ich gegen die Grenzgesetzgebung verstoßen habe. Ich habe nachts auf der Straße von Lincraig Reiter überfallen.« Sie warf Rowan einen wütenden Blick zu. Er beobachtete sie unaufhörlich und staunte mittlerweile, daß sie im Umgang mit anderen Menschen so liebenswürdig und offenherzig sein konnte.

Wenn es ihr in den Kram paßte, dachte er voller Zynismus.

»Der Reiter von Lincraig – das sind Sie?« Anna starrte sie an. Mhairi nickte. »Und deshalb hat Sie Rowan festgenommen?«

»Ich dachte, es sei das beste, um sie davon abzuhalten, weitere Nachbarn zu belästigen«, meinte er trocken.

»Dann hast du sie also verletzt«, sagte Anna stirnrunzelnd.

Er schüttelte den Kopf. »Das war ein Unfall. Aber ich habe sie auf frischer Tat ertappt ...«

»Gestern nacht haben Sie mich nicht auf frischer Tat ertappt«, unterbrach ihn Mhairi. »Ich habe überhaupt niemanden verfolgt.«

»Nun, ich hatte Sie schon früher beobachtet.«

»Ja, als ich Sie überwältigte!« platzte Mhairi heraus.

Anna zwinkerte Rowan zu und hatte schlagartig begriffen. »Als du hierher kamst, sagtest du, daß du dem Reiter von Lincraig begegnet seist. Stammte deine Kopfwunde von ihrer Hand?«

»Ja, so war es«, gab Mhairi mit einem Anflug von Befriedigung zu.

Er spürte, wie ihm das Blut in die Wangen schoß, trotzdem blickte er die beiden streng an. »Als stellvertretender Grenzaufseher bin ich dafür verantwortlich, sie so lange zu inhaftieren, bis die Sache geklärt ist«, sagte er kühl.

»Was zum Teufel soll das? Mhairi als Reiter von Lincraig zu verhaften?« Die Tür wurde weit aufgerissen, und Jock betrat in Begleitung von Sandie den Raum. »Mhairi Macrae, was soll dieser ganze Unsinn?« fragte Jock.

Sie drehte sich in ihrem Sessel um und sah Jock stolz aufgerichtet an. »Es stimmt, Sir«, sagte sie mit fester Stimme. »Ich bin der Reiter von Lincraig. Und niemand sonst.«

Rowan bewunderte Mhairis anmutig aufrechte Haltung, mit der sie seinem gestrengen Großvater entgegentrat und sogar Devil's Christie zu schützen versuchte, indem sie alles auf sich nahm. Verwirrt über ihre vielschichtige Persönlichkeit, kniff Rowan die Augen zusammen. Sie war so harmlos wie eine Schlange.

»Warum bist du nachts dorthin geritten, Mhairi?« wollte Jock wissen.

»Ich wollte meinem Bruder helfen«, antwortete sie schlicht.

»Iain sitzt in Simons Gefängnis ein. Eine Horde Grenzräuber mit seiner Befreiung zu beauftragen, wäre vermutlich sinnvoller gewesen. Was wolltest du damit bezwecken?«

Mhairi zögerte und senkte verwirrt den Blick. Rowan räusperte sich. »Sie wollte verhindern, daß Simon Kerr Befehle vom Kronrat erhielt«, sagte er.

»Ah«, sagte Jock nickend.

»Och! Eine tolle Idee!« meinte Sandie. »Ich hätte das Gleiche getan, wäre Alec Scott eingebuchtet worden. Das war mutig, Mädchen. Wirklich, das gefällt mir.«

»Wirst du sie dem Gericht überstellen?« fragte Jock Rowan.

»Ich weiß noch nicht, wie ich mich entscheiden werde«, erwiderte Rowan. »Aber augenblicklich ist sie eine Gefangene im Sinne der Grenzgesetzgebung.«

»Grenzgesetzgebung hin oder her, du wirst dieses Mädchen nicht in einem Haus festhalten, in dem ich der Hausherr bin.« Entschlossen verschränkte Anna ihre Arme vor der Brust.

Er seufzte. »Großmutter ...«

»Sie ist verletzt«, sagte Anna. »Wie kannst du sie nur so behandeln? Gestern abend warst du ihr gegenüber zuvorkommend und hilfsbereit, Rowan. Gestern abend ...«

»Gestern abend brauchte sie Hilfe«, brummte er. Sein Blick schweifte zu Mhairi. Sie beobachtete ihn mit geröteten Wangen.

»Du kannst ein verletztes Mädchen doch nicht bei Wasser und Brot darben lassen«, meinte Sandie.

»Das hatte ich auch nicht vor«, sagte Rowan.

»Jeder von uns hier auf diesem Anwesen festgehaltene Gefangene ist mit Respekt behandelt worden«, warf Jock ein. »Das ist oberster Grundsatz der Blackdrummond Scotts.«

»Wir halten sie ja nicht gegen ein Lösegeld fest. Sie selbst hat sich wie eine Verbrecherin benommen. Dazu hat sie niemand gezwungen.«

»Sie hatte allen Grund dazu«, bemerkte Anna.

»Jaja, hatte sie.« Sandie nickte bekräftigend.

»Hier an der Grenze hilft eine Sippe der anderen, wenn es um Leben und Tod geht«, sagte Jock. »Sie hat ehrenhaft gehandelt. Es ist kein Verbrechen, seinem eigenen Bruder zu helfen.«

Rowan wich dem vielsagenden Blick seines Großvaters aus. »Mhairi wird die Konsequenzen ihres Tuns tragen müssen.«

Bedächtig schüttelte Jock den Kopf. »Wir können sie nicht verurteilen. Die Blackdrummond Scotts haben doch selbst alle Grenzgesetze übertreten. Junge, vergißt du denn so leicht?«

»Wie könnte ich?« Rowan atmete tief ein. »Aber heute habe ich mich streng an die Gesetze zu halten.« Und allen Grund dazu, dachte er grimmig. Wenn er den geheimen Spionagekanal zu den Spaniern nicht aufdeckte, würde er vermutlich selbst an die Engländer ausgeliefert. Das konnten seine Großeltern nicht ahnen. Und sie wußten auch nicht, daß Mhairi Macrae in irgendeiner Form ein wesentliches Glied dieser Kette darstellte.

»Pah«, meinte Sandie. »Grenzgesetzgebung.«

Energisch schob Rowan sein Kinn vor. »Sie wird hierbleiben und das Haus nicht verlassen. Ansonsten werde ich sie anderswo inhaftieren.«

Jock fluchte. »Hervorragend. Eine verdienstvolle Haftstrafe. Bist du einverstanden, Mhairi?«

»Oh, ich weiß alles über verdienstvolle Haftstrafen«, sagte Mhairi mit einem angesäuerten Blick zu Rowan. Er erwiderte ihren Blick, und sie hielt diesem stand.

»Wie ich sehe, hatte sie ihre Gerichtsverhandlung in meinem eigenen Haus«, sagte er. »Und ist sämtlicher Beschuldigungen enthoben worden. Trotzdem bleiben Sie auf Blackdrummond Tower, Mhairi Macrae, allerdings ohne Ketten, wie es scheint.«

»Rowan!« entfuhr es seiner Großmutter.

»Och, Frau, das hätte er ohnehin nie gewagt«, sagte Jock.

Auf seinem Ritt nach Abermuir durch die kalte, verregnete Landschaft war Rowan froh, daß er seine Frustration abbauen konnte, Mhairi umringt von ihren neuen, tatkräftigen Verbündeten zu wissen. Als er Blackdrummond Tower verließ, hatte Anna heiße Umschläge für Mhairis Schulter vorbereitet, während Sandie sich um neues Kaminholz kümmerte. Grace hatte ihr das Essen serviert, dazu frisches Wasser und eine Karaffe guten Weins. Und Jock hatte befriedigt zugesehen.

Voller Verärgerung war Rowan aufgebrochen. Nicht einmal einer inhaftierten Königin wurde mehr Bewunderung oder Zuwendung zuteil. Trotzdem hatte er sich letztlich durchgesetzt. Mhairi blieb, wo sie war. Seine Familie war jedoch entschlossen, sie auch nicht eine Sekunde lang für ihre Missetaten zu verantworten. Sie hatte die Herzen der Blackdrummond Scotts im Sturm erobert.

Alle außer einem, versuchte sich Rowan im stillen zu überzeugen. Er biß die Zähne zusammen und ritt durch die Regenwand. In der vergangenen Nacht hatte Mhairis Zauber auch bei ihm Wirkung gezeigt und seinen Körper in ihren Bann gezogen. Aber der kalte, verregnete Tag hatte ihn wieder zur Besinnung gebracht. Erneut dachte er an die von ihm auf Lincraig gefundenen Dokumente, die ihn in die eiskalte Wirklichkeit zurückversetzt und jegliche positive Empfindung gegenüber Mhairi verdrängt hatten.

Trotzdem erregte es ihn, wenn er an ihre warmen Rundungen dachte, an ihr bezauberndes Lächeln, ihre im Kerzenschein schimmernden Augen und ihre weichen, willigen Lippen.

Fluchend zog er seinen Helm tiefer ins Gesicht. Obgleich der Regen geräuschvoll auf den Stahl trommelte, hatte er sich geschworen, ihn niemals wieder abzunehmen – nicht nachdem er Mhairi Macraes Schlagkraft in einem Unwetter kennengelernt hatte. Immer wenn er sich in ihrer Nähe befand, mußte er sich dazu zwingen, den Begierden seines Körpers Herr zu werden. Und das erschwerte ihm eine objektive Entscheidung hinsichtlich der Sache mit ihrem Bruder sowie der Spionagegeschichte.

Vor ihm türmte sich Abermuir inmitten alter Eichen auf, deren spärliches goldenes Herbstlaub im Regen flatterte. Die Festung war ein dreistöckiges, massives L-förmiges Gebäude aus dem in dieser Gegend üblichen dunkelroten Sandstein. Mit Ausnahme einiger Türme und den Dachausstiegen, die später hinzugekommen waren, zeichnete sie sich schlicht und doch uneinnehmbar gegen den Himmel ab. Von den Beobachtungstürmen konnten Besucher und Feinde bereits über Meilen hinweg erspäht werden.

In dem Bewußtsein, daß man ihn sicherlich schon gesichtet hatte, atmete Rowan tief ein und ritt weiter. Es erfüllte ihn mit Neugier zu erfahren, ob der Grenzaufseher Heckie Elliot und seine Kumpane bereits gestellt hatte. Und er wollte – diesmal allerdings mit mehr Nachdruck – darum bitten, Iain Macrae zu sehen. Dieses Gespräch war absolut zwingend, wenn er den Befehlen des Kronrats Folge leisten sollte.

Wenn er erneut mit Kerr und seinen Truppen ausritt, kehrte er erst bei Sonnenaufgang nach Blackdrummond zurück. Und dann, dachte Rowan mißmutig, machte er am besten einen Riesenbogen um sein Schlafzimmer.

Dieser Ort war mit Scotts überfüllt, die nichts Besseres zu tun hatten, als ein hübsches Mädchen zu hofieren, das noch durchtriebener war, als alle Blackdrummond Scotts es jemals hätten sein können.

Kapitel 15

»Hüte deine Zunge, du stolzer Räuber,
Kein Schotte wird dich jemals befrei'n;
Denn wenn du meine Burg anrührst,
Dann schwör' ich, wird es dein Ende sein.«
– ›Kinmont Willie‹

»Heckie Elliot und seine Bande konnten fliehen«, erklärte Archie Pringle Rowan, während er ihm im riesigen Saal von Abermuir einen Becher Bier über den Tisch zuschob. Gemeinsam mit Simon Kerr und John Hepburn, einem seiner Offiziere, hatten sie sich zu einer Unterredung versammelt. »Südlich von Liddesdale schlugen sie einen geheimen Weg ein. Die Männer des Grenzaufsehers haben ihre Spur verloren.«

»Der Bürgermeister von Liddesdale hätte sie verfolgen können«, fluchte Simon. »Doch Walter Scott of Buccleuch, der diese Stellung innehat, ist ein schlimmerer Halunke als Heckie.«

»Buccleuch, Blackdrummond oder Lincraig – diesen Scotts kann man einfach nicht trauen.« Vielsagend blickte Hepburn zu Rowan.

»Soso, kann man das nicht?« Rowans Augen verengten sich zu Schlitzen. »Haben Sie irgendwelche Probleme mit mir, Hepburn?« Sein drohender Unterton war unüberhörbar.

»Jaja, da geht es ihm genauso wie mir«, knurrte Simon mit einem starren Blick auf Rowan, und seine verwitterte Gesichtshaut war rot vor Zorn. »Uns wurde berichtet, daß Mhairi Macrae in der Nacht ausgeritten ist – daß sie der Dieb von Lincraig ist! Sie haben sie überwältigt und nach Blackdrummond Tower gebracht.«

»Woher wissen Sie das?« fragte Rowan.

»Man hat beobachtet, wie sie auf dieser Straße gestern

abend einen Mann angegriffen hat. Sozusagen auf frischer Tat ertappt. Ich hätte es nicht geglaubt, wenn ich es nicht von einem meiner Männer erfahren hätte. Er war sich ganz sicher, und er hat auch gesehen, daß Sie dort waren und sie überwältigten.«

»Ich bin ihr begegnet«, sagte Rowan. »Das stimmt. Und ich allein entscheide, ob ich sie auf frischer Tat ertappt habe oder nicht.«

»Man hat gesehen, wie Sie sie überwältigten. Mein Beamter sagte, daß sie der gesuchte Reiter von Lincraig ist.« Simon schlug mit der Faust auf den Tisch. »Zum Teufel! Das Mädchen hat mich seit Wochen an der Nase herumgeführt. Sie kann es nicht allein bewerkstelligt haben. Wer ist mit ihr zusammengewesen? Einer aus Davy Armstrongs Familie? Diese verfluchten Ferniehurst Kerrs, die sie und ihren Zwillingsbruder großgezogen haben – meine eigenen verfluchten Vettern?«

»Sie war allein«, sagte Rowan tonlos.

»Ach ja? Und was gibt Ihnen das Recht, sie auf Ihrem Anwesen gefangenzuhalten?« brüllte Simon.

»Sie ritt über Jock Scotts Land und genießt damit die Integrität des Gutsherrn von Lincraig. Sie wird auf Blackdrummond Tower, seinem Wohnsitz, festgehalten.«

»Einen Teufel wird sie!« schnaubte Simon. »Sie und der alte Jock werden meine Autorität nicht mit einer solchen Bauernschläue untergraben. Bringt sie her, damit sie im Kerker von Abermuir neben ihrem Bruder schmoren kann!«

»Sie ist verletzt und kann sich nicht fortbewegen.«

»Das beurteile ganz allein ich.« Unflätig fluchend schlug Simon erneut auf den Tisch ein. »Ich weiß, daß das Mädchen eine Wildkatze ist. Das wußte ich schon, als sie mit meinem Neffen verlobt war.«

»Verlobt?« fragte Rowan verwirrt.

»Mit Johnny Kerr aus Cessford«, erwiderte Archie. »Er hieß bei allen nur der aufgeweckte Johnny. Vor zwei Jahren wurde er von einem gewissen Scott of Branxholm getötet.«

Sprachlos starrte Rowan Archie an. Einer seiner eigenen Vettern hatte Mhairis Verlobten umgebracht. Jetzt begriff er die Feindseligkeit, mit der sie ihm anfänglich begegnet war, und ihre Bemerkungen hinsichtlich der Unglaubwürdigkeit des Scott-Clans. Den aufgeweckten Johnny hatte sie allerdings mit keinem Wort erwähnt. Rowan kannte den Namen und erinnerte sich an einen jungen weizenblonden Mann, der sich einen berüchtigten Ruf als Grenzräuber gemacht hatte. Die Blackdrummond Scotts waren ihm mit widerwilliger Bewunderung begegnet. Bislang hatte Rowan noch nicht von Johnny Kerrs Tod erfahren. Die Nachricht versetzte ihm jedoch ein unangenehmes Gefühl in der Magengegend. Nach einer Weile erkannte er, daß er eifersüchtig war.

»Soweit ich mich entsinnen kann, hat sie sich wie eine streunende Wildkatze gebärdet und keinem Scott mehr über den Weg getraut«, sagte Simon. »Trotzdem hatte ich für das Mädchen immer viel übrig, und es enttäuscht mich, daß sie der Straßendieb sein soll. Ich mag es, wenn Frauen Feuer haben, aber das …« Er zuckte die Schultern.

»Frauen sollten so sanft und gefügig sein, wie der Allmächtige sie erschaffen hat«, sagte Hepburn. »Damit wir hart sein können, was?« Er lachte rauh. »Bringen Sie sie her, Scott, damit wir sie ordnungsgemäß verhören können.« Grinsend führte er seinen Bierbecher an seine Lippen.

»Sie wird mein Anwesen nicht verlassen«, sagte Rowan mit fester Stimme.

»Man wird mich für einen Idioten halten, wenn auch nur ein Wort davon nach außen dringt«, fuhr Simon ihn an. »Bringen Sie sie her, oder ich werde nach Blackdrummond reiten und sie mit Gewalt herausholen.«

»Laden Sie sie anläßlich der nächsten Parlamentszusammenkunft vor.« Rowan blickte Simon fest an und spürte die unterschwellige Spannung, die sich zwischen ihnen aufbaute.

»Eine Vorladung zur Parlamentstagung wäre ein geeignetes Rechtsmittel«, erklärte Archie Simon.

»Der Termin steht überhaupt noch nicht fest«, konterte Simon. »Diese Sache sollte jetzt verhandelt werden.«

»Wenn *wir* sie letzte Nacht erwischt hätten, hätte auf Lincraig eine ganz andere Form der Justiz stattgefunden«, sagte Hepburn.

»Sie meinen, erst hängen und dann für schuldig erklären?« Voller Abscheu betrachtete ihn Rowan. »Bedenken Sie, daß es sich um eine Frau handelt.«

»Nicht zu vergessen, um die Tochter des königlichen Anwalts«, gab Archie zu verstehen. »Simon, soll der Blackdrummond sie doch vorübergehend in seinem Gewahrsam behalten. Wo liegt das Problem? Ihr Bruder bereitet uns doch schon genug Schwierigkeiten.«

Rowan sah ihn scharf an. »Was meinen Sie damit?«

»Der Vater von Mhairi und Iain ist Duncan Macrae of Dulsie, einer der Anwälte des Königs und Gutsherr im Hochland«, erklärte Archie. »Der Sohn eines solchen Mannes darf nicht in Schottland gehenkt werden, es sei denn, der König selbst erklärt ihn für schuldig.«

Gedankenverloren erinnerte sich Rowan an Mhairis Worte bezüglich ihres Vaters. »Ein Anwalt des Königs dürfte doch mit Leichtigkeit eine Begnadigung für seinen Sohn formulieren können«, erwiderte er.

»Duncan Macrae hält sich in Dänemark auf, und ich selbst habe ihn nicht informiert. Ich weiß nicht, ob es der Kronrat getan hat«, fragte sich Simon. »Aber die heftigen Stürme, mit denen uns der Allmächtige ständig heimsucht, machen die Schiffahrt nach Dänemark beinahe unmöglich. Dieses verfluchte Wetter muß doch irgend etwas zu bedeuten haben.« Mit stumpfsinnigem Blick starrte er in seinen Bierbecher. »Es heißt, daß solche Zeichen das Ende der Welt einläuten.«

Während er zuhörte, bemerkte Rowan plötzlich, daß seine Nerven zum Zerreißen gespannt waren. Er hatte genug von dieser Unterredung und dieser Gesellschaft. »Nun denn, ich sollte besser jetzt mit Iain Macrae sprechen, bevor wir noch alle zum Jüngsten Gericht vorgeladen werden«, sagte er mit unverhohlenem Sarkasmus. Er erhob sich und griff nach seinem Helm. »Ihr braucht mir den Weg nicht zu zeigen. Den finde ich schon allein.«

Er wandte sich ab und durchquerte mit schweren Schritten den Raum, dessen hölzerne Bodendielen schmutzverkrustet waren. Hinter ihm brüllte Simon seinen Namen.

Sekundenbruchteile später hörte er das gleichmäßig stampfende Geräusch der Krücken von Archie Pringle, der hinter ihm her humpelte.

»Ich begleite Sie in den Kerker«, sagte Archie.

Überrascht zog Rowan eine Braue hoch und blickte zurück zu Simon, der sich erhoben hatte und ihnen nachstierte. »Wird Kerr das denn gestatten?«

Archie zuckte die Schultern. »Ich bin hier der dienstälteste Stellvertreter und für die Gefangenen zuständig. Ich habe die Zellenschlüssel. Simon wird zu uns stoßen. Er wird nicht zulassen, daß Sie mit Macrae unter vier Augen sprechen.« Er wartete, bis Rowan die Tür geöffnet hatte, und hinkte dann hinter ihm her.

Archie, der nur langsam vorankam, führte Rowan eine Wendeltreppe bis ins Kellergewölbe des Turms hinunter, das von einer rauchenden Fackel in ein schmutziggelbes Licht getaucht wurde. Zwei Beamte mit Stahlharnisch und -helm traten auf sie zu. Hinter den Wachtposten bemerkte Rowan eine Holztür mit massiven Eisenbeschlägen. Archie drehte einen Schlüssel im Schloß herum, öffnete sie und trat ins Innere.

Rowan betrat die winzige Zelle. Sogleich nahm er den schwachen, unangenehmen und doch vertrauten Geruch von altem Stroh, Schweiß und Urin wahr. Zu vertraut. Er versuchte, die in ihm hochkommenden Erinnerungen zu verdrängen.

Er wußte, was es hieß, Tag für Tag, jede unendlich langsam verrinnende Stunde in einem solchen Loch verbringen zu müssen. Monatelang hatte er in einem noch übleren Verlies zugebracht, bis ihn die Engländer schließlich ins Haus des Gefängnisdirektors verlegt hatten. In seiner dunklen, stinkenden Zelle hatte er mit zitternden Fingern einen Brief geöffnet und erfahren, daß Maggie seinen Bruder geheiratet hatte. An diesem Ort hatte er die zerstörerische Kraft wirklichen Treuebruchs zu spüren bekommen. Jetzt stand er hier und ballte seine Hände zu Fäusten, um seiner aufsteigenden Verbitterung Herr zu werden.

Dann blickte er zu dem kleinen Fenster, einem winzigen Spalt in der Wand, von dem schwache Lichtreflexe ausgingen, die einen am Boden kauernden Mann enthüllten. Schwankend richtete sich der Häftling auf, um Rowan gegenüberzutreten.

»Iain Macrae?« fragte Rowan.

Iain nickte und lehnte sich gegen die Wand. Stattlich und muskulös, war er viel zu abgemagert für seine Größe, sein dunkelblondes Haar und sein dunkler Schnurrbart waren ungepflegt. Als er seinen Kopf drehte, glitt das Dämmerlicht über seine Gesichtszüge. Rowan sah, daß eine seiner Wangen und ein Auge verletzt und angeschwollen waren und daß seine aufgeplatzte Lippe blutete.

Doch die ihn voller Haß musternden Augen waren von einem seltsamen Silbergrau. Er hatte die gleiche Augenfarbe schon einmal gesehen. Mhairi hatte ihm erzählt, daß Iain ihr Zwillingsbruder sei. Der Beweis dafür waren ihre identischen, faszinierenden Augen.

»Ich bin Rowan Scott of Blackdrummond«, stellte er sich vor und trat näher. »Ich habe einige Fragen an Sie.«

Iains Augen verengten sich zu Schlitzen und spiegelten seinen unverhohlenen Abscheu. »Sie sind Alecs Bruder«, stellte er tonlos fest.

»Bin ich. Sie sind vor einigen Wochen gemeinsam ausgeritten.«

»Ja.« Iain schob trotzig sein Kinn vor und schien keine weiteren Ausführungen zu diesem Thema geben zu wollen. Rowan erkannte die gleiche Eigensinnigkeit und Verbohrtheit, die ihm die Schwester dieses Mannes entgegenbrachte.

»Wie sind Sie an das spanische Gold gekommen?«

»Fragen Sie Ihren Bruder«, antwortete Iain. »Er kann Ihnen sicherlich mehr dazu sagen.«

»In diese Sache muß doch noch irgendein Dritter verwikkelt sein«, meinte Rowan. »Ist Ihnen das Gold übergeben worden? Oder haben Sie es zufällig irgendwo gestohlen?« Er bemerkte einen Anflug des Erstaunens in Macraes Blick und daß er fieberhaft überlegte. Dann wirkte er wieder verschlossen.

»Was veranlaßt Sie zu der Annahme, daß ich ausgerechnet mit Ihnen sprechen würde, Blackdrummond?« Iain klang verbittert und abweisend.

Rowan hörte das rasche, kratzende Geräusch von Stiefeltritten im Gang, und dann betrat Simon Kerr die winzige Zelle. »Wir wissen alles, was wir wissen müssen, Macrae, ob Sie nun reden oder nicht«, sagte der Grenzaufseher. »Rowan Scott wurde eigens vom Kronrat gesandt, um Alec zu finden und euch beide zu hängen. Und wer wäre besser für diese Aufgabe geeignet, was? Hier im Grenzgebiet wissen doch viele Bewohner, daß sich der Blackdrummond und sein Bruder nicht ausstehen können.« Simon grinste hinterhältig. »Rowan Scott hat einen Vollstreckungsbefehl des Kronrats überbracht, aufgrund dessen Sie bei der kommenden Parlamentszusammenkunft an die Engländer ausgeliefert werden.«

Der Blick, den Iain Rowan zuwarf, war durchdringend und voller Verachtung. »Sie haben eine Zeitlang im Haus des englischen Grenzaufsehers gelebt. Alec erzählte mir das. Hat er Sie für seine Seite gewonnen?«

Rowan spürte seine angespannte Kinnmuskulatur. »Wohl kaum«, knirschte er zwischen zusammengebissenen Zähnen hervor.

»Rowan ist Ihrer reizenden Schwester begegnet«, erzählte Simon leutselig. »Gestern abend hat er sie auf der Straße auf frischer Tat ertappt. Und er hat gesehen, wie Ihr Haus niedergebrannt wurde, nicht wahr, Blackdrummond?«

Iain trat einen Schritt auf Rowan zu. »Sie verfluchter Halunke. Meine Schwester ist keine Verbrecherin. Und was ...«

»Sie ist eine verdammte Diebin«, warf Simon ein. »Und ich denke, sie ist bestens informiert über diese Spionagegeschichte.«

Iain blickte Rowan wütend an. »Worum geht es hier eigentlich? Und was ist mit meiner Frau?«

»Jennet geht es gut. Sie befindet sich, gemeinsam mit Devil's Christie, im Haus ihrer Mutter«, beruhigte Rowan ihn. »Grenzräuber haben das Haus in Brand gesetzt. Mhairi ist auf meinem Anwesen untergebracht. Sie ist verletzt, aber das ist kaum der Rede wert.«

Simon beugte sich vor. »Die nette Mhairi ist auf frischer Tat ertappt worden, als sie auf der Straße nach Lincraig Reisende überfiel.« Ein verschlagenes Grinsen machte sich auf seinem Gesicht breit. »Und wir können uns alle vorstellen, welchen Schutz sie im Haus der Blackdrummond Scotts genießt.«

Iain ballte seine Hände zu Fäusten. »Wenn ihr auch nur ein Haar gekrümmt wird, Blackdrummond, werden die Macraes und die Frasers auf Blutrache sinnen.«

»Das werden Sie nicht mehr erleben«, warf Simon ein. Iain trat einen Schritt auf den Grenzaufseher zu und hielt dann inne. Rowan bemerkte die angestaute Wut Iains, aber auch dessen Selbstbeherrschung.

Schallend lachend wandte sich der Grenzaufseher ab. »Dieser Kleine ist schon so gut wie weichgekocht«, murmelte er Rowan zu, als er an ihm vorüberschritt. »Es kann sich nur noch um Tage handeln, bis er die ganze Wahrheit herausrückt. Noch ein paar ordentliche Peitschenhiebe und ein leerer Magen – und schon haben wir ihn soweit.« Mitten im Türrahmen blieb er stehen. »Wir treffen uns umgehend im großen Saal, Blackdrummond. Das gilt auch für dich, Pringle!« Seine Stimme dröhnte durch den engen Gang.

Rowan blickte zu Iain. »Ich teile die Auffassung des Grenzaufsehers hinsichtlich seiner Methoden gegenüber den Gefangenen nicht. Ich will, daß Sie das wissen.« Er wandte sich zum Gehen.

»Warten Sie ... Sie waren in meinem Haus? Haben Sie meine Frau gesehen?«

»Sicher. Ihrer Frau geht es gut. Und Ihr Haus kann man wieder aufbauen.«

Iain zögerte. »Und ... und das Kind?«

Schlagartig befiel Rowan ein Gedanke und er runzelte die Stirn. »Wie lange sind Sie schon hier, Mann?«

»Sieben oder acht Wochen. Ich weiß es nicht mehr. Jennet müßte mittlerweile ihr Kind geboren haben, aber hier will mir niemand sagen ...«

»Sie haben einen Sohn«, sagte Rowan ruhig.

Kopfschüttelnd legte Iain seine zitternden Hände vor sein Gesicht.

»Ich habe ihn mit eigenen Augen gesehen. Er heißt Robin. Ein hübscher Junge«, fügte er leise hinzu.

»Ich danke Ihnen«, antwortete Iain mit rauher Stimme und wandte sich ab.

Auf das Zeichen des Wachtpostens verließ Rowan die Zelle.

»Eine Pflugdeichsel kostete im letzten März fünf Schillinge«, sagte Anna, während ihr Zeigefinger eine Zahlenreihe entlangglitt. »Und sechs schottische Pfund kostete das Eisen für einen neuen Pflug. Darüber hinaus wurde ein Teil des Eisens für Nägel zur Verstärkung des Burgtors verwendet – Rowan, hörst du mir überhaupt zu?«

Rowan stand am Fenster und blickte sich nickend um, dann wanderte sein Blick erneut zu den tristen grauen Wolken und den herbstlich fahlen Feldern. »Sprich weiter«, forderte er sie auf. »Eisen für den Pflug.«

»Anna, lies ihm doch nicht die gesamte Einnahmen- und Ausgabenliste der letzten drei Jahre vor«, ermahnte Jock sie, der neben seiner Frau auf der Bank saß. »Wir wissen sehr gut, wie du dich nach Kräften bemühst, das Geld zusammenzuhalten. Nenn ihm doch einfach nur unsere größten Posten, damit er einen groben Überblick erhält.«

Mit gerunzelter Stirn und geschürzten Lippen nahm Anna ein Blatt aus dem Papierstapel. »Auf dem letztjährigen Viehmarkt kauften wir vier junge Gespannochsen. Ihr Preis betrug mehr als dreißig schottische Pfund. Einen Teil des Geldes habe ich den Pachteinnahmen entnommen, da die Ochsen von vielen ausgeliehen werden.«

»Die Preise für Ochsen sind in den letzten drei Jahren gestiegen«, informierte Rowan sie. »Wie hoch liegen unsere Pachteinnahmen?«

Anna fuhr mit ihrem Zeigefinger über eine Zahlenkolonne. »Für dieses Jahr ist bislang erst die Hälfte fällig geworden. Im letzten Jahr beliefen sie sich auf achtzig Pfund. Ein hoher Betrag, aber deine Pächter sind nicht immer in der

Lage, in barer Münze zu bezahlen«, sagte sie. »Ein paar Schillinge im Sommer, dann wieder im Herbst, und teilweise zahlen sie auch mit Getreide, Vieh, Käse und anderem. Im letzten Juni war der Viehbestand der Pächter eher klein – die Grenzräuber haben großen Schaden in den Herden angerichtet. Viele Pächter werden nicht in der Lage sein, die zweite Rate der Pacht zu entrichten, die in zwei Wochen zum Martinstag fällig wird.«

»Lady Anna«, unterbrach Mhairi von ihrem Platz neben dem Kamin, »es tut mir leid, aber ich muß Sie im Namen von Jennet um eine Verlängerung des Zahlungsziels für Iains fällige Pacht bitten. Die Herde ist weg ... das Haus ...« Sie biß sich auf die Lippe und senkte ihren Blick.

»Ich würde dir jeden Gefallen tun, meine Kleine, wenn es sich um meinen Besitz handelte«, erwiderte Anna freundlich. »Aber in diesem Fall mußt du Rowan bitten, denn es ist sein Land.«

»Durch seine Frau kam Iain an das Haus«, erklärte Jock Rowan. »Er pachtet die Ländereien aufgrund eines Gewohnheitsrechts, denn Jennets Mutter ist die eigentliche Bewohnerin, obgleich sie nicht dort lebt. Aber Iain hat seine Pacht immer ordnungsgemäß entrichtet.«

Rowan nickte und sah aus seinem Augenwinkel heraus, daß ihn Mhairi beobachtete. Er blickte sie nicht an, obgleich er sich ihrer stummen Präsenz die ganze Zeit über bewußt gewesen war, als Anna die Rechnungsaufstellungen durchging. »An diesem Gewohnheitsrecht ändert sich nichts«, entschied er. »Die von Mhairis Bruder am Pfingstsonntag geleistete Zahlung soll für dieses Jahr genug sein.«

»Ich danke Ihnen«, murmelte Mhairi. Rowan betrachtete sie, während seine Großmutter fortfuhr, ihre Rechnungsaufstellung vorzulesen. Nur widerwillig hatte er seinen Blick zu Mhairi schweifen lassen; doch jetzt war er kaum noch in der Lage wegzusehen.

Wie eine wunderschöne Skulptur saß sie anmutig in Jocks Ohrensessel, hatte ihren Ellbogen auf dessen Lehne aufgestützt, und ihr Kinn ruhte in ihrer schmalen Hand. Sie trug ein älteres blaues Gewand von Anna und hatte einen grauen

Wollschal um ihre Schultern geschlungen. Ihr verletzter Arm war immer noch von einer Schlinge umhüllt. Seit Rowan sie vor einer Woche hierhergebracht hatte, war der Arm wieder zu Kräften gelangt, denn sie fuhr sich mit dieser Hand durchs Haar, um eine widerspenstige Locke aus ihrer Stirn zu streichen.

Eine Woche, und sie hatten kaum ein Wort gewechselt. Jedesmal, wenn sie einander begegnet waren, hatte Rowan die unterschwellige Anspannung gespürt. Auch wenn es den Anschein machte, daß sich diese Spannungen an einem so ruhigen Tag wie diesem etwas legten, wirkte doch die Atmosphäre verändert, als wäre er von einer Gewißheit beseelt, die ihn in tiefe Nachdenklichkeit versetzte.

Während Anna über Schulden und Guthaben, über die Preise von Ingwer, Rosinen und guten Leinenstoffen, über die Anzahl der neugeborenen Kälber, der auf seinen Ländereien gezählten Milchlämmer und Schafsböcke sprach, ließ Rowan seinen Blick auf Mhairi ruhen.

Er hörte kaum zu. Der bleiche Feuerschein spiegelte sich in Mhairis Augen und erwärmte ihre Wangen, bis sie wie ein Sonnenuntergang glühten. Ihr offenes, schwarzglänzendes Haar schimmerte rötlich, wenn sie den Kopf drehte. Sie bewegte ihre Arme, so daß der dünne Schal die runden, festen Konturen ihrer Brüste reizvoll betonte.

Wenn er sie jetzt berührte, dachte er, würden sich ihre heißen Wangen wie Samt anfühlen. Ihr Haar würde wie feingesponnene Seide durch seine Hände gleiten. Ihre Lippen würden diesmal nicht nach Aquavit schmecken, sondern nach dem kandierten Ingwer, den sie zum Frühstück gegessen hatte. Seine Finger würden immer wieder zärtlich über ihre weichen Brüste streicheln, bis sie unter seinen Handflächen erblühten und ihr Körper vor Leidenschaft erbebte …

Seufzend wandte er den Blick ab und ärgerte sich, daß er sich solch sinnlosen, pubertären Gedanken hingegeben hatte. Ein kalter Windhauch drang durch das Fenster, und er schaute hinaus. Er brauchte diese erfrischende Kälte, brauchte irgend etwas, was seinen erhitzten und intensiven Fantasien ein Ende bereitete, die ihn beim Anblick von Mhairi jedesmal beschlichen.

Sie war das sprichwörtliche Bild der Unschuld und Schönheit und versetzte sein Blut in Wallung. Er war fasziniert und von einem nie gekannten Zauber gefangengenommen. Er durfte sie nicht anschauen, konnte jedoch seinen Blick auch nicht von ihr lassen.

Er hatte die verstohlenen Küsse in jener Nacht noch nicht vergessen. Aber es gelang ihm auch nicht, sein Mißtrauen – und die Angst – zu überwinden, daß sie eine Lügnerin und Verräterin, eine Spionin, war.

Manchmal wünschte er sich, daß sie schuldig sei. Damit wäre er wesentlich leichter fertiggeworden als mit seinem alarmierenden Sinneswandel. Vor Monaten, ja noch vor Wochen, war er sich sicher gewesen, daß keine Frau jemals wieder Einfluß auf sein Leben nehmen könnte. Maggie war die einzige gewesen, und sie hatte ihm lediglich Schmerz und Traurigkeit zugefügt.

Aber mittlerweile war ihm klar, daß sein Entschluß an dem Tag ins Wanken geraten war, als ihm Mhairi Macrae den Schädel einzuschlagen versucht hatte. Er hatte in ihre riesigen, mitfühlenden Augen geblickt und war verloren gewesen, das wurde ihm jetzt langsam bewußt.

Erregung und Furcht machten sich in seinem Herzen breit. Wie ein ängstlicher kleiner Junge wollte er vor diesen Gefühlen weglaufen. Auf dieses hübsche, durchtriebene und faszinierende Mädchen mit den silberhellen Augen und dem sanften Madonnengesicht, das ihrem der Spionage verdächtigten Bruder gegenüber absolut loyal war und für ihn sogar zur Diebin und Verbrecherin wurde, konnte er sich einfach keinen Reim machen.

Seine Gefühle hatten ihm von Anfang an vermittelt, ihr zu glauben, ihre Unschuld und nicht das Verbrechen in den Vordergrund zu stellen. Doch sein Verstand sagte ihm, daß sie mehr wußte, als sie zugab, und sein Überlebenstrieb – das Bedürfnis, seinen eigenen Kragen vor den Engländern zu retten – gemahnte ihn zur Vorsicht und zum Argwohn.

Frustriert seufzend blickte er aus dem Fenster in den

verhangenen Nachmittagshimmel. Nach einer Weile fielen dicke Regentropfen auf den Fenstersims. Er verschloß die Läden mit einer Lederschlaufe und wandte sich erneut Anna zu, die immer noch ihre Rechnungsaufstellungen vortrug.

»... Während des letzten Markttages haben wir hundert Schafsfelle zum Preis von mehr als fünfzig Pfund verkauft«, berichtete Anna und schob die Seiten zu einem ordentlichen Stapel zusammen. »Im nächsten Sommer haben wir ungefähr die gleiche Anzahl, wenn sich die Lämmer gut entwikkeln und wenn die Grenzräuber Gnade gegenüber unseren Pächtern walten lassen.«

Rowan nickte. »Du bist eine fähige Buchhalterin und Verwalterin, Großmutter. Ich weiß zu schätzen, was du während meiner Abwesenheit getan hast. Die Finanzen von Blackdrummond sind gesund. Ich wünschte nur, ich könnte mich in irgendeiner Form für deine Arbeit erkenntlich zeigen.«

»Das kannst du«, erwiderte Anna nur.

»Jawohl, das kannst du«, wiederholte Jock. »Es wird höchste Zeit, daß wir Jamie dort herausholen. Seit Alecs Nachricht sind schon einige Wochen verstrichen.«

»Ich hoffe, du hast nicht vergessen, daß Alec den kleinen Jamie in Sicherheit wissen will«, sagte seine Großmutter.

Rowan seufzte und warf unwillkürlich einen raschen Blick zu Mhairi. Stirnrunzelnd und voller Interesse hatte diese sie alle neugierig gemustert. »Ich habe Jamie nicht vergessen«, beteuerte er. »Aber es hat sich noch keine Gelegenheit ergeben, in das umstrittene Grenzgebiet zu reiten. Sandie und ich können vielleicht morgen dorthin aufbrechen.«

»Sandie muß hierbleiben«, sagte Jock. »Bei der Überzahl an Grenzräubern ist das einfach notwendig. Er bewacht unsere Herden und kann hervorragend mit Pistole und Bogen umgehen. Und hat aufgrund seines Temperaments abschreckende Wirkung. Ich glaube, freiwillig kommt ihm kein Räuber in die Quere.«

»Die Legenden um dein Temperament halten sie ebenfalls fern«, bemerkte Rowan. »Aber ich habe keine Lust, den kleinen Jungen allein zu holen. Vielleicht hast du den Wunsch, gemeinsam mit mir dorthin zu reiten, Großvater.«

Anna beugte sich vor. »Auf einem so langen Ritt würde deinem Großvater sein Rheuma zu sehr zu schaffen machen«, warnte sie. Jock schimpfte leise auf Anna ein, schüttelte jedoch trotzdem ablehnend den Kopf.

»Dann reite ich zu den Pächtern von Blackdrummond, um einen Begleiter zu finden«, erwiderte Rowan stirnrunzelnd. »Will Scott oder seine Söhne Richie und Andrew kommen bestimmt mit.«

»Wills Richie und Black Andrew sind gute Männer«, sagte Jock zustimmend nickend. »Wie mir zu Ohren gekommen ist, haben sie Simon Kerr einmal das Vieh vor der Nase weggeschnappt und ihm dann einen Fußball als Pfand hinterlassen.« Er grinste. »Jeder, der auf Draht ist, würde sich Will Scotts Burschen auf ihren nächtlichen Beutezügen anschließen. Die schaffen es mit Sicherheit, einen kleinen Jungen aus diesem Rattennest zu holen. Klar, frag die beiden.«

»Will Scotts Jungen sind im Grenzgebiet viel zu bekannt«, warf Anna ein. »Schon bald hättet ihr jeden Halunken auf den Fersen, weil sie hofften, in eurer Gesellschaft leichte Beute machen zu können. Es muß heimlich vonstatten gehen, wenn du Jamie dort herausholst.« Plötzlich lächelte sie. »Nimm Mhairi mit!«

Überrascht richtete sich Mhairi in ihrem Sessel auf und seufzte protestierend.

Rowan hob eine Braue. »Mhairi? Sie ist verletzt.«

»Das ist kaum noch der Rede wert – ihr Arm ist bereits wieder bei Kräften. Und ich bin sicher, daß sie gut mit Kindern umgehen kann.« Anna strahlte, als erfüllte sie die Aussicht, daß Rowan und Mhairi zusammen ausritten, mit Freude. Sie beugte sich vor und erklärte Mhairi die Situation in kurzen, eindringlichen Worten. Während sie zuhörte, warf Mhairi Rowan einen skeptischen Blick zu.

Seufzend fuhr sich Jock über das bärtige Kinn. »Ich denke, Anna hat für dich entschieden.«

»Das merke ich«, sagte Rowan trocken.

»Sie freut sich, mit dir zu kommen, Rowan«, meinte Anna

und drehte sich um. Mit rosig überhauchten Wangen blickte Mhairi nachdenklich in das Feuer. Sie sah nicht erfreut aus, dachte Rowan, sondern eher so, als sähe sie den Gutsherrn von Blackdrummond liebend gern in diesen Flammen schmoren.

»Anna hat auch für Mhairi entschieden«, stellte Jock fest. »Och, vielleicht ist es ja ganz gut, wenn das Mädchen dich ins Grenzgebiet begleitet. Wenn er erfährt, daß du unterwegs bist, kommt Simon Kerr ansonsten vielleicht noch auf die Idee, sie hier herauszuholen. Andererseits könnten Sandie und ich es ihm sicherlich schon vermitteln, daß Mhairi deine Gefangene ist und nicht seine. Ich denke, wir haben genug Schießpulver und Munition, um ihm einzuheizen.«

Rowan seufzte. »Wills Richie und Black Andrew wären bessere Begleiter auf diesem Ritt.«

»Jamie würde sich über die Gesellschaft von Mhairi mehr freuen als über die von Wills Richie«, konterte Anna. »Es heißt, daß er mit seinem häßlichen Gesicht sogar das Vieh in die Flucht schlägt. Bei seinem Anblick hätte Jamie sein Leben lang Alpträume. Obgleich er ein wirklich netter Mann ist«, fügte sie hinzu. »Nimm Mhairi mit. Sie ist einverstanden.«

Bei der Vorstellung, daß Mhairi an seiner Seite ritt, hämmerte sein Herz vor Aufregung, trotzdem schüttelte Rowan den Kopf. »Eine Frau würde im Grenzgebiet lediglich Halunken und Ärger anlocken. Und mich davon abhalten, den Kleinen sauber und schnell herauszuholen.«

»Ich würde Sie nicht behindern, Blackdrummond«, sagte Mhairi steif. Bislang hatte sie sich so selten geäußert, daß er sie erstaunt anblickte. »Ich kann ebenso schnell und ausdauernd reiten wie Sie.«

»Mit Ihrer verletzten Schulter?« fragte Rowan skeptisch.

Sie nickte. »Wenn Anna und Jock wollen, daß ich mitkomme, werde ich das tun«, erwiderte sie mit leiser Stimme und wich seinem Blick aus. »Diesen Gefallen bin ich ihnen einfach schuldig.«

»Dann sind Sie also einverstanden«, sagte Anna.

»Ich halte das für einen schlechten Plan.« Ungeduldig

seufzend strich sich Rowan das Haar zurück. »Sie müßte Männerkleidung tragen. Zwei reitende Räuber sind für Geächtete weniger interessant als ein einsamer Mann mit einer Frau.«

»Ihr Wams wurde neulich in der Nacht ruiniert, aber wir finden sicherlich etwas anderes«, wandte Anna, viel zu eifrig für Rowans Geschmack, ein. »Wir besitzen noch eine alte Lederjacke aus deiner Jugend. Die wird ihr passen. Und ich gebe dir ein paar warme Sachen für Jamie mit. Er wird auch Spielsachen brauchen, damit er auf dem Rückweg friedlich bleibt.«

Erneut seufzte Rowan so heftig, als könnte er seinem Ärger kaum Luft verschaffen. Seine Großmutter kümmerte sich wieder einmal um Dinge, die sie absolut nichts angingen. Ihm war klar, daß sie um das Wohlergehen des Kindes besorgt war, dagegen konnte er nichts ausrichten. Und Mhairi war ein weitaus besseres Kindermädchen als Sandie oder Wills Richie. Oder er.

Er hatte versprochen, den Jungen zu holen, und das würde er auch tun, da er sich der Bedeutung für seine Großeltern bewußt war. Aber Annas Plan war weitaus riskanter, als sie oder Jock ahnten, weitaus gefährlicher für Rowan als die Bedrohung durch eine Pistole oder den Dolch eines Geächteten.

Am bedrohlichsten jedoch war die Tatsache, daß der Schutzwall der Zurückhaltung, den er um sein Herz und seine Gefühle gelegt hatte, zusammenbrach und er keine Ahnung hatte, wie er ihn aufrechterhalten sollte.

Er biß die Zähne so fest zusammen, daß sein Kiefer knackte. Am liebsten hätte er sich dem Vorschlag seiner Großmutter eisern widersetzt. Doch er erkannte mit steigender Resignation, daß es zwecklos war.

Mhairi auf Blackdrummond Tower zurückzulassen, kam einer Einladung an Simon Kerr gleich, sie in seinen Gewahrsam zu bringen. Und Jock und Sandie würden sie bis aufs Messer verteidigen. Natürlich bestand die eleganteste Lösung darin, sie mitzunehmen.

Seufzend rieb er sich die Augen und war sich dessen bewußt, daß ihn alle anstarrten und auf seine endgültige Entscheidung warteten.

Er kannte Mhairis liebevollen Umgang mit Kindern. Sie war ihm mit Sicherheit nützlich. Aber Rowan wollte nicht mitansehen, daß sie mit Alecs und Maggies Sohn lachte und scherzte, wie sie es mit Jennets Kind getan hatte. Allein der Gedanke an solch harmlose Fröhlichkeit ließ in ihm erneute Verbitterung und Träume aufkeimen, die er lieber unterdrückt wußte.

Darüber hinaus traf ihn die Erkenntnis, daß er die nächsten Tage allein mit Mhairi Macrae zubringen würde, wie ein harter Schlag in die Magengegend.

Gleichzeitig durchflutete ihn Erwartungsfreude. Er biß die Zähne zusammen, wollte Widerstand leisten – spürte aber auch, daß diese Freuden sein ganzes Leben bereicherten.

Abrupt nickte er. »In Ordnung, sie kommt mit«, beschloß er. Er sah Mhairi nicht an. »Aber sie darf nicht vergessen, daß sie immer noch mein Häftling ist. Entsprechend sollte sie sich verhalten.«

»Oh, das wird sie«, meinte Anna süffisant grinsend.

Rowan bemerkte, daß Mhairi mit rosigen Wangen und leuchtenden Augen in das Feuer blickte.

Kapitel 16

»Obgleich die Nacht so schwarz wie Teer,
Geleit' ich dich über die Berge von hier
Und bring dich an einen sicheren Ort,
Bist du so getreu und folgest mir.«
– ›Hobie Noble‹

Genau wie der Nebel hüllte das Schweigen Rowan ein. Mhairi betrachtete ihn, während sie neben ihm durch das herbstlich triste Hochmoor ritt. Er hatte seinen Stahlhelm tief ins Gesicht gezogen, und sein gutgeschnittenes Profil wirkte energisch. Seine Lippen waren zusammengepreßt. Tief in Gedanken versunken, schien er gar nicht zu bemerken, daß sie bei ihm war.

Sie schob ihr Kinn vor, um unter dem Rand des Helms hervorzuspähen, den sie aufgrund seiner Anordnung aufgesetzt hatte. Die Stahlhaube, wie Rowan und Jock sie genannt hatten, war schwer und unbequem, obgleich sie ihren Kopf zusätzlich mit dickem Leinenstoff ausgepolstert hatte. Ihr schlanker Hals schmerzte unter dem Gewicht, und der im Morgengrauen auf den Stahl tropfende Regen hatte sie beinahe in den Wahnsinn getrieben.

Rowans abgetragene Lederjacke war ebenfalls schwer, doch das von ihm geliehene und ihr viel zu große grüne Wollwams, das sie darunter trug, spendete angenehme Wärme. Sie bewegte ihre steife Schulter und legte ihre Finger, die sie unter den langen Ärmeln verborgen hatte, um die Zügel. Obgleich ihr linker Arm wieder einsatzfähig war, trug sie immer noch die Schlinge, damit die Muskulatur geschont wurde.

Als sie Rowan einen erneuten Blick zuwarf, rutschte ihr der Helm über die Augen. Wütend schob sie ihn zurück. Sie hatte genug von den Spannungen und dem Schweigen. Der Nebel und dieser verfluchte Stahlhelm störten sie auch. Sie sehnte sich nach einem warmen, trockenen Plätzchen, wo sie ein heißes Essen bekamen.

Sie wußte, daß sie ins Grenzland ritten, aber niemand hatte ihr genauer erklärt, warum Rowan versprochen hatte, Alecs Sohn Jamie zu holen. Ihr war bekannt, daß sie in einem bestimmten Wirtshaus Rast machten, wo Rowan einen Mann benachrichtigen sollte, ihnen das Kind zu bringen. Schließlich und endlich war ihr ebenfalls klar, daß Rowan sie nur widerwillig mitgenommen hatte.

»Sind wir schon in der Nähe dieses Gasthauses?« fragte sie.

Er sah sie nicht an. »Noch ungefähr sechs Meilen entfernt.«

»Und dieser Mann, Lang Will – lebt er dort?« Erneut rutschte ihr beim Sprechen der Helm über die Augen. Sie schob den Rand hoch.

»Hm.« Er warf ihr einen schiefen Seitenblick zu. »Diese Haube ist viel zu groß für Sie.«

Der Helm rutschte erneut. »Sie paßt hervorragend«, widersprach sie eigensinnig.

»Es liegt an Ihrem Haar«, sagte er und streckte seine Hand aus, um ihren Helm geradezurücken. »Es ist so seidig. Das Lederfutter rutscht einfach zu leicht herunter.«

Obgleich er sie nicht angefaßt hatte, berührte sie seine Aufmerksamkeit bezüglich des Helms doch merkwürdig intensiv. Sie spürte, daß sie errötete und ihr Herz heftiger schlug.

Sie hielt den Helm mit einer Hand fest, so daß er nicht mehr hinunterrutschen konnte, doch der hintere Rand schnitt ihr in den Nacken. Verärgert seufzte sie auf und riß ihn sich kurzerhand vom Kopf. Ihr Zopf schwang zwischen ihre Schulterblätter. »Warum muß ich ihn überhaupt tragen?« fragte sie.

»Weil es den Anschein erwecken soll, daß Sie ein Mann sind.« Er streckte seine Hand aus, entriß ihn ihr und setzte ihn wieder auf ihren Kopf. Als er ihre Flechte unter dem Helm verstauen wollte, überlief sie ein leichter Schauer. »Und deshalb tragen Sie die Kleidung eines Grenzreiters, eine Waffe und einen Helm.«

»Ich trug immer nur ein Wams, eine Hose und einen Umhang, wenn ich nachts auf der Straße von Lincraig ausritt. Ich mußte mich nie wie ein Scharfschütze des Königs verkleiden.«

»Hier draußen dient es zu Ihrem Schutz.«

»Es ist unbequem.«

»Niemals würde ich freiwillig mit einem Mädchen durch das Grenzgebiet reiten. Schon bald hätten wir Gesellschaft, um die Sie sich sicherlich nicht reißen würden.«

Sie packte die Krempe ihres Helms und schob ihn zurück. »Ich will ihn nicht tragen.«

Er drückte ihr den Helm erneut ins Gesicht. »Sie tragen ihn«, knurrte er, »oder schneiden Ihr Haar so kurz wie das eines Jungen.«

Mhairi starrte ihn betreten an und senkte ihre Hand. Während sie schweigend weiterritten, beobachtete sie ihn aus dem Augenwinkel heraus.

Seit ihrem Streit am Tag nach ihrem Unfall hatte sie häufig über ihn nachgedacht. Zunächst war sie wütend gewesen, daß er sie gefangengenommen und inhaftiert hatte, doch seine demonstrierte Fürsorglichkeit am ersten Abend hatte sie verwirrt und in einen Strudel der Gefühle hinabgezogen. Sein unterkühltes Schweigen ihr gegenüber hatte sie seitdem mehr verletzt, als sie erwartet hätte.

Sie fragte sich sogar, ob seine vorübergehende Liebenswürdigkeit nur ein Traum gewesen war, den der Aquavit und ihre Sehnsucht hervorgerufen hatten. Hatte sie diese sanften, liebevollen Küsse nur geträumt? Nein. Sie wußte, daß das fremde, erregende Gefühl, das sie bei der Berührung seiner Lippen übermannt hatte, vollkommen real gewesen war.

Sie senkte ihren Blick, da sie genau wußte, wie sehr sie ihn in dieser Nacht begehrt hatte, wie sie die Wirkung des Alkohols und Rowans Zuneigung und Fürsorge hatten dahinschmelzen lassen. Wie eine Blüte dem Sonnenlicht, so hatte sie sich seiner Zuneigung und seinen Küssen hingegeben. Und sie hatte mehr gewollt, immer noch mehr.

Ihre Wangen glühten, und während sie ihren Blick auf

die schlammige Straße konzentrierte, schalt sie sich insgeheim, nie wieder so töricht zu sein. Sie versuchte sich vor Augen zu führen, daß man den Scotts niemals trauen durfte, denn schließlich hatten sie Johnny Kerr auf dem Gewissen und auch Iain hintergangen. Doch der Widerstreit ihrer Gefühle stützte diese Theorie nicht. Rowan Scott war weder wie sein Bruder Alec noch wie die Männer, die Johnny Kerr getötet hatten.

Tief in Rowans Innern hatte sie seine gute Seele erkannt, und sie konnte ihn einfach nicht hassen. Die Verachtung, die, wie eine Eisschicht das Wasser, anfänglich ihre Empfindungen überlagert hatte, begann zu schwinden. Und darunter spürte sie ein zunehmendes Begehren. Und was die Tiefen ihrer Gefühlswelt betraf, so war ihre Sehnsucht so stark, daß sie hätte verzweifeln mögen.

Rowans Küsse und seine Zuwendung hatten sie mit einem nie gekannten Glücksgefühl erfüllt, und sie hatte gedacht, daß er das Gleiche empfand. Sein grimmiges Schweigen ließ jedoch kaum darauf schließen. Vermutlich hatte sie sich geirrt.

Sie beobachtete ihn unter der breiten Helmkrempe. Er blickte stur geradeaus. Sie wußte, daß er sie als Komplizin in dieser Spionagegeschichte verdächtigte, doch sie konnte ihm nicht die Wahrheit sagen, daß sie das spanische Schriftstück auf Iains Dachboden gefunden hatte.

Ihr Glaube an die Unschuld ihres Bruders war einer harten Prüfung unterzogen worden, als sie die Papiere dort aufgespürt hatte, doch sie hatte sich damit beruhigt, daß Alec Scott ihm den Brief gegeben haben mußte, damit er ihn dort verbarg. Sie hatte keine andere Erklärung dafür. Und wollte auch keine andere. Deshalb hatte sie den Brief zusammen mit den von ihr entwendeten Dokumenten des Kronrats in der Krypta von Lincraig versteckt und geglaubt, daß sich ihr Geheimnis dort in Sicherheit befand, und niemand es je lüften würde.

Sie hätte alles verbrennen sollen. Rowan Scott hatte die Dokumente gefunden und hielt sie für genauso schuldig wie Iain, und sie konnte sich nicht verteidigen. Die Wahrheit hätte Rowans Einstellung ihr gegenüber vielleicht ändern können; das wollte sie und wünschte es sich von ganzem Herzen. Doch die Wahrheit konnte ebenso zu Iains Fluch werden, und deshalb mußte sie schweigen.

Sie schüttelte sich, als könne sie damit ihre Gedanken zerstreuen. Als der Helm daraufhin erneut über ihre Augen rutschte, stieß sie einen gälischen Fluch aus und schob ihn hoch.

»Das Wirtshaus liegt im Süden, gleich hinter diesen Hügeln«, sagte Rowan nach einer Weile und rüttelte sie aus ihren Gedanken auf. Er deutete auf einen Nebelstreifen, der sich über mehrere Erhebungen erstreckte.

Mhairi nickte und blickte sich erleichtert um. »Warum heißt es eigentlich umstrittenes Land?« fragte sie. »Ich dachte Schottland und England hätten sich auf ihre Grenzen geeinigt.«

»Haben sie auch. Aber dieses Gebiet, das sich über eine Länge von ungefähr zwölf Meilen erstreckt und circa sechs Meilen breit ist, ist schon so lange umkämpft, daß der exakte Grenzverlauf, der zwar bereits vor fünfzig Jahren bestimmt wurde, längst nicht mehr von allen Bewohnern akzeptiert wird.«

»Kämpfen denn die Schotten und die Engländer immer noch um ihre Grenzlinien?«

Er schüttelte den Kopf. »Aber sie treiben gestohlenes Vieh von einer Seite zur anderen und brennen fast jede Nacht Häuser und Ställe nieder. Die Engländer und Schotten, die hier leben, sind Diebe und Räuber, die sich in den Bergen und Wäldern verstecken. Das ist ein Schmelztiegel von Geächteten und gebrochenen Männern, obgleich hier durchaus auch unbescholtene Bürger leben.«

»Wirklich, ein gefährlicher Aufenthaltsort«, sagte sie und blickte sich nervös um. Immer wenn sie sich nachts auf der Straße von Lincraig aufgehalten hatte, hatte sie die schottischen Grenzräuber gefürchtet, doch glücklicherweise war ihr und Christie eine solche Begegnung erspart geblieben, als sie die königlichen Kuriere überwältigt hatten.

»Ja«, sagte er. »Männer, die nichts zu verlieren haben, reiten über das Moor und über die Straßen und befürchten nicht einmal, daß ein Grenzaufseher sie verfolgen könnte. Vagabunden tummeln sich ebenfalls hier. Weder das mittlere noch das westliche Grenzgebiet, weder die Engländer noch die Schotten zu beiden Seiten, wollen die Gesetzgebung für diesen Bereich anerkennen. Selbst das Gesetz macht sozusagen einen Riesenbogen um das Grenzgebiet. Und deshalb, mein Mädchen« – er beugte sich vor und bedachte sie mit einem strengen Blick – »werden Sie Männerkleidung und Waffen tragen, die Sie gegebenenfalls auch einsetzen.«

Angewidert betrachtete sie das Gewehr, das in einem Halfter vor ihrem Sattel steckte, und die Streitaxt mit ihrer scharfen, geschwungenen Klinge, die aus einer Satteltasche hervorlugte. »Auf der Straße von Lincraig trug ich einen Dolch und eine Pistole bei mir«, sagte sie. »Aber ich hätte nicht gewußt, wie man mit einer Lanze umgeht. Geschweige denn mit einer Pistole, obwohl ich sie laden kann.«

»Das brauchen Sie auch nicht zu wissen. Es reicht schon, wenn Sie mit ihrem Knauf zuschlagen«, meinte er ironisch. Sie funkelte ihn zornig an, der Helm rutschte – und nahm ihr die Sicht. Rowan schnaubte, und es klang irgendwie erheitert. »Ich zeige Ihnen, wie man ein Gewehr abfeuert.«

»Was denn, hier?« Sie schob den Helm zurück und betrachtete das sumpfige, neblige Moor.

»Nein«, sagte er. »Ich will mich hier nicht aufhalten, da es schon bald dunkel wird und wir das Gasthaus erreichen müssen. Aber ich muß es Ihnen zeigen, wenn Sie nicht damit umgehen können. Die Pistole in Ihrem Sattelhalfter entspricht nicht Ihrem alten Luntenschloß, mit dem Sie den Leuten vorzugsweise den Schädel aufspalten.«

Sie warf ihm einen wütenden Blick zu. »Ich denke, sie würde genauso wie jede andere Beulen verursachen«, entgegnete sie und betrachtete den riesigen Knauf, der aus dem Sattelhalfter hervorstach. »Es ist mir egal, welche Art von Pistole ich bedienen soll. Wenn es sein muß, nehme ich einfach wieder den Knauf und schlage zu. Vielen Dank.« Sie gab ihrem Pferd die Sporen und ritt weiter.

Mit Leichtigkeit holte Rowan sie ein. »Falls mir irgend etwas zustößt, bevor wir Blackdrummond erreichen, müssen Sie in der Lage sein, sich selbst zu verteidigen. Und ich will nicht, daß Sie irgendeinem Halunken so nah auf den Pelz rücken müssen, daß sie ihm den Schädel einschlagen können. Auch wenn Sie das bewundernswert anstellen«, fügte er mit einem ironischen Unterton hinzu.

Ihr beleidigter Gesichtsausdruck verführte ihn zu einem verschmitzten Schmunzeln. Und dieses Lächeln ging ihr durch Mark und Bein. Aber sie grollte ihm immer noch. »Iain würde so etwas gefallen«, sagte sie und berührte den Knauf der Waffe. »Er interessiert sich für Waffen und jegliche Neuerung.«

»Diese hier ist brandneu, ein deutsches Fabrikat. Ich habe zwei davon gekauft, als ich Offizier im östlichen Grenzgebiet war.«

»Sie waren dort Grenzbeamter?« fragte sie erstaunt.

»Ungefähr ein Jahr lang, bevor ich zurückkam«, antwortete er.

»Und davor waren Sie in England inhaftiert.«

»Genau«, sagte er kurz und wandte ihr sein Profil zu.

»Sie waren lange von Blackdrummond und dem mittleren Grenzgebiet fort«, sagte sie, während sie neben ihm herritt.

Er straffte die Zügel und blickte zu einer entfernten Anhöhe, auf der eine Herde brauner Schafe weidete. »Fast drei Jahre. Zwei Jahre davon habe ich im Gefängnis verbracht.«

»Wie kam es dazu, daß man Sie zum Grenzoffizier für die Ostgrenze ernannt hat, obgleich man Sie für einen Kriminellen hielt?«

»Die Engländer haben mich inhaftiert, und nicht die Schotten. Nach meiner Freilassung betraute mich der Kronrat mit diesem Posten.«

»Hielt man Sie für unschuldig?«

Er zuckte die Schultern. »Nur wenige Grenzbewohner erklären sich für diese Aufgabe bereit. Selbst berüchtigten Männern werden solche Positionen angeboten.«

»Wie lautete die gegen Sie gerichtete Anklage?« wollte sie wissen.

Er schwieg, obgleich seine Kinnmuskulatur unentwegt zuckte. Auch das war eine Antwort, denn Mhairi spürte seinen plötzlichen Unwillen und sein tiefes Mißtrauen überaus deutlich. Angespannt beobachtete sie ihn. Und dann fiel ihr ein, daß Jennet ihr gegenüber etwas von einem Verrat erwähnt hatte, der Rowan drei Jahre zuvor zur Last gelegt worden war.

»Ich wurde in England geschnappt und eines Verbrechens bezichtigt, das ich nicht begangen hatte«, fuhr er nach einer Weile fort.

Schlagartig begriff sie. »Genau wie es Iain passiert ist«, murmelte sie.

Die neblige Dämmerung tauchte seine grünen Augen in ein weiches Licht, als er sie daraufhin anschaute. »Vielleicht«, meinte er ausweichend.

»Hat es mit Alec zu tun?« fragte sie ruhig.

Er senkte den Blick. »Das spielt keine Rolle.«

»Doch«, widersprach sie. »Erzählen Sie mir alles.«

»Ich hatte einfach zu viel riskiert, um meinen Bruder aus Schwierigkeiten herauszuhalten. Und meine Freundlichkeit wurde nicht belohnt.«

»Dann wurden Sie also für ein Verbrechen inhaftiert, das Alec begangen hatte«, folgerte sie.

Er zuckte die Schultern. »Viele wissen von der Geschichte. Aber nur wenige kennen die Wahrheit.«

»Und die lautet?«

Er öffnete seine Lippen, doch dann preßte er sie fest zusammen und schüttelte den Kopf.

Der folgende Gedanke raubte Mhairi fast den Atem. »Als ich Ihnen schwor, daß Iain dieses Verbrechen nicht begangen hat, und Sie um Hilfe bat, lehnten Sie ab. Jetzt erzählen Sie mir, daß man Ihnen ähnlich übel mitgespielt hat. Sie wissen genau, wie wir – mein Bruder und ich – uns fühlen müssen!«

Er musterte sie lange und durchdringend und senkte dann den Blick.

»Warum wollten Sie mir nicht helfen?« fragte sie.

»Ich nehme Ihnen nicht ab, daß Iain unschuldig ist.«

»Mein Wort ist genauso ehrenhaft wie das Ihre!«

»Sie vergessen, daß ich anderslautende Beweise habe«, sagte er. »Einige spanische Dokumente geben mir zu erkennen, daß Sie mehr wissen, als Sie eingestehen.«

»Was bedeutet schon ein Schriftstück, wenn Sie tief in Ihrem Innern spüren, daß ich die Wahrheit sage, daß ich unschuldig bin und lediglich für die Freiheit meines Bruders kämpfe?« Sie streckte ihre Hand aus und berührte seinen Arm. »Sie ahnen doch meine Schuldlosigkeit in dieser Sache. Und das Gleiche gilt vielleicht auch für meinen Bruder«, fügte sie rasch hinzu, da sie spürte, daß das der Wahrheit entsprach.

Einen Moment später zuckte er unwillkürlich die Schultern. Und sie spürte seine starke, körperliche Anspannung. »Es geht nicht darum, was ich empfinde«, betonte er mit harter und kalter Stimme. »Hier stehen andere Risiken auf dem Spiel. Ich kann mich nicht ausschließlich auf Ihr Wort verlassen.«

Sie zog ihre Hand fort. »Was steht denn außer dem Leben meines Bruders noch auf dem Spiel?«

Sein Schweigen war so undurchdringlich wie Stahl. Sie dachte schon, daß er ihr eine Antwort schuldig bleiben würde. Dann zuckte seine Kinnmuskulatur und er fixierte sie mit kalten grünen Augen.

»Mein eigenes Leben«, sagte er.

»Wie meinen Sie das?« fragte sie mit schwacher Stimme.

»Elizabeth von England möchte meinen Kopf als Lanzenschmuck. Ihre Berater verdächtigen mich, spanisches Beutegut aus einem Schiffswrack entwendet zu haben, das vor einigen Monaten an der schottischen Küste strandete.«

Sie runzelte die Stirn. »Und, haben Sie das getan?«

Er schnaubte. »Natürlich nicht. Aber ich werde das fehlende Gold persönlich finden, ebenso wie die Spione, denn sonst ist mein Leben vertan. Wenn die Spione nicht dingfest gemacht werden, werden sich die Engländer schon bald auf mich stürzen.«

»Warum verdächtigen die Engländer ausgerechnet Sie einer Verbindung zu den Spionen und dem fehlenden Gold?«

»Weil sie mich für einen Ganoven und einen Dieb halten.

Und mein Bruder wird mit dieser Spionagegeschichte in Verbindung gebracht. Haben Sie das schon vergessen? Ebenso wie der Ihre.«

Sie starrte ihn an, da ihr seine Aussage durch Mark und Bein ging. Er steckte in ebenso großen Schwierigkeiten wie Iain, hatte das aber bislang nicht erwähnt. »Das wußte ich nicht, Rowan. Ich hätte niemals gedacht, daß Sie sich aufgrund dieser Sache in Gefahr befinden.«

»Hören Sie mir zu, Mädchen«, sagte er, und sein Tonfall war plötzlich sanft. »Diese Sache geht allein mich etwas an.«

»Mich ebenfalls«, entgegnete sie. »Und das wissen Sie.«

Beinahe betrübt seufzend blickte er sich um. »Wir sollten uns beeilen. Wenn ich mir diese Wolken über den Bergen anschaue, wird es bald in Strömen gießen.«

»Was werden Sie tun?« fragte sie.

»Jetzt? Schneller reiten.«

Sie schnaubte. »Ich meine, was Sie tun werden, um Ihren Kopf aus der Schlinge zu ziehen?«

»Ich werde die Spione aufspüren, Mhairi-Mädchen«, sagte er sanft.

Stirnrunzelnd beobachtete sie ihn und durfte gar nicht darüber nachdenken, wie er reagierte, wenn er davon erfuhr, daß sie das spanische Dokument auf Iains Dachboden gefunden hatte. »Dann wollen Sie Alec finden, bevor wir morgen das umstrittene Land verlassen? Anna und Jock sagten doch, daß er sich hier irgendwo versteckt hält.«

»Ich weiß es nicht«, meinte er verkniffen.

»Alecs Sohn«, sagte sie, da ihr plötzlich einfiel, weshalb sie das Wirtshaus aufsuchten. »Warum sollen wir ihn holen? Das haben Sie mir nicht gesagt.«

»Das Kind befindet sich in Gefahr. Alec hat eine Nachricht geschickt, daß die Engländer sowohl nach ihm als auch nach Jamie suchen, obwohl Alec ihn in den Bergen sicher versteckt hält.«

»Sie wollen das Kind als Geisel haben?«

»Genau. Falls die Engländer den Jungen jedoch finden, kann man ihnen nicht trauen, daß sie Jamie seiner Familie übergeben, selbst wenn sich Alec stellt.«

»Also hat Alec Jock informiert, und Sie haben sich bereit erklärt, Jamie zu finden«, folgerte sie. Rowan nickte. »Aber Sie sind Offizier im mittleren Grenzgebiet – wollen Sie Ihren Bruder gefangennehmen?«

»Der Kronrat verlangt, daß ich ihn vor Gericht bringe.«

Sie wollte ihn wieder berühren, doch seine angespannte Haltung und sein unterkühltes Verhalten hielten sie davon ab. Allerdings erkannte sie, daß seine Verärgerung nichts mit ihr zu tun hatte. Sie fragte sich, was zwischen Rowan und seinem Bruder vorgefallen war, daß er so verbittert wirkte.

Nach einer Weile richtete sie sich im Sattel auf und blickte sich um. Das graue Tageslicht war bereits der Abenddämmerung gewichen, und schwere Regenwolken hingen am Himmel. »Rowan«, sagte sie. »Schauen Sie einmal dorthin. Sind das Warnfeuer? Reiten Grenzräuber manchmal auch schon vor Einbruch der Nacht aus?«

Auf den Anhöhen schimmerten Lichter im Nebel, die wie vereinzelte Sterne funkelten. Während Mhairi sie beobachtete, bemerkte sie drei weitere, die auf einem Bergrücken erstrahlten. Dann entfernten sich zwei von den anderen.

Nachdem er das Szenario beobachtet hatte, schüttelte er den Kopf. »Es ist Allerheiligen. Das sind Fackeln, die in jedem Hof, jedem Haus und jeder Scheune entzündet werden, um den guten Geistern für die Ernte und den Viehbestand zu danken und um Dämonen abzuschrecken.«

Sie nickte. »Im Hochland werden überall Freudenfeuer angezündet. Das Feuer mag vielleicht böse Geister fernhalten, was aber schützt das Vieh vor den Grenzräubern?«

»Es heißt, daß die Zweige eines bestimmten Baums eine stärkere Kraft besitzen als die Dämonen und sie das Vieh beschützen, wenn man sie über die Tür oder um den Hals der Tiere bindet.«

»Und welcher Baum sollte das sein?« fragte sie.

Er grinste. »Die Eberesche.«

Belustigt schüttelte sie den Kopf. »Und wie kann die Eberesche Tiere schützen?«

»Nun ja«, sinnierte er, »vor einigen Jahren behaupteten

die Pächter von Blackdrummond, daß die Eberesche nur Wirkung zeige, solange es sich um Rowans Vieh handelte.«

Mhairi lachte über diesen Scherz. Rowan grinste breit, und seine Erheiterung stimmte sie optimistisch.

»Gibt es sonst noch etwas, was die Eberesche für Rowan tun kann?« fragte sie, um ihn ebenso zu foppen, wie er das manchmal bei ihr versuchte. Sie wollte noch einmal sein Lachen hören, wollte die zwischen ihnen aufgebauten Spannungen beseitigen.

Sein Lachen verebbte. »Nicht die Eberesche, sondern Rowan beschützt, was er für richtig hält«, meinte er in ernstem Ton. »Verlassen Sie sich darauf.«

Ein ungeahntes Gefühl des Glücks und der Sehnsucht durchströmte ihren Körper, und als sie ihn ansah, wußte sie, daß er es ihren Augen ablesen konnte. Sie senkte ihren Blick.

Als sie ihren Kopf bewegte, sank die Helmkrempe erneut über ihre Augen. Diesmal schob sie sie wortlos zurück. Rowan schwieg.

Schweigend ritten sie weiter und näherten sich den glühenden Irrlichtern, die wie Hunderte einladend entzündeter Kerzen auf den Hügeln funkelten.

Kapitel 17

Am Tag vor Allerheiligen
Der Elfenreigen tanzt,
Durch England und durch Schottenland,
Und durch das Weltenband.
– ›Tam Lin‹

Mhairi stützte ihre Ellbogen auf dem Tisch auf, senkte ihren Kopf erschöpft auf ihre Hände und starrte in das Feuer, das im Kamin des Gasthauses prasselte. Sie war so müde, daß sie auch ohne das Gewicht des Stahlhelms, der auf der Bank neben ihr lag, kaum noch ihren Kopf heben konnte.

Nach dem stundenlangen Ritt durch die Kälte waren die Wärme und das Licht des Kaminfeuers angenehm anheimelnd, doch sie nahm die auflodernden Flammen kaum wahr. Mehrere Leute saßen auf den Bänken nahe dem Kamin, andere standen lachend und diskutierend davor, und ihre Stimmen hallten durch den verrauchten, dämmrigen Raum.

Mhairi sog den belebenden Duft brennenden Nadelholzes ein, der sich mit dem Geruch von Talgkerzen, Bier und Bratenfleisch vermischte. Sie blickte zu Rowan, der neben ihr saß, und nippte an dem von ihm bestellten Bier. Er sagte irgend etwas, aber aufgrund des Lärms verstand sie ihn nicht. »Wie bitte?« fragte sie.

Er beugte sich vor. »Ich sagte, daß ich den Wirt gebeten habe, einen Boten mit der Nachricht zu Lang Will Croser zu schicken, daß wir eingetroffen sind. Der Bursche wird Lang Will und das Kind mitbringen.« Stirnrunzelnd betrachtete er sie. »Sie sehen müde aus, Mädchen.«

Sie nickte und nahm einen weiteren Schluck. Das billige Bier war warm und schal und bekam ihrem Magen nach dem ausgiebigen Abendessen aus Fleisch und Hafergrütze nicht. Sie schob den Becher von sich.

»Ich habe dem Wirt für zwei Nachtlager bezahlt«, sagte Rowan. »Sie sollten sich ausruhen. Ich warte hier auf Lang Will und Jamie.«

»Ich werde bleiben. Sie haben mich mitgenommen, damit ich mich um Jamie kümmere. Aus keinem anderen Grund«, fügte sie hinzu.

Für Sekundenbruchteile musterte er sie streng. »Gehen Sie nach oben.«

»Ich bin nicht müde«, entgegnete sie. Rowan seufzte kurz und schwieg dann verärgert.

Unter ihren Ellbogen wackelte der Tisch leicht, und sie blickte auf. Am anderen Ende saßen vier Männer beim Würfelspiel, lachten und fluchten, wann immer die Würfel über die nackte Tischplatte rollten. Einer der Männer stieß einen Krug Bier um, und die Flüssigkeit rann in Mhairis Richtung. Sie hob ihre Arme und lehnte sich unbeabsichtigt an Rowan.

»Vergossenes Bier ist ein gutes Zeichen«, murmelte er, legte eine Hand auf ihre Schulter und rieb mit seinem Daumen sanft über ihr schmerzendes Armgelenk. Ein angenehm warmer Schauer durchflutete sie. Sanft lächelnd schloß sie ihre Augen und spürte, wie sie errötete.

»He, he«, ertönte eine barsche Stimme. »Hier gibt es so etwas nicht, verstanden.«

Verwirrt spähte Mhairi zu dem schmächtigen Mann im schmutzigen Wams, der ihr gegenüber saß. Sein blasses Gesicht wurde von langem, schütterem grauen Haar umrahmt, und sein fast zahnloses Grinsen wirkte sympathisch und fröhlich.

»Hier gibt es so etwas nicht«, wiederholte er. »Hebt es euch für später auf, sag' ich.« Er zwinkerte Mhairi zu, und sie begriff, daß ihre Männerverkleidung wenig bewirkte. Der Mann blickte zu Rowan. »Können Sie Ihre Hände denn nicht von dem Mädel lassen – obwohl sie 'ne Nette ist, was?« Seine dunklen Augen leuchteten auf.

Rowan schmunzelte. »Ja, sie ist wirklich nett.« Seine beiläufige Bemerkung ließ Mhairis Wangen noch stärker erröten. Als er seine Hand von ihrer Schulter nahm, fehlte ihr seine tröstliche Kraft.

»Ein Liebespaar wie ihr zwei hat noch bis zum Morgen Zeit«, sagte der Mann in scherzhaftem Ton. Mhairi bemerkte seinen schleppenden Tonfall. Er grinste Rowan durchtrieben an. »Nettes Mädchen, auch wenn sie Männersachen trägt. Eine weite Reise durchs ›umstrittene Land‹, was?« Verschwörerisch zwinkerte er.

Rowan kicherte. »Weit genug.«

Mhairi hatte das Gefühl, daß ihr Gesicht schamesrot war. Doch der Fremde grinste sie so nett und freundlich an, daß sie sein Lächeln erwiderte.

»Nun, wenn ihr Grenzräuber vermeiden wolltet, dann habt ihr euch mitten zwischen sie gesetzt.« Der Mann beugte sich vor. »Und Ihr Mädchen ist wirklich handfest, was?«

»Nun, also ...«, setzte Rowan an.

»Och, ist schon in Ordnung«, erwiderte der Mann mit einem Nicken. »Seht euch um. Heute abend sind sie alle gekommen, genau wie ihr, die Räuber und ihre Bräute, um Allerheiligen zu feiern.« Er deutete auf die Männer und Frauen in dem überfüllten, niedrigen Raum. »Heute abend wird gespielt und getrunken, und die Mädchen dahinten lesen die Zukunft aus gekochten Eiern.« Er nickte in Richtung einiger junger Frauen, die sich an einem weiter entfernten Tisch um eine Schüssel versammelt hatten. »Und morgen ...« Er grinste.

»Nun ja, es ist Allerheiligen«, sagte Rowan. »Was sonst?«

»Die Hochzeit, Sie Stümper, haben Sie das vergessen? Deshalb sind wir alle hier. Das wird das größte Fest, das Sie je erlebt haben. Alle Mädchen sind wegen der Hochzeit hier und haben ihre Jungs mitgebracht, auch wenn es Grenzräuber sind.« Prostend hob er seinen Becher. »Hier sind wir unter uns. Was will man mehr?« Auf die übliche Antwort wartend, schwenkte er seinen Bierkrug in der Luft.

»Verdammt kleine Truppe und schon so gut wie tot.« Rowan hob seinen Krug. »*Slàinte.*«

»Jaja«, sagte der Mann und trank. Bierschaum rann über sein Kinn, den er mit seinem Handrücken wegwischte. »Och, dieses billige Bier ist so dünn wie Wasser. Macht überhaupt nicht betrunken. Nach dem Essen hatte ich ein ordentliches Starkbier, aber das Faß ist leer.« Laut rülpsend streckte er seine Hand aus. »Ich bin Tammie, der Priester. Tammie Armstrong.«

Mhairi hielt Priester für den merkwürdigen Spitznamen eines Grenzräubers, aber sie hatte schon ungewöhnlichere Bezeichnungen gehört. Sie nickte höflich.

Rowan schüttelte die ihm entgegengestreckte Hand. »Rowan. Und Mhairi.«

»Rowan wer?« lallte Tammie.

»Der Black Laird.«

»Was denn! Den Namen habe ich doch schon gehört.« Nachdenklich runzelte er die Stirn. »Sind Sie ein berüchtigter Grenzräuber?«

»Überaus berüchtigt«, antwortete Mhairi. Ihr Blick wanderte durch den Raum mit seinen jungen Paaren, die sich lachend, scherzend und händchenhaltend vergnügten. »Und welche von ihnen ist die Braut?« fragte sie neugierig.

Tammie rülpste erneut. »Och, Sie gäben eine schöne Braut ab. Eine hübsche, nette Braut, und dieser schwarze Gutsherr wäre ein feiner Bräutigam für Sie.« Er grinste erneut, legte seine Arme auf den Tisch und nickte ihr dann aus halb geschlossenen Lidern zu.

»Tammie, Sir? Wer ist denn die Braut?« wiederholte Mhairi.

»Dieses nette Mädchen wäre eine hübsche Braut, was, Black Laird?« Erneut zwinkerte er ihr zu, hob den Kopf und fing plötzlich mit wohlklingender Stimme an zu singen. Erstaunt blinzelte ihn Mhairi an. Sie blickte zu Rowan, der schulterzuckend ein Grinsen unterdrückte.

Tammie der Priester schmetterte ein Lied von einem Mädchen, das in eine Wolldecke gehüllt zu seiner Hochzeit entführt werden sollte, als sich plötzlich einer der Würfelspieler vom anderen Ende des Tisches zu ihm vorbeugte.

»He! Tammie!« brüllte er und zerrte am Arm des alten Mannes. »Geh zu Bett, du alter Narr.« Er wandte sich seinen Kumpanen zu. »Der ist morgen nicht in Form, was?« Sie lachten.

Grinsend sang Tammie weiter, ohne auch nur einmal aus

dem Takt zu geraten. Die Männer um ihn herum wandten sich erneut ihrem Spiel zu.

»*Ach*«, sagte Mhairi leise. Sie streckte ihre Hand aus und berührte Tammies Arm. »Tammie? Alles in Ordnung? Kann ich Ihnen helfen?«

Lächelnd stützte Tammie sein Kinn auf. »Bei allen Meeren und Himmelsgestirnen, sie wird die meine«, sang er, »das hübsche Mädchen in dem Wiesenhaine ...«

Abrupt erhob sich Rowan und umrundete den Tisch. »Kommen Sie, guter Mann. Ich helfe Ihnen ins Bett. Kommen Sie schon.«

»Och, Rowan, der Black Laird. Ich habe Sie schon einmal gesehen, Junge. Wie lautet der Name Ihrer Sippe?«

»Scott.«

»Was denn! Noch ein Scott.« Er kniff die Augen zusammen, um Rowan zu fixieren. »Ah! Der Black Laird – das hätte ich beinahe vergessen! Sie sind genau wie er, dieser verrückte Alec. Sie sind sein Bruder!« Er wirkte erfreut.

»Jaja«, stammelte Rowan beiläufig, während er Tammies Arm auf seine Schulter hievte.

»Och, ein toller Bursche, dieser verrückte Alec. Habe ihn lange nicht mehr zu Gesicht bekommen – soll ein gebrochener Mann sein, was?«

»So sagt man.« Mit Tammie im Arm machte Rowan einen Schritt.

»Och ja«, sagte Tammie. »Auch ich bin ein gebrochener Mann. Der englische Grenzaufseher ist mir seit mehr als einem Jahr auf den Fersen. Mein Bett ist oben. Gott schütze Sie.« Er drehte den Kopf. »Wo ist Rowan Scotts Mädchen?«

»Hier«, sagte Rowan, auf Mhairi deutend. Sie ging vor, um Tammie durch den überfüllten Raum zu schleusen.

»Die nette Mhairi«, krächzte Tammie und grinste sie wie ein Kobold an. Lächelnd half sie ihm beim Vorwärtskommen. Die Frau des Gastwirts, eine kräftige, untersetzte Frau, schlenderte mit einem riesigen Krug schäumenden Biers vor ihnen her. Mhairi hörte, wie Rowan sie nach Tammies Nachtlager fragte. Die Frau deutete die Treppe hinauf, antwortete ihm grinsend und goß dann Bier in den ihr von einem der Würfelspieler hingeschobenen Becher.

Fluchend wandte sich Rowan zu Mhairi um, und sie fragte sich, ob die Frau des Wirts irgend etwas Unangenehmes geäußert hatte. Mit Tammie in ihrer Mitte stiegen sie mehrere ausgetretene, lose Holzdielen hinauf, bis sie einen Flur mit vier Zimmertüren erreichten. Rowan führte sie durch den dunklen Gang und öffnete die letzte Tür.

Als sie die kleine, düstere Kammer betraten, hing Tammie zwischen ihnen. Eine Kerze brannte auf einem Holzbrett und warf ihr Licht auf ein zerwühltes Doppelbett. Ein Bett war leer, doch auf dem anderen türmte sich ein riesiger, ungeschlachter Schatten auf. Gleichmäßiges Schnarchen erfüllte den Raum.

»Die Frau des Wirts erklärte mir, Tammie in einem dieser beiden Betten unterzubringen und das andere dann für uns zu benutzen«, sagte Rowan.

Mhairi blickte ihn verwundert an. »Was?«

»Die beiden von mir bezahlten Nachtlager scheinen sich in diesem Zimmer zu befinden. Und ein Bett ist bereits belegt.«

»Jaja«, sagte Tammie aufgekratzt. »Das ist mein Bruder, Dickie der Felsbrocken.«

Mhairi betrachtete das Bett und zweifelte keine Sekunde lang an diesem Spitznamen, nach den Ausmaßen des Kolosses unter der Bettdecke zu urteilen. Sie vernahm Rowans inbrünstiges Seufzen. »Wo wollen Sie schlafen, Mädchen? Bei Tammie Armstrong – oder bei mir im Bett?« fragte er leise.

Für Sekundenbruchteile sprachlos, starrte ihn Mhairi an.

»Och, zerbrecht euch darüber nicht den Kopf«, sagte Tammie. »Ich bin vielleicht ein gebrochener Mann, aber ich bin immer noch ein Priester. Und Dickie ist Meßdiener. Ihr Mädel ist bei uns so sicher wie im Himmel.«

»Bei mir ist sie sicher«, knurrte Rowan.

»Gibt es denn keinen anderen Ort, wo ihr beiden schlafen könnt?« fragte Mhairi Tammie. Er schüttelte den Kopf.

»Unser Kind wird bei uns übernachten«, sagte Rowan mit

einem Blick auf sie. »Vielleicht ist es am besten, wenn das Mädchen das Zimmer allein mit dem Jungen teilt.«

»Wie?« fragte Tammie. »Euer Kind?«

»Ja«, sagte Mhairi rasch. »Er ist noch ein kleiner Junge. Aber sehr laut.«

»Och, dann müßt ihr heiraten, ihr zwei«, brummte Tammie. »Dickie, sie müssen heiraten, Junge. Los, schwing dich auf.« Nach vorn stolpernd, fiel er auf das Bett neben seinen schnarchenden Bruder.

Vielsagend zog Rowan eine Braue hoch und blickte dann zu ihr. »Ich denke, Sie kommen besser wieder mit mir nach unten.«

»Wenn ihr geht, ist das Bett besetzt«, lallte Tammie.

Mhairi seufzte. »Ich warte besser hier. Tammie wird mich schon nicht belästigen. Berichten Sie mir, wenn Lang Will eintrifft.« Aber plötzlich wollte sie nicht mehr, daß er sie verließ. Eine wunderbare Ahnung übermannte sie, und sie fragte sich, ob Rowan hier bei ihr bleiben würde. Als sie zu ihm aufsah, klopfte ihr Herz erwartungsvoll.

Rowan seufzte in der Dunkelheit und öffnete seine Jacke. Mhairi riß ihre Augen auf, da sie glaubte, er hätte ihre Gedanken erraten. »Ich lasse die Jacke hier«, sagte er, entledigte sich des schweren Kleidungsstücks und ließ es auf das Bett fallen. »Ich komme wieder hoch, wenn Lang Will das Kind gebracht hat.«

Verärgert über ihren irrwitzigen Gedanken nickte sie. Natürlich mußte er auf das Eintreffen von Lang Will warten.

Er löste seinen Beutel und reichte ihn ihr. »Heben Sie das bitte für mich auf. Mein Geld ist doch bei Ihnen in Sicherheit, oder?« Ein ironisches Lächeln umspielte seine Lippen.

Sie nahm den Beutel an sich, verzog in der Dunkelheit wütend ihr Gesicht und setzte sich auf das Bett. Die mit einer dicken Wolldecke überzogene Strohmatratze gab unter ihrem Gewicht kaum nach. Sie ließ den Beutel unter dem Kopfkissen verschwinden.

»Nehmen Sie das ebenfalls an sich.« Er zog seinen Dolch aus der Scheide an seinem Gürtel und drückte ihr dessen Elfenbeinknauf in die Hand.

»Aber ich möchte nicht mit der Waffe hantieren ...«, setzte sie an.

»Benutzen Sie sie nur, wenn es unbedingt sein muß«, riet er. »Ich bin bald zurück.« Er hielt inne, musterte sie kurz im Dämmerlicht und verschwand dann.

Mhairi zog ihre schwere Jacke und das Wollwams aus, legte sich auf das niedrige, harte Nachtlager und bettete ihren Kopf auf das Kissen.

Draußen heulte der Wind, und der Regen klatschte gegen das Gemäuer. Neben ihr schnarchte Dickie, und Tammie fiel in dieses laute, schnarrende Geräusch ein, das Mhairi fast in den Wahnsinn getrieben hätte.

Nach einer Weile setzte sie sich auf und schüttelte das Kissen, einen dünnen, mit Federn gefüllten Sack, auf. Als Tammie laut im Schlaf aufstöhnte, warf sie das Kissen auf ihn. Auf wundersame Weise brachte sie damit beide Männer zum Schweigen.

Sie hob das Kissen vom Boden auf, zupfte es in Form und legte es erneut auf das niedrige, ächzende Nachtlager, dann hüllte sie sich in die Decke und versuchte zu entspannen. Schließlich lehnte sie sich frustriert seufzend gegen die Wand.

Rowans Beutel lag neben ihr auf dem Bett. Da er unverschlossen war, war ein Stück weißer Stoff herausgerutscht. Als Mhairi ihn in den Beutel zurückschieben wollte, enthüllte er einen vergoldeten Rahmen.

Verwirrt öffnete sie die Umhüllung und fand einen dunklen, polierten Stein, der von einem beschädigten Holzrahmen umgeben war. Stirnrunzelnd erinnerte sie sich, daß sie diesen schon einmal gesehen hatte, als sie seinen Beutel nach dem Vollstreckungsbefehl des Kronrats durchsucht hatte. Sie fragte sich, warum er wohl etwas so Merkwürdiges bei sich trug.

Als sie den Spiegel drehte, spiegelte die dunkle glänzende Oberfläche ihr Gesicht. Große silberhelle Augen blickten sie, umrahmt von zerzaustem Haar, an.

Während Mhairi ihr Ebenbild betrachtete, verdüsterte

sich die Spiegelfläche und ein anderes Gesicht, das ihr so vertraut war, daß sie den Atem anhielt, blickte ihr entgegen.

Iain erschien in dem Stein. Er wirkte abgemagert, ein Auge war verletzt und geschwollen, seine Lippe aufgeplatzt. Er hob den Kopf und blickte durch einen Fensterspalt, durch den schmutziggraues Licht einfiel. Dann verschwand sein Antlitz so rasch, wie es aufgetaucht war.

Tränen traten in ihre Augen, und sie mußte ihr Schluchzen unterdrücken. Sie berührte den kalten schwarzen Stein, sah jedoch nur noch ihr eigenes Gesicht und im Hintergrund fahles Kerzenlicht.

Mhairi starrte ihr Ebenbild an. Sie hatte eine Vision von Iain in dem Spiegel wahrgenommen – die erste in ihrem Leben. Aber warum? Der polierte schwarze Stein mußte prophetische Gabe besitzen, wie das Wasser oder loderndes Kaminholz. Wer das zweite Gesicht besaß, wurde auf diese Weise von Vorahnungen heimgesucht, das wußte sie. Aber sie hatte schon so viele Male in Wasser und Flammen geschaut, ohne jemals eine Vision zu erleben. Warum also gerade jetzt?

Dann fiel ihr ein, daß ja Allerheiligen war. Vielleicht traten an einem solchen Zeitpunkt, da die Geschöpfe des Jenseits im Diesseits weilten, Visionen verstärkt auf.

Vorsichtig nagte sie an ihrer Unterlippe, kniff ihre Augen zusammen und betete, daß die Vision sich wiederholte. Doch sie sah nur ihr eigenes tränenfeuchtes Gesicht.

Dann verschwand ihr Ebenbild. Nebelschwaden waberten aus den Tiefen des Steins hervor, bis sie sich schließlich in einem nächtlichen Unwetter entluden. Ein dünner weißschimmernder Blitz zuckte über den Spiegel.

Ein dunkelhaariger Mann erschien. Er ritt auf einem Rappen über einen Bergrücken. Als er sich umdrehte, erhellte ein weiterer Blitzstrahl seine Gesichtszüge und Mhairi wußte, wer er war.

Rowan. Sie hielt den Atem an. Und dann war es vorüber, als hätte der Regen ihn fortgeschwemmt. Mhairi schrie auf, umfaßte den beschädigten Rahmen mit beiden Händen und sah lediglich ihr eigenes, blasses und verängstigtes Gesicht. Mit zitternden Fingern hüllte sie den Spiegel wieder in das Leinentuch ein, schob ihn in den Beutel und versteckte diesen dann unter ihrem Kopfkissen.

Mit ihren beiden Händen bedeckte sie ihr Gesicht, zog ihre Knie an und sah vor ihrem geistigen Auge erneut das lebhafte Bild Rowans in diesem Unwetter. In den vergangenen Wochen hatte sie Iains Vision beinahe verdrängt, auch wenn diese sie beide beunruhigt hatte. Jetzt erinnerte sie sich wieder an die Worte ihres Bruders, als dieser ihr seine seltsame Vorahnung geschildert hatte: vor Monaten schon hatte er einen Mann gesehen, der durch ein heftiges Unwetter ritt, einen Grenzbewohner auf der verzweifelten Suche – nach Mhairi, hatte Iain gesagt. Der Mann liebte sie innig und suchte sie, aber er bedeutete auch Gefahr.

Sie war sich sicher, daß sie soeben die gleiche Vision wahrgenommen hatte. Und jetzt war ihr klar, daß es sich bei dem von Iain gesehenen Mann um Rowan Scott handelte.

Sie ließ ihren Tränen freien Lauf, umschlang ihre Knie mit ihren Armen und schluchzte bitterlich. Ihr Bruder hatte gesagt, daß dieser Mann in einem gefährlichen Sturm nach ihr suchen würde – und das kurz vor Iains Tod.

Das Unwetter toste um die Mauern des Gasthauses, und diese Gewißheit, die Wahrheit, oder das, was sie als erschreckende Wahrheit vermutete, traf sie wie ein Keulenschlag. Von Weinkrämpfen geschüttelt grübelte sie, ob Iain sein Leben vertan hatte. Rowan Scott hatte bereits den Vollstreckungsbefehl ausgehändigt, der sein Todesurteil besiegelte. In der Tat hatte er die Gefahr mit sich gebracht.

Sie weinte, bis ihr Körper rebellierte, ihr Atem nur noch stockend ging und ihr Kopf so fürchterlich schmerzte wie ihr Herz. Der Schmerz kam der Trauer gleich, die sie bei dem drohenden Verlust ihres Bruders befiel – und bei dem Gedanken, auch Rowan zu verlieren.

Dann spürte sie den sanften Druck einer Hand auf ihrer Schulter.

»Mhairi«, murmelte Rowan. »Was ist denn?« Er war da, obgleich sie ihn nicht kommen gehört hatte. Er saß neben ihr auf dem knarrenden Holzgestell des Bettes. »Mhairi … hat Tammie …«

»Nein«, sagte sie rasch und wischte sich mit einer Hand über ihr Gesicht. »Alles in Ordnung.«

Wohltuend strich seine Handfläche über ihren Rücken. »Erzählen Sie mir, was los ist.«

Sie schüttelte den Kopf und kauerte sich auf dem Bett zusammen.

»Och, Mädchen«, murmelte er. Seine Arme umschlangen sie warm und stark, und er zog sie an sich. Vom Weinen geschwächt, lehnte sie ihren Kopf an seine Brust und spürte sein weiches Hemd durch das offene Wams. Sie atmete den schwachen Geruch von Tannenholz und Bier sowie den Duft seiner Haut ein. Tränen traten in ihre Augen, doch sie biß sich auf die Lippe, um diese zu unterdrücken.

»He, Mädchen«, flüsterte er. »Was ist denn? Lassen Sie mich Ihnen doch helfen.«

Seine Worte – genau diese Worte – trafen sie mitten ins Herz. *Lassen Sie mich Ihnen helfen.* Sie hatte so auf diese Worte gehofft, hatte gehofft, daß er ihr seine Hilfe für Iain anbot, und jetzt war es zu spät. Von neuem wurde sie von heftigen Weinkrämpfen geschüttelt.

Rowan streichelte ihr zerzaustes Haar, und jede seiner Berührungen war eine Liebkosung, die ihre Traurigkeit und ihren Schmerz linderte. Nach kurzer Zeit fühlte sie nur noch eine Leere, ja fast so etwas wie Frieden, der sie durchströmte. Er murmelte etwas Unverständliches und Beruhigendes, in der Dunkelheit klang seine Stimme samtweich und seine Berührung tröstete sie.

»Erzählen Sie es mir«, bat er erneut. »Lassen Sie mich Ihnen helfen.«

»Ich habe Sie … Sie bereits um … um Hilfe gebeten«, sagte sie stockend. »Aber … aber Sie wollten mir nicht helfen.«

»Mhairi«, seufzte er. »So war es nicht.«

»Oh … O doch«, erwiderte sie. »Ich hätte nie … nie wieder mit Ihnen sprechen dürfen. Nie wieder. Ich hätte vor Ihnen flüchten sollen.«

»Warum?« hauchte er.

»Weil ... weil nun ...« Kopfschüttelnd hielt sie inne. *Weil ich dich nun liebe,* dachte sie. Dieser Gedanke traf sie mit aller Macht und raubte ihr beinahe den Atem. *Weil ich dich nun liebe, du aber meinen Bruder zerstören wirst.*

Aber das durfte sie nicht laut äußern. Von Verzweiflung übermannt, schluchzte sie erneut.

Rowan flüsterte etwas an ihren Schläfen, und sein Bart schabte über ihre Haut. Seine Hände glitten über ihren Rükken, durch ihr Haar, und die Nähe seines Körpers ließ sie erschauern. Sie schlang ihre Arme um seinen Hals und schmiegte sich an ihn.

»Sagen Sie mir, was Ihnen fehlt, Mädchen«, murmelte er.

Mit einem leisen Seufzen schüttelte sie den Kopf, obgleich ihr klar war, daß ihr genau das fehlte – Rowans Umarmung, sein Herzklopfen an ihrer Brust. Er war der winzige Hoffnungsschimmer, der ihr vermittelte, daß auch ihr Leben ein Recht auf Vollkommenheit besaß. Und sie spürte die Kraft, die ihre innere Flamme der Sehnsucht zum Lodern brachte.

Aber diese Welt war kein idyllischer Ort, und Freude und Glück gingen immer mit Schmerz und Trauer einher. Der Spiegel hatte sie gewarnt, und das sollte sie berücksichtigen. Sie hatte allen Grund, vor Rowan auf der Hut zu sein. Statt dessen wurden die Rundungen ihres Körpers magisch von ihm angezogen, und sein leichter Atemhauch beflügelte ihre Sinne. Sie wußte, daß sie sich von ihm losreißen mußte, doch ihr fehlte die Kraft.

Nach einer Weile versuchte sie, sich seiner Umarmung zu entziehen, aber er ließ es nicht zu, sondern drückte sie noch fester an sein Herz. An ihrer Wange spürte sie seinen gleichmäßigen Herzschlag. Erschöpft schmiegte sie sich an ihn, und ihr Schluchzen versiegte unter seiner tröstlichen Berührung.

»Mhairi-Mädchen«, raunte Rowan. »Wenn es nur daran liegt, daß ich mich geweigert habe, Ihrem Bruder zu helfen ...«

»Und Sie haben mich überwältigt«, flüsterte sie eigensinnig. »Wie eine Kriminelle.«

»Mhairi ...«

»Und Sie haben Simon den Vollstreckungsbefehl ausgehändigt. Iain wird sterben ...« Sie schluckte.

»Ich wollte Sie nicht verletzen.« Er senkte seinen Mund an ihr Ohr. »Wirklich, das würde ich nie tun.« Seine geflüsterten Worte waren wie Sphärenklänge für ihren Körper.

Ihr Atem ging schneller. Sie wollte mehr von seiner Zärtlichkeit und wünschte sich, alles andere vergessen zu können. Sie wollte weder Traurigkeit noch Furcht, weder Visionen noch Gefahr. Sie wollte seinen Trost. »Rowan«, flüsterte sie. »Halt mich fest.«

»Oh, Gott, Mhairi«, hauchte er. Als sie zu ihm aufblickte, suchten seine Lippen ihren Mund.

Ihre Lippen fanden sich, und sie hatte das Gefühl, einer unendlichen Last enthoben zu sein, denn er hielt sie sicher in seinen Armen. Er küßte sie erneut, eine zärtliche Berührung seines Mundes, die sie erschauern ließ. Mit zitternden Händen umschlang sie ihn.

Rowan umschloß ihr Gesicht mit seinen angenehm starken Händen und küßte sie immer wieder, bis es ihr beinahe den Atem raubte. Ein nie gekanntes Glücksgefühl durchströmte ihren Körper. Sie bog ihren Kopf zurück, als seine Finger ihre Halsbeuge liebkosten und ihr Körper von einer Woge der Sinnlichkeit durchflutet wurde.

Ihr Blut pulsierte in ihren Adern, und ihr Herz klopfte zum Zerspringen. Sie glitt mit ihren Fingerspitzen über sein Gesicht, spürte sein Barthaar, sein ausgeprägtes Kinn und die Wärme seines Ohrs. Sie ließ ihre Finger über den steifen Kragen seines Wamses bis zu seinem Brustkorb wandern. Das Hemd unter seiner offenen Weste verrutschte, und sie spürte seine warme, nackte Haut.

Rowans Lippen entwich ein unterdrücktes Stöhnen, und er löste sich von ihrem Mund. Seine Lippen hauchten zarte Küsse auf ihre Wangen, ihre geschlossenen Augenlider, ihre Stirn. Mhairi seufzte, als sich ihre Lippen erneut fanden.

Jetzt erwiderte sie seinen Kuß, spürte die warme Feuchtigkeit seiner Zunge. Tief in ihrem Innern entzündete sich das Feuer der Leidenschaft. Sie schmiegte sich noch enger an ihn, strich mit einer Hand über seinen Brustkorb, spürte das Pulsieren seines Herzens und streichelte mit der anderen Hand sein Haar. Seine schwarzen Locken fühlten sich wie schwere, kühlende Seide an.

Sanft drückte er sie auf das Bett und dann legte er sich neben sie. Ob seiner kräftigen Statur rutschte sie auf ihn zu und kuschelte ihren Körper an den seinen. Leise stöhnte er.

Seine Lippen berührten ihr Kinn, glitten über ihren schlanken Nacken, und sie spürte seinen heißen Atem und sein Barthaar auf der empfindlichen Haut ihres Schlüsselbeins. Seufzend streichelte Mhairi sein weiches Haar. Dann umschlang sie seine breiten Schultern und zog ihn an sich, weil sie ihn brauchte und immer mehr von ihm ersehnte.

Er stöhnte und bedeckte ihre Lippen mit einem Kuß, der ihr den Atem raubte. Als seine Handfläche auf einer ihrer Brüste ruhte, seufzte sie laut. Seine Hand glitt weiter, schob ihr Hemd fort, streichelte ihren Bauch und verursachte tief in ihrem Körper ein seltsames Flattern.

Erneut seufzend kuschelte sie sich in seine Arme, und ihr Atemhauch vermischte sich warm und sinnlich. Seine Hand streichelte den Rippenbogen unterhalb ihrer Brust und glitt dann langsam nach oben, bis seine schlanken Finger ihren Busen fanden und zärtlich massierten. Als Mhairi unbewußt ihre Hüften an seinen Körper schmiegte, umschlang er sie mit seiner anderen Hand und zog sie fest an sich. Sie spürte die Hitze, seine pulsierende Männlichkeit, und ihre Knie zitterten wie Espenlaub.

Erneut erwiderte sie seinen Kuß, vergaß ihre Traurigkeit und ihre Furcht und gab sich ganz seiner Zärtlichkeit und seinem Begehren hin. Sie wollte nicht denken, wollte nur die angenehme Wärme seiner Hände spüren, die Süße seines Mundes schmecken und sich an ihn schmiegen. Und sie fühlte, wie sie in den Strudel ihrer Leidenschaft hinabgerissen wurde.

Doch als sie leises Brummen und dann ein lautes Schnarchen aus dem anderen Bett vernahm, war sie wie zu Eis erstarrt. Ihren Atem anhaltend, lag sie neben Rowan, ihre Hände ruhten auf seiner Brust. Sein Herzklopfen war ebenso stark wie das ihre. Erschauernd atmete sie aus und lauschte.

In dem anderen Bett schnarchte Dickie gleichmäßig weiter, doch Tammie murmelte unverständliche Worte und wälzte sich unruhig hin und her.

Zärtlich berührte Rowan ihre Schulter. Er hob den Kopf, so daß sein Haar ihre Stirn kitzelte. Sie hörte sein langes, leises Seufzen, dann spürte sie seinen sanften Kuß auf ihrem Mundwinkel. Sie drehte sich zu ihm um, aber er richtete sich kopfschüttelnd auf.

Sie beobachtete, wie er seine Beine aus dem Bett schwang. Mit einem tiefen Atemzug fuhr er sich mit den Händen über die Augen. Diese unwillkürliche Geste, die sie schon häufiger an ihm bemerkt hatte, rief eine Woge des Mitgefühls und des Verlangens in ihr hervor. Sie streckte ihre Hand aus und berührte seinen Arm.

Er nahm ihre Hand in die seine. »Mhairi – ich bitte dich um Verzeihung«, murmelte er leise. »Das hast du nicht gewollt. Es war gedankenlos von mir.«

»Pst«, meinte sie. »Pst, ich habe es so gewollt.«

Er schwieg. »Wolltest du das wirklich, mein Mädchen?« Seine leise, eindringliche Stimme war voller Wärme und Zuneigung. Ihr Herz raste.

»Ja wirklich, Rowan«, flüsterte sie.

Er beugte sich über sie und preßte seine warmen Lippen zärtlich auf ihren Mund. »Du warst ziemlich aufgebracht, als ich zurückkehrte«, flüsterte er mit einem erheiterten Unterton, und sein Atemhauch streifte ihre Wange.

»War ich auch.« Sie runzelte die Stirn. »Und bin es vielleicht wieder, wenn ich zur Vernunft gekommen bin.« Kichernd setzte er sich wieder auf. Als das Bett unter ihm ächzte, vernahm Mhairi leises Klopfen an der Tür.

»Ja, was ist?« rief Rowan leise.

»Sir, ich bin der Bote«, ertönte eine helle Stimme.

»Gütiger Himmel«, entfuhr es Rowan. »Verflucht, das hatte ich beinahe vergessen.« Er ging zur Tür und öffnete sie. Mhairi erhob sich mit zitternden Knien von ihrem Nachtlager und folgte ihm.

Ein Bursche stand in dem dunklen Gang. »Lang Will hat gesagt, daß er nicht kommen wird«, berichtete er. Er war höchstens zwölf Jahre alt, schätzte Mhairi, hielt jedoch einen Becher Bier in der Hand, den er so rasch wie ein gestandener Grenzräuber hinunterstürzte und dann seinen Mund mit seinem Ärmel abwischte. »Er sagt, daß Sie eine Woche überfällig sind. Und seine Mutter will nicht, daß er den Jungen noch in der Nacht hierherbringt.«

Rowan lehnte im Türrahmen und stieß einen leisen Fluch aus. »Du verdienst dir einen weiteren Taler, wenn du sicherstellst, daß er morgen früh in Begleitung des Jungen hier auftaucht.«

»Och, sicher, er wird anläßlich der Hochzeit hier sein. Dafür werden seine Mutter und sein Mädchen schon sorgen.«

»Nun, du wirst ebenfalls dafür sorgen. Morgen in der Frühe«, sagte Rowan. Grinsend dankte ihm der Botenjunge und verschwand.

Rowan schloß die Tür und wandte sich Mhairi zu. »Sobald es hell wird, brechen wir auf.«

»Oder sobald Lang Will eintrifft«, meinte sie.

»Jaja«, stimmte er ihr zu. Er lehnte sich mit dem Rücken gegen die Tür und musterte sie. Das Dämmerlicht enthüllte ein attraktives Gesicht mit gesenkten Lidern, ausgeprägter Kinnmuskulatur und sinnlichen Lippen. Ihr Herz hämmerte, und doch fühlte sie sich plötzlich scheu und unsicher unter seinem intensiven Blick. Der Zauber, der sie Augenblicke zuvor gefangengenommen hatte, war aufgrund des Zwischenfalls gebrochen. Sie senkte ihren Blick, wünschte sich wieder seine Zärtlichkeit, wußte aber nicht, wie sie das anstellen sollte.

Mit seiner Hand hob er ihr Kinn. »He, he, Mädchen«, murmelte er in sanftem, scherzhaftem Ton. »Vergiß nicht, hier bist du so sicher wie im Himmel.«

Sie blickte zu ihm auf. »Ich weiß«, hauchte sie.

Er streichelte ihr Kinn, betrachtete sie und beugte sich dann zu ihr hinunter, um ihre Lippen zu berühren. Sein Kuß war nur ein zarter Hauch, doch sie spürte sein Verlangen und die Spannung zwischen ihren Körpern. Allein die leichte Berührung seiner Lippen ließ sie erneut seine tröstliche Wärme und leidenschaftliches Verlangen empfinden.

»Schon gut, daß der Bursche gekommen ist«, flüsterte er und hob den Kopf. Dann umschlang er sie mit seinen Armen und legte das Kinn auf ihren Kopf. Sie hörte sein Herzklopfen an ihrem Ohr.

»Ist es das?« Ein Anflug von Furcht übermannte sie, als sie auf seine Antwort wartete. Vielleicht wiederholte er, daß er ihr mißtraute.

»Sicher. Anderenfalls hätte Tammie meinen Kopf gefordert«, murmelte er.

Erleichtert seufzte sie auf. »Och, aber er ist doch Priester.«

Rowan kicherte in ihr Haar, und sie umarmte ihn lächelnd und schmiegte ihre Wange an seine Brust.

»He?« murmelte Tammie halb aufgerichtet. »Habt ihr mich gerufen? Gibt es einen Überfall?«

»Ein Priester mit dem Gehör eines Halunken«, flüsterte Rowan. »Nein, guter Mann«, rief er zurück. »Schlafen Sie weiter.«

»Ah, der Black Laird«, nuschelte Tammie, während er sich erneut niederlegte. »Der Scott. Warten Sie bis morgen mein Junge, was?«

»Was soll das heißen?« Rowan blickte auf, doch seine einzige Antwort war ein lautes, durchdringendes Schnarchen.

Sie spürte, wie er sich neben ihr ausstreckte. Als sie ihm ihr Gesicht zuwandte, umarmte er sie wortlos.

Von seiner Wärme umschlungen und von seinem zärtlichen Atemhauch gestreift, schloß Mhairi die Augen und schlummerte an seinen muskulösen Körper geschmiegt ein.

Kapitel 18

Auch alte Männer heiraten
Mit sechzig Jahr'n und mehr,
Doch solch seltsamen Hochzeitstag
Den sah'n sie nie vorher.
– ›Die Tochter des Earl of Mar‹

Rowan stützte seine Schulter an der Wand neben dem prasselnden Kamin ab und beobachtete, wie Mhairi den Raum durchquerte. Ihr violettes Kleid – er hatte keine Ahnung, wo sie es aufgetrieben hatte – schwang anmutig um ihre Hüften, und das enge Oberteil, das sie noch schlanker wirken ließ, als sie eigentlich war, betonte ihre wohlgeformten Brüste. Er hob den Kopf, dankbar für jeden Augenblick, den er sie betrachten durfte.

Sie schlenderte durch den Schankraum, als befände sie sich auf einer Blumenwiese. Rowan fielen auch die Blicke der anderen Männer auf, die sie im Vorübergehen musterten. Ihr frisch geflochtener Zopf wippte züchtig unter der weißen Haube, die ihr hübsches Gesichtsoval umgab und ihre rosigen Wangen unterstrich.

»Du siehst so frisch aus heute morgen«, sagte Rowan und hob anerkennend eine Braue. Sie lächelte, und es war einfach himmlisch, in diese sanften grauen Augen zu schauen.

»Genau wie du«, sagte sie. »Du hast dich rasiert.«

»Jaja.« Selbstbewußt strich er über sein frisch rasiertes Kinn. »Tammie hat dafür gesorgt, daß ich mich anläßlich der Hochzeit rasierte und badete. Er hat sogar mein Wams ausgebürstet.« Er blickte zu ihr hinunter. »Ich wußte gar nicht, daß du ein Kleid mitgebracht hattest.«

»Hatte ich auch nicht«, erwiderte sie und strich ihren Rock glatt. »Tammie hat es von der Tochter des Gastwirts ausgeborgt, damit ich es auf der Hochzeit tragen kann. Und die Dienstmagd gebeten, mir ein Bad vorzubereiten. Ungeheuer energisch, der Bursche.«

Beide kicherten sie, und ihre Wangen glühten im reizenden Kontrast zu der auffallenden Farbe des Kleides, dessen hoher Kragen mit einer schmalen, cremefarbenen Spitze umsäumt war. Dann wandte sie sich ab und stellte sich auf Zehenspitzen, um über die Menge zu spähen.

Der niedrige Raum schien noch überfüllter als am Abend zuvor, dachte Rowan, während er über Mhairis Kopf hinwegblickte. Die riesigen Tische, die man vor die Wände geschoben hatte, waren anläßlich des Hochzeitsfestes mit Platten voller Bratenfleisch und anderen Speisen beladen. Die Männer trugen saubere Jacken und Beinkleider und hatten auf Harnisch und Stahlhelm verzichtet. Die Frauen trugen ähnlich schlichte Kleider wie das von Mhairi aus Wolle oder Leinen mit kleinen Rüschen- oder Spitzenkragen und dazu hübsche Hauben. Einige Kinder liefen barfuß umher, während andere, in leuchtende Decken gehüllt, von ihren jungen Müttern getragen wurden.

Die Erwachsenen schlenderten lachend und schwatzend mit Freunden und Verwandten umher. Fast jedes von ihm wahrgenommene Gesicht trug ein Lächeln zur Schau oder zumindest eine Spur von Aufregung oder freudiger Erwartung, wenngleich die Gesichter einiger Männer ernst wirkten. Bislang hatte er noch nicht herausgefunden, welches der anwesenden Paare Braut und Bräutigam darstellte.

Während er sich umsah, erkannte Rowan mit einem leichten Grinsen, daß ihn die beschwingte Atmosphäre unter den Hochzeitsgästen berührte. Auch er spürte eine innere Erleichterung, da die schwere, beklemmende Bürde, die er mit sich herumgetragen hatte, seit gestern von ihm abgefallen war. Vielleicht hatte sich seine Laune aber auch entscheidend gebessert, als er Mhairi in der vergangenen Nacht umarmt und geküßt und sich in sie verliebt hatte.

Diese verwirrende und doch so zutreffende Vorstellung war weniger beflügelnd, sondern eher ein empfindlicher Schlag in seine Magengegend. Sein Herz hämmerte in seiner Brust, und Schweißperlen traten ihm auf die Stirn.

Aber er konnte die Wahrheit nicht verleugnen. Als er Mhairi in der Nacht umschlungen gehalten hatte, hatte es ihn so sehr nach ihr verlangt, daß seine körperliche Anspannung ihm Schmerzen bereitet hatte. Aber er hatte trotz ihrer glühenden Küsse erkannt, daß er sie ebenso verehrte wie begehrte. Er würde sich niemals gestatten, sie rasch und gedankenlos zu nehmen.

Er betrachtete sie. Reizvoll und empfindsam, schön und eigenwillig stand sie an seiner Seite und blickte sich um, und es war genau diese Mischung, die ihn an ihr so faszinierte.

Er beobachtete sie und wußte, daß sie zu einer verzehrenden und wunderbaren Leidenschaft finden würden, wenn er sie schließlich verführte. Aber er wollte warten, bis sie dazu bereit war und sie vielleicht noch mehr ersehnte als er. Hinter seinem Rücken ballte er seine Hände zu Fäusten und atmete tief ein.

Lächelnd wandte sie sich ihm zu. »Ist Lang Will schon eingetroffen?«

Er schüttelte den Kopf. »Ich weiß es nicht, er könnte noch im Freien stehen, wo sich viele Leute aufhalten, die in der Schankstube keinen Platz mehr finden.«

Erstaunt blickte sie ihn an. »Sind denn so viele Leute gekommen?«

Er nickte. »Tammie meinte, daß hier viele einander versprochene Paare Allerheiligen gefeiert haben und heute bei der Hochzeit anwesend sind.«

»Einander versprochen?« fragte sie und blickte sich um. »Viele dieser Paare scheinen bereits Kinder zu haben.«

»Natürlich, die Sitte des Eheversprechens gesteht den Paaren zu, ein Jahr und einen Tag als Mann und Frau zusammenzuleben. Manchmal sogar länger. Wenn sie sich gut verstehen, entscheiden sie sich schließlich für eine Eheschließung.«

»Also hat eines der anwesenden Paare diese Entscheidung getroffen«, sagte sie. »Ich frage mich, wer das sein könnte. Lang Will vielleicht? Der Botenjunge sagte doch, daß sein Mädchen und seine Mutter sichergehen wollten, daß er zu Hause blieb.« Lächelnd ließ sie ihren Blick durch den Raum schweifen.

Rowan wollte etwas erwidern, doch dann fiel sein Blick auf den Botenjungen. Der Bursche stand in der Nähe der geöffneten Eingangstür und spähte suchend über die lärmende Menge. Rowan hob seine Hand und rief nach ihm. Der Bote sah ihn, erwiderte etwas und wandte sich erneut der Tür zu.

Ein Hüne von einem Mann betrat das Wirtshaus und zog den Kopf ein, als er durch die Tür schritt. In seinen Armen trug er ein kleines, dunkelhaariges Kind. Der Bote deutete auf Rowan, und der Mann bahnte sich seinen Weg durch die Menge.

Rowan berührte Mhairis Schulter, und sie wandte sich um. Er schritt nach vorn und streckte seine Hand aus. »Will Croser?« fragte er.

»Ja.« Die zerfurchten Gesichtszüge des Mannes entspannten sich, und er blickte Rowan aus gutmütigen dunklen Augen ernst an. Das Gesicht an seiner Schulter verborgen, klammerte sich das Kind an ihn. »Dieses tapfere Gesicht hätte ich unter Tausenden wiedererkannt«, sagte Lang Will und umschloß Rowans Hand. »Sie sehen Ihrem Bruder Alec zum Verwechseln ähnlich. Und das ist sein Sohn. Jamie, das ist dein Onkel Rowan. Dein Papa möchte, daß du mit deinem Onkel nach Hause zurückkehrst und Jock besuchst.«

Als sich der Junge zu ihm umdrehte, raste Rowans Herz plötzlich. Sein hübsches, kleines Gesicht war blaß und frisch gewaschen, und seine rosafarbenen Lippen umschlossen seinen Daumen. Noch beeindruckender als seine glänzenden schwarzen Locken waren allerdings seine von schwarzen Wimpern umrahmten Augen, die riesig groß und von einem faszinierenden Blau waren.

Maggies Augen, dachte Rowan und hielt den Atem an. »Jamie«, sagte er mit sanfter Stimme. »Ich bin dein Onkel Rowan Scott. Ich bin gekommen, um dich zu Jock und Anna mitzunehmen.«

Jamie nickte und saugte mit weit aufgerissenen Augen an seinem Finger. Dann zog er den Daumen mit einem feuchten Schmatzen aus dem Mund. »Jock«, rief er deutlich.

»Jock.« Rowan bemerkte, daß der Junge weiße, ebenmäßige Zähne hatte.

»Ja, Jock möchte dich sehen«, erklärte Rowan ihm. Jamie nickte, legte dann seinen Kopf an Wills Schulter und blickte Rowan argwöhnisch an.

»*Ach,* was für ein hübsches Kind«, sagte Mhairi sanft und lächelte Jamie an. »Ich bin Mhairi und komme mit, wenn wir dich nach Hause zu Jock bringen.«

Jamie nickte ernst, drehte sich auf Lang Wills Arm um und spähte durch den Raum. Rowan verspürte ein Gefühl der Erleichterung. Zumindest schien das Kind zu verstehen, was man ihm erklärte.

»Kann er laufen? Und spricht er auch schon viel?« wollte er von Lang Will wissen.

Will lachte. »Aber sicher, er redet wie ein Wasserfall, wenn man ihn gewähren läßt. Und rennt schneller als ich. Im Moment ist er nur schüchtern wegen der vielen Leute, denke ich.«

»Nun denn«, sagte Rowan mit einem merkwürdigen Gefühl. »Nun denn.« *Was nun,* fragte er sich im stillen. Hilflos blickte er zu Mhairi, die Jamie anstrahlte. Dann blickte er wieder zu dem Jungen. »Nun denn, mein Junge« – er räusperte sich – »ich bin dein Onkel, der Bruder deines Papas«, wiederholte er.

»Papa«, sagte Jamie und griff so rasch nach Rowan, daß Lang Will ihn beinahe fallen gelassen hätte. Rowan umschlang seine Taille und war erstaunt über dessen Gewicht und Körperkraft.

Jamie betrachtete Rowan. »Papa ist nicht da. Nicht da.« Er verzog sein Gesicht. »Papa. Mein Papa.« Betrübt wiederholte er diese Worte und wippte mit dem Kopf hin und her, als suchte er Alec in der Schankstube. Fragend blickte Rowan zu Will.

»Dein Papa hat gesagt, daß du mit Rowan gehen sollst«, erklärte Lang Will Jamie und streichelte ihn zärtlich. »Geh mit Rowan und besuche Jock.«

»Mein Papa, mein Papa«, schluchzte Jamie. Rowan wiegte ihn unsicher im Arm und blickte hilfesuchend zu Mhairi.

Mit feuchtglänzenden Augen betrachtete sie Jamie voller Mitgefühl.

Na dann gute Nacht, dachte Rowan erzürnt, während er das weinende Kind in seinen Armen schaukelte. Das Mädchen sollte ihm schließlich tatkräftig zur Seite stehen. »Mein Papa, mein Papa«, wimmerte Jamie.

»Er hängt sehr an seinem Vater«, übertönte Lang Will Jamies Schluchzen. »Wissen Sie, wir haben uns gerade erst getrennt.«

»Alec ist hier?« fragte Rowan mit schneidender Stimme.

Lang Will schüttelte den Kopf. »Er ist mit uns geritten und hat uns nicht weit von hier verlassen. Er wollte Ihnen nicht begegnen.«

»Das kann ich ihm nicht verübeln. Geht es ihm gut? Das interessiert meine Großmutter bestimmt.«

»Ja, aber er macht sich Sorgen um den Jungen. Er möchte ihn in Sicherheit wissen, verstehen Sie. Als der Bote uns informierte, daß Sie gekommen seien, um Jamie zu holen, war Alec unendlich froh darüber.«

»War er das?« Erstaunt runzelte Rowan die Stirn. »Wie sehen seine Pläne aus?«

»Jock«, sagte Jamie, plötzlich auf einen anderen Begriff umschwenkend. »Jock.« Er schlang seine Ärmchen um Rowans Hals und spähte ihm ins Gesicht, daß sich ihre Nasen beinahe berührten. »Ist Jock da?«

»Nein, Jock ist zu Hause«, antwortete Rowan und blickte über den schwarzglänzenden kleinen Kopf zu Lang Will. »Was ist mit Alec?«

»Nicht da«, sagte Jamie wissend und schüttelte den Kopf. »Papa ist nicht da.« Abgelenkt nickte Rowan, während er versuchte, Lang Will zuzuhören.

Lang Will zuckte die Schultern. »Das umstrittene Land ist reich an Bergen und Tälern, wo sich ein Mann sein ganzes Leben lang verbergen kann«, sagte er. »Alec wird sich heute hier und morgen dort aufhalten. Allerdings haben Grenztruppen schon die Umgebung durchkämmt und mit der Behauptung nach seinem Sohn gefragt, daß sie den Kleinen im Auftrag seines Urgroßvaters in Sicherheit bringen sollen. Alec möchte, daß sein Sohn so schnell wie möglich von hier verschwindet.«

Rowan nickte. »Sagen Sie ihm, das wird erledigt.«

»Das werde ich tun. Und er wollte, daß ich Sie nach Iain Macrae frage.«

Neben Rowan erstarrte Mhairi. Er blickte zu ihr hinunter und bemerkte den eiskalten Glanz in ihren grauen Augen. »Iain ist in Simon Kerrs Kerker«, berichtete Rowan, »wo er die nächste Parlamentszusammenkunft der Schotten und der Engländer abwarten muß.«

»Und für Alec Scotts Verbrechen zum Tode verurteilt werden wird«, fügte Mhairi erbittert hinzu. »Sagen Sie Alec, daß ihm Mhairi Macrae diese Nachricht übermittelt.«

»Das werde ich«, entgegnete Lang Will ruhig und blickte stirnrunzelnd zu Rowan. »Ich muß meinen Schatz und meine Mutter finden. Werden Sie bei der Hochzeit anwesend sein? Dort stehen Tammie der Priester und Dickie der Felsbrocken in der Tür, dann wird es gleich losgehen.« Lächelnd tätschelte er den Kopf des Jungen. »Wir werden uns wiedersehen, kleiner Jamie«, versprach er zärtlich. Dann blickte er zu Rowan. »Draußen steht ein Beutel mit seinen Habseligkeiten – Kleidern, Spielsachen und dergleichen. Passen Sie gut auf ihn auf, Rowan Scott.«

»Das werde ich.« Jamie hob den Kopf und senkte ihn, als Lang Will sich abwandte und in der Menge verschwand.

Seufzend musterte Rowan Mhairi. Sie strahlte und streichelte Jamies Locken. »Ein prächtiger Bursche«, meinte sie.

»Schau an, das nette Mädel und ihr tapferer Gutsherr!« Heftig winkend kam Tammie auf sie zu, und sein wettergegerbtes Gesicht strahlte. »Da seid ihr ja. Och, und euer Kind auch! Er sieht genauso aus wie sein Papa, was! Ein kleiner Black Laird! Hallo, mein Junge!« Grinsend beugte er sich über Jamie, der sich scheu an Rowans Schulter klammerte.

»Wir fangen jetzt mit der Trauungszeremonie an«, erklärte ihnen Tammie. »Och, da ist ja auch Dickie.« Lautstark winkte er seinen Bruder zu sich.

Augenblicke später teilte sich die Menge plötzlich, und ein Hüne von einem Mann trat auf sie zu. Rowan hatte Dikkie den Felsbrocken nur im Bett wahrgenommen, da er länger als die anderen geschlafen hatte, doch aufgrund seines Namens und seines koboldhaften Grinsens, das dem seines kleineren Bruders so ähnlich war, wußte er, um wen es sich handelte.

»Hoho, Tammie«, meinte Dickie. »Wir sind soweit. Ich habe es allen gesagt, und die Leute kommen jetzt herein.«

»Gut, gut«, sagte Tammie. Er zupfte Rowan am Arm und nahm ihn beiseite. »Stellen Sie sich mit Ihrem Mädchen und Ihrem Kind hierhin.«

»Wir machen besser den Weg für das Brautpaar frei«, schlug Mhairi vor und nickte Rowan zu. Er bemerkte ihre erröteten Wangen, als ginge ihr dieses aufregende Ereignis sehr nahe. Er selbst hatte wenig Interesse daran und bereits entschieden, das Gasthaus zu verlassen, sobald Jamie bei ihnen war. Da die Zeremonie jedoch gerade begann, konnten sie nicht Hals über Kopf aufbrechen.

Mhairis Schulter an seine Brust gelehnt, stand er neben dem Kamin und hielt das Kind in seinen Armen. Er fühlte sich wohl, die Nähe der beiden verlieh ihm Kraft, und die Verzögerung machte ihm nichts aus.

Dickie der Felsbrocken und Tammie der Priester standen Seite an Seite vor dem Kamin – ein seltsames Paar mit einem identischen Grinsen. Die Menge, die in der Schankstube eingepfercht stand, murmelte erwartungsvoll.

»Seid gegrüßt, Gott schütze euch alle«, verkündete Dikkie mit tiefer, sonorer Stimme. »Wir haben uns am heutigen Tag hier zusammengefunden, um den heiligen Akt der Eheschließung zu feiern.«

Neugierig blickte Rowan sich um und fragte sich, wann das unbekannte, offenbar zurückhaltende Paar erscheinen würde. Er hatte schon angenommen, daß Lang Will der Bräutigam sei, und sah sich in seiner Vermutung bestärkt, als er das gutmütige Gesicht des Mannes im hinteren Teil des Raums neben einem großen, hübschen blonden Mädchen erspähte.

»Und weil einige unter euch keine Kirchgänger sind, ist mein Bruder Tammie der Priester hier, um für diejenigen, die ihn hören wollen, den feierlichen Segen zu sprechen«, fuhr Dickie großmütig fort.

Grinsend nickte Tammie. Dann trat er vor, nahm Mhairis Arm und zog sie neben Dickie. Über ihre Schulter hinweg blickte sie zu Rowan. Tammie winkte auch ihm, und er trat vor und fragte sich, ob Tammie vielleicht irgendeinen bei Hochzeiten üblichen Unsinn vorhatte, wie beispielsweise das Kind Blumen streuen zu lassen.

Tammie wandte sich der Menge zu. »Und wer will heute heiraten?« fragte er mit sanfter, eindringlicher Stimme.

»Wir alle!« scholl es aus der Menge. Rowan blickte sich verwirrt um. Sämtliche Paare im Raum hatten ihre Hände gehoben. »Wir alle!« riefen sie mit lachenden Gesichtern. Lang Wills Hand war ebenfalls erhoben.

Rowan wandte sein Gesicht Mhairi zu. Ihre großen silberhellen Augen blickten erstaunt und verwirrt zu ihm auf. Sicherlich erweckte er den gleichen Eindruck, dachte er unwillkürlich.

»Und dieses Liebespaar«, sagte Tammie und schob die beiden vor sich. »Rowan Scott, der Black Laird, und sein hübscher Schatz Mhairi sind sich bereits so lange versprochen, daß sie schon einen prächtigen Sohn haben.« Er grinste. »Und dieses schöne Paar wird nun symbolisch für all diejenigen, die sich hier im Raum befinden, sich länger als ein Jahr versprochen sind und an Allerheiligen dem alten Brauch gemäß heiraten wollen, das Ehegelübde ablegen.«

»Was?« fragte Rowan entrüstet und starrte Tammie an. Doch aufgrund des johlenden Gelächters hörte ihn der Geistliche nicht.

»Was?« wiederholte Mhairi an seiner Seite.

»Was?« wiederholte Jamie exakt und kuschelte sich in Rowans Arme.

Tammie grinste sie an. »Seid ihr Katholiken oder Protestanten?« Rowan starrte ihn immer noch an. »Protestanten«, meinte Tammie wissend zu Dickie, der vortrat und mit tiefer Stimme die Predigt vortrug.

Die Menge hatte ihre Köpfe gesenkt und schwieg mit andächtig gefalteten Händen. Als Rowan seinen Mund öffnete, um der Zeremonie Einhalt zu gebieten, blickte er über die verstummten Anwesenden.

Er bemerkte Tränen in den Augen einiger Mädchen und hektische Flecken auf den Wangen der Männer. Er bemerkte junge Mütter mit Babys auf ihren Armen, die stolz auf ihre Eheschließung mit den Vätern dieser Kinder harrten. Er bemerkte Lang Will Hand in Hand mit dem großen Mädchen. Will nickte Rowan zu, und sein wettergegerbtes Gesicht strahlte ebenso wie das aller anderen im Raum.

Während Dickie die Trauungszeremonie abhielt, blickte Rowan von einem zum anderen und überlegte, wie er sich der Sache entziehen konnte. Doch all diese Leute wurden soeben getraut. Er mußte sich einfach ruhig verhalten.

Er blickte zu Mhairi. Auch sie betrachtete mit leuchtenden Augen und geröteten Wangen die Menge. Sie warf ihm einen Blick zu, und Rowan fand keine Worte.

Er konnte nicht protestieren. Er wollte es auch nicht. Plötzlich begehrte er diese Frau mit einer Leidenschaft, die er noch nie zuvor in seinem Leben verspürt hatte. Er begehrte alles an ihr, ihren Körper, ihre Seele, wollte sein Leben mit ihr teilen, wer auch immer sie war. Ganz gleichgültig, was aus diesem Augenblick wurde und welche Enthüllungen in Zukunft noch vor ihm lagen, er war sich sicher, daß der Verrat, den er aufgrund der anderen Frau erlitten hatte, sich mit Mhairi niemals wiederholte.

Die Richtigkeit seiner Entscheidung vermittelte ihm einen nie gekannten, inneren Frieden. Er atmete tief ein und wußte, daß es ihn ungeheuren Mut kostete zu schweigen.

Dann ergriff er Mhairis Hand und umschloß Jamies kleinen Körper mit einem Arm. Neugierig blickte sich das schweigende Kind um.

Voller Zuneigung betrachtete Mhairi Rowan. Er hob fragend eine Braue, um das anzudeuten, was ihn innerlich beschäftigte.

Mhairi schluckte, nagte nachdenklich an ihrer Unterlippe und drückte seine Hand.

Und verharrte ebenso wortlos neben ihm.

Beim Allmächtigen, er brauchte frische Luft. Rowan rang nach Atem, doch die Luft im Raum war stickig und roch nach Rauch, Bier, Bratenfleisch und menschlichem Schweiß. Er rieb sich über seine schmerzende Stirn. Geschwätz und Gelächter hatten sich zu einem ohrenbetäubenden Geräuschpegel entwickelt, und jetzt versuchte Tammie auch noch, den Lärm mit seinem kräftigen Gesang zu übertönen. Viele stimmten in sein Lied ein, und einer der Anwesenden schlug begeistert die Trommel im Takt dazu.

Rowan suchte Mhairi und entdeckte sie schließlich an einem der riesigen Tische. Sie stand mit dem Rücken zu ihm, trug Jamie auf dem Arm, für den sie etwas zu essen vorbereitete, und scherzte mit Lang Wills junger Ehefrau.

Gütiger Himmel, dachte er, wie schön sie nur ist. Sie war der Inbegriff der Anmut und Fröhlichkeit, und er konnte kaum noch einen klaren Gedanken fassen. Seit ihrer Eheschließung vor ungefähr einer Stunde grübelte er über das von ihm eingegangene Risiko. Trotz seiner Furcht und des Überraschungsmoments bereute er es nicht, und das fand er besonders alarmierend. Er konnte kaum begreifen, wie und warum er diesen impulsiven Schritt getan hatte, der die jetzige Situation herbeigeführt hatte: er begutachtete seine Frau – seine Ehefrau! – in einem Raum voller Festteilnehmer.

Furcht, Verwirrung, Vorfreude und ein erhebendes Glücksgefühl verkrampften seine Magengegend. Noch nie in seinem Leben hatte er so spontan und gedankenlos gehandelt. Er gehörte nicht zu den Menschen, für die Glück und Liebe nur leere Worte bedeuteten. Mit solchen Begriffen war er immer vorsichtiger umgegangen als mit körperlichen Gefahren und Risiken.

Mit einem tiefen Seufzer überlegte er, ob er vor etwa einer Stunde wesentliche Vernunftgründe außer acht gelassen hatte. Er hatte beispielsweise übersehen, daß er Mhairi der Spionage verdächtigte, daß er kaum etwas von ihr wußte und noch vieles erfahren mußte. In diesem Augenblick hatte er nur daran gedacht, daß sie anmutig, zärtlich und verführerisch war, daß er sie mit jeder Faser seines Körpers und seines Herzens begehrte, und dann die Gelegenheit genutzt, bevor ihm überhaupt klar war, was er getan hatte.

Unwirsch strich er sein Haar zurück und stürmte zur Tür.

Im Freien sog er die kalte, feuchte Luft in vollen Zügen ein und schritt über den Hof, um sich an einer knorrigen Eiche anzulehnen. Unzählige Menschen tummelten sich dort, und der Gesang erscholl draußen fast ebenso laut wie in der Schankstube. Mit einer Schulter lehnte er sich schließlich an den Baum und beobachtete die Menge, froh und erleichtert über diese Ablenkung von seinen quälenden Gedanken.

Diese Leute waren ein anderes Kaliber als die Gäste in der Schankstube, es handelte sich fast ausschließlich um Männer, viele von ihnen von ungeschlachtem Erscheinungsbild mit Harnisch, Helm und Waffen an ihren Gürteln. Grenzräuber, dachte er – vielleicht aber auch Grenzoffiziere. Einige von ihnen schütteten Bier in sich hinein und beäugten einander mißtrauisch.

Während Rowan die Umstehenden mit verkniffenem Blick beobachtete, trat Dickie der Felsbrocken ins Freie. Als er Rowan bemerkte, eilte er auf ihn zu.

»Och, sieh mal einer an«, sagte Dickie sachverständig und deutete auf die Menge im Hof. »Halunken und Beamte, die in der Mittagszeit ein Bier trinken und etwas zu essen haben wollen, und die sich statt dessen auf einer Hochzeit wiederfinden, wo kein Platz für sie ist.« Er grinste.

Rowan nickte. »Kennen Sie viele von ihnen?«

Dickie runzelte die Stirn. »Och, ja, ich und Tammie reiten manchmal gemeinsam mit einigen dieser Männer. Aber wir würden uns niemals mit diesem Pack dahinten abgeben.« Er deutete mit seinem Kopf nach links. »Heckie Elliot und seine Brüder. Seine Kinder, nennt er sie. Obwohl sie aus ihrem Rattennest in Liddesdale normalerweise nicht ins umstrittene Land einreiten. Ich frage mich, was die hier zu suchen haben.«

Während er ihm zuhörte, beobachtete Rowan die drei Männer, die auf der gegenüberliegenden Hofseite zusammenstanden, Bierkrüge stemmten und riesige Scheiben Bratenfleisch in den Händen hielten.

Der Größte der Gruppe, ein kräftiger, ungeschlachter Mann, raunte seinen ebenso hünenhaften Brüdern etwas zu und entfernte sich von ihnen, um einem Mädchen nachzustellen, das einen schäumenden Bierkrug und einige Becher herumtrug. Als er losmarschierte, erinnerten Rowan seine gedrungene Körperhaltung und der plumpe Gang an den eines dressierten Tanzbären.

Eine plötzliche Eingebung ließ ihn die Stirn runzeln. »Wer ist das?« Er deutete auf den Mann, der jetzt mit dem Mädchen scherzte.

»Der da? Das ist Heckie. Hat viel übrig für die Mädchen, obwohl er verheiratet ist. Die meisten können ihm einfach nichts abschlagen. Die beiden anderen sind seine Brüder, Clem und Martin.«

»Im mittleren Grenzgebiet hatten wir ziemliche Probleme mit Heckie und seinen Brüdern. Auch ich habe bereits einmal seine persönliche Bekanntschaft gemacht«, fügte Rowan leise grollend hinzu. »Vor einem Wirtshaus.«

»Was? Vor einem Wirtshaus? He, ich weiß doch, daß Sie Grenzoffizier im mittleren Grenzgebiet sind. Und daß Sie der Bruder von Alec Scott sind, nicht?« Dickie grinste.

»Korrekt«, erwiderte Rowan. »Hat Tammie es Ihnen gesagt?«

»Och, das wußte ich schon gleich, als ich Sie sah. Guter Mann, der Black Laird of Blackdrummond ist doch weithin bekannt«, antwortete Dickie. »He, und jetzt haben Sie eine nette junge Ehefrau, Mann. Gott gebe Ihnen beiden seinen Segen! Sie werden sicherlich viel Spaß mit ihr haben. Und das Kind braucht einen Vater und einen Namen.« Er zwinkerte ihm zu.

»Es hat beides«, sagte Rowan. Er spürte, daß er Dickie trauen konnte, und er wollte in Erfahrung bringen, was der Meßdiener über Alec wußte, da er bislang noch keine Gelegenheit gehabt hatte, mit Lang Will über seinen Bruder zu sprechen. »Der Bursche ist mein Neffe«, erklärte er. »Alecs Sohn.«

Erstaunt öffnete Dickie den Mund, und seine feisten Wangen zitterten. »Tammie hat mir gesagt, daß Sie und das Mädchen einander versprochen sind und daß Sie einen Sohn haben. Er meinte, daß Sie, wie auch die anderen Paare, hierhergekommen seien, um sich rechtmäßig trauen zu lassen.«

»Ihr Bruder ist ein netter Bursche, aber er hat die Angewohnheit, nur mit halbem Ohr zuzuhören und dann Entscheidungen zu treffen, die in seinem Sinne liegen«, antwortete Rowan leutselig. Dickie nickte verwirrt. »Was wissen Sie denn von meinem Bruder?« fragte Rowan, ohne die Elliots aus den Augen zu lassen.

Dickie zuckte die Schultern. »Ich habe ihn vor einigen Jahren kennengelernt, als er mit Lang Will Croser und einigen Armstrongs und Scotts auf Beutezug ging.« Er musterte Rowan. »Tammie und ich ritten vor vier Jahren auch einmal mit Ihnen zusammen, aber Sie werden sich nicht mehr an uns erinnern können. Wir waren damals an die hundert Leute, Armstrongs und Scotts, die hinter den Kerrs her waren. Aber ich erinnere mich an Sie, Black Laird, da Sie zusammen mit Ihrem Großvater und Ihrem Bruder den Troß anführten. Mein eigener Vetter, Devil Davy Armstrong – Gott schütze ihn – war auch dabei«, fügte er hinzu. »Später hörten wir, daß die Engländer Sie geschnappt hatten. Willkommen zu Hause. Werden Sie erneut auf Beutezug gehen? Wenn Sie wollen, ist es mir eine Ehre, wieder mit Ihnen zu reiten. Und, ich wette, Tammie auch.«

Rowan grinste kurz. »Vielen Dank. Erzählen Sie mir, was Sie sonst noch von Alec wissen.«

»Och, daß der Bursche in Schwierigkeiten steckt, nicht? Vor ungefähr drei Jahren hielt ich für ihn und ein Mädel die Trauungszeremonie ab ... Das war kurze Zeit nach Ihrer Festnahme. Wie mir zu Ohren gekommen ist, ist sie gestorben, aber ich wußte nicht, daß die beiden einen Sohn hatten.«

»Doch.« Schmerzhaft biß Rowan die Zähne zusammen.

»Und dann habe ich noch erfahren, daß er sich seit einigen Wochen hier in diesem Gebiet aufhält«, fuhr Dickie fort. »Jeder weiß, daß er ein gebrochener Mann ist, der sich hier im Gebirge versteckt. Die Leute schätzen ihn, diesen Alec Scott – genau wie Sie, Rowan. Uns interessiert nicht, welche

Verbrechen er begangen haben könnte. Keiner von uns würde ihn jemals an die Männer des Grenzaufsehers ausliefern. Und das ist also sein Sohn, wie?«

»Ja. Ich bin gekommen, um ihn sicher zu seiner Familie zurückzubringen.«

»Och, Alec hätte sich keinen besseren Bruder wünschen können, was?« Dickie grinste. »Ich gehe wieder hinein, bevor alle Tische leergefegt sind. Kommen Sie mit, um etwas zu essen?« Rowan schüttelte den Kopf, und Dickie verschwand.

Er hätte sich keinen besseren Bruder wünschen können. Die Worte hallten in seinen Ohren nach. Tief seufzend spürte er erneut die psychische Last, von der er sich in gewisser Weise befreit gefühlt glaubte.

Er beobachtete Heckie Elliot, der laut johlend mit seinen Brüdern zusammenstand und Bier in sich hineinschüttete. Als sich Heckie umwandte und Rowans Blick bemerkte, wurde er augenblicklich ernst. Dann redete er leise auf seine Brüder ein, und sie schlenderten auf die Tür des Wirtshauses zu.

Unschlüssig, ob Heckie ihn aufgrund ihres damaligen Zusammentreffens vor dem Gasthaus ebenso wiedererkannte wie Rowan ihn, entschied er, daß Valentine und Peg umgehend gesattelt und seine Waffen geladen werden mußten. Er stürmte zu den Stallungen.

Er hatte keine Ahnung, welche weiteren Schritte er hinsichtlich des Mannes unternehmen sollte, der ihn angegriffen hatte. Ihm war klar, daß Heckie Elliot und zumindest einer seiner Brüder irgend etwas mit dem Spionagering zu tun hatten. Sie hatten auch Iain Macrae bedrängt, der zusammen mit Alec geritten war – und Iain war mit dem spanischen Gold und dem Medaillon geschnappt worden, das Heckie Rowan vor nicht allzu langer Zeit gestohlen hatte.

Nicht in der Lage, dieses Intrigennetz zu durchschauen, runzelte er die Stirn. Irgend etwas stimmte nicht. Während er weitereilte, verklangen die festlichen Klänge im Hintergrund, und er hörte nur noch das Geräusch seiner Stiefeltritte auf den Steinen und dem vom Raureif verharschten Gras.

Die Sonne stahl sich durch die Wolken hindurch und tauchte die Bergerhebungen in ein diffuses Licht.

Er blickte auf. Auf dem Kamm eines Hügels verharrte ein einsamer Reiter so bewegungslos, als beobachte er das Gasthaus. Er trug ein dunkles Lederwams und einen Helm, dessen Stahlspitze in der Sonne glänzte, als er unmerklich den Kopf drehte.

Gedankenverloren blieb Rowan stehen. Irgend etwas an dem Mann kam ihm bekannt vor, vielleicht die eigenwillige Form der Sturmhaube oder die breiten, von schwarzem Haar bedeckten Schultern.

Dann durchfuhr Rowan die eiskalte Gewißheit, daß es sich bei diesem Mann um Alec Scott handelte, der das Gasthaus beobachtete.

Und der jetzt Rowan im Auge behielt. Ihm war es in dem Augenblick klar, als sich ihre Blicke trafen. Weder er noch Alec bewegten sich. Rowan wußte nicht, ob es Entsetzen oder Zorn waren, die ihn wie angewurzelt verharren ließen. Er wußte auch nicht, warum er nicht die Gelegenheit nutzte, sich auf sein Pferd schwang und seinen Bruder verfolgte. So lautete schließlich eine der Anweisungen des Kronrats.

Tief in Gedanken versunken, hörte er plötzlich seinen Namen und drehte sich langsam um. Mit Jamie und einem Stoffsack im Arm rannte Mhairi auf ihn zu. Als sie ihn erreichte, warf sie ihm den Sack zu.

»Wir müssen aufbrechen! Rowan – wir müssen verschwinden! Sofort!«

Verwirrt blickte er zu ihr hinunter und fragte sich insgeheim, ob auch sie Alec bemerkt hatte. Sollte sie den Mann verfolgen, selbst wenn sie ein Kind in ihren Armen trug? »Was ist los?« fragte er.

»Diese Männer dort – sieh doch! Das sind Heckie Elliot und seine Brüder. Rowan, wir müssen verschwinden. Sie haben mich noch nicht bemerkt – und dich kennen sie vermutlich nicht –, aber laß uns um Jamies Sicherheit willen bitte verschwinden.« Sie zerrte an seinem Arm.

»Warte.« Rowan blickte erneut zu dem Bergrücken, auf dem sich Alec zu Pferde starr wie eine Statue vor dem Himmel abhob. Mhairi blieb neben ihm stehen, hielt Jamie fest umschlungen und sah sich ebenfalls um.

Während Rowan ihn beobachtete, legte Alec eine Hand an seinen Helm und streckte seine Handfläche dann kerzengerade in die Luft.

Rowans Herz klopfte zum Zerspringen. Schlagartig erkannte er, warum sich Alec dort oben befand. Seine wachsame Erscheinung hatte nichts mit Spionen, Heckie Elliot oder einem alten Bruderzwist zu tun. Für diese Dinge blieb immer noch Zeit.

Ebenfalls eine Hand hebend, berührte Rowan mit seiner anderen sanft Jamies Kopf.

Alec nickte, gab seinem Pferd die Sporen und verschwand im Gebirge.

Kapitel 19

Dann sprach es aus sein Bruder,
»Wär' ich an deiner Statt,
Nähm ich die hübsche Dame
Zu mir in mein Gemach.«
– ›Bonny Baby Livingston‹

»Ro-wan«, betonte Mhairi sorgfältig seinen Namen. »Das ist Rowan.«

Jamie blickte zu Rowan und plapperte: »Roon.«

Sie schmunzelte. »In Ordnung, das ist Roon. Und wer bin ich?«

»Marr«, antwortete Jamie mit heller Stimme. Kichernd wiegte ihn Mhairi auf ihrem Schoß, auf dem er während ihres Rittes saß. Sie lächelte Rowan zu, doch er ritt nach einem kurzen Blick auf sie wortlos weiter und führte sein Pferd vor ihr in eine Felsenschlucht. Sie folgte ihm, trieb ihre Stute durch einen rauschenden Gebirgsbach und schloß auf der anderen Seite der Anhöhe erneut zu ihm auf.

Seufzend überlegte sie, was er wohl dachte. Sie hatten das Gasthaus in aller Eile verlassen, ihre Habseligkeiten zusammengepackt und sich schweigend auf ihre Pferde geschwungen. Seit der Trauungszeremonie hatten sie kaum ein Wort gewechselt. Sie fragte sich, ob sein grimmiges Verhalten mit Heckie oder Alec zu tun hatte – oder ob er seinen spontanen Entschluß, sie zu heiraten, bereute. Vermutlich war es Rowan im Gegensatz zu ihr nicht gewohnt, überstürzte, gefühlsmäßige Entscheidungen zu treffen.

Während sie neben ihm ritt, schwelgte sie in ihren Erinnerungen. Nachdem Dickie sie gesegnet hatte, hatte sich Rowan rasch zu ihr hinuntergebeugt und sie geküßt. »Der Herr behüte dich, Mhairi, ich bin froh, daß wir diesen Schritt getan haben«, hatte er geflüstert.

Das glühende Verlangen, das sie aufgrund seiner Worte

durchströmte, hatte sie fast dahinschmelzen lassen. Doch seitdem hatte er sich nur dann geäußert, wenn es die Pferde, ihre Ausrüstung oder das Kind betraf.

Er war jetzt ihr Ehemann. Ein Aufruhr an Gefühlen übermannte sie. Sie fragte sich, was sie und natürlich auch Rowan dazu veranlaßt hatte, dieser Eheschließung so spontan zuzustimmen. Doch sie glaubte es zu wissen.

Dieser schöne, feierliche Augenblick hatte sie beide so gefangengenommen, daß sie ihn impulsiv für sich beanspruchten. Mhairi hatte noch niemals etwas so Anrührendes erfahren, soviel Liebe empfunden, wie sie in diesem Raum voller junger Paare zu spüren gewesen war. Und um die Ängste und Sorgen ihres eigenen Daseins zu vergessen, hatte sie sich verzweifelt danach gesehnt, an ihrem Glücksgefühl teilzuhaben.

Im Gedanken an die gemeinsam verbrachte Nacht hatte sie in einem plötzlichen Impuls der Hoffnung und des Friedens Rowans Hand ergriffen, als sie vor den Priester traten. Und gespürt, daß ihre Entscheidung die einzig richtige war.

Doch während sie ihn jetzt so nachdenklich vor sich hinstarrend betrachtete, überlegte sie, ob sie sich unklug verhalten hatte. Sie hatte einen Traum vor sich gesehen und nicht die Realität. Sie fragte sich, ob Rowan die überstürzte Heirat bereute oder sich für sein unbesonnenes Verhalten Selbstvorwürfe machte.

Doch eine innere Stimme sagte ihr, daß er sich niemals mit ihr hätte trauen lassen, wenn er irgendwelche Zweifel gehabt hätte. Er gehörte nicht zu den Männern, die ohne jeglichen Realitätssinn Träumen nachjagten. Dessen war sie sich ganz sicher.

Und sie wußte genau, daß die Augenblicke im Gasthaus ein tiefes Gefühl der Hoffnung und der Zusammengehörigkeit in ihnen erzeugt hatten. Sie fragte sich, ob es jemals wieder einen so reinen, ergreifenden und wunderschönen Moment in ihrem Leben geben würde.

Doch die Konflikte zwischen ihnen wurden nicht durch ein Ehegelübde aus der Welt geschafft, gleichgültig, wie ehrlich oder hoffnungsfroh es auch gemeint gewesen war. Wie hätte sie vergessen können, wer er war und was er beabsichtigte? Sie hatte ihr Leben aufs Spiel gesetzt, um zu verhindern, daß Simon den Vollstreckungsbefehl bekam. Und Rowan hatte ihm diesen ausgehändigt, wohl wissend, daß es sich um das Todesurteil ihres Bruders handelte und daß sie ihn um Hilfe gebeten hatte. Schonungslos verdächtigte er Iain der Spionage und hatte doch am Nachmittag seinen eigenen Bruder nicht verfolgt.

Von Zweifel und Reue, aber auch von Hoffnung und Verlangen übermannt, rang sie stockend nach Atem. Wütend über sich selbst, senkte sie den Blick, weil sie zugelassen hatte, daß ein Gefühl der Geborgenheit und des Glücks ihre Vernunft überlagert hatte.

Und doch wünschte sie sich tief in ihrem Innern, daß sich dieses Band zwischen ihnen verstärken würde und bestehen bliebe.

»Topp«, sagte Jamie. »Topp.«

Aus ihren Gedanken gerissen, bemerkte sie, daß das Kind mit ihr plauderte und sie ihm nicht zugehört hatte. »Was ist denn, mein Kind?« fragte sie.

Rowan blickte zu ihnen hinüber. »Was hat er gesagt? Seit wir das Gasthaus verlassen haben, ist er keine Sekunde lang still gewesen.«

»Vielleicht hat er Hunger. Möchtest du etwas Käse?« fragte sie Jamie. Aber er schüttelte heftig den Kopf.

»Topp«, beharrte er. »To-opp.«

»Aha«, sagte Mhairi, die schlagartig begriff. »Ich glaube, er möchte auf den Topf. Wir müssen anhalten.«

»Was, schon wieder?« Rowan griff in die Zügel. »Wir haben schon einmal Rast gemacht, um etwas zu essen und um Wasser aus einer Quelle zu trinken, und dann noch einmal, weil er unbedingt Vögel vom Baum scheuchen wollte. Dort hast du ihn irgendwo hingebracht, damit er sein Geschäft erledigen konnte.«

»Aber er ist doch kein Pferd«, fauchte sie ihn an, aufgrund ihrer wankelmütigen Stimmung verärgert. »Zumindest kann er sich bemerkbar machen. Wenn ich nicht bei dir wäre, müßtest du mit ihm allein fertig werden. Das hätte dir vielleicht ganz gutgetan«, knurrte sie und brachte ihr eigenes Pferd zum Stehen. »Eigentlich sollte es mir leid tun, daß ich mitgekommen bin.«

»Und, tut es dir leid?« Sein unterkühlter Ton war kurz angebunden.

Sie holte Atem, um etwas zu erwidern, senkte dann jedoch schweigend ihren Blick. Es gab soviel zu sagen und doch war dies nicht der richtige Augenblick.

»Topp«, schluchzte Jamie jammervoll. »To-opp.«

»Ja, mein Kleiner, halt noch auf«, beruhigte sie ihn, während sie versuchte, Jamie im Sattel festzuhalten und zuerst abzusitzen.

Rowan sprang von seinem Pferd und hob das Kind hinunter, so daß Mhairi absitzen konnte. »Nun, dann beeilt euch«, befahl er und drückte ihr Jamie in den Arm. »Und denk daran, daß wir nicht die Zeit haben, Vögel zu jagen oder in irgendwelchen Quellen zu baden. Heckie könnte uns verfolgen, oder hast du das schon vergessen?«

Nach einem strengen Blick über ihre Schulter schlenderte Mhairi mit Jamie zu einer Baumgruppe. Sie streifte seinen dicken kleinen Mantel sowie den Saum seines langen Wollhemdes und der beiden Leinenunterhemden hoch und wartete. Während er seine Notdurft verrichtete, lächelte er sie spitzbübisch an. Dann zupfte sie seine Kleidung zurecht und erzählte ihm leise von einigen in den Bäumen sitzenden Schwalben – Vögel schienen ihn zu faszinieren – und welch ein prachtvoller, tapferer Junge er doch war.

Sie war sich darüber im klaren, daß Jamie keine Mutter mehr hatte, sich in Begleitung von Fremden befand und daß er Alec Scott vergötterte. Seine hartnäckigen und wiederholten Fragen nach seinem Vater hatten ihrem Herzen jedesmal einen Stich versetzt. Sie wollte alles tun, damit er sich auf seiner Reise nach Blackdrummond wohl fühlte, wo ihn schließlich wieder vertraute Menschen umgaben.

»Komm, Jamie«, sagte sie, nahm seine winzige Hand und schlenderte langsam mit ihm zu den Pferden zurück. »Wir werden mit Rowan weiterreiten.«

»Roon!« rief Jamie und streckte seine Ärmchen aus. Rowan hob ihn wortlos auf und hielt ihn fest, bis Mhairi sicher im Sattel saß. Bevor sie das Gasthaus verließen, hatte sie sich ihres geliehenen Kleides entledigt und trug jetzt, genau wie bei ihrer Ankunft im umstrittenen Land, wieder Beinkleider, Stiefel, Hemd und das grüne Wams. Rowan hatte darauf bestanden, daß sie erneut die schwere Jacke überzog, doch sie hatte sich geweigert, den Helm aufzusetzen, der nun an ihrem Sattel baumelte. Über dem Wams trug sie ihren eigenen schwarzen Umhang, dessen Kapuze sie nun aufgrund der Kälte über ihren Kopf zog.

»Roon!« Jamie umschloß Rowans Gesicht mit seinen beiden Händchen. »Gehen Jock besuchen«, sagte er in ernsthaftem Ton. »Gehen Jock besuchen. Roon gehen Jock besuchen.«

Ein widerwilliges Grinsen umspielte Rowans Lippen, als er sich Wange an Wange mit seinem Neffen wiederfand. »Jaja, ich besuche Jock auch«, beruhigte er den Kleinen. »Und Mhairi auch.« Offenbar zufriedengestellt, nickte Jamie.

Mhairi breitete ihre Arme aus, während Rowan Jamie auf ihren Schoß setzte. Als er eine Decke um das Kind wickelte, streiften seine Hände die ihren, und sie spürte überraschend deren angenehme Wärme. Sie blickte ihn an.

Rowans grüne Augen hielten ihrem Blick stand. Sein Gesichtsausdruck war ernst, als er sich schließlich abwandte um aufzusitzen.

Schweigend ritten sie weiter. Nach einer Weile schmiegte sich Jamie an sie und sank mehr und mehr in sich zusammen, bis er schließlich eingeschlafen war. Sie zog die Decke höher, um auch seinen Kopf zu schützen und blickte in den von dunklen Wolken verhangenen Himmel.

»Es wird empfindlich kalt«, unterbrach sie das Schweigen.

»Ja«, stimmte Rowan ihr zu. »Diese Wolken sehen nach Regen aus.« Erneut blickte er über seine Schulter. Ihr war aufgefallen, daß er das während ihres Ritts durch das Hochmoor schon häufiger getan hatte.

»Meinst du, daß sie uns verfolgen?« fragte sie.

»Das ist sehr wahrscheinlich.« Seine knappen Worte jagten ihr einen Schauer über den Rücken.

»Aber Heckie hat überhaupt keinen Grund, mich zu verfolgen«, protestierte sie. »Und dich kennt er gar nicht.«

»Er kennt mich«, widersprach Rowan grimmig.

»Hast du ihn gemeinsam mit den Männern des Grenzaufsehers verfolgt?«

Rowan warf ihr einen raschen Seitenblick zu und schaute dann nach vorn. »Erinnerst du dich noch daran, was ich dir von der spanischen Galeere erzählt habe, deren Wrack vor kurzem angeschwemmt wurde? Als Grenzbeamter befand ich mich dort an diesem Küstenstreifen.«

Sie nickte. »Und die Engländer legen dir deshalb zur Last, daß du Beutegut veruntreut hast. Aber was hat das mit Heckie zu tun?«

»Kurz darauf griffen mich zwei Männer an und stahlen mir einige spanische Goldstücke, die ich bei mir trug. Diese Männer waren heute im Wirtshaus. Es waren Heckie und einer seiner Brüder.« Er blickte sie scharf, ja fast anklagend an.

Doch sie runzelte lediglich verwirrt die Stirn. »Das verstehe ich nicht. Warum sollten Heckie und seine Sippe dich angreifen? Warum sollten sie dich jetzt verfolgen? Hast du ihnen an jenem Tag irgend etwas weggenommen, das sie unbedingt wiederhaben wollen? Wenn du Heckie beleidigt oder herausgefordert hast, könnte er natürlich aus diesem Grund hinter dir her sein«, fügte sie nachdenklich hinzu.

»Du weißt von nichts«, sagte er nur erstaunt.

Sie legte den Kopf schief. »Was sollte ich denn wissen? Ich weiß nur, daß Heckie ein gemeingefährlicher Verbrecher ist.«

Sprachlos seufzend schob er seinen Helm auf seinen Kopf zurück. »Du wußtest also nicht, daß Heckie diesem Spionagering angehört?«

Ungläubig starrte sie ihn an. »Wie bitte?« meinte sie fast erheitert. »Er besitzt ja kaum genug Verstand, um auf Raubzüge zu gehen und seine Schutzgelder zu erpressen.«

»Mir wurde ein goldenes Medaillon spanischer Herkunft gestohlen. Heckie hatte es mir weggenommen. Vor kurzem sah ich es erneut, als mir Simon die spanische Beute zeigte, mit der man Iain in der Nacht seiner Festnahme erwischt hatte.«

Sie starrte ihn immer noch an. »Nein«, sagte sie mit rauher Stimme. »Nein.«

»Irgendwie haben Iain und Heckie mit diesem spanischen Gold zu tun.«

»Iain gehört nicht zu diesen Spionen«, stieß sie aufgebracht zwischen ihren zusammengebissenen Zähnen hervor. »Und ich auch nicht. Du denkst, daß ich etwas über Heckie und diese Spione weiß, weil du meinst, ich gehörte dazu!«

Er blickte weiterhin starr geradeaus. »Ich weiß nicht, wer unschuldig ist und wer nicht. Ein Ratespiel«, murmelte er. »Aber ich werde es aufdecken, sei dir dessen sicher.«

Jamie bewegte sich im Schlaf und kuschelte sich an sie. Mhairi umschlang ihn und schützte ihn gegen die Kälte. »Vielleicht solltest du einmal auf dein Herz hören, Rowan Scott«, entgegnete sie und warf ihm einen Blick über den vermummten Kopf des Kindes zu. »Dann würdest du wissen, wer in dieser Sache schuldig und wer unschuldig ist.«

Schweigend fixierte er sie. In den kalten grünen Augen bemerkte Mhairi eine Sehnsucht, ein unausgesprochenes Verlangen. Doch er hatte sich schnell wieder gefangen und wandte seinen Blick ab.

»Die Zeiten, da ich auf mein Herz hörte, haben nur Probleme mit sich gebracht«, meinte er tonlos.

»Dann hättest du gegen die Hochzeit einschreiten können«, sagte sie mit plötzlicher Entschiedenheit, obgleich sie innerlich schmerzhaft berührt war.

»Och, ich meine damit nicht die Hochzeit«, brummte er. »Ich denke an andere Situationen.«

Sie spürte, daß er tief in seinem Inneren irgend etwas vor ihr verbarg, und wollte es ihm entlocken. »Wann bist du deinem Herzen gefolgt und in Schwierigkeiten geraten?«

»Vor drei Jahren, als ich meinem Bruder helfen wollte«, sagte er.

»Man hat dich an seiner Statt inhaftiert. Wie ist das passiert?«

Er schüttelte den Kopf. »Das ist vergessen und vorbei.«

»Nichts gerät in Vergessenheit, solange es immer noch schmerzt«, widersprach sie leise und wurde plötzlich von einer Woge des Mitgefühls durchflutet, das jede Zurückhaltung gegenüber Rowan zunichte machte. »Sag es mir doch, Rowan.«

Er seufzte tief. »Alec und ich ritten eines Nachts auf Beutezug«, begann er. »Wir überquerten mit einer stattlichen Anzahl von Scotts und Armstrongs die englische Grenze. Und nachts die Grenze zu passieren ist Hochverrat, aber das scherte uns nicht. Wir verfolgten einige englische Reiter, die Vieh von unseren Ländereien weggetrieben hatten. Eine Gruppe von Engländern jagte uns zusammen mit ihrem Grenzaufseher über die schottische Grenze. Alec schoß auf den Mann, als der seine Pistole auf uns abfeuerte. Viel zu spät erst erkannte er, daß es sich um den Grenzaufseher handelte.«

Sie hielt den Atem an. »Hat er den englischen Grenzaufseher getötet?«

»Ja. Mich verletzte der Schuß des Grenzaufsehers am Bein. Die Engländer konnten mich mit Leichtigkeit überwältigen. Sie behaupteten, ich hätte den tödlichen Schuß abgefeuert.«

»Und du hast es nicht abgestritten?«

»Wenn die Engländer Alec erwischt hätten, hätten sie ihn an Ort und Stelle hängen können. Aber ich war ein Gutsherr, der Black Laird, den sie nicht so schnell beseitigen konnten. Mir stand das Recht auf ein Gerichtsverfahren zu.«

»Und deshalb hast du nichts gesagt, sondern dich verhaften lassen, um Alec zu decken.«

Er nickte. »Ich rechnete mit einer kurzen Verhandlung anläßlich der Parlamentszusammenkunft sowie einem ordentlichen Bußgeld und vielleicht einer kurzzeitigen Haftstrafe in einem englischen Gefängnis. Aber der neue englische Grenzaufseher war nicht so nachsichtig wie die meisten Grenzoffiziere. Für den Mord und alle mir bis dahin zur Last gelegten Verbrechen – einschließlich Grenzverrat sowie jahrelanger Plünderungen – wurde ich zum Tode verurteilt und in den Kerker von Burg Carlisle gesperrt.«

Angewidert zog sie ihre Brauen zusammen. »Ich dachte, du hättest deine Haftstrafe auf einem herrschaftlichen Anwesen verbüßt.«

»Später. Die ersten Monate verbrachte ich in einer dunklen, kalten Zelle, die nicht größer war als ein Himmelbett. Und keineswegs so gemütlich«, fügte er mit einem verbitterten Lachen hinzu. »Auf ein Gnadengesuch des Scotts of Buccleuch sowie des Kronrats nahmen die Engländer das Todesurteil zurück. Ich wurde in das Haus des Grenzaufsehers umquartiert und erhielt ein komfortables Zimmer, durfte das Anwesen allerdings zwei volle Jahre lang nicht verlassen.«

»Aber danach bist du nicht nach Hause zurückgekehrt«, fuhr sie fort.

»Nein.« Mhairi beobachtete, wie sich seine Kinnmuskulatur verhärtete, und erkannte, wie schmerzhaft dieses Gespräch für ihn war. »Ungefähr ein Jahr lang war ich als Beamter im östlichen Grenzgebiet tätig. Dann wurde ich als Simon Kerrs Stellvertreter in das mittlere Grenzgebiet abkommandiert.«

Für eine Weile schwieg Mhairi und versuchte zu verarbeiten, was er gesagt hatte. »Alec hat den Grenzaufseher zwar getötet, doch du hast freiwillig seine Strafe übernommen. Also hat er dich nicht wissentlich verraten.«

»O doch.« Voller Heftigkeit hatte er diese Worte ausgestoßen. Sie musterte ihn. Seine Lippen waren zu einem dünnen, blassen Strich zusammengekniffen, und seine Wangenmuskulatur zuckte. Ihr war klar, daß er von einer intensiven Empfindung geschüttelt wurde, die so kraftvoll und gefährlich war wie ein reißender Strom, aber sie war sich deren Ursache nicht sicher.

»Wie hat er dich denn verraten? Das verstehe ich nicht.« Sie blickte auf den schlafenden Jamie, der voller Vertrauen in ihrem Schoß ruhte, und sah dann erneut zu Rowan. »Alec war heute in der Nähe des Gasthauses. Er war dort, um über Jamie zu wachen. Du wußtest es, das habe ich deinem Gesicht angesehen. Du liebst deinen Bruder, Rowan. Auch das ist mir aufgefallen.«

Als hätte sie ihn geschlagen, schob er trotzig sein Kinn vor und schwieg.

Atem schöpfend fuhr Mhairi fort. »Er hat sein Leben aufs Spiel gesetzt, als er sich heute ohne Deckung zeigte. Ein Mann, der seinen Sohn so liebt, würde seinen Bruder niemals betrügen.« Sie hielt inne. »Vielleicht hat er Iain gar nicht in der Form hintergangen, wie wir das annehmen. Vielleicht haben wir uns in Alec geirrt.«

»Nein.«

»Aber er ...«

»Kein Wort mehr!« herrschte er sie an und hob unwirsch seine Hand, um sie zum Schweigen zu bringen. Wütend schnappte sie nach Luft und wollte unerschrocken fortfahren. »Kein Wort mehr«, befahl er leise und manövrierte sein Pferd an ihre Seite, so daß sein Unterschenkel den ihren berührte. Er nahm ihr Kinn in seine Hand und betrachtete sie für einen Augenblick. »Diese silberhellen Augen blicken einfach zu tief in meine Seele«, murmelte er.

»Nicht tief genug«, flüsterte sie und lehnte sich an ihn.

»Zu tief.« Sein Gesicht war nur einen Atemhauch von dem ihren entfernt. »Viel zu tief.« Sie blickte in seine Augen, schmiegte sich an ihn und hielt seinem Blick stand.

»Erzähl es mir«, bat sie. »Ich möchte alles wissen.«

Er ließ seine Hand sinken und entzog sich ihr. »Wir beide haben schon genug gemeinsame Probleme«, sagte er und ergriff die Zügel.

»Du spielst auf die Hochzeit an«, antwortete sie mit gepreßter Stimme.

Rowan überlegte, dann streichelte er sanft ihre Wange. »Die bereue ich nicht. Zumindest noch nicht.«

Als sie aufblickte, glaubte sie, ein schelmisches Aufblitzen in seinen Augen zu bemerken. »Nun, ich auch nicht ... noch nicht.«

»Aha.« Seine Stimme klang so weise und geheimnisvoll, doch das Funkeln in seinen Augen hatte nicht nachgelassen. Dann umschlang er die Zügel mit seiner Hand und ritt voraus.

Erneut blickte Rowan über seine Schulter. Jedesmal, wenn er seinen Blick über die Landschaft schweifen ließ, sah er nur das menschenleere Hochmoor, grasende Viehherden oder zerlumpte Schafhirten, die sich kaum für zwei vorüberziehende Reiter interessierten. Das umstrittene Land war bei Tageslicht ebenso friedlich wie alle anderen Grenzabschnitte. Und unzählige Grenzräuber und ihre Sippen befanden sich immer noch auf dem Hochzeitsfest in dem von ihnen verlassenen Tal. Aber gleichgültig, ob nun Hochzeit oder nicht, wären er und Mhairi bei Mondlicht über diese Moorlandschaft geritten, wäre ihre Sicherheit stark in Frage gestellt gewesen.

Trotzdem wurde er das unangenehme Gefühl nicht los, das ihm im Nacken saß. Er war sich sicher, daß Heckie ihnen folgte, obwohl er keine Ahnung hatte, wann sie aufeinanderträfen. Heckie Elliot hatte die Person Rowans an diesem Tag ebenso klar erkannt, wie Rowan ihn als den Mann wiedererkannt hatte, der ihm seinerzeit vor dem anderen Wirtshaus ein Messer an die Kehle gehalten hatte, währenddessen Clem Elliot seinen Lederbeutel durchwühlte.

Wäre er am heutigen Tag allein gewesen, hätte Rowan vielleicht entschieden, diesen Mann vor aller Augen als Dieb und Spion zu enttarnen. Aber ohne jegliche Unterstützung wäre das ein gefährliches Unterfangen gewesen. In Begleitung von Mhairi und Jamie war diese Vorstellung geradezu irrsinnig. Er konnte nur hoffen, daß Heckie auf Zeit spielte, da er wußte, wo Rowan Scott zu finden war.

Er hatte nicht das Bedürfnis, gerade jetzt auf Grenzräuber und Geächtete zu stoßen. Er warf einen raschen Seitenblick auf Mhairi, die neben ihm herritt. Jamie war aufgewacht, saß aufrecht auf Mhairis Schoß und plapperte wie ein Wasserfall, während sie ihm geduldig zuhörte. Er nahm ihr Gesicht in seine kleinen Hände und wiederholte etwas in ernstem Ton, bis sie schließlich lachend nickte.

»Was hat er gesagt?« fragte Rowan neugierig.

Lächelnd blickte sie zu ihm auf. »Er sagt, daß Jock Vögel mag. Er kann es kaum erwarten, Jock wiederzusehen. Er verehrt deinen Großvater.«

»Ach ja, Jock ist schon ein liebenswerter, alter Kauz«, sagte Rowan trocken. Kichernd senkte Mhairi den Kopf, um Jamies weiteren Fragen zu lauschen.

Er beobachtete, wie sich ihre Köpfe berührten, Jamies glänzende schwarze Locken und das satte Dunkelbraun von Mhairis Haar. Sie lachte über eine Äußerung Jamies und schaute kurz zu Rowan. Er blickte sie nachdenklich an. Stirnrunzelnd wandte sie ihre Aufmerksamkeit wieder dem Jungen zu und deutete auf einen Raben, der auf einem kahlen Baum landete.

Rowan erinnerte sich an einen anderen Tag, an dem Mhairi ihn im Beisein eines Kindes ähnlich stolz angelächelt hatte. Er hatte in Iains Hütte gestanden und beobachtet, wie sie sich um Jennets Baby kümmerte, während ein Schmerz, eine unterschwellige Traurigkeit, sein Herz zusammenkrampfte.

Während er Mhairi und Jamie betrachtete, überwältigte ihn erneut diese Traurigkeit. Doch irgend etwas hatte sich verändert. Das Kind war nicht sein Kind – doch die Frau war seine Ehefrau. Er hatte noch nicht die Zeit gefunden, diese neue Situation zu verarbeiten. Der heutige Morgen hatte ihn in einen Taumel der Hoffnung gestürzt, die mit schnödem Begehren, jedoch auch mit einem tieferen, komplexeren Gefühl einherging, das er sich kaum einzugestehen wagte.

Er begehrte Mhairi mit ihren samtweichen grauen Augen, dem scharfen Verstand und dem loyalen Wesen, mit ihrem wohlgerundeten Körper und ihren liebevollen Händen. Er wollte sie und er hatte sie zur Frau genommen. Trotz seiner Unschlüssigkeit seiner vorsichtig zurückhaltenden Lebenseinstellung, verspürte er doch im großen und ganzen eine seltsame Befriedigung über seine ungewöhnliche Spontaneität.

Als er Mhairi mit Jamie im Arm betrachtete, tauchte erneut die Erinnerung an einen längst verdrängt geglaubten Traum auf. Diese Traumvorstellung war entstanden, als er Maggie den Hof gemacht und sie als liebenswertes, einfaches Mädchen verehrt hatte. Er hatte auch Maggie geliebt, doch jetzt beschlich ihn das Gefühl, daß er damals eine devote Ehefrau gesucht hatte, die ihm bedingungslos folgte. Damals war er noch ein törichter junger Mann gewesen. Doch die Zeit, der Schmerz und die Erfahrungen hatten ihn reifen lassen, und jetzt wußte er, was er wollte.

Ein innerer Instinkt sagte ihm, daß er an diesem Morgen den richtigen Weg eingeschlagen hatte, als er und Mhairi Macrae das Ehegelübde abgelegt hatten, auch wenn er nicht wußte, was auf diesem Pfad noch vor ihm lag.

Er betrachtete Mhairi und das Kind. Jamie hatte die Augenfarbe von Maggie, die an Glockenblumen im Sonnenlicht erinnerte, und er sah sie mit jedem Lächeln des Kleinen vor sich. Plötzlich begriff er, daß ihm Maggies Freundschaft ungeheuer fehlte, da sie seit ihrer Kindheit ein fester Bestandteil seines Lebens gewesen war.

Aber das schwarze Haar, die wohlgeformten Brauen und das energische Kinn der Blackdrummond Scotts verrieten ebenso Jamies Ähnlichkeit mit Alec. Schmerzlich spürte er den drohenden Verlust und wußte, daß Mhairi im Recht war. Er hatte seinen Bruder stets von ganzem Herzen geliebt. Jamies kleines, anziehendes Gesicht spiegelte die charakteristischen Attribute seiner beiden Elternteile wider und machte Rowan bewußt, was er unwiderruflich verloren hatte.

Als er Mhairi anschaute, wußte er, was er statt dessen gewonnen hatte. Sie war von madonnengleicher Schönheit und besaß soviel Feuer, Stolz und Leidenschaft, daß es ihm fast den Atem raubte, wenn er darüber nachdachte. Aber noch war er nicht bereit, seine Zurückhaltung abzulegen und ihr sein Herz zu offenbaren. Es gab einfach zu vieles, was er nicht wußte, zu vieles, was er nicht verstand.

Er beobachtete, wie sie mit Jamie scherzte und die beiden zu einem einfachen Takt in die Hände klatschten. Mhairi lächelte Rowan an. »Er ist eine wirkliche Freude, dieser Junge«, sagte sie. »Und so aufgeweckt. Er hat gerade etwas gelernt. Schau her.« Sie hielt ihre Handfläche hoch, und Jamie tat es ihr nach. »Mach weiter«, ermunterte sie ihn.

»Komm nach Osten, komm nach Westen ...«, sagte Jamie, sorgfältig auf seine Aussprache bedacht.

»Und eine gefällt dir dann am besten«, beendete Mhairi gemeinsam mit ihm den Vers. Stürmisch klatschten Jamies kleine Finger gegen ihre Handfläche. Beide lachten und blickten zu Rowan. Er lächelte über diesen ihm aus seiner Kindheit bekannten Reim.

»Roon!« sagte Jamie und streckte seine Hand aus. »Du auch!« Rowan beugte sich vor und hielt seine Handfläche hoch. »Kommst du nach Osten oder nach Westen«, sprach er gemeinsam mit dem Kind, »gefällt dir eine bestimmt am besten.« Ausgelassen schlug Jamie auf seine Handfläche, und Rowan blickte zu Mhairi. Ein Leuchten blitzte in ihren silberhellen Augen auf, und ein rosiger Hauch glitt über ihre Wangen. Er wandte den Blick ab, da er spürte, daß auch er errötete.

»Er ist ein kluger Bursche«, sagte er.

Mhairi umarmte Jamie und sah Rowan über seinen Kopf hinweg an. An sie gekuschelt, lutschte Jamie an zwei Fingern. »So klug wie sein Vater, vielleicht«, meinte sie. »Oder seine Mutter. Kanntest du sie?«

»Ja«, antwortete er leise. »Sie hieß Maggie.«

Er spürte Mhairis fragenden Blick auf sich ruhen, doch er drehte sich nicht zu ihr um, als er mit seinem Pferd zu ihr aufschloß. Jamie gähnte und Mhairi redete sanft auf ihn ein. Dann spürte Rowan, wie ihr Blick erneut auf ihm lastete.

»Rowan«, fragte sie nach einer Weile vorsichtig, »hatte Maggie irgend etwas mit Alecs Verrat an dir zu tun?«

Für Sekundenbruchteile war er verblüfft über ihre Frage. Trotzdem überraschte es ihn nicht, daß sie zu diesem Schluß gelangt war. Er biß die Zähne zusammen, spürte seine verhärtete Wangenmuskulatur und begriff, daß diese unterschwellige Reaktion mehr preisgab, als er beabsichtigt hatte. »Wie ich bereits sagte, du siehst einfach zuviel.«

»Was ist geschehen?« Der mitfühlende Klang ihrer Stimme berührte sein Inneres und zerbrach den um sein Herz gelegten Schutzpanzer. Er schöpfte Atem und war überrascht, als er plötzlich innerlich erzitterte. »Hast du sie geliebt?«

Ihre sanften Worte besaßen eine verborgene Kraft, die

seine Zurückhaltung zum Erliegen brachte. Er senkte den Blick. Unverhohlen beobachtete ihn Mhairi. Er sah, daß Jamie sein kleines Gesicht an ihren Busen kuschelte und die Augen schloß – die blauen Augen von Maggie. Der Kleine war so vertrauensvoll und wußte gar nicht, daß er eine Woge der Verletzbarkeit und der Sehnsucht in seinem Onkel auslöste.

»Rowan?« fragte Mhairi.

Er blickte geradeaus. »Als ich im Kerker von Carlisle saß« – er sprach mit tonloser Stimme – »erhielt ich einen Brief von Anna. Sie schrieb mir, daß Alec kurz nach meiner Gerichtsverhandlung geheiratet habe.«

»Ah«, flüsterte sie. »Er heiratete Maggie.«

»Maggie Maxwell«, sagte er leise und bedrohlich, »war meine Verlobte. Noch im selben Jahr schrieb mir Anna, daß Maggie im Kindbett verstorben sei.«

Mhairi schwieg, doch er wußte, daß sie ihn beobachtete. Was sollte er noch dazu sagen, dachte er im stillen und richtete seinen Blick auf die Straße.

Dann streckte Mhairi ihre Hand aus und legte ihre kühlen, schlanken Finger auf die seinen. Kurz darauf öffnete Rowan seine Handfläche und umschlang ihre Hand. Noch nie hatte ihm jemand in dieser Angelegenheit Trost gespendet. Bislang hatte er den Schmerz immer für sich behalten.

Als er ihre kleine Hand spürte, wallte ein Gefühl tiefster Zuneigung in ihm auf. In diesem Augenblick wußte er, daß er geachtet und geschätzt wurde, aber auch geliebt wurde. Und es verwirrte ihn, daß sie trotz ihrer Zwistigkeiten so offen und großherzig war.

Seite an Seite ritten sie schweigend weiter. Nach einer Weile entzog sie ihm ihre Hand und straffte die Zügel. »Rowan, bitte, halt an«, bat sie, das schlafende Kind umklammernd.

Überrascht brachte er sein Pferd zum Stehen. »Was ist denn?«

»Kannst du ihn zur dir nehmen? Er wird so schwer an meiner Schulter. Sie fängt an, weh zu tun.«

Rowan nickte und nahm das schlafende Kind in seine

Arme. Mhairi reichte ihm die Wolldecke, die er um das Kind wickelte und es dann auf seinen Schoß setzte, bevor er seinem Pferd erneut die Sporen gab.

Jamie schmiegte sich angenehm warm an seinen Körper. Er murmelte und kicherte im Schlaf, und Rowan bemerkte ein kleines Grübchen auf seiner Wange. Rowan schmunzelte und hielt Maggies Kind eng an sich gepreßt.

Langsam ritt er weiter, und die Wärme des kleinen Körpers drang durch seine Haut, umfing seine Seele und brachte den über Jahre angestauten Schmerz und Zorn zum Erliegen.

Rowan spürte ein merkwürdiges Zucken um seine Augenpartie. Er blinzelte und ritt weiter. Und begriff schlagartig, daß der seit langem in ihm schwärende Schmerz zu versiegen begann.

Er blickte zu Mhairi. In den Tiefen ihrer grauen wissenden Augen bemerkte er Weisheit und Nachsicht. Und er erkannte, daß sie ihm das Kind nicht wegen ihrer schmerzenden Schulter überlassen hatte, sondern weil sie wußte, daß Rowan ihn vielleicht gern im Arm hielt.

Während sie weiterritten, nickte er ihr zu, wandte dann den Blick ab und umschlang Jamie fester im Sattel.

Mhairi blickte zum Himmel hinauf. »Es ist beinahe dunkel, und der Wind wird immer stärker. Wir werden über Nacht Rast einlegen müssen.« Sie balancierte Jamies schlaffen, schlafenden Körper in ihren Armen. Vor nicht allzu langer Zeit hatte Rowan den Jungen wieder in ihre Obhut gegeben, damit er in der Dämmerung wachsam bleiben konnte, obwohl sie das umstrittene Land bereits hinter sich gelassen hatten.

Sie wartete auf seine Antwort. Seit er ihr Jamie erneut in den Arm gedrückt hatte, war er schweigend an ihrer Seite geritten. Doch sein Schweigen war jetzt weniger unangenehm, sondern eher beruhigend. Sie drehte den Kopf, um ihn anzusehen. Er deutete ein leichtes Nicken an.

»Gut, machen wir Rast«, sagte er. »Wir sind in der Nähe der Roan-Wasserfälle.«

»Jean Armstrong wohnt nicht weit von hier«, sagte sie, und ihr Gesicht hellte sich auf. »Jennet und Christie sind bei ihr.«

»In Ordnung. Als Devil Davy und ich gemeinsam auf Beutezug ritten, hatte Jean Armstrong immer ein prasselndes Feuer und einen gefüllten Krug für ihre Gäste. Wir werden über Nacht dort bleiben. Und hoffen, daß uns niemand verfolgt hat.« Er gab seinem Pferd die Sporen und bahnte sich seinen Weg durch die Dämmerung.

Kurze Zeit später bemerkte Mhairi den flackernden Lichtschein in den beiden schmalen Fenstern von Jean Armstrongs kleinem, im Schutz eines Hügels erbautem Haus. Die aus Felsbrocken errichtete und mit einem festen Reetdach versehene Hütte glich eher einer Festung als einem Bauernhaus. Die beiden kleinen Fenster befanden sich an der Vorderseite, und das Erdgeschoß, das keine erkennbare Eingangstür besaß, wurde zur Lagerhaltung und als Kuhstall benutzt, der, wie Mhairi wußte, von der Rückseite zu öffnen war. Der Eingang zum Wohnraum, der sich darüber befand, war nur über eine Leiter zu erreichen, die aufgrund der hereinbrechenden Nacht bereits eingezogen worden war.

Während der Wind um ihren von der Kapuze bedeckten Kopf pfiff, wartete Mhairi erschöpft und hungrig, bis Rowan einen Gruß rief und einen Stein vor die Eingangstür schleuderte. Einen Augenblick später wurde die Tür von Devil's Christie aufgerissen, der grinsend die Leiter holte. Bluebell stand bellend und begeistert jaulend im Türrahmen. Jennet winkte ihnen mit Robin im Arm zu, und ihre Mutter Jean stand lächelnd im Hintergrund.

Rowan nahm Jamie von Mhairis Schoß und hielt das schlafende Kind fest, während sie vom Pferd absaß. »Sie heißen uns willkommen«, murmelte er. »Wir werden unsere Hochzeitsnacht hier verbringen und uns an ihrer Gesellschaft erfreuen.«

Sie blinzelte zu ihm auf. *Hochzeitsnacht.* Ihr Herz hämmerte in ihrer Brust. »Ich denke, wir sollten ihnen sagen, daß wir verheiratet sind.« Bislang hatte sie darüber noch gar nicht nachgedacht.

Rowan lächelte mit einem unmerklichen Zucken seiner Mundwinkel. »Wie du meinst, Schatz«, scherzte er. »Wenn ich mich nicht täusche, haben Tammie der Priester und Dikkie der Felsbrocken die Nachricht bereits verbreitet, daß der Black Laird ein hübsches Mädchen geheiratet hat.« Er zog eine Braue hoch.

Sie wußte, daß er sie foppte, trotzdem erfüllten sie seine Worte insgeheim mit Befriedigung. Dann wandte sie sich ab, fiel Christie in die Arme und hatte erst wieder Augen für ihren Mann, als sie vorsichtig die Leiter hinaufgeklettert war und mit einer Schale Brühe vor dem prasselnden Kaminfeuer saß.

Kapitel 20

Bleib bei mir, bleib bei mir,
Schatz, bleibe bei mir,
Ich kose dich und freie dich,
Schatz, bleibe bei mir.
– ›Schatz, bleibe bei mir‹

Leise erhob sich Mhairi von der federgefüllten Matratze, denn sie wollte Jamie nicht aufwecken. Sie war bei ihm geblieben, bis er schließlich in Jean Armstrongs Himmelbett eingeschlafen war, eine seiner kleinen Hände umklammerte die Wolldecke, die andere Bluebells Fell. Mit unmerklich wedelndem Schwanz lag der Hund leise schnarchend neben dem Kind.

Nachdem sie den Vorhang beiseite geschoben hatte, betrat Mhairi den Wohnraum und bewegte sich auf den Lichtkegel der dicken, duftenden Bienenwachskerze auf dem Tisch zu. Dort saßen Christie und seine Mutter, die bei ihrem Eintreten aufblickten. Mhairi schlenderte an der Wiege vorüber, in der Robin schlief, und schaute zu Jennet, die leise plaudernd mit Rowan auf einer Bank im hinteren Teil des Zimmers saß.

»Schläft Jamie?« fragte Jean. Ihr schmales, anziehendes Gesicht, das von einer weißen Haube umrahmt wurde, erstrahlte im sanften Kerzenschein.

»Ja«, sagte Mhairi und sank neben Christie nieder. »Danke, daß er in deinem Bett schlafen darf. Der Hund ist auch bei ihm.«

»Och, seit Jennet und Christie hier sind, schläft Bluebell jede Nacht an meinem Fußende«, antwortete Jean. »Es ist mir ein Vergnügen, das Bett so lange mit Jamie zu teilen, wie du und der Black Laird bei uns weilt. Du und dein Ehemann, ihr nehmt Christies Bett auf dem Dachboden, und er schlägt sein Nachtlager vor dem Kamin auf. Bei dem Gedanken errötend, allein mit Rowan das Bett zu teilen, nickte Mhairi Jean voller Dankbarkeit zu.

Christie grinste sie an. »Verheiratet mit dem Black Laird«, hänselte er sie mit sanfter Stimme. »Ich kann es immer noch nicht glauben!«

»Pst, Christie. Sie sind doch ein schönes Paar«, sagte seine Mutter.

»Mhairi, glaubst du, daß euch Heckie verfolgt hat?« fragte Christie.

Sie zuckte die Schultern. »Keine Ahnung.«

»Der Wind und die Wolken werden heute nacht vermutlich für ein Unwetter sorgen«, meinte Jean. »Die meisten Grenzräuber reiten nicht bei schlechtem Wetter aus. Ich denke, wir befinden uns so lange in Sicherheit, bis eine Wetterbesserung eintritt.«

»Es ist mir ein Rätsel, warum Heckie und seine Leute in dem Wirtshaus waren«, sagte Christie. »Sie würden nicht im umstrittenen Land auf Beutezug gehen. Die Bewohner sind ein weitaus härteres Kaliber als das, was Heckie hier im mittleren Grenzgebiet gewohnt ist. Außer uns natürlich«, fügte er hinzu. »Ich frage mich, ob sie hinter Alec her waren?«

Mhairi runzelte die Stirn. »Vielleicht«, meinte sie schließlich, nachdem ihr Rowans Äußerung eingefallen war, daß Heckie in irgendeiner Form mit dem Spionagering zu tun hatte, dem auch Alec angehören sollte. Sie blickte zu Rowan, der immer noch mit Jennet im Gespräch vertieft war, und sah, wie sich Jennet vorbeugte, ihn umarmte und mit tränenfeuchten Augen auf die Wange küßte. Mhairi überlegte, was die beiden wohl miteinander besprochen hatten.

Augenblicke später erhob sich Jennet, wünschte gute Nacht und schlenderte zu ihrem Bett, das sich ebenfalls hinter einem Vorhang befand. Als sie an Mhairi vorüberging, senkte sie ihren Kopf und küßte deren Wange. »Er ist ein imposanter Mann, dein Black Laird«, sagte sie. »Ich bin ihm einen Gefallen schuldig.«

Wortlos beobachtete Mhairi sie. Kurze Zeit darauf verabschiedete sich Jean ebenfalls und verschwand hinter dem

Vorhang zu ihrem Bett, wo Jamie und Bluebell leise schnarchten. Christie gähnte und reckte sich, und der Feuerschein fiel auf sein blondes Haar.

»Ich werde aufbleiben und nach Grenzräubern Ausschau halten«, sagte er. »Ihr beiden geht zu Bett.« Mhairi fiel auf, daß er ein Grinsen unterdrückte, und sie hätte ihm für seine Schadenfreude am liebsten die Zunge herausgestreckt.

Rowan trat zur Tür, kontrollierte den hölzernen Riegel und spähte dann durch die Holzladen der kleinen Fenster. »Die Außentür der Scheune unter uns«, wandte er sich an Christie, »hast du sie gesichert?«

Mit ernstem Gesichtsausdruck stand Christie vor ihm. »Ich habe den Riegel vorgeschoben, nachdem ich eure Pferde in den Stall zu meinem Pferd und zu Mutters Milchkühen gebracht hatte«, antwortete er. »Aber ich habe nicht den großen Holzbalken zur Absicherung des gesamten Tores vorgelegt.«

»Dann mach das«, befahl Rowan schroff. Er durchquerte das Zimmer und griff nach einer seiner Pistolen, die er auf einer Holztruhe zusammen mit seinen anderen Waffen abgelegt hatte.

Wortlos ging Christie zu einer schmalen, in den Holzboden eingelassenen Falltür. Er öffnete sie und kletterte rasch die Leiter zum Stall hinunter. Mhairi nahm den Geruch von Tieren und Heu wahr und hörte die Geräusche der Tiere.

Sie erhob sich und schlenderte zu Rowan. »Du glaubst, daß Heckie hier auftauchen wird?«

»Es könnte sein«, antwortete er. Sie sah ihm zu, wie er seine beiden Gewehre mit Munition füllte und dann nach dem kleinen Metallzylinder griff, den er an einem Band um den Hals trug. Mit diesem Schlüssel setzte er den Mechanismus der Waffe in Gang. Nachdem er das zweite Gewehr funktionstüchtig gemacht hatte, polterte Christie erneut durch die Falltür.

»Die Tiere sind in Sicherheit«, sagte Christie. »Aber dieser Wind ist fürchterlich und könnte sich zu einem Orkan entwickeln. Wir werden keinen Grenzräuber zu Gesicht bekommen.«

»Doch, ich denke, das werden wir«, widersprach Rowan leise.

»Aber wir werden nicht so viele Waffen benötigen. Das Haus ist stark befestigt«, beruhigte Christie. »Sie können vielleicht Mutters Kühe und Schafe wegtreiben, die noch draußen weiden, aber sie können nicht hier eindringen und plündern, solange sie nicht die Tür aufbrechen und sich gewaltsam Einlaß verschaffen. Und du weißt genau, daß die meisten Räuber keine Menschenleben aufs Spiel setzen. Die meisten von ihnen würden nur für eine Waffe oder einige Stücke Vieh Blut vergießen.«

»Die meisten«, wiederholte Rowan, während er den Mechanismus seiner Waffe überprüfte. »Christie, du übernimmst die erste Wache.«

Christie nickte ernst. »Sie wollen mehr als Waffen und Vieh, nicht wahr? Was wollen sie?«

»Etwas, das ich besitze und nicht herausgeben werde. Lade dein Gewehr und spanne deinen Bogen. Dein Vater hatte eine sichere Hand, und zweifellos hat er dir diese Fertigkeit beigebracht.«

»Hat er. Ich bin ein guter Schütze und kann mit Pfeil und Bogen umgehen. Und ich kann eine Pistole abfeuern, eine Lanze sowie eine Streitaxt werfen«, führte Christie voller Stolz aus. Er rieb sich sein Schulterblatt, das von einer Eisenkugel getroffen worden war. »Und ich hätte Clem Elliot an jenem Abend, als er Iains Haus in Brand gesetzt hatte, erschossen, wenn meine Waffe keine Ladehemmung gehabt hätte.«

»Damals hast du alles getan, um deine Familie zu beschützen«, lobte Rowan. »Und heute wirst du erneut dein Bestes geben, falls sich irgendwelche Reiter nähern.« Während er sprach, umschlang er Mhairis Ellbogen. Seine liebevolle Berührung jagte ihr einen wohligen Schauer über den Rücken. »Ruf mich, wenn du irgend etwas hörst, mein Junge. Also dann, gute Nacht.« Christie nickte, trat ans Fenster und blinzelte durch den einen Spaltbreit geöffneten Fensterladen.

Mhairi ging zur Dachbodenleiter und kletterte klopfenden Herzens und mit klammen Händen hinauf. Eine innere Anspannung schärfte ihre Sinne. Sie nahm das Heulen des Sturms vor dem Haus, das Wimmern des schlafenden Babys und den stechenden Geruch der Feuersteine wahr. Und eine andere, tief empfundene Ahnung sagte ihr, daß noch vor Sonnenaufgang Grenzräuber in den Hof einfallen und sie alle bedrohen würden.

Vor allem aber war ihr bewußt, daß Rowan in diesem Augenblick hinter ihr die Treppe hinaufstieg.

Durch eine schmale Fensterluke im Dachboden fiel schwaches Dämmerlicht ein. Rowan schlenderte zu der winzigen Öffnung und spähte durch einen Spalt im Fensterladen. In der sie umfangenden, friedvollen Stille hörte er, wie Mhairi an das Bett trat und sich dort niederließ.

Der tosende Sturm, der um das Haus fegte, ließ den Dachboden angenehm sicher und warm erscheinen. Rowans Blick schweifte über die düstere Landschaft, doch er nahm lediglich die sich wiegenden Bäume und den heulenden Wind wahr. Das Mondlicht schimmerte milchig weiß durch die dunklen, schnell vorüberziehenden Wolken, und Rowan sah, daß die Hügel menschenleer waren.

Bislang hatte er noch keinerlei Anzeichen bemerkt, daß Heckie sie verfolgt hatte. Doch er durfte nicht davon ausgehen, daß sie sich in Sicherheit befanden, auch wenn Jean Armstrongs Haus einer Festung gleichkam. Ein nur allzu vertrautes Gefühl tief in seinem Innern sagte ihm, daß sich Reiter näherten. Er hoffte nur, daß sie noch in weiter Ferne waren.

»Siehst du irgend etwas dort draußen?« fragte Mhairi leise. Das Zittern in ihrer Stimme war unüberhörbar.

»Nein.« Er blickte weiterhin aus dem Fenster.

»Sie werden kommen«, murmelte sie. Er schaute sie an. Als sie den Kopf drehte, glänzte ihre dunkle Flechte wie im Feuerschein. »Sie werden kommen. Ich spüre es.«

Er spürte es ebenfalls. Schweigend wandte er sich ab und blickte erneut aus dem Fenster. Einige Minuten verstrichen. Hinter ihm gähnte Mhairi und bewegte sich leise auf dem Bett. Sein Blick wanderte wieder zu ihr.

Sie hatte ihr Wams abgelegt und saß dort mit ihrem hellen Leinenhemd und dunkler Hose bekleidet. Sie streckte ihre weißbestrumpften Füße aus; sie und Rowan hatten die Stiefel gleich nach ihrem Eintreffen ausgezogen und sie neben Jeans Kamin gestellt.

»Müde?« fragte er. Mit blassem Gesicht und gesenkten Lidern nickte sie. »Du solltest schlafen«, redete er ihr mit abgewandtem Blick zu. Doch sie legte sich nicht nieder, sondern beobachtete ihn.

»Was hast du Jennet erzählt?« fragte sie. »Sie schien so erleichtert nach eurem Gespräch.«

Er zuckte die Schultern. »Jennet war froh, als sie hörte, daß es Iain gutgeht. Als ich ihn vorige Woche sah, wußte er noch nichts von Robins Geburt. Ich erzählte ihm, daß er einen prächtigen Sohn hat. Das hat sie sehr erfreut.«

Empört starrte sie ihn an. »Du hast Iain in Abermuir gesehen? Du hast mit ihm gesprochen und mir nichts davon erzählt?«

Er schwieg und schalt sich insgeheim dafür, daß er aufgrund der überstürzten Suche nach Jamie vergessen hatte, ihr von ihrem Bruder zu berichten. Aber zu diesem Zeitpunkt hatte er sie noch des Intrigenspiels mit Iain verdächtigt. »Du hast mich nicht danach gefragt, und deshalb habe ich nicht mehr daran gedacht«, entschuldigte er sich. Ihre zornesumwölkte Stirn verriet ihm, daß sein Versuch fehlgeschlagen war. »Ich habe ihn nur kurz gesehen. Er hat nur wenig gesagt und war nicht bereit, über die Nacht seiner Festnahme zu sprechen.«

Zaudernd kaute sie an ihrer Unterlippe. »Rowan … war Iain sehr abgemagert und hatte er eine Wunde unter seinem Auge? Hatte er eine aufgeplatzte Lippe?«

Er wandte seinen Blick vom Fenster ab. »Ja, das stimmt. Woher weißt du das?«

»Ich sah sein Gesicht in dem kleinen dunklen Spiegel, den du in deinem Beutel trägst«, antwortete sie kaum hörbar und blickte auf ihre verkrampften Hände.

»Du hast Iain in diesem Spiegel gesehen?« Sie nickte. Gleichermaßen erstaunt wie verwirrt schaute er sie an. Er erhob sich, schlenderte zu ihr und setzte sich neben sie. Das Bett, eine mit Federn gefüllte Matratze auf einem Holzrahmen, gab unter seinem Gewicht nach. Mhairis Schulter berührte seinen Arm. »Erzähl mir, was du gesehen hast«, drängte er sie leise.

Sie zuckte zusammen. »Ich fand den schwarzen Stein in deinem Beutel. Ich schaute ihn an und nahm Iains Gesicht darin wahr. Er schien verletzt und geschunden.«

Er nickte. »Als ich ihm begegnete, sah er genau so aus. Hast du noch etwas in dem Spiegel gesehen?«

Sie zögerte. »Nur mein eigenes Gesicht«, sagte sie leise. »Bislang hatte ich noch nie eine Vision, die mich selbst betraf.«

»Bislang?« Seine Augen verengten sich zu Schlitzen. »Was soll das heißen?«

»Dà-Shealladh.« Ihr Gälisch war so sanft wie ein Atemhauch. »Das Zweite Gesicht – eine ererbte Eigenschaft mütterlicherseits. Meine Mutter hat Visionen und auch mein Bruder Iain. Und ihre Visionen sind zutreffend. Aber ich hatte niemals diese Gabe – bis ich in diesen Spiegel schaute.« Sie blickte zu ihm auf. »Rowan, könnte es sich um einen Zauberstein handeln? Ich habe davon gehört, aber ich habe noch nie einen gesehen.«

Im Dämmerlicht runzelte er die Stirn. »Ich weiß es nicht. Ich fand ihn am Ufer, wo das spanische Schiffswrack angetrieben worden war.« Eindringlich fixierte er sie. »Auch ich habe vor einiger Zeit etwas in diesem Spiegel gesehen«, murmelte er. »Dein Gesicht.« Seine Finger glitten über ihre samtweiche Wangenhaut. »Dieses Gesicht. Das war noch vor unserer ersten Begegnung.«

Fassungslos starrte sie ihn an. »Was ist das für ein Stein, Rowan?«

Kopfschüttelnd zog er seine Hand fort. »Was auch immer sich dahinter verbirgt, Heckie und seine Bande scheinen es auf diesen Stein abgesehen zu haben. Als sie mich angriffen, forderten sie etwas von mir, was sie als Rabenmond bezeichneten. Ich wußte nicht, was sie damit meinten. Später fiel mir ein, daß ich den dunklen Spiegel bei mir trug. Ich denke, daß es das war, was sie suchten – auch wenn ich den zerbrochenen Stein damals für bedeutungslos und häßlich hielt.«

»Für irgendeinen Menschen ist dieser Spiegel von Bedeutung. Aber warum?«

Rowan öffnete seinen Lederbeutel und nahm den Stein heraus. Nachdem er ihn ausgewickelt hatte, legte er den Spiegel auf seine Handfläche. »Ich bezweifle, daß sich Heckie für einen Zauberstein interessiert, obgleich er sicherlich mit dem Spionagering zu tun hat. Vielleicht hat er noch eine andere Bedeutung ...« Er berührte den Stein, der wie ein winziges Stück Nachthimmel schimmerte.

»Er sieht nicht besonders wertvoll aus«, sagte Mhairi. »Was könnte sich außer den geheimen, von uns wahrgenommenen Kräften noch dahinter verbergen?«

Er zuckte die Schultern. »Heckie ist von jemandem beauftragt worden, der es weiß.«

»Ich frage mich, ob jeder, der hineinblickt, Visionen wahrnimmt.«

Erneut zuckte er die Schultern. »Ich habe keine Visionen, und trotzdem habe ich dich gesehen. Es gibt Propheten und Wahrsager, die solche Hilfsmittel bei ihren Zukunftsdeutungen hinzuziehen. Die englische Königin hat ihren eigenen Seher, einen Astrologen. Wie ich gehört habe, verwendet er einen ähnlichen, runden schwarzen Stein, um Visionen wahrzunehmen.« Offensichtlich bestürzt verstummte er.

»Was ist denn?« fragte sie alarmiert.

Er blickte sie an. »Du hast doch gesagt, daß Iain über das Zweite Gesicht verfügt.«

»Ja, sicher, aber ... Rowan, er gehört nicht zu diesen Leuten!«

»Wer auch immer Heckie mit der Suche nach diesem Stein beauftragt hat, weiß, daß er sich auf dem spanischen Schiff befand. Und derjenige, der diesen Stein haben will, weiß auch von dessen geheimnisvollen Kräften«, folgerte er mit grimmiger Stimme.

»Und wer außer einem Mann mit dem Zweiten Gesicht käme auf diese Idee?« fragte sie erbittert. »Verdächtigst du mich ebenfalls, weil ich auch etwas darin gesehen habe?«

Sie erhob sich und funkelte ihn an. »Ich weiß ebensowenig von diesem Rabenmond wie mein Bruder.«

»Mhairi ...«

»Iain ist nicht derjenige, der Heckie auf diesen Stein angesetzt hat!«

»Die Lösung des Ganzen liegt dort verborgen, Mhairi«, meinte er zögernd.

»Das siehst du falsch!« fauchte sie. Wütend ballte sie ihre Hände zu Fäusten und eilte ziellos über den Dachboden. »Er hat nichts damit ... er kann nichts damit ...« Sie hielt inne, schlug schluchzend die Hände vor das Gesicht und rannte verzweifelt weiter. »Nein, nein«, rief sie.

Während er sie beobachtete, verkrampfte sich Rowans Herz. Er erinnerte sich wieder, welche Erniedrigung er nach dem Vertrauensmißbrauch durch seinen Bruder empfunden hatte. Er wünschte, er könnte ihr diese Erfahrung ersparen, doch er durfte sie auch nicht fälschlicherweise darin bestärken, daß ihr Bruder unschuldig war. Schließlich wußte er es nicht.

Mhairi hielt inne und bedeckte ihren Mund mit ihrer Hand. Er hörte ihr unterdrücktes Schluchzen und konnte plötzlich ihren Schmerz nachempfinden. Er erhob sich und ergriff ihre Schulter. Unter seiner Berührung erstarrte sie wie ein in die Falle gegangener Hase.

»Mhairi, wenn Iain das getan hat, hatte er sicherlich seine Gründe dafür«, sagte er ruhig. »Vielleicht ging es ihm um Geld zum Landerwerb oder um einen Titel. Schließlich hat er eine Familie zu versorgen.«

Sie schüttelte seine Hand ab und wendete sich von ihm ab. Er bemerkte ihre durch Wut und Schmerz hervorgerufene Anspannung und das Ausmaß des Entsetzens, das seine Worte in ihr ausgelöst hatten. Vielleicht war sie tatsächlich an keiner Verschwörung beteiligt gewesen, und alles, was sie getan hatte, war ausschließlich aus Liebe und Sorge um ihren Bruder geschehen.

»Die Beweislage ist alles andere als günstig für ihn, Mhairi«, sagte er einlenkend. »Aber ich glaube, daß ich dir u<nrecht getan habe.«

Mit einer stolzen, anmutigen Geste, die gleichermaßen traurig und verletzlich wirkte, hob sie ihr Kinn. Sie schwieg und hielt ihm weiterhin den Rücken zugewandt.

»Mhairi, ich weiß nicht, wie die Wahrheit in diesem Fall aussieht«, sagte er seufzend und spürte auf einmal, wie müde er war und wie sehr ihn diese ganze Sache letztlich beschäftigte. Erneut trat er auf sie zu, legte seine Hände auf ihre schmalen Schultern und massierte ihre angespannte Nackenmuskulatur. Doch seine Berührung entspannte sie nicht, ihr Leid schien einfach zu schwerwiegend zu sein. Er kannte diese Last, hatte sie selbst drei Jahre lang getragen. Auch er hatte seinen Bruder innig geliebt und war über dessen Verrat entsetzt gewesen. Aber seine Gefühle für ihn waren in Verbitterung umgeschlagen, und er wollte einfach nicht, daß Mhairi das Gleiche widerfuhr.

Er atmete tief ein. »Vielleicht haben wir beide ungeratene Brüder. Aber vielleicht irre ich mich auch«, sagte er leise.

»Mag sein«, flüsterte sie. Er hörte den Schmerz aus ihren Worten heraus und spürte, wie sich sein Magen zusammenzog. »Iain ist mein *leth-aoin*, mein Zwillingsbruder. Wenn er etwas Unrechtes getan hätte, wüßte ich das.«

»Deine Loyalität gegenüber Iain ist ungebrochen wie ein loderndes Feuer«, murmelte er. »Hoffentlich verzehrt es dich nicht.« Er betrachtete ihr anziehendes Profil, ihre milchweiße Wangenhaut, über die eine einsame Träne rann.

»Wochenlang bin ich jede Nacht ausgeritten, um ihm das Leben zu retten«, flüsterte sie. »Ich wäre sogar damals in der Lage gewesen, dich zu töten.«

»Du hast es aber nicht getan.« Er streichelte über die dunkle Fülle ihres Haares.

»Ich könnte es nicht ertragen, wenn Iain schuldig wäre«, hauchte sie.

»Falls er es ist, nun ja, wirst du es können und müssen.« Er umschlang ihre Schultern mit seinen Armen und blickte sie an. »Mhairi, du bist stark. Was auch immer geschieht, du wirst es ertragen und stärker daraus hervorgehen.«

Sie hielt ihren Kopf gesenkt, und er spürte, wie sie ihre

Schultern anspannte und tief einatmete, um ihre Zweifel und Ängste unter Kontrolle zu bringen.

»Ich kenne meinen Bruder«, sagte sie schließlich und blickte zu ihm auf. »Ich schwöre dir, daß er schuldlos ist. Ich möchte, daß du genauso daran glaubst wie ich.«

Er wollte etwas sagen, doch dann schoß ihm plötzlich durch den Kopf, ob er ihren Bruder deshalb für schuldig befand, weil sein eigener Bruder ebenfalls in diesen schottischen Spionagering verwickelt zu sein schien. Wie auch immer die Wahrheit letztlich aussah, es war ein Fehler gewesen, Iain und Alec der Spionage zu bezichtigen, solange er sich nicht hundertprozentig sicher war. In gewisser Weise hatte er Alec ebenfalls verraten, da er das eindeutig Negativste für die Wahrheit hielt.

Trotz der Beweislage blieb Mhairi ihrem Bruder gegenüber zweifellos stets loyal. Sie glaubte an ihn und vertraute auf die Stimme ihres Herzens.

Diese Erkenntnis berührte ihn tief. Ihr Verhalten und ihre objektive Einstellung imponierten ihm. Da er die Wahrheit in dieser Angelegenheit nicht kannte, sollte er zumindest so lange zurückhaltend mit seiner Beurteilung sein, bis sie sich als richtig erwiesen hatte. Und er sollte nicht versuchen, sie mit seiner Überzeugung zu beeinflussen.

Er blickte in Mhairis tränenfeuchte, traurige Augen und bewunderte ihre Charakterstärke. Er begriff, daß er ihr helfen mußte. Solange er ihr keine Gewißheit verschaffte, würde er keinen Seelenfrieden finden.

»Komm zu mir«, bat er, umschlang sie und zog sie an seine Brust. »Mhairi, ich verspreche dir, wenn du recht hast und Iain unschuldig ist, dann finde ich es heraus.«

Ein befreites Schluchzen entwich ihrer Kehle. Er hielt sie umschlungen, wollte sie trösten und beschützen. Sie hatte ihm Beistand geleistet, als er ihr von Maggie erzählt hatte; nun wollte er das Gleiche für sie tun.

Mit seinen Fingern hob er ihr Gesicht, senkte den Kopf und küßte ihre bebenden Lippen. Es sollte eine sanfte, tröstliche und zärtliche Berührung sein.

Doch das Gefühl, das ihn bei dieser Berührung durchzuckte, traf ihn so heftig wie ein Blitzschlag, der ihm durch Mark und Bein ging und selbst vor seiner Männlichkeit nicht halt machte. Ihr Mund gab ihm nach, und ihre feuchten Lippen entfachten tief in seinem Innern ein Feuer des Begehrens. Als sein Kuß verlangender wurde, raste sein Herz.

Schon am Vorabend im Gasthaus hatte ihn eine Leidenschaft überwältigt, der er nur unter Aufbietung seiner ganzen Willenskraft hatte standhalten können. Nun war sie auf so wundersame Weise seine Frau geworden, als hätten die Himmelsmächte Schicksal gespielt. Trotz der zwischen ihnen aufgebauten Schranken entwickelte sich langsam und stetig eine gemeinsame Beziehung. Erstaunt verspürte er eine seltsame Ehrfurcht.

Als er tief einatmete, vermischte sich sein Atem mit dem ihren, und er spürte ihre Verletzbarkeit, ihre aufgewühlten Gefühle. Er wußte, daß er sanft und vorsichtig sein mußte. Doch das ihn überwältigende Verlangen war beinahe unerträglich.

Er löste sich von ihren Lippen, konnte es jedoch nicht ertragen, auch nur einen Atemhauch von ihr entfernt zu sein. Erneut küßte er sie liebevoll. Mit einem leisen Stöhnen bog sie ihren Kopf zurück und gab sich der Liebkosung seines Mundes hin. Vereinzelte Tränen strömten über ihr Gesicht. Er küßte sie von ihren Wangen. Er umschloß ihren Kopf mit seinen Händen und küßte sie voller Leidenschaft, um ihren Kummer auszulöschen und ihre Seele zu beflügeln.

Dann hob er den Kopf. »Mhairi«, flüsterte er und hörte den Klang ihres Namens auf dem Dachboden. Weich wie Samt, tröstlich wie ein Gebet. »Mhairi ...«

Leise seufzend schmiegte sie sich an ihn. Sie ließ ihre Hände über seinen Rücken gleiten und zog ihn an sich. Sein Kuß wurde verlangender, seine Hand streichelte ihr Gesicht, ihr seidenweiches Haar. Aufgrund seiner Berührung löste sich ihr Zopf, und seine Finger glitten über die weiche dunkle Haarpracht.

Er spürte, wie ihre Hände seinen Rücken umklammerten und sie seinen Kuß ungestüm erwiderte. Zärtlich öffnete seine Zungenspitze ihre Lippen und schmeckte vorsichtig die feuchte Süße ihres Mundes. Ihre Zungenspitzen berührten sich, und ein von ihr gehauchter Seufzer vermischte sich mit seinem Atem.

Sanft liebkoste er ihr Kinn und ihren Hals. Seine Hände glitten über ihre Schultern, über ihren Rücken, ertasteten ihre wohlgerundeten Hüften, und er preßte sie fest an sich. Als er die Wärme ihres Körpers durch ihre Kleidung hindurch spürte, erkundete er erneut ihren Mund und dessen unendliche Süße.

Für einen Augenblick erbebte Mhairi in seinen Armen und stöhnte leise, als gäben ihre Knie unter ihr nach. Er umschlang sie fester, glitt mit einer Hand über ihr Dekolleté und ihr Hemd und ließ seine Finger auf der wohlgeformten Rundung ihrer Brust verweilen. Unter seiner Handfläche spürte er ihre knospende Brustwarze und ihren pulsierenden Herzschlag. Er ließ seine Finger weiterwandern, bis er schließlich ihren Hemdsaum aus dem Hosenbund zog.

Seine Hand glitt unter ihr Hemd, über ihre samtweiche Körperhaut und suchte ihre Brust, die er mit einer ungeahnten Zärtlichkeit liebkoste. Ihre Brustwarze fühlte sich wie eine feste, warme Perle an.

Mit seiner Zunge erkundete Rowan ihren Mund und umschloß mit seinen sanften Fingern ihre andere Brust. Eine zweite Perle wuchs unter seiner Handfläche.

Sie zu berühren war wie ein süßer Schmerz, von ihr berührt zu werden, war gleichermaßen reizvoll und erfüllte ihn mit einer solch schmerzhaften Erregung, daß er leise stöhnte und sie noch fester umschlang. Er hob sie hoch, trug sie zum Bett, wo er sie hinlegte und sich neben sie kniete. Mhairi schlang ihre Arme um seine Schultern und zog ihn zu sich hinunter. Erneut küßte er sie schnell und ungestüm und zog dann heftig atmend seinen Kopf zurück.

Die kühle Luft auf dem Dachboden besänftigte seine Sinne. Er blickte zu der schmalen Luke, deren Fensterladen leicht im Wind klapperte. Auch Mhairi schaute mit großen, von Leidenschaft und Sinnlichkeit erfüllten Augen dorthin.

»Rowan ...«

»Pst«, murmelte er und brachte sie mit seinem zärtlichen

Kuß zum Verstummen. »Wir haben Zeit.« Er hoffte, daß das stimmte, auch wenn er die Gefahr mit der Deutlichkeit eines herannahenden Orkans spürte.

»O Gott, Rowan.« Ihre Hände streichelten seine Arme und verrieten ihm durch ihr Zittern ihre Furcht. »Wir sollten aufhören, aber eigentlich will ich das gar nicht ...«

»Pst«, besänftigte er sie erneut. »Wir haben noch viel Zeit.« Er wollte sie jetzt mit aller Heftigkeit. Trotz der Gefahr sehnte sich jede Faser seines Körpers nach ihr. Seine Lippen glitten über ihre samtweiche Wange, bis seine Zungenspitze ihre Ohrmuschel streifte. Vielleicht blieb ihnen keine Zeit, vielleicht aber auch alle Zeit der Welt. Er hatte keine Ahnung. Er wußte nur, daß er nicht von ihr lassen konnte.

»Beeil dich«, hauchte sie und bot ihm ihre Lippen dar.

Wie ein Erstickender rang er nach Atem, griff ihr Hemd, zog es über ihren Kopf und warf es beiseite. Während ihre schlanken, warmen Hände seinen Brustkorb streichelten, riß er sich sein Wams und sein Hemd vom Leib. Sie umschlang ihn und zog ihn zu sich hinunter.

Noch am Morgen hatte er sich geschworen, sie erst dann zu lieben, wenn auch sie nach ihm verlangte. Dieser Augenblick war weitaus schneller gekommen, als er erwartet hatte. Die tief empfundenen Gefühle, die sie miteinander verbanden, schienen sie jetzt mit ungeahnter Kraft zu überwältigen.

Was auch immer dort draußen herannahte, ob Sturm oder schlimmere Gefahren, war für sie wie ein fernes Donnergrollen. Sein Begehren übermannte ihn mit aller Macht, und das Blut pulsierte durch seine Venen. Voller Ungeduld streifte er seine Hose hinunter und trat sie beiseite.

Als er neben dem Bett stand, spürte er die kalte Luft wie einen Wall, der ihn noch davon trennte, wo er sein wollte und mußte – bei ihr, neben ihr. Schön und begehrenswert blickte sie zu ihm auf, ihr wohlgeformter Körper in blaugraues Dämmerlicht gehüllt. Er wollte sie berühren, sie schmecken, in sie eindringen. Er brauchte ihre Nähe, konnte eine Trennung weder körperlich noch seelisch ertragen.

Er war ihr ebenso ausgeliefert wie damals, als sie ihn auf der Straße nach Lincraig überwältigt hatte. Aber jetzt war es sein Herz, das genauso schnell kapituliert hatte wie seinerzeit sein Bewußtsein. Diesmal war es allerdings in seinem Sinne. Diesmal wußte er, was er von ihr wollte, was er gemeinsam mit ihr tun wollte. Er legte sich neben sie, und sie umschlang ihn erwartungsvoll mit ihren Armen.

Er umarmte sie und schmiegte sich an ihren warmen, samtweichen Körper. Sie preßte ihre Hüften an ihn, und er öffnete ihre Hose, streifte diese über ihre Schenkel, während er sie innig küßte.

Seine Lippen glitten über ihren Hals bis hin zu der zarten Haut ihrer Brüste. Seine Zunge spielte mit ihren Brustwarzen, bis diese sich aufrichteten. Sie schrie auf, umklammerte seine Schultern und ließ ihre Hände dann über seinen Brustkorb und seinen Bauch gleiten, wo sie schließlich innehielten.

Er hielt den Atem an, während sie seinen Körper zunächst vorsichtig und dann immer mutiger erkundete.

Mit klopfendem Herzen und voller Erregung streiften seine Hände die sinnlichen Rundungen ihrer Schenkel, bis schließlich eine seiner Hände zwischen ihre eng umschlungenen Körper glitt. Er konnte nicht warten, aber er würde es trotzdem tun, würde seinen Körper beherrschen, wenn es sein mußte, sogar den Atem anhalten, bis sie ihre Lustschreie schließlich vereinten.

Seine Finger ertasteten ihre warme, verborgene Grotte und glitten in ihre feuchte Honigsüße. Seine Berührung löste einen tiefen Seufzer aus; als er sie streichelte, stöhnte sie, und er küßte sie leidenschaftlich, bis sie wieder lustvoll aufstöhnte. Als sie unter ihm erbebte, ließ er das Gewicht seines Körpers auf sie sinken.

Erwartungsvoll öffnete sie ihre Schenkel, und er drang langsam und vorsichtig in sie ein, auch wenn sein Körper einen anderen, ungestümeren Rhythmus vorgab. Er hielt den Atem an, während er zärtlich ihre glutvolle Feuchtigkeit genoß und doch wußte, daß er ihr Schmerzen bereitete. Langsam bewegte er sich und spürte ihren Widerstand.

Angespannt stöhnte sie, und er wartete, bis sich ihre Atemzüge und ihr Herzklopfen in einem stillen, sehnsuchtsvollen Gleichklang befanden.

»Jetzt«, flüsterte sie. »Oh, bitte, beeil dich …«

Aber er wollte sich nicht beeilen. Die Zeit existierte nicht mehr, sondern nur noch dieses ungeahnte und unbeschreibliche Gefühl der Erregung. Sie schmiegte ihre Hüften an seinen Körper, und er drang tiefer in sie ein. Überwältigt von ihrer inneren Glut und Süße drang er wieder und wieder in sie ein, glitt dann bebend vor dem Erlösungsschmerz aus ihr heraus und zwang sich zur Rücksicht, bis auch sie soweit war und sich ebenso nach der Ekstase sehnte wie er.

Sie wand sich und krallte mit einem spitzen Aufschrei ihre Finger in seinen Rücken. Und der herannahende Sturm rauschte durch seinen Körper, als wollte er seine Seele zu ihr forttreiben und jegliche, in seinem Körper angestaute Lust zum Explodieren bringen.

Ihre Bewegungen wurden schneller, und er spürte die Kraft ihres gemeinsamen Bandes. Körper, Geist und Seele vereinigten sich, und er wußte schließlich voller Erleichterung, wohin er gehörte.

»Bald«, sagte Mhairi, die sich aufgesetzt hatte und zu ihm hinunterschaute. »Schon sehr bald. Spürst du es auch?«

Er spürte es ebenso. Er legte den Kopf schief und lauschte, seine Hand an ihrer Hüfte, während sie schweigend den endlos erscheinenden Augenblick erwarteten. Zunächst hörte er nur den um das Dach heulenden Wind und das Pulsieren seines eigenen Herzens.

Dann erklangen weitere Geräusche. Er griff nach seiner Kleidung, erhob sich und zog sich an. Mhairi tastete ebenfalls nach ihren Sachen und streifte sie ebenso schnell und lautlos über.

Die Geräusche, die der Wind zu ihnen hinübertrieb, waren regelmäßig, laut und klangen weitaus gefährlicher als jeder Sturm. Unter ihnen hörten sie, wie Christie leise Rowans Namen rief. Das Donnern wurde lauter, gleichmäßiger Hufschlag näherte sich dem Hof.

Rowan wandte sich Mhairi zu. »Sie sind gekommen.«

Sie warf sich in seine Arme. Für Sekundenbruchteile umschlang er sie, und sie spürten die Wärme ihrer vertrauten Körper, die sich so sinnlich ergänzten. Die Rundungen ihres Körpers schmiegten sich in seine Umarmung.

Er küßte sie und gab sie nur widerwillig frei. Dann betrat er die Leiter.

Kapitel 21

Sie waren drei Brüder in jener Bande –
Wohl gegen alle Freuden gefeit!
Ihre Hinterlist und ihr Schurkenherz
Hat mich und meine Liebste entzweit.
– ›Lord Maxwells Abschiedsgruß‹

Als Mhairi die letzte Sprosse der Leiter erreichte, schlang Rowan gerade seinen Gürtel um sein Lederwams und redete in drängendem Tonfall auf Christie ein. Draußen erhob sich Heckie Elliots Stimme über dem tosenden Wind. Der Hund sprang bellend hinter dem Bettvorhang hervor und umkreiste ängstlich die Tür. Mhairi hörte das Wimmern der Kinder und wie sich Jean und Jennet von ihren Nachtlagern erhoben.

Bluebell machte einen Satz an ihre Seite, und Mhairi streichelte abgelenkt ihr struppiges Fell, wobei sie deren nervöse Anspannung spürte. Auch Mhairi zitterte, weil sie der Drang übermannte, den auf sie einstürmenden Gefahren und Ängsten zu entfliehen. Dieses Gefühl war um so schlimmer, als ihre Seele immer noch von der tief empfundenen, sinnlichen Liebe zehrte, die sie noch vor kurzem mit Rowan geteilt hatte.

Als Rowan sein Schwert in die Scheide an seinem Gürtel gleiten ließ, durchquerte Mhairi den Raum und legte ihm ihre Hand auf den Arm. »Hier drinnen sind wir in Sicherheit. Du mußt nicht zu ihnen ins Freie hinaus!«

»Ich bereite mich lediglich auf den Ernstfall vor, Mhairi«, sagte er ruhig und schob eine seiner Pistolen in den Gürtel. Er wandte sich ab, um einen kurzen, mit Stahlspitze versehenen Pfeil in seinen Bogen zu stecken, und zog dann die Bogensehne zurück, um die lange Metallspitze einzurichten. »Setz dich zu Jennet.«

»Das werde ich nicht tun«, entgegnete sie eigensinnig.

Mit zitternden Händen griff sie zu seiner zweiten Pistole. »Ich bleibe bei dir. Es ist nicht das erste Mal, daß ich mich gegen Grenzräuber zur Wehr setze.«

Er schaute sie an und seufzte dann resigniert. »Zum Streiten fehlt mir die Zeit. Die Pistole ist geladen und gespannt und gefährlich. Halte sie mit mehr Vorsicht – ja so. Weißt du, wie man sie abfeuert?«

»Ich sehe dir zu, wie du es machst.«

Er nickte. »Peile ein Ziel an und betätige, wenn es sein muß, den Abzug. Und denk an den Rückschlag – er könnte dich umhauen.« Er trat an eines der Fenster und spähte durch einen Spalt im Holzladen nach draußen.

Mhairi hörte Heckies lautes Grölen, als Rowan den Fensterladen weiter öffnete. »Rowan Scott of Blackdrummond! Wenn Sie da drin sind, dann kommen Sie raus, Mann!«

Mhairi ergriff die schwere Waffe mit beiden Händen, stellte sich zu Rowan ans Fenster und spähte ins Freie. Sanft schob er sie von ihrem gefährlichen Standort fort und gab ihr mit seinem breiten Rücken Deckung, was ihr die Sicht versperrte. Deshalb spähte sie durch den Spalt im Fensterscharnier.

Waffen blitzten im Mondlicht auf, als mehrere Männer mit ihren Pferden in den Hof einritten. Zwei der Reiter trugen stinkende Pechfackeln. Neben ihr hob Rowan sein Gewehr auf die Fensterbrüstung und schob dessen Lauf durch die Öffnung im Fensterladen.

»Kommen Sie raus, Rowan Scott!« brüllte Heckie erneut. »Wir haben uns hier ein paar schöne Kühe und Schafe ausgesucht. Jetzt wollen wir nur noch das, was Sie uns vorenthalten haben!«

»Verschwinden Sie von hier, Heckie Elliot!« brüllte er zurück. »Es sind Frauen und Kinder im Haus!«

»Dann kommen Sie raus und geben Sie uns das, was wir wollen!« gellte Heckie.

Christie, der einen gespannten Bogen in seiner Hand hielt, trat an das andere Fenster, öffnete den Holzladen und peilte sein Ziel an. Dann blickte er zu Rowan, der warnend eine Hand hochhob.

»Ich sage es zum letzten Mal, Heckie«, rief Rowan. »Verschwinden Sie!«

Heckie hob etwas in Brusthöhe an. Mhairi sah den kalten Glanz von Metall und dann einen Funkenregen.

Der Schuß donnerte gegen die Tür, brachte sie zum Erzittern, doch die Eisenkugel konnte dem Holz nichts anhaben. Jean und Jennet, die die Kinder im hinteren Teil des Raums beruhigten, stöhnten auf. Vor Wut bellend rannte Bluebell zur Tür. Mhairi hörte Robins leises Wimmern an der Schulter seiner Mutter. Sie wandte sich um und sah, daß Jamie seine Arme um Jeans Nacken geschlungen hatte und seine dunklen Locken an ihrer Schulter vergrub.

Rowan gab Christie ein Zeichen, der daraufhin einen Pfeil abschoß. Bleikugeln und die splitternden Geräusche der Eichentür waren die Antwort.

»Sie wissen genau, was wir verlangen, damit wir von hier verschwinden, Rowan Scott!« brüllte Heckie. »Kommen Sie raus und geben Sie uns den Rabenmond! Ich bin mir sicher, daß Sie ihn haben, Mann! Wir wissen, daß Sie damals am Strand etwas haben mitgehen lassen. Wir hätten es schon seinerzeit an uns nehmen sollen!«

»Wovon zum Teufel redet er da?« fragte Christie.

»Das ist eine lange Geschichte, mein Junge«, erklärte Rowan. Während er zielte, hielt er sein Gewehr an seine Schulter gepreßt. Als er den Abzug betätigte, war die Explosion so laut, daß sich Mhairi instinktiv ihre Ohren zuhielt. Hinter ihr schluchzten Jamie und Robin im Chor. Bluebell sprang bellend und knurrend zur Tür, und Jennet zog sich auf ihr Bett zurück.

»Du hast diesen Halunken an der Schulter getroffen, Rowan, aber er lebt noch. Willst du es erneut versuchen?« fragte Christie trocken, während er einen weiteren Pfeil in seinem Bogen justierte.

»Ich habe nicht die Absicht, ihn zu töten, und du auch nicht, Christie«, erwiderte Rowan. »Wir werden keine Stammesfehde zwischen den Elliots, den Scotts und den Armstrongs anzetteln.«

»He! Blackdrummond! Wir sind immer noch da!« brüllte

Heckie. »Wenn es sein muß, setzen wir alles in Brand, um das zu bekommen, wonach wir suchen!«

»Im Prinzip scheinen sie nichts gegen eine Fehde einzuwenden zu haben«, bemerkte Christie.

»Bringen Sie mir den Mond, Blackdrummond!«

»Warum fragt er ständig nach dem Mond? Ist er verrückt geworden?« wollte Christie wissen.

»Wir werden es dir später erklären«, sagte Mhairi abwesend, während sie durch einen Riß in dem Fensterladen spähte. Sie sah, wie die Männer mit den Pechfackeln über den Hof ritten.

»Wir räuchern Sie aus, Blackdrummond!« grölte Heckie.

»Gütiger Himmel«, entfuhr es Rowan leise. Mit einem tiefen Seufzer stützte er seine Schulter an der Wand ab. Nach einem Blick auf Mhairi fuhr er sich mit einer Hand durch sein Haar. »Ich muß nach draußen«, sagte er. »Die Kinder ...«

»Rowan, bleib doch hier!« Sie packte ihn am Arm. »Du wirst nicht zu uns zurückkehren – sie warten schon auf dich. Bitte, geh nicht!«

»Wir können sie von hier aus alle über den Haufen schießen, noch ehe sie das Haus erreicht haben«, meinte Christie grimmig und schoß einen weiteren Pfeil ab. Ein Schrei erhob sich über dem heulenden Wind. »Och, nur sein Bein. Aber ich glaube, sie weigern sich, unsere Warnung ernst zu nehmen.« Christie drehte sich um und bedachte Rowan mit einem angedeuteten, alles andere als fröhlichem Grinsen.

Ein weiterer Schuß hallte durch die Nacht und prallte an der Felswand neben dem Fenster ab. Ein Pfeil sauste hinterher und traf den Fensterladen, der daraufhin dröhnend in Mhairis Richtung knallte. Von einer Ecke getroffen, stolperte sie und faßte sich mit der Hand an ihre Schläfe. Rowan packte sie am Ellbogen und zog sie zurück.

Sie blickte auf ihre Handfläche und bemerkte die dunkle Blutspur. »Alles in Ordnung«, beruhigte sie. »Nur eine winzige Schramme.«

»Ja, aber es hätte weitaus schlimmer ausgehen können«,

brummte er grimmig und umklammerte ihren Ellbogen so fest, daß es schmerzte. »Ich kann nicht riskieren, daß dir oder den anderen etwas zustößt ...« Er deutete auf Jennet und Jean, die sich gemeinsam mit den weinenden Kindern auf eines der Betten zurückgezogen hatten und den Wolfshund zu beruhigen versuchten.

Mhairi war klar, was er vorhatte, auch wenn er es ihr gegenüber nicht laut äußerte. Sie ergriff seinen Arm und flehte ihn mit Blicken und Gesten an, im Haus zu bleiben. Schweigend beobachtete er sie, schüttelte dann energisch den Kopf und wandte sich dem Fenster wieder zu.

Draußen grölte Heckie immer noch, doch die von ihm ausgestoßenen Drohungen verhallten in dem heulenden Wind. Christie ließ die Bogensehne los, er schien sein Ziel getroffen zu haben, denn Mhairi hörte einen weiteren Aufschrei, der von wütendem Gebrüll und einer Flut von Pfeilen begleitet wurde, die die Fensterläden und die Außenwand des Hauses torpedierten.

»Du hast ihn am Arm getroffen, Christie«, berichtete Rowan und zog eine Grimasse.

»Ich hab' dir ja gesagt, daß ich selbst bei Nacht ein guter Schütze bin.«

Leise kichernd nahm Rowan seinen Bogen und schoß einen Pfeil ab, der an Clem Elliots Kopf vorbeisauste. Fluchend hob Clem seine Pistole. Die Eisenkugel donnerte durch das Fenster und traf Christie, der nach hinten fiel.

Mhairi schrie auf und stürmte durch den Raum. Als sie ihn erreicht hatte, hatte sich Christie wieder erhoben. Blut bedeckte seinen weißen Hemdsärmel. »Alles in Ordnung«, brummte er, ihre Hand abwehrend. Dann griff er zu seinem Bogen und ging zurück zum Fenster.

Leise fluchend wandte sich Rowan ab, um seine Pistole erneut zu laden. Dann setzte er seinen Helm auf, griff zu Lanze und Bogen und riß die Falltür auf.

Mhairi lief ihm hinterher und packte ihn am Arm. »Rowan, sie wollen doch nur diesen verfluchten schwarzen Spiegel. Wirf ihn einfach aus dem Fenster!«

Er schüttelte ihre Hand ab und hielt ihre Finger fest. »Und

was wird aus meinem Kopf, wenn ich ihn herausrücke? Solange ich diese Spione nicht dingfest mache, werden die Engländer hinter mir her sein.« Finster und bedrohlich fixierte er sie im Dämmerlicht. »Was ich vorhabe, ist bei weitem der bessere Plan. Für uns alle.«

Er ließ ihre Finger los, doch sie hielt seine Hand fest. Rowan beugte sich zu ihr hinunter und küßte sie kurz und innig. Verlangen, aber auch nackte Furcht durchströmten sie. »He, mein Schatz«, murmelte er an ihren Lippen. »Ich komme zurück. Nichts könnte mich von dir trennen. Aber jetzt muß ich einfach hinaus.«

»Rowan …« Von einer plötzlichen Angst beseelt, daß er vielleicht niemals zurückkehrte, umklammerte sie seine Finger.

»Laß mich gehen«, flehte er und trat einen Schritt zurück. Seufzend ließ sie seine Hand los und beobachtete, wie er sich abwandte und die Leiter hinunterkletterte. Als er in der Scheune angelangt war, hörte Mhairi das aufgeschreckte Vieh. Rowan blickte zu ihr hinauf.

»Nimm meine Position am Fenster ein und halte das schußbereite Gewehr hoch. Du wirst sehen, was ich vorhabe. Jean Armstrong« – rief er leise und blickte in deren Richtung – »vielen Dank für deine Gastfreundschaft. Kümmere dich bitte um die Kopfverletzung meiner Frau.« Dann schloß er die schmale Holztür über seinem Kopf und war verschwunden.

Mhairi eilte zum Fenster und schob das geladene Gewehr in den Spalt zwischen den Holzläden. Aus ihrer Schläfenverletzung sickerte warmes Blut über ihre Wange. Abwesend wischte sie es mit ihrem Handrücken fort. Dann fixierte sie den kaltglänzenden Stahl des Waffenlaufs und beobachtete die Schatten der Männer im Hof.

Sie blickte zu Christie, der seinen gespannten Bogen auf dem Fenstersims abstützte. Ihre Blicke trafen sich, dann wandte er sich erneut dem Fenster zu.

Sie warteten. Eine beängstigende Stille erfüllte das kleine Haus. Selbst der Hund bellte nicht mehr, und auch die Kinder waren verstummt. Mhairi blickte aus dem Fenster und sah, wie Heckie mit seinen Kumpanen tuschelte. Eine bleierne Anspannung lag in der Luft.

Die Augenblicke schleppten sich dahin. Die leisen, von unten hochdringenden Geräusche vermittelten ihr, wann Rowan die Scheune verließ. Gespannt kaute sie an ihrer Unterlippe, beobachtete Heckie und seine Bande und wartete auf Rowans Auftauchen.

Für Sekunden schloß sie die Augen und erinnerte sich an einen anderen Mann, der ebenfalls in dunkelster Nacht Grenzräubern die Stirn geboten hatte. Ein eiskalter Schauer überlief sie. Johnny Kerr hatte sie angelächelt und behauptet, er käme zurück. Aber er war in seinen Tod geritten.

Und Iain war in der Nacht mit Alec Scott ausgeritten, gefangengenommen und inhaftiert worden. Der Gedanke, daß sie Rowan, der jetzt allein dort draußen war, niemals wiedersehen würde, entsetzte sie, und doch konnte sie ihm nicht helfen. Sie wußte ja nicht einmal genau, wie man eine Waffe abfeuerte, dennoch war ihr klar, daß sie es versuchen mußte.

Seufzend rang sie nach Atem und blickte erneut ins Freie. Einen Augenblick später sah sie, daß die Männer überrascht in die Zügel griffen und sich gestikulierend etwas zubrüllten. Am Hofrand nahm sie die dunkle Silhouette eines davonpreschenden Reiters wahr.

In fliehendem Galopp entfernte sich Rowan auf Valentine vom Haus. Grölend gab Heckie seinem Pferd die Sporen, gab seinen Männern Handzeichen und galoppierte hinter ihm her.

»Jetzt!« brüllte Christie ihr zu. »Schieß jetzt endlich!« Er löste seine Bogensehne und spannte den Bogen erneut nach.

Genau wie sie es bei Rowan gesehen hatte, preßte Mhairi das schwere Gewehr an ihre Schulter. Sie blickte über den Lauf und betätigte den Abzug, was weitaus schwieriger war, als sie erwartet hatte. Ein Knarren, ein Dröhnen, und dann feuerte das Gewehr eine bläuliche Salve ab, deren Rückschlag so heftig war, daß Mhairi nach hinten taumelte. Sie fiel hin, ihre Schulter schmerzte, ihre Ohren dröhnten.

»Der Rückschlag«, seufzte sie und erhob sich wieder. Sie

hatte keine Ahnung, ob sie jemanden getroffen hatte. »Oh! Das Gewinde«, rief sie Christie zu. »Er hat mir das Gewinde für die Pistole nicht hiergelassen! Jetzt kann ich nicht mehr schießen!«

»Macht nichts«, sagte Christie, während er zurücktrat und den Fensterladen schloß. »Rowan ist fort. Sie sind alle abgehauen. Er hat sie von hier weggelockt, Mhairi.« Mit zitternden Fingern fuhr er sich durch sein goldblondes Haar, setzte sich dann auf die Bank und legte seinen Bogen auf den Tisch. »Er ist weggeritten, damit sie ihn verfolgen und wir hier in Sicherheit sind.« Er schüttelte den Kopf. »Sie haben ein Dutzend von Mutters Schafen und ein paar Kühe mitgehen lassen, die nicht im Stall standen.«

Mhairi sank neben ihm auf die Bank. Ihre Knie zitterten, und ihre Schulter schmerzte von dem heftigen Rückschlag der Waffe. Trotzdem galt ihr einziger Gedanke Rowan. »Wir sind hier in Sicherheit«, sagte sie. »Aber was ist mit ihm?«

Mit sorgenvollem Blick musterte Christie sie. »Ich reite ihm nach. Er braucht einen weiteren Schützen, der ihn deckt.«

»Nein, Christie«, sagte sie und berührte seinen blutverschmierten Ärmel. »Du bist verwundet.«

»Och, das war nur ein Streifschuß, meine Haut ist unversehrt.« Sie blickten beide auf, als Jean Armstrong zum Kamin schlenderte und eine Schüssel herunternahm, die sie mit kaltem Wasser aus einem Eimer füllte. Dann holte sie einige Tücher aus einer Truhe und wandte sich ihnen zu.

»Laßt mich mal sehen«, meinte sie kurz angebunden. »Um euch beide muß ich mich als erstes kümmern.« Innerhalb von Sekunden hatte sie Christie seines Hemdes entledigt und betupfte die Wunde an seinem Oberarm mit einem feuchten Tuch. Er stöhnte und jammerte, doch seine Mutter wies ihn streng zurecht. Dann wandte sich Jean Mhairi zu und rieb deren Stirn ebenfalls mit einem kalten, feuchten Lappen ab.

»Kaum der Rede wert, du solltest die Kompresse lediglich auf deine Stirn legen, um die Blutung zu stillen«, erklärte sie Mhairi. »Christopher benötigt allerdings einen Verband und muß mit ein paar Stichen genäht werden, damit die Wunde heilen kann.« Christie protestierte, und seine Mutter schalt ihn heftig, während sie Verbandsstreifen von den Laken auf dem Tisch abriß. »Du wirst heute nacht nicht ausreiten. Hast du deine letzte Begegnung mit den Elliots bereits vergessen?«

»Rowan braucht meine Hilfe«, protestierte Christie und stöhnte, als seine Mutter aus der Wunde hervorquellendes Blut von seinem Arm tupfte.

Gedankenverloren preßte Mhairi das Tuch an ihre Schläfe. Wenn sie an Rowan dachte, der mit einer Bande von Grenzräubern im Schlepptau dort draußen unterwegs war, verkrampfte sich ihr Magen vor Angst.

Sie wollte bei ihm sein. Sie hatte keineswegs die Absicht, hier sorgenvoll grübelnd herumzusitzen, bis der Grenzaufseher ihnen die Nachricht überbrachte, daß man Rowan überwältigt oder getötet hatte. Sie glaubte nicht, daß sie das ein weiteres Mal durchstand. Und sie durfte Rowan nicht verlieren.

Sobald Christies Arm verbunden war, holte Jean ihm ein frisches Hemd. Dann entfernte sie die Kompresse von Mhairis Stirn.

»Bei dir ist alles in Ordnung«, verkündete sie.

»Gut«, sagte Mhairi und erhob sich. »Ich mache mich auf die Suche nach Rowan.«

»Was?« sagte Christie. »Du kannst doch nicht ...«

Mhairi strebte auf den Kamin zu, streifte hastig ihre hohen Stiefel über und rannte dann zu der Holztruhe, in der sie ihr Lederwams verwahrte. Schmerz durchzuckte ihre Schulter, als sie die schwere Weste überzog, doch das beachtete sie nicht weiter, sondern hakte mit zitternden Fingern die Verschlüsse ein.

Christie und Jean beobachteten sie. »Du bist verrückt«, sagte Christie. »Das hier ist kein Ausritt im Mondlicht, um einen Kurier zu überfallen. Dort draußen sind knallharte Halunken. Ich werde reiten und Hilfe holen.«

»Wenn du das tust, wirst du vermutlich verbluten«, warnte Mhairi. Sie griff nach dem lästigen Stahlhelm, betrachtete ihn voller Abscheu und setzte ihn schließlich auf. »Rowan braucht dort draußen Deckung. Wenn es nicht anders geht, kann ich auch die Armstrongs im nächsten Tal um Hilfe bitten. Oder ich reite in nördliche Richtung nach Blackdrummond und informiere die Scotts.«

Sie schnappte sich Rowans Pistole und schob sie in ihren Gürtel. Obwohl sie nicht geladen war, war ihr Knauf doch eine praktische Waffe.

»Ich komme mit dir«, beschloß Christie und erhob sich.

»Das wirst du nicht tun«, schimpfte Jean und drückte ihn unsanft auf die Bank zurück. Als er saß, hielt er seinen Arm und wurde leichenblaß. »Du hast doch gesagt, daß Mhairi nachts schon häufiger ausgeritten ist. Dann kann sie es auch jetzt tun. Reite nach Osten zu Johnny Armstrongs Haus und hole ihn und seine Leute«, erklärte sie Mhairi. »Jennet, hilf ihr, ihr Pferd zu satteln.«

Jennet nickte und legte ihr Baby neben Jamie auf das Bett, den sie gerade soweit beruhigt hatte, daß er wieder eingeschlafen war. Mhairi hüllte sich in ihren schwarzen Umhang und stieg die kurze Leiter zum Stall hinunter. Mit einer Kerze bewaffnet, folgte ihr Jennet.

Der Gestank der in kleinen, abgetrennten Boxen im Stall stehenden Tiere raubte Mhairi für einen Augenblick den Atem. In der Dunkelheit fand sie Peg und streichelte beruhigend über die schwarzen Nüstern der Stute. Mit Jennets Hilfe sattelte sie das Pferd und streifte ihm das Zaumzeug über.

Rasch umarmte Jennet Mhairi. »Gott sei mit dir, Mhairi«, flüsterte sie. Dann öffnete sie das Scheunengatter.

Dankend nickte ihr Mhairi zu, führte Peg ins Freie und saß auf. Als sie davonpreschte, streifte sie zum Schutz gegen den Wind die Kapuze des Umhangs über ihren Kopf.

Rowan warf einen raschen Blick über seine Schulter. Der Vollmond stand hoch und hell am nächtlichen Himmel. Er bemerkte mehrere Reiter, die ihn über das Hochmoor verfolgten.

Grimmig lächelnd, weil es ihm gelungen war, Heckie und

seine Kumpane von Jean Armstrongs Haus wegzulocken, schmiegte er sich an den Pferderücken und ritt so schnell, wie es die Dunkelheit erlaubte. Er mußte gegen den eisigen Wind ankämpfen und zog schützend den Kopf ein, verlangsamte sein Tempo jedoch nicht.

Wenn es ihm gelang, einen angemessenen Sicherheitsabstand zu Heckie und seiner Bande zu gewinnen, konnte er die Straße nach Lincraig erreichen und von dort aus nach Blackdrummond weiterreiten. Im Gebiet von Lincraig konnte er darauf hoffen, daß ihm Will Scott und seine Söhne, Mitglieder seines Clans, zu Hilfe eilten. Heckie und seine Kumpane, die Milchkühe und Schafe vor sich hertrieben, würden ihn vermutlich erst erreichen, wenn er sich bereits auf Will Scotts Land befand. Wenn sie Reiter vorschickten, würde er mit ihnen allein fertig werden müssen.

Im Augenblick genügte ihm das Wissen, daß er Heckie und seine Bande von Jean Armstrongs Haus weggelockt hatte. Er überquerte ein seichtes Gewässer, dessen Oberfläche im Mondlicht schimmerte und dessen Ufer bereits von einer Eisschicht bedeckt waren, und galoppierte dann über das Hochmoor. Vereinzelte Regentropfen fielen auf seine Hände und Schultern. Erneut blickte er in das blasse, von vorüberziehenden Wolken überschattete Mondlicht und ritt weiter.

Ein weiterer Blick signalisierte ihm, daß sie ihm unbeirrt folgten und bereits aufgeholt hatten. Er sah die dunklen Silhouetten der Reiter und hörte schon das unwillige Gebrüll des Viehs.

Er blickte nach vorn. Über das sumpfige Moorgebiet war es bis zur Straße nach Lincraig noch ein Ritt von ungefähr drei Meilen. Zu seiner Rechten befand sich allerdings ein langer, felsiger Pfad, der geradewegs zu dieser Straße führte. Heckie und seine Männer mußten das Vieh über den Umweg durchs Moor treiben, doch Rowan entschloß sich, die Abkürzung zu nehmen. Einen reißenden Fluß im Mondlicht zu durchqueren war zwar weitaus riskanter, aber das nahm er bewußt auf sich, um rascher auf Hilfe zu treffen.

Er packte die Zügel fester und führte Valentine die Böschung hinunter. Der Hengst wurde langsamer und knickte leicht ein, als Rowan ihn den steilen, felsigen Abhang hinuntermanövrierte. Der schon bei Tageslicht schwierig zu bewältigende Pfad war in stürmischer Nacht tückisch. Durch die Talsenke floß ein breiter, reißender Strom, dessen gurgelnde weiße Schaumkronen im Mondlicht glitzerten.

Als er das Ufer erreichte, wurde der Sturm heftiger. Rowan zog Valentine, den er eigentlich in den Fluß hatte treiben wollen, zurück. Die vom Wind und von den Regenfällen aufgepeitschten Wassermassen schienen einfach zu tief für eine Durchquerung. Nervös tänzelnd wieherte der Hengst, und Rowan führte ihn das glitschige Ufer entlang, um nach einer anderen Stelle Ausschau zu halten.

Der reißende Strom trat bereits über die Ufer. Als er erkannte, daß ein Durchwaten reiner Irrsinn gewesen wäre, zog Rowan den Kopf vor dem kalten Wind ein und steuerte auf einen erhöhten Punkt am Ufer zu.

Valentine scherte nervös aus, und Rowan beruhigte ihn, während er sich suchend umsah. Die aufgewühlte Wasseroberfläche schien blaß und furchteinflößend an ihm vorüberzuziehen. Als er im Mondlicht den Abhang hinaufspähte, sah er die dunklen Schatten von Heckie und seinen Leuten, die das Vieh über das Moor trieben. Aber er hätte nicht sagen können, ob sie ihn dort unten wahrgenommen hatten.

Unfähig, den Strom wie geplant zu durchqueren, fiel Rowan umgehend eine riskante Alternative ein. Vor ihm erhob sich das Ufer über dem Wasser, und das gegenüberliegende Ufer war fast genauso hoch, so daß sie wie zwei bizarre Klippen über dem reißenden Gewässer wirkten. An dieser Stelle verengte sich das Flußbett, so daß die Ufer nur wenige Meter auseinanderlagen.

Diesen Sprung hatten er und Valentine in Begleitung von Devil Davy und Alec schon häufiger gewagt, wenn sie von englischen Grenzoffizieren verfolgt worden waren. Er wußte, daß sein Hengst diese Schlucht selbst bei Sturm und Dunkelheit mit Leichtigkeit überwinden konnte. Er trieb Valentine soweit zurück, wie es ihm eben möglich war, und setzte dann zum Sprung an.

Da der heulende Wind Roß und Reiter umfing, schmiegte sich Rowan eng an den Körper des Pferdes. Mit atemberaubender Kraft nahm das Pferd die Klippen und landete sicher am anderen Ufer.

Auf dem Weg nach Lincraig wurde Rowan von hellem Mondlicht begleitet, und es gelang ihm mit Leichtigkeit, die Schatten von Heckie und den anderen auf ihrem Weg durch das Hochmoor auszumachen. Entsetzt bemerkte er eine Bewegung auf dem Abhang und brachte sein Pferd für einen Augenblick zum Stehen, um zu beobachten, ob man ihn entdeckt hatte.

Plötzlich bemerkte Rowan, daß jemand hinter Heckie und den anderen herritt, der wie eine dunkle Phantomgestalt über den Bergkamm preschte. Auch die Grenzräuber mußten diesen Reiter gesehen haben, denn das Echo ihrer Schreie hallte bis zu ihm. Sie wendeten ihre Pferde und nahmen die Verfolgung auf.

Der einsame Reiter drehte ab, und der Wind blähte seinen Umhang auf. Dabei glitt die schwarze Kapuze von seinem Kopf, und im diffusen Licht nahm Rowan ein schmales, anziehendes Gesichtsoval wahr.

Mhairi. Er hielt den Atem an, dann fluchte er laut, doch sein Fluchen verlor sich im Rauschen des Wassers und im Tosen des Windes. Er hat nicht damit gerechnet, daß sie den Mut aufbringen würde, ihm zu folgen. Zumindest hatte er gedacht, daß Christie sie begleitete, aber sie schien allein zu sein. Fluchend hielt er mit Valentine auf der schmalen Uferklippe inne und beobachtete Mhairi mit der erschreckenden Gewißheit, daß noch ein gefährlicher Strom und ein felsiger Abhang zwischen ihnen lagen.

Eine Windböe zerrte an ihrem Umhang, während ihr Pferd über den Hügel tänzelte. Heckie kam grölend näher – trotz des reißenden Gewässers vernahm Rowan den Klang seiner Stimme – und schloß zu ihr auf.

Mhairi blickte zu Rowan hinunter, und ihr Umhang flatterte im Wind. Sie hob den Arm und bedeutete ihm heftig gestikulierend weiterzureiten.

Er fluchte laut und spürte in ihm aufkeimenden, blinden Zorn und nackte Furcht. Während er sein tänzelndes, scheuendes Pferd zu beruhigen suchte, kalkulierte er den Sprung zur anderen Seite ein. Doch die andere Klippe wirkte höher als das diesseitige Ufer, und das Pferd war mit Sicherheit nicht in der Lage, erneut zurückzuspringen.

Rowan drängte Valentine entlang des Ufers und blickte über das reißende Wasser den steilen Abhang hinauf. Er sah, daß Heckie und die anderen Mhairi eingekesselt hatten. Ängstlich erhobene Arme fuchtelten in der Dunkelheit herum, doch dann zerrte Heckie sie von ihrem Pferd, und sie verschwand in der Finsternis.

Am Ufer entlang galoppierend suchte Rowan fieberhaft nach einer Stelle, an der er das tückische Gewässer überqueren konnte. Sein Drang, Mhairi zu folgen, war unbezwingbarer als jeder gefährliche Strom.

Er packte die Zügel, gab seinem Pferd die Sporen und watete in den eiskalten, rauschenden Fluß.

Kapitel 22

»Vielleicht ist er der Teufel in Menschengestalt,
Oder seine Mutter eine Hexenmaid;
Ich hätt' die bleichen Gewässer nicht durchquert
Trotz aller Liebe zur Christenheit.«
– ›Kinmont Willie‹

»Herr im Himmel! Seht mal dort unten!« schrie Clem Elliot und deutete den Abhang hinunter. »Er versucht den Strom zu bezwingen!«

Heckie drehte sich um. »Zum Teufel! Tatsächlich!«

Auch Mhairi hatte sich mühsam umgewandt. Sie saß, flankiert von Heckie und Clem, auf ihrer eigenen Stute, doch ihre Fußgelenke waren mit einem Strick zusammengebunden, der unter dem Leib des Pferdes verlief, und ihre Hände ruhten gefesselt auf dem Sattelknauf. Die vorüberziehenden Wolken hatten den Mond erneut verdunkelt, und sie spähte durch die Finsternis an den Reitern vorbei, die das von Jean Armstrong gestohlene Vieh vor sich hertrieben, in den felsigen, tiefen Abgrund mit dem aufgepeitschten, tückischen Strom hinunter.

Tief dort unten hoben sich zwei dunkle Schatten gegen die blassen Schaumkronen ab: ein Reiter und sein Pferd in den Fluten des reißenden Gewässers. Während sie beobachtete, wie Rowan und Valentine mühevoll vorwärts wateten, hielt sie angsterfüllt den Atem an.

»Dieser Idiot, er wird ertrinken«, grölte einer der Männer.

»Er wird es schaffen«, schrie Heckie, erneut an seine Leute gewandt. »Dieser verfluchte Black Laird. Er ist doch gemeinsam mit Devil Davy Armstrong und Alec Scott auf Beutezug geritten. Selbst ein überflutetes Flußbett könnte keinen aus dieser wilden Horde von irgend einer Tat abhalten.«

»Er muß vom Teufel besessen sein, wenn er dieses Gewässer bezwingen will«, brummte Clem.

»Ob vom Teufel besessen oder nicht, er wird den Strom überwinden und uns bald auf den Fersen sein«, warnte Heckie. »Reitet los!« Mit seiner Faust zerrte er an dem Strick, der an Pegs Zaumzeug befestigt war.

Mhairi umklammerte den Sattelknauf fester, auch wenn ihre Handgelenke höllisch schmerzten. Ihr Pferd fiel neben Heckies Hengst in Trab. Clem schloß zu ihrer anderen Seite auf.

Da sie den Anblick des reißenden Stroms nicht mehr ertragen konnte, schaute Mhairi sorgenvoll nach vorn. Trotzdem war sie sich sicher, daß Rowan den Fluß bezwingen würde. »Rowan Scott wird euch noch vor der Dämmerung überwältigen«, sagte sie voller Zuversicht. »Er wird nicht aufgeben, solange er mich nicht gefunden hat. Vor dem Blackdrummond könnt ihr euch nicht verstecken.«

»Ich will mich auch gar nicht vor ihm verstecken«, antwortete Heckie. »Er hat etwas, das ich haben will. Und ich habe etwas, was er will. Wie mir im umstrittenen Land zu Ohren gekommen ist, sind Sie jetzt seine Frau.« Er grinste sie an. »Die Gutsherrin von Blackdrummond – eine kostspielige Geisel, was! Sie sind schon ein wertvolles Mädchen.« Er blickte sich zu seinen Leuten um. »Martin, nimm ein paar Männer und reite mit der Mitteilung voraus, daß wir etwas zu verhandeln haben. Du weißt, wo du hinmußt.« Sein Bruder nickte und brach in fliehendem Galopp mit zwei weiteren Bandenmitgliedern auf.

»Ein Handel?« fragte Mhairi. »Sie meinen, Sie wollen Lösegeld.«

Heckie beugte sich zu ihr vor. »Ich habe keine Zeit, um irgendein Lösegeld in Empfang zu nehmen. Ich werde Sie noch heute nacht gegen das austauschen, was ich haben will.«

»Mit wem wollen Sie denn Ihr Tauschgeschäft machen?« wollte sie wissen.

Spöttisch grinste er sie in der Dunkelheit an und schwieg.

»Rowan wird nicht verhandeln«, entgegnete sie. »Er wird

dafür sorgen, daß Sie und Ihre Bande aufgrund der von Ihnen verübten Verbrechen hinter Schloß und Riegel kommen.«

»Ich werde mich mit Ihrem Gutsherrn auseinandersetzen und das mir Zustehende von ihm fordern. Aber jetzt werde ich Sie erst einmal im Austausch für etwas mir Wertvolles jemand anderem überlassen.«

»Mich jemand anderem überlassen?« Fassungslos starrte sie ihn an.

»Ja. Und auch noch einen guten Preis für Sie erzielen.«

Sie schluckte und hob dann den Kopf. »Niemand wird Ihnen ein Lösegeld für mich zahlen. Sie können mich ebensogut laufen lassen.«

»Sie laufen lassen! Haha! He, das Mädchen hat Humor!« Grinsend blickte er zu seinem Bruder. Dann streckte Heckie seine Hand aus und packte ihr Kinn mit seinen dicken Fingern. »Ich werde Sie erst laufen lassen, wenn sich meine Bemühungen bezahlt gemacht haben.«

Mit pochendem Herzen entzog ihm Mhairi ihr Gesicht und starrte stolz aufgerichtet nach vorn.

»Die ist jetzt still«, kicherte Clem. »Ein solch aufgewecktes Mädel, und trotzdem hat sie keine Ahnung, was!«

Heckie warf einen Blick über seine Schulter und starrte dann erneut zu Clem. »Verfluchter Halunke! Er kommt zurück. Ich schwöre, daß ich auf dem Hügel das Aufblitzen eines Stahlhelms wahrgenommen habe.«

»Na und«, brummte Clem. »Dann ist er eben da. Saß uns ohnehin die ganze Zeit im Nacken. Wie ein Blutegel.« Er schüttelte sich. »Ich reite zurück und erschieße ihn.«

»Das wirst du nicht tun«, herrschte ihn Heckie an. »Warte, bis wir den verdammten Stein haben.«

»Mhairi Macrae weiß sicher, wo er ist«, sagte Clem mit einem raschen Seitenblick auf sie. »Na, Mädchen? Haben Sie einen runden Stein gesehen, der so schwarz ist wie ein Rabe?«

Sie starrte Clem an. »Davon weiß ich nichts. Was soll das sein? Ein Stein aus dem Flußbett? Oder ist es ein Schmuckstück, ein Ring oder etwas Ähnliches?«

»Och, sie hat keine Ahnung«, knurrte Clem.

»Sie haben noch nie den schönen schwarzen Stein von Ihrem Liebsten gesehen, der wie ein Spiegel geschliffen ist?« fragte Heckie. »Wenn Sie wissen, wo er ist, springt für Sie ein guter Preis dabei heraus.«

»Ja, sicher«, nickte Clem. »Ihr Leben.« Er kicherte.

Schweigend musterte ihn Mhairi und senkte dann ihren Blick.

»Pah«, grölte Heckie. »Dieser verfluchte Schnickschnack ist einfach nicht zu kriegen. Als wenn er Flügel hätte!«

»Was wollen Sie denn mit diesem schwarzen Stein anfangen?« wollte Mhairi wissen. »Rauben Sie jetzt Wertsachen?«

»Keiner der Elliots würde jemals auch nur einen Geldbeutel anrühren«, zischte Heckie. »Im Gegensatz zu anderen Leuten, was, Mädchen? Clem und ich haben Sie in jener Nacht auf der Straße nach Lincraig beobachtet, und Clem versuchte, Sie zu überwältigen – doch der Blackdrummond hat Sie ihm weggeschnappt. Wir wissen genau, daß Sie einer dieser Straßendiebe sind.« Rasch wandte er sich ab. »Zum Teufel! War er das dort hinten?«

Clem drehte sich um. »Mir stehen die Nackenhaare zu Berge«, sagte er. »Ich mach mich auf die Suche und bringe ihn um.«

»Du jammerst wie ein Baby«, fauchte ihn Heckie an. »Du kannst ihn abknallen, wenn ich den Rabenmond habe.«

»Den Rabenmond?« fragte Mhairi. »Was hat das zu bedeuten?«

»Bin ich irgendein verfluchter Dichter?« fragte Heckie aufgebracht. »Ich habe diesem Ding keinen Namen gegeben. Ich werde lediglich dafür bezahlt, daß ich ihn finde. Ein runder rabenschwarzer Stein. Wenn Sie irgend etwas wissen, dann spucken Sie's aus.« Er funkelte sie an.

Erneut warf sie ihm einen betont verständnislosen Blick zu und wandte sich, das sperrige Holz des Sattelknaufs umklammernd, ab. Sie wußte zu viel über diesen Rabenmond – zu viel und doch zu wenig. Aber sie würde kein Wort über ihr Wissen preisgeben.

Rowan suchte sie. Sie spürte seine Gegenwart in diesen

Bergen noch stärker, als es Heckie oder Clem jemals möglich gewesen wäre. Und er trug den schwarzen Stein bei sich. Wenn die Vision, die sie und Iain wahrgenommen hatten, irgendeinen Wahrheitsgehalt innegehabt hatte, dann war der schwarze Stein mit seinen geheimnisvollen Kräften und seiner unbekannten Bedeutung Teil der dunklen Mächte, die sie jetzt alle in Gefahr brachten.

Stirnrunzelnd senkte sie den Kopf, während sie durch die kalte, stürmische Dunkelheit weiterritten.

Ein feiner Eisregen setzte ein. Mhairi kauerte sich zusammen, nicht in der Lage, ihre Kapuze wieder aufzusetzen. Flankiert von Clem und Heckie ritten sie schweigend weiter. Hinter ihnen hörte sie das ängstliche Blöken der Schafe, das unwillige Brüllen der Kühe und die vereinzelten Rufe der Grenzräuber, die sie vorwärts trieben.

Zunächst hatte sie damit gerechnet, daß Heckie nach Süden in Richtung Liddesdale reiten würde, um sein neu erworbenes Vieh und seine Geisel in sein Räuberdomizil zu bringen. Doch bald schon bemerkte sie, daß sie in den Norden, ins Zentrum des mittleren Grenzgebiets, unterwegs waren.

Verwirrt überlegte sie, ob er trotz des schlechten Wetters noch weitere Raubzüge beabsichtigte. Neugierig geworden richtete sie sich auf und blickte sich aufmerksam um. »Vor uns ist die Straße nach Lincraig«, sagte sie. »Wohin wollen wir denn?«

Clem schnaubte. »Halten Sie den Mund«, herrschte er sie an. Wie sie es schon häufiger an ihm beobachtet hatte, warf er einen raschen Seitenblick über seine Schulter.

Heckie drehte sich ebenfalls um. »Ich könnte schwören, daß ich dort hinten auf dem Bergrücken einen Schatten ausgemacht habe. Hast du ihn auch gesehen?«

»Verfluchter Bastard. Ich reite zurück und spüre ihn auf. Wenn er den Rabenmond hat, hat die Sache endlich ein Ende.« Clem faßte die Zügel kürzer.

»Halt«, sagte Heckie. »Schau nach vorn.«

Mhairi sah eine winzige gelbe Flamme, die in der Dunkelheit zuckte. Als der Lichtkegel größer wurde, erkannte sie, daß es die lodernde Fackel eines Reiters war, der einen riesigen Reitertroß anführte. Mindestens zwanzig vermummte Gestalten ritten zielstrebig über das Hochmoor.

»He«, rief Clem. »Das ist der Grenzaufseher.«

Ein Gefühl der Erleichterung durchströmte Mhairi. »Simon!« schrie sie. »Simon!«

»Halten Sie den Mund, Mädchen«, knurrte Heckie. Doch im Gegensatz zu der von ihr erwarteten Reaktion, daß er seinem Pferd die Sporen geben und den Rückzug antreten würde, blieb er stehen und wartete, während Simon Kerr mit seiner Truppe näher kam. Einige unter ihnen trugen Lanzen mit glühenden Spitzen, die signalisierten, daß sich der Grenzaufseher auf der Jagd nach Räubern befand.

Der Grenzaufseher brachte sein Pferd zum Stehen und blickte sie unter seinem Helm hinweg finster an. »Was soll das?«

»Simon Kerr«, sagte Heckie höflich. »Seien Sie gegrüßt.«

»Heckie«, meinte Simon gedehnt. Dann blickte er sich erstaunt um. »Mhairi! Was tun Sie hier bei diesen Grobianen? Rowan Scott sagte mir doch, daß er Sie auf seinem Anwesen inhaftiert habe!« Er schob seinen Helm zurück und blickte sie fragend an. »Was zum Teufel geht hier vor?«

»Ich wurde gefangengenommen ...«, setzte Mhairi an, wurde jedoch von Clem unterbrochen, der heftig an ihrem linken Arm zerrte. Ein stechender Schmerz durchzuckte daraufhin ihre verletzte Schulter. Sie rang nach Atem.

»Och, wir reiten nur zu unserem nächtlichen Vergnügen aus«, sagte Heckie laut.

Simon warf ihm einen finsteren Seitenblick zu. »Ich versuche schon seit langem, Sie bei einem Ihrer nächtlichen Vergnügen dingfest zu machen«, knurrte er. »Wem gehört dieses Vieh?« Er deutete mit seinem Daumen auf die Tiere, drehte sich dann um und brüllte seinen Leuten Befehle zu. Einige seiner Männer richteten ihre Pistolen und Armbrüste auf die Grenzräuber.

»Die da«, sagte Heckie mit einem Blick über seine Schulter, »nun, die gehören mir. Wir waren auf dem Weg nach

Abermuir, um sie Ihnen anzubieten. Wissen Sie, etwas Fleisch und Käse, um Ihnen mein Martinsgeschenk zu überbringen.« Er grinste.

»Sie brauchen mir keine Geschenke zu machen«, konterte Simon.

»Nein?« Heckie blickte ihn bestürzt an. »Wirklich nicht?«

»Was soll dieser Blödsinn? Wie viele Häuser haben Sie heute nacht geplündert? Zur Hölle mit Ihnen, Sie haben sich den Kerker wirklich verdient!«

»Sie wollen meine Martinsgabe nicht annehmen?« fragte Heckie und lachte schallend. Simon zog seine Pistole aus dem Halfter und richtete sie auf Heckie, der schlagartig verstummte und seine eigene Waffe hervorholte.

Mhairi schöpfte Atem, um sich erneut zu äußern, doch Clem verdrehte ihr so schmerzhaft den Arm, daß sie aufschrie.

»Was geht hier vor?« wollte Simon wissen und musterte sie.

Heckie richtete den Lauf seiner Waffe auf Mhairis Schläfe. »He, Simon«, sagte er mit besänftigender Stimme. »Ich habe dir prachtvolles Vieh und dieses junge Mädchen mitgebracht.«

»Warum sollte ich sie haben wollen?« fragte Simon mit verunsichertem Blick. »Laßt sie gehen.«

»Sie ist ein niederträchtiges Frauenzimmer. Das haben Sie doch selbst gesagt.«

Simon richtete den Lauf seiner Pistole auf Heckie. »Wann soll ich das denn gesagt haben?«

»Och, ist mir so zu Ohren gekommen«, entgegnete Heckie rasch. »Und ich habe auch gehört, daß die Vorladungen anläßlich der Parlamentstagung verschickt worden sind. Sogar mehrere, wie ich weiß. Eine war an mich gerichtet, aber Ihr Kurier hat sie meiner Frau ausgehändigt – sie war ziemlich aufgebracht, wissen Sie.«

»Das bezweifle ich. Sie weiß genau, wen sie geheiratet hat«, widersprach Simon. »Sämtliche Vorladungen sind innerhalb der letzten zwei Tage verschickt worden. Die Parlamentszusammenkunft findet am nächsten Freitag in

Kershopefoot an der Grenze statt. Und Sie werden dort sein, Heckie Elliot.«

»Wie ich höre, haben Sie auch Mhairi eine Aufforderung zukommen lassen, damit sie dann vor Gericht erscheint.«

Mhairi schluckte, sagte jedoch nichts. Das kalte Metall der Gewehrmündung schmerzte an ihrer Schläfe, und Clems Umklammerung wurde von Minute zu Minute unerträglicher. Während sich Simon und Heckie unterhielten, ließ sie ihren Blick besorgt von einem zum anderen schweifen.

»Ja, aufgrund ihrer Straßenüberfälle habe ich Mhairi Macrae ebenfalls eine Vorladung zugesandt«, gab Simon zu. »Ein Reiter hat sie nach Blackdrummond Tower gebracht. Und, geht Sie das etwas an?«

»Schließlich habe ich das Mädchen. Aber ich werde sie Ihnen überlassen und die prachtvolle Herde noch dazu. Das hat allerdings seinen Preis. Ansonsten knalle ich sie ab und habe für heute meine Arbeit getan.«

»Welchen Preis verlangen Sie?« fragte Simon.

»Meinetwegen können Sie mit ihr machen, was Sie wollen, wenn Sie meine Vorladung zurücknehmen.«

»Ihre Vorladung zurücknehmen? Das werde ich nicht tun!« Simon erhob seine Waffe.

»Diese Pistole ist gespannt und geladen«, wandte Heckie ein. Ich brauchte nur den Abzug zu betätigen. Wie sieht's mit Ihrer Waffe aus?«

Simon starrte Heckie an und senkte sein Gewehr.

»Auch meine Waffe ist gespannt und geladen«, ertönte eine Stimme aus der Dunkelheit. »Zum Abschuß bereit. Und auf Ihren Rücken gerichtet, Hector Elliot.«

Beim Klang von Rowans tiefer, gelassener, wenn auch erzürnter Stimme seufzte Mhairi erleichtert. Vorsichtig wollte sie den Kopf drehen, doch der schwere Lauf des Gewehrs an ihrer Schläfe hinderte sie daran.

»Verflucht«, knurrte Heckie und wand sich in seinem Sattel.

»Laßt sie los«, forderte Rowan. Sie hörte, wie er näher kam, hörte das Blöken der auseinanderstiebenden Schafe. Weder Clem noch Heckie gaben sie frei, im Gegenteil, Clem umklammerte ihren Arm so fest, daß sie schon befürchtete, er würde ihr erneut die Schulter ausrenken.

»Sie haben zwanzig Offiziere im Rücken, Herr Grenzaufseher«, sagte Rowan. »Wollen Sie tatenlos zusehen, wie diese Halunken meine Frau bedrohen?«

»Ihre Frau?« Simon schwankte, als hätte man ihm einen Peitschenhieb versetzt. »Wie meinen Sie das, Ihre Frau?«

»Zwanzig Offiziere, Sir«, wiederholte Rowan. »Ich kann diese Verbrecher aber auch hier an Ort und Stelle erledigen. Und Sie dann kraft meiner Funktion als stellvertretender Grenzaufseher verhaften, weil Sie Ihrer Pflicht nicht nachgekommen sind.«

Simon wandte sich an Hepburn, der zu ihm aufgeschlossen war. »Dann nimm sie fest«, brummte er.

Hepburn nickte und winkte die Offiziere heran, die mit ihren Pferden näher kamen und wachsam und schußbereit ihre Waffen schulterten. Mhairi spürte, daß Heckie die Gewehrmündung von ihrer Schläfe nahm, doch Clem hielt ihren Arm nach wie vor umklammert. Sie drehte ihren Kopf.

Umzingelt von Schafen saß Rowan nur wenige Meter hinter ihr zu Pferd. Er richtete seine Pistole auf Heckie und blickte für Sekundenbruchteile zu ihr hinüber, aber seine Waffe bewegte sich nicht.

»Bist du verletzt?« fragte er. Sie schüttelte den Kopf. Er deutete auf das offene, menschenleere Moorgebiet. »Nimm diesen Weg.«

»Man hat mich gefesselt«, sagte sie. »Ich kann mein Pferd nicht führen.«

Fluchend bahnte sich Rowan einen Weg durch die Schafherde.

»Och, schneide sie los«, knurrte Heckie Clem an. Immer noch Mhairis Arm umklammernd, beugte er sich hinunter und durchtrennte mit einem Messer ihre Fußfesseln. Erleichtert schüttelte sie ihre steifen Beine aus, zog ihre Knie an, und spürte plötzlich, wie Clems Umklammerung fester wurde.

Gewaltsam zerrte er sie vom Pferd, und sie fiel mitten in die Schafherde. Ihre dicken Felle milderten ihren Sturz. Dann sauste eine Gewehrkugel durch die Luft.

Nach Atem ringend rollte sie sich zur Seite, um sich vor den Hufen der in Panik flüchtenden Schafe zu schützen. Sie hörte ihr Blöken, das sich mit dem Gebrüll der Männer vermischte, und sah, daß mehrere Grenzoffiziere davongaloppierten. Dann begriff sie, daß Heckie und Clem ihren Sturz als Ablenkungsmanöver für ihre Flucht benutzt hatten.

Zitternd und verwirrt setzte sie sich in der Dunkelheit auf; die aufgeregten Schreie entfernten sich langsam. Davonrennende Schafe stießen sie erneut um. Keuchend und aufgrund ihrer immer noch gefesselten Hände schwankend, erhob sie sich ein weiteres Mal. Als sie sich bewegte, war der Schmerz in ihrer Schulter so stark, daß sie erneut in einer Herde von Schafen zusammensank und mutlos den Kopf hängen ließ.

Augenblicke später hörte sie donnerndes Hufgetrappel und sah auf. Ein Pferd galoppierte auf sie zu, verharrte, und sie nahm die Stiefel eines Reiters wahr, der mitten in die Schafherde sprang. Eine Hand berührte ihre Schulter.

»Mhairi«, Rowan kniete neben ihr, nahm sie in seine Arme und drückte ihren Kopf an seine Schulter, während er ihr vorsichtig aufhalf. Sie schmiegte sich an ihn, und ein Gefühl der Geborgenheit und Erleichterung durchflutete sie.

Er umschlang ihre gefesselten Hände. Dann zog er seinen Dolch, um den Strick zu durchtrennen. »Bist du verletzt?« fragte er mitfühlend.

»Mir geht es prächtig«, sagte sie. »Meine Schulter schmerzt zwar, aber ansonsten ist alles in Ordnung.«

»Ich hätte sie getötet, Mhairi«, murmelte er, während er mit der Klinge hantierte. Als er sie anblickte, raubten ihr seine in der Dunkelheit aufblitzenden Augen den Atem. »So wahr mir Gott helfe, wenn ich sie gefaßt hätte, hätte ich sie getötet.«

Sie nickte und biß sich auf die Unterlippe. »Dann sind sie also entkommen.«

»So ist es«, sagte er kurz angebunden. »Simon und Hepburn haben die Verfolgung aufgegeben. Ich ebenfalls – aber nur, weil ich mir Gewißheit verschaffen wollte, daß du in Sicherheit bist.« Mhairi spürte seine starken Hände und die Erlösung, daß die entsetzlichen Fesseln endlich nachgaben.

Er blickte sie an, während die blökenden Schafe um ihre Beine strichen.

Als er sich zu ihr hinunterbeugte und sie in der Dunkelheit küßte, nahm ihr die zärtliche, spontane Berührung seiner Lippen für Sekundenbruchteile ihre Ängste und Schmerzen.

Einige der Grenzoffiziere kehrten zurück und trieben die Schafe zusammen. Mhairi beobachtete sie. »Was ist denn mit den Leuten geschehen, die sich um das Vieh gekümmert haben – mit Heckies Bandenmitgliedern?«

»Ich schloß zu ihnen auf und schlug einem von ihnen meinen Pistolenknauf über den Schädel«, sagte Rowan. Mhairi blickte ihn an und lachte plötzlich. Fragend zog er eine Braue hoch. »Die anderen erwischte ich mit meiner Streitaxt. Die Kugeln hatte ich für Heckie reserviert«, fügte er bedächtig hinzu. »Aber leider ist mir der Kerl entwischt. Bist du jetzt in der Lage zu reiten?«

Sie nickte und wandte sich Peg zu, die geduldig inmitten der Schafe ausgeharrt hatte. Rowan half ihr beim Aufsitzen und schwang sich dann auf Valentines Rücken. Als Mhairi sich umdrehte, fiel ihr Blick auf Simon, der durch die Schafherde auf sie zugeritten kam. Einer seiner Männer begleitete ihn, und seine Lanze, auf deren Spitze ein glühendes Stück Torfkohle steckte, spendete ein diffuses Licht.

»Hepburn ist gerade zurückgeritten«, berichtete Simon. »Heckie und Clem sind ins Gebirge geflohen. Das sind niederträchtige Banditen. Martin Elliot und zwei Engländer, die meistens mit ihnen zusammen auf Beutezug gehen, kamen über das Moor und halfen ihnen, die Grenzbeamten mit Schüssen und Pfeilen abzuwehren. Hepburn hat kehrtgemacht.«

»Ihr Grenzoffizier ist ein Schwachkopf, Kerr«, sagte Rowan. »Und ich vermute, das trifft auch auf Sie zu.«

Simon kochte vor Zorn. »Das hätte jedem anderen auch passieren können. Wir werden sie schon noch finden. Ich verfolge jetzt die drei englischen Geächteten, die Nebless Will heute abend ein Dutzend Milchkühe und ein Pferd gestohlen haben. Aber Sie und einige meiner Männer werden Heckie auf den Fersen bleiben.«

»Das werde ich nicht«, widersprach Rowan. »Sie und

Hepburn können das übernehmen. Ich werde meine Frau nach Blackdrummond zurückbringen.« Während er sprach, streckte er eine Hand aus und winkte Mhairi zu sich heran. Sie führte Peg an seine Seite.

»Wie kommt es, daß sie jetzt auf einmal Ihre Frau ist?« fuhr Simon ihn an. »Noch vor einer Woche war sie Ihre Gefangene.«

»Wir haben geheiratet«, sagte Rowan kurz angebunden.

»Haha!« Simon blickte von einem zum anderen. »Geheiratet! Zum Teufel mit Ihnen! Ihre Lust macht Sie blind gegenüber ihrer Schuld!«

Mhairi wollte etwas erwidern, doch Rowan gebot ihr mit einer Geste seiner Hand zu schweigen, da er mit einem Zornesausbruch rechnete. Widerwillig fügte sie sich.

»Um genau zu sein, sehe ich die Dinge klarer als je zuvor«, sagte Rowan. »Gute Nacht, Herr Grenzaufseher.« Er gab Valentine die Sporen. Während Mhairi ihm folgte, warf sie Simon noch einen wütenden Blick zu.

»Sie sind mein Untergebener«, brüllte Simon und folgte ihnen. »Sie tun, was ich Ihnen befehle. Reiten Sie Heckie nach. Sie wollen ihn doch genauso wie ich.«

»Mehr noch«, sagte Rowan. »Sehr viel mehr. Und eines Tages werde ich ihn finden. Aber jetzt reite ich nach Blackdrummond.« Er ergriff die Zügel.

»Rowan Scott!« brüllte Simon. »Mhairi wird nach Abermuir gebracht.«

Rowan wandte sich ihm mit kaltem, stahlhartem Blick zu. Trotz der Dunkelheit nahm Mhairi den gefährlichen Glanz in seinen Augen wahr. »Abermuir?«

»Wegen der von ihr begangenen Verbrechen wird sie dort bis zur Parlamentszusammenkunft in Verwahrung genommen«, verkündete Simon. Über seine Schulter hinweg rief er einigen seiner Männer Befehle zu, und sie schlossen zu ihm auf.

Während sie beobachtete, wie die Männer auf sie zukamen, hielt Mhairi den Atem an. Blökende Schafe versperrten ihnen den Weg. Ihnen voranreitend trat Simon nach einem besonders störrischen Hammel.

»Ruhig, Männer«, rief Rowan dem Troß zu und hob beschwichtigend eine Hand. »Dieses Mädchen reitet mit mir und sonst niemandem.« Seine Stimme klang leise und bedrohlich.

»Ich habe eine Vorladung gegen sie erwirkt«, warf Simon ein. »Der Kurier hat ihn Jock Scott auf Blackdrummond überbracht. Sie haben mir gesagt, daß sich das Mädchen dort aufhielte. Sie müssen von der Klageerhebung gewußt haben.« Er hielt inne. »Aber nach Aussage des Kuriers waren weder Sie noch das Mädchen auf Blackdrummond anzutreffen. Wo waren Sie während der letzten Tage?«

»Ich war im Süden, um einen Verwandten abzuholen«, sagte Rowan ausweichend. »Mhairi war bei mir. Wann und wo findet die Parlamentstagung statt?«

»Am kommenden Freitag. Bei Sonnenaufgang in Kershopefoot.«

»Gehen Sie davon aus, daß Ihre Vorladung ihren Empfänger erreicht hat. Sie wird dort sein.« Rowan gab seinem Pferd die Sporen.

»Halt!« brüllte Simon. »Halten Sie mich für einen Idioten? Sie wird umgehend mit meinen Leuten reiten!«

Kühl und gelassen wandte sich Rowan erneut zu ihm um. »Die schottische Gesetzgebung basiert auf Vertrauen. Haben Sie das vergessen? Sie wird am Tag der Parlamentszusammenkunft erscheinen. Das allein beinhaltet die Vorladung. Schließlich handelt es sich nicht um einen Haftbefehl. Sie begleitet mich.«

»Ich traue Ihnen nicht, Blackdrummond«, knurrte Simon.

»Das beruht auf Gegenseitigkeit«, antwortete Rowan süffisant. Er trieb sein Pferd an, und Mhairi folgte ihm.

»Rowan Scott!« brüllte Simon über die unzähligen Schafe hinweg, die ihm den Weg versperrten.

»Freitag«, rief Rowan über seine Schulter. »Bei Sonnenaufgang.«

»Gegen Sie werde ich ebenfalls eine Vorladung wegen Amtsmißbrauchs erwirken! Ich will sie in meinem Gewahrsam wissen!«

»Wir werden beide dort sein«, rief Rowan. »Und Simon –

sorgen Sie dafür, daß Ihre Männer die Schafe und Kühe zu Jean Armstrong zurückbringen.« Rowan galoppierte davon, und Mhairi gab Peg die Sporen, um zu ihm aufzuschließen. Ein kurzer Blick zurück bewies ihr, daß Simon ihnen fassungslos nachstarrte. Nachdem er seine Truppe um sich versammelt hatte, ritten sie geschlossen in Richtung Hochmoor, und die brennende Lanze glühte wie eine Sternschnuppe in der Dunkelheit.

Nach einer Weile drehte sich Rowan zu ihr um. »Laß uns nach Blackdrummond reiten«, sagte er leise. Zaghaft lächelnd nickte sie.

Während des Ritts schmerzten ihr Arm und ihre Schulter mit jedem Hufschlag heftiger. Das Gewicht ihres schweren Wamses war eine zusätzliche Belastung für ihren erschöpften Körper. Schließlich hingen ihre Arme nur noch schlaff herab.

Neben ihr ritt Rowan mit tief in die Stirn gezogenem Helm durch den eisigen Regen, eine Hand auf seinen Schenkel gestützt. Sie betrachtete sein Profil unter dem dunkelglänzenden Stahlhelm und fragte sich, was ihm wohl durch den Kopf ging.

»Rowan«, sprach sie ihn schließlich an. »Du hast Heckie nicht verfolgt, obwohl ich genau weiß, daß du ihn hättest überwältigen können. Warum?«

»Ich brauchte die Gewißheit, daß du unverletzt bist, und ich wollte dich nach Blackdrummond Tower zurückbringen«, erklärte er. »Und ...« Er hielt inne.

»Und?«

»Und ich friere«, sagte er unwirsch. »Deinetwegen, mein Schatz, bin ich durch einen eisigen Strom gewatet und naß bis auf die Haut. Außerdem ist uns beiden kalt.« Er warf ihr einen Seitenblick zu, und trotz der Dunkelheit bemerkte sie sein verschmitztes Grinsen. Trotz Sturm, Finsternis und Eisregen durchströmte sie ein Gefühl der Wärme. »Und ich brauche Heckie Elliot auch gar nicht zu verfolgen«, fügte er hinzu. »Er wird noch früh genug nach mir suchen. Immerhin besitze ich das, was er unbedingt haben will.«

»Den Rabenmond«, sagte Mhairi. »Wie er mir sagte, wird

er dafür bezahlt, daß er ihn findet. Ich glaube nicht, daß er etwas von seinen geheimnisvollen Kräften ahnt, Rowan.«

»Jemand bezahlt ihn dafür? Genau, wie ich es mir gedacht habe.«

»Ja sicher. Aber es kann sich nicht um Iain handeln«, entgegnete sie. »Er hätte niemals einen Halunken wie Heckie damit beauftragt. Vergiß nicht, daß Heckie von ihm Schutzgelder erpressen wollte.«

Gedankenverloren nickend ritt Rowan schweigend neben ihr weiter.

»Rowan – Heckie hat Martin Elliot erklärt, daß er sich mit jemandem treffen solle. Er sagte, daß er mich für irgend etwas austauschen wolle. Nicht für den Rabenmond, denke ich, sondern für etwas anderes. Ich weiß nicht, wen Martin aufsuchen sollte. Als wir später auf Simon und seine Patrouille trafen, versuchte Heckie, mich gegen seine Freiheit auszuspielen. Er erklärte dem Grenzaufseher, daß dieser seine Vorladung vernichten solle, stieß bei Simon jedoch auf taube Ohren.«

Rowan nickte. »Als ich näher kam, konnte ich ihr Gespräch mitanhören.

»Wenn Simon nicht gewesen wäre, hätte Heckie dich vermutlich getötet. Clem war drauf und dran zurückzureiten, um dich zu erschießen. Simon hatte eine fürchterliche Wut auf Heckie und hätte die gesamte Bande vermutlich inhaftiert. Der Grenzaufseher und seine Männer haben uns das Leben gerettet.«

»Mag sein«, sagte Rowan nachdenklich. »Mag sein, ich muß einiges überdenken. Ich hoffe allerdings, daß ich dieses Intrigengespinst bis zur Parlamentszusammenkunft durchschaut habe. Die heutige Nacht hat mir weitere Aufschlüsselung geliefert.«

»Was ist mit Heckie? Auf seine Vorladung wird er nicht reagieren.«

»Wenn er den Rabenmond haben will, wird er den Weg zu mir finden.«

Stirnrunzelnd nickte sie. »Ich habe noch nie einer Parlamentstagung beigewohnt.«

»Das haben nur wenige Frauen, mit Ausnahme der Schankmägde und der Kaufmannsfrauen.

»Wie ich gehört habe, handelt es sich dabei eher um eine wilde, zügellose Veranstaltung für Spieler und Trunkenbolde als um einen Gerichtstermin.«

Er grinste. »Gelegentlich ja. Aber die meisten Parlamentszusammenkünfte, die ich kenne, sind langatmige Veranstaltungen. Allerdings wird man vermutlich von der nächsten Tagung noch lange sprechen.«

»Warum?«

»Mir ist nicht bekannt, daß schon jemals ein Mädchen vorgeladen wurde«, antwortete Rowan. »Und genau deshalb werden viele kommen.«

»Oh«, murmelte sie und kämpfte gegen ein plötzliches Angstgefühl an, das ihr die Kehle zuschnürte. Die Beschlüsse anläßlich der Parlamentstagung beunruhigten sie zutiefst, besonders im Hinblick auf Iain, der dann an die Engländer ausgeliefert werden würde.

Aber sie war einfach zu erschöpft, als daß sie noch einen klaren Gedanken hätte fassen können. Wenn es darauf ankam, würde sie ihre Furcht meistern und den Dingen ins Auge sehen. Ihr blieb keine andere Wahl. Zumindest konnte sie davon ausgehen, daß sie Iain an diesem Tag wiedersah.

Rowan gab seinem Pferd die Sporen, und auch sie trieb Peg zu rascherem Galopp an. Nach einigen Minuten drehte er sich zu ihr um. »Komm schon, Mhairi von Blackdrummond, deine Burg ist nicht mehr fern!«

Sie blickte in die Richtung seines ausgestreckten Zeigefingers. Das riesige, quaderförmige Gebäude erhob sich über felsigem Untergrund – aus uneinnehmbarem, finsterem Gestein, das von Eisregen eingehüllt wurde.

Wie zum Willkommensgruß loderte auf seiner Turmspitze ein Signalfeuer. Und plötzlich sehnte sie sich danach, im Inneren des Hauses zu sein, wo es warm und trocken war, wo ein Feuer prasselte, und sie Nahrung, Frieden und Geborgenheit fand. Vorsichtig führte sie ihr Pferd hinter Rowans Hengst die felsige Böschung hinauf. Dann wurde das Tor aufgerissen, und Jock und Sandie geleiteten sie ins Haus.

Kapitel 23

Oh, hüte deine Zunge vor früheren Schwüren,
Denn Streit und Zwist ist ihr Sinn,
Oh, hüte deine Zunge vor früheren Schwüren,
Da ich deine Frau geworden bin.
– ›Der dämonische Geliebte‹

»Wo ist Jamie?« lautete Annas erste Frage, als sie zunächst Rowan und dann Mhairi zur Begrüßung umarmte. »Habt ihr ihn gefunden?«

»Natürlich«, antwortete Rowan, während er seinen Umhang und seinen Helm ablegte und sich an den Verschlußösen seines Wamses zu schaffen machte. »Dem Jungen geht es gut. Aber wir haben ihn heute nacht bei Jean Armstrong gelassen. Morgen früh werde ich ihn holen.« Er blickte zu Jock, der hinter ihnen den großen Saal betreten hatte. »Kommst du mit, Großvater? Jamie hat ständig nach dir gefragt?«

»Sicher«, sagte Jock mit rauher Stimme. »Ich komme mit.«

»Draußen kann man die Hand nicht vor Augen sehen.« Sandie war ihnen gefolgt und wischte sich die Regentropfen von seinem Wams.

»Es gibt Leute, die das anzweifeln würden«, deutete Rowan vage an. Er legte seine schwere Weste auf eine Holztruhe, schritt zum Kamin und rieb seine Hände über dem wärmenden Feuer.

»Was meinst du damit?« Stirnrunzelnd trat Jock auf ihn zu. »Dann hat man euch also Schwierigkeiten gemacht?«

»Gewissermaßen. Aber das erkläre ich euch später. Im Moment sind wir durchfroren und hungrig.« Nach einem Blick auf Mhairi zog Rowan einen geschnitzten Sessel näher ans Feuer und bedeutete ihr, sich dort niederzulassen. Blaß und abgekämpft gab sie Grace ihr Wams und setzte sich dann wortlos hin. Anna reichte ihr eine Decke, die Mhairi mit leise gehauchtem Dank annahm und über ihrem Schoß ausbreitete. Rowan schlang eine weitere um seine Schultern.

Nachdenklich blickte Rowan ins Feuer und beobachtete die glühenden Nadelholzscheite. Die Anspannung der letzten Stunden war noch nicht von ihm gewichen. Nach wie vor spürte er eine unangenehme Rastlosigkeit, die seinen Körper verzehrte und sein Gemüt belastete. Als er sich umsah, lächelte ihm Mhairi aufmunternd zu, doch es gelang ihm nicht, ihr Lächeln zu erwidern.

Er rieb seine Handflächen aneinander und spürte die Wärme des Feuers unter die Haut rieseln. Seine Angst, Mhairi zu verlieren, hatte sich zwar gelegt, doch die Anspannung war immer noch vorhanden. Sicherlich auch deshalb, da sie anläßlich der Parlamentszusammenkunft in wenigen Tagen verhört werden würde. Darüber hinaus war er verärgert, weil sie Jean Armstrongs Haus verlassen und sich damit in große Gefahr begeben und ihn in größte Sorge gestürzt hatte.

Aber darauf wollte er sie jetzt nicht ansprechen. Ihm war wichtig, daß ihr Gesicht zu neuer Frische erblühte, und er wollte Gewißheit, daß sie keinen Schaden davongetragen hatte. Überwältigt von dem Bedürfnis, ihr Geborgenheit und Sicherheit zu geben und all ihre Wünsche zu erfüllen, rang er rasch nach Atem. Die tief empfundenen Gefühle, die er ihr gegenüber hegte, überraschten ihn.

Er drehte sich um. »Mhairi ist durchnäßt und friert«, wandte er sich an Anna, und sein Tonfall klang schroffer, als er das eigentlich beabsichtigt hatte.

Anna nickte. »Grace wird ihr ein heißes Bad einlassen.«

»Rowan ist wesentlich durchfrorener als ich«, entgegnete Mhairi. »Er sollte als erster baden.«

»Das hat Zeit. Ich lasse Mhairi den Vortritt.« Rowan setzte sich auf eine Bank und entledigte sich seiner hohen Stiefel, um seine kalten Füße am Kaminfeuer zu wärmen. Er warf Anna einen Blick zu, die forschend ihre grünen Augen zusammenkniff. Dann drehte sie sich um und goß den Inhalt einer Flasche in zwei Becher, die sie ihm und Mhairi reichte.

»Spanischer Sherry«, sagte sie. »Das wird euch innerlich aufwärmen. Und ich werde euch beiden etwas Hühnerbrühe heißmachen, während Grace das Bad vorbereitet. Dann werde ich dafür sorgen, daß sie angewärmte Steine in eure Betten legt. Es macht dir doch nichts aus, Rowan, wenn Mhairi wieder in deinem Zimmer untergebracht wird, oder?« Sie runzelte die Stirn. »Ist sie immer noch ... äh ... deine Gefangene?« fragte sie zögernd.

Rasch blickte Rowan zu Mhairi, doch sie senkte ihre Lider. »Sie kann in meinem Zimmer schlafen«, antwortete er ausweichend. Es gab noch vieles zu erklären, aber das konnte warten.

Er warf seine Stiefel beiseite, zog seine nassen Strümpfe aus und legte sie auf den Kaminsims. Dann trocknete er seine Füße mit der Decke ab, streckte seine Beine seufzend vor dem rotglühenden Feuer aus und genoß die angenehme Wärme, während er seinen Sherry schlürfte.

Ungeschickt machte sich Mhairi mit ihrem linken Arm an ihren Stiefeln zu schaffen. Rowan erhob sich von der Bank, kniete sich neben sie und war ihr beim Ausziehen behilflich.

»Du siehst blaß aus«, meinte er. »Schmerzt deine Schulter?«

»Nicht der Rede wert. Mir geht es gut. Danke«, fügte sie zärtlich hinzu und berührte seinen Arm mit ihrer Hand.

Er nickte und umschlang ihre nackten Füße impulsiv mit seinen Händen. Dann erhob er sich und bemerkte, daß seine Großeltern und Sandie sie unverhohlen anstarrten.

»Nun denn«, sagte Anna, ihre Hände in die Hüften stemmend, »wie war eigentlich euer Ritt ins umstrittene Land?«

Er zögerte und blickte zu Mhairi. Als sie sich Anna zuwandte, glitt eine tiefe Röte über ihre Wangen. »Oh«, sagte sie, »er war ... nun, er war nicht so, wie wir erwartet hatten«, beendete sie ihren Satz.

»War er nicht?« fragte Jock. »Was ist denn passiert?«

»Ja, mein Junge.« Sandie zwinkerte Rowan zu. »Was ist passiert?«

Rowan räusperte sich. »Nun, also, äh, wir nahmen an einer Hochzeit teil.«

»An wessen Hochzeit?« fragte Anna mit schneidender Stimme.

»Lang Will Croser hat geheiratet«, sagte Mhairi.

»Oh! Wie schön«, meinte Anna.

»Was war noch?« fragte Jock unwirsch.

»Ihr beiden seht so schuldbewußt wie schottische Grenzräuber aus, die in der Nacht eine Herde englisches Vieh forttreiben«, warf Sandie ein.

Wieder blickte Rowan zu Mhairi. Unmerklich nickte sie mit dem Kopf. »Nun ja«, fuhr er fort und strich sich mit der Hand über das Kinn, »an jenem Tag fanden noch weitere Hochzeiten statt.«

»Mehrere Paare wurden gleichzeitig getraut«, erklärte Mhairi.

»Unter anderem auch wir«, fügte Rowan hinzu.

Schweigen erfüllte den Raum. Rowan blickte von einem zum anderen. Anna lächelte verhalten; Sandie runzelte scheinbar nachdenklich die Stirn und setzte schließlich ein breites Grinsen auf; und Jocks Gesichtsausdruck war verschlossen, doch seine blauen Augen hatten einen verräterischen Glanz.

»Getraut? Ihr habt geheiratet?« fragte Anna.

»Ja«, sagte Mhairi. »Es ging alles sehr schnell«, fügte sie unnötigerweise hinzu. Anna trat zu Mhairi und nahm sie in ihre Arme, dann drehte sie sich zu Rowan um und umarmte auch ihn. Nachdem Anna ihn losgelassen hatte, schüttelte Jock wortlos dessen Hand, doch Rowan bemerkte, daß sein Großvater gerührt war. Daraufhin nahm Jock Mhairis Hände leise flüsternd in die seinen.

Sandie trat an den Tisch und schenkte sich, Jock und Anna Sherry ein. »Einen Trinkspruch«, sagte er. »Auf alles, was wir lieben …« Er hob seinen Holzbecher.

Rowan nahm einen weiteren Schluck und spürte erneut, wie der Sherry wärmend durch seine Kehle rann. Über den Rand seines Bechers hinweg betrachtete er Mhairi und dachte bei sich, wie schön sie doch war. Das Kaminfeuer verlieh ihren Augen warmen Glanz, und ihre Wangen leuchteten aufgrund des Alkohols und der augenblicklichen Stimmung wie erblühte Sommerrosen.

Sandie grinste sie spitzbübisch an. »Schätze, ihr braucht

euch nicht zu streiten, wer zuerst ein Bad nimmt. Ihr badet zusammen, was?!«

»Alexander!« entfuhr es Anna mit weit aufgerissenen Augen. Sandie schmunzelte.

»Du alter Halunke«, meinte Jock, leise kichernd.

Rowan unterdrückte ein Grinsen und blickte zu Mhairi. Ihre Wangen waren tiefrot, und sie senkte rasch den Kopf über ihren Becher. Er nippte an seinem Sherry, spürte das leichte Brennen des Alkohols auf der Zunge und kam zu dem Schluß, daß ein solches Bad sicherlich überaus angenehm war.

»Es ist zwar kein passendes Hochzeitsmahl«, entschuldigte sich Anna, »aber ich hole erst einmal die heiße Hühnerbrühe.«

»Das wäre ein schönes Hochzeitsmahl«, sagte Mhairi leise.

Rowan betrachtete sie lächelnd mit einem leichten Anheben der Mundwinkel, das sich verstärkte, als er ihren liebevollen Blick bemerkte.

»Bring genug für uns alle, Anna«, bat Sandie. »Wir werden Brühe und Bier zu uns nehmen und unsere Beutezüge auf morgen verschieben.« Erneut grinste er. »Soll heißen, daß wir den morgigen Tag verschlafen, wenn es uns Spaß macht. Was, Leute?« Er zwinkerte Rowan zu.

Während Anna Sandie für seine Dreistigkeit schalt, wandte sich Rowan lächelnd dem Feuer zu. Aber selbst dessen Glut war nichts gegen die Herzenswärme seiner Familie.

Trotzdem konnte er sich eines unterschwelligen Gefühls der Gefahr nicht erwehren, die sich langsam wie Gewitterwolken über ihnen zusammenbraute.

Gegen die Daunenkissen in Rowans Bett gelehnt, streckte Mhairi ihre Beine unter den feinen Leinendecken aus. Dunkelrote Damastvorhänge umgaben das Bett und schufen eine wohlige Atmosphäre mit dick gestopften Federmatratzen und weichen Wolldecken. Erneut reckte sie sich gähnend, glitt tiefer unter die Decke und fühlte sich angenehm entspannt.

Auf einer Holztruhe neben dem Bett flackerte eine dicke Kerze. Die glühende Torfkohle im Kamin knackte und spendete Licht und Wärme. Der Holzzuber, in dem sie in heißem, duftenden Wasser gebadet hatte, stand immer noch gefüllt neben dem Feuer. Sie saß allein in der dunklen, warmen Schlafkammer und wartete auf Rowan.

Sie gähnte und fragte sich, wann er wohl die Treppe hinaufkam. Als sie vor mehr als einer Stunde gemeinsam mit Anna den großen Saal verlassen hatte, war er in ein ernstes, leise geführtes Gespräch mit Jock und Sandie verwickelt, das die Parlamentstagung und ihre Vorladung betraf. Sie hatte gehört, daß Rowan ihnen von dem merkwürdigen schwarzen Stein erzählt hatte, aber sie war einfach zu erschöpft und müde gewesen, um der Unterhaltung folgen zu können.

Während sie in den Kissen entspannte, fuhr sie sich mit den Fingern durch ihr feuchtes Haar und schloß langsam die Augen.

Als sie plötzlich von einem plätschernden Geräusch aufwachte, erkannte sie, daß sie tief und fest geschlafen hatte. Sie blinzelte in Richtung Kamin.

Im schwachen Feuerschein bemerkte sie Rowans Silhouette, der gerade der leicht überschwappenden Wanne entstieg. Er hatte ihr den Rücken zugewandt, und sein rabenschwarzes Haar wellte sich über seine breiten Schultern. Das Kerzenlicht hob seinen durchtrainierten Körper hervor, seinen muskulösen Rücken, die schmalen Hüften, die kräftigen Schenkel. Mhairi fiel eine Zeichnung von Adam ein, die sie irgendwann einmal in einer bebilderten Bibelausgabe gesehen hatte: Körperkraft und Anmut bildeten das vollkommene Gleichgewicht.

Sie stützte ihren Kopf auf dem Kissen auf und betrachtete fasziniert das Spiel seiner Muskeln, während er sich mit einem Leinentuch trockenrieb. Sie wollte sein weiches, lockiges Haar berühren und seinen warmen, durchtrainierten Körper neben sich spüren.

Ein rosiger Hauch glitt über ihre Wangen, und sie hatte rasendes Herzklopfen. Als sich Rowan umdrehte, enthüllte der schwache Lichtschein seinen kräftigen, mit dichtem schwarzen Flaum bedeckten Brustkorb, der in einen schmalen Streifen über seinen flachen Bauch bis hin zu seiner Männlichkeit verlief.

Mit einer raschen, gekonnten Bewegung schloß er den Damastvorhang bis auf einen winzigen Spalt. Das hineinflutende Kerzenlicht verlieh dem Bett die Farbe dunkelroter Rubine.

Als er sich neben sie auf das Bett setzte, gab die Matratze unter seinem Gewicht nach. Mhairi atmete den frischen Kräuterduft ein, den seine Haut und sein Haar verströmten. Als er sich mit den Fingern durch sein nasses, zerzaustes Haar fuhr, sah sie, daß es sich sanft wellte, und es erinnerte sie sofort an Jamies schwarzen Lockenkopf. Seufzend wandte er sich ihr zu.

»Ich dachte, du würdest schlafen«, sagte er zärtlich.

»Habe ich auch eine Zeitlang«, antwortete sie.

»Habe ich dich geweckt? Ich habe mich so bemüht, leise zu sein, während ich badete.«

Sie zuckte die Schultern. »Das macht doch nichts.«

Er nickte und drehte sich so, daß er sie ansehen konnte. Dicht an ihrer Hüfte hatte er die Knie angewinkelt und umschlang diese mit seinen muskulösen Armen. Diese Körperhaltung enthielt ihr zwar einiges vor, trotzdem spürte sie, wie sie bis zum Dekolleté errötete.

»Da du wach bist«, begann er, »möchte ich etwas mit dir besprechen.«

Sie bemerkte seinen grimmigen Tonfall und richtete sich, das Leinenbettuch sittsam über ihre Brust streifend, vor den Kissen auf. Die überwältigende Ausstrahlung seiner Nacktheit und sein finsteres Verhalten in diesem kleinen, intimen Bereich irritierten sie.

Was wollte er sie denn fragen – lieber Gott, dachte sie, bitte nichts mehr über Spione oder über Iains mutmaßliche Komplizenschaft in dieser Sache mit dem schwarzen Spiegel. Obwohl sie hinsichtlich der Parlamentszusammenkunft besorgt war, wollte sie doch jetzt nicht darüber sprechen. Sie hatte so auf ein weiteres zärtliches Beisammensein gehofft, das sie diese Sorgen vergessen ließ und sie erneut mit der Leidenschaft erfüllte, die sie auf Jean Armstrongs Dachboden für kurze Zeit geteilt hatten.

Rowan wirkte ernst, fast verärgert, als er mit zusammengezogenen Brauen auf ihre Reaktion wartete. »Was ist denn?« fragte sie vorsichtig.

»Als erstes«, sagte er und berührte ihre Schulter, »möchte ich wissen, ob du Schmerzen hast.«

Bei seiner Berührung durchströmte sie ein starkes, tiefes Gefühl. Ihr Herz klopfte heftig. »Meine Schulter tut ein bißchen weh«, hauchte sie.

Seine Finger umschlossen ihre Schulter und massierten sie sanft. Ein Schauer überlief sie. »Nur ein bißchen?« murmelte er.

»Ja«, antwortete sie. »Das heiße Bad war entspannend.«

Während er die schmerzende Muskulatur mit seinen geschickten Händen massierte, blickte er sie an. Seine klaren grünen Augen reflektierten das Kerzenlicht. »Da ist noch eine andere Sache, die ich wissen möchte«, fuhr er vorsichtig fort.

»Was denn?« Ihr Herz raste.

»Warum hast du Jean Armstrongs Haus verlassen?«

»Um dir zu folgen«, antwortete sie knapp.

»Du hättest dortbleiben sollen.« Seine geschmeidigen Finger regten ihre Durchblutung an und linderten den Schmerz. Vorsichtig bewegte sie ihren Kopf, dehnte ihre Nackenmuskulatur und entspannte unter seiner Berührung.

»Das konnte ich nicht«, sagte sie rasch und zuckte zusammen, als sie erneut an das zwanghafte Bedürfnis dachte, das sie zu diesem Ritt bewegt hatte. »Ich mußte dir nachreiten.«

»Ich wollte Heckie von Jean Armstrongs Haus weglokken. Es bestand keinerlei Notwendigkeit, daß du mir folgtest.« Trotz seiner zärtlichen Massage klangen seine Worte barsch. »Wenn ihr Hilfe holen wolltet, hätte Christie das übernehmen können.«

»Er ist verletzt. Und ich war nicht unterwegs, um Hilfe zu holen. Ich bin dir nachgeritten, weil ich bei dir sein wollte.«

Leicht verärgert seufzte er und wandte sich intensiv ihrer Schulter zu. Augenblicke vergingen, bevor er reagierte. »Als ich dich dort oben sah – als ich mitansehen mußte, wie Hekkie dich überwältigte ...« Er hielt inne, doch der energische Rhythmus seiner Finger ließ nicht nach. »So etwas möchte ich nicht noch einmal durchstehen müssen«, fuhr er mit leiser, tonloser Stimme fort.

Sie war bestürzt, denn er war wirklich ungehalten, beinahe wütend auf sie. Das hatte sie nicht beabsichtigt. »Ich wollte dir doch nur beistehen«, murmelte sie.

»Du hast dich in Gefahr gebracht. Dort draußen hättest du zumindest mit mir gemeinsam über die Klippen springen müssen. Nur so hätten wir ihnen entkommen können.« Jetzt betrachtete er sie mit finster zusammengezogenen Brauen, seine Hand ruhte auf ihrem Nacken. »Es war reiner Irrsinn, so etwas zu tun.«

In einem Anflug von Zorn warf sie ihm einen grollenden Blick zu und entzog ihm ihre Schulter. »Es war ebenso gefährlich, daß du von Jeans Haus weggeritten bist«, widersprach sie. »Ich habe dich dafür nicht zur Rede gestellt, wenngleich du es wohl für angebracht hältst, mich zurechtzuweisen.«

»Ich bin fortgeritten und wußte dich in Sicherheit – dachte ich wenigstens. Aber du hast das Haus verlassen und buchstäblich mit deinem Leben gespielt.«

»Du hast dein Leben ebenso aufs Spiel gesetzt«, konterte sie, von seiner Äußerung verletzt. Sie hatte doch nur bei ihm sein wollen. Sie preßte ihre Lippen zusammen und beobachtete die flackernden Schatten auf dem roten Baldachin.

Für Sekundenbruchteile musterte er sie. »Wenn du einen Reiternamen hättest, lautete er Unruhestifterin«, sagte er fast zärtlich.

Sie warf ihm einen skeptischen Blick zu. »Nicht Närrin?«

»Unruhestifterin.« Der Anflug eines Lächelns huschte über sein Gesicht. »Dein Haar ist zwar dunkel, aber du hast das feurige Temperament einer Rothaarigen.«

»Meine Mutter hat kupferfarbenes Haar«, sagte sie, ihren Blick immer noch hartnäckig von ihm abgewandt.

»Ah, das erklärt alles.« Während er fieberhaft überlegte, strich er sich seufzend mit seinen Fingern durch sein dichtes, feuchtes Haar. »Mhairi, ich weiß, daß du mir beistehen wolltest. Aber ich brauchte die Gewißheit, daß du bei Jean bliebst. Als ich sah, in welcher Gefahr du schwebtest« – seine Stimme brach ab –, »war das eine grauenvolle Vorstellung für mich.«

»Schlimmer als deinen eigenen Kopf zu riskieren?« fragte sie.

Statt einer Antwort hob er unmerklich eine Braue, doch Mhairi bemerkte seine angespannten Wangenknochen. Dieser unbewußte Impuls verriet ihr so viel. Eine Woge des Mitgefühls durchflutete sie, und sie streckte ihre Hand aus, um seine geballte Faust zu berühren. Rowan hatte Angst, sie zu verlieren. Diese Erkenntnis raubte ihr fast den Atem.

Sie streichelte seine Hand. »Als du von Jeans Haus fortgeritten bist, dachte ich ...« Erneut von Schmerz und Furcht überwältigt, schloß sie die Augen. »Ich hatte Angst, daß ich dich nie wiedersehen würde. Ich mußte dir einfach folgen.«

»Für mich barg dieser Ritt keinerlei Gefahren«, erklärte er ruhig. »Ich sagte dir doch, daß ich zurückkommen würde.«

»Ich weiß. Aber vor ungefähr zwei Jahren« – sie konzentrierte sich auf das flackernde gelbe Kerzenlicht, während sie die für sie schmerzvollen Worte äußerte –, »vor ungefähr zwei Jahren ritt mein Verlobter ebenfalls in einer Unwetternacht aus, um Grenzräuber zu verfolgen. Als ich ihn anflehte, nicht zu gehen, lachte er nur und versprach, bald zurückzukommen.« Sie hielt inne. Hell zuckte die Kerzenflamme auf. »In dieser Nacht wurde er getötet. Iain und Simon brachten seine Leiche zurück.«

Er war verstummt. Von einem lange verdrängten Schmerz übermannt, starrte sie in die Kerzenflamme. Sie rechnete damit, daß Rowan sie nach ihrer Verlobung fragte, oder einfach nur wissen wollte, ob sie ihm so wenig vertraute, daß sie ihm in der Nacht hatte folgen müssen.

Doch er öffnete einfach nur seine Faust und umschloß ihre Hand mit seinen schlanken Fingern. »Der aufgeweckte Johnny«, murmelte er.

Sie blickte ihn an. »Du weißt davon?«

»Ja. Simon hat die Sache erwähnt. Ich kannte Johnny Kerr. Er war ein netter Bursche. Vielleicht etwas zu tollkühn und unbeherrscht, aber trotzdem ein sympathischer Kerl mit weizenblondem Haar, womit ihn die Grenzräuber, soweit ich mich entsinne, immer aufzogen.«

Sie nickte und sah nur Zuneigung und Mitgefühl in seinem Blick, keine Spur von Eifersucht spiegelte sich in seinen anziehenden, besorgten Gesichtszügen. Sie spürte, wie seine warmen Finger zärtlich ihre Hand umschlossen.

»Ich glaube, daß es mein Clan war, der ihn getötet hat«, sprach Rowan leise.

Sie hatte ihren Groll so lange mit sich herumgetragen, doch nun schien ihre Traurigkeit plötzlich wie weggewischt. »Ja«, sagte sie. »Die Scotts of Branxholm.«

»Ich könnte es dir nicht verdenken, wenn du mich für das von ihnen begangene Verbrechen verabscheutest. Die Stammesfehden sind im Grenzgebiet ebenso verbreitet wie im Hochland.«

Sie schüttelte den Kopf. »Ich könnte dich nicht hassen«, flüsterte sie. »Ich hatte einen Groll auf alle Scotts und auf dich zunächst auch, aber jetzt hasse ich dich nicht mehr dafür. Johnny ist tot. Seine impulsive Art hat ihn in jener Nacht ans Messer geliefert. Iain erzählte mir, daß der aufgeweckte Johnny die Branxholm Scotts selbst dann noch verfolgte, als sie bereits ihre Waffen gezogen hatten. Als wenn er sich für unsterblich gehalten hätte!« Mit tränenfeuchten Augen starrte sie auf die plötzlich flackernde Kerzenflamme. Zwei Tränen rannen über ihre Wangen, doch Rowans Nähe und das Gefühl seiner Berührung verliehen ihr tröstliche Stärke. »Es ist lange her. Gott hab ihn selig.« Sie blickte ihn an. »Unser beider Leben ist von Traurigkeit überschattet.«

Rowan streckte seine Hand aus und hob ihr Kinn mit seinen Fingerspitzen an. »Und wir fühlen beide immer noch den Schmerz.«

»Sollen wir das wirklich?« Von einem Gedanken beseelt, einem Gefühl, das sie ihm unbedingt vermitteln wollte, blickte sie ihn ernst an. »Sollen wir das wirklich? Es sind keine Geister, die uns heimsuchen. Sie haben uns viele schöne Erinnerungen geschenkt. Vielleicht ist es ein Fehler, wenn wir uns immer noch dem Schmerz des Verlustes hingeben. Die Entscheidung liegt bei uns, ob wir die schmerzvolle Vergangenheit hinter uns lassen wollen.« Ihre Worte entsprangen tiefster Aufrichtigkeit. Sie hatte sich so lange ihrer Trauer hingegeben, aber jetzt war sie erfüllt von dem Wunsch nach einem Neuanfang, empfand beinahe Frieden, wo bislang nur Zorn in ihrem Herzen Platz gefunden hatte.

Stirnrunzelnd hatte ihr Rowan gelauscht. Mhairi atmete tief ein und beugte sich mit der Gewißheit vor, etwas sehr Wichtiges für ihr Leben erkannt zu haben. »Ich muß mich befreien, Rowan«, sagte sie. »Ich will nicht länger, daß dieser Schmerz mein Leben bestimmt.«

Der Blick seiner grünen Augen hatte die Tiefe eines wogenden Ozeans. »Und was willst du?« fragte er leise.

Sie blickte ihn an und hatte das Gefühl, ihm in diesem Augenblick ihre Seele zu offenbaren. Und doch fühlte sie sich sicher.

»Dich«, flüsterte sie.

Sanft glitt sein Daumen über ihr Kinn, und seine Finger streiften ihre Wange. »Ich habe versucht, es dir zu erklären, aber es ist mir nicht gelungen.« Er seufzte tief. »Als ich sah, wie Heckie dich überwältigte – nie zuvor habe ich eine solche Furcht gekannt. Nie in meinem Leben. Ich wollte dich in Sicherheit wissen, Mhairi«, betonte er. »Nichts anderes zählte mehr für mich.«

Tränen standen in ihren Augen und verzerrten ihren Blick. Sie nickte, und eine einsame Träne rollte über ihre Wange. Was sie aufwühlte, war eine bislang nie erlebte Freude. »Wenn ich dir nicht gefolgt wäre, wären wir jetzt nicht zusammen.«

»Ja«, sagte er. »Ja, das stimmt.« Er lächelte mit einem leichten Zucken um seine Mundwinkel. »Mhairi, dieses Gespräch über Kummer, Ängste und Emotionen ...« Irritiert senkte er den Blick, um seine Lider mit den schwarzen, dichten Wimpern dann erneut zu heben. »Noch vor wenigen Tagen waren wir mißtrauisch und wütend aufeinander, aber jetzt ...«

»Es ging alles sehr schnell«, stimmte sie ihm flüsternd zu.

»Ja, sehr, sehr schnell.« Er hielt inne. »Das Ganze ist nicht einfach für mich. Ich habe meine Gefühle immer unterdrückt. Und ich bin kein Dichter, der sein Herz sprechen läßt, und werde das auch niemals sein. Aber ...« Erneut brach er ab und ließ seinen Blick schweifen, als suchte er etwas.

Erwartungsvoll beobachtete sie ihn.

»Aber mein Herz zerspringt, mein Liebes«, flüsterte er. Seine Hand ergriff die ihre. »Ich weiß nicht warum, doch es ist voller Liebe.«

»Oh, Rowan«, flüsterte sie und spürte, wie die Bedeutung seiner Worte ihre Seele erfüllte. »Ich weiß, ich kenne das Gefühl.« Mit klopfendem Herzen wandte sie sich ihm zu, und ihre Blicke trafen sich.

Er senkte seinen Mund auf den ihren, und die innige Berührung seiner Lippen durchzuckte ihren Körper wie ein Blitzstrahl. Sie spürte, wie er sie umschlang, wie seine Finger über ihr Haar glitten und sein Kuß verlangender wurde. Seufzend verschmolzen ihre Lippen, während sie ihre Hände über seinen Brustkorb gleiten ließ, den weichen, warmen Flaum und seine pulsierende Männlichkeit spürte. Zärtlich erkundete seine Zunge ihre Lippen und verschaffte sich sanft Einlaß. Sein Mund schmeckte feuriger und süßer als der Sherry, und sie sog ihn gierig in sich ein und schlang ihre Arme um seinen Hals.

Die Decken verrutschten, und sie seufzte erneut, als seine Hände über ihren Rippenbogen zu ihrem nackten Rükken glitten. Seine sinnlichen Finger streiften ihr Hinterteil; dann drückte er sie in die Kissen und legte sich neben sie.

Umgeben von dunkelroten Vorhängen wie im Schoße eines Feuers, sanken sie gemeinsam auf die weiche Matratze. Ihr Körper glitt neben ihn, so daß sie die Glut seiner Haut erwärmte. Als sie seine erregte Männlichkeit an ihren Schenkeln spürte, hielt sie erschauernd den Atem an.

Erneut umschlossen seine Lippen die ihren, und seine Zunge drang forschend in ihren Mund ein. Dieses Gefühl entflammte ihre Sinne. Sie schmiegte sich eng an ihn und preßte ihre Hüften verlangend an sein hartes, glühendes Glied.

»Rowan«, hauchte sie. »Rowan.« Sein geflüsterter Name war für sie wie ein geheimnisvoller Zauber, der ihr auf wundersame Weise Schutz vermittelte, vergleichbar mit der Geschichte, die er ihr von der Eberesche erzählt hatte. Erneut murmelte sie seinen Namen, und sein Klang erfüllte sie ebenso mit Leidenschaft und Begehren wie seine Berührungen.

Was er antwortete, verstand sie nicht, es war nur ein leises Seufzen. Sein Mund liebkoste ihre Wange und ihr Dekolleté, und seine feuchte, sinnliche Zunge auf ihrer Haut versetzte sie in lustvolle Erregung. Kosend glitt sein Mund tiefer, bis er ihre Brust gefunden hatte. Als seine Lippen ihre Brustwarze umschlossen, stöhnte sie leise und genoß die Glut, die dieses Gefühl in ihr erzeugte.

Sein Mund löste sich von der einen Brustwarze, und sie spürte statt dessen seine Finger, während seine Lippen die andere Brustwarze ertasteten; als sie aufschrie, brachte er sie mit einem zärtlichen Kuß zum Verstummen. Dann glitten seine Lippen über die zarte Rundung ihrer Ohrmuschel, und sie vernahm seinen Atem wie einen aufgewühlten Ozean.

»Mhairi«, flüsterte er, als empfände auch er einen mit diesem Namen verbundenen Zauber. »Gott sei uns gnädig, Mhairi.« Seine Lippen verschmolzen mit den ihren, seine Zunge verschaffte sich zärtlich Einlaß, und er sog ihren Atem ein.

Sie umschlang ihn mit ihren Armen und küßte ihn mit einer Leidenschaft, die er erwiderte, liebkoste ihn, erforschte seinen durchtrainierten Körper mit ihren Händen, ihren Fingerspitzen. Als er ausgestreckt auf dem Rücken lag, legte sie sich auf ihn, schmiegte ihre Brüste auf seinen Brustkorb und spürte das intensive Pulsieren seines Herzens. Sie senkte den Kopf, und ihr Haar fiel wie ein dunkler, seidiger Vorhang über sein Gesicht.

Allein ihre Lippen und ihr Körper verrieten ihm, was sie ihm zu geben bereit war – ihr Herz und ihre Seele. Seufzend richtete sie sich auf, er umschloß ihre Brustwarze mit seinen Lippen, und sein heißer Atem brachte sie zum Knospen, während seine Hände über ihren Bauch bis hin zu ihrer Scham glitten. Als sein Finger in ihre verborgene Grotte eindrang, durchzuckte es sie wie ein Feuer, und sie schrie leise auf. Ihre Hände streichelten seine festen, breiten Schultern, streiften seine Brust und spürten die Kraft seiner Hüften und Schenkel. Sie seufzte in seinen Mund, und er stöhnte auf.

Er hob sie hoch, und sie setzte sich auf ihn, während sie sich langsam bewegte. Sein Atem drang so heiß und sinnlich in ihren Mund, daß sie erschauerte und ihr Inneres wie Honig zerfließen spürte.

Der Rhythmus ihres Atems, ihrer Herzen und ihrer Körper erzeugte eine überwältigende Kraft, die sie durchflutete und mit unbändiger Lust erfüllte. Als sie ihren Höhepunkt erreichte, schrie sie ihre Ekstase laut heraus und fühlte das kostbare Geben und Nehmen ihrer Zweisamkeit.

»Noch nie habe ich etwas Vergleichbares gesehen«, sinnierte Anna, während sie den schwarzen Stein begutachtete. »Du hast ihn damals am Ufer gefunden? So hast du es Jock und Sandie jedenfalls gestern abend berichtet.«

Rowan nickte. »Zwei Halunken haben mich angegriffen, um ihn in ihren Besitz zu bringen.« Mhairi stand am Fenster des großen Saales, belauschte ihr Gespräch und blickte auf einen Fetzen blauen Himmels, der sich durch die Wolken stahl. Ein kalter Luftzug ließ sie frösteln, und sie hüllte sich fester in das Wolltuch ein. Anna hatte ihr den grauen Schal geliehen, den sie zu einem von Grace geborgten, blauen Hauskleid trug. Ihr eigenes Hemd und ihre Hose, die einzigen Kleidungsstücke, die sie seit dem Brand von Iains Haus noch besaß, waren immer noch nicht getrocknet.

Sie blickte zu Rowan und Anna, die in der Nähe des Kamins saßen, und bemerkte, daß Anna den Stein fixierte. »Ist das ein Spiegel?« wollte sie von Rowan wissen. »Kein besonders gutes Stück, wenn der Stein so dunkel ist. Obgleich er auf Hochglanz poliert ist. Ich frage mich, wofür man ihn verwendet hat.«

Mhairi musterte Rowan. Stirnrunzelnd hielt er ihrem Blick stand und wandte sich dann erneut Anna zu. »Der Stein besitzt geheimnisvolle Kräfte«, sagte er zögernd.

»Was meinst du damit?« fragte seine Großmutter.

»Es ist irgendein Zauberstein«, sagte Mhairi. »Sowohl Rowan als auch ich haben Visionen auf seiner Oberfläche wahrgenommen. Ich sah meinen Bruder in einer Gefängniszelle ...« Sie hielt inne, da sie ihre zweite Vision, bei der sie Rowan durch einen heftigen, nächtlichen Sturm hatte reiten sehen, nicht preisgeben wollte.

»Und du, mein Junge?« fragte Anna. »Hast du auch etwas wahrgenommen?«

»Ich sah Mhairis Gesicht«, sagte er zärtlich, »bevor ich ihr überhaupt begegnet bin.« Er sprach mit Anna, blickte jedoch zu Mhairi. Die Tiefe und Aufrichtigkeit seiner grünen Augen ließen ihr Herz schneller schlagen.

Für einen langen Augenblick beobachtete Anna die beiden. »Dann ist es tatsächlich ein Zauberstein«, stimmte sie zu. »Wollen diese Männer ihn vielleicht aus diesem Grund besitzen? Einen anderen Wert kann er nicht haben. Er ist nicht einmal hübsch.«

»Ich wünschte, ich wüßte, warum sie ihn haben wollen, Großmutter«, erwiderte Rowan. »Wir können es lediglich annehmen, weil einige Menschen Visionen haben, wenn sie den Spiegel betrachten. Aber in dieser Sache gibt es noch eine ganze Reihe unbeantworteter Fragen.«

Rasch senkte Mhairi ihren Blick, denn ihr war klar, daß sich Rowan fragen mußte, warum sie ihm die Erklärung für das spanische Dokument vorenthielt. Ihre Ahnung bestätigte sich, als er den gefalteten Brief aus seinem Wams zog und ihn Anna übergab.

»Ich weiß, daß du des Spanischen nicht mächtig bist, aber du hast Französisch und Latein gelernt. Vielleicht hast du eine Erklärung für das, was hier steht«, sagte er.

»Laß mich mal sehen.« Anna legte den Spiegel auf den Tisch und nahm das Schriftstück aus Rowans Hand. »Das ist ein Brief, aber es gibt keinen Adressaten. Oh, hier steht etwas von ›Rosen‹. Dessen bin ich mir ganz sicher. Und dieser Ausdruck könnte ›geben‹ lauten – nun, diese Worte sind dem Lateinischen sehr ähnlich. Ich glaube, das hier bedeutet in etwa ›Viele Rosen, ob weiße, ob rote, gibt man – vielleicht auch, wird man geben – der kostbarsten und schönsten Frau‹. Ergibt das einen Sinn?«

»Rosen?« meinte Rowan bestürzt. »Schönste Frau?« Er fuhr sich mit den Fingern durch das Haar.

»Und hier steht *Luna* – das heißt ›Mond‹. Ist das denn ein Liebesbrief?« Skeptisch musterte Anna das Pergament.

»Mond. Gütiger Himmel. Das ist eine Art Geheimcode.« Erneut raufte sich Rowan frustriert das Haar. »Aber selbst, wenn uns die Übersetzung gelingt, wissen wir sie nicht zu deuten. Es ist sinnlos, die Spione dingfest machen zu wollen, wenn wir den Code nicht knacken können.«

»Was wirst du tun?« fragte Anna.

»Keine Ahnung«, sagte Rowan stirnrunzelnd.

Mit schlechtem Gewissen wandte sich Mhairi ab. Sie starrte auf den Himmel und ins Gebirge, sah eine Schafherde, zwei Reiter, die einen Abhang nahmen – bedeutungslose Randerscheinungen, während ihre Gedanken und Ängste auf sie einstürmten.

Falls das spanische Dokument verschlüsselt war, war es tatsächlich für einen Agenten bestimmt. Sie hatte Rowan nie gestanden, daß sie dieses Schriftstück auf Iains Dachboden gefunden hatte. Sie verschränkte ihre Arme vor der Brust, spürte, wie ein Luftzug ihr Haar zerzauste, und befürchtete, daß Anna trotz des Codes vielleicht irgendwann einmal auf Iains Namen stieß.

Am Kamin führten Anna und Rowan ihr Gespräch leise murmelnd fort. Nach einer Weile erhob sich Rowan und trat zu ihr ans Fenster.

»Mhairi«, sagte er ruhig. »Du mußt mir sagen, woher du diesen Brief hast. Und erwarte nicht von mir, daß ich dir glaube, er sei von einem königlichen Kurier. Das ist Geheimkorrespondenz, die mit Sicherheit nicht für die englische Krone bestimmt ist.«

Sie blickte über den steinernen Fenstersims. »Glaube, was du willst«, sagte sie schroff. »Die Parlamentszusammenkunft findet in zwei Tagen statt. Meinst du, ich liefere dir weiteren Grund, um an Iains Unschuld zu zweifeln?«

Er seufzte. »Du hast ihn jedenfalls keinem der Kuriere entwendet.«

Sie sagte nichts, obwohl sie wußte, daß das ein Zugeständnis war. Da sie ihm weder die Wahrheit erklären noch ihn belügen konnte, verfiel sie in nachdenkliches Schweigen.

»Ich versprach dir, Iain zu helfen«, sagte er daraufhin. Sie spürte die Wärme seines Körpers, als er hinter ihr stand. Sie wollte sich zu ihm umdrehen, tat es jedoch nicht. Ihr war klar, daß ihr Entschluß, Iain zu schützen, dann ins Wanken geriet. »Aber ich kann ihm nicht helfen, wenn du mir nicht sagst, was du weißt«, half er nach.

»Ich weiß nichts«, beharrte sie, immer noch von ihm abgewandt. »Übersetze den Brief. Wenn der Name meines Bruders nicht dort auftaucht, kannst du ihn nicht als Beweismaterial gegen Iain verwenden.«

»Mhairi, ich muß wissen, woher dieses Schriftstück stammt.«

»Ich habe es gefunden«, sagte sie steif. »Ich habe es schlicht und einfach gefunden.«

»Wo?«

»Irgendwo. Das geht dich nichts an«, flüsterte sie.

Er seufzte tief. »Warum hast du solche Angst, es mir zu verraten?«

»Du bist der Stellvertreter des Grenzaufsehers. Du bist verpflichtet, dieses Schriftstück als Beweismaterial vorzulegen, sofern es meinen Bruder in irgendeiner Form belastet.«

»Also betrifft es deinen Bruder. Hat er es dir gegeben?«

Sie schüttelte den Kopf. »Ich kann es dir nicht sagen. Der Kronrat will, daß du seine Schuld beweist. Ebenso wie Simon.«

»Ich habe dir mein Wort gegeben, daß ich dir helfen würde«, betonte er.

»Gleichzeitig hast du aber auch dem Kronrat geschworen, die Spione zu entlarven. Und du bist nicht hundertprozentig überzeugt, daß Iain schuldlos ist.«

Er seufzte. »Ich versuche doch, es so zu sehen. Verflucht, ich versuche es doch wirklich. Aber du glaubst mir einfach nicht, da du deinem Bruder vertraust, obwohl die Beweislage eindeutig gegen ihn spricht. Du würdest ihn immer in Schutz nehmen und mir niemals abnehmen, daß ich jetzt alles daransetze, ihm zu helfen.«

Mit hängenden Schultern trat sie einen Schritt vom Fenster weg, seine Worte schmerzten, die ihnen zugrundeliegende Wahrheit noch mehr. Abrupt drehte sich Rowan um und ließ sie stehen.

Sie senkte den Kopf. Panische Furcht hatte sich ihrer bemächtigt, als er Anna die Seiten übergeben hatte, damit sie diese entschlüsselte. Sie hatte keine Angst, Rowan zu vertrauen. Aber allmählich beschlich sie der Verdacht, daß Iain vielleicht wirklich schuldig war. Und sie war sich keineswegs sicher, ob sie das ertragen konnte.

Als sie erneut aus dem Fenster blickte, bemerkte sie etwas und richtete sich auf. Zwei Reiter kamen näher, und sie erkannte Jock und Sandie, die, mit Stahlhelm und Harnisch bekleidet, die Anhöhe zum Blackdrummond Tower hinaufritten.

Jock umschlang ein kleines Bündel auf seinem Schoß, das glänzende schwarze Locken hatte und aufgeregt seine winzigen Hände in die Luft streckte.

»Anna«, rief Mhairi, »hast du gewußt, wohin Jock und Sandie heute früh aufgebrochen sind?«

Anna blickte von der Durchsicht des spanischen Dokuments auf. »Ich denke, sie wollten eine Herde nach Süden treiben. Wieso?«

Sie wandte sich um. »Öffne das Tor. Jamie ist nach Hause zurückgekehrt.«

Mit einem freudigen Aufschrei warf Anna den Brief beiseite und rannte zur Tür.

Kapitel 24

In Kershope am Fuße des Lilienhains,
da traf man sich zum Stelldichein …
– ›Hobie Noble‹

Weißer Frühnebel schwebte am Boden und hüllte die galoppierenden Pferde ein. Fröstelnd umklammerte Mhairi die Zügel und rang in der Eiseskälte nach Atem. Ihr Frösteln lag keineswegs an der kalten Morgenluft, sondern daran, daß sie Iains Gegenwart mit jedem Hufschlag stärker empfand.

Obwohl der Grenzaufseher, seine Truppen und die Gefangenen noch nicht vor dem Parlamentsgebäude eingetroffen waren, hatte sie Iains Nähe bereits seit einer Stunde gespürt. Sie hatte das Gefühl gehabt, er berühre sie und flüstere ihr etwas ins Ohr. Sie schloß die Augen und versuchte intensiv, ihr Mitgefühl und ihre Hoffnung auf ihn zu projizieren.

Sie blickte zu Rowan, der neben ihr auf Valentine saß. In eisiger Nacht waren sie in Blackdrummond aufgebrochen, und jetzt warteten sie bereits seit Anbruch der Dämmerung hier, nicht weit von der Quelle des Kershope-Flusses entfernt. Mit dem Sonnenaufgang war auch der blasse, undurchdringliche Nebel heraufgezogen, der ihre Anspannung zusätzlich verstärkte.

Sie zog ihren schwarzen Umhang fester zusammen und glättete ihre Röcke. Anna hatte darauf bestanden, daß sie anläßlich der Parlamentstagung das geliehene blaue Gewand trug. »An diesem Tag willst du doch sicherlich nicht wie ein Grenzräuber aussehen, Schätzchen«, hatte sie gesagt, und Mhairi mußte ihr recht geben.

Auf ihrer anderen Seite saß Jock auf einem großen Rappen, und Sandie befand sich hinter ihm. Neben ihnen verharrte Devil's Christie zusammen mit einigen anderen Männern, die sie zur Parlamentszusammenkunft begleitet hatten; unter ihnen Nebless Will Scott mit seinen beiden Söhnen Richie und Andrew sowie weitere Clan-Mitglieder aus den Reihen der Scotts und Armstrongs, die geduldig im Nebel warteten.

Während die Zeit verstrich, fanden sich weitere Männer ein, die sich auf dem riesigen Feld in der Nähe des Kershope, des Grenzflusses zwischen England und Schottland, verteilten. Auch wenn sie die anderen aufgrund des Nebels kaum wahrnahm, hörte sie doch Bruchstücke der leise geführten Gespräche und Hufgetrappel. Noch vor kurzem hatte sie Rowan und Jocks Einschätzung gelauscht, daß bereits mehr als hundert Schotten eingetroffen waren und daß man im Verlauf des Morgens mit vielen weiteren rechnete.

»Dort kommt Simon«, sagte Rowan mit ruhiger und dennoch durchdringender Stimme. Mhairi blickte in die von ihm angedeutete Richtung. Ungefähr fünfzig Reiter überquerten im wabernden Nebel das Moorgebiet.

Als sie näher kamen, bemerkte sie, daß Simon Kerr seine Truppen anführte – eine furchteinflößende, grimmige Horde mit Stahlhelmen, Harnischen oder Lederwesten, die mit Schwertern, Lanzen, Pistolen und Armbrüsten bewaffnet war.

Mhairi beobachtete, wie sie im Nebel anrückten. Simon ritt zwischen seinem Grenzoffizier John Hepburn und einem großen blonden Mann. Sie kniff ihre Augen zusammen, konnte Iain jedoch nicht entdecken, obgleich sie seine Nähe so intensiv spürte, daß sie erschauerte. Peg, die normalerweise ruhig und fügsam war, tänzelte nervös.

Simon hob seine Hand und seine Truppen blieben stehen, während der blonde Mann weiterritt, bis er schließlich die Zügel seines Grauschimmels kürzer faßte. »Gott sei mit euch, Blackdrummond«, sagte er höflich, lächelte dann Mhairi zu und berührte seine Helmkrempe. »Lady Mhairi.« Erstaunt über diese ungewohnte Anrede blinzelte sie. »Ich bin Archibald Pringle, Offizier im mittleren Grenzgebiet.«

»Sir Pringle«, murmelte sie, sein Lächeln keineswegs erwidernd, obwohl seine braunen Augen Sympathie ausstrahlten.

»Wie ich es Simon angekündigt habe, sind wir gekommen«, sagte Rowan.

»Werden aber vermutlich nicht bleiben«, rief Sandie von seinem etwas entfernteren Standort. »Bei diesem Wetter wird der englische Grenzaufseher wahrscheinlich eine Terminverschiebung beschließen, und wir können alle nach Hause zurückreiten, weil keine einzige Klage verlesen wird.«

»Der Grenzaufseher wartet doch nur darauf, zumindest einen seiner Gefangenen loszuwerden und wird deshalb keinen Aufschub dulden«, erwiderte Archie.

»Wo ist Iain?« fragte Rowan mit schneidender Stimme.

Stirnrunzelnd blickte Archie zu Mhairi. »Ich denke, Sie haben Ihren Bruder seit seiner Verhaftung nicht mehr gesehen.« Schweigend schüttelte sie den Kopf. »Dann folgen Sie mir«, sagte er und wandte sein Pferd um.

Fragend blickte sie Rowan an. Er nickte, und sie gab ihrem Pferd die Sporen, um Archie zu folgen. Simon starrte die beiden an, sagte jedoch nichts, als Archie sie hinter einen Troß von Leuten führte. Was sie da sah, ließ sie aufstöhnen.

Flankiert von zwei berittenen Wachtposten kauerte er mit gesenktem Kopf auf einem schwarzen Klepper, sein Haar war lang und filzig und hing ihm ins Gesicht. Seine Hände waren vor der Brust gefesselt, und man hatte ihn zum Schutz vor der Kälte in einen braunen Umhang gehüllt. Tief einatmend drängte sie Peg vorwärts und streckte ihren Arm aus.

»Iain«, sagte sie sanft.

Mit Augen so grau wie der Nebel blickte er zu ihr auf. Seine vernarbte Wange und die dunklen Ringe unter seinen Augen ließen ihn apathisch und passiv erscheinen. Doch seine Augen sprühten vor Lebenswillen. »Mhairi«, murmelte er.

»Iain«, hauchte sie und legte ihre Handfläche auf seine gefesselten Hände. Tränen traten in ihre Augen, und ihre Kehle war wie zugeschnürt. Sie beugte sich vor, umschlang ihn mit ihren Armen und drückte ihr Gesicht an seine bärtige Wange. »*Ach, leth.*«

»Mhairi, *leth*«, flüsterte er. Sie richtete sich auf, rieb sich ihre Augen und legte ihre Hand erneut auf seine kalten, kraftvollen Finger. »Ich habe so gehofft, daß du herkommen würdest«, sagte er in gälisch. »Aber Archie hat mir erzählt, daß du ebenfalls eines Verbrechens bezichtigt wirst.«

»Das stimmt«, antwortete auch sie in gälisch. »Am heutigen Tag werden wir beide unser Verfahren haben.«

»Wie lautet die Anklage gegen dich?«

Sie blickte zu dem ihr am nächsten stehenden Beamten, war sich jedoch sicher, daß ihre in Gälisch geführte Unterhaltung nur von Iain verstanden wurde. »Ich war besorgt, daß der Kronrat das Todesurteil über dich verhängen würde. Deshalb bin ich ausgeritten und habe den königlichen Kurieren ihre Dokumente gestohlen«, murmelte sie. Überrascht zog er seine Brauen hoch. »Aber der Vollstreckungsbefehl ist trotzdem überbracht worden. Es tut mir so leid, Iain. Ich habe alles versucht, um dir zu helfen ...«

»Pst!« sagte er sanft. »Ich bin dir zu tiefem Dank verpflichtet. Hast du irgend etwas von unserem Vater gehört?«

Sie schüttelte den Kopf. »Vor Monaten bereits habe ich ihm einen Brief an den dänischen Königshof gesandt, aber es kam keine Reaktion. Ich nehme an, daß er ihn noch gar nicht erhalten hat.« Sie drückte seine Hand. »Sobald er davon erfährt, wird er uns sicherlich helfen. Wir werden beide aus dieser Sache herauskommen. Warte nur ab.«

Nachdenklich nickte er. »Mhairi – ist Jennet mitgekommen?«

»Nein. Aber es geht ihr gut, und dein Sohn ist ein kräftiges, prachtvolles Kind.« Mit zitternden Lippen versuchte sie ein Lächeln. »Rowan Scott hat mich begleitet. Wir ... wir haben geheiratet«, sprudelte es aus ihr heraus. »Es ging alles sehr schnell. Wir hatten kaum Zeit, unseren Entschluß zu überdenken, und schon war die Eheschließung vollzogen.«

»Ob schnell oder wohlüberlegt, du würdest ohnehin nur aus Liebe heiraten. Ich kenne diesen Mann. Er besitzt Ehrgefühl.« Zärtlich betrachtete er sie. »Und ich denke, du liebst ihn.«

Sie senkte den Blick. »So viele Dinge verwirren mich«,

sagte sie leise. »*Ach,* Iain, ich habe die ganze Zeit an deine Unschuld geglaubt, aber …«

»Aber es spricht so vieles gegen mich«, beendete er ihren Satz. Sie nickte. Er wandte seinen Blick ab. »Simon hat nicht die Absicht, meine Darlegung zu überprüfen. Er will mich so schnell wie möglich an die Engländer ausliefern und der Sache ein Ende bereiten. Er braucht einen Spion und meint, ihn in meiner Person gefunden zu haben, und kein Beweisstück könnte ihn von etwas anderem überzeugen.«

»Ich habe einen Brief gefunden«, sagte sie unumwunden. »Ein spanisches Dokument.«

Er blickte sie durchdringend an. »Wo ist er jetzt?«

»In Rowans Besitz«, sagte sie.

Stirnrunzelnd schüttelte er den Kopf. »Mhairi, dieser Brief …«

»He, Mädchen.« Ein berittener Grenzbeamter kam auf sie zu und packte in Pegs Zaumzeug. »Der Grenzaufseher will Sie sehen. Kommen Sie mit.«

Mhairi ergriff Iains Hand. »Wenn sie die Anklage gegen dich verlesen, werde ich in Gedanken bei dir sein«, versprach sie rasch in gälisch. Er nickte, und sie ließ seine Hand los, da ihr Pferd weggeführt wurde.

Simon wandte sich in seinem Sattel um. »Sie bleiben unter der Bewachung meiner Leute, da Sie zu den Angeklagten zählen«, sagte er und bedeutete einem der Wachoffiziere, ihr Pferd wegzuführen. Mhairi öffnete den Mund zum Protest, hielt jedoch inne, als sie Hufgetrappel vernahm. Über ihre Schulter blickend, bemerkte sie Rowan, der neben ihr zum Stehen kam.

»Sie bleibt bei mir«, sagte er mit fester Stimme und entriß dem Grenzbeamten Pegs Zaumzeug.

»Sie zählt zu den Angeklagten«, herrschte ihn Simon an.

»Die Parlamentstagungen und das schottische Gesetz basieren auf Vertrauen«, erklärte Rowan. »Jeder Angeklagte – jede Angeklagte – hat das Recht, sich hier frei zu bewegen, bis sie oder er zur Anhörung gerufen wird.«

»Dann bedeutet das, daß Iain hier auf diesem Feld herumlaufen kann«, warf Mhairi rasch ein.

Rowan nickte. »Sie hat recht, Simon. Als stellvertretender Grenzaufseher übernehme ich die Verantwortung für ihren Bruder.«

Simons Gesicht nahm eine ungesunde, dunkle Färbung an, und seine dichten schwarzen Brauen zogen sich unheilvoll zusammen. »Sobald die Versammlung beginnt, werde ich dafür sorgen, daß sie und ihr Bruder ihre Verfahren bekommen.« In der Nähe erklang ein Aufschrei, und Simon wandte sich neugierig um. »Ah! Der englische Grenzaufseher ist eingetroffen.« Er packte seine Zügel und galoppierte in Begleitung mehrerer seiner Männer über das Feld.

Allmählich lichtete sich der Nebel und wich leichtem Eisregen. Durch den diesigen Regenschleier beobachtete Mhairi, wie Simon und seine Männer über das Feld in Richtung des rauschenden Kershope-Flusses ritten, dessen breite Ufer von einem Eichenwäldchen gesäumt waren. Mhairi bemerkte eine Horde von mindestens zweihundert Reitern, die sich auf der gegenüberliegenden Seite des Stroms versammelt hatten. Als Simon seine Hand zum Gruß erhob, ritten einige Offiziere aus dem englischen Troß in Richtung Ufer.

Der englische Grenzaufseher hat eindeutig andere Pläne, dachte Rowan, als er nach einer Weile mit Valentine und Peg über das dicht gedrängte Feld ritt. Mhairi und Iain gehörten nicht zu den ersten, denen der Prozeß gemacht wurde, sondern mußten, gemeinsam mit einigen englischen und schottischen Missetätern, auf ihre Verhandlung warten.

Er führte die Pferde auf eine provisorisch umzäunte Koppel inmitten riesiger, alter Bäume. Als die Pferde ihre Köpfe senkten, um an den auf dem Boden verteilten Heuballen zu knabbern, blickte Rowan über das Feld, wo sich inzwischen Hunderte von Männern versammelt hatten. Er sah das englische und das schottische Banner, die vor dem eigens für die Grenzaufseher aufgestellten Zelt flatterten.

Er war darauf bedacht gewesen, der Diskussion zwischen Simon und Henry Forster, dem englischen Grenzaufseher, zu entgehen, die sich über die Auswahl der Geschworenen und die Reihenfolge der zu verhandelnden Verfahren stritten. Und er war froh gewesen, den wütenden Blicken der beiden Männer zu entkommen.

Den englischen Grenzaufseher kannte er gut. Als Gefangener von Stand hatte Rowan beinahe zwei Jahre lang in einer Kammer auf Henry Forsters Anwesen zugebracht. Als er das teigige, alternde Gesicht des Mannes sah, fiel ihm die unangenehme Zeit seiner Haftstrafe erneut ein. Doch Rowan und Forster waren zu einer Art widerwilligem, gegenseitigem Respekt gelangt, und er wußte, daß ihm Forster auch jetzt keine unnötigen Schwierigkeiten bereiten würde.

Er hatte sich gefreut, Forsters Stellvertreter, Geordie Bell, wiederzusehen, den er zuletzt in einem Gasthaus im mittleren Grenzgebiet getroffen hatte. Nach einem kurzen Gespräch war Geordie zur Klageverlesung hinzugezogen worden.

Während Rowan über das Feld schritt, strömte der würzige Rauch der Kochfeuer in den bedeckten Himmel. Er sog den köstlichen Duft von Bratenfleisch ein, spürte, daß er durstig war, und schlenderte zu einigen Schanktischen.

Trotz des Nebels und des strömenden Regens waren mehrere Kaufleute eingetroffen und hatten auf einer Seite des Feldes Stände und Tische aufgestellt. Scharenweise warteten die Leute darauf, Fleisch, Käse, Hafergrütze, Bratäpfel und Bier kaufen zu können, während andere irgendwelchen feilgebotenen Schnickschnack begutachteten oder sich mit Würfelspielen die Zeit vertrieben. Am Ende der riesigen Wiese hatte in der Nähe des Flusses ein Fußballspiel begonnen. Während er über das Feld stapfte, vernahm Rowan den lauter werdenden Jubel.

Er bestellte ein Bier, zahlte und erhielt einen überschwappenden Holzkrug. Einen tiefen Schluck nehmend, schlenderte er in Richtung des Grenzaufseher-Zeltes, wo die Klageerhebungen verlesen wurden. Er bahnte sich einen Weg durch die im Zelt versammelten Männer und sah, daß Mhairi und Iain in der Nähe unweit des Tisches der beiden Grenzaufseher auf ihre Verhandlung warteten. Nachdem er seinen Krug abgestellt hatte, trat er auf sie zu. Zuvor hatte man Iain auf Rowans Drängen und mit Archies Unterstützung erlaubt, zwar bewacht, aber ohne Fesseln mit Mhairi über das Feld zu schlendern, und jetzt stand er neben ihr.

Als Rowan näher kam, blickte sie ihn aus großen, besorgten Augen an. Um sie zu beruhigen, legte er seine Hand auf ihre Schulter und nickte Iain zu. Sie drehten sich um, um Simon zu lauschen, der eine Klageerhebung gegen einen Grenzräuber verlas, der jetzt vor seinem Tisch auf dem mit Stroh ausgestreuten Boden stand. Der Mann trug weder Ketten noch Fesseln und war bewaffnet, seine Kumpane standen in der Nähe. Archie Pringle machte sich Notizen, tauchte seinen Federkiel in ein Tintenfaß und schrieb mit, während Simon sprach.

»Diese Klageerhebung behauptet, daß Sie, Richard Storey, Ihres Zeichens Engländer, mitten in der Nacht in das Eigentum einer Schottin, einer gewissen Mrs. Beattie, eingedrungen sind«, sagte Simon und seine Stimme hallte gegen die Zeltbahnen. »Sie behauptet, daß Sie ihr vier Milchkühe und sechzehn Schafe gestohlen haben. Und daß Sie sich gewaltsam Einlaß in ihr Haus verschafft und ihr Geschirr sowie die Bekleidung und das Bettzeug ihrer Kinder entwendet haben. Was haben Sie dazu zu sagen?«

»Ja, das ist richtig«, bestätigte der Räuber. »Aber fragen Sie doch einmal Mrs. Beattie, wo ihr Ehemann in jener Nacht gewesen ist.«

»Gegen ihn liegt keine Klage vor«, entgegnete Simon.

»Er war in England und hat die Kühe meines Bruders weggetrieben.«

»Nichtsdestotrotz wird Ihnen auferlegt, Mrs. Beattie einen Betrag in Höhe des dreifachen Wertes ihres Viehs und ihres Hausrats zu entrichten.« Simon blickte zu dem englischen Grenzaufseher. »Einverstanden, Sir Henry?«

»Einverstanden«, antwortete der Grenzaufseher schroff. Zum Zeichen des Abschlusses dieses Verfahrens schlug Simon mit seiner flachen Hand auf den Tisch. Archie schrieb eine Notiz auf einen Bogen und reichte diesen Richard Storey, der ihn in seinem Wams verschwinden ließ und sich einen Weg durch die Menge in Richtung Zeltausgang bahnte.

»Hector Elliot, Clemson Elliot, Martin Elliot und Thomas Storey, auch der Kaufmann genannt«, verlas Simon. »Treten Sie vor und beziehen Sie gegenüber Ihren Anklägern Stellung.«

Wie viele andere blickte auch Rowan sich um. Als niemand vortrat, wiederholte Simon die Namen und schickte dann einen seiner Männer aus dem Zelt, um sie zu suchen.

»Die sind nicht hier«, sagte der Beamte nach seiner Rückkehr. Unter den Anwesenden erhob sich leises Murmeln, jemand kicherte.

Henry Forster räusperte sich. »Gegen diese Männer und ihre Kumpane liegen sowohl von schottischer als auch von englischer Seite mehrere Klagen vor«, sagte er. »Ich meine, daß sie sich allein aufgrund ihres Nichterscheinens strafbar gemacht haben. Der Schuldspruch wird in Abwesenheit verkündet!«

Simon schüttelte den Kopf. »Es ist noch früh am Tag. Vielleicht kommen sie noch. Wir werden sie erneut aufrufen.« Er öffnete eine weitere Akte.

»Thomas Armstrong, genannt der Priester. Treten Sie vor.«

Erstaunt blickte sich Rowan um. Mhairi, die neben ihm stand, ergriff seinen Arm. »Tammie!« entfuhr es ihr. Er nickte und ließ seinen Blick über die Menge schweifen. Einen Augenblick später trat Tammie der Priester mit koboldhaftem Grinsen vor. Als er Rowan und Mhairi erblickte, winkte er ihnen zu.

»He, he, der Black Laird und seine hübsche Braut«, sagte er mit einem breiten Grinsen, bevor er sich Simon zuwandte. »Sir Grenzaufseher. Gott schütze Sie.«

Simon warf ihm einen vernichtenden Blick zu. »Thomas Armstrong«, rief er. »Im letzten Jahr wurden Sie zweimal zum Geächteten erklärt, weil Sie nicht Stellung zu der gegen Sie erhobenen Klage bezogen. Im letzten Monat war das erneut der Fall, und jetzt liegt eine weitere Klage gegen Sie vor.«

»Jaja, aber jetzt bin ich hier. Ich bin bereit, für meine Sünden zu büßen«, meinte Tammie scheinheilig.

»Das werden Sie. Die neuerliche Klageerhebung besagt«

– leise vor sich hinmurmelnd blickte Simon auf das Pergament und fuhr dann fort –, »daß Sie dem Engländer John Heron in Tynedale acht Milchkühe und vier Schafe stahlen und in der darauffolgenden Nacht zurückkehrten, um seine trächtige Ziege zu entwenden.«

»John Heron hat meine Tiere gestohlen. Ich war dort, um sie zurückzuholen«, verteidigte sich Tammie. »Ich nahm nur, was mir gehörte. Einschließlich der Ziege. Und ich beschwöre meine Unschuld, Sir.«

»Sie schwören bei den himmlischen Heerscharen und beim Allmächtigen, daß Sie in dieser Sache schuldlos sind?« fragte Simon. Während er sprach, schrieb Archie eifrig mit. »So wahr Ihnen Gott helfe?«

»So ist es. Und ich habe einen Zeugen«, betonte Tammie.

Dickie der Felsbrocken bahnte sich einen Weg durch die Menge und trat vor den Tisch des Grenzaufsehers. »Ich bin der Meßdiener Richard Armstrong«, verkündete er mit seiner tiefen, sonoren Stimme. »Ich schwöre bei Gott und bei allem, was heilig ist, daß mein Bruder Tammie John Heron weder Hausrat noch Vieh gestohlen hat, das ihm nicht schon vorher gehörte.«

Stirnrunzelnd wiederholte Simon den Eid für Dickie, der seinen Schwur darauf leistete. Dann beriet sich Simon leise mit Henry Forster. Der englische Grenzaufseher nickte und schlug mit der Hand auf den Tisch.

»Schuldlos aufgrund Ihrer eigenen Versicherung und in Treu und Glauben gegenüber Ihrem Zeugen, so wie es die Grenzgesetzgebung vorsieht«, verkündete Forster. »Aber wir verlangen Wiedergutmachung für die Überfälle im letzten September, auf deren Klageerhebungen Sie nicht reagierten. Den dreifachen Wert des damals entstandenen Schadens.«

»Tammie Armstrong, sollte ich Ihren Namen jemals wieder auf einer Klageerhebung vorfinden, werde ich Sie inhaftieren und zur Rechenschaft ziehen«, warf Simon ein. Grinsend nickte Tammie und nahm das ihm von Archie überreichte Papier, bevor er erneut in der Menge verschwand.

Von der Wiese, wo das Fußballspiel stattfand, drang wildes Jubeln zu ihnen herüber. Einige Männer verließen das Zelt, offensichtlich daran interessiert, den weiteren Spielverlauf zu verfolgen.

»Mhairi Macrae«, verlas Simon. »Treten Sie vor.«

Rowan bemerkte ihre Anspannung, als sie ihren Umhang fester um ihre Schulter zog und dann stolz erhobenen Hauptes vor die Anklagebank trat. Simon reichte Henry Forster das Pergament, der es stirnrunzelnd las. »Das ist Sache der schottischen Krone«, sagte er. »Der Angriff königlicher Kuriere ist Hochverrat.«

»In dieser Angelegenheit handle ich als Vertreter der Krone«, betonte Simon. »Mhairi Macrae.«

»Lady Mhairi of Blackdrummond«, fiel ihm Rowan scharf ins Wort. »Meine Gattin.«

Aufgrund der Richtigstellung zog Simon erzürnt seine Brauen zusammen. »Lady Mhairi, Sie werden angeklagt, die vom schottischen Kronrat entsandten, bewaffneten Kuriere auf der Straße nach Lincraig vorsätzlich angegriffen und ausgeraubt zu haben. Man hat sie in der Nacht zum 21. Oktober beobachtet, als Sie dort einen Mann überwältigten. Erklären Sie uns, wer gemeinsam mit Ihnen die weiteren, hier aufgelisteten Verbrechen verübt hat.« Er verlas die jeweiligen Daten, an denen die Kuriere – mit Ausnahme von Rowan – auf der Straße nach Lincraig ihrer Dokumente beraubt worden waren. Dann lehnte er sich zurück.

»Haben Sie Zeugen, die mich in den fraglichen Nächten beobachtet haben?« fragte Mhairi mit leiser, fester Stimme. Rowan war stolz auf sie. Neben ihm beobachtete Iain die Sache eher skeptisch. Christie trat zu ihnen, und der Blick seiner blauen Augen wirkte ausgesprochen ernst.

»Jemand hat diese Männer angegriffen. Sie waren die einzige Reiterin auf der Straße nach Lincraig, die man dort in verdächtiger schwarzer Bekleidung wahrgenommen hat. Als Grenzaufseher für dieses Gebiet muß ich Sie des tätlichen Angriffs auf königliche Kuriere bezichtigen. Und jetzt gestehen Sie, wer mit Ihnen gemeinsame Sache gemacht hat. Die Armstrongs aus Liddesdale?« Er runzelte die Stirn. »Oder die Blackdrummond Scotts?«

Stolz aufgerichtet stand Mhairi in ihrem schwarzen Umhang vor ihm. Umgeben von ausgekochten Grenzräubern und Beamten wirkte sie völlig fehl am Platz. »In dieser Sache haben weder Sie noch irgendein anderer Beweismaterial gegen mich«, entgegnete sie selbstbewußt.

»Man hat sie gesehen und es mir unter Eid bezeugt.«

»Ich gebe zu, daß ich, ebenso wie viele Bewohner des mittleren Grenzgebiets, diese Straße entlanggeritten bin.« Gelächter erscholl aus der Menge. »Aber ich habe keinen einzigen Geldbeutel gestohlen.« Das entsprach der Wahrheit, wenn auch nur im übertragenen Sinne, dachte Rowan im stillen. »Befinden sich hier irgendwelche Kuriere, die mich beschuldigen?«

Simon wirkte verwirrt. »Wir konnten sie nicht von Edinburgh hierher zitieren. In der Nacht, als Jennet Macraes Haus in Brand gesetzt wurde, hat man Sie gesehen. Eine mir gegenüber getätigte Aussage belegt, daß Sie auf dieser Straße einen Mann angegriffen haben.«

Rowan bemerkte ihre plötzlich angespannte Haltung. »Wer hat eine solche Aussage gemacht?« fragte sie.

»In jener Nacht war eine ganze Reihe von Leuten im Hochmoor unterwegs. Und ich bin Ihnen gegenüber nicht zur Namensnennung verpflichtet. Es ging um vertrauliche Angelegenheiten hinsichtlich der Grenzüberwachung.«

Soweit Rowan bekannt war, hatten nur er und Clem Elliot sie auf der Straße nach Lincraig gesehen. Falls es noch weitere Zeugen gab, mußte es sich um Leute des Grenzaufsehers handeln. Aber in der besagten Nacht hatte Mhairi niemanden angegriffen und beraubt. Das von Simon herausgestellte und angeblich von Zeugen belegte Verbrechen war fingiert. Er hatte absolut keinen Beweis, daß sie die Kuriere des Kronrats überwältigt hatte, verdächtigte sie jedoch offensichtlich und schien entschlossen, sie für schuldig zu erklären.

Als Mhairi nicht antwortete, runzelte Simon verärgert die Stirn. »Rowan Scott, treten Sie vor«, befahl er. Mhairi warf einen raschen Seitenblick zu Rowan, als dieser sich neben sie stellte. »Sie haben diese Frau auf der Straße nach Lincraig gestellt und sie in jener Oktobernacht verhaftet.«

»Ich kam ihr zu Hilfe, da Clem Elliot sie verletzt hatte«, berichtete Rowan. »Und ich werde für die besagte Nacht als ihr Zeuge auftreten. Sie hatte keineswegs die Absicht, irgend jemanden zu überwältigen. Sie wollte Hilfe holen, nachdem Heckie Elliot das Haus ihres Bruders in Brand gesetzt hatte. Ich schwöre, daß das die Wahrheit ist!«

Rowan beobachtete, wie sich Geordie Bell, der Stellvertreter des englischen Grenzaufsehers, vorbeugte und Henry Forster etwas zumurmelte, der daraufhin nickte und zu Simon blickte. »Rowan Scotts Eid enthebt sie dieser Anklage«, verkündete Forster. »So will es die Grenzgesetzgebung.«

»Er ist ihr Ehemann«, empörte sich Simon.

»Und Ihr Stellvertreter. Die Grenzgesetzgebung findet auch dann Anwendung«, erwiderte Forster.

»Nun, dann wird sie immer noch der anderen Straftaten verdächtigt«, beharrte Simon. »Mein Zeuge hat sie nachts dort draußen gesehen. Außer ihr hätte niemand einen Grund gehabt, die Kuriere des Königs anzugreifen.«

»Ich bin ein vom Kronrat ernannter Stellvertreter, und meine Aussage entlastet sie. Schließlich haben Sie keinen Zeugen, der die anderen Vorkommnisse beeiden kann«, erwiderte Rowan.

»Dann werde ich sie belasten«, sagte Simon. »Ich glaube, daß sie den vom Kronrat gegen ihren Bruder Iain Macrae ausgestellten Vollstreckungsbefehl in ihren Besitz bringen wollte, da die Reiter von Lincraig ausschließlich Kuriere des Königs angriffen. Man hat sie spätabends auf dieser Straße gesehen, und sie war bekleidet wie ein Grenzräuber. Einen königlichen Kurier zu berauben ist Hochverrat. Und ich will wissen, wer noch bei ihr war. Gestehen Sie, Mhairi.«

Mhairi erhob ihre Hand und schwieg, obgleich Rowan trotz des Dämmerlichts bemerkte, daß ihr blasses Gesicht errötete. Der Regen trommelte auf das Zeltdach, und dann erhob sich plötzlich aus den Reihen der Grenzräuber anschwellendes Gemurmel wie das Rauschen eines Wasserfalls. Rowan vernahm Äußerungen der Bewunderung und nicht etwa der Mißbilligung für eine solche Tat, ob sie nun bewiesen war oder nicht. Ihm fiel ein, daß Jock und Sandie genauso reagiert hatten, nachdem sie Mhairis Beweggründe erfahren hatten. Die Loyalität gegenüber der Familie stand bei den Grenzbewohnern an erster Stelle, demzufolge konnte jede Straftat, in Ausnahmefällen sogar ein Mord, ehrbar sein.

»Ich habe kein Dokument an mich genommen, das eine Verurteilung Iains beinhaltete«, meinte Mhairi bedachtsam.

Schweigend beobachtete Rowan sie; trotz seiner Angst um sie bewunderte er ihren Mut und ihre Diplomatie. Sie hatte keinem der von ihr angegriffenen Männer irgendwelche Wertsachen entwendet; es war ihr lediglich um den Vollstreckungsbefehl gegangen, den sie letztlich, aufgrund des guten Verstecks in seinem Beutel, nicht gefunden hatte.

»Mhairi Macrae, sagen Sie mir, was Sie auf dieser Straße zu suchen hatten und was Sie über die Reiter von Lincraig wissen«, beharrte Simon. »Beim Allmächtigen, ansonsten werden Sie wegen Hochverrats gemeinsam mit Ihrem Bruder gehenkt werden. In vielerlei Hinsicht wissen Sie beide mehr, als Sie zuzugeben bereit sind.«

»Grenzaufseher«, schaltete sich Christie ein und trat vor. Mhairi wirbelte herum, um ihn anzusehen, und Rowan warf ihm über seine Schulter hinweg einen erstaunten Blick zu. »Ich ritt auf dieser Straße, weil ich Mhairis Bruder helfen wollte. Ich gebe zu, das war kein guter Plan. Aber Mhairi ist in allen genannten Punkten unschuldig.«

»Sie?« fragte Simon ungläubig. »Christie Armstrong, Sie sind ja noch ein Kind. Verschwinden Sie.« Einige Grenzräuber lachten.

Christie errötete bis zu seinen blonden Haarwurzeln. »Ich bin der Reiter von Lincraig«, beharrte er. »Ich habe die Kuriere überwältigt.«

»Hat er nicht«, schnitt ihm Mhairi das Wort ab. »Er ist ein bißchen in mich verliebt, denke ich, und will hier den Kavalier spielen. Vermutlich kennt er die Straße nur bei Tageslicht.«

Simon entfuhr ein abfälliges Lachen. »Ich schlage vor, Sie verlieren Ihr Herz anderswo, Christie Armstrong. Erst wenn ich eine Klageerhebung wegen Viehdiebstahls vorgelegt bekomme, die Ihren Namen trägt, glaube ich das. Schließlich sind Sie das Kind eines Grenzräubers. Und jetzt verschwinden Sie, damit wir die Verhandlung fortführen können.« Christie hatte sich vor Simon aufgebaut und funkelte diesen an. Unwirsch schob ihn der Grenzaufseher beiseite. »Gehen Sie, oder ich lasse Sie gewaltsam entfernen. Schlimmstenfalls akzeptiere ich Ihre Aussage und lasse Sie aufhängen.« Ein eiskaltes Lächeln umspielte seine Mundwinkel.

Als sich Christie abwandte, berührte Mhairi seinen Ärmel, doch er zog seinen Arm weg. Sie sah ihn an, und Rowan bemerkte den verletzten Ausdruck auf ihren Gesichtern. Christie schob sich an Iain und den Wachtposten vorbei und schlenderte zu Jock und Sandie, die hinter Iain standen.

Simon beugte sich zur Seite und sprach mit Henry Forster. Während ihres Gesprächs blickte Mhairi auf das Stroh zu ihren Füßen. Als Rowan ihre schmalen Schultern und ihr glänzendes dunkles Haar betrachtete, wünschte er sich, sie umarmen und ihr Mut zusprechen zu können. Doch er wußte, daß sie das nicht brauchte. Sie konnte und wollte diese Situation allein durchstehen. Aber er würde ihr zur Seite stehen und dafür sorgen, daß ihr kein Unrecht geschah.

Tief in seinem Inneren beschlich ihn das unangenehme Gefühl, daß Simon entschlossen war, sie unabhängig von ihrer Schuldlosigkeit oder ihren Motiven zu verurteilen. Und Rowan war gleichermaßen entschlossen, das zu verhindern. Er wußte genau, daß ihre Straftat nur der Loyalität und Liebe zu ihrem Bruder entsprang.

Rowan hatte seinen Bruder ebenso geliebt, hatte jedoch auch den Verrat schmerzlich kennenlernen müssen. Er würde nicht zulassen, daß Mhairi für ihre Tat verurteilt wurde. Als Jock Mhairi für das, was sie getan hatte, Bewunderung gezollt hatte, war er vollkommen anderer Meinung gewesen. Aber jetzt konnte Rowan seinen Großvater verstehen.

Mit festem Blick wandte er sich den Grenzaufsehern zu. »Ich entlaste diese Frau in allen Punkten«, sagte er. »Ich beschwöre ihre Unschuld und bürge mit meinem Leben für ihre Freilassung.«

Neben ihm rang Mhairi nach Atem. Er berührte ihren Arm, damit sie schwieg.

Nachdenklich musterte ihn Henry Forster. Leise murmelnd beugte er sich zu Simon herüber. Während Rowan wartete, sah er zu Geordie Bell, der hinter dem englischen Grenzaufseher stand und Rowans Blick sorgenvoll erwiderte.

Schließlich blickte Simon kopfschüttelnd auf. »Mhairi Macrae, dieser Straftatbestand läßt sich weder für nichtig noch für nicht gegeben erklären. In einem Fall von Hochverrat lasse ich keinen Entlastungszeugen zu. Ich berufe mich in dieser Sache auf meine Rechtsbefugnis als Grenzaufseher, soll heißen, ich erkläre Sie in eigener Verantwortung für schuldig.« Seine Hand donnerte auf die Tischplatte. »Schuldig«, erklärte er Archie. »Sie wird nach Abermuir gebracht, bis die Kuriere als Zeugen verhört werden können. Formuliere die entsprechende Mitteilung nach Edinburgh.«

Ein Raunen ging durch die Menge. Rowan spürte, daß Mhairi leicht schwankte. Er stützte sie. »Grenzaufseher«, sagte er. »Es besteht absolut kein Anlaß für eine solche Entscheidung. Ich habe sie entlastet.«

»Jetzt reicht's«, brüllte Simon.

»Dann werde ich ebenfalls als Entlastungszeuge für sie eintreten«, entschied eine Stimme hinter ihnen. Rasch drehte sich Rowan um. Jock Scott schritt zur Anklagebank. »Ich schwöre, daß Mhairi unschuldig ist.«

»Ich trete ebenfalls als Entlastungszeuge für sie auf«, schloß sich Sandie an und trat vor.

»Ich auch«, mischte sich Christie hinter ihnen ein. »Obwohl ich nur ein Kind bin.«

Mit hochrotem Gesicht stand Simon hinter seinem Tisch auf. Neben ihm erhoben sich Henry Forster und Archie, die das Ganze mit fassungslosem Gesichtsausdruck verfolgt hatten.

»Ich trete ebenfalls als ihr Entlastungszeuge auf«, ertönte Dickie Armstrongs Stimme aus der Menge.

»Ich auch«, rief Tammie. »Und wir sind Gottesmänner.«

»Ich ebenfalls«, rief ein weiterer Mann. Rowan sah, daß Nebless Will Scott seine Hand erhoben hatte und seine Söhne ihm den Eid nachsprachen.

»Ich melde mich ebenfalls«, ertönte eine tiefe, selbstbewußte Stimme. Obgleich ihm die Stimme vertraut vorkam, konnte Rowan den Mann inmitten der von Helmen und Kapuzen verdeckten Gesichter nicht erkennen.

Und er erkannte auch nicht jeden einzelnen, der sich diesem Eid anschloß. Es waren so viele, die in diesem Zelt ihre Arme hoben und Mhairi Macraes Unschuld beschworen, daß man hätte meinen können, jeder Anwesende setzte sich für sie ein, ob er sie nun kannte oder nicht.

»Och, sehen Sie, Sie werden sie freisprechen müssen«, sagte Tammie grinsend.

Rowan drehte sich zu Simon um. »Sie haben gehört, daß diese Männer ihre Unschuld bezeugen«, sagte er. Er blickte zu Archie und räusperte sich. »Vermerken Sie auf der Akte – freigesprochen aufgrund der Aussagen aller anwesenden Zeugen.«

»Mit Vergnügen«, sagte Archie und griff zur Feder.

Stolz und erleichtert blickte Mhairi mit klopfendem Herzen zu Rowan auf. »Warum bezeugen denn alle diese Männer meine Schuldlosigkeit?« fragte sie. »Die meisten von ihnen kennen mich doch gar nicht.«

Er beugte sich zu ihr hinunter. »Sie glauben an die Loyalität gegenüber der Familie. Und sie wollen nicht, daß dich Simon trotz des fehlenden Beweismaterials für schuldig erklärt. Wenn er sich solche Freiheiten herausnehmen darf, sind sie vielleicht eines Tages alle in Schwierigkeiten.«

Sie schüttelte den Kopf. »Ihre Loyalität gilt dem Black Laird of Blackdrummond. Dein berüchtigter Ruf hat gerade meinen Kopf gerettet.«

»Deine Loyalität berührt sie«, entgegnete er.

Mhairi erschrak, da Simon energisch mit der Hand auf den Tisch schlug. »Diese Klage ist vielleicht aus der Welt geschafft«, setzte er sich mit zornerfüllter Stimme über das Schwatzen und Lachen der Anwesenden hinweg. »Aber es steht noch eine weitere Strafsache zur Diskussion. Iain Macrae, treten Sie vor!«

Plötzliches Schweigen, das lediglich von dem auf das Zeltdach prasselnden Regen durchbrochen wurde, breitete sich unter den anwesenden Grenzräubern aus. Mhairi spürte, daß Rowan ihren Ellbogen fester umklammerte, doch sie hatte nur Augen für ihren Bruder. Iain trat hoch erhobenen Hauptes vor die Anklagebank und musterte Simon wortlos.

»Ich habe einen vom Kronrat unterzeichneten und versiegelten Vollstreckungsbefehl«, frohlockte Simon und hob ein Pergament hoch, auf dem ein rotes Siegel prangte.

Mhairi wurde plötzlich übel. Simon hatte das Dokument, für das sie wiederholt ihr Leben riskiert hatte, das Schriftstück, das sie Rowan gestohlen hätte, wäre ihr dessen Versteck bekannt gewesen. Dieses Pergament, das in Simons riesiger Pranke hin und her flatterte, bedeutete, daß sie versagt hatte und daß ihr Bruder nun zum Tode verurteilt wurde.

Mit rasendem Herzklopfen ballte sie ihre Hände zu Fäusten und riß sich von Rowan los. Tiefes Bedauern, unbändiger Zorn und heftige Selbstvorwürfe quälten sie. Aufkeimendes Entsetzen bemächtigte sich ihrer, als sie darüber nachdachte, daß sie in einem engmaschigen Netz von Treue und Loyalitätsempfinden gefangen saß.

Sie hatte den Mann geheiratet, durch den der Tod ihres Bruders zur drohenden Realität wurde. Gleichgültig wie sehr sie ihn liebte, sie war sich nicht sicher, ob sie ihm das jemals verzeihen konnte.

Sie betrachtete Iains breiten, kraftstrotzenden Rücken und schob eigensinnig ihr Kinn vor. Sie spürte Rowans Nähe, drehte sich jedoch nicht zu ihm um, obwohl sie sich verzweifelt danach sehnte.

Kapitel 25

»Hat er geraubt? Hat er gestohlen?
Hat er gemeuchelt einen Mann?
Was hat Verwerfliches er denn getan,
Daß man ihn so bald hängen kann?«
– ›Geordie‹

Mhairi beobachtete, wie Simon Forster den Vollstreckungsbefehl überreichte.

»Ich vertraue Ihnen diesen Gefangenen an«, sagte er. »Der Mann hat gemeinsam mit den Spaniern Hochverrat gegen Ihre Königin begangen.«

»Haben Sie den Beweis in dieser Sache erbracht? Haben Sie das spanische Gold?« fragte Forster rasch. »Ich bin damit beauftragt, das Gold in Empfang zu nehmen und die Verantwortung für den Häftling zu tragen.«

Simon nickte. »Es ist hier und wird von meinen Männern bewacht.« Er deutete auf eine kleine Truhe im hinteren Teil des Zeltes. Henry nickte und gab zwei englischen Beamten durch Handzeichen zu verstehen, Iain in ihren Gewahrsam zu nehmen.

Mhairi hatte das Gefühl, ihr Herz müsse zerspringen. »Iain ...«

Er sah sie aus traurigen, intelligenten grauen Augen an. Dann wandte er sich ab. Mhairis Herz klopfte zum Zerbersten, und sie fühlte sich einer Ohnmacht nahe. Doch als Rowan seinen Arm um ihre Taille legte, entzog sie sich ihm und blickte Simon an. Eine unheilvolle Mischung aus Wut und Ehrgefühl ließ sie innerlich erzittern.

»Sie tun ihm unrecht!« beharrte sie, Simon fixierend. »Sie haben keinen Beweis dafür, daß Iain jemals als Agent tätig war!«

»Ich verfüge über ausreichendes Beweismaterial«, entgegnete Simon.

»Sie haben keinen einzigen Zeugen, der ihn belasten würde!«

»Ich werde ihn belasten«, sagte er entschieden.

Rowan trat vor und blickte den englischen Grenzaufseher an. »Wohin werden Sie Iain bringen?« fragte er mit ruhiger Stimme.

»Ins Verlies von Burg Carlisle«, antwortete Forster.

Mhairi vernahm Rowans zischende Atemgeräusche. »Die Grenzgesetzgebung besagt, daß er sich frei und ohne Fesseln auf dem Parlamentsgelände bewegen darf.«

Forster zuckte die Schultern. »Natürlich, solange er unter Bewachung steht«, gab er zu. »Ich werde dafür sorgen, daß mein Stellvertreter darauf achtet.«

»Was geschieht auf Carlisle mit ihm?« wollte Mhairi wissen.

»Er wird nach englischem Gesetz wegen Hochverrats verurteilt.«

»Er ist kein Engländer!« erhob sie ihre Stimme.

»Die Grenzgesetzgebung gibt uns das Recht, ihn nach unserer Rechtsprechung abzuurteilen«, erwiderte Forster.

Simon beugte sich vor. »Mhairi, Mädchen«, sagte er mit sanfter Stimme, während sie seine kalten, dunklen Augen musterte. »Ich vermute ohnehin, daß Sie etwas über Ihren Bruder und diesen Spionagering wissen. Sie haben zwar Männer gefunden, die für Ihre Freiheit gebürgt haben, aber bei Ihrem Bruder wird Ihnen das kein zweites Mal gelingen. Er wird in England verurteilt. Und dort gehenkt werden.«

Nach Atem ringend funkelte Mhairi ihn an. »Bei meiner Ehre, ich schwöre, daß er unschuldig ist.«

»Ihre Ehre«, schnaubte er, »bedeutet mir gar nichts.« Abrupt drehte er sich um und hob den Kopf, um sich an die im Zelt versammelten Grenzräuber zu wenden. »Sämtliche weiteren Klageerhebungen werden nach der Mittagspause verlesen«, kündigte er an. »Für alle, die einer Straftat verdächtigt sind, besteht ausdrücklich Anwesenheitspflicht. Sagen Sie das auch Ihren Kumpanen.« Er nickte Forster zu, der sich ebenfalls erhoben hatte. Sie drehten sich um und schlenderten in den hinteren Teil des Zeltes.

»Simon ...«, sagte Mhairi. Er sprach leise mit Forster und nahm keine Kenntnis von ihr. Sie trat einen Schritt vor, doch Archie Pringle wandte sich ihr zu und blickte dann von ihr zu Rowan.

»Ich werde dafür sorgen, daß die Engländer Wort halten und Iain sich weiterhin frei auf dem Parlamentsgelände bewegen kann«, versprach er. »Kommen Sie später wieder, um ihn zu treffen.«

»In Ordnung«, sagte Rowan und legte seinen Arm um Mhairis Schultern, um sie aus dem Zelt zu führen. Schäumend vor Wut und Verärgerung, stieß sie ihn zurück. Unsanft packte er sie am Arm.

»Laß mich los!« herrschte sie ihn an.

»Hör mir gut zu«, murmelte er in eindringlichem Ton, während sie das Zelt verließen. »Gewisse Dinge kannst du hier einfach nicht diskutieren, ohne dich selbst verdächtig zu machen. Die Grenze kennt ihre eigenen Gesetze, die Grenzaufsehern das Recht einräumt, Straftäter auszuliefern. Auf diese Art und Weise können die Schotten nach englischer Rechtssprechung verurteilt werden.«

»Sie dürfen ihn nicht nach Carlisle bringen – sie sollen ihn hier verurteilen. Ich werde ihn entlasten!«

»Als wenn Simon sich darauf einließe«, sagte er schroff, während sie über das aufgeweichte, von Menschen übervölkerte Feld schritten. Der Regen hatte nachgelassen, doch die Luft war kalt und feucht. »Iain wird eines Verbrechens bezichtigt, dessen Verhandlung die juristischen Befugnisse der Parlamentszusammenkünfte überschreitet. Simon hat einen Vollstreckungsbefehl vom Kronrat ...«

»Ja, und das nur, weil du ihn überbracht hast!« Sie funkelte ihn an. »Und ich wünschte, ich hätte ihn dir weggenommen!«

»Selbst das hätte diesen Tag nicht verhindern können«, entgegnete er barsch. »Iain wäre ohnehin hierhergebracht worden. Schlimmer noch, wenn Simon darauf bestanden hätte, seine Grenzaufseher-Justiz walten zu lassen, würde Iain längst am Galgen baumeln. Übe dich in Geduld. Der

Tag ist noch nicht vorüber. Ob du es glaubst oder nicht, ich will deinem Bruder wirklich helfen.« Während sie über das riesige Feld schlenderten, hielt er ihren Arm fest umklammert. Das laute Jubeln, das aufgrund des Fußballspiels zu ihnen herüberdrang, ließ Mhairi ziemlich ungerührt, obgleich Scharen von Männern dorthin strömten.

»Hast du Hunger?« fragte Rowan, als sie an den Kochfeuern vorübergingen, deren köstlicher Duft in der Luft hing.

Sie schüttelte den Kopf und ging weiter. Nach einer Weile legte sich ihr Zorn. »Was kann man denn für Iain tun?« fragte sie schließlich.

»Das beste wäre, ihm dabei behilflich zu sein, die Wahrheit ans Licht zu bringen.«

Von plötzlicher Furcht übermannt, seufzte Mhairi. Vermutlich war es unmöglich, die Wahrheit herauszufinden – und Iain mußte sterben, sofern die Spione nicht gefaßt wurden.

Rowan führte sie zu den Schanktischen, suchte ihr einen Platz unter einem Baum und verschwand, um etwas zu essen zu kaufen. Während ihres Wartens setzten sich einige Grenzräuber ans andere Ende des Tisches und legten grinsend die Hand an ihre Helme. Sie lächelte verhalten, hatte sie diese doch bereits im Zelt des Grenzaufsehers wahrgenommen.

Kurze Zeit später kehrte Rowan mit zwei gefüllten Bierkrügen, zwei Scheiben Bratenfleisch und einem riesigen Pfannkuchen aus Hafermehl zurück.

»Ich bin nicht hungrig«, sagte sie spröde.

»Du mußt etwas essen.« Aufgrund seines entschiedenen Tonfalls gab sie nach und nahm von den dampfenden Speisen, die ihren Magen erwärmten. Rowan setzte sich ihr gegenüber, und sie bemerkte, daß er nur wenig aß.

»Wenn Iain unschuldig ist, muß es dafür Beweise geben«, sagte er mit leiser Stimme. »Selbst wenn er im Kerker von Carlisle einsitzt, können wir ihn befreien, sofern die Spione gefunden werden.«

»Wenn die Engländer ihn doch nicht für schuldig befänden und ...« Unfähig, ihren Satz zu vollenden, und nicht in der Lage, einen weiteren Bissen hinunterzubringen, schob sie ihren Teller weg.

Er seufzte. »Hier ist heute ein Mann anwesend, der uns vielleicht helfen könnte. Vergiß nicht, ich habe immer noch den spanischen Brief.«

»Aber er ist verschlüsselt.«

»Dann müssen wir ihn entschlüsseln lassen«, antwortete er. »Mhairi, ich habe beschlossen, ins umstrittene Land zurückzukehren. Alec weiß mehr von der Sache als alle anderen. Und Iains einzige Chance auf Freiheit liegt bei ihm.« Er senkte den Blick. »Ich werde Alec finden und mit ihm reden.«

Mhairi war sich bewußt, was diese Entscheidung für Rowan bedeutete. Erleichtert und von Dankbarkeit überwältigt, berührte sie zärtlich seinen Arm.

Doch als er erneut aufblickte, hatten seine grünen Augen einen kalten, bedrohlichen Glanz angenommen. »Sag mir, wo du das Schriftstück gefunden hast«, beharrte er.

»Auf Iains Dachboden«, seufzte sie. »Es war dort versteckt.«

»Gütiger Himmel.« Kopfschüttelnd wandte er den Blick ab.

»Er ist unschuldig«, betonte sie. »Ich weiß es jetzt. Ich habe ihn gefragt, und er hat mir geschworen, daß er kein Unrecht begangen hat.«

Rowans Mundwinkel umspielte ein leicht skeptisches Grinsen. »Wenn Simon von dem Brief wüßte, hätte er Iain schon längst gehenkt.«

»Solange man ihm nicht davon erzählt, wird er niemals davon erfahren«, sagte sie betont. Rowan warf ihr einen ironischen Blick zu. »Vielleicht solltest du ihm sagen, daß du Heckie und seine Bande dieser Sache bezichtigst. Wenn Simon diese Halunken zu fassen bekäme, ließe sich die ganze Angelegenheit vermutlich rasch aufklären.«

»Vorher spreche ich mit Alec«, versprach Rowan. »Außerdem bezweifle ich, daß Simon mir in dieser Sache Gehör schenkt.«

»Rowan Scott!« Als sie seinen Namen hörten, drehten sie sich beide um. Tammie der Priester schlenderte mit einem überschwappenden Bierkrug auf sie zu. »Hier entlang! Wir brauchen einen durchtrainierten Burschen wie Sie!« Er zerrte an Rowans Arm, bis dieser aufstand. Mhairi erhob sich ebenfalls.

»Wofür denn?« fragte Rowan.

»Wir brauchen einen guten Stürmer«, antwortete Tammie. »Unser bester Mann ist verletzt.« Er zog Rowan vom Tisch weg.

Hastig trat Mhairi dazwischen. »Wovon reden Sie eigentlich?«

»Vom Fußballspiel«, sagte Tammie. »Dickie ist einverstanden, den Libero abzugeben, und nichts und niemand kann ihn davon abhalten. Aber unser bester Stürmer wird gerade vom Platz getragen, sehen Sie ...« Er deutete auf einen Mann mit stark blutender Nase und lehmverkrusteter Kleidung, der, auf zwei weitere Männer gestützt, fluchend weghumpelte.

»Oh, gütiger Himmel«, stöhnte Mhairi.

»Och, halb so schlimm, er hat nur versucht, mit dem Ball abzuhauen. Und das läßt sich kein Grenzräuber gefallen. Das Fußballspiel ist ihnen ebenso heilig wie der Viehdiebstahl«, fügte er hinzu. »Sie sehen wie ein Mann aus, der einen guten Ball spielen kann, was.«

»Ich habe keine Zeit zum Fußballspielen, Tammie«, sagte Rowan.

»Och, bei diesem Spiel kommen Sie voll auf Ihre Kosten. Das weiß ich ganz genau.«

»Und woher wissen Sie das?« fragte Rowan. Eifrig lauschend rannte Mhairi hinter ihnen her und hob ihre Röcke, damit diese nicht beschmutzt wurden.

»Ich weiß es einfach«, grinste Tammie. »Beeilen Sie sich, sie warten bereits.«

Sie erreichten den Rand des Spielfeldes, wo zwei Mannschaften bereits in der Mitte der matschigen, niedergetrampelten Wiese warteten. Hunderte von Männern standen johlend und gestikulierend an den Seiten. Einige von ihnen warfen Essensreste auf das Spielfeld, um ihren Unmut kundzutun.

»Das Spiel fand zunächst zwischen Grenzräubern statt, die auf ihre Verfahren warten mußten«, erklärte Tammie. »Aber jetzt will die Menge ein Spiel zwischen Grenzräubern und Beamten sehen. Über fünfzig Männer stehen schon bereit, und weitere werden folgen. Die eine Mannschaft besteht aus Grenzoffizieren, die andere aus englischen und schottischen Halunken.« Er musterte Rowan. »Auch wenn ich weiß, daß Sie stellvertretender Grenzaufseher sind, wollen die Grenzräuber, daß Sie auf deren Seite spielen. Sehen Sie, dort kommen Kerr und Forster, um ihre Männer zu sehen«, sagte er mit einer Handbewegung.

Mhairi sah die beiden mit Bierkrügen auf das Feld zustrebenden Grenzaufseher und die ihnen folgenden Truppen. Auch der humpelnde Archie Pringle war unter ihnen. Hinter ihnen führten zwei Offiziere Iain, dessen Hände nicht gefesselt waren. Mhairi wollte das Feld überqueren, um in der Nähe ihres Bruders zu sein, doch der Anblick der wilden Gestalten auf dem Spielfeld ließ sie innehalten.

»Es heißt, daß Archie Pringle auf der letzten Parlamentszusammenkunft ein guter Stürmer gewesen sein soll«, fuhr Tammie fort. »Aber sein Gegner rannte ihn um und er brach sich den Fuß.«

»*Ach*«, meinte Mhairi mitfühlend. »Er hatte den Ball?«

»Nein, er hatte ein Tor geschossen, was der gegnerischen Seite absolut nicht paßte. Kommen Sie, Rowan Scott, und zeigen Sie dem Gegner, wie der Black Laird Fußball spielt. Können Sie den Ball hoch spielen?«

»Hoch genug, aber doch jetzt nicht, Tammie.«

Tammie nahm Rowan den Stahlhelm ab und reichte ihn Mhairi, dann schob er ihn auf das Feld. »Gehen Sie schon, Mann.«

Mit einem schiefen Seitenblick auf Mhairi reichte er ihr seine Jacke und sein Wams. Dann rannte er, wie die meisten Spieler mit Hemd, Hose und Stiefeln bekleidet, los.

»Hören sie denn nicht auf, wenn es regnet?« fragte sie Tammie, der daraufhin in Gelächter ausbrach. Mhairi legte

Rowans Sachen beiseite und setzte ihre Kapuze zum Schutz gegen den ständigen Nieselregen auf. Sie beobachtete, wie Rowan sich den Männern auf dem Spielfeld anschloß und mit Dickie dem Felsbrocken, der die anderen um Haupteslänge überragte, sprach. Einige Spieler waren beinahe ebenso hünenhaft wie Dickie, doch auch die kleineren unter ihnen wirkten von Kampfgeist gestählt, und alle waren von Kopf bis Fuß verdreckt.

»Schauen Sie sich das Spiel an, Mädchen, das wird lustig«, begeisterte sich Tammie. »Die Bäume dort hinten stellen das Tor auf der Grenzräuberseite dar. Die Offiziere müssen den Ball hinter die Bäume schießen. Ihr gegnerisches Tor ist der Fluß.«

»Die Grenzräuber müssen den Ball ans Flußufer schießen?«

»Sie lernen verflucht schnell. Um genau zu sein, muß der Ball im Wasser landen, sonst ist der Treffer ungültig.«

Mhairi nickte und beobachtete, wie Rowan mit dem großen Lederball hantierte. Verfolgt von sämtlichen Spielern zielte er in Richtung Uferböschung. Dann erreichten Rowan sowie ein weiterer Spieler den Ball und kämpften um den nächsten Stoß. Einer der Grenzräuber gesellte sich hinzu, nahm den Ball mit seinen Händen und warf ihn hinter sich.

»Warum hat er das denn gemacht?« fragte sie Tammie.

»Ihre Regeln besagen, daß der Ball nur vorwärts gespielt werden kann. Aber man darf ihn einem Mitspieler in der Deckung zuwerfen, der dann den nächsten Stoß ausführt.«

Sie nickte und beobachtete, wie mehrere Männer versuchten, ihrem Mitspieler den Ball abzujagen. Ein Handgemenge entstand. Mhairi war sich sicher, daß sie ihre Fäuste sprechen ließen, bevor einer der schmutzverkrusteten Männer seinen Kameraden den Ball zuwarf. Ein Offizier erwischte ihn und schoß ihn ins Tor der Grenzräuber unter den Bäumen.

Rowan und die anderen rappelten sich auf und verfolgten den Ball. Dickie Armstrong verließ seine Position in der Nähe der Bäume und stieß gleichzeitig drei Beamte zu Boden.

»Dickie!« rief Tammie begeistert. »He, nur weiter so!«

Ein anderer Offizier übernahm den Ball und schoß ihn exakt zwischen die Bäume. Eine Horde von Männern rannte los und warf sich auf den Ball, während die Offiziere über ihren Sieg jubelten.

»Pah! Die Heilige Jungfrau könnte besser spielen als dieser Haufen!« brummte Tammie. Ein weiteres Handgemenge entstand in Tornähe, während einige Grenzräuber den Ball in Richtung Fluß kickten. Dickie hielt immer noch die drei überwältigten Männer in Schach, die sich verzweifelt zur Wehr setzten.

Rowan kam in den Besitz des Balls und schoß ihn mit einer solchen Wucht über den Platz, woraufhin dieser, nur wenige Zentimeter vom Flußbett entfernt, landete. Mhairi jubelte und grinste Tammie an, doch die Menge brach in anfeuernde Rufe aus.

»Weiter!« grölte Tammie. »Mach schon! Kick ihn ins Wasser!«

Eine Horde Spieler hechtete auf den Ball zu. Einer von ihnen überholte die anderen und hielt den Ball am Boden fest. Daraufhin wurde er ihm von einem anderen Grenzräuber entrissen, der damit in die entgegengesetzte Richtung stürmte.

»Was tut er da?« fragte Mhairi.

»Och, der ist betrunken«, sagte Tammie in angewidertem Tonfall.

Mehrere Grenzräuber schnappten sich den Mann, stießen ihn zu Boden und verprügelten ihn. Der Ball wurde in die Luft geworfen und dann von einem anderen schmutzverschmierten Mitspieler weitergespielt.

Dieser Mann, ein hünenhafter dunkelhaariger Grenzräuber schoß den Ball ebenso elegant über den Rasen wie Rowan. Seine Kameraden nahmen die Verfolgung auf, als der Ball erneut am Ufer liegenblieb, statt im Wasser aufzutreffen.

Wilde Anfeuerungsrufe ertönten auf dem Spielfeld. Mhairi schrie beinahe ebenso laut wie Tammie, der aufgeregt hin und her hüpfte. Rowan sowie weitere Mitspieler rannten wieder auf das Ufer zu, als einer der Offiziere in den Besitz des Balles gelangte und ihn von der Böschung wegkickte. Ein anderer Grenzbeamter spielte ihn weiter.

»Betrüger!« gellte Tammie. »Hirnlose Offiziere! Wenn ihr noch ein Tor schießt, sollt ihr in der Hölle schmoren!«

Mhairi zwinkerte ihm zu und wandte sich dann wieder dem Spielverlauf zu.

Rowan hatte nur noch Augen für den Ball. Er rannte auf den Spieler zu und stellte ihm ein Bein. Der Offizier ging zu Boden, und mehrere Gegner stürzten sich auf Rowan – ein verdreckter Haufen wild entschlossener Männer.

Während er sich mit den anderen um den Ball zankte, spürte Rowan einen Ellbogen in der Leistengegend. Ein Knie bohrte sich in seinen Rücken, und jemand ließ sich auf seinen Kopf fallen. Er konnte sich befreien und warf sich erneut auf den schwitzenden Haufen. Als der Ball davonrollte, stürzte er sich darauf.

Ein weiterer Spieler schnappte ebenfalls danach, und ihre Schultern stießen zusammen. Rowan sah ein schmutzverkrustetes, von langem schwarzen Haar umrahmtes Gesicht, und erkannte in diesem Mann den Grenzräuber, der den Ball so elegant zum Flußufer geschossen hatte. Diesen Mann durfte er nicht behindern, sondern mußte ihn unterstützen!

Rowan warf sich auf einen ungeschlachten Beamten, der sich auf diesen Mann stürzen wollte und bemerkte, daß er sich mit Geordie Bell angelegt hatte, der ihn grinsend anstarrte. Dieser Augenblick genügte, um dem dunkelhaarigen Grenzräuber Gelegenheit für einen weiteren Schuß zu geben. Als der Ball in der Luft schwebte, spurtete Rowan von Mitstreitern verfolgt in Richtung Fluß. Der Ball landete genau auf der Uferböschung und rollte schließlich ins Wasser.

Auf der Suche nach dem Ball watete Rowan gemeinsam mit unzähligen anderen Männern in den eiskalten, tiefen Fluß hinein. In einem Gewirr von Armen und Beinen tauchte er kurz ins Wasser ein und sah sich dem Mann gegenüber, der den Schuß ausgeführt hatte und dessen Gesicht nun schmutzfrei war.

Sein Herzschlag schien auszusetzen. »Alec!« entfuhr es ihm leise.

»Rowan.« Alec grinste. »Ein feiner Schuß, was, Bruderherz?«

Rowan funkelte ihn an. »Was ... was tust du eigentlich hier?« Immer noch verwirrt strich er sein Haar zurück.

»Ich bin hier, um einem Freund zu helfen«, antwortete Alec, schnappte nach Luft und tauchte unter die Wasseroberfläche.

Während die Männer um ihn herum brüllten und kämpften, schwamm Rowan durch das eiskalte Wasser, um Alec zu suchen, der in der Menge verschwunden war. Geordie tauchte mit dem Ball auf und watete freudig johlend zum Ufer zurück. Die anderen taten es ihm nach und versuchten dann erneut, ihm den Ball abzujagen.

Bedächtiger als die anderen stieg Rowan aus dem Wasser und blickte sich um. Aber er konnte Alec unter den Fußballspielern, die sich lautstark um den Ball balgten, nicht ausmachen. Schließlich jagte Rowan ebenfalls dem Ball hinterher, wobei das Wasser von seiner Hose in seine Stiefel lief und dafür sorgte, daß diese klatschnaß wurden. Mit suchendem Blick hielt er nach seinem Bruder Ausschau.

Die Menge war ein Gewirr aus Gesichtern und wild fuchtelnden Armen. Beiläufig sah er, daß Mhairi allein am Spielfeldrand stand, bemerkte Christie, Sandie und Jock johlend in ihrer Nähe, doch Alec war wie vom Erdboden verschluckt. Er wischte sich mit der nassen Hand über sein Gesicht und ließ seinen Blick erneut schweifen. Die Zuschauer feuerten ihn an, und er stürmte auf seine Mitspieler zu, die sich bereits am anderen Ende des Spielfeldes aufgestellt hatten.

Sie machten kehrt und rannten auf ihn zu, wobei einer von ihnen geradewegs in ihn hineinlief. Als er zu Boden ging, wurde ihm der Ball in die Hand gedrückt. Er rappelte sich auf und schoß den Ball in Richtung Fluß. Er beobachtete, wie er kerzengerade in die Höhe schnellte und dann durch die Luft sauste.

Ein Reiter galoppierte über das Feld, fing den Ball, packte

ihn sich unter den Arm und ritt auf seinem Rappen wie ein dunkler Blitzstrahl zum Fluß.

Rowan wurde von einem Meer fanatischer Spieler mitgerissen, die grölend den Reiter verfolgten, der sich dem Strom zuwandte, den Ball mit ausgestreckten Händen über seinem Kopf balancierend. Einladend grinsend winkte Tammie der Priester den Grenzräubern und den Offizieren mit dem Ball, daß sie ihm diesen abjagen sollten. Dann entstieg er dem Fluß auf der englischen Seite.

Die meisten Zuschauer waren ebenfalls losgerannt, viele ließen ihrem Ärger über den Verlust des Balls freien Lauf, andere wiederum lachten aus vollem Halse. Das Spielfeld war ein einziges Chaos. Einige Männer stürzten sich in die Fluten, um den Ball zu holen, und einige wenige kletterten auf der Jagd nach Tammie fluchend am anderen Ufer wieder hinaus. Simon Kerr und Forster rannten brüllend hinter Rowan her, während Archie Pringle ihnen spitzbübisch grinsend und langsamen Schrittes folgte. Als er an Rowan vorüberkam, zwinkerte er diesem zu.

»Haben Sie schon jemals ein solches Spiel gesehen, Mann?« rief er und humpelte weiter.

Schwer atmend blieb Rowan hinter der lärmenden Horde von Männern zurück und suchte Mhairi. Mit zusammengekniffenen Augen blickte er über das mittlerweile fast menschenleere Feld.

In der Nähe der Bäume saß Alec auf einem Schimmel und führte einen Braunen am Zaumzeug. Augenblicke später galoppierte er zu der Stelle, wo Simon und Forster zuvor mit ihren Truppen gestanden hatten, sich jetzt allerdings nur noch eine einzige Person befand.

Rowan spurtete los. Er sah, daß Alec auf Iain zuritt, der ihm eine Hand entgegenstreckte, die Zügel des Braunen packte und sich auf das Pferd schwang. Beide Reiter machten kehrt, verließen im fliehenden Galopp das Feld und verschwanden im Hochmoor.

Völlig perplex blieb Rowan stehen und blickte ihnen durch den Nieselregen nach. Dann rannte er zu der Stelle, wo sein Helm, Wams und Jacke lagen. Er hob die Sachen auf und blickte sich suchend nach Mhairi um, die er jedoch nirgends entdeckte. Er hatte nicht die Zeit, um sie zu suchen, und vermutete, daß sie sich immer noch in der Menge am Flußufer befand und bei seiner Familie in Sicherheit war.

Seit Tammie den Fluß überquert hatte, waren nur Augenblicke vergangen. Die Männer, die sich in Scharen am Ufer versammelt hatten, brüllten immer noch hinter ihm her, und einige verfolgten ihn mittlerweile zu Fuß über englisches Hoheitsgebiet. Rowan erkannte, daß Tammies Manöver die gesamte Horde abgelenkt hatte. Niemand schien bemerkt zu haben, daß Alec und Iain verschwunden waren.

Wie er seinen Bruder kannte, war von Anfang an alles so geplant gewesen.

Auf seinem Weg zu den Pferdekoppeln streifte er hastig Weste und Jacke über, packte dann Valentines Zügel und nahm die Verfolgung von Alec und Iain auf.

Während seines Ritts zogen am Himmel bedrohlich finstere Wolken auf. In dem diffusen Licht erspähte er in einiger Entfernung Alec und Iain, die Richtung Norden galoppierten. Dicht über sein Pferd gebeugt, nahm Rowan die Verfolgung über das Moor und die Hügellandschaft auf, ließ rauschende Bäche und steile Gipfel hinter sich. Donnergrollen erhob sich über dem tosenden Wind, und der Regen strömte erbarmungslos auf ihn herab.

Er bemerkte, daß sie nicht, wie von ihm zunächst angenommen, ins umstrittene Land zurückritten, sondern verschlungene Pfade in Richtung des mittleren Grenzgebiets einschlugen – vermutlich, um Verfolger abzuhängen. Rowan brachte Valentine auf einer Anhöhe zum Stehen und beobachtete, wie die beiden Reiter hinter einer Hügelkette verschwanden. Während er sich fragte, ob Alec tatsächlich den Mut besaß, nach Blackdrummond zu reiten, nahm er erneut die Verfolgung auf.

Doch er wußte, daß es Alec an Mut nie gefehlt hatte.

Kilometer um Kilometer verfolgte er sie, während der Regen auf seinen Kopf und seine Schultern prasselte. Schließlich war er so durchnäßt, daß es ihm nichts mehr ausmachte, trotzdem war ihm klar, daß er seinem Pferd in Kürze eine Rast gönnen sollte. Der Himmel verdunkelte sich zunehmend, und der kalte, schneidende Wind zerrte an seinen Kleidern. Fröstelnd gab er seinem Pferd erneut die Sporen und kniff suchend seine Augen zusammen.

Da er kaum eine Hand vor Augen sah, verlor er Alecs und Iains Fährte in einem Labyrinth von Felsen, die den gefahrvollen Weg nach Norden säumten. Rowan galoppierte auf eine weitere Anhöhe und hielt nach ihnen Ausschau, konnte sie jedoch nirgends entdecken. Trotzdem war er sich sicher, daß sie immer noch die Route nach Norden verfolgten, die sie über Lincraig zum Blackdrummond Tower bringen würde.

Er ritt durch die zunehmende Dunkelheit und den heftiger einsetzenden Regen und erreichte schließlich die Straße nach Lincraig, die entlang des Hochmoors verlief. Als er ein weiteres Donnergrollen vernahm, spähte er in den bedrohlich dunklen Himmel. Dann senkte er seinen Kopf, um sich vor einem neuerlichen Regenschauer zu schützen, und ritt weiter.

Als er sich der Straße nach Lincraig näherte, lag die Parlamentszusammenkunft bereits Stunden zurück. Er war durchfroren, erschöpft und hungrig. Doch tief in seinem Inneren spürte er einen unbändigen Drang weiterzureiten. Er konnte nicht rasten, er mußte Alec unbedingt finden. Nicht nur, weil er annahm, daß Alec die ganze Wahrheit in dieser Sache kannte, sondern weil ihm jetzt klar wurde, daß sein Bruder nach Hause zurückritt.

Mittlerweile war Rowan bewußt, daß das Zusammentreffen mit seinem Bruder die gräßlichen Gespenster der Vergangenheit, die ihn drei Jahre lang gequält hatten, erneut heraufbeschwören würde. Mhairi hatte ihm erklärt, daß es an ihm lag, ob er sich gedemütigt oder betrogen fühlte. Sie hatte recht. Er hatte viel zu lange gewartet.

Er wollte Iain helfen, und das hier war die einzige Lösung. Vielleicht war es auch die einzige Lösung, die ihm helfen konnte, denn ihm war klar geworden, daß er Mhairi mit jeder Faser seines Herzens liebte. Er spürte die Chance für ein gemeinsames Glück, das er sich so sehnlich wünschte.

Aber zunächst mußte er seine Seele von den lauernden Dämonen befreien.

Er brachte Valentine am Rand eines felsigen Abhangs zum Stehen, von wo aus er die Straße nach Lincraig überblicken konnte. Aufgrund des Regens und der tiefhängenden Wolken dämmerte es bereits, trotzdem nahm er im Zwielicht die Silhouette der Burgruine auf dem ihm gegenüberliegenden Bergrücken wahr. Schützend zog er den Kopf gegen die Regenfälle ein und beobachtete die Straße und das sich unter ihm erstreckende Moorgebiet. Wenn Alec wirklich nach Blackdrummond ritt und nicht bereits hier entlang gekommen war, mußte er ihn von seinem Standort aus sehen.

Donner grollte über ihm, und Valentine versuchte auszubrechen. Die Nervosität des Pferdes verdeutlichte Rowan schlagartig die Gefahren des heraufziehenden Unwetters. Trotz der Erkenntnis, eigentlich eine Zuflucht zu suchen, nahm er seinen Helm ab und hing ihn an den Sattel. Der Regen strömte über sein Gesicht. Seine Augen mit der Hand beschirmend, blickte er auf die Straße hinunter.

Bald darauf bemerkte er eine Gruppe von mehr als fünfzig Grenzoffizieren, die sich mit ihren glänzenden Helmen, Brustpanzern und Lanzen näherten. Einige Fackeln schimmerten wie goldene Sterne in der Dunkelheit. Als ein Blitzstrahl am Himmel aufzuckte, wirkten die Reiter wie eine Armee des Teufels.

Rowan verengte seine Augen zu Schlitzen und erkannte Simon ganz deutlich an ihrer Spitze. Sein dunkles, feistes von einer Fackel erhelltes Gesicht trug einen grimmigen Ausdruck zur Schau. Der Grenzaufseher und seine Truppen befanden sich auf dem Rückweg nach Abermuir, dachte Rowan. Entweder hatte das Wetter oder der Aufruhr aufgrund von Iains Flucht dafür gesorgt, daß die Grenzaufseher ihre Zusammenkunft vertagt hatten. Auf jeden Fall waren sie ohne Umweg dorthin gelangt, wo er jetzt Alec und Iain erwartete.

Erneut wischte er sich die Regentropfen von den Augen. Donner grollte am Firmament, und der Wind toste um seinen Körper. Eiskalter, peitschender Regen prasselte auf seinen Kopf und seine Schultern, durchnäßte sein Wams und seine Hose. Er ignorierte das und beobachtete statt dessen die Begleiter des Grenzaufsehers, winzige Gestalten im flakkernden Licht der Fackeln. Sie nahmen die Abzweigung nach Abermuir.

Und dann bemerkte Rowan, daß Simon neben einer schmalen, dunklen Silhouette ritt, einer Frau in einem schwarzen Umhang auf einem schwarzen Pferd, die aufgrund der Dunkelheit und des Regens kaum erkennbar war. Aber er sah ihr anziehendes Gesichtsoval, als sie ihren Blick durch die Finsternis zu dem Berghang schweifen ließ, auf dem er sich befand.

Mhairi. Mit rasendem Herzklopfen ergriff er die Zügel. Simon hatte sie in seiner Gewalt und brachte sie nach Abermuir. Entweder war es ihr gelungen, tatsächlich als Bürge aufzutreten – oder er hatte sie zu diesem Ritt gezwungen.

Er erhob seine Stimme zum stummen Protest. Sein Hengst scheute und bäumte sich auf. Mhairi schien Simon freiwillig zu folgen. Doch sein Magen verkrampfte sich instinktiv. Sie war in großer Gefahr. Das spürte Rowan so deutlich wie den Regen auf seinem Gesicht.

»Mhairi!« schrie er. *»Nein!«*

Die Schleusen des Himmels öffneten sich mit unbändiger Kraft. Unablässig krachte der Donner, und Blitze durchzuckten den schwarzen Himmel wie vernichtend feine, helle Adern.

Fluchend gab er Valentine die Sporen und zwang ihn, den Abhang zum Sumpfgebiet hinunter zu nehmen, das auf die Straße führte. Ungeahnte Verzweiflung übermannte ihn, als er über das Moor galoppierte.

Dann verlangsamte er schlagartig sein Tempo, als Valentine im Boden zu versinken drohte und wiehernd scheute. Das Marschland war vom Regen durchweicht und deshalb trügerisch. Rowan würde vorsichtiger weiterreiten müssen, um die tückischen, in der Dunkelheit verborgenen Schlammlöcher zu vermeiden, oder er mußte zurückreiten und einen Umweg nehmen.

Ein weiterer Blitz erhellte den Himmel und beleuchtete das Hochmoor, die Straße und die alte Burgruine auf ihrem einsamen Hügel. Rowan gab es auf, sein Pferd anzutreiben, da der Hengst scheute und sich erneut aufbäumte. »Mhairi! Nein!« gellte er.

Er sah, daß Mhairi sich umwandte, nahm für einen kurzen Moment ihr vom Feuerschein erhelltes Gesicht wahr. Dann verschwand sie in der Dunkelheit.

»Mhairi!« stieß er hervor. Seine Kehle war wie zugeschnürt, und seine Lungen rebellierten. Er drängte das Pferd vorwärts und rief immer wieder ihren Namen. Er vernahm den verzweifelten, angstvollen Klang seiner Stimme, der sich im Donner verlor.

Während der Regen auf ihre Kapuze, in ihre Augen und über ihre Wangen strömte, blickte sich Mhairi um. Sie konnte kaum noch die heißen Tränen von den kalten Regentropfen unterscheiden.

Heftig zitternd zog sie ihren durchnäßten Umhang fester um ihren Körper und hielt ihren Blick weiterhin nach hinten gerichtet, obgleich sie ihn nicht mehr entdecken konnte. Aber sie glaubte, daß seine Schreie immer noch laut und verzweifelt durch Donnerhall, prasselnden Regen und Hufgetrappel zu ihr drangen.

Die Vision, die sie in dem schwarzen Stein und die Iain seinerzeit auf dem ruhigen Wasserspiegel wahrgenommen hatte, war vor ihren Augen Realität geworden. Augenblicke zuvor hatte sie Rowans Silhouette im peitschenden Sturm auf dem Bergrücken gesehen. Ein aufzuckender Blitzstrahl hatte sein in einiger Entfernung über ihr schwebendes Gesicht erhellt.

Und sie hatte gehört, daß er ihren Namen mit einer solchen Wut und Verzweiflung hinausgeschrien hatte, daß sie aufgrund ihrer Seelenqual in Tränen ausgebrochen war.

Jetzt nahm sie in der Dunkelheit nur noch den strömenden Regen wahr. Mit zitternden Händen umklammerte sie Pegs Zügel und blickte erneut nach vorn.

»Er wird nicht zu uns stoßen«, brummte Simon neben ihr. »Nicht über dieses sumpfige Marschland und schon gar nicht bei dieser Anzahl von Männern in meinem Troß. Ich werde Ihren Black Laird darüber informieren, was er zu tun hat. Schließlich ist er mein Stellvertreter. Wenn er Sie zurückhaben will, wird er mir Iain Macrae und Alec Scott bringen.«

»Simon, lassen Sie mich gehen«, flehte sie. »Ich bitte Sie darum.«

Er lachte schallend. »Sie haben mich schon einmal darum gebeten, Sie als Pfand für Iain zu akzeptieren, mein Mädchen. Nun, jetzt sind Sie es. Als ich Sie auf der Parlamentszusammenkunft aufgriff, prophezeite ich Ihnen, daß Ihre Zeit als Bürge gekommen sei. Schließlich war das Ihr eigener Wunsch. Wenn Rowan Scott etwas für Sie übrig hat, Mädel, wird er seinen Bruder und den Ihren so rasch wie möglich dingfest machen und sie mir im Austausch für Sie anbieten.«

Sie senkte den Kopf und schwieg. Der Anblick Rowans unter zuckenden Blitzen in diesem Unwetter blieb ihr im Gedächtnis haften. Iain hatte befürchtet, daß die Vision seinen eigenen Tod heraufbeschwor. Jetzt wußte sie, daß er recht gehabt hatte. Rowan hatte das in die Wege geleitet. Und ihr war es nicht gelungen, dies zu unterbinden.

Von Furcht übermannt, biß sie die Zähne zusammen. Iain war zwar entkommen, doch die Vision würde sich bewahrheiten. Man würde ihn stellen und zum Tode verurteilen.

Ihr Bruder hatte vorhergesagt, daß der Reiter, der in einem heftigen Unwetter auf der Suche nach ihr war, eine Gefahr für sie und für Iain darstellte. Und sie hatte diesen Mann geheiratet. Indem sie ihm ihr Herz und ihre Seele offenbart hatte, hatte sie alles noch schlimmer gemacht.

Ihr war klar, daß Simon Rowan einen Tauschhandel anbieten würde. Mhairis Freiheit für das Leben von Iain und Alec. Und Mhairi hatte keinerlei Zweifel daran, daß Rowan die beiden Männer schnell fand.

Aber die vor ihm liegende Entscheidung war alles andere als leicht.

Kapitel 26

»Hinfort, hinfort, du Hochverräter!
Magst bald schon vor meinen Augen verschwunden sein!
Ich gab keinen Pfifferling für dein Leben,
Und werde das heute auch nicht bereun!«
– ›Johnnie Armstrong‹

»Rowan! Halt ein!« Aufgrund des Schreiens und des donnernden Hufgetrappels wirbelte Rowan herum und bemerkte einen Reitertrupp, der sich durch die dunklen Regenmassen näherte. Als er in Jock ihren Anführer erkannte, wartete er, bis sie zu ihm gelangt waren.

»Simon hat Mhairi in seiner Gewalt«, erklärte er Jock. Nickend straffte sein Großvater die Zügel. Rowan bemerkte Sandie und Christie hinter ihm, gefolgt von Archie Pringle und Geordie Bell.

»Jaja, das wissen wir«, erwiderte Jock. »Und wir wissen auch, daß Alec Iain zur Flucht verholfen hat. Mhairi hat, einschließlich deiner Verfolgungsjagd, alles mitangesehen. Inmitten des Chaos, das entstanden war, nachdem Tammie Armstrong den Ball an sich gerissen hatte, wollte sie uns benachrichtigen. Die Grenzaufseher sind außer sich vor Wut. Simon ist davon überzeugt, daß Tammie mit Alec gemeinsame Sache gemacht hat, und deshalb hat er den Priester erneut zum Geächteten erklärt. Und er hat seine Truppen die Verfolgung von Alec und Iain aufnehmen lassen, die beiden jedoch verloren.«

»Ich habe ihre Spur ebenfalls verloren«, brummte Rowan. »Aber ich bin sicher, daß sie in Richtung Norden zum Blackdrummond Tower unterwegs sind.«

Wenig erstaunt nickte Jock. »Als wir aufbrachen, vertagten die Grenzaufseher gerade die weiteren Verhandlungen. Daraufhin brachte Simon Kerr Mhairi in seine Gewalt. Niemand konnte etwas dagegen unternehmen.«

»Ich werde etwas dagegen unternehmen«, versicherte Rowan grimmig.

»Er würde es nicht wagen, ihr auch nur ein Haar zu krümmen«, sagte Jock. »Jeder Scott, jeder Armstrong und natürlich auch sämtliche Kerrs in diesem Grenzabschnitt würden dann eine Fehde mit ihm anzetteln.«

»Er wird keine Gelegenheit finden, ihr etwas anzutun«, raunte Rowan. »Ich werde sie noch diese Nacht befreien. Er wird meine Frau nicht als Gefangene nehmen.« Er lockerte die Zügel.

»Rowan, warte.« Jock hielt inne. »Simon hat Mhairi anstelle ihres Bruders zum Pfand genommen. Das ist vollkommen legal. Er beabsichtigt, sie in seinem Gewahrsam zu behalten, und plant, sie dem englischen Grenzaufseher auszuliefern, um Iains Schicksal zu besiegeln. Er sagte, daß sie sich als Bürge angeboten habe. Das bezweifle ich zwar, aber ...«

»Zweifle nicht daran«, knurrte Rowan. »Was hat er noch gesagt?«

Archie manövrierte sein Pferd nach vorn. »Simon hat mich geschickt, damit ich Ihnen als seinem Stellvertreter Ihre Befehle überbringe.«

»Und?« herrschte ihn Rowan an.

»Sie sollen Alec und Iain nach Abermuir bringen. Ob tot oder lebendig ist Simon egal. Liefern Sie die beiden Männer morgen bei Sonnenuntergang aus, ansonsten wird Ihre Frau nach Carlisle gebracht werden.«

Archie fixierend straffte Rowan die Zügel. Wiehernd tänzelte Valentine unter seinem Gewicht. »Sie befinden sich immer noch auf ihrem Ritt«, sagte er entschlossen. »Ich werde sie jetzt zurückholen.«

»Nein«, entgegnete Archie. »Sie reitet mit mehr als fünfzig Mann Bewachung, und weitere hundert Männer warten bereits in Abermuir. Bei diesem Unwetter hier im Moorgebiet können Sie sie nicht befreien.«

»Hier und jetzt ist meiner Ansicht nach die beste Lösung«, widersprach Rowan kühl.

»Simon hat das Recht, sie als Pfand in seinen Gewahrsam

zu nehmen«, meinte Archie. »Wenn Sie sie befreien oder ihn angreifen, handeln Sie wider das Gesetz, und er hat jegliche rechtliche Handhabe gegen Sie. Genau wie Ihren Bruder wird er Sie zum Geächteten erklären. Finden Sie Alec und Iain. Dann wird Simon sie freigeben.«

Aufgebracht blickte Rowan ihn an. »Sie verlangen von mir, daß ich sowohl meinen Bruder als auch meine Ehefrau verrate«, knurrte er gefährlich leise.

Archie hielt seinem Blick stand. »Das weiß ich. Und es tut mir leid.«

»Rowan.« Geordie trat vor. »Simon hat das Recht, Mhairi so lange als Geisel festzuhalten, bis die beiden Männer gefunden werden. Aber Henry Forster wird sie vermutlich nicht an Iains Stelle akzeptieren. Die Bürgschaft bezieht sich speziell auf die schottische Gesetzgebung.«

»Willst du damit zum Ausdruck bringen, daß ich warten soll, bis Simon sie nach Carlisle gebracht hat, und sie dann zurückhole, wenn Forster sie nicht will?«

Geordie zuckte die Schultern. »Vermutlich hast du keine andere Wahl.«

»Doch, das habe ich. Ich werde Sie zu meinen eigenen Bedingungen aus Simons Klauen befreien – und wenn ich Abermuir dafür in Schutt und Asche versenken muß!«

»Zum Teufel, mein Junge«, mischte sich Jock ein. »Dein Pferd lahmt. Sei doch vernünftig. Du brauchst ein warmes Essen und trockene Sachen.«

»Du klingst genau wie Anna«, murrte Rowan. Leise fluchend rieb sich Jock das bärtige Kinn.

»Dein Großvater hat recht«, mischte sich Sandie ein. »Zieh erst mal trockene Sachen an. Danach können wir dem Grenzaufseher vielleicht gemeinsam einen Besuch abstatten, was?« Er blickte zu Archie. »Sollten Sie vorhaben, Simon Kerr das umgehend mitzuteilen, werde ich Sie auf der Stelle zu unserem Gefangenen erklären. Bei Gott, das werde ich tun! Es muß doch irgend jemanden geben, der auch für Sie ein anständiges Lösegeld entrichtet.«

Archie grinste verhalten. »Ich kenne keinen. Aber ich werde mit Ihnen zusammen weiterreiten.« Er blickte zu Rowan. »Was Simon sich hier geleistet hat, ist nicht in Ordnung. In dieser Sache weise ich jede Verantwortung als sein Stellvertreter von mir.«

»Ich bleibe ebenfalls bei euch«, entschied Geordie.

»Ich danke euch.« Rowan nickte den beiden Männern zu. »Wir werden nach Blackdrummond reiten. Vielleicht sind Alec und Iain dort.«

»Ich bezweifle, daß sie dort am Kamin sitzen«, warf Christie ein.

»Was glaubst du denn, wohin sie geritten sind?« fragte Rowan.

Christie zuckte die Schultern. »Iain hat eine Frau und ein Baby, und Alec hat den kleinen Jamie. Sie werden ihre Familien sehen wollen, denke ich. Aber sie werden das mit Vorsicht angehen, vermutlich erst, wenn die Grenzaufseher und ihre Truppen die nächtliche Suche aufgeben und nach Hause zurückreiten. So lange werden sich die beiden verstekken.«

»Er hat recht. Aber wo?« fragte Jock stirnrunzelnd.

»Wenn wir ausgeruht und gesättigt sind, werden wir darüber nachdenken«, schlug Sandie vor. »Kommt jetzt, Leute.«

Nachdenklich verharrte Rowan auf seinem Pferd, während die anderen bereits zur Straße zurückritten. »Reitet schon voraus. Ich komme nach.«

Jock betrachtete ihn mit wissendem Blick. »Nimm dich in acht vor den Geistern, die nachts auf dieser Straße unterwegs sind, mein Junge.«

»Mach ich, Sir.« Rowan legte seine Hand an seinen Helm. »Wenn es hier irgendwelche Geister gibt, werde ich sie mit Sicherheit aufspüren.«

Jock fixierte ihn, nickte und schloß sich dann den anderen Reitern an. Rowan gab Valentine die Sporen und galoppierte zum Hügel von Burg Lincraig.

Im Hof vor der Kapelle saß Rowan geräuschlos ab und führte sein Pferd durch die verfallenen Mauern. Während sein Hengst den Kopf senkte, um das ringsum wuchernde Gras abzurupfen, tätschelte er den feuchten Pferdehals.

Durch die Dämmerung und den Regen blickte sich Rowan suchend in der Kapelle um, sah jedoch nur die dunklen Schatten der eingestürzten Gesteinsmassen. Während sich seine Augen mit der Finsternis vertraut machten, tastete er sich vorsichtig weiter. Als er den schmalen Gang im Hintergrund des Kirchenschiffs erreichte, blieb er stehen und lauschte.

Doch er hörte nur den Regen, der auf den Stein und den Erdboden niederging. Nichts als Regen und undurchdringliche Stille.

Keine Stimmen, nichts. Aber er wußte, daß sie hier waren. Er spürte es. Er trat auf die Stufen zu, die zur Krypta hinunterführten und stieg langsam hinunter.

Als er sich der Krypta näherte, nahm er schwachen Rauchgeruch wie von einer gerade erst ausgelöschten Flamme wahr. Die Stille hatte eine neue Dimension, sie war so angespannt, als lauschte jemand oder hielte sich in der Dunkelheit versteckt.

»Alec«, sagte er in leisem, scherzhaftem Tonfall, »ich dachte, du hättest etwas gegen diese Krypta.«

Für einen langen Augenblick herrschte Schweigen. »Och, nun, schließlich wird man erwachsen«, erwiderte eine tiefe, wohlklingende Stimme. »Meinen Glückwunsch, Rowan. Bist du gekommen, um uns festzunehmen?«

»Vielleicht«, erwiderte Rowan, während er die letzten Stufen nahm. Ein Funke sprühte von einem Feuerstein, und er roch frischen Rauch, als Alec eine Kerze anzündete. Wegen der niedrigen Decke zog Rowan den Kopf ein und bewegte sich auf die im Raum stehenden Sarkophage zu.

Alec stand neben einer Grabskulptur und musterte ihn wachsam. Iain, der neben ihm stand, befestigte die erleuchtete Kerze am Ende der Sargplatte. Der schwache goldene Lichtschein warf flackernde Reflexe auf die Wände der kleinen Kammer.

Rowan trat einen Schritt vor. Sein Herz raste in seiner Brust, sein Mund war wie ausgetrocknet, und seine Hände zitterten, als er seinen Bruder über die Steinplastik hinweg fixierte.

»Alec«, sprach er sanft.

»Rowan.« Alec nickte ihm zur Begrüßung zu, und sein schwarzes Haar streifte seine bärtigen Wangen. »Du hast unsere Pferde im Burghof bemerkt, nicht wahr?«

»Ich habe sie nicht gesehen«, entgegnete Rowan.

»Und woher wußtest du dann, daß wir hier sind?« fragte Iain.

Rowan hielt den Blick weiterhin starr auf seinen Bruder gerichtet. »Ich wußte es einfach«, antwortete er leichthin. »Hatte so ein Gefühl, daß hier Geister sind.«

Alec lächelte, ein ironischer Zug um seine Mundwinkel, den Rowan nur zu gut kannte. Seine Augenpartie legte sich in winzige Falten, und das Kerzenlicht betonte seine anziehenden olivgrünen Augen. Er hatte sich seit Tagen nicht mehr rasiert, und seine dichten, dunklen Bartstoppeln verdeckten seine markante, wohlgeformte Kinnpartie. Er fuhr sich mit einer Hand durch das zerzauste Haar und grinste wehmütig.

»Jaja, die Geister«, meinte er schließlich.

Schweigend bedachte Iain Rowan mit einem knappen Nicken. Seine silberhellen, wachen Augen, die denen von Mhairi so ähnlich waren, musterten ihn.

Rowan hielt Alecs Blick stand und lieferte seinem Bruder keinerlei Hinweis auf das Gefühlschaos, das über ihn hereingebrochen war. Um sich zur Ruhe zu gemahnen, ballte er seine Hände zu Fäusten.

»Wie lauten deine Befehle?« fragte Alec. »Ich schätze, der Grenzaufseher hat seine Stellvertreter und einen Großteil seiner Truppen auf uns angesetzt. Hast du vor, uns zurückzubringen und dich an dem ausgeprägten Gerechtigkeitssinn des Grenzaufsehers zu erfreuen?«

Schweigend starrte ihn Rowan an. Draußen grollte der Donner, und heftige Regenfälle klatschten gegen die Steinmauern und drangen in das Kellergewölbe. Langsam tastete sich seine Hand zu der kühlen Steinskulptur vor, die sie voneinander trennte. Er bemerkte, daß es die Statue von Lady Isobel Scott war. Eine grausame Ironie des Schicksals, dachte er insgeheim, daß sich ausgerechnet die Grabstätte einer verstorbenen Frau zwischen ihnen befand.

Erneut blickte er zu Alec, holte dann plötzlich mit atemberaubender Schnelligkeit aus, packte das Hemd seines Bruders und zerrte diesen über die Grabplatte.

»Wir haben noch etwas zu klären«, sagte er mit erschrekkender Deutlichkeit. »Erst dann werden wir meine Befehle besprechen.«

Über den Grabstein gebeugt, beobachtete ihn Alec schwer atmend. Doch sein Gesichtsausdruck zeigte nicht die Spur von Besorgnis, der Blick seiner dunklen Augen blieb fest. Hinter ihm blieb Iain wie gebannt stehen und musterte die beiden Männer.

»Drei Jahre lang«, begann Rowan. »Drei Jahre lang habe ich darüber nachgedacht, was du mir angetan hast. Ich wollte dich finden, um dich zu fragen, warum du das getan hast. Aber ich kannte die Antwort bereits – es war eine feige Tat, mir meine Verlobte zu entreißen, denn ich hatte keine Chance, sie zurückzugewinnen.« Er zog Alec näher zu sich heran, seine Faust umklammerte dessen Hemd, daß seine Fingerknöchel weiß hervortraten. Sein Atem ging stoßweise. »Du hast mich hintergangen. Und selbst als ich wieder in Freiheit war und ich mich auf die Suche nach dir begeben konnte, habe ich es nicht getan. Keine Sekunde lang. Aber ich habe es nicht vergessen. Und ich kann dir nicht vergeben.«

»Du hast dich von Blackdrummond ferngehalten, als du aus dem Gefängnis entlassen wurdest«, verteidigt sich Alec mit rauher Stimme. »Du hast nicht versucht, mich aufzuspüren.«

»Ich bin nicht zurückgekehrt«, entgegnete Rowan, »weil ich befürchtete, daß ich dich töten würde.«

Die Stille in der Krypta war mit unausgesprochenen Vermutungen, Wut und Ablehnung ausgefüllt. Von einer plötzlichen Gefühlswallung übermannt, ließ Rowan plötzlich Alecs Hemd los, trat zurück und rang die Hände.

»Ich befürchtete, daß ich dich töten würde«, wiederholte er leise.

Alec richtete sich auf und blickte ihn mit zornigem Blick unter seinen zusammengezogenen Brauen an. »Es tut mir leid, daß Maggie und ich es dir nicht erzählt haben«, sagte er. »Aber was wir getan haben, bereue ich nicht.«

»Maggie ist tot, Mann«, flüsterte Rowan gequält. »Sie ist tot, und ich hatte keine Gelegenheit, sie wiederzusehen und mit ihr zu sprechen. Und du – du hast einen prachtvollen Sohn aus dieser Verbindung.«

Bei diesen letzten Worten versagte ihm beinahe die Stimme. Wut und Trauer durchströmten ihn, und er schluckte vor Bitterkeit. Er wollte mehr erfahren und doch konnte er es nicht ertragen. Aber wenn er diesen Dämon jetzt nicht besiegte, würde er niemals Frieden finden.

»Maggie hat es so gewollt«, sagte Alec leise. Er berührte die Grabskulptur mit seinen langen, schlanken Fingern und ließ sie auf den betenden Händen von Lady Isobel Scott ruhen. »Sie bat mich, dir nichts davon zu erzählen. Damit war ich zwar nicht einverstanden, aber schließlich gab ich ihr nach. Sie war ein süßes Mädchen, diese Maggie«, fügte er hinzu. »Für ihr Lächeln hätte ein Mann alles getan.«

Rowan starrte ihn an. »Süß, soso«, meinte er mit skeptisch gedehnter Stimme. »Was solltest du mir denn nicht erzählen? Daß sie mich nicht liebte, wie sie es immer behauptet hat, und dir statt dessen den Vorzug gab? Daß es einfacher war, den Mann zu heiraten, der nicht im Gefängnis einsaß, als auf den anderen zu warten? Daß sie einen Unschuldigen einem Verurteilten vorzog?«

»Nein. Sie wußte, daß du für mich ins Gefängnis gegangen bist.«

»Und trotzdem hat sie dich geheiratet.«

Alec betrachtete das starre Gesicht der Steinplastik. »Nach deiner Verurteilung verbreitete Henry Forster das Gerücht, daß du gehenkt werden solltest, sobald der Galgen errichtet sei. Mit Ausnahme dessen, was du am Leib trugst, schickte er deine sämtlichen Sachen zurück nach Hause und teilte uns mit, daß wir Vorsorge für die Bestattung des Leichnams treffen sollten. Daraufhin trat Maggie an mich heran und bat mich, sie zu heiraten.«

»Ihr konntet nicht einmal meine Beerdigung abwarten?«

fragte Rowan sarkastisch. »Maggie und ich waren schließlich verlobt. Soviel Ehrgefühl hätte ich von euch beiden allerdings erwartet.«

Alec warf ihm einen raschen Seitenblick zu und sah dann zu Boden. »Sie hat mich angefleht. Ich ... ich konnte es ihr nicht abschlagen. Schon am folgenden Tag fand unsere Eheschließung statt.«

»Warum?« fragte Rowan in barschem Ton.

Alec blickte Rowan an. »Um deinem ungeborenen Sohn einen Vater zu geben.«

Alecs Äußerung versetzte seinem Herzen einen schmerzhaften Stich, der ihn schlagartig zurückweichen ließ.

»Jamie?« fragte er beinahe flüsternd.

Alec nickte. »Sie wollte nicht, daß du es erfuhrst, nachdem wir von deiner Begnadigung wußten. Sie meinte lediglich, was es für einen Sinn hätte, dich noch mehr zu verletzen? Sie war so glücklich, daß du lebtest, und trotzdem tief betrübt, daß wir dich grundlos enttäuscht hatten.«

Seufzend fuhr sich Rowan mit fahrigen Fingern durch das Haar, dann warf er einen Blick auf das stumme, wunderschöne Gesicht der Frauenstatue und wandte sich im Dämmerlicht seinem Bruder wieder zu.

»Völlig grundlos, Rowan«, wiederholte Alec. »Es tut mir leid.«

Rowan rang nach Luft. »Jamie ist mein Sohn? Bist du sicher?«

»Natürlich«, sagte Alec sanft. »Absolut sicher.«

Immer noch verwirrt, stieß Rowan einen erneuten Seufzer aus. »Wissen Anna und Jock auch davon?«

Alec schüttelte den Kopf. »Maggie wollte nicht, daß irgend jemand von unserem Irrtum erfuhr. Ich frage mich, ob Anna es nicht vermutet. Aber wir ließen jeden in dem Glauben, daß wir ...« Er brach ab.

»Daß ihr so skrupellos wart?« fragte Rowan. Alec zuckte die Schultern. »Oh, mein Gott«, seufzte Rowan. »Gütiger Himmel, Alec, ich muß mich bei dir entschuldigen. Ich habe die ganze Zeit geglaubt ...« Er sprach nicht weiter. Was er dachte, war offensichtlich. Er bemerkte an den Gesichtern der beiden ihn fixierenden Männer, daß sie seine Gedanken errieten.

»Du bist für mein Verbrechen inhaftiert worden, Rowan. Es war meine Pflicht, für Maggie und dein Kind zu sorgen.« Als Alec ihm seine Hand entgegenstreckte, schlug Rowan ein. »Wir sind Brüder, Rowan. Ein Fleisch und Blut. Ich würde dich niemals hintergehen. Niemals.«

Rowan nickte und war kaum fähig, etwas zu erwidern, als er seinen Bruder betrachtete. Dann blickte er zu Iain, der sie schweigend beobachtete.

Schlagartig erkannte er, daß die Loyalität, die Mhairi ihrem Bruder stets erwiesen hatte, und das Vertrauen, das er nach Alecs vermeintlichem Verrat für verloren geglaubt hatte, sein Leben immer bestimmt hatten und nach wie vor für ihn bestanden.

Diese Empfindung überwältigte ihn. Er atmete tief ein und schüttelte Alecs Hand.

»Ja, ein Fleisch und Blut«, wiederholte er mit rauher, leiser Stimme.

»Ja.« Alec grinste. »Genau. Und nun, Bruderherz, sollten wir so dringliche Angelegenheiten wie Gold und Spione mit dir klären.« Iain nickte zustimmend.

Bei dieser abrupten Erwähnung seiner eigentlichen Aufgabe stolperte Rowan zurück, lehnte sich gegen eine Grabplatte und verschränkte die Arme vor der Brust, als wolle er seine neu erwachten Empfindungen schützen. Es gab so vieles, worüber er nachdenken und was er mit Alec besprechen mußte, daß sein Verstand und seine Gefühle im absoluten Widerstreit lagen. Doch diese Nöte mußte er verdrängen. Mhairis Leben schwebte in Gefahr. Er mußte so rasch wie nur irgend möglich einschreiten.

»Ich werde mir eure Geschichte anhören«, sagte er. »Aber zunächst sollt ihr wissen, daß Simon Kerr mir befohlen hat, euch auf seine Festung zu bringen. Er beabsichtigt, euch nach Carlisle zu schaffen und den englischen Behörden zu überlassen.« Er fixierte die beiden. »Simon hält Mhairi als Geisel im Austausch für euer Leben Sobald ihr ihm überstellt werdet, kommt sie frei.«

»Gütiger Himmel«, brummte Iain. »Er will einen solchen Tauschhandel eingehen?«

»Das ist seine Vorstellung, die sich jedoch keineswegs mit meinem Plan deckt.«

»Was hast du vor?« fragte Alec mit schneidender Stimme.

»Ich kann es noch nicht sagen. Zunächst erwarte ich einige Antworten von euch. Wenn ihr schuldig seid, nehme ich euch fest, bevor mir jemand zuvorkommt«, sagte er grimmig. »Seid ihr unschuldig, erwarte ich den Beweis dafür.«

Alec warf Iain einen raschen, besorgten Blick zu.

»Entweder ihr vertraut es mir hier an, oder ihr könnt es vor allen Leuten auf Blackdrummond eingestehen«, räumte Rowan ein. »Ein weiterer Stellvertreter von Simon ist ebenso dort sowie ein englischer Grenzoffizier. Du hast mir einen Gefallen erwiesen, Bruder, als ich glaubte, du hättest mir übel mitgespielt.« Mit festem Blick musterte er Alec. »Falls du allerdings Hochverrat begangen haben solltest, würde ich nicht zögern, dich hier und jetzt zur Strecke zu bringen.«

»Simon hält Mhairi als Geisel«, wiederholte Iain. »Grund genug für dich, uns zu stellen. Warum interessiert dich dann der Rest der Geschichte? Lange bevor du zum Stellvertreter des Grenzaufsehers ernannt wurdest, warst du selbst ein berüchtigter Grenzräuber.«

Rowan nickte, da er Iains Frage für berechtigt hielt. »Ich wurde vom Kronrat geschickt, um schottische Spione zu verfolgen, die spanisches Gold aus einem Schiffswrack entwendeten. Mittlerweile ist mir klar, daß Heckie Elliot und seine Brüder damit zu tun haben. Aber das ist noch lange nicht alles.«

»Wir wissen von Heckie«, sagte Alec. »Was diese Sache anbelangt, will man uns teilweise seine Verbrechen anhängen.«

»Mhairi ist davon überzeugt, daß zumindest Iain schuldlos ist, und glaubt, daß das auf Alec vermutlich ebenfalls zutrifft.« Ein leichtes Grinsen huschte über Rowans Gesicht. »Was mich anbelangt, so kann ich es beim besten Willen nicht sagen. Aber ich habe ihr versprochen, die Wahrheit ans Licht zu bringen.« Er seufzte tief. »Doch die englische Königin verlangt meinen Kopf, aufgespießt auf einer Pike, wenn das Gold nicht komplett gefunden und der Spionagering nicht enttarnt werden kann. In den Augen der Engländer bin ich nach wie vor ein berüchtigter Grenzräuber und der Bruder eines angeklagten Spions.« Eine Augenbraue hebend, blickte er Alec fragend an.

Alec schaute zu Iain und schwieg.

»Also, Jungs, erzählt es mir«, forderte Rowan. »Woher hattet ihr das von Simon beschlagnahmte Gold?«

»Wir hatten es kaum eine Stunde, als Simon es bei uns fand«, erklärte Alec. »Iain und ich sind eines Nachts gemeinsam ausgeritten, um einige englische Grenzräuber zu stellen, die Vieh von Blackdrummond weggetrieben hatten. Das gelang uns auch, und als wir die schottische Grenze mit unseren Tieren passierten, stießen wir auf Heckie Elliot und seine Bande. Sie griffen uns aus einem Hinterhalt an, doch wir gingen mit unseren Gewehren auf sie los, was das Vieh in Panik versetzte, so daß es hinter ihnen herjagte und sie in die Flucht schlug. Wir gelangten in den Besitz von Heckies Lastpferd, das zwei riesige Säcke trug.

Wir sahen das Gold, was uns natürlich gefiel, da wir dachten, wir hätten Heckies Schatz ausgehoben«, fuhr Iain mit einem gequälten Grinsen fort. »Obwohl uns klar war, daß Heckie uns deshalb nicht aus den Augen lassen würde. Aber kurz darauf überwältigte mich Simon mit dem Gold. Alec konnte entkommen. Erst später erfuhr ich, daß es spanisches Gold war.«

»Zwei Säcke voll?« fragte Rowan. »Zwei? Was war denn noch darin?«

»Den genauen Inhalt der Säcke kennen wir nicht, da Simon plötzlich auf der Bildfläche auftauchte und alles an sich nahm.«

»Ich frage mich, was schottische Grenzräuber mit spanischem Gold anfangen sollten«, sagte Alec. »Im Gegensatz zu Iain wußte ich, worum es sich handelte. Ich ging der Sache auf den Grund, weil ich die Wahrheit in Erfahrung bringen wollte. Und tatsächlich verbarg sich noch etwas anderes darin. In einem der Säcke hatten wir einen Brief gefunden, den ich an mich nahm. Er war in Spanisch abgefaßt.«

Rowan runzelte die Stirn. »Und vollkommen unsinnig?«

Alec zuckte die Schultern. »Keine Ahnung. Da ich des Spanischen nicht mächtig bin, konnte ich ihn nicht lesen, sondern versteckte ihn statt dessen auf Iains Dachboden, um ihn dort später wieder zu holen. Leider bot sich mir keine Gelegenheit, da Simons Truppen überall nach mir suchten.«

»Mhairi erzählte mir, daß sie den Brief gefunden hat«, warf Iain ein.

»Ich habe ihn jetzt«, erwiderte Rowan. »Erklärt mir nur eines – warum sollte ich euch abnehmen, daß ihr in diese Geschichte einfach hineingestolpert seid?« Er verschränkte seine Arme vor der Brust und fixierte seinen Bruder. »Gegen euch beide liegt viel belastendes Material vor.«

Alec seufzte. »Der Kronrat hat dich hierhergeschickt, um Spione zu verfolgen?« fragte er. »Als Stellvertreter des Grenzaufsehers?«

Rowan nickte kurz. »Genau das hat er.«

»Im vorigen Jahr schickte der Kronrat einen Gesandten zu mir, der mir ein Tauschgeschäft vorschlug. Er bot mir an, wenn ich als Vertrauter der Krone arbeitete, würde man deine Freilassung in die Wege leiten. Ich stimmte zu.«

»Deshalb wurde ich also begnadigt?« fragte Rowan überrascht.

»Ja. Und der Kronrat gab dir diesen ersten Posten im östlichen Grenzgebiet. Ich arbeitete eine Weile als Grenzoffizier unter Simon Kerr«, fuhr Alec fort, »bis mich schließlich der Verdacht beschlich, daß Heckie und seine Brüder in irgendeine skrupellose Sache verwickelt waren. Deshalb blieb ich ihnen auf den Fersen. Archie Pringle hat mich dabei unterstützt – ein wirklich vertrauenswürdiger Mann. Er hat dem Kronrat in dieser Angelegenheit zwei Schreiben übermittelt.«

»Und während meiner Zeit in Abermuir tat Archie alles, um mir zu helfen«, berichtete Iain.

»Vor wenigen Monaten«, fuhr Alec fort, »entließ mich

Simon. Archie hätte er ebenfalls seiner Stellung enthoben, doch dessen Vater ist ein einflußreicher Mann.«

»Um diese Zeit etwa fing Heckie an, Schutzgelder von Alec und mir zu erpressen«, behauptete Iain. »Simon tat kaum etwas dagegen.«

»Das ist mir auch schon aufgefallen«, nickte Rowan. »Ebenso wie einige andere Dinge. Sprich weiter. War da noch irgend etwas?«

»Wir haben dir alles erzählt, was wir wissen«, schwor Iain. »Wir wären die letzten, die gegen Schottland spionieren. Ich hoffe, daß dir das klar ist, Rowan Scott.«

Nachdenklich betrachtete Rowan die beiden. »Vielleicht kann uns der Rabenmond in dieser Sache weiterhelfen.«

Fassungslos starrten sie ihn an. »Der Mond? Soviel ich weiß, regnet es draußen immer noch in Strömen«, meinte Alec.

Rowan erkannte, daß keiner der beiden den Begriff jemals gehört hatte. Er grinste. »Ich denke, ich muß mich erneut bei dir entschuldigen, Alec. Und bei dir, Iain. Ich habe euch beide des Hochverrats verdächtigt. Und mich geirrt«, fügte er kleinlaut hinzu. Er reichte ihnen die Hände, und die beiden Männer schlugen ein.

Alec blickte sich um. »Das hier ist ein gruseliger Ort voller Geister und Erinnerungen. Als Kind fand ich es hier entsetzlich.« Er blickte zu Rowan. »Laß uns nach Hause zurückreiten. Ich sehne mich nach einem warmen Essen – obwohl wir von Anna sicherlich zuerst heiße Milch eingeflößt bekommen, wenn wir so naß und erschöpft bei ihr auftauchen.«

Leise kichernd bekundete Rowan seine Zustimmung, blies die Kerze aus und folgte Alec und Iain die Treppe hinauf.

Als er hinter ihnen die Stufen hinaufging, blieb er plötzlich stehen und blickte in die düstere Krypta hinunter. Er hatte die tröstliche Ruhe immer gemocht, die von diesem Raum ausströmte. Auch jetzt sorgten die Stille und das gleichförmige Plätschern des Regens für eine friedvolle Atmosphäre.

Während er die Stufen erklomm, atmete er tief ein und versuchte, diese Aura des Friedens in sich aufzunehmen.

Kapitel 27

Mit der Zeit, ja, mit der Zeit,
Da war er, allerschönste Dame,
Erfüllt mit süßer Rache
Die seinen Feinden den Garaus mache.
– ›Rob Roy‹

»Sie ausräuchern«, sagte Sandie, »genau, das werden wir tun!«

Mit einem Ausdruck der Entschlossenheit lehnte er sich zurück und blickte zu den anderen. Jock, Christie und Geordie, die um den Tisch im großen Saal von Blackdrummond versammelt saßen, starrten ihn an. Alec, Archie und Iain, die in der Nähe des Kamins standen, taten es ihnen nach. In seinem Sessel vor dem Kamin zog Rowan eine Grimasse.

»Sie ausräuchern?« wiederholte Jock. »Auf der Festung des Grenzaufsehers?« Bist du von Sinnen?«

»Genaugenommen«, erklärte Sandie, »werden wir jetzt, solange es noch dunkel ist, nach Abermuir aufbrechen, Rauchfackeln durch die Fenster werfen und diesen Abschaum ausräuchern. Das Ausräuchern ist eine altbekannte Taktik im Grenzgebiet. Jock und ich haben sie viele Male angewendet, was!« Er grinste.

»Och, wir haben seit Jahren schon keine Festung mehr ausgeräuchert, Mann«, murrte Jock. »Heutzutage gibt es bessere Methoden.«

Archie zuckte die Schultern. »Allerdings muß ich zugeben, daß es keine wirkungsvollere Methode gibt. Trotzdem würde ich diese Taktik nicht für die Festung eines Grenzaufsehers empfehlen.«

»Und was ist mit Mhairi?« fragte Christie. »Sie gehört nicht zu diesem Abschaum, aber sie ist dort.«

»Richtig«, stimmte Rowan zu. »Mhairi ist der Grund unserer Übereinkunft, Abermuir zu zerschlagen. Die Taktik des Ausräucherns zwingt alle Bewohner ins Freie. Aber wir wollen schließlich nur Mhairi, ohne die anderen zu behelligen. Obgleich ich gern ein Wörtchen mit Simon reden würde«, fügte er hinzu.

»Du wirst ihm doch nicht die von ihm verlangten Gefangenen überstellen wollen, oder?« fragte Archie.

»Das braucht er auch nicht. Wir werden ohnehin dort sein«, warf Iain ein.

»Gehören Sie zu uns, Archie Pringle?« fragte Rowan.

Der andere Stellvertreter nickte zustimmend. »Selbstverständlich. Simon ist einfach zu weit gegangen.«

»Und du, Geordie Bell?«

Geordie blickte von dem Schriftstück auf, in das er gerade vertieft war. »Ich bin seit drei Jahren stellvertretender Grenzaufseher. So langsam bin ich meines guten, gesetzestreuen Verhaltens etwas überdrüssig.« Er grinste.

Rowan nickte. »Dann sind wir uns also einig. Wir werden Mhairi ihrer Pflicht als Pfand entheben, und ich werde ein paar Takte mit Simon reden.«

»Und dann werden wir Heckie Elliot aufspüren, damit diese Spionagegeschichte schon morgen ein Ende hat«, sagte Christie.

»Wenn es uns denn gelingt, ihn zu finden«, zweifelte Archie.

Anna durchquerte den Raum mit einer Tasse Milch, die sie gerade für Jamie eingeschenkt hatte. Sie hielt den Jungen bei der Hand und blieb vor dem Kamin stehen. »Und wann wollt ihr schlafen?« fragte sie. »Es ist noch nicht ganz dunkel. Ruht euch alle ein paar Stunden aus und dann brecht ihr vor Sonnenaufgang auf.«

»Sie hat recht«, sagte Rowan. »Auf Abermuir schlafen sie dann noch alle.« Er lächelte, als Jamie unsicher auf ihn zulief. »He, mein Kleiner«, sagte er sanft. Er starrte das Kind an und konnte das Wunder, einen eigenen Sohn zu haben, kaum fassen. Er streckte seine Hand aus.

Jamie schlenderte an ihm vorüber und ging zu Alec, dessen Gesicht sich aufhellte. Doch Jamie lief auch an ihm vorüber und streckte seine Ärmchen aus. »Jock«, rief er freudestrahlend. »Jock.«

Schmunzelnd hob Jock den Jungen auf seinen Schoß. »He, Kleiner, du solltest doch längst schlafen.«

»Wie soll er denn bei dieser ganzen Unruhe schlafen können?« brummte Anna. »Also, gib ihm doch nicht dieses gräßliche, alte Ding, Jock«, schalt sie.

Jock, der den schwarzen Steinspiegel vom Tisch aufgehoben und ihn Jamie in die Hand gedrückt hatte, blickte auf. »Er will doch nur sein Gesicht anschauen.«

Rowan und Anna tauschten Blicke aus, dann zuckte er die Schultern. Es war sicherlich nichts dabei, wenn das Kind den glänzenden Stein betrachtete. Er beobachtete, wie Jamie für einen Augenblick in den Spiegel sah, dann seine Nase darauf drückte und ihm einen schmatzenden Kuß versetzte. Schmunzelnd wandte sich Rowan ab.

Geordie blickte ihn über seine Schulter hinweg an. »Rowan. Komm her und sieh dir das an.«

Rowan schlenderte zu der Bank, ließ sich, etwas entfernt von den anderen, neben Geordie nieder. »Was hast du denn entdeckt?« fragte er.

»Es ist nicht das erste Mal, daß ich solche Briefe sehe. Vor einigen Monaten entsandte der Spionagechef der Königin einen Mann zum englischen Grenzaufseher, einen englischen Agenten, der sich auf Kodierungen und Verschlüsselungen verstand. Er brachte mir einige der einfacheren, von den Spaniern verwendeten Codes bei.«

»Was besagt dieser Brief?«

»Ich habe ihn noch nicht vollständig entschlüsselt, allerdings schon eine gewisse Ahnung. Rosen sind häufig die Umschreibung für Münzen und Bestechungsgelder. Rote Rosen stehen für Gold, weiße für Dokumente, Grenzübertritte, Überfälle und ähnliches. Die schöne Dame – ich denke noch darüber nach, doch ich glaube, sie ist diejenige, die das Gold und die Dokumente erhalten soll.«

»Und was ist mit dem Mond, der in diesem Schreiben erwähnt wird?« fragte Rowan.

»Dieser Begriff findet sich häufiger und lautet genau genommen ›Rabenmond‹.« Geordie blickte zu ihm auf. »Der Brief besagt, daß die weiße Rose im Rabenmond erblühen wird.«

Rowan zog seine Brauen zusammen. »Klingt wie absoluter Blödsinn. Aber der schwarze Steinspiegel muß dieser Rabenmond sein.«

»Davon müssen wir ausgehen. Heckie will etwas haben, das unglücklicherweise du besitzt, und dieser Spiegel ist das einzige, was du von dem spanischen Schiffswrack entwendet hast. Er ist dunkel und rund und könnte im übertragenen Sinne als rabenschwarzer Mond bezeichnet werden. Ein solcher Brief würde ihn mit Sicherheit nicht als runden schwarzen Steinspiegel erwähnen«, meinte Geordie voller Ironie. »Dieses Schriftstück war vielleicht für diesen uns nicht näher bekannten Schotten bestimmt und sollte ihn davon in Kenntnis setzen, daß der Rabenmond und das Gold mit dem spanischen Schiff eintreffen würden.«

»Wir haben aber keine weiteren Dokumente gefunden, wie es diese weißen Rosen besagen«, sagte Rowan. »Allerdings können solche Schriftstücke in einem Schiffswrack leicht verlorengehen.«

»Auf diesem Spiegel befindet sich kein einziger Hinweis, keine Inschrift? Keine Gravur?« fragte Geordie. »Komm, wir sehen ihn uns noch einmal genauer an.«

Rowan streckte Jamie seine Hand entgegen. »Gib ihn mir, kleiner Jamie«, sagte er. »Bitte.«

»Nein.« Jamie drückte den Spiegel an seine Brust. »Meins.«

Belustigt verdrehte Geordie die Augen und wandte sich erneut dem Brief zu. »Hoffentlich bleibt mir die Zeit, den weiteren Briefinhalt bis zu unserem Aufbruch zu entschlüsseln«, murmelte er.

»Dann laßt uns unseren Plan noch einmal rekapitulieren«, meinte Rowan an die anderen gerichtet.

Anna hob Jamie von Jocks Schoß herunter. »Zeit zum Schlafengehen, mein Kleiner«, sagte sie zärtlich. Jamie schüttelte heftig mit dem Kopf und klammerte sich an Jock. Sanft löste Anna die Umklammerung und versuchte, den Jungen fortzutragen. Jamie protestierte, wehrte sich und ließ den schwarzen Steinspiegel fallen.

Rowan sah, wie er zu Boden fiel und der Rahmen zerbrach. Ein winziges, mehrfach gefaltetes, blasses Stück Papier entglitt dem Rahmen.

Er beugte sich vor, hob es vorsichtig vom Boden auf und drehte es nachdenklich in seinen zitternden Fingern.

»Was ist das?« fragte Jock. Rowan war sich dessen bewußt, daß ihn alle Anwesenden – mit Ausnahme von Jamie, der weinend nach dem Spiegel verlangte – mit betretenem Schweigen anstarrten.

Rowan faltete das Papier auseinander und erkannte sofort die verkrampfte spanische Handschrift. »Aha«, meinte er. »Deshalb wollten sie den Rabenmond in ihren Besitz bringen.« Er reichte Geordie das Schriftstück.

»Das muß unsere weiße Rose sein«, sagte Geordie.

Auf einer Steinbank unter einem der Fenster neben dem gewaltigen Kamin von Abermuir sitzend, blickte Mhairi in den nächtlichen Himmel. Es hatte aufgehört zu regnen, und ein strahlendheller Mond schwebte hoch über den düsteren Wolken am Himmel.

Vor ungefähr einer Stunde hatte Simon sie allein in diesem riesigen Raum zurückgelassen und einen seiner schweigenden Männer als Wache im Torbogen postiert. Seitdem war nur eine mürrische Dienstmagd im Zimmer gewesen, die ihr eine Schale Suppe und einen Krug Wein gebracht hatte. Die Suppe war wässrig gewesen, doch der Wein war recht gut, dunkelrot und feurig, und Mhairi hatte ihn schließlich leergetrunken. Die sie jetzt durchflutende Wärme rührte sicherlich teilweise von dem schweren Wein, teilweise aber auch von dem glühenden Kaminfeuer her.

Erschöpft und gleichzeitig nervös blickte sie aus dem Fenster. Jedesmal, wenn sie ihre Augen schloß, sah sie mit erschreckender Deutlichkeit Rowans Gestalt vor ihrem geistigen Auge. Trotz allem, was vorgefallen war, glaubte sie nicht, daß Rowan seinen oder ihren Bruder hintergehen würde. Sie konnte sich einfach nicht vorstellen, wie diese Nacht endete.

Doch sie spürte die Bedrohung und Gefahr mit jeder vom Wind gepeitschten Wolke, die den Mond verdunkelte, und erschauerte.

Sie war müde und wußte nicht, ob sie diese Nacht in einer Schlafkammer oder in einem Verlies zubringen würde. Manche Bürgen wurden jahrelang gastfreundlich behandelt; andere wiederum unter schrecklichen Bedingungen eingekerkert: und wieder andere, das wußte sie, wurden auf eigenen Wunsch wieder freigelassen. Sie hatte einfach keine Ahnung, was Simon mit ihr vorhatte.

Seufzend senkte sie den Kopf. Als sie das Geräusch der sich öffnenden Tür vernahm, wandte sie sich um und bemerkte Simon. Er stapfte mit seinen Stiefeln über die Holzdielen, dann blieb er stehen und blickte aus dem Fenster. Sein stählerner Brustharnisch erstrahlte im rötlichen Schimmer des Feuers, und er trug immer noch seinen Helm. Vielleicht hatte er gerade das Haus betreten oder beabsichtigte, es zu verlassen.

Sie fragte sich, ob er Rowan, Alec und Iain verfolgen wollte, und schluckte bei diesem erschreckenden Gedanken.

»Der Himmel klart auf«, begann Simon das Gespräch. »In letzter Zeit hat es einfach zu viele dieser teuflischen Stürme gegeben. Die Gewitter um diese Jahreszeit sind ungewöhnlich. Es heißt, daß solche Unwetter ein Omen sind.«

»Was für ein Omen?« Mhairi erhob sich.

Sein bärtiges, feistes Gesicht beugte sich zu ihr hinunter, und er blickte sie aus dunklen, abschätzenden Augen an. »Die Kirchendiener behaupten, daß der Zorn Gottes solche Unwetter hervorruft. Wir sollten uns alle vorsehen. Das Ende der Welt naht.« Er verdrehte die Augen, und seine Nasenflügel zitterten.

Mhairi trat einen Schritt zurück. »Wir haben einfach nur schlechtes Wetter.«

»Zerstörerisches Wetter. Stürme, Fluten, Feuer, das alles tritt auf, wenn der Allmächtige den Weltuntergang plant.« Seine Hand griff an ihr vorbei und schloß den Fensterladen.

»Noch vor Sonnenaufgang wird wieder ein Gewitter heraufziehen.«

»Es ist schon spät«, sagte sie. »Ich bin müde. Sie haben mir noch nicht mein Zimmer gezeigt.« Eigensinnig schob sie ihr Kinn vor. »Oder beabsichtigen Sie, mich in Ihren Kerker zu sperren?« Die gleiche Frage hatte sie Rowan schon einmal gestellt und hielt bei der Erinnerung daran den Atem an; die in ihr aufsteigende Sehnsucht füllte ihre Augen mit Tränen.

»Kerker?« Schmunzelnd schenkte sich Simon einen Krug Rotwein ein. »Nein, ich würde keine Frau in einem Kerker einsperren, schon gar nicht meine eigene Cousine. Ich bin doch kein Unmensch, Mädchen, auch wenn Sie das vielleicht denken. Obwohl Sie nichts von dem süßen Mädel haben, für das ich Sie einmal hielt, was?« Er nahm einen Schluck Wein und betrachtete sie nachdenklich. »Trotzdem sind Sie hier mein Gast.«

»Gäste dürfen aufbrechen, wann immer sie es wünschen.«

»Mmh«, gab er schluckend zu. »Nun, Sie befinden sich allerdings als ehrbare Geisel hier. Auch wenn Sie keinerlei Ehrgefühl verdient haben«, fügte er hinzu. »Ich habe die Dienstmagd angewiesen, eine weitere Schlafkammer herzurichten, und zwar die, die sich an meine anschließt.« Er betrachtete sie über den Rand seines Kruges.

Ihr wurde übel. »Wie lange werden Sie mich hier festhalten?«

»So lange, bis man mir Alec Scott und Iain Macrae ausliefert. Der Kronrat hat mich damit beauftragt, die Spione aufzugreifen, die das spanische Gold gestohlen haben.«

»Die beiden sind nicht die von Ihnen gesuchten Männer«, warf sie rasch ein.

»Nein? Wer ist es denn dann?«

»Finden Sie Heckie Elliot«, entgegnete sie. »Dann haben Sie Ihren Spion. Er wird Ihnen auch die weiteren Beteiligten nennen können.«

Seine Augen verengten sich zu Schlitzen. »Heckie Elliot ist ein hinterlistiger Bursche und ein gemeiner Räuber. Ein Unruhestifter, aber bestimmt kein Spion.«

»Doch«, beharrte sie. »Heckie macht mit diesem Spionagering gemeinsame Sache. Es erstaunt mich, daß Sie ihn nicht längst verdächtigen.«

Er beobachtete sie unablässig. »Ich durchschaue Ihren Plan. Sie wollen, daß ich mich auf Heckie stürze und Ihren Bruder laufenlasse.«

»Es liegen Beweise gegen ihn vor. Rowan wird es beweisen und beeiden.«

»Dieser verfluchte Blackdrummond. Meinen Sie, ich würde seiner Aussage Glauben schenken? Er ist ein berüchtigter Störenfried. Niemand würde ihm glauben.«

»Im Gegenteil, viele würden es tun«, entgegnete sie. »Um ehrlich zu sein, sogar die meisten. Simon, mein Bruder hat mit dieser Sache nichts zu tun. Das hat er mir gesagt. Und er hat auch versucht, Ihnen alles zu erklären.«

»Mein Mädchen, Sie sind zu gutgläubig mit Ihrer Familie.« Er stellte seinen Krug ab und trat auf sie zu. »Ich nahm Sie als Pfand, weil ich diese Männer verdächtige und sie in meinem Gewahrsam wissen will. Der Kronrat erwartet, daß ich das Gold und die Spione an England übergebe. Ich hatte nie vor, Ihnen in dieser Sache zu nahe zu treten, Mädchen. Aber Ihr kriminelles Verhalten läßt mir keine andere Wahl, als auch Sie in meinen Gewahrsam zu nehmen. Die Räuberkumpane Ihres Herrn Gemahls haben aufgrund ihrer geschickten Aussagen Ihre Verhaftung verhindert. Aber ich kann Sie so lange als Geisel hierbehalten, wie es mir paßt. Allerdings werde ich Ihnen kein Haar krümmen, mein Schatz«, sagte er sanft und legte seinen Arm um ihre Schultern.

Sie entzog sich seiner Umarmung. »Ich habe Ihnen den in dieser Sache Verantwortlichen genannt. Früher einmal habe ich Sie für einen gerechtigkeitsliebenden Menschen gehalten, Simon.«

»Haha«, antwortete er. »Es gab Zeiten, in denen ich Sie für ein hübsches, sanftes Mädchen hielt. Ich fand Sie so nett, daß Sie sogar meinen Neffen heiraten sollten. Aber Sie sind, wie viele andere Frauen, eigensinnig und rachsüchtig wie ein Mann. Aber ich bekomme, was ich haben will, Ihren Bruder und Alec Scott. Und Sie.«

Sie spürte seine riesige Pranke in ihrem Haar, spürte, wie seine dicken Finger ihren Nacken berührte. Eine Gänsehaut kroch über ihren Rücken. »Rowan würde seinen und meinen Bruder nicht verraten, nicht einmal für seine eigene Frau.«

»Er verrät jeden, wenn es ihm dienlich ist. Er entstammt einer Reiterfamilie berüchtigter Geächteter und Mörder. Hinterhältige Diebe, die ganze Sippe!«

»Sie sind Grenzräuber«, widersprach sie mit stolz erhobenem Haupt. »Das ist ein Unterschied.«

Simon fluchte leise. »Rowan ist mein Stellvertreter«, sagte er. »Er hat seine Befehle. Wenn er Sie zurückhaben will, wird er meine Anordnungen befolgen.« Seine Finger glitten über ihren Nacken und ihre Schultern. Sie schüttelte sich vor Abscheu. »Warum haben Sie ihn geheiratet? Was hat er Ihnen schon anzubieten? Ich bin hier der Grenzaufseher. Sie wußten, daß ich Ihnen geholfen hätte. Aber Sie hatten nichts Besseres zu tun, als nachts auszureiten und alles zunichtezumachen, was ich geplant hatte. Und Sie mußten unbedingt diesem berüchtigten Grenzräuber folgen.« Er hielt inne. Seine Hand strich über ihren Arm. »Ich bin seit langem Witwer. Nachdem Johnny tot war, hatte ich selbst ein Auge auf Sie geworfen. Aber er würde sich Ihrer heute schämen, mein Schatz.«

»Er wäre stolz auf mich.« Abrupt entwand sie sich ihm. »Und Sie hatten niemals vor, mir zu helfen, sondern sahen nur Ihren eigenen Vorteil.«

Er wollte etwas erwidern, doch die Tür wurde geöffnet und Hepburn winkte Simon zu sich. Die beiden unterhielten sich leise, dann kehrte der Grenzaufseher zu ihr zurück.

»Ich muß mich um eine dienstliche Angelegenheit kümmern«, sagte er schroff. »Muß jemanden treffen. Wir beide unterhalten uns später noch. Kommen Sie, hier entlang.« Er nahm ihren Arm und führte sie zu dem riesigen Kamin an der Stirnseite des Saals. Erstaunt blinzelnd bemerkte Mhairi, daß er neben dem ausladenden Kaminsims stehenblieb. In einer dunklen Nische nahm sie eine kleine Tür wahr, hinter der eine kurze, in die Wand eingemauerte Treppe nach oben führte.

»Meine Schlafkammer ist dort oben«, erklärte er, während er vorausging. Mhairi kletterte hinter ihm die vom Kamin erwärmten Stufen hinauf. Während sie ihm folgte, bemerkte sie ein winziges Fenster in der Kaminwand und fragte sich insgeheim, warum jemand wohl ein Fenster mit Blick in einen Kamin mauern ließ.

Einladend hielt Simon die Tür am Ende der Treppe geöffnet. Mhairi ging an ihm vorbei und betrat einen großen, vom Kaminfeuer beheizten Raum.

»Hier werden Sie sich wohl fühlen. Ich komme später nach«, sagte er, und es klang wie eine versteckte Drohung. Dann verschloß er hastig die Tür. Mhairi hörte, wie sich der Schlüssel im Schloß drehte.

Sie saß in der Falle. Entsetzt stürmte sie zur Tür und rüttelte an deren Eisenriegel. Der Griff gab unter ihrer Berührung sofort nach. Simon war so in Eile gewesen, daß er sich nicht vergewissert hatte, ob die Tür auch wirklich verschlossen war.

Langsam öffnete sie die Tür und stöhnte leise, als diese in den Angeln quietschte. Dann huschte sie in der Dunkelheit zum Treppenabsatz, verweilte dort eine Zeitlang und lauschte dem Gemurmel Simons, der sich mit einem Mann unterhielt. Dessen Stimme kam ihr bekannt vor, und sie runzelte konzentriert die Stirn, als sie die Stiegen hinunterschlich.

Während sie die Stufen nahm, fiel ihr wieder das winzige, vergitterte Fenster in der Kaminwand auf. Dünne Rauchschwaden und gedämpftes Licht drangen daraus hervor. Sie stellte sich auf Zehenspitzen und mußte einen Hustenreiz unterdrücken, als sie in die Öffnung spähte.

Das Innere des Kamins wurde sichtbar, doch Mhairi hatte gleichzeitig auch einen guten Blick auf den großen Saal, da sich auf der gegenüberliegenden Seite der Kaminmauer eine weitere Öffnung befand. Diese hatte sie schon vorher bemerkt, allerdings vermutet, daß es sich um einen Wandschmuck in dem hohen Steinsockel über dem Kamin handelte.

Die beiden Fenster ergänzten sich zu einem Guckloch.

Mhairi hatte schon von solchen Dingen gehört, aber noch nie etwas Vergleichbares gesehen. Auf ihren Zehenspitzen verharrend spähte sie durch das Gitter.

Simon hatte ihr den Rücken zugewandt. Er stand einem mit Umhang und Kapuze verhüllten Mann gegenüber; in dem Dämmerlicht konnte Mhairi dessen Gesicht nicht erkennen.

»Ich habe davon gehört, was auf der Parlamentszusammenkunft passiert ist«, sagte der Mann. Er lachte rauh. »Eine schöne Bescherung, was?«

»Kann man so sagen«, knurrte Simon. »Und wo warst du? Ich rechnete damit, daß du es mir bringen würdest. Ich habe dich gut bezahlt. Wo zum Teufel hast du es?«

»Du hast mir nur einen Teil der versprochenen Summe entrichtet. Wenn du den Stein willst, dann gib mir erst einmal den Rest der Anzahlung.«

Mhairi hielt den Atem an, denn sie hatte Heckies Stimme erkannt. Als er seinen Umhang ablegte und an den Tisch trat, um sich Wein einzuschenken, sah sie ihn ganz deutlich.

»Ich mußte den Engländern einen Teil des Goldes aushändigen. Eine Art Steuer, sozusagen«, brummte Simon. »Der Rest befindet sich in Sicherheit. Du wirst dein Geld schon noch bekommen.«

»Ich will es jetzt. Schließlich habe ich eine ganze Menge für dich getan. Bin bis nach Berwick geritten, um den Mann zu töten, der diesen spanischen Brief hatte.«

»Den du dann verloren hast«, zischte Simon. »Die Spanier mußten einen weiteren Kurier schicken, und das war eine verflucht riskante Geschichte, wo doch dieses verdammte Mädchen draußen auf der Straße für ihren Bruder Schicksal gespielt hat.«

»Ich habe Schutzgelder, Milchvieh und Schafe von deinen Widersachern erpreßt und dir immer deinen Anteil überlassen. Jetzt will ich, was du mir schuldest.«

»Du hast versagt, als du meine Befehle ausführen solltest. Du hast das spanische Gold zusammen mit dem Brief an diese beiden Banditen verloren. Seit jener Nacht habe ich nichts als Ärger. Ich hätte dich aufknüpfen sollen.«

»Du brauchst mich. Ich habe dieses Gold an der Küste für dich gestohlen, obwohl die Grenzaufseher und ihre Offiziere in unmittelbarer Nähe waren. Und ich habe Himmel und Hölle in Bewegung gesetzt, um diesen verfluchten Rabenmond zu bekommen.«

»Und trotzdem habe ich weder den Brief noch den Stein. Wenn Rowan Scott diese Dinge gefunden hat, weiß er mittlerweile vermutlich, daß wir gemeinsame Sache machen.« Fluchend drehte sich Simon zum Kamin um.

Mit klopfendem Herzen und zitternden Händen lauschte Mhairi an der Wand. Was war sie doch für eine Närrin gewesen, daß ihr Simons Komplizenschaft nicht aufgefallen war! Wie oft hatte er damit gedroht, Heckie dingfest machen zu wollen, hatte ihn jedoch nie gestellt. Und er war eifrig bemüht gewesen, Iain und Alec trotz der fadenscheinigen Beweise zu verurteilen, um die Aufmerksamkeit von Heckie und auch von sich selbst abzulenken. Furchterfüllt, aber auch fasziniert beobachtete sie dieses Szenario und fragte sich, ob Rowan etwas Derartiges ahnte.

»Ich habe einem schwachsinnigen Grenzräuber eine Sache anvertraut, die absolute Geheimhaltung erforderte«, vernahm sie Simons nächste Worte. »Der Kronrat hat Rowan Scott beauftragt, die Wahrheit ans Licht zu bringen. Und du hast ihm genug Hinweise geliefert!«

»Ich werde den Stein kriegen«, konterte Heckie. »Und ihn auch.«

»Wenn du auf der Parlamentszusammenkunft erschienen wärst, hättest du ihn mit Leichtigkeit unschädlich machen können.«

»Bei den ganzen Grenzoffizieren, die dort herumlungerten? Im Gegensatz zu dir, Simon, sind rechtschaffene Männer darunter. Man hätte mich verurteilt und gehenkt.«

»Ich habe dir gesagt, ich würde dafür sorgen, daß du lediglich ein Bußgeld zahlen müßtest. Jetzt muß ich mich selbst um die Angelegenheit kümmern. Ich habe seine Frau in meiner Gewalt. Ihretwegen kommt er mit Sicherheit, und dann werde ich ihn töten.«

»Wenn er die Sachen dann bei sich hat«, warf Heckie ein.

»Solange sich seine Frau in meinem Gewahrsam befindet, bekomme ich von ihm, was ich fordere. Dich brauche ich nicht mehr.«

»Vergiß nicht, daß ich alle deine üblen Machenschaften kenne, Sir Grenzaufseher«, schnaubte Heckie.

Nach wie vor hielt Simon seinen Blick auf das Kaminfeuer gerichtet. Er zog eine Braue hoch. »Versuchst du jetzt, Schweigegeld von mir zu erpressen, Heckie Elliot?« fragte er sanft. »Ich kann dich einsperren und hängen lassen, wann immer mir der Sinn danach steht.«

»Ich werde den Kronrat benachrichtigen«, drohte Heckie. »Ich bin Grenzräuber, Mann. Wenn ich hängen soll, werde ich hängen. Aber du begleitest mich in den Tod.«

Simon stürzte seinen Wein in einem Zug hinunter. »In Ordnung. Du hast deinen Standpunkt erklärt. Für deine Bemühungen werde ich noch etwas drauflegen. Aber ich will den schwarzen Stein bis morgen haben.«

»Also gut.« Heckie wandte sich ab, um seinen Krug abzusetzen. »Wieviel?«

Voller Zorn beobachtete Simon die züngelnden Flammen. Mhairi hielt den Atem an, als sie das teuflische Glitzern in seinen Augen bemerkte, das der rotglühende Feuerschein noch verstärkte. Aufgrund der drohenden Gefahr verkrampfte sich ihr Magen. Sie wollte schreien, wagte es jedoch nicht.

Simon drehte sich um, zog seinen Dolch aus der Scheide und hob seinen Arm. Er stieß die Klinge in Heckies Rücken und sah zu, wie der Mann von Schmerzen überwältigt zu Boden sank.

Vor lauter Entsetzen preßte Mhairi ihre Hand vor den Mund.

Simon trat gegen den leblosen Körper und bedeckte Heckie dann mit seinem Umhang. Mhairi stand auf den Stufen und starrte nach Atem ringend mit rasendem Herzklopfen durch das winzige Fenster.

Simon drehte sich um, blickte frontal in das Guckloch und runzelte die Stirn. Dann ging er schnellen Schrittes zu der Tür, die zu dem versteckten Treppenaufgang führte.

Mhairi machte auf dem Absatz kehrt, eilte zu Simons Schlafkammer und riß mit zitternden Händen die Tür auf. Als sie ins Zimmer stolperte, hörte sie bereits seine polternden Fußstapfen auf der Treppe.

Während er sich im Türrahmen vor ihr aufbaute, fixierte sie ihn. »Was haben Sie gesehen?« wollte er wissen. »Was haben Sie mitangehört?« Sein Gesicht war wutverzerrt, als er mit ausgestreckten Händen auf sie losging.

Sie wich ihm aus, stürzte zur Tür und nahm diese mit einer solchen Schnelligkeit, daß sie beinahe gestürzt wäre. Als sie den Saal erreichte, rannte sie durch das Dämmerlicht, wobei sie einen Riesenbogen um die dunkle, am Boden liegende Silhouette machte.

Simon stapfte ihr hinterher. »Mhairi!« brüllte er. »Bleiben Sie stehen!«

Verunsichert verharrte sie in der Mitte des Raums, da ihr eingefallen war, daß Hepburn vor der verschlossenen Tür Wache hielt. Als sie eine kleine Seitentür in einer Ecke des Saals erspähte, raste sie darauf zu; ihr Schuhwerk klapperte über die Bodendielen und ihr Herz klopfte zum Zerspringen. Sie hatte keine Ahnung, wohin diese Tür führte, zerrte jedoch an ihrem Knauf, hastete über die Schwelle und schlug die Tür hinter sich zu.

Sie befand sich in einem engen Flur und bemerkte eine dunkle Wendeltreppe, die nach oben führte. Durch ein hohes Fenster fiel schwaches Mondlicht auf die Stufen. Während sie sich mit einer Hand am Mauerwerk abstützte, stieg sie geschwind nach oben.

Von unten hörte sie, wie Simon die Tür aufriß und ihr folgte. Da sie flinker und beweglicher war als er, erreichte sie das Ende der Treppe innerhalb von Sekunden. Sie betrat einen Holzboden, der in einen kleinen schmucklosen Raum führte, durch dessen zwei Fenster das Mondlicht schien.

Sie befand sich im Wachtturm. Ihr fiel ein, daß ihr die runden Ecktürme von Abermuir aufgefallen waren, weil sie den Eindruck machten, als seien sie nachträglich an das monumentale Grenzbollwerk angebaut worden. Von hier oben hatten die Wachen einen kilometerweiten Blick über das Grenzgebiet.

»Mhairi!« Simons Schritte wurden schwerer und lauter, als er sich ihr näherte.

Sie öffnete die kleine Außentür und machte einen Schritt auf das Dach.

Kapitel 28

Sie dreht sich zur Rechten, dreht sich zur Linken,
Mit glühenden Tränen auf ihren Wangen:
»Wie kann ich zu meinem Liebsten finden,
Wo ohne Flügel ich hier bin gefangen?«
– ›Johnnie Scot‹

Mit unbändiger Kraft zerrte der Wind an ihrem Haar und blähte ihre Röcke auf. Als sie sich umsah, fiel ihr Blick auf die spitzen Türme und die niedrige Brüstung, die das L-förmig angelegte Dach umgab. In der Hoffnung, zurück ins Gebäude schlüpfen zu können, bewegte sie sich auf einen weiteren Turm zu, sah dort jedoch das Licht einer Fackel aufblitzen. Wachtposten befanden sich dort, und sie hatte Angst, daß diese dem Grenzaufseher glaubten und nicht etwa seiner Geisel – beziehungsweise seiner Gefangenen. Sie trat den Rückzug an.

Inmitten der flachen Dachkonstruktion erhob sich ein hölzernes Spitzdach. Die abfallenden Seitenwände glänzten im Mondlicht, da sie immer noch feucht von den Regenfällen waren. Eine weitere Konstruktion war auf dessen Dachfirst errichtet worden, ein winziges Haus mit einem eigenen, identischen Dach, das – vergleichbar mit einem Kind auf dem Rücken seines Vaters – auf dem größeren saß. Mhairi schätzte, daß das ein Kaminhaus war, das um den größeren Schornstein gebaut worden war, um den Wachtposten Schutz und Wärme zu liefern.

In dem Augenblick, als Simon die Tür des Turms öffnete, stürmte Mhairi auf das größere der beiden Dächer zu und kroch daran hoch, um das Kaminhaus zu erreichen. Die Tür ließ sich mit Leichtigkeit öffnen, sie glitt hinein und warf diese hinter sich zu. Durch zwei kleine Fenster strömte das Mondlicht herein, und sie sah genug, um den Türriegel vorzuschieben.

Der Raum war höchstens vier Quadratmeter groß und hatte einen ebenen Holzboden, der die Spitze des größeren Dachs umgab, das sich im Inneren erhob. Der große Schornstein selbst nahm die Mitte des gesamten Häuschens ein. Mhairi trat einen Schritt zurück, lehnte sich an den warmen Kamin und beobachtete erschöpft die Tür.

»Mhairi! Machen Sie auf! Das ist ein Befehl!«

Ihr rasendes Herzklopfen markierte die Sekunden, bis Simon am Türgriff zerrte und sich dann gegen das sperrige Holz warf.

Mhairi blieb reglos stehen, betete zu Gott, daß der Riegel standhielt, und hoffte, daß er keine andere Zugangsmöglichkeit fand. Als sie das Kaminhaus betreten hatte, hatte sie gar nicht darüber nachgedacht, wie und wann sie es jemals wieder verlassen konnte. Jetzt beobachtete sie in der Dunkelheit die Tür und sandte mit jedem Atemzug ein weiteres Stoßgebet gen Himmel.

»Mhairi«, rief Simon von draußen. »Kommen Sie heraus, Mädchen. Ich werde Ihnen nichts tun. Ich will nur wissen, ob Sie gesehen haben, daß mich Heckie, dieser Schurke, angegriffen hat. Um mich zu verteidigen, mußte ich ihn töten.«

Aufgrund dieser Lüge stockte Mhairi der Atem. Sie hatte sich in seiner Gegenwart immer unwohl gefühlt, doch Simon stellte sich als noch egoistischer und niederträchtiger heraus, als sie es je vermutet hatte. Aber sie hatte ihm zeitweilig vertraut, weil er Johnnys Onkel und ihr entfernter Verwandter war, und darüber hinaus zum Grenzaufseher ernannt worden war. Jetzt wußte sie, daß es ein Fehler gewesen war, sich nicht auf ihren Instinkt verlassen zu haben.

Nun konnte sie nur noch versuchen, sich vor ihm zu schützen. Sie blickte sich in dem verwinkelten, düsteren Haus nach einer Waffe um.

Einige Lanzen standen in einer Ecke an die Wand gelehnt. Sie rannte dorthin und ergriff eine davon, doch die Lanze war viel zu lang, um sie in dem engen Raum zu handhaben.

Dann fiel ihr Blick auf die Pistole am Boden, die wie flüssiges Silber im Mondlicht glänzte. Als ihre Hand den schweren Griff umschloß, dachte sie, daß die Waffe einem der

Wachtposten gehörte, der sicherlich bald zurückkehrte, um sie zu holen. Auf dem abgeschrägten Holzboden fand sie einen Lederbeutel, der vermutlich demselben Wachtposten gehörte. Im Inneren befanden sich Kugeln, Schießpulver und das winzige, zum Laden notwendige Gewinde.

Mit zitternden Händen gelang es ihr, die Pistole zu laden und mit dem Metallgewinde den Mechanismus aufzuziehen. Dann hörte sie Simon, der sich mit erneuter Wucht vor die Tür warf, um diese zu stürmen. Angstvoll hob sie die Waffe mit beiden Händen und zielte auf die Tür.

Stille. Die Pistole war schwer, und sie konnte sie nicht lange ruhig halten. Sie senkte sie und sprang entsetzt auf, als Simon im Hintergrund ihren Namen rief. Als sie herumwirbelte, sah sie seinen glänzenden Stahlhelm und seinen Brustharnisch vor dem kleinen Fenster.

»Mhairi«, rief er, und seine Stimme war einfach zu ruhig und zu sanft. »Wenn Sie nicht freiwillig herauskommen, kann ich Sie ausräuchern.«

Mhairi richtete den Lauf der Pistole auf das Fenster. Die bleierne Stille war so entsetzlich, daß sie schon dachte, ihre Wut laut herausschreien zu müssen.

Dann bemerkte sie, daß er verschwunden war und sicherlich eine Rauchfackel holte.

»Also dieses Mondlicht, Jungs, ist für Grenzräuber wie geschaffen«, sagte Jock. »So gefällt es den Scotts am besten. Hell und klar, aber trotzdem noch kein Vollmond, der uns verraten könnte.«

Rowan blickte auf. »Jaja, das reicht jetzt. Diese dunklen Wolken dort drüben werden noch vor unserer Rückkehr für ein weiteres Unwetter sorgen.« Er wandte seinen Blick erneut der beeindruckenden Silhouette von Abermuir Tower zu. In einem Turm bemerkte er einen Lichtschimmer.

»Dann sollten wir uns beeilen«, sagte Sandie. »Das Ausräuchern ist schnell erledigt.«

»Nein«, entgegnete Rowan entschieden. »Wenn wir sie ausräuchern, sind uns hundert Männer auf den Fersen. Und wie sollten wir Mhairi finden?«

»Die wird mit den anderen ins Freie stürmen«, erwiderte Sandie.

»Damit würden wir uns mehr Ärger einhandeln, als uns lieb ist.« Er wandte sich Archie zu. »Wo könnte er sie gefangen halten?«

»Ich glaube nicht, daß er sie in den Kerker gesperrt hat«, überlegte Archie. »Vielleicht eher in die Schlafkammer im Obergeschoß neben seiner eigenen.«

Rowan nickte. »Wie besprochen werden wir uns unter Archies Führung Einlaß verschaffen. Schließlich haben wir mit Simon Geschäftliches zu besprechen. Nichtsdestotrotz werden Archie und Geordie versuchen, die Wachen abzulenken.

»Wenn es sein muß, legen wir ein Feuer«, meinte Archie zustimmend nickend.

»Dann werden wir uns aufteilen und jedes Stockwerk durchkämmen, bis wir sie gefunden haben«, sagte Rowan. »Schultert eure Waffen.«

»He, Ausräuchern wäre doch die bessere Waffe«, murrte Sandie.

Dunkle Wolken zogen am Himmel vorüber. Erneut blickte Rowan auf. »Mit absoluter Sicherheit droht uns ein weiteres Unwetter. Wir müssen uns beeilen. Geordie, gib mir die Dokumente und natürlich auch den Spiegel. Ich versuche, Simon einzuschüchtern.«

»Was dir nach unseren Enthüllungen nicht schwerfallen dürfte«, erwiderte Geordie und reichte ihm das Gewünschte.

Rowan gab seinem Pferd die Sporen und ritt voraus. Grimmig und entschlossen nahmen sie ihren Weg.

Als sie sich der Festung näherten, hörten sie bereits entferntes Donnergrollen.

Rauchschwaden drangen in das winzige Haus und erfüllten es so rasch, daß Mhairi nicht mehr die Hand vor Augen sehen konnte. Nase und Mund mit ihren Fingern bedekkend, versuchte sie, so flach wie möglich zu atmen. Simon hatte eines der Fenster mit einer Holzplatte verbarrikadiert und dann die brennende Pechfackel durch das andere Fenster ins Innere geschleudert. Schwarzer Rauch stieg nach oben und nahm jegliches Licht sowie jegliche Luft zum Atmen.

Mhairi versuchte, die pechgetränkten Lumpen auszutreten, stellte jedoch fest, daß sie ohnehin rasch erloschen; der entstehende Rauch war das größere Problem. Sie konnte kaum atmen, und ihre Augen brannten.

Sie mußte ins Freie gelangen, auch wenn ihr klar war, daß Simon sie dort draußen erwartete. Aber er wußte nicht, daß sie im Besitz der Pistole war. Sie umklammerte sie fest, hielt sie vor die Brust und öffnete die Tür.

Doch als sie ins Freie trat, sprang Simon von der Seite auf sie zu und packte sie. Die Waffe entglitt ihr, als er ihre Arme nahm und sie vom Boden hochzerrte. Obwohl sie sich wehrte, nach ihm trat und laut schrie, lockerte er seine Umklammerung nicht, während er sie über das Dach schleifte.

Sie bemerkte zwei Wachen in einem der Türme. Sie blickten zur Tür hinaus und sahen mit Sicherheit, daß Simon sie fortschleppte, doch sie wandten sich ab, als wollten sie sich jeder Einmischung entziehen.

»Ist denn keiner Ihrer Männer rechtschaffen und vertrauenswürdig?« schrie sie völlig außer Atem. »Sind sie alle wie Sie, Verräter an Schottland und Agenten der Spanier?«

»Sie haben also doch durch das Guckloch geschaut«, sagte er. »Dacht' ich mir's doch. Dann haben Sie auch gesehen, daß Heckie mich angriff.«

»Ich habe gesehen, daß Sie *ihn* angegriffen haben«, stieß sie zwischen zusammengebissenen Zähnen hervor.

»Da irren Sie sich«, entgegnete er mit energischer Stimme. »Und wenn Ihnen Ihr Leben sowie das Ihres Ehemannes und Ihrer Sippe etwas bedeutet, dann haben Sie überhaupt nichts gesehen.«

»Sie können sich mein Schweigen nicht erkaufen«, erwiderte sie.

»Ein Mord an Ihnen liegt mir zwar nicht«, sagte er, »aber ein Sturz von diesem Dach könnte sich als tödlich erweisen. Oder ein Sturz von einem dieser Wachttürme.« Er stellte sie aufrecht hin, ließ sie jedoch nicht los.

Lauter Donner grollte über sie hinweg. Simon blickte auf, und Mhairi trat ihm auf den Fuß, dann trat sie nach hinten aus und erwischte ihn empfindlich am Knie. Stöhnend schwankte er. Sekundenbruchteile später verlagerte sie ihr Gewicht, ging in die Knie und entschlüpfte seiner Umklammerung. Sie versetzte ihm einen Stoß und rannte los. Simon stolperte, fiel hin und erhob sich fluchend.

Während sie auf den Turm zustürzte, nahm er die Verfolgung auf. In atemberaubender Geschwindigkeit über das Dach balancierend eilte sie auf das Kaminhaus zu, hob die Pistole mit beiden Händen auf und bemühte sich nach Kräften, deren Lauf auf ihn zu richten.

»Bleiben Sie, wo Sie sind«, befahl sie. »Ich schieße. Die Waffe ist geladen.«

Er trat einen Schritt näher. »Mhairi, Sie würden mich doch nicht treffen, Mädchen.«

»Ich kann schießen«, beharrte sie. »Und ich werde abfeuern.«

»Ich werde Ihnen nichts tun.«

»Ich habe mitangesehen, wie Sie einen Mann kaltblütig von hinten erstochen haben. Sie würden auch nicht davor zurückschrecken, mich umzubringen.«

Er trat einen weiteren Schritt vor. »Wirklich schade, daß Sie Heckie und mich beobachtet haben. Ich hatte so gehofft, daß wir Freunde werden könnten.« Er streckte seine Hand aus. »Geben Sie mir die Waffe.«

In der Dunkelheit sah sie, wie hinter ihm die Turmtür geöffnet wurde. Dunkle Gestalten schritten über das Dach. Aus Furcht, daß die Wachen nur ihrem Grenzaufseher helfen würden, ließ Mhairi ihren Blick nervös zwischen den herannahenden Männern und Simon hin und her schweifen.

Er machte einen Satz auf sie zu und packte den Lauf des Gewehrs. Als Mhairi instinktiv zurückwich, berührte ihr Fuß die Kante des Dachsturzes. Sie stolperte, ihr Arm ruderte in der Luft und eine ohrenbetäubende Gewehrsalve feuerte ins Nichts. Der Rückschlag durchzuckte ihren Arm und brachte sie ins Taumeln. Während sie zu Boden sank, ließ sie die Waffe fallen.

Simon stürzte sich auf sie, packte sie gewaltsam, riß sie auf ihre Füße und wirbelte sie mit einem Arm vor seinen Körper. Sie spürte seine Dolchspitze an ihrer Kehle und umklammerte mit beiden Händen seinen Arm, konnte sich jedoch nicht befreien.

»Einer geladenen Pistole kann man nicht trauen«, knurrte Simon. »Ein falscher Schuß, und sie ist nutzlos. Und nun, mein Mädchen, kommen Sie mit mir.« Er schob sie vor sich her und blieb dann abrupt stehen. Mhairi blickte auf und hielt den Atem an.

»Ich denke, sie kommt mit mir.« Wie eine scharfe, tödliche Klinge durchschnitt Rowans tiefe Stimme die eisige Luft. Mit weit aufgerissenen Augen beobachtete Mhairi, wie er aus der Dunkelheit trat, die gezückte Waffe sicher in seiner Hand.

Mit windzerzaustem Haar starrte er Simon wie ein dunkler, mächtiger Engel der Gerechtigkeit unverwandt an.

»Blackdrummond, Sie verfluchter Halunke«, knurrte Simon. Rowan bemerkte, daß der Grenzaufseher Mhairi fest an sich gepreßt hielt und die glänzende Klinge einen Druckpunkt an ihrer wohlgeformten Halsbeuge erzeugte. Er fragte sich, was während des Zeitabschnitts geschehen war, in dem sie allein mit Simon gewesen war, und verspürte den unbändigen Drang, sich auf diesen Mann zu stürzen und ihn zu vernichten. Aber er umklammerte lediglich sein Gewehr fester, sah Mhairi kurz an und senkte dann den Blick.

»Simon«, sagte er mit verdächtig ruhiger Stimme und einem Gesichtsausdruck kalter Verachtung.

»Was haben Sie hier oben zu suchen?« wollte Simon wissen.

»Wir sind nach Abermuir gekommen, um mit Ihnen zu reden. Und wir haben Heckies Leiche im Saal gefunden.« Mhairi rang nach Atem. Rowan schätzte, daß ihr dieser entsetzliche Anblick nicht verborgen geblieben war, und er fixierte Simon noch eisiger.

»Dieser Bastard hat mich angegriffen«, verteidigte sich Simon. »Ich mußte ihn töten.«

Rowan hatte den Leichnam untersucht und dabei die Rückenwunde bemerkt. »Mußten Sie das?« fragte er. »Indem Sie ihm in den Rücken stachen? Soweit ich mich erinnern kann, hielt er lediglich ein Weinglas in seinen Händen.«

Unter dem Rand seines Helms glotzte ihn Simon fassungslos an. Mhairi warf einen raschen Blick von Simon zu Rowan.

»Simon und Heckie haben in diesem Spionagering gemeinsame Sache gemacht«, hauchte sie und schrie dann auf, da Simon die Klinge des Dolchs über ihr Kinn gleiten ließ.

Seine Waffe umklammernd wagte sich Rowan einen Schritt vor. Doch selbst wenn er Simon erschoß, war der Mann immer noch in der Lage, Mhairis Kehle aufzuschlitzen. »Rühren Sie sie noch einmal mit dieser Klinge an, und ich puste Ihnen den Kopf weg«, drohte er. »Sag das noch einmal, Mhairi«, bat er, ohne sie anzusehen. Wenn er sie anschaute, verlor er die Beherrschung. »Du behauptest, daß Heckie und Simon Spione sind?«

»Sie erzählt Ihnen Lügen, um ihren Bruder zu decken«, entgegnete Simon. »Obgleich ich schon seit langem den Verdacht hatte, daß Heckie in die Sache verwickelt war.«

»Hatten Sie das?« fragte Rowan gefährlich ruhig. In der Nähe grollte der Donner. Rowan bemerkte, daß Simon gen Himmel blickte und dabei Mhairi impulsiv an seine Brust preßte. Das herannahende Unwetter schien ihm Unbehagen zu bereiten. Um seinen stählernen Griff zu lockern, hatte Mhairi ihre Hände um Simons lederbehandschuhten Arm geklammert, doch in Rowan keimte die Befürchtung auf, daß Simon sie erwürgen würde, wenn seine Nervosität weiter stieg.

»Lassen Sie sie los«, befahl Rowan leise grollend.

»Bringen Sie die von mir verlangten Gefangenen«, erwiderte Simon.

»Das habe ich bereits getan.« Auf sein Winken hin traten Alec und Iain aus der Dunkelheit. »Und jetzt lassen Sie sie los.«

Überrascht rang Mhairi nach Luft. »Rowan, nein …«

»Mach dir keine Sorgen, mein Schatz«, sagte er zärtlich.

Er hatte nicht darüber nachgedacht, daß Mhairi vielleicht glaubte, er führe Simons Befehle aus. »Meiner Familie halte ich immer die Treue. Und sie mir. Also Jungs!« murmelte er leise.

Alec und Iain hoben ihre Pistolen und richteten sie auf Simon.

»Was soll das bedeuten?« zischte Simon. »Man muß sie verhaften. Wo sind meine Wachen?« Mhairi weiterhin umklammernd, wirbelte er den Kopf herum.

»Archie Pringle, Geordie Bell und mein Großvater kümmern sich um Ihre Wachen«, sagte Rowan. »Wir haben ein kleines Feuer gelegt. Nur damit Ihre Wachen beschäftigt sind«, fügte er mit ruhiger Stimme hinzu. »Sandie Scott und Devil's Christie haben uns ebenfalls begleitet. Sie halten Ihre Wachen in diesem Turm dort hinten in Schach.«

»Archie steht auf Ihrer Seite! Zur Hölle mit Ihnen! Dafür werden Sie beide hängen! Die Stellvertreter dürfen ihren Grenzaufseher nicht überwältigen. Hier vertrete ich die königliche Autorität. Was Sie tun, ist Hochverrat!«

»Ach wirklich?« fragte Rowan. Er griff in sein geöffnetes Wams und zog ein zusammengefaltetes Schriftstück hervor. »Und was ist das hier?« Er hielt es ihm hin.

»Vermutlich ein Haftbefehl gegen Sie«, stieß Simon hervor.

»Nein, es handelt sich um einen verschlüsselten spanischen Brief«, erklärte Rowan geduldig. »Die Übersetzung ist recht poetisch. Eine wunderhübsche Dame sammelt die roten Rosen des Meeres, heißt es darin, und hält nach dem Rabenmond Ausschau, damit die weiße Rose erblüht.«

»Alles Unsinn«, schnaubte Simon.

»Es sei denn, Sie verstehen, was das zu bedeuten hat. Wie ich mittlerweile. Ich schlage Ihnen einen Handel vor, Simon. Meine Frau für dieses ...« Erneut glitt seine Hand in sein Wams und holte den schwarzen Steinspiegel hervor.

Rowan bemerkte Simons entsetztes Gesicht und dessen angespannte Körperhaltung. »Ich weiß nicht, was das sein soll«, sagte Simon verächtlich. »Ich habe genug von diesen Spielchen, Blackdrummond. Sie sind mein Stellvertreter. Ich gebe Ihnen noch eine Chance zur Wiedergutmachung, ansonsten werde ich dem Kronrat und dem König persönlich Mitteilung von den Vorkommnissen machen. Und jetzt holen Sie die Wachen und verhaften Sie diese beiden Halunken aufgrund ihrer Spionagetätigkeit!«

Rowan hielt ihm den Stein entgegen. »Da, bitte, nehmen Sie ihn.« Er ließ Simon nicht aus den Augen. Für Sekundenbruchteile wirkte der Grenzaufseher versucht, den Stein an sich zu reißen und zu verschwinden. Doch dann lächelte er Rowan unbehaglich an.

»Unsinn«, sagte er schroff. »Warum sollte ich so etwas haben wollen?«

»Sehen Sie ihn sich nur einmal an, Simon«, ermunterte Mhairi ihn. Rowan nickte bekräftigend, da ihm klar war, daß sie den Grenzaufseher abzulenken versuchte, damit Rowan und seine Männer ihn überwältigen konnten.

Er hielt ihn zwischen Daumen und Zeigefinger, so daß Simon die glänzende, gewölbte Oberfläche betrachten konnte. Einige Regentropfen verliehen dem Stein ein seltsam dunkles Glitzern.

Einen Moment lang blickte Simon hinein, dann zwinkerte er und wurde blaß. Blitze zuckten am Himmel; er preßte Mhairi an seinen Körper und sah auf. Furchterfüllt spähte er zur Tür des ihm am nächsten liegenden Turms. Rowan spürte, daß Simon Angst hatte, und fragte sich, ob es etwas mit dem Stein zu tun hatte. Dann erkannte er, daß der Grenzaufseher in Panik geriet vor dem heraufziehenden Unwetter.

»Wir müssen im Inneren des Hauses Schutz suchen«, entfuhr es Simon. »Gehen Sie vor mir her.«

»Gleich«, entgegnete Rowan, entschlossen, den Augenblick hinauszuzögern. Auch er hatte nicht die Absicht, ein heftiges Unwetter auf diesem Dach zu erleben, trotzdem wollte er Simon nicht so leicht davonkommen lassen.

»Wenn Sie den Steinspiegel nicht wollen«, sagte er und ließ ihn in sein Wams zurückgleiten, »dann wollen Sie vielleicht das, was ich in dem dazugehörigen Rahmen gefunden habe.« Er enthüllte das in seiner Handfläche verborgene Schriftstück und schnippte gekonnt mit den Fingern.

»Was ist das?« schnaubte Simon. »Geben Sie es her.«

Rowan grinste. »Ich bin sicher, Sie wissen genau, worum es sich handelt. Ein Schreiben der spanischen Regierung, von König Philip persönlich unterzeichnet, das seinem Inhaber Bezahlung in Gold und freies Geleit auf jedem spanischen Handelsschiff zugesteht. Und es trägt Ihren Namen, Simon Kerr.«

Simon beobachtete ihn aus zusammengekniffenen Augen. Mhairi hing an Simons unnachgiebig zupackendem Arm und fixierte Rowan, während sie ihrem Gespräch lauschte. Mit rasendem Herzklopfen blickte er kurz zu ihr und sah dann weg.

»Deshalb wollten Sie den Rabenmond«, fuhr Rowan unbeirrt fort. »Es war abgemachte Sache, daß man ihn Ihnen von diesem Schiffswrack holte.«

Simon lachte auf. »Lächerlich. Warum sollte ich so etwas wollen?«

Rowan hörte den heftiger werdenden Sturm und das Donnergrollen und hatte nur den einen Wunsch, Mhairi an sich zu reißen und sie irgendwo in Sicherheit zu bringen. Statt dessen nickte er Simon nachsichtig zu. »Warum? Meiner Ansicht nach hatten Sie ein Abkommen mit den Spaniern und wollten Schottland verlassen, sobald Sie Ihre Abmachung erfüllt hatten und zu Reichtum gelangt waren.«

»Haha«, sagte Simon. »Ihr Bruder und Ihr Schwager hatten vermutlich etwas Derartiges geplant. Ich bin Grenzaufseher. Und ein Mann des Königs.«

»Stehen Sie für den König ein – oder für Ihre eigenen Belange? Wie lautete denn Ihr Gegenangebot für ein Leben im Luxus, auf einem repräsentativen Schloß in wärmeren Gefilden oder in der neuen Welt?«

»Das Paradies«, entfuhr es Mhairi. »Sie wollten einen Platz im Paradies, nicht wahr, Simon?«

Rowan begriff nicht, was sie damit meinte, sah jedoch das zustimmende Flackern in Simons unstetem, gequältem Blick.

»Was haben Sie Ihnen im Gegenzug angeboten, Simon?« fragte er. »Zugang zum mittleren Grenzgebiet, damit sie ihre

Truppen einschleusen, gefahrlos die Grenze überqueren und in England einmarschieren konnten? Um das zu bewerkstelligen, hätten Sie sowohl mit Agenten des östlichen wie des westlichen Grenzgebiets gemeinsame Sache machen müssen. Vermutlich ist dieser Spionagering weitaus größer, als der Kronrat annimmt.«

Simon entfuhr ein leises Kichern. »Reine Fantasie. Sie versuchen, Ihre eigene Beteiligung zu vertuschen.«

»Hier steht Ihr Name«, betonte Rowan, während er das gefaltete Schriftstück hin und her schwenkte. »Per Eilkurier habe ich bereits einen Bericht an den Kronrat abgesandt.« Hatte er nicht, würde er aber sicherlich tun. »Heckie ist tot, aber wir werden Clem zu fassen kriegen. Ich bin sicher, daß er über die ganze Geschichte Bescheid weiß. Und er wird keineswegs erfreut sein, daß Sie seinen Bruder umgelegt haben. Ich glaube kaum, daß Sie von ihm Loyalität erwarten können.«

Simon schnappte nach Luft. »Sie können nichts von alledem beweisen.« In ihrer Nähe erscholl krachendes Donnergrollen. Rowan sah, wie Simon auf den Turm zuschwankte und Mhairi hinter sich her zog.

»Bleiben Sie stehen!« brüllte Iain, während er und Alec mit gezückten Pistolen auf Simon zutraten. Warnend hob Rowan seine Hand.

»Ich sage, Sie können nichts von alledem beweisen!« herrschte sie Simon an. »Sie sind hier die Verbrecher. Wachen!« brüllte er.

»Wir haben den Beweis, Simon«, sagte Rowan.

»Das sehe ich nicht so!«

»Vor einigen Wochen stahl mir Heckie ein goldenes Medaillon. Als ich es wiedersah, befand es sich in der kleinen Truhe mit dem Gold, das Iain Ihrer Behauptung zufolge geraubt haben sollte. Doch Iain und Alec beschwören, daß sie Heckie zwei riesige Säcke voller Gold entwendeten und nicht nur eine kleine Kiste.«

»Lügner. Niederträchtige Feiglinge.«

»Heckie hat mir das Medaillon erst gestohlen, als das Gold bereits vermißt war«, erklärte Rowan. »Wie ist es denn in Ihre Festung und in diese Truhe gelangt?«

Simon war verstummt und beobachtete sie schweratmend.

»Heckie muß es Ihnen später erst gegeben haben, nachdem Iain bereits verhaftet war«, fuhr Rowan fort. Langsam hob er seine Brauen. »Das reicht sicherlich aus, um die Verbindung zwischen Ihnen beiden zu beweisen. Sie haben diese Truhe dem englischen Grenzaufseher gezeigt und behauptet, das sei alles, was Sie entdeckt hätten. Aber aus dem Schiffswrack wurden zwei riesige Säcke entwendet. Wo ist das restliche Gold, Simon?«

»Sie stecken doch alle unter einer Decke«, meinte Simon eigensinnig. Ein dünner Blitzstrahl zuckte am Himmel. »Wenn Sie wollen, daß dieses Mädchen am Leben bleibt, dann gehen Sie vor mir diese Stufen hinunter. Gehen Sie!« Mit einer Bewegung seines Kinns bedeutete er Rowan voranzugehen. »Sie haben ein Gewehr, aber ich habe Ihre Frau, und ich werde ihr die Kehle aufschlitzen. Gehen Sie!«

Während er sprach, umtoste sie der Wind, und der nächste Donnerschlag schien die Dachfundamente ins Wanken zu bringen. Entsetzt blickte Simon zum Himmel auf. Dann schob er Mhairi plötzlich so grob und gewaltsam in Rowans Arme, daß sie beide zu Boden gingen, während Simon flüchtete.

»Nicht schießen!« brüllte Rowan, als Alec und Iain Simons Verfolgung aufnahmen. Er sprang auf und war dann Mhairi behilflich. Sie erhob sich wortlos und nickte ihm zu, daß alles in Ordnung sei. Rowan stürmte über das Dach zu den anderen.

Mit Alec und Iain im Schlepptau rannte Simon bereits auf den Wachtturm zu. Als die Tür geöffnet wurde, traten Archie und Geordie mit gezückten Pistolen heraus. Jock folgte ihnen mit mehreren Offizieren. Simon wirbelte herum, stieß gegen Alec und Iain und rannte in wilder Panik weiter.

Der Himmel schien zu zerreißen, grelle Blitze – untermalt von Donnergrollen – durchzuckten die dunkle Wolkendecke. Ein mächtiger Windstoß fegte über das Dach, und Rowan schob Mhairi auf das winzige Haus zu, das sich auf dem Spitzdach befand.

»Geh dort hinein!« gellte er, verzweifelt um ihre Sicherheit bemüht. »Geh schon!«

Sie krabbelte auf das Häuschen zu und riß, gegen den Wind ankämpfend, die Tür auf. Als Rowan sich umdrehte, sah er, daß Simon auf einen weiteren Turm zustürmte. Sandie und Christie traten ihm aus diesem entgegen und fixierten ihn, den Lauf ihrer Waffen auf ihn gerichtet.

Simon drehte sich um, rannte los, blieb stehen, wechselte erneut die Richtung und stürmte schließlich in Richtung der Brüstung. Rowan eilte auf ihn zu, verharrte jedoch verunsichert, da er Simons nächsten Schritt nicht einschätzen konnte.

Das Krachen des Donners war so heftig, daß Rowans Körper vibrierte. Der Wind riß an seiner Kleidung und zerrte an seinem Haar. Er blickte auf und sah die bedrohlichen Gewitterwolken, die sich vor den Mond schoben. Grelle Blitze flammten auf wie helles Laternenlicht.

Er winkte Alec und Iain. »Sucht Deckung!« brüllte er. Sie drehten sich um. Zögernd verharrte Simon am Rand der Brüstung und starrte zum Himmel.

»Simon!« gellte Rowan. »Gehen Sie dort hinein!« Er deutete auf den nächsten Turm, aus dem ihm Sandie und Christie zuwinkten. Immer noch zögernd, schleppte sich Simon schließlich in ihre Richtung.

Ebenfalls Schutz suchend, wirbelte Rowan herum. Mhairi hielt die Tür des Häuschens für ihn geöffnet. Er rannte dorthin, blieb auf der Schwelle stehen und hielt die Tür mit einer Hand fest.

Das Krachen des Donners dröhnte wie eine Kanonenkugel. Aus dem tiefdunklen Himmel blitzte ein weiterer greller Lichtstrahl auf, der direkt auf das Dach auftraf.

Während er das Dach überquerte, schwankte Simon plötzlich und warf seine Arme in die Luft. Ein Blitzstrahl glitt über seinen Helm und seinen Brustpanzer und durchzuckte ihn mit seiner todbringenden Kraft. Für einen langen, ewig währenden Augenblick schien er in der Luft zu schweben.

Rowan trat einen Schritt vor, blieb dann jedoch in dem

Bewußtsein stehen, nichts mehr für ihn tun zu können. Neben ihm stöhnte Mhairi auf und bedeckte ihr Gesicht mit beiden Händen. Behutsam schob er sie in das Haus zurück, schloß die Tür und stürmte dann über das Dach.

Auf den Boden des Kaminhauses gekauert, erhob sich Mhairi langsam, hustete aufgrund der verräucherten Luft und wischte sich mit bebenden Fingern über ihr Gesicht. In ihrem Entsetzen fühlte sie sich wie betäubt, sie konnte kaum fassen, was sie soeben gesehen hatte. Sie stand auf, doch ihre Knie zitterten so stark, daß sie sich einen Augenblick lang an der Wand abstützen mußte.

Von draußen vernahm sie Schreie und hörte, wie Rowan den anderen zurief, zurückzubleiben. Das Donnergrollen schien schwächer geworden zu sein. Sie lehnte den Kopf an die Wand und schlang die Arme um ihren Körper, bis ihr Atem wieder regelmäßiger ging und sie ruhiger wurde.

Nach einer Weile hörte sie weitere Stimmen. Sie überlegte, daß man vermutlich Simons Leichnam fortschaffte, wollte jedoch nicht aus dem Fenster schauen. Unentschlossen strich sie ihr Haar zurück, trat in der Dunkelheit vor, doch ihr Fuß verfing sich in einer der an der Wand aufgereihten Lanzen und stolperte.

Während sie sich aufrappelte, ertasteten ihre Finger einen breiten Spalt zwischen zwei losen Bodendielen. Sie wollte das wacklige Brett an seinen Platz zurückschieben, doch es war so sperrig, als würde es von unten hochgedrückt.

Sie kniete in der Dunkelheit und roch den kalten Rauch. Sie dachte plötzlich an ein anderes Haus, das vor Wochen abgebrannt war und das ebenfalls ein Versteck im Boden gehabt hatte.

Sie zog und zerrte an der Holzdiele. Als sie das Ende des Bretts hochgehoben hatte, schob sie es zur Seite. Das Kaminhaus war über dem Spitzdach des Schornsteins errichtet worden, und der Holzboden, der den Kamin umgab, bildete lediglich eine Zwischendecke. Darunter befand sich genug leerer Raum. Mhairi tastete sich in die Dunkelheit vor.

Er war nicht so leer, wie sie gedacht hatte. Ihre Hand umschloß ein dickes, rauhes Stück Stoff, und sie spürte in seinem Inneren etwas Sperriges und Hartes. Sie zog eine lose Stoffecke beiseite.

Dann hörte sie, wie die Tür aufsprang, und als sie aufblickte, sah sie Rowan inmitten der winzigen Kammer stehen. Mit stockendem Atem erhob sich Mhairi und rannte über die Holzplanken auf ihn zu. In der Dunkelheit hielt er ihr seine Arme entgegengestreckt, und sie schmiegte sich an seine starke, unerschütterliche Brust.

Schweigend hielt Rowan sie umschlungen, seine Lippen glitten über ihr Haar und über ihre Schläfen. Sie hob den Kopf, fand seinen Mund und umarmte ihn zärtlich.

Der Donner grollte erneut, und ein weiterer Blitzstrahl erhellte den Raum. Rowan blickte im grellen Lichtschein zu ihr hinunter.

»Mhairi, Simon ist ...«

»Ich weiß«, flüsterte sie an seiner Wange. »Ich weiß. Komm her, Rowan.« Sie nahm seine Hand, zog ihn zu der beiseite geschobenen Bodendiele und bückte sich. Er ging in die Knie, griff in das Loch und riß den Stoff auseinander.

»Gütiger Himmel«, murmelte er leise. »Das muß es sein. Da steht noch ein Sack.« Als er mit seinen Fingern in der Öffnung herumwühlte, hörte Mhairi ein klirrendes Geräusch.

Ein erneuter Blitzstrahl erleuchtete den Raum, als Rowan ein Vermögen in klingendem, schimmerndem Gold durch seine Hände rinnen ließ. Mhairi bemerkte den Glanz und beobachtete dann, wie Rowan die Goldstücke zurück in den Sack warf.

»Dann wird die englische Königin ihr spanisches Gold schließlich doch noch bekommen«, sagte Rowan mit einem Blick auf Mhairi.

»Das wird dich endlich sämtlicher Anschuldigungen der Engländer entheben«, flüsterte sie.

»Jaja«, sagte er. »Jaja.« Er nahm ihre Hände, zog sie an sich und umarmte sie, seine Wange an ihr Gesicht geschmiegt.

Das Donnergrollen zog vorüber, statt dessen klatschte der

Regen auf das Dach des Kaminhauses, während Rowan sie eng umschlungen hielt. Mhairi lauschte dem einförmigen Plätschern des Regens und seinem Herzschlag und verspürte trotz der Geschehnisse in dieser Nacht eine wohlige Zufriedenheit.

»Simon hatte Angst, daß diese Unwetter das Ende der Welt einläuten«, murmelte sie nach einer Weile. »Und sein Leben endete für ihn genauso, wie er es befürchtet hatte.«

»Jaja.« Mit zärtlichen Fingern strich ihr Rowan eine zerzauste Haarsträhne aus der Stirn. »Aber du und ich, mein Schatz«, flüsterte er, »stehen gerade erst am Anfang unseres gemeinsamen Lebens.«

Mhairi wandte ihr Gesicht zu ihm auf, spürte seine Lippen auf den ihren und wußte, daß er recht hatte.

Epilog

»Sei bescheiden und genügsam,
Schöne Dame, sei zufrieden;
Nun bist du mein Eheweib,
Bis daß der Tod uns ist beschieden.«
– ›Rob Roy‹

Während er in Isobel Scotts wohlgeformtes, ernstes Gesicht blickte, ruhte Rowans Hand auf den kühlen, schlanken Fingern der marmornen Grabskulptur. Genau wie diese Frau, weilte auch Maggie nicht mehr unter ihnen, doch es war ihm nicht vergönnt gewesen, ihr Lebwohl zu sagen. Deshalb war er erneut in die Krypta hinabgestiegen, um ihrer für einige Augenblicke zu gedenken.

Er dachte an den Abend, an dem er Alec an dieser Grabstätte gegenübergestanden hatte. In jener Nacht hatte er seinen ganzen Zorn und seine Verbitterung entladen, um dann schließlich zu erfahren, daß man ihn keineswegs hintergangen hatte.

Im Gegenteil, zwei Menschen hatten ihn und seinen Sohn geliebt, und lediglich versucht, das auch zu beweisen. Er atmete tief ein, fühlte sich schäbig, aber zugleich geehrt, und wußte, daß er letztlich erleichtert war, den quälenden, drei Jahre währenden Alptraum hinter sich zu lassen.

Er drehte sich um, ließ seinen Blick durch die kleine, dunkle Kammer schweifen und bemerkte die durch das verwitterte Mauerwerk einfallenden Sonnenstrahlen. Die düstere Krypta mit ihren verfallenen Wänden würde bald wiederhergestellt werden, ebenso wie die Burg Lincraig. Er hatte bereits die Zimmerleute angeheuert, die auf den alten Grundmauern ein schönes neues Anwesen im Burghof errichten würden.

Er hatte einen Beschluß der englischen Königin erhalten, die ihn und Alec dafür belohnen wollte, daß er das verschwundene spanische Gold gefunden und durch die hartnäckige Befragung von Clem Elliot Hinweise auf die Zerschlagung des schottischen Spionagerings erhalten hatte, der mit den Spaniern gegen England kollaboriert hatte. Elizabeth hatte ihm in Gold eine Summe überwiesen, die nicht nur für den Wiederaufbau Lincraigs reichte, sondern auch den Blackdrummond Scotts über Generationen hinweg ein sorgenfreies Leben bescherte.

Er trat auf die Stufen zu und wandte sich erneut um, um einen weiteren Blick auf die stummen Gräber der Lincraig Scotts zu werfen. Zu ihrem ehrenden Gedenken würde er die Krypta wiederherstellen, ohne deren ursprüngliche Bauweise zu verändern.

Er schritt die Stufen hinauf und trat aus der Dämmerung in die weitläufigen, vom Sonnenlicht durchfluteten Ruinen der Kapelle. Er schlenderte durch das verfallene Gemäuer und trat in den Hof, wo die Frühlingsluft sein Haar zerzauste und die ersten Sonnenstrahlen seine Haut erwärmten.

Dort wartete Mhairi bereits in Begleitung seines Sohnes auf ihn. Zärtlich lächelnd wandte sie sich zu ihm um und schlenderte in seine Richtung. Jamie lief tolpatschig hinter ihr her, blieb gelegentlich stehen, hob prüfend Steine vom Boden auf und warf sie dann weg. Doch Mhairi hatte nur Augen für Rowan.

Anmutig wie die Wolken am Firmament glitt sie zu ihm. Ihr Kleid umwehte ihre Fesseln, und sie legte ihre Hände auf die sanfte Rundung ihres Bauches, in dem ihr gemeinsames Kind wuchs.

Lächelnd streckte ihr Rowan seine Hand entgegen und sog ihre aparte, liebreizende Erscheinung in sich auf. Ihre Wangen waren rosig überhaucht, ihr dunkler, seidiger Zopf fiel ihr über die Schulter, und ihre Augen schimmerten wie reinstes Silber. Und die Seele, die diese Augen mit ihrem Licht erfüllte, bedeutete ihm mehr, als er in seinen kühnsten Träumen zu hoffen gewagt hätte.

Wenn er sie ansah, empfand er stets dieses Wunder und war sich immer dessen bewußt, sie noch über seinen Tod hinaus zu lieben.

»Während du in der Kapelle warst, haben Jamie und ich die Baupläne besprochen«, sagte sie. »Wie du sehen kannst, hat er einen guten Blick für Steine.«

Jamie drehte sich zu ihm um, um ihm seinen neuesten Fund zu zeigen, und Rowan bewunderte den Stein, den der Junge daraufhin geradewegs in seine Richtung schleuderte.

»Als du in der Kapelle warst, haben mir Iain und Alec einen Brief überbracht«, sagte sie und deutete auf die beiden Pferde, die neben Valentine und Peg standen. »Sie befinden sich irgendwo auf dem Anwesen, weil du sie doch um ihren Rat bezüglich des Neubaus gebeten hast.«

»Und dein Brief?« fragte er. »Woher stammt der?«

»Meine Eltern kommen aus Dänemark zurück nach Hause!« Sie lächelte. »Mein Vater hat meinen Brief schließlich doch noch erhalten – zusammen mit dem zweiten, der besagte, daß mit Iain alles in Ordnung ist –, und er wird Anfang nächsten Monats gemeinsam mit meiner Mutter in Edinburgh anlanden. Wenn es geht, möchte ich so gern zu ihrer Begrüßung dorthin reiten. Iain, Jennet und Robin wollen uns begleiten.«

Er strich eine Strähne ihres dunkelbraunen Haars zurück, das im Sonnenlicht rötlich schimmerte. »Natürlich werden wir dorthin reiten«, versprach er. »Bis zu diesem Zeitpunkt werde ich dem Kronrat ohnehin einen weiteren Bericht zukommen lassen müssen.«

»Werden Sie dich anderswo einsetzen, weil du die angebotene Position als Grenzaufseher abgelehnt hast?« fragte sie.

Er zuckte die Schultern. »Im Augenblick bin ich damit zufrieden, als Archie Pringles Stellvertreter im mittleren Grenzgebiet tätig zu sein. Ich war viel zu lange von Blackdrummond fort. Ich möchte meine Zeit mit meiner Familie verbringen und Lincraig in neuem Glanz erstrahlen lassen. Dann können sie mir meinetwegen eine Position als Grenzaufseher anbieten.«

Sie nickte. Er legte seinen Arm um sie, spürte, wie sie seine Taille umschlang und sie im Gleichtakt nebeneinander herschlenderten. Im stillen fiel ihm auf, daß ihre Körper in allen Lebenslagen zusammenzupassen schienen – ob sie nun gingen, sich ausruhten oder liebten, sie verkörperten die perfekte Harmonie.

Obgleich sie beide von Natur aus außergewöhnlich willensstark waren, verhielten sie sich doch im Umgang miteinander rücksichtsvoll und einsichtig. Der frühere Konflikt zwischen ihnen hatte sie eine ganze Menge gelehrt. Jetzt, nach ihrer Eheschließung, verband sie tiefe, innige Liebe und Verständnis.

»Alec hat sich dafür entschieden, die Position des stellvertretenden Grenzaufsehers in Liddesdale anzutreten«, erzählte sie und riß ihn aus seinen Gedanken.

Er nickte. »Ich weiß. Er wird bald aufbrechen.«

»Jamie wird ihn vermissen«, sagte sie leise.

»Papa, mein Papa«, rief Jamie und warf einen weiteren Stein.

»Vermutlich will er, daß Jamie mehr Zeit mit uns zusammen verbringt und daß seine Bewunderung für Alec nachläßt«, meinte sie.

»Jamie wird immer an Alec hängen«, sagte er. »Warum auch nicht.« Schweigend schlenderten sie über den Hof, während Jamie um sie herumhüpfte und nach interessanten Steinen Ausschau hielt. Während ihres Rundgangs blickte Rowan durch das verfallene Außentor. Der Hügel von Lincraig erblühte in jungem Grün, und das für ihn sichtbare Straßenstück schlängelte sich wie ein schmales braunes Band durch das Hochmoor.

»Von diesem Hügel aus habe ich dich zum ersten Mal gesehen«, erinnerte sich Mhairi, in seine Richtung schauend. »In einem heftigen Unwetter. Und fragte mich damals, ob du der Mann warst, den mein Bruder in seiner Vision wahrgenommen hatte.«

Er umschlang sie fester und schmiegte seine Wange an ihr Gesicht. »Und ich sah dich zum ersten Mal in diesem Steinspiegel«, meinte er.

»Stein«, wiederholte Jamie und hob einen vom Boden auf.

»Was wirst du mit dem schwarzen Spiegel tun?« fragte sie.

»Ihn eingewickelt aufbewahren. Vermutlich werden wir niemals erfahren, woher er stammt und warum er diese geheimnisvollen Kräfte besitzt.«

»Iain denkt, daß die Spanier ihn vielleicht aus der neuen Welt mitgebracht haben«, sagte sie. »Er sagt, daß er von Bruder Conor, der mit der spanischen Armada gesegelt ist, von einem ähnlichen Zauberstein gehört hat. Doch wer auch immer ihn benutzt hat, um Simon das Schriftstück herüber zu schmuggeln, wußte sicherlich nichts von seiner übernatürlichen Kraft. Ich glaube, daß nur du und ich das entdeckt haben.«

»Woher auch immer er stammen mag, mein Schatz«, sagte er, »dieser Stein hat mich zu dir geführt. Das ist alles, was zählt.«

Lächelnd schlang sie ihren Arm um seine Taille, und er vergrub seine Lippen in dem süßen Duft ihres Haars. Jamie rannte auf sie zu und streckte ihnen seine schmutzige Hand entgegen. »Roon!« rief er.

Schmunzelnd nahm Rowan die winzige Hand in die seine und spürte, wie Jamie seine Finger umklammerte. Mit seiner anderen Hand zog er Mhairi eng an seinen Körper und streichelte ihren leichten Bauchansatz.

Von einem ungeahnten Glücksgefühl übermannt, blickte er in das helle Sonnenlicht, das den Frühlingshimmel überstrahlte, und er erkannte, daß er all das umfangen hielt, was er sich für sein Leben erträumt hatte.

Anmerkung der Autorin

Ein historischer Roman über das schottische Grenzräubertum erinnert stellenweise an einen Wildwestroman. Ob Viehdiebstahl, Geächtete, derbe Späße oder Lynchjustiz – die beiden soziokulturellen Gruppen hatten viele Gemeinsamkeiten. Die schottischen Grenzbewohner waren vielfach draufgängerisch, unverfroren, gewalttätig, aber auch edelmütig und humorvoll. Mein Ausflug in ihre Gefilde hat mich überaus amüsiert, und das habe ich in meinem Buch zu vermitteln versucht. Was die Recherche – wie beispielsweise ihre Raubzüge, Parlamentszusammenkünfte und die schottische Grenzgesetzgebung – anbelangt, bin ich verschiedenen Quellen zu Dank verpflichtet, darunter einer faszinierenden Studie über die anglo-schottischen Grenzbewohner von George MacDonald Fraser: *The Steel Bonnets: The Story of the Anglo-Scottish Border Reivers* (London, Harvill/Harper Collins 1971).

Wie in einem meiner früheren Romane habe ich erneut Verse aus alten schottischen Balladen hinzugezogen, die jedem Kapitel vorangeschaltet sind, um Handlung oder Schwerpunkt des jeweiligen Abschnitts zu untermalen. Die zuverlässigste Quelle schottischer Dichtung erscheint mir in diesem Fall die fünfbändige, in den Jahren von 1882 bis 1898 veröffentlichte Sammlung von Francis James Child: *The English and Scottish Popular Ballads* in einer Reprint-Ausgabe von Dover Publications.